KB265474

고려가요의 해석과 이론

● 김선기

1948년 4월 30일

충청남도 논산 출생

충남대학교 국어국문학과 졸업

충남대학교 대학원 석사

전북대학교 대학원 박사

충남대학교 교수

어문연구학회 회장 역임

한국언어문학회 회장 역임

동방시화학회 회장(현재)

박사학위논문 「소화시평 연구」 외 논문 80여 편

고려가요의 해석과 이론

인 쇄 2013년 8월 12일
발 행 2013년 8월 20일
지은이 김선기
펴낸이 이대현
편 집 박선주
디자인 이홍주
펴낸곳 도서출판 역락
       서울시 서초구 동광로 46길 6-6(문창빌딩 2F)
       전화 02-3409-2058(영업부), 3409-2060(편집부)
       팩시밀리 02-3409-2059
       이메일 youkrack@hanmail.net
       등록 1999년 4월 19일 제303-2002-000014호
ISBN 978-89-5556-076-3   93810

정 가 35,000원

• 잘못된 책은 구입처에서 바꾸어 드립니다.

■ 이 도서의 국립중앙도서관 출판시도서목록(CIP)은 e-CIP홈페이지(http://www.nl.go.kr/ecip)와 국가자료
공동목록시스템(http://www.ml.go.kr/kolisnet)에서 이용하실 수 있습니다.
  (CIP제어번호 : CIP2013014331)

고려가요의 해석과 이론

김 선 기

역락

책을 내면서

첫 저서를 고려가요로부터 시작하면서 책 이름을『고려가요의 해석과 이론』으로 정해 보았다. 고려가요란 고려 시대의 노래라는 광범한 의미로 사용한다. 일반적으로 고려가요의 범주에 속요와 경기체가를 포함시킨다. 필자 역시 그러한 틀을 수용하여 제Ⅰ부를 속요, 제Ⅱ부를 경기체가라고 편제를 짰다. 여기서 속요라 함은 고려가요 작품 가운데 경기체가를 제외한 나머지 작품을 통칭하는 개념으로 사용하였다. 그렇지만『고려사』악지에 수록된 작품을 대상으로 고찰할 경우에는 그 특성을 살려 고려가요라는 말 대신에 속악가사라는 용어를 대신 쓰기도 했다.

필자는 모교인 충남대학교에서 30여 년 동안 강의하면서 즐거움을 누렸다. 학부생 저학년에게 고시가강독을, 고학년에게는 고시가론을 강의하였다. 대학원생들과는 각종 시가 세미나를 하였다. 그때마다 가르치기 위해 준비하였고, 강의 내용이 미진하여 자료를 보충하고 검토하는 과정에서 문제점을 해결하려고 글을 썼다. 그래서 얻어진 논문이 향가, 고려가요, 시조, 가사, 한시 비평에 걸쳐 80여 편에 이르렀다. 간혹 청탁을 받아 쓴 것도 없지 않지만 대부분은 강의를 준비하고 학생들과 토론하는 과정에서 얻은 것들이다. 이제 사회인으로 돌아가 열심히 살고 있을 제자들에게 이 자리를 빌어 미안함과 고마움을 함께 전한다. 아름다운 충남대학교 캠퍼스의 명소 여덟 곳을 찾아 경기체가 형식으로 창작해 오라는 과제에 '싫다' 않고 따라 준 제자들에게 이 책을 전하고 싶다. 그들과의 만남을 통해 문학은 이론보다 해석이 앞선다는 체험을 얻어 책 제목으로 활용하였다.

장암 지헌영 선생댁 사랑방에서, 선생은 이학 박사인 금기창 교수와

<한림별곡>에 등장하는 금의(琴儀)에 대해 말씀을 나누셨다. 나는 그때 선생의 막내 제자로 선생의 학문 열정에 매혹되어 있었다. 선생의 인도로 고려가요에 눈을 뜨게 되었고 긴 세월 <한림별곡>을 떠나지 못하게 되었던 것 같다. 나는 그것을 행복하고 감사한 학연으로 간직하고 있다.

나는 고전시가가 국문학의 맏아들이라는 긍지로 전공을 택했고 오늘날까지 공부해 왔다. 한 때는 고전시가를 전공하기 위해 대학원 수험생들이 수 년을 기다려야 할 정도로 지원자가 많았다. 요즈음은 약으로 쓰고, 씨를 삼겠다 해도 외면하기 일쑤다. 학문하겠다 하는 이들이 긴 호흡의 맛을 그리워할 날이 멀지 않아 올 것이라고 기대하는 것으로 스스로 위안을 삼는다.

나는 가르칠 학생이 있어서 고마웠고, 빚 갚는 심정으로 강의를 준비하며 논문 쓰는 일이 즐거웠다. 아직 건강하고 발표할 학회와 학술지가 손짓하여 불러 주니 그것이 고마워 책 출간에는 별로 관심이 없었다. 그러다 보니 금년 8월 말에 정년을 맞게 되었다. 이제는 책을 낼 때가 되었나 보다. 주변의 권고도 있고, 스스로 정리하는 것이 새 일을 준비하는 출발점이 된다고 보아, 4월 중순부터 작업을 시작하였다. 세 편을 새로 써서 보태느라 힘이 들었다.

하나하나 논문을 쓸 때에는 각각 독립된 것 같았는데, 막상 책을 내려고 한 자리에 늘어놓고 보니, 겹치고 빠지고 엉성하여 부끄러운 생각을 감출 수 없다. 그것을 뜯어 고쳤으면……, 어떤 것은 뺐으면…… 하는 아쉬운 생각이 없지 않았으나 그렇게 하기에는 한계가 있어 몇 편을 수정하고 보충하였다. 그리고 책의 속성에 따라 논제를 변형시켜 장의 이름을 삼기도 하였다. 혹여 논문 확인이 필요한 분들을 위해 이 책 맨 뒤에 논문 출전의 일람표를 붙여 두었다.

늦둥이 책을 출간하려 하니 감사드려야 할 어른들이 줄지어 떠오른다. 영면하신 그분들께 알려 드린들 어찌 맞으시랴! 연로하신 선배님께도 느직이 번거로움을 끼치게 되니 면구스러울 뿐이다. 그저 흩어져 찾아 보기 불편한 논문들을 한 자리에 모으고 수정을 더하여, 활용하기 편하도록 책으로 묶었다 하는 출간의 변으로 책임을 면하고 싶다. 동학들의 따스한 질정으로 고려가요 연구에 대한 나의 열정이 식지 않기를 소망해 본다.

학산 조종업 선생님, 경산 사재동 선생님, 고 낙은 강전섭 선생님을 모시고 공부하던 시절이 그립다. 그리고 어문연구학회 고전분과 회원 여러분들과의 연찬 모임이, 앞으로 계속 설렘으로 기다려지기를 기원한다. 이번 책을 내는 데 분에 넘치는 제자 김기영·박찬수·이권희·강재헌·김미정 등 여러 박사가 수고해 주었음을 고맙게 생각한다. 그리고 인문학 전공서의 출판 여건이 어려운 사정임에도 불구하고 흔쾌히 맡아 준 역락 출판사 이대현 사장의 우의에 감사드리고, 책을 아담하게 꾸며 준 편집부 박선주 씨에게도 이 자리를 빌어 고맙다는 인사를 드린다. 끝으로 아내 조시라 장로가 믿음으로 기다려 줌에, 그리고 세 목회자 자녀의 기도에 두 손 높이 흔들어 감사하고 싶다.

2013년 7월 4일
일정서실에서 김선기 삼가 씀

차례

제Ⅰ부

속 요

제1장   고려가요 난해어의 풀이

Ⅰ. 서론

　<한림별곡>을 포함한 고려가요에는 그 뜻을 알 수 없는 어휘가 적지 않다. 이들 난해어에는 단어 자체의 뜻을 이해할 수 없는 것과, 어휘의 사전적 의미는 알 수 있으나 문맥상 부합되지 않는 것도 있다. 또 오늘날 전하는 난해어들을 볼 때 그것이 과거에 존재했던 실재어가 대부분일 것으로 생각되지만, 간혹 전사자의 실수 등으로 인한 오기어(誤記語)일 수도 있음을 간과해서는 안 될 것이다. 필자는 이 같은 사정을 고려하여 여요의 난해어를 오기형(誤記型), 사어형(死語型), 불통형(不通型) 등, 세 유형으로 나누어 살펴보려 한다.

　오기형의 난해어는 실제로 확인된 것이 많지 않다. 이본이 있어 두 자료를 대교하여 어느 하나가 분명히 오류임이 판명되어야 할 터인데, 여요에는 대교할 이본이 회귀할 뿐 아니라, 대교한 결과 내용이 상이하다 하더라도 어느 것이 결정적으로 옳은지 그 진위를 판별하기가 쉽지 않기 때문이다. 예컨대『악장가사』본 <한림별곡> 제7장의 '위 囀黃鸎 반갑두세라'가『고려사』본에서는 '偉 囀黃鸎景何如'로 되어 있어 진위의

판별이 쉽지 않다. 그럴수록 연구자들은 이본을 엄밀히 대교하고 자료의 신빙도를 검토하여 진위를 밝히는 노력을 기울여야 하겠다. <한림별곡>의 '우서남서(虞書南書)'처럼 『악장가사』에서조차 오류가 분명히 발견되고 있기 때문이다.

사어형의 난해어라 함은 그 어형이 아직까지 어느 문헌에도 보이지 않거나 그 말이 오늘날 쓰이지 않는 것을 이른다. 혹시 앞으로 어느 방언이나 문헌에서 발견될 수도 있으므로 연구자들은 그러한 면에 지속적으로 관심을 기울일 필요가 있다. 종래의 연구자들은 <청산별곡>의 '에정지'처럼 사어형 난해어를 해석하기 위해 문맥을 통한 추리 방법을 취하여 왔다. 필자 역시 그것이 최선의 방법으로 생각한다. 그러나 해석자가 작품의 특정 구절을 임의로 떼어 놓고, 자의적으로 확대 해석하는 것은 경계해야 할 것이다. 이를 방지하기 위해서는 우선 작품 전체를 대상으로 의미구조를 구체적으로 파악하는 노력이 필요하다. 그렇게 하여 작품 전체의 문맥이 선명하게 부각되어야 만이 문제의 난해어가 취할 수 있는 의미 선택의 범위가 축소되어, 해석자의 자의적 일탈을 최소화할 수 있기 때문이다.

불통형의 난해어란 그 어형이 사전이나 문헌에 실려 있고 오늘날에도 쓰이고 있지만, 그 말의 의미를 작품에 대입시켰을 때 문맥이 자연스럽게 연결되지 못하는 것을 이른다. 고시가의 난해어에는 불통형이 가장 많다. 또 학자들마다 확실한 용례를 논거로 삼아 해석을 꾀하고 있으므로 이견도 많고 첨예한 대립 양상을 보이기도 한다. 따라서 불통형 난해어의 경우에는 다양한 해석 방법이 요구된다. 일반 사전이나 자전의 의미만으로 부족하여 특수한 용례를 찾아 적용해 본다든지, 우리의 언어생활에 있어 한자와 우리말의 특수한 관계를 고려하여 우리말 난해어에 대응되는 한자의 풀이말을 통해 의미를 탐색하는 것도 유익할 것이다.

또는 작품의 기술 방식상에 어떠한 규칙성이 있는가를 찾아 그러한 질서를 참조하여 해석을 시도하거나 혹은 작품 전체 문맥의 구조의 측면에서 난해어의 의미를 유추하는 방법도 생각해 볼 수 있을 것이다.

그러면 현재 학계에서 논란 중인 여요의 6개 난해어를 앞서 제시한 세 가지 유형의 난해어로 구분하고 각각에 적합한 방법에 따라 해석해 보겠다. 전술한 바와 같이 세 가지 유형의 난해어 가운데 불통형이 수적으로 가장 많고 또한 해석상으로도 많은 문제점을 내포하고 있다. 이러한 사정을 고려하여 본고에서는 불통형 난해어에 비중을 두고 해석해 보고자 한다.

II. 해석의 방법과 실제

1. 오기형(誤記型)의 난해어 ······ '우셔남셔(虞書南書)'

『악장가사』의 노랫말에 오기가 없는지 궁금하다. 『악장가사』에 실린 <한림별곡> 제3장의 앞절에는 명필과 서체와 붓이 다음과 같이 열거되어 있다.

①진경서(眞卿書)　②비백서(飛白書)　③행서(行書)　④초서(草書)
⑤전주서(篆籀書)　⑥과두서(蝌蚪書)　⑦우서(虞書)　⑧남서(南書)
⑨양수필(羊鬚筆)　⑩서수필(鼠鬚筆)

『악장가사』에 의하면 ⑦과 ⑧이 ③과 ④에서처럼 각각 독립된 서체로 되어 있다. ①이 당나라의 유명한 안진경의 글씨요, 나머지 ②~⑥까지가 서체란 점을 감안할 때, 계속되는 ⑦과 ⑧도 서체로 파악하는 것이 자연스러워 보인다. 그러나 우리 나라를 비롯한 중국과 일본에서 출간된 서예 관련 어느 서적에서도 우서와 남서라는 서체는 보이지 않는다. 그런데『고려사』악지의 <한림별곡>에는 '우세남서(虞世南書)'로 적혀 있다. 우세남(虞世南, 558~638)은 당(唐)의 정치가요, 서예가로서 태종(太宗)이 오절(五絶)이라 일컬었던 인물이다. 따라서『고려사』의 표기대로 '虞世南書'로 보아야 하겠다. 나열된 위치로 보더라도 '①명필, ②~⑥서체, ⑦⑧명필, ⑨⑩붓'으로 되어 있어, 서체를 중심으로 앞뒤에 의도적으로 명필을 배치하였다고 생각된다.

그렇다면 왜 이 같은 오기가 나온 것일까? 이는 발음면에서 볼 때 '우세남서'와 '우서남서'가 청각상 혼동을 일으킬 만큼 흡사하고, 의미면에서도 앞에 서체가 계속 나열되어 있기 때문에 서예에 조예가 있는 사람이 아니면 '우서·남서'라는 서체로 보아 넘기기 쉽게 되어 있다. 더구나『악장가사』의 속성이 가창용 가사집이었다는 사실을 상기한다면 그같은 사정을 충분히 이해할 수 있을 것이다.『고려사』본에서는 사리부재(詞俚不載)의 원칙에 따라 우리말을 '이어(俚語)'라 표시하고 후절의 반복어를 생략한 흠은 있으나, 원의(原意)를 살려 적은 강점이 있다. 이로써 볼 때,『악장가사』본 <한림별곡> 제7장의 '위 囀黃鶯 반갑두셰라'가『고려사』본에서 '偉 囀黃鶯景何如'로 기록되어 있는데 '경기체가'의 형식적 특성으로 보거나,『고려사』의 신빙도를 감안할 때 <한림별곡>의 원본에서는『고려사』본의 표현대로 되어 있지 않았을까 하는 생각이 든다.

양주동은『여요전주』에서 두 자료를 모두 인용하여 '虞書(世)南書'로 적었는데, 지헌영은『향가여요신석』에서 '虞世南書'로 바로 잡아 놓았다. 그러나 박병채는『고려가요의 어석연구』에서『고려사』악지의 것을 인용하면서도 '虞書南書'로 적어 개악시켜 놓았다. 한편 김형규는『고가요주석』에서『악장가사』본만 수록함으로써, 양·지 두 분이 찾아낸 성과조차 간과하였다.

2. 사어형(死語型)의 난해어 …… '에졍지'

　'에졍지'는 다른 문헌이나 방언 등에서 조사 보고된 것이 없으므로 사어형으로 분류했다. 선학들도 단어의 뜻을 알 수가 없어 문맥에 의한 유추 방법을 사용하여 해석을 하였다. 그러나 유추의 방법은 논리적이고 구체적이어야 하며 어느 한 단어나 구절을 가지고 지나치게 확대 해석하는 것은 경계하여야 한다. 주지하는 바와 같이 <청산별곡>은 다른 작품에 비해 난해어가 많은데 설상가상으로 해석에 도움이 될 만한 관련 자료가 전혀 없는 실정이다. 따라서 작품 자체가 해결의 열쇠를 쥐고 있다고 보아야 한다. 그러므로 '에졍지'를 실효성 있게 유추 해석하기 위해서는 먼저 <청산별곡>의 전체 문맥과 나아가 화자의 정조까지 구체적으로 파악되어야 하겠다. 논리적이고 설득력 있는 분석 과정을 거쳐 난해어를 둘러싸고 있는 모든 정보가 선명하게 제공되어야 그 바탕 위에서 '에졍지'의 의미 유추가 보다 구체성을 띨 수 있기 때문이다.

　필자는 <청산별곡>이 한의 정조를 띠고 있음에 주목하고 그것이 어디에서 기인한 것인가를 밝히기 위해 제5장을 집중 분석한 바가 있다. 제5장에서 화자는 '자신이 미워한 사람도 총애한 사람도 없이 공평무사하게 처신하였음에도 엉뚱하게도 누가 의도적으로 던진 돌에 맞아 억울해서 울고 있다'고 했다. 그런데 제5장은 화자를 돌로 때린 사람, 갈등 관계에 있는 두 집단과 그 구성원으로 이루어진 인물들과, 무고함에도 불구하고 억울하게 맞고서 감히 대항할 수 없었던 화자와 투석자와의 관계, 투석자의 화자에 대한 주문과 그로 인한 오해 등, 복잡하고 은밀한 상황이 얽혀 있음을 간파할 수 있다. 여기서 얻은 갈등 구조를 제1장과 6장의 청산과 바다에 결부시켜 종합한 결과, 필자는 <청산별곡>이 정쟁의 소용돌이 속에서 임금의 오해로 인해 억울하게 파직당한 어느 고관이 낙향을 준비하며 자신의 시름을 귀거래사 풍으로 읊은 작품일 것으로 추단하게 되었다.[1]

　문제의 단어인 '에졍지'는 <청산별곡> 제7장의 '가다가 가다가 드로라 에졍지 가다가 드로라'에 등장한다. 지금까지 대부분의 연구자는 '학교에 가다'에서 가다(行·去)의 앞에 흔히 목적지가 오듯 '에졍지 가다가'에서도 '에졍지'를 가고자 하는 목적지로 파악하였다.[2] 그러나 필자는 '가다'를 '살아가다'는 뜻으로 파악하는 입장이므로[3] '에졍지'를 삶의 양태를 나타내는 부사어가 되어야 할 것으로 본다. 이는 앞서 설명한 <청산별곡>의 전체 문맥의 구조에 근거한 발상이다. 그렇다면 '에졍지' 는 어떠한 의미를 지닌 단어일까? 본문으로 돌아가 보자. 화자가 자신이 어떻게 처신했다며 임금에게 결백을 주장했던가. 화자는 자기가 맹세코 어느 편, 어느 사람을 총애하거나 미워한 적이 없다고 했다. 그럼에도 불구하고 자기가 임금으로부터 응징을 당한 것이다. 그렇다면 그가 임금으로부터 응징을 당하고 억울해서 울고 있는 이유를 생각해 보아야 한다. 그가 억울한 것은 응징이 무거워서가 아니다. 자신이 잘못한 일이라면 얼마든지 감수할 수 있다. 오히려 송구스러워 죄인인 듯 숨죽이고 있는 것이 당연하다. 그러나 작품에서 보는 바와 같이 화자는 임금이 오

---

1)　김선기, 「<靑山別曲>의 作者(話者) 摸索」, 『語文研究』 13집, 어문연구학회, 1984. pp.77-89.
2) 서재극 교수는 해석의 시각을 넓혀 놓았다. '에졍지'를 시간이나 장소, 또는 그 가는 모습을 형용하는 말이든 간에 부사어라야 한다고 하여, '어정어정' 혹은 '해 저물 녘에'로 추리하였다. (「麗謠注釋의 問題點 分析」, 『어문학』 19, 한국어문학회, 1968, pp.8-9)
3)　김선기, 「<靑山別曲>의 解釋的 考察」, 『慕山學報』 7집, 모산학술연구소, 1995.

해로 인해 무고한 자신을 응징하였기 때문에 참을 수 없이 억울하다며 절규하고 있는 것이다. 그의 수심과 눈물과 하소연은 바로 여기에 기인한 것으로 볼 수밖에 없다. 그렇다면 화자의 절규 '믜리와 괴리도 업시 마자셔 우니노라'에 우리는 귀를 기울여야 하겠다. '믜리와 괴리'는 상극하는 존재이다. 그런데 화자는 상극하는 두 집단에 대해 편파적인 행동을 결코 취하지 않았다고 결백을 호소하고 있다. 그렇다면 화자는 임금의 판단과는 전혀 달리 어느 편을 특별히 총애하거나 미워하지 않았다고 굳게 믿고 있는 것이다. 그러므로 '가다가 (살아가다가)'의 앞에서 수식하는 '에정지'는 화자가 호소하는 정서나 문맥으로 보아 '불편부당하게, 공정무사하게, 정당하게' 등의 의미를 갖는 단어가 되어야 할 것으로 추측된다.

3. 불통형(不通型)의 난해어

(1) 누룩 (麴)

문항(聞香)이라는 단어가 있다. 『중문대사전』에는 '聞香味也'라고 풀이했다. '聞'자는 다시 ①지성(知聲), ②애(受), ③지(知), ④지(智), ⑤취(嗅) ······ 등의 다양한 뜻이 있는데, ⑤의 용례로서 '五里聞香', '掃後更聞香'을 소개한 점으로 보아, 우리말 식으로는 '향내를 풍기다'가 되겠으나 '냄새를 지각한다', '받아들인다' 는 말도 가능하다. 그런데 순수 우리말 식으로 말하면 감각에 따른 각각의 서술어가 있어, 예컨대 '귀로 듣고, 눈으로 보고, 피부로 느낀다'고 표현하 듯, '냄새는 코로 맡는다'라고 써야 격에 맞는다. 그럼에도 한문식의 '문항(聞香)'이란 말에 익숙해져서 '향기를 듣는다'는 표현을 쓰기도 한다.4) 『우리말큰사전』에도 '듣다'의 풀이에 '냄새를 맡다'는 보이지 않는다. <처용가>에 '五香 마튼샤'가 있는 것으로 추측컨대, '향기를 듣는다'는 한문식의 표현이지 우리말식 표현법으로는 어색하다. 그런데 우리는 문화적으로 동북아시아의 공동 문자인 한문을 써왔고, 또한 식자들이 중국의 문헌을 폭넓게 학습하는 과정에서 한문투의 단어나 어법에 익숙하여 번역문이나 창작문에서 중국식 어법의 표현을 자연스럽게 쓰기도 했던 것이다. 더구나 시(詩)가 고도한 정신과 섬세한 정서의 표출물이므로 표현 매체인 한자(어)의 시어는 일상적인 자의(字意)의 범위를 넘어, 궁벽할 정도로 희귀한 용례를 찾아 쓰거나, 혹은 한자의 본래적인 의미를 시의 문맥으로 확대하거나 변용하여 사용해 왔다. 그러므로 시가 작품에 난해어나 문맥상 어색한 말이 있다면 그와 대응되는 한자(어)를 자전이나 사전에서 찾아보고 그와 부합되는 풀이말을 색출할 필요가 있다.

<청산별곡> 제8장에는 '누로기 미와'가 나온다. 모든 사전은 '누룩'을 '밀을 빻아 만든 술의 원료' 정도로 풀어 놓았다. 누룩을 밀기울로 만들므로 거기서 (술의) 향내가 날 리가 없다. 따라서 '누룩'은 아랫말 '맵다'와 어울리지 않으며 '술'로 풀어야 제격인 자리이다. 그래서 누룩에 대응하는 '麴'자의 풀이말을 보았더니 '주모와 酒'가 나와 있었다. 그리고 술로 쓰이는 용례가 더욱 많아, ~王(酒神), ~生, ~先生, ~君, ~居士(술의 別稱) 등이 보인다. 우리의 가전(假傳)에서도 「국순전(麴醇傳)」, 「국선생전(麴先生傳)」 등이 술을 의인화한 작품임은 주지의 사실이다. 일상어에서도 '술을 못마신다'고 말할 경우, '밀밭 옆만 지나가도(누룩만 보아도) 취한다'고 하는데 이때 밀과 누룩은 술의 의미로 쓰인 것이다. 필자는 이 같은 방법으로 <청산별곡>의 '새·잇·돌·보다·가다'를 해석한 바

---

4) 幽蘭이 在谷ᄒ니 自然이 듣디 됴해 (이황, <도산육곡> 1 : 4)
   香올 드러도 이디 몯ᄒ니 업스며 (『월인석보』 17 : 65)

있다.5)

(2) 학사와 문생

<한림별곡>의 제1장 후절은 '琴學士의 玉笋門生 琴學士의 玉笋門生 위 날조차 몃부니잇고'로 되어 있다. 여기에 나오는 '학사'와 '문생'을 둘러싼 종래의 제설을 살펴 본 다음, 국속어(國俗語)의 관점에서 해결을 시도해 보겠다.

'학사'에 대해서는 지헌영·박병채·김형규 모두 양주동의 풀이를 따랐다. 양주동은 '금학사'를 '금의'라 하고, 논거로 『고려사』 권102 열전 15를 인용하였으나 (琴儀 …… 屢典貢舉 所選多名士 翰林曲有稱琴學士者是也) '學士'에 대한 설명으로는 볼 수 없다. 양주동은 '문생'에서도 설명하지 않고 같은 방식으로 「김인경전(金仁鏡傳)」의 시를 인용하고 해당 어구에 점을 찍어 놓았다. 지헌영은 언급하지 않았으나 박병채와 김형규는 '죽순같이 임립(林立)한 문하생'으로 각각 풀이했다.

현행 고등학교에서 사용하는 8종 『문학』 자습서를 보면, 모두 '문하생(제자)'으로 되어 있다. '지학사'본에서는 다시 '금의에 의해 선발된 많은 신진 인사'라는 설명을 덧붙였지만, 수정으로는 볼 수 없다. 『중문대사전』에는 '학사'를 '①謂升於學校之士 猶學者 ②官名. 魏晋六朝 徵文學之士 司編纂撰述稱學士……'로, '문생'을 '①弟子 ②門下使役之人受 ③門下客 ④科舉時代及第者 對座主稱門生'으로 각각 설명하였다. 『우리말큰사전』에는 '학사'를 ①학위, ②관직으로, '門生'을 '①문하생의 준말, ②고려 때 과거에 급제한 사람 등이 고시관에 대하여 자신들을 일컫던 말'로

---

5) 주 3) 참조.

풀어 놓았다.

앞에서 알 수 있는 바와 같이 '문생'은 '문하생·제자'의 보편적 의미를 갖는다. 그러나 단어는 역사성과 다의성이 있고, 시는 섬세한 정서의 표출을 지향하므로 시어는 마땅히 전체 문맥에 가장 적합한 것으로 해석되어야 한다. 그런데 『고려사』에는 '國俗掌試者 謂之學士 門生稱之曰 恩門 門生座主之禮甚重'(「選擧志二」)이라 하여 과거 시험을 관장하는 고시관을 '학사', 급제자를 '문생'으로 명기하고 있어 가장 적합한 주석어로 생각된다. 이것을 <한림별곡>에 적용할 때 더욱 적실함을 알게 된다. 즉, 전절의 두 행에서는 작가별 특장의 문체, 셋째 행에서는 제술업과목(製述業科目)에 따른 특기자를 각각 열거하여 이들이 제4행의 '시장(試場)' 풍경의 소재물로 종합되었다는 사실이 분명해지기 때문이다.[6] 따라서 '琴學士의 玉笋門生'이란 금의가 고시관으로 있을 때, 그에 의해 설발된 급제자라는 의미로 풀이해야 맞는다. 이와 관련하여 <한림별곡>의 작자 논의도 후절의 '琴學士의 玉笋門生 위 날조차 멋부니잇고'라는 발화 내용을 존중하는 입장에서 진행하는 것이 온당하리라는 점을 덧붙여 둔다.

(3) 모양

이것은 <처용가>의 둘째 단락으로서 처용의 신체 부위를 묘사하는 장면에 나오는 단어이다. 양주동이 이것을 '모양'으로 본 뒤(p.163)로, 박병채(p.146), 김형규(p.261) 등 많은 논자들이 이를 따르고 있다. 지헌영은 (p.93) 특이하게 '뺨(頰)'이라 하였다. 이후 윤영옥이 설명 없이 '뺨'으로 보았으며,[7] 서대석은 양주동이 제시했던 목은(牧隱)의 <구나행(驅儺行)>의

6) 김선기, 「翰林別曲의 作者와 創作年代에 關한 考察」, 『語文硏究』 제12집, 어문연구학회, 1983, pp.291-314.

시구 '醉臉爛赤猶未醒'을 '취한 뺨 타는 듯 붉어 아직 술이 덜 깨었네'로 해석하고, 처용 가면의 얼굴색이 붉은 것을 묘사한 것이라 하였다.8) 요컨대 지금까지의 '모양'에 대한 해석은 '모양'과 '뺨', '얼굴' 등의 주장이 있지만 아직 논거를 충분히 확보한 것으로는 볼 수 없다. 그러면 사전에서는 '모양'을 어떻게 풀고 있는가?

    ① 『이조어사전』 : 모양
    ② 『조선말사전』 : 낯빛
    ③ 『우리말큰사전』4 : 모양 〔참고〕 → 뺨, 양즈
    ④ 『조선말대사전』2 : 모양

①②③④는 모두 『월인석보』 제2권 51장에서 '모양'의 용례를 인용하였는데 위에서 보는 바와 같이 ②에서는 '낯빛', ③에서는 참고로 '臉(뺨)'을 제시하였을 뿐, 대체로 '모양'으로 풀이했음을 알 수 있다. 『월인석보』의 해당 글을 보면, 도가의 천존(天尊)인 재동제군(梓潼帝君)이 동토(東土)로 가는 세존의 화신을 보고, 그 화려한 형상(瑞相)을 묘사한 장면에서 문제의 단어가 나온다.

홀론 아츠미 서늘ㅎ고 하눓 光明이 믄득 번ㅎ거늘 보니 五色 구루미 虛空으로 디나가거늘 그 가온디 瑞相이 겨시더니 감포론 마리 모르샤디 鈿螺ㅅ비치시고 金色 모야히 드넚 光이러시다.9)

『한국불교대사전』의 삼십이상(三十二相)항에 의하면 세존은 몸에 32종

---

7) 윤영옥, 『高麗詩歌의 研究』, 영남대출판부, 1991, p.158.
8) 서대석, 「高麗處容歌의 巫歌的 檢討」, 『한국고전시가작품론』 1, 집문당, 1992, p.352.
9) 『월인석보』 제2권 51장.

의 신통한 서상이 있는데, 이를 다시 세밀하게 나눈 것이 소위 팔십대형호(八十隨形好), 혹은 팔십종호(八十種好)라 한다. 『월인석보』에는 팔십종호가 주문(註文)으로 적혀 있다. 그런데 금색(金色)·월광(月光)에 부합되는 종호는 보이지 않고 빛(光明)과 관련된 것만 네 개가 나온다.

> ① 모매 光明 겨시며 (제12상)
> ② 몺비치 빗나 됴ᄒ시며 (제31상)
> ③ 모맷 光明이 各各 열자콤 ᄒ시며 (제75상)
> ④ (몸의) 비치 흐웍흐웍호미 瑠璃ᄀ튼시며 (제78상)

예문에서 보면 빛나는 주체가 모두 몸으로 되어 있어 '몸'과 '모양'이 대응 관계가 아닐까 생각되기도 한다. 삼십이상의 제14상이 신금색상(身金色相, 온 몸빛이 황금색임)이어서 더욱 그러하다. 그런데 제26상에는 'ᄂ치 두렵고 조ᄒ미 보롮ᄃᆞᆯ ᄀ튼시며'가 보인다. '몸'이라는 용어보다 '낯'이라는 구체적인 신체어가 등장한 점이 주목된다. '모양'의 해당 문장에서는 빛이 촛점인데 비해 여기서는 둥그렇고 깨끗한 얼굴을 보름달의 형상으로 비유한 점에서 차이를 보이는 것 같으나, '보름달'의 속성에는 둥그런 형상성과 빛의 광명성을 공유하고 있으므로 『월인석보』의 '金色 모야히 ᄃᆞ녔 光이러시다'의 의미 지향과 통하는 점이 있다고 생각된다. 이점을 인정한다면 낯(얼굴)과 '모양'의 관련성이 어느 정도 마련된 셈이다. 그렇지만 아직 『월인석보』의 해당 인용문을 논거로 '모양'을 '뺨'으로 단정하기는 어렵다. 그러므로 『조선말사전』의 '낯빛'설도 문제가 있어 보인다.

이제 눈을 <처용가>로 돌려 좀더 구체적으로 살펴보기로 한다. <처용가> 제2문단의 구성 방식을 살려 핵심어 중심으로 정리하면 다음과 같다.

① 어와 아븨 즈시여 處容아븨 즈시여　　⑩ 닛바래
② 滿頭揷花 계오샤 기울어신 머리예　　⑪ 특개
③ 니마해　　⑫ 엇게예
④ 山象 이슷 깅어신 눈섭에　　⑬ 스맷길헤
⑤ 누네　　⑭ 가스매
⑥ 귀예　　⑮ 빗예
⑦ 紅桃花ㄱ티 븕거신 모야해　　⑯ 허리예
⑧ 고해　　⑰ 허튀예
⑨ 이베　　⑱ 바래

　처용의 모양을 묘사한 문장 기법은 질서정연하다. ①은 ②이하에서 나타내고자 하는 처용의 신체 부위별 특징을 '즈(모양)'이라는 단어로 뭉뚱그려 제시한 감탄문이다. ②이하 시행의 통사 구조를 보면, 'A하여 B한 C'와 'A처럼 B한 C'의 두 유형으로 나뉘는데, 문제의 시행은 ④·⑩과 더불어 후자에 속하고, 나머지 14개의 시행은 전자에 해당된다. 그런데 피수식어 C는 한결같이 신체어들이고[10] B는 C를 꾸미는 수식어들이다. 여기서 신체어의 나열 방식이 철저히 순차적임을 주목해야 한다. 즉 시행은 머리로부터 차례로 훑어 내려가 발에서 끝을 맺고 있다는 사실이다. 이 같은 〈처용가〉의 구성 기법과 표현 심리, 그리고 〈처용가〉와 관련된 한시를 참고하면서 '모양'의 어의를 밝혀보겠다.

　첫째, 만약 '즈'과 '모양'이 같은 의미를 지닌 단어라면 ①의 도입행에서 사용한 '즈'을 가까운 자리인 ⑦의 시행에서 거듭 사용하였을까? 이것은 표현 심리상 납득하기 어렵다. 따라서 '즈'과 '모양'은 서로 다른

---

10) 양주동은 '스매'를 옷소매(袖)로 보았으나(p.168) 유창돈의『李朝語辭典』에 보면 '스밋뎡'을 '팔짱'이라 하고『금강경삼가해』의 '스밋뎡 곳ᄂ니(拱手)'를 예시하였다. 뿐만 아니라 소매가 팔을 꿰는 옷의 부분임을 생각할 때, '스매'를 '팔·손'으로 보아도 무방할 듯하다.

단어로 보아야 할 것이다.

　둘째, 신체어 ‘모양’이 ‘……→ 눈 → 귀 → (모양) → 코 → 입 →……’ 처럼 순차적으로 배열된 자리에 위치해 있다는 사실을 주목해야 한다. 귀와 코의 사이라면 ‘뺨’(臉)이라야 할 것이다. 더구나 그 수식어가 ‘紅桃 花ㄱ티 붉거신’이다. ‘뺨과 붉음(赤)’은 일상어나 시구 등에서 너무나 익숙한 관계이다.11)

　셋째, 이색의 <구나행(驅儺行)> 시구 ‘醉臉爛赤猶未醒’에서 고스란히 ‘붉은 뺨’이 나오고, 또 성현의 <처용> 시의 ‘豊姿渥赬’·‘含醪爛醉’ 등 시어에서 처용이 취한 자태를 통해 ‘붉은 뺨’이 쉽게 떠오른다.

　『월인석보』의 팔십종호에서 ‘뺨’이 나오지 않는 점과, 일상어에서 ‘낯을 씻는다’, ‘낯을 붉힌다’에서 보는 바와 같이 통상적으로 뺨과 낯을 엄격히 구분하지 않는 점을 고려할 때 앞의 제26상의 ‘낯(ㄴ치)’의 용례가 ‘모양’을 뺨으로 볼 수 있게 하는 유용한 방증 자료가 될 것으로 생각된다. 여기에서 『조선말사전』의 ‘낯빛’설이 눈길을 끌지만, <처용가>의 문맥으로 보아 ‘낯’이어야지 ‘빛’은 군더더기이다. 따라서 지헌영의 ‘뺨’설은 비록 논거를 제시하지는 않았지만 정확한 해석이 된다.

　(4) 아니시며 거츠르신둘

　<정과정> 제3행에 나오는 위의 어구에서는 ‘아니시며’ 앞에 놓여야 할 보충어 탐색, 존경의 접미사 ‘시’의 쓰임, 이제현의 역시(譯詩) 전구(轉

---

11) 뺨과 입시울이 블그며(臉赤脣紅) (『언해두창집요』상 : 10)
　　이비 ᄆᆞᄅᆞ고 두ᄲᅡ미 붉고(口渴兩臉赤) (『구급방언해』하 : 50)
　　紅臉桃花色 客別長羞眉 (陳後主, 『樂府』, <紫騮馬>)
　　복사꽃 고운 두 뺨 (조지훈, <승무>)

句)의 해석 등 세 가지 점을 살펴보려 한다. 설명의 편의상 譯詩의 해석
문제를 먼저 다루기로 한다.

이제현의 역시는 평기식(平起式)의 7언절구이다.

<pre>
    憶君無日不霑衣 [× ○ ○ × × ○ ○]
    政似春山蜀子規 [× × ○ ○ × × ○]
    爲是爲非人莫問 [○ × ○ ○ ○ × ×]
    只應殘月曉星知 [× ○ ○ × × ○ ○]   (○ : 평성, × : 측성)
</pre>

지금까지 전구의 해석은 ①'옳은지 그른지를 사람들에게 묻지 마오'
와 ②'옳은지 그른지를 사람들아 (내게) 묻지 마라'의 양설이 있다. 이는
『고려사』「악지」의 기록 내용과 시구의 구조를 통해 시비를 가릴 수 있
을 것이다. 노래의 배경기록에 의하면, 정서(鄭敍)가 조정의 여론에 밀려
고향인 동래로 쫓겨나게 되었는데, 그때 의종(毅宗)이 이모부인 정서에게
오래지 않아 소환하겠노라고 약속했던 것인데, 그 약속이 오래도록 지
켜지지 않자, 정서는 어쩔 수 없이 <정과정>을 지어 임금에게 하소연하
였던 것이다. 이처럼 정서에 대한 조정의 여론이 너무나 좋지 않았으므
로 임금도 어쩔 수 없이 자신의 이모부를 방축하지 않을 수 없었던 상
황임을 미루어 볼 때, 임금을 둘러싸고 있던 조정의 신료들은 어느 누구
도 정서를 변호하는 사람이 없었을 것으로 추측된다. 그러므로 시구에
등장하는 '人'은 <정과정>의 '벼기더시니' 바로 그들로서 임금의 측근
인사들로 보아야 하겠다. 그렇다면 그들이 새삼스럽게 정서에게 그의
시비를 물었을 까닭이 없다. 반면, 임금이 소환의 약속을 지키기 위해
조정의 측근들에게 정서에 대한 여론을 물어보는 것은 자연스런 일이라
생각된다. 그러나 정서는 자기가 과도 허물도 전혀 없이 여론의 횡포로
인해 방축을 당했다고 억울해 했다. 이 점으로 미루어 보아, 정서는 임

금이 측근들에게 자신의 잘 잘못을 묻는 짓은 부질없다고 여겼을 것이다. 물어보나 마나 사람들이 자기를 악평할 것이 뻔했기 때문이다. 그래서 그는 고립무원의 고독에 싸여 다만 잔월효성만이 자신의 결백을 알 뿐이라고 토로했던 것으로 보아야 하겠다. 따라서 노래의 배경 문맥으로 볼 때, 전구는 <(임금이시여) 나의 시(是)와 비(非)를 남들에게 묻지를 마소서>로 풀어야 하리라 본다. 그렇게 되려면 ‘莫問人’이 되어야 하겠으나, ‘人’이 평성자이므로 한시의 평측법에 맞추기 위해 ‘人莫問’으로 표현한 것으로 생각된다.

‘아니시며’에 대한 제가의 설도 다양하다.[12] 이는 ‘아니시며’ 앞에 놓여야 할 보충말의 내용과 ‘둘’의 기능에 대한 관점의 차이, 그리고 이 구절을 역시의 전구와 맞대응의 관계로 파악한 데서 기인한 결과로 보인다. 필자는 ‘둘’을 목적격 조사로 보고, ‘아니시며’의 앞에 놓여야 할 보어가 무슨 말일까를 탐색해 보겠다. 종래의 연구자들 가운데에는 <정과정>의 제1, 2행과 번역한 시의 기·승구가 대응되므로 제3행의 ‘아니시며 거츠르신둘’과 ‘爲是爲非人莫問’과도 맞대응하는 것으로 보고 해석한 분들이 많았다.

① 내님을 그리ᅀᆞ와 우니다니　(憶君無日不霑衣)
② 山졉동새 난 이슷하요이다　(政似春山蜀子規)
③ 아니시며 거츠르신둘 아으　(爲是爲非人莫問)
④ 殘月曉星이 아르시리이다　(只應殘月曉星知)

만약 이들이 맞대응의 관계가 성립된다면 역시(譯詩)는 <정과정>의 일부를 번역한 꼴이 되고 만다. 이제현이 뛰어난 시인으로서 <정과정>

---

12) 양태순, 「鄭瓜亭의 綜合的 考察」, 『한국고전시가작품론』 1, 집문당, 1992, p.253.

의 문학성을 높게 평가한 나머지 작품을 번역했다면, 부분만 번역했을
것 같지는 않다. 시가 7언 절구형의 짧은 형태임을 감안한다 하더라도,
적어도 <정과정>의 주제를 살리기 위해서는 작품 전체의 특징적 제재
나 시구를 포용하여 한시로 번역했을 터이기 때문이다. ①②④에서 보면
번역시와 <정과정> 노랫말이 대응 관계를 이루고 있는 것이 사실이지
만 ③은 성격이 다르다. ③은 전구로서 이 시의 핵심부가 되므로 단순히
맞대응의 관계로 끝날 수가 없는 것이다. 실제로 보더라도 '非' 정도만
'아니시며'와 관련될 뿐 그와 뜻이 반대되는 '是'자와 '人莫問'은 <정과
정> 제3행의 노랫말로는 맞대응 관계를 설명하기 어렵다. 이는 제3행인
전구가 <정과정>의 다른 시행들의 내용을 포괄하고 있음을 의미한다.
그러므로 '아니시며 거츠르신들'은 시의 전구로 한정시킬 것이 아니라,
<정과정> 작품 전체의 내용과 관련지어 이해하여야 하겠다.

    (A) 내님믈 그리ᅀᆞ와 우니다니
         山접동새 난 이슷ᄒᆞ요이다
    (B) ①아니시며 ②거츠르신둘 아으
         殘月曉星이 아ᄅᆞ시리이다
    (C) 넉시라도 님은 ᄒᆞᆫ디 녀져라 아으
         벼기더시니 뉘러시니잇가
         過도 허믈도 千萬업소이다
         물힛마리신뎌 ᄉᆞᆯ읏븐뎌 아으
    (D) 니미 나ᄅᆞᆯ ᄒᆞ마 니즈시니잇가
         아소님하 도람드르샤 괴오쇼셔

  ②의 '거즐다'는 '허무부실(虛誣不實), 류(謬), 위(僞), 탄(誕)' 등을 뜻하는
망(妄)자와 대응된다.13) 그러므로 (B)는 '①(~이) 아니시며 ②거츠르신(a.
잘못됨, b.기만함 c.거짓됨)줄을 잔월효성이 알 것입니다'가 된다. 그런데 (B)

에서는 원억(冤抑)한 심정을 효과적으로 나타내기 위해 '①이 아닌 ②'형
의 동의 반복적 표현을 쓴 점이 특이하다. 그러므로 ②가 a, b, c 가운데
어느 것으로 정해지느냐에 따라 ①의 보충어도 윤곽을 드러내게 될 것이
다. 이를 위해 <정과정>에 담겨 있는 정서의 입장으로 돌아가 생각해
보자. 정서는 '過도 허믈도 千萬 없었는데' '벼기던 이'들의 터무니 없는
참소로 인해 동래로 쫓겨났다고 억울해 했다. 게다가 곧 소환하마던 임
금의 약속이 오래도록 지켜지지 않자, 임금을 그리워하는 마음에 애간
장이 타서 견딜 수 없으니 자신을 속히 소환해 주십사고 임금에게 하소
연하는 수밖에 없다. 정서에게 있어서는 내침을 당한(放歸) 일보다 더 비
참한 사건은 없다. 이 사건을 중심으로 볼 때 (A)는 방귀의 고독한 처지
를, (C)는 방귀가 참소로 인한 원억한 일임을, (D)는 임금이 속히 불러 주
시기를 바라는 내용으로 파악된다. 따라서 (B)가 (A)와 (C)의 사이에 놓
여 있는 점으로 미루어 그 자리는 마땅히 방귀의 조처(措處)가 와야 할
자리라 생각된다. 정서를 내몰아야 한다는 조정의 여론이 너무 거세었
으므로 임금도 어쩔 수 없이 따랐다고는 하지만 방귀를 최종 결정한 장
본인은 바로 임금이었다. 자신에게는 잘못이 전혀 없고, 오직 터무니 없
는 참소로 방귀되었다고 믿고 있는 정서로서는 임금의 조처가 잘못된
것으로 봄이 지극히 당연하다. 그러므로 ②의 '거츠르신들'은 a.'잘못됨'
이 되어야 하고, 따라서 ①은 (잘한 조처가) '아니시며'로 파악된다. 이상
의 논의를 종합할 때, (B)는 '(나를 동래로 방축한 임금님의 조처는 잘한
일이)아니시고 잘못이심을 잔월효성과 같은 자연물조차 아실 것입니다'
로 풀이된다. 연관하여 보어가 생략된 이유도 해명이 가능해진다. '임금
의 잘못'을 성토하는 내용이 보어의 자리에 와야 하는데 군주국가에서

---

13) ᄆᆞᅀᆞᆷ 볼긿 사ᄅᆞ미 거츠리 緣塵을 아라(明心之士ㅣ 妄認緣塵ᄒᆞ야) (『능엄경』 1 : 2-3)

그것을 글에 드러내기는 불가능하다. 그러므로 보어를 생략하고 대신에 부정형의 표현 ①과 거짓됨을 담고 있는 ②를 동의 반복적으로 표현함으로써 자신의 억울함을 강렬하게 드러냈던 것이라 생각한다.

'아니시며 거츠르신돌'에서 두 번이나 나오는 '시'에 대해서 종래에 자칭사용설(自稱使用說)[14]과 고려가요 특유의 시적 기법설[15]로 설명하였으나, 위에서 밝힌 바와 같이 '아니시며 거츠르신돌'이 임금의 행위에 관련된 표현이기 때문에 존경의 접미사 본래의 기능을 살려 쓴 것으로 보아야 하겠다.

Ⅲ. 결론

지금까지 여요의 난해어를 오기형·사어형·불통형으로 나누어 각각에 대해 해석 방법을 제시하고 실제로 해석을 시도하였다. 특히 이들 가운데 불통형의 난해어가 가장 논란이 많고 이견이 첨예하므로 중점적으로 고찰하였다. 그 결과를 차례대로 요약 정리하면 다음과 같다.

1. 고가요에도 잘못 기록된 단어가 있을 수 있으므로 우선 자료에 대한 검토를 철저히 해야 한다. 이본이나 관련 문헌이 있을 경우에는 반드시 대교 작업을 거쳐 진위를 밝혀야 한다. 이 경우, 작품의 성격, 문맥의 부합 정도, 자료의 신빙도 등을 종합적으로 고려하여 신중하게 그 진위를 판별해야 한다.

『악장가사』본 <한림별곡>의 '우서·남서'는 그것이 마치 서체인 듯이 보이나 중국에도 그 같은 서체가 없으므로 이는 거짓 정보임이 분명

---

14) 양주동 이후 많은 분들이 이를 따르고 있다.
15) 김완진, 「文學作品의 解釋과 文法」, 『文學과 言語』, 塔出版社, 1982, pp.1-28.

하다. 나아가 『고려사』 악지의 신빙도와 <한림별곡>의 성격, 문맥의 부합면 등을 종합 판단할 때 당나라의 유명한 서예가였던 우세남(虞世南)의 글씨(書)를 뜻하는 '우세남서(虞世南書)'의 오기임이 더욱 분명해졌다.

2. 사어형의 난해어는 아직까지 고문헌이나 방언 등에서 그 어형이 발견되지 않은 것을 말한다. 그러므로 앞으로 발견될 여지가 있다는 점에서 이에 대한 연구자들의 지속적인 관심이 요구된다. 그렇지만 현재로서는 작품의 문맥에 의해 추정하는 방법이 사어형을 해석하는 최선의 길이라고 생각한다. 다만 해석자의 자의적 일탈을 경계하여야 한다. 이를 위해서는 작품 전체의 의미 구조를 구체적으로 파악하여, 난해어가 선택할 수 있는 의미의 폭을 최소로 좁히려 힘써야 한다. 필자는 <청산별곡>의 제5장을 분석하여 이 작품의 성격을 '임금으로부터 억울하게 파직된 어느 고관의 한 맺힌 귀향가'로 파악하고, 그러한 문맥에서 <청산별곡>의 난해어인 '에정지'가 '불편부당하게, 정당하게, 공평무사하게' 등의 의미를 갖는 어휘일 것으로 추정하였다.

3. 학자들 사이에 가장 논란이 분분한 것이 불통형 난해어이다. 각자 작품을 보는 시각의 차이가 있고, 그에 따라 어의 파악을 임의로 하였기 때문에 이견이 속출했다. 본고에서는 성격을 달리하는 네 개의 난해어를 예로 들어 해석을 시도하였다.

'누룩'은 순수한 우리말 자체에서는 문맥에 맞는 의미인 '술'을 찾아낼 수 없다. '누룩'을 그것과 대응하는 한자인 '麯'으로 호환시켜야 문맥에 맞는 '술'이 도출된다. 여기서 필자는 우리말을 한자로 호환시켜 풀이하는 새로운 해석 방법을 제시하였고 그 방법의 유용성을 제안하였다.

'學士와 門生'은 일반 사전의 보편적 의미로는 문맥에 부합하지 않는다. 이들은 고려조 과거시험 제도상의 독특한 풍속에 관련된 단어로서 시험을 관장하던 고시관을 '학사', 그로부터 선발된 급제자를 '문생'이

라 하였음을 『고려사』 「선거지」가 보여 주고 있다. 작품의 어휘는 보편
어를 바탕삼고 있되 여기의 '학사와 문생'처럼 역사와 풍속에 따른 특수
한 용도의 어휘가 있음을 알게 되었다.

'모얌'은 문헌의 용례로는 의미가 분명치 못하다. 다행히 고려 <처용
가>의 기술 방식이 머리에서부터 발까지 신체 부위를 순서대로 나열하
는 규칙성을 보이고 있다는 점과, 이색의 <구나행>시를 논거로 그것이
'뺨'임을 밝혔다. 이는 작품의 기술 방식과 작품의 용례를 주목하여 얻
은 성과이다.

'아니시며 거츠르신돌'은 '아니시며' 앞에 놓일 보충어의 내용과 존경
접미사 '시'의 쓰임에 대해 학자들 사이에 이견을 보인 과제이다. 필자
는 이제현의 한역시와 관련지어 검토함으로써 그것이 '(나를 동래로 방
축한 임금님의 조처가 잘한 일이) 아니시고 잘못이심'으로 해석하여 두
가지 문제를 동시에 해결하였다.

I. 서론

<청산별곡>은 고려가요 가운데서도 뛰어난 작품의 하나로 관심을 모아 왔다.[1] 이제까지 <청산별곡>에 대한 연구 업적이 질량면에서 고려시대의 다른 작품들보다 풍부하다는 사실로서도 그의 문학적 비중이 매우 크다는 것을 알 수 있다.

그런데 이 작품 가운데에는 아직도 해결되지 못한 난해한 말들이 문맥상 중요한 부분에 자리잡고 있을 뿐만 아니라, 또 다른 방증 자료를 얻을 수가 없는 상태이기 때문에 연구에 상당히 어려운 점이 있는 것이다. 그러한 까닭으로 <청산별곡>은 작품 자체에서 비밀의 열쇠를 찾지 않으면 안 된다. 그런 만큼 정밀한 작품 분석을 통해서 문제점을 해결해 나갈 수밖에 없다 하겠다.

이러한 제한된 상황 아래에서 이루어지는 작업이었기 때문에 비약과 독단을 온전히 배제하기 어려웠던 것이다. 작품을 이해함에 있어서 관

---

[1] 梁柱東, 『麗謠箋主』, 乙酉文化社, 1954, p.307 ; 金亨奎, 『古歌註釋』, 一潮閣, 1967, p.181 ; 徐首生, 『韓國詩歌研究』, 螢雪出版社, 1974, p.97 등 참조

건이 되는 작자 모색의 문제도 마찬가지 현상으로 나타난다. 즉 화자를 성별상[2] 또는 여자로[3] 혹은 전반부는 남자, 후반부는 여자로[4] 보는 등 실로 의견이 구구하였던 것이다.

필자는 <청산별곡>의 화자가 어떠한 처지의 사람인가를 밝혀보려는 의욕을 가지고 본고를 집필하거니와 여기서는 우선 제5장을 중점적으로 분석함으로써 화자를 모색하고, 그 화자가 작품에서 어떻게 조응하는가를 확인해 보려고 한다.

II. 작품의 구조

<청산별곡>은 주지하는 바와 같이 『악장가사』에 실려 있는데 모두 8장으로 이루어져 있다. 여음을 제외한 본문을 아래에 옮겨 본다.

제1장	제5장
살어리 살어리 랏다	어듸라 더디던 돌코
靑山애 살어리 랏다 청산	누리라 마치던 돌코
멀위랑 두래랑 먹고	믜리도 괴리도 업시
靑山애 살어리 랏다 청산	마자셔 우니 노라
제2장	제6장
우러라 우러라 새여	살어리 살어리 랏다
자고 니러 우러라 새여	바르래 살어리 랏다

---

2) 이 주장은 이제까지 학계의 주류를 이루어 왔다.

3) 金完鎭, 「<靑山別曲> 結聯에 對한 一考察」, 『藏庵 池憲英先生華甲紀念論叢』, 호서문화사, 1971, p.463.

4) 朴鎭泰外 2人, 『韓國詩歌의 再照明』, 螢雪出版社, 1984, p.77.

<table>
<tr><td>

널라와 시름한 나도
자고 니러 우니로라

</td><td>

느ᄆ자기 구조개랑 먹고
바ᄅ래 살어리 랏다

</td></tr>
<tr><td>

제3장
가던새 가던새 본다
믈아래 가던새 본다
잉무든 장글란 가지고
믈아래 가던새 본다

</td><td>

제7장
가다가 가다가 드로라
에정지 가다가 드로라
사스미 짒대예 올아서
奚琴을 혀거를 드로라
희금

</td></tr>
<tr><td>

제4장
이링공 뎌링공 ᄒ야
나즈란 디내와 손뎌
오리도 가리도 업슨
바므란 쏘엇디 호리다

</td><td>

제8장
가다니 비브른 도긔
설진 강수를 비조라
조롱곳 누로기 미와
잡스와니 내엇디 ᄒ리잇고[5]

</td></tr>
</table>

그런데 몇몇 학자는 『악장가사』에 실려 있는 순서 그대로 파악하려 하지 않고 제5장과 제6장의 위치가 뒤바뀐 것으로 생각하여 앞의 4장을 청산에서의 생활로, 뒤의 4장을 바다에서의 생활로 분단(分段)하여 보거나,[6] 작중 화자를 앞의 4장은 농부로, 뒤의 4장은 술어미로 갈라 놓기도 하였다.[7] 이러한 주장은 <청산별곡>이 구전되어 오다가 문헌에 정착되는 과정에서 제5장과 제6장의 순서가 착절(錯節)되었을 지도 모른다[8]는 추정과 아울러 두 장을 서로 바꾸어 놓고 앞의 4장과 뒤의 4장을 대응시켜 볼 때, 구문 형식과 표현 기법 면에서 서로 혹사하여 대칭형으로

---

5) 『악장가사』본을 3음보에 맞추어 띄어 쓰되, 본 논제와 관련이 없는 후렴구는 생략하였다. 그리고 여기서의 음보는 학계의 통설을 좇은 것으로서, 『시용향악보』의 음곡(音曲)에 따른 정각(井刻) 단위는 고려하지 않았다.

6) 鄭炳昱, 『한국고전시가론』, 신구문화사, 1977, p.108.

7) 朴鎭泰外 2人, 전게서, p.77.

8) 金尙億, 「靑山別曲硏究」, 『국어국문학』28~31 합병호, 국어국문학회, 1965, p.597.

파악될 수 있다는 근거를 바탕으로 삼고 있다.

그러나 시상의 전개 면에서 보면 오히려 원전(原典) 그대로 놓고 보는 편이 나을 것 같다. 시상의 전개로 보아, 제5장이 동기가 되어 제1장과 제6장의 행위가 빚어진 것이다. 그러므로 동기가 되는 제5장의 내용이 제1장과 제6장의 앞에 각각 놓이는 것이 상식적인 표현 방법이 될 것이다. 그러나 화자는 제6장의 앞에 한 번만 놓아둠으로써 대뜸 청산으로 가겠다는 표현법을 구사했던 것이다. 이것은 평면적 서술 방법을 피하여9) 작품의 구성 효과를 노린 화자의 의도로 보아야 할 것이다. 제5장이 그 자리에 놓이게 됨으로써 청산과 바다의 이질성으로 말미암아 야기될지도 모를 시상의 이완(弛緩)을 막아주는 동시에 제4장과 제6장의 문맥을 자연스럽게 연결시키는 효과를 동시에 거둘 수 있었던 것으로 보아지기 때문이다.

아무튼 <청산별곡>의 화자를 모색함에 있어서 8장 가운데에서 제5장이 차지하고 있는 비중이 필자가 보기에는 어느 다른 장보다 매우 크다고 생각한다.10) 그러므로 필자는 제5장의 의미 구조를 중점적으로 분석함으로써 <청산별곡>의 화자를 모색할 수 있는 단서를 찾아보려고 한다.

---

9) 李勝明,「靑山別曲연구」,『高麗時代의 言語와 文學』, 螢雪出版社, 1975, p.133.
  李 교수는 이러한 결구방식을 오케스트라의 팡파르에 비유하였다.
10) 金學成,『韓國古典詩歌의 研究』, 圓光大學校出版局, 1980, p.136.
  金 교수는 話者(작자)의 정체를 밝힘에 있어 제5장을 주목하였으나, 표출된 화자의 정서와 고려 후기의 절박한 사회상을 결부시켜 추정하는 정도에 그쳤을 뿐, 제5장의 분석을 토대로 어떠한 처지의 인물인지를 추정하는 데까지는 미치지 못하였다.

Ⅲ. 제5장의 분석

제5장은 이 작품의 핵심어라 할 '시름(울음)'이 생겨나게 된 동기를 담고 있음으로써 화자 추정 작업에 있어 중요한 단서를 제공하고 있다고 본다.

제5장의 전문을 보면 다음과 같다.

> 어듸라 더디던 돌코
> 누리라 마치던 돌코
> 믜리도 괴리도 업시
> 마자셔 우니 노라.

본 장(章)은 해독자 간에 별다른 견해의 차이를 보이고 있지 않으나, 필자는 다음과 같이 풀어 보려고 한다.

> 어디에(何處) 던지려던(投) 돌(石)입니까?
> 누구를(誰) 맞히려던(的中) 돌(石)입니까?
> (나는) 미운 사람도(믜리-憎惡者) 고운 사람도(괴리-寵愛者) 없었는데, (엉뚱하게) 맞고 (억울해서) 울고 있습니다.(泣)

위의 작품 내용을 분석하여 그 안에 담겨 있는 사건의 구조를 파악하여 화자를 추정하려 한다. 이를 위하여 일련의 문제를 제시하고 거기에 대한 해명을 하여 나아가는 과정에서 화자의 문제는 자연히 그 윤곽이 드러날 것으로 본다.

1. 화자는 현재 어떠한 모습을 하고 있는가?

화자는 누가 던진 돌에 맞아 울고 있다. 울음의 양상을 본문에서 찾아 본다.

> a. (돌에) 마자셔 우니노라(제5장)
> b. 널라와 시름 한 나도 자고 니러 우니노라(제2장)
> c. 오리도 가리도 업슨 바므란 또 엇디 호리라(제4장)
> d. 조롱곳 누로기 미와 잡스와니 내 엇디 흐리잇고(제8장)

위에서 알 수 있듯이 울고 있는 장면은 제2장과 제5장에만 나와 있다. a에서는 화자가 돌에 맞아 울게 된 사실을 밝히고 있음에 비해, b에서는 화자가 큰 시름으로 인해 울고 있다고 하여 울음이 단순히 돌에 맞은 아픔으로 인한 것이 아니요, 어떤 시름과 관련된 것임을 짐작할 수 있다. 그리고 c와 d는 우는 것 못지않게 진한 슬픔을 느끼게 한다. 즉, c는 밤이 되어 사람의 왕래조차 끊김으로써 감당할 수 없이 밀려드는 시름을 누구에게 하소연조차 할 수 없는 상황에서, '이 고독의 두려움을 어떻게 감당할 수 있단 말인가'라고 외치는 절규요, d는 술을 마시지 않고는 견딜 수 없어 잔을 들고서 자신의 시름을 하소연하는 장면이므로, '울음' 바로 그것과 다를 바가 없다. 현재 화자는 어떤 큰 시름으로 인해 울고 있음을 알 수 있다.

2. 화자는 무엇 때문에 맞아 울고 있는가?

화자는 돌에 맞아 울고 있다. 그러면 울고 있는 까닭이 무엇인가? 맞고 난 뒤에 화자는 '믜리도 괴리'도 없었는데 맞았노라고 원통해 한다. 이 말은 그가 '믜리(미운 사람)'와 '괴리(고운 사람)'를 구분하지 말았어야 했는데 그들을 표나게 구분했기 때문에 당한 사실임을 반증(反證)하고 있다. 예를 들어 아들이 어머니한테 매를 맞고 울면서 '저는 나쁜 짓을 저지르지 않았어요'라고 말했다 하자. 그 때 아들의 말대로 그가 설령 나쁜 짓을 저지르지 않았다 하더라도 그의 어머니는 자식이 나쁜 짓을 했다고 판단했기 때문에 매질을 가한 경우와 같다. '믜리도 괴리도 업시 마자셔 우니노라'는 바로 이러한 사실을 함축하고 있는 것이라 생각한다. 그렇다면 화자가 우는 까닭은 맞아서 아프다는 현실과, 자기는 '믜리'도 '괴리'도 없이 공평하게 대하여 왔었는데 돌을 던진 자(投石者)가 오해하여 무고한 자신을 돌로 쳤다는 원망의 심정을 토로한 것이 된다. 그런데 '우니노라'가 나타내는 바 행위의 지속성으로 볼 때, 전자보다는 후자로 이해하는 편이 타당할 것으로 보인다. 가해자와 피해자의 사이에 근본적으로 가로 놓인 오해, 여기서 화자의 시름이 생겼고, 시름의 정도가 심하므로 계속 우는 행동이 표출되었다고 볼 수 있기 때문이다.

3. 화자와 투석자는 어떤 관계인가?

화자 '나'는 돌에 맞은 것이 사실이다. 그렇다면 돌을 던진 사람이 반드시 있을 것이다. 길 가다가 까닭없이 날아온 돌에 우연히 맞았다고는 생각되지 않는다. 누가 의도적으로 던졌기 때문에 '누구를 적중시키려 한 돌인가'하고 물었을 것이다. '마치다'가 '맞다'의 사역형이라는 사실을 확인하는 것만으로도 반론의 여지가 없다. 그렇다면 투석자가 분명히 있어서 돌로 화자를 쳤음이 분명해진다. 그렇다면 투석자와 피해자는 어떠한 관계인가? 돌로 친 사건만으로는 서로의 관계가 모호하다. 그런데 맞아서 울며 다니는 사람을 손위 사람으로 보기에는 어색하다. 설령 손아래 사람한테 부당하게 얻어맞았다 하더라도 그것이 무슨 자랑이라고 울고 다니면서 남들 앞에서 하소연하겠는가? 혹 대등한 관계를 상정해 볼 수도 있겠으나, 그렇다면 부당하게 돌로 맞았기 때문에 대항한 흔적이 보여야 할 터인데 작품에는 그러한 낌새가 보이지 않는다. 어느 구석에도 맞서거나 항의하는 모습이 없는 점으로 보아 가해자는 피해자가 항의조차 할 수 없이 월등한 자리에 있는 사람일 것으로 추측된다. 필자는 '잡스와니'의 행위 주체를 화자로 보고, 그가 투석자를 향한 독백 속에 이 단어를 썼던 것으로 파악한다. 이 단어에 상대존칭보조어간이 쓰인 점으로 보더라도 투석자는 화자보다 높은 지위에 있는 사람임이 분명해진다. 이 같은 관계를 본문의 맥락에서 다시 살펴보면, 투석자는 화자를 돌로 칠 만큼 높은 위치에서 화자가 '믜리'와 '괴리'를 구별하여서는 안 된다고 경고하였음에도 그가 보기에는 화자가 그들을 편애하였다고 판단했기 때문에, 화자를 돌로 쳤다는 결과가 된다. 뿐만 아니라 투석자가 화자를 감독하는 위치에 있었다는 사실로 미루어 볼 때, 화자는 투석자의 영향권 안에 소속된 측근이었을 것으로 추측된다.

4. '믜리와 괴리' 이들과 화자의 관계, '믜리와 괴리'의 상호 관계, '믜리와 괴리'는 개인일까? 집단일까?

　화자가 '믜리'와 '괴리'가 따로 없었다고 강력히 주장하고 있는 점으로 미루어 화자의 마음에는 증(憎)과 총(寵)의 구분이 없었다고 보아야 하겠다. 여기서 '믜리와 괴리' 양자는 평소에 갈등으로 맞서 있었음이 드러난다. 만약 이들이 서로 사이가 좋아 하나로 뭉쳐져 있었다면 화자가 어떻게 행동하든 투석자로부터 증·총의 오해를 받지는 않았을 것이기 때문이다. 이로 보아 화자는 대립되어 있는 양자 사이에 조절자로 있으면서 이들 상호간의 갈등에 불편부당(不偏不黨)하게 처신했어야 함에도 불구하고 어느 한 편에 기울어져 있었기 때문에 그보다 위에서 감시하던 투석자로부터 응징을 당한 셈이 된다. 그리고 양자의 인적 구성은 돌이 날아간 방향과 대상을 지목한 용어인 '어듸라(어느 편) : 누리라(누구) : 나'의 쓰임이 큰 범위에서 작은 범위로 좁혀지는 관계로 엮어 있음을 고려할 때, '누구' 즉 믜리와 괴리는 집단의 구성원으로 보지 않을 수 없다.

5. '어듸 : 누리 : 나'의 상호 관계는 어떠한가?

이들 상호간의 관련성이 무시될 때, 아무데나 마구잡이로 날아온 돌이 사람을 상하게 함으로써, 그것이 마치 사람의 운명을 상징하는 것처럼 해석되기도 하였다.[11] 그러나 투석의 동작을 자세히 추적해 보면, 투석자가 던진 한 개의 돌이 날아가면서 그 방향이 점점 구체화되어, 급기야 최종 목표인 '나'를 명중시키는 연속적 동작으로 이루어졌음을 주목할 필요가 있다. 돌이 날아가는 동작을 묘미있게 표현하고 있어 작자의 기량이 보통이 아님을 추측케 한다. 이러한 기법은 '더디다→마치다→맞다'로 이어지는 동작의 표현에서도 그 섬세함이 확인된다. 투석자의 입장에서 보면, 이미 화자를 치겠다는 마음을 먹고 던진 돌이기 때문에 주저할 것 없이 목표물을 향해 직진하는 것이 되겠지만, '믜리도 괴리'도 없다고 굳게 믿고 있던 화자에게는 사정이 전혀 다르다. 그는 돌이 자신

---

11) 鄭炳昱, 전게서, p.110 ; 李勝明, 전게논문, pp.124-125.

에게 날아 올 까닭이 없다고 믿고 있다가 갑자기 돌에 맞은 것이다. 그래서 어느 곳(何處, 대립된 양편 가운데 어느 한 쪽)을 향하여 던진 돌인가? 그 가운데 누구(誰)를 겨냥한 돌인가? 아니, 그것이 날아와 나를 맞히다니 하면서, 억울하다면서 울고 있는 것이다. 투석자의 측근이었던 화자가 볼 때, 양편의 갈등이 더해 가므로 머지않아 어떤 조처가 있을 것으로 예측하지 못한 바는 아니로되, 막상 돌이 날아와 자신을 맞히고 보니, 그 사실을 도저히 받아들일 수가 없는 것이다. 그래서 화자는 '어듸→누리→나'라는 단계를 설정하면서 자신의 무고함을 애써 밝히려 했다. 먼저 갈등하는 두 집단을 생각해 보고 다음 집단의 구성원들을 생각해 보고, 또 화자 자신을 생각해 보며 응징의 대상을 떠올려 보는 것이다. 따라서 어듸·누리·나는 모두 응징의 대상으로 상정된 것들인데, 범위를 좁혀 나가다가 최후에 '나'로 초점이 모아지면서 응징의 대상으로 지목되었음을 보여 준다.

6. 개별 논의의 종합과 화자 모색상의 문제점

위에서 개별 논의를 통해 얻은 내용들을 다시금 종합하여 제5장 전체의 의미 구조를 알아보고, 이어서 화자를 둘러싼 몇 가지 주장을 간략히 살펴 거기에 드러난 문제점을 알아보겠다.

화자는 미워한 사람들과 사랑한 사람들을 따로 구분하지 않고 공평무사하게 처리해야 하는 자리에 있으면서 그렇게 일해 왔노라고 스스로 믿었는데, 위에 있는 투석자가 오판하여 화자를 돌로 쳤기 때문에 화자는 억울해서 울고 있다. 즉, 제5장은 대립하고 있는 양집단원(兩集團員)과 그들을 화해·조정시켜야 할 책임을 맡고 있는 화자와, 전체를 통괄 감시하고 있는 투석자가 어울려 빚은 사건임을 알게 되었다.

이러한 구조의 사건은 인간 사회의 도처에서 빈번하게 일어난다. 예를 들면 가정에서 어떤 문제로 아들과 딸들이 서로 편을 갈라서 다투고 있을 때, 맏이는 싸움을 말리는 임무를 맡게 되고 그가 해결하지 못하여 싸움이 지속되거나 어느 쪽 편을 들어 사태가 더욱 악화된다고 판단될 경우, 마침내 부모가 직접 개입하여 맏이를 꾸짖는 일과 같다. 이러한 따위의 사건들이 많이 있기 때문에 <청산별곡>의 화자 모색이 더욱 어렵다고 생각될는지 모른다.

그렇다고 하여 위에서 예로 든 '맏이'가 <청산별곡>의 화자가 될 수 있을까? <청산별곡>의 전체 문맥이 그것을 허용하지 않는다. 인간사에 빈번하게 일어나는 그러한 형태의 다양한 사건들을 다시 <청산별곡>의 문맥에 환원시켜 그 타당성 여부를 확인해야 하는 중요한 과정이 남아 있기 때문이다. 이러한 과정을 고려할 때 위의 '맏이'가 <청산별곡>의 화자가 될 수 없는 이유는 자명하다. 집안 일로 부모에게 꾸지람을 들었다고 해서 집을 뛰쳐나가 부모를 원망하면서 먼 곳(청산과 바다)으로 떠나가 살겠다고 외칠 수가 있을까? 그것은 상식적으로도 어울리지 않는다.

제5장의 분석을 통하여 밝힌 바 화자 모색의 예상 범위를 염두에 두지 않고 작품 속의 몇 개 단어에 사로잡히거나 혹은 주제에서 풍기는 인상을 가지고 화자를 임의로 상정해 보는 연구 방법은 바람직하지 못하다는 점을 분명히 밝혀 둔다. 다시 말하거니와 <청산별곡>의 화자를 모색함에 있어 제5장은 절대적으로 중요한 단서를 그 속에 간직하고 있으므로 화자에 대한 논의는 마땅히 제5장의 철저한 분석을 바탕으로 시작될 수밖에 다른 도리가 없다고 본다.

필자는 <청산별곡>의 화자가 지식층 인물일 것으로 보았기 때문에, 이와 관련된 몇 분의 주장을 살펴 본 뒤, 필자의 관견을 피력해 보겠다.

정병욱 박사는 <청산별곡>이 고도한 작품성으로 보아 민요일 수는 없다고 하여 종래의 통설을 뒤엎고 작자를 지식층 인물로 추정한 바 있다. 정 박사의 주장은 작품 분석을 통해 귀납한 것으로서 <청산별곡>의 작자 논의에 있어 획기적인 것으로 평가할 수 있을 것이다.

정 박사는 다음과 같이 주장하였다.

> 우리는 이 노래가 결코 민중 속에 굴러다니면서 때가 묻은 속요일 수 없다는 확언을 얻을 수 있으리라 믿는다. 그 이미지에 있어서 관용적인 것이 없고, 구문(構文)에 있어서 동적이면서 논리성을 일관하고 있고, 고도한 상징성마저 지니고 있는 완전무결한 일편의 창조적인 시이다. 그 깊은 철학과 집요한 삶의 추구, 이 시의 작자는 분명히 <한림별곡>의 작자들에 못지 않는 지식층임이 분명하기 때문이다.[12]

서수생 교수는 "내용 형식 사회적 배경으로 유추하여 고종조(高宗朝) 전후에 부패한 사회에서 모종 일로 실의하여 세상에 염증이 나서 속세를 도피은일한 평민 문사"[13]라 하였고, 이승명 교수는 "결구방식(結構方式)이나 고도의 상징성과 우의성 등으로 미루어 볼 때, <청산별곡>의 작자는 무식 상인이나 서민은 아니고, 상당한 학식을 가진 귀족계급의 사람이다. 귀족계급이었더라도 정치적인 까닭으로 실의 낙향할 수도 있고 또 현직에 있으면서도 신분을 감추기 위하여 속요의 형태를 빌었을지 모른다."[14]고 하였으며, 송정헌 교수는 "상당한 벼슬을 한 적이 있거나 아니면 정치 현실에 대한 혐오감 때문에 우국개세하는 지식층 인사"[15]일 것으로 추정하였다.

---

12) 鄭炳昱, 「韓國詩歌文學 上」, 『韓國文化史大系』 V, 高麗大學校民族文化研究所, 1967, pp.812-813.

13) 徐首生, 전게서, pp.98-99.

14) 李勝明, 전게논문, p.134.

위의 세 분 교수는 정 박사가 주장한 식자(識者) 창작설을 수용하면서 작자와 창작 동기를 좀 더 구체적으로 밝히고 있어 일보 진전을 보였다 하겠다. 그런데 위의 분들은 제5장의 속 뜻을 철저히 분석하지 않고 작품의 해독을 바탕으로 내용을 통해 작자를 추정하는 방법을 취하였다. 이 방법의 근본적 취약점은 <청산별곡>이 아직까지 완전히 해독되지 못한 작품이라는 사실을 지적하는 것만으로도 충분하리라 생각한다. 이제 필자는 제5장의 분석을 통하여 얻은 결과를 바탕으로 화자를 모색함으로써 위에서 드러난 취약점을 보완해 보겠다.

IV. 화자의 모색

앞에서 이미 암시한 바와 같이, <청산별곡>의 화자는 정쟁의 소용돌이 속에서 임금의 오판으로 말미암아 부당하게 파직당한 어느 고관일 것으로 추정해 보려 한다. 그 까닭은 제5장을 분석한 결과와 기본 구조가 부합하고, 파직으로 인한 시름이 작품의 정조와 흡사하기 때문이다.

앞에서 밝힌 바와 같이 화자를 파직당한 고관으로 추정할 경우[16] 투석자는 마땅히 임금이 될 것이고,[17] '믜리와 괴리'는 서로 대립하고 있

---

15) 宋政憲, 「청산별곡연구」, 『忠北大學校 論文集』 第15輯, 충북대학교, 1977, p.49.

16) 화자를 전직 고관으로 '추정하였으므로 그의 문학적 소양을 염두해 두고 이 작품의 수준 높은 문학성이 아울러 고찰되어야 하겠으나, 필자는 제3장과 제7장의 심층 의미를 아직 해결하지 못하고 있으므로 훌륭한 작품이라는 심증만 갖고 있을 뿐 공개 발표할 수 없는 단계이므로, 이 점에 대하여 언급할 수 없음을 아쉽게 생각한다.

17) 왕을 투석자로 보았을 때 그의 행위를 존칭문법소가 빠진 '더디던', '마치던'으로 표현할 수 있었을까가 문제된다. 이 점에 대하여는 다음 두 가지 해명이 가능하지 않을까 생각한다.

　첫째, 음수율을 맞추기 위해 음절을 축약하는 과정에서 존칭문법소가 생략된 것이 아

는 두 집단의 신하들이 될 것이다. 이제 이러한 가설이 <청산별곡>의 이해에 있어 관건이 되는 두 가지 사항과 어떻게 서로 조응하는가를 검증할 차례이다.

1. '청산·바다'와 파직 고관

<청산별곡>의 화자는 임금으로부터 버림을 받았으나 귀양간 것은 아니라고 본다. 청산과 바다를 임의로 선택할 수 있는 자유(그것이 상상의 공간이든 현실의 공간이든)가 보장되었기 때문이다.

예로부터 산과 강은 한 많은 이들의 해우처(解憂處)요 고향으로서 혹은 죄인의 유배지로 인식되어 왔다.

공자는 이러한 뜻으로 '구학(溝壑)'이라는 말을 사용한 바 있다.

> 지사는 자신들이 실세하여 구학에 떨어질 날이 있을 것이라는 사실을 잊어서는 안 되며, 용사는 그의 목이 잘릴지도 모른다는 사실을 잊어서는 안 된다(志士 不忘在溝壑, 勇士 不忘喪其元).[18]

충직하게 간하는 지사, 그는 뜻을 굽히지 않고 의리를 주장하기 때문

닐까? 왜냐하면, <청산별곡> 전체 8장은 제1행과 제2행의 두 번째 음보가 한결같이 세 글자(3음절)로 되어 있기 때문이다.

둘째, 이 노래가 오랫동안 구전되어 왔다는 점에서, 후세의 기록자가 이들 동사의 행위자가 문면에 드러나 있지 않음으로써, 그가 바로 임금이라는 사실을 간과하고 오기한 것은 아닐까? 이 노래는 임금의 오해로 인하여 부당하게 파직당한 신하가 자신의 시름을 담은 작품일 뿐, 연군·송축·송도와는 관계가 없다. 그러므로 지존한 임금을 감히 문면에 드러낼 수 없었을 것이며 작품에 잠재한 불경성으로 말미암아 『고려사』 악지에는 수록되지도 못했던 것으로 추측된다.

18) 『孟子』 卷十, 「萬章章下」.

에 어지러운 세상에서 용납되지 못하고 끝내 화를 당하게 마련이다. 그들이 벼슬을 버린 뒤에 돌아간 곳이 바로 자연(산, 강, 바다)이었던 것이다.

고려 예종(睿宗) 때 이자현(李資玄)은 벼슬을 버리고 평생토록 강호에서 성정을 즐겼는데 퇴계 선생은 이를 찬양한 바 있다.[19] 그리고 윤선도는 사환(仕宦)의 비방으로 궁지에 몰렸을 때 "동서남북에 갈 데가 없은 즉 하해 뿐이요, 산림 뿐이로다. ……고인이 말한 바, '천하가 혼일한 때에 선비의 처신은 조정이 아니면 산림이다'라고 한 말이 곧 이것이 아니겠는가"[20]라고 말한 것으로 보아도 강호와 산림은 퇴직 관료들에게 안식처가 되었고 조선조에는 강호문학의 산실이 되기도 하였다.[21]

이로 보아 파직된 화자가 '청산애 살어리랏다', '바링래 살어리랏다'를 반복하여 청산과 바다를 돌아갈 곳으로 상정한 이유에 대해 달리 확대 해석할 필요를 느끼지 않는다. 제1장과 제6장은 파직된 관료의 귀거래(歸去來) 바로 그것이라 할 수 있다. 실직하였으므로 관록을 받을 수 없는 처지가 되었으니 자연인으로 돌아간 마당에 먹고 사는 현실문제와 당면하게 된다. 청산에 가서는 머루와 다래로, 바다에 가서는 해초와 조개류를 채취해 먹으며 소박하게 살아가겠다는 것이다. 파직당한 화자가 귀향을 작정하면서 자신의 솔직한 심정을 토로한 것이다. 고향(자연)으로 돌아간다는 점에서 <청산별곡>은 도잠(陶潛)의 <귀거래사>와 유사성이 있다. 형식면에서 보더라도 <청산별곡>에서는 제1장에 청산 제6장에 바다를 귀향처로 제시하였는데, <귀거래사>에서는 '歸去來兮'라는 구절

---

19) 李滉, 『退溪集』 卷一, 「過淸平山有感 序」.

20) 尹善道, 『孤山遺稿』 卷四, 「答人書丁丑」.

21) 崔珍源, 『國文學과 自然』, 成均館大學校出版部, 1981.
　　최 교수는 상게서에서 조선시대의 '江湖歌道'를 소상하게 밝혔다. 필자는 고려시대에도 강호의 문학이 형성되어 있었을 것으로 보아 <청산별곡>도 그와 관련된 작품으로 생각한다.

을 글의 처음과 중간에 두고 있어 흡사한 모습을 보이고 있다.22) 다만
도잠의 <귀거래사>에서는 '돌아가자'라는 행동을 강조하고 있는데 비
하여 <청산별곡>에서는 돌아갈 장소로 청산과 바다를 제시한 점이 다
를 뿐이다.

2. 글 속에 숨은 임금과 '잡스와니'

돌을 던진 사람, 곧 임금은 작품의 표면에 전혀 드러나 있지 않다.
<청산별곡>이 군주국가 체제에서 창작되었다는 시대성과 관련된 문제
라 생각한다. 화자가 아무리 억울하게 파직을 당하였다 하더라도 그것
은 어디까지나 자신이 스스로 해결해야 할 문제인 것이다. 신하로서 지
존한 임금에 대하여 감히 불만을 토로할 수는 없는 노릇이다. 그렇다고
안에서 고여 오는 원망을 혼자 삭이는 것도 불가능하다. 그리하여 글에
서는 화자의 시름과 울음 소리만이 들리고 임금은 글 속에 숨어 보이지
않는다. 그렇게 함으로써 <청산별곡>이 임금을 성토한 불경스런 작품
이라는 비난을 면할 수 있었을 것이다. 임금이 모습을 감추고 있기 때문
에 <청산별곡>의 작품 해독은 더욱 어려움을 겪게 된다. 제8장 '잡스와
니'를 두고 학계에서 논란이 거듭되고 있는 까닭도 실은 여기에 기인한
다. 작품에는 임금이라는 단어가 한 번도 보이지 않지만 글의 속에는 그
가 존재하기 때문에 화자가 임금을 의식하여 '잡스와니'라는 어휘를 사
용하였던 것이다. 그러므로 이 용어를 바르게 풀이하는 일은 <청산별
곡>을 이해하는 데 중요한 단서를 얻는 것으로 의미가 크다.

---

22) '歸去來兮'라는 말을 文頭와 文中에 두는 것은 <귀거래사>의 구조적 특징인 것으로
　　보인다. 이인로의 <和歸去來辭> 등에서도 이러한 형식을 취하고 있다.

일찍이 양주동 박사가 "조롱박꽂 모양으로 잘핀 누룩이 성품이 매와
(烈)서 붓잡고 가지 말라 하니 낸들 엇지하리오"라고 해독한[23) 뒤로 많은
분들이 이를 따라 '나'를 목적어로 보고 잡는 행위자를 '누룩'으로 보아
왔던 것이다. 그 후 서재극 교수가 '亽오(=습)'를 타편(他便)의 겸양으로
볼 것이 아니라, 직접 화자의 행동 서술로 보아야 할 것을 주장하여 '내
가 (잔을) 잡으니(=드니)'로 보아 종래의 해석에 수정을 가하였다.[24) 김
완진 교수는 '습'의 어법으로 보아 '나'만은 '잡亽와니'의 목적어가 될
수 없다고 판단하여 작중 화자를 여성으로 보고 목적어를 '우리 님'으로
상정함으로써[25) 제8장의 해당 부분을 다음과 같이 해독한 바 있다.

> [조롱곳] 누룩이 매워, (맛 좋은 强술이 셔) (우리 님을) 붙잡으니 내가
> 어찌하리오.[26)

서 교수가 '잔'을 목적어로 설정하고 잡는 행위자를 직접 화자로 본
것은 훌륭한 발견이었으나, '습'의 기능 설명은 김 교수에 의해 더욱 분
명해진 것으로 보인다. 필자는 서 교수와 같은 입장을 취하면서 한편 김
교수의 '습'에 대한 지적에 힘입어 다음과 같이 해독하고자 한다.

> [조롱곳] 누룩이 매워 (시름을 어쩌지 못해 제가 술잔을) 잡으오니, (임
> 금님이시어!) 나는[27) 어찌하오리까?

---

23) 梁柱東, 전게서, p.331.

24) 徐在克, 「麗謠 注釋의 問題點 分析」『語文學』第19號, 한국어문학회, 1968, p.9.

25) 金完鎭, 전게논문, p.459.

26) 상게논문, p.463.

27) <청산별곡>과 성격이 비슷한 <정과정>에도 '山접동새 난 이슷ᄒ요이다', '니미 나
ᄅᆞᆯ ᄒᆞ마 니즈시니잇가'의 용례가 있으므로 작자가 자신을 지칭하면서 '나'라고 표현
한 것은 망발이 되지 않는 것으로 보인다.

필자는 '나'를 '잡ᄉᆞ와니'의 행위 주체자로 보고, 목적어를 '술잔'으로 본다. 화자가 지금까지 안으로만 새기고 있던 시름(부당하게 파직당한 억울함)을 끝까지 표출하지 못하고 말았다면 이 작품은 의미의 파탄을 가져왔을 것이다. '잡ᄉᆞ와니'를 포함하고 있는 제8장이 <청산별곡>의 맨 마지막 장이라는 점을 감안할 때, 제8장은 임금에게 무언가 한 마디를 털어 놓지 않을 수 없는 자리가 되기 때문이다. 그래서 화자는 비록 임금이 보는 앞은 아니라 하더라도 '이 시름을 맺게 한 분이 임금님 당신이셨으니 그 맺힌 한을 풀어주실 분도 당신이 아닙니까? 정말 너무 억울합니다'라는 절규를 일언(一言)의 독백 ― '내 엇디 ᄒᆞ리잇고'에 담아 털어 놓았던 것이라 생각한다. 이 장면이 지존한 임금을 향하여 행한 독백이었다고 볼 때 화자가 술잔을 잡으면서 '잡ᄉᆞ와니'라는 어휘로 자신의 행위를 표현한 것은 지극히 당연하다 하겠다.[28]

V. 결론

위에서 고찰한 내용을 간추려 보면 다음과 같다.

1. 제5장의 분석을 통하여 밝혀진 사실과 작품의 내용을 종합하여 본 결과 <청산별곡>은 정쟁의 소용돌이 속에서 임금의 오판으로 말미암아 부당하게 파직당한 어느 고관이 귀향할 것을 생각하며 주체할 수 없는

---

28) 金完鎭 교수가 이 장면을 두고 '우리 님'과 '여성'을 상정하고 있으나 필자는 이 작품에 등장할 수 있는 인물은 제5장의 분석을 통하여 밝힌 바와 같이 작자와 임금, 그리고 갈등 관계에 있는 두 집단원의 범위를 벗어날 수 없다고 본다. 또한 이 작품이 여성적 정조를 띠고 있는 것은 <사미인곡>류의 임금이나 한용운에 있어서의 부처와 같이 작자가 지존한 대상을 숭앙의 신념으로 작품화할 때 나타나는 보편적인 현상으로 이해되어야 할 것이다.

시름을 <귀거래사>의 풍격으로 읊은 작품이라고 생각하였다. 본고에서는 화자의 부류와 정황을 모색하였을 뿐, 그가 누구인지 특정한 인물을 지목하는 데까지는 이르지 못하였다. 앞으로 연구의 진척에 따라 화자의 정체가 보다 구체적으로 드러날 것이라고 기대한다.

2. 화자의 윤곽과 창작 동기가 어느 정도 밝혀짐으로써 작품을 이해하는 입각점이 한결 구체성을 띠게 된 셈이다. 이를 발판으로 화자의 정황과 시상을 종합적으로 고찰하게 된다면 난해어의 해독은 물론이요 작품의 심층 의미를 구명하는 데 있어서도 연구자의 주관적 자의성을 차단하는 효과가 있을 것으로 기대한다. 필자는 본고를 발판으로 작품의 통석을 계획하고 있다.

Ⅰ. 서론

<청산별곡>은 현행 고등학교 8종 교과서 가운데 4종에 수록될 정도로 고려 속요를 대표하는 작품으로 널리 알려져 있다. 그러나 실제 연구의 현황으로 보면 가장 기본이라 할 작품의 해석조차 미진한 상태이다. 각종 교과서에서 알기 쉬운 몇 장만을 수록한 것도 이 같은 사정과 무관하지 않다고 본다.

<청산별곡>을 이해하기 어려운 이유는 다음 세 가지 요인이 복합적으로 작용하기 때문이라 생각한다.

첫째, 작품 해명에 도움이 되는 관련 자료가 전혀 없다.

둘째, 작품에 뜻이나 용례를 알 수 없는 단어와 어구가 다수 들어 있다.

셋째, <청산별곡>이 『악장가사』라는 특수한 성격의 가사집에 수록된 사실과 관련, 임금을 원망하는 내용을 노골적으로 표현하기가 어려워 은닉적 기법을 써서 정황 파악이 쉽지 않다.

<청산별곡>이 이처럼 어려운 말과 까다로운 표현 기법으로 창작되어 지극히 난해한 면이 있으나, 작품을 면밀히 검토해 보면 화자의 원망과

그 사연을 촘촘한 구성으로 토로하고 있음을 간파할 수 있어 다행이다. 필자는 <청산별곡>을 해석함에 있어 이 점을 주목하여, 개별 단어에서 작품 전체로 파악해 가는 일반적 해석 방법을 지양하고, 화자의 정황을 함축하고 있는 제5장을 집중 분석하여,[1] 화자가 어떠한 인물이며 무슨 동기로 <청산별곡>을 지었는가를 추론한 다음, 이를 토대로 작품을 해석해 나아가려 한다. 주지하는 바와 같이 현재 간행된 사전류에 힘입어 <청산별곡>의 난해어를 해결하기를 기대하기 어려운 실정이다. 이 같은 사정을 고려하여 선택한 필자의 해석 방법이 꿰어 맞추기식의 함정에 빠질 위험이 없는 것은 아니지만, 구체적인 정황 파악에 바탕을 두고 있기 때문에 단어의 문맥적 파악이 한결 구체적일 수 있으며, 비유어와 난해어의 속 뜻을 추리함에 있어서도 보다 강점이 있을 것이라 생각한다.

II. 화자와 창작 배경

<청산별곡>의 여음은 그 소리가 밝고 경쾌한데 반해, 노래의 내용은 지극히 어둡고 무겁다. 화자는 끝없이 울어대는 새보다도 더욱 시름이 많아, 자고 일어나면 운다고 토로할 정도이다(제2장). 너무 시름이 많아 홀로 맞아야 하는 밤이 견디기 힘들다고도 하고(제4장), 술잔을 들며 어찌하면 좋겠느냐고 하소연하기도 한다(제8장).

그러면 이렇듯 견디기 힘든 시름이 생긴 까닭이 무엇일까? 화자는 '돌

---

1) 필자는 「靑山別曲의 作(話)者 摸索」(『語文研究』 13輯, 어문연구학회, 1984)에서 제5장을 집중 분석한 바가 있다. 김학성 교수도 제5장을 주목하였으나(『韓國古典詩歌의 研究』, 원광대출판국, 1980, p.136), 표출된 화자의 정서와 고려 후기의 절박한 사회상을 결부시켜 추정하였을 뿐, 제5장의 분석을 토대로 화자를 귀납하는 데까지는 미치지 못했다.

에 맞아서 운다'고 스스로 그 원인을 밝혀 주었지만(제5장) 도대체 돌을 던진 사람은 누구며, 화자가 무슨 잘못을 저질렀기에 돌로 칠 수 있단 말인가? 그리고 설령 화자가 돌에 맞았다 하더라도 그토록 울며불며 억울해 하는 까닭은 무엇일까? 등 화자를 둘러싼 의문은 계속 꼬리를 물게 된다. <청산별곡>의 제5장은 이 같은 비밀을 함축하고 있으므로 그 의미 구조를 집중 분석하면 위의 의문에 대한 해답을 구할 수 있을 것이다.

1. 제5장의 의미 구조

제5장의 해석에는 학자들 사이에 별다른 이견이 없다. 논의의 편의를 위해 제5장을 먼저 해석해 본다.

> 어디에(何處) 던지려 한(投) 돌(石)입니까?
> 누구를(誰) 맞히려 한(的中) 돌(石)입니까?
> (나는) 미운 사람도(憎惡者) 고운 사람도(寵愛者) 없이 맞아서 울고 있습니다.

제5장은 외견상으로는 3행의 짧은 시형에 불과하지만, 그 속에는 많은 사연이 함축되어 있다. 그러므로 함축된 의미를 파악하려면 '화자와 투석자(投石者)', '어듸와 누리', '믜리와 괴리' 등의 개별 의미와 상호 관계를 유기적으로 밝혀야 할 것이다. 본고에서는 이를 구명하기 위해 세 가지 문제를 설정하고 그에 대한 해명을 통해 제5장의 의미 구조를 파악해 보겠다.

(1) 화자가 돌에 맞아 우는 까닭은 무엇인가?

이것은 투석자가 무엇 때문에 화자를 돌로 쳤으며, 화자가 돌에 맞아 우는 까닭이 무엇인가에 대한 답변을 동시에 요구하는 물음이다. 투석 자가 화자를 돌로 때린 까닭을 살펴보겠다. 어떤 아이가 어머니한테 매를 맞아 울면서 “저는 나쁜 짓을 안했어요.”라고 항변하였다고 가정해 보자. 이 경우 정상적인 어머니라면 자기의 아이가 분명히 나쁜 짓을 저질렀다고 판단하고 매질했을 것이다. 화자가 ‘미워하는 이도 총애하는 이도 없었는데 맞았다’며 억울해 하는 장면도 동일한 문맥으로 볼 수 있다. 즉 투석자로서는 화자가 해서는 안 될 일, 즉 사람을 편파적으로 미워하거나 총애하는 짓을 저질렀다고 판단하였기 때문에 책임을 물어 화자를 돌로 때린 것으로 이해된다. 당연히 맞을 짓을 했다면 차라리 매맞는 것이 후련할 수도 있다. 그런데 <청산별곡>의 화자는 투석자의 가해에 대해 수긍하기는커녕 강하게 불만을 제기한다. 맹세코 정당하게 처신해 온 자신을 투석자가 오판하여 무고하게 돌로 쳤다며 원망한다. 화자가 수긍할 수 없는 투석자의 일방적 불신과 응징으로 인해 화자의 억울함이 발생하였으며, 그 정도가 크기 때문에 화자가 울고 있는 것이다.

(2) 화자와 투석자는 어떤 관계인가?

화자는 무고하게 돌에 맞아 억울하다며 울고 있다. 그런데 그가 맞은 돌은 누가 던진 것이며, 우연인가 필연인가? 주지하는 바와 같이 ‘맞히다’가 ‘맞다’의 의도형으로 쓰였다는 사실로 보아 돌이 까닭없이 날아온 것이 아니라 투석자가 화자를 향해 의도적으로 던진 것임이 분명하다. 그러면 투석자와 화자는 어떠한 관계인가? 돌로 친 사건만으로는 관계가 모호하므로 돌에 맞은 뒤의 반응을 통해 두 사람의 관계를 유추해 보아야 하겠다. 맞아서 울며 다니는 화자가 투석자보다 손위 사람으로는 볼 수 없다. 왜냐하면 설령 손위 사람이 아래 사람한테 부당하게 맞았다 하더라도 울고 다니며 떠벌린다는 것은 어색하기 때문이다. 혹 대등한 사람을 상정해 볼 수도 있겠으나, 만약 그토록 부당하게 당한 사람이라면 가해자가 없는 곳에서 억울해 할 것이 아니라, 현장에서 대항한 흔적이 조금이라도 나타나 있어야 한다. 그러나 이 작품에는 그러한 기색이 전혀 보이지 않는다. 따라서 가해자는 피해자보다 월등히 높은 위치에 있어 피해자가 감히 항변할 수 없는 존재인 것으로 추측된다. 이는 화자가 투석자를 향해 하소연하는 장면에서 '잡스와니'라는 객체 존대의 어법을 구사한 사실과도 연결된다.[2]

(3) '믜리와 괴리' 이들과 화자의 관계, 그리고 '믜리와 괴리'는 서로 어떤 관계인가?

화자는 '믜리'와 '괴리' 양측을 차별 없이 공평무사하게 대하여 왔다고 강력히 주장하고 있지만, 투석자는 화자가 어느 한편에 가담하여 편파적으로 처신하였다고 판단하고 그를 응징했던 것이다. 그러면 '믜리와 괴리'는 서로 어떤 관계인가? '믜리와 괴리' 양자(兩者)는 평소에 갈등 관계에 있었던 것으로 추측된다. 만약 이들이 친밀한 관계를 유지하고 있었다면 화자가 어떻게 행동하든 투석자로부터 증(憎)·총(寵)의 이분법적 오해를 받을 까닭이 없었을 것이고, 또 화자가 굳이 서로 반대되는 단어 '믜리와 괴리'를 사용할 필요도 없었을 것이다. 따라서 '믜리와 괴리'는 서로 갈등 관계에 있었다고 추단할 수 있겠다. 화자는 대립하는

---

2) 주 8) 참조.

두 집단을 공평하게 대하라는 투석자의 요구가 있었음에도 불구하고, 그의 기대에 부응하지 못하였으므로 응징을 당한 것이다. 그렇다면 투석자는 두 집단원을 총괄하는 높은 위치에 있다고 보아지며, 그의 명을 위임받아 실행해야 하는 화자도 두 집단의 구성원보다는 높은 지위에 있는 것으로 보는 것이 자연스럽다. 투석자의 명을 받은 화자 한 사람이 다수의 두 집단 구성원을 섬긴다는 것은 논리적으로 자연스럽지 못하기 때문이다. 따라서 화자는 '믜리와 괴리' 두 집단을 조정 관리하는 임무를 띤 사람으로 추측된다. 그리고 '어듸→누리→나'라는 표현 기법과 관련하여 '믜리와 괴리'가 단순히 개인을 지칭하는 용어가 아님도 알아야 한다. 만약 대립하고 있던 양측이 개인이었다면 맞힐 대상이 이미 지목되어 있는 상태에서 굳이 '어듸'라는 넓은 범위의 용어를 쓸 필요가 없었을 것이다. 그러므로 '믜리와 괴리'는 두 집단과 거기에 소속된 구성원을 가리키는 것으로 보아야 하겠다.

앞의 내용을 종합하여 제5장의 의미 구조를 정리해 보겠다. 갈등하는 믜리·괴리의 두 집단이 있다. 이를 총괄하는 투석자는 화자에게 그들이 화해 관계를 유지할 수 있도록 조정하는 임무를 맡겼다. 그러나 기대와 달리 두 집단 간에 불화가 그치지 않자 투석자는 화자를 응징했다. 이에 대해 화자는 투석자가 무고한 자신을 오해하였다며 억울해 한다. 그러나 그가 자신보다 월등히 높은 위치에 있어 감히 항거하지 못하고 혼자 억울해 하며 눈물 짓는다. 이처럼 투석자·화자·믜리·괴리를 둘러싸고 벌어진 제5장의 인물과 사건의 구조는 복잡하게 얽혀 있다. 이상의 논의 내용을 그림으로 표시하면 다음과 같다.

[표 1] 제5장의 구조

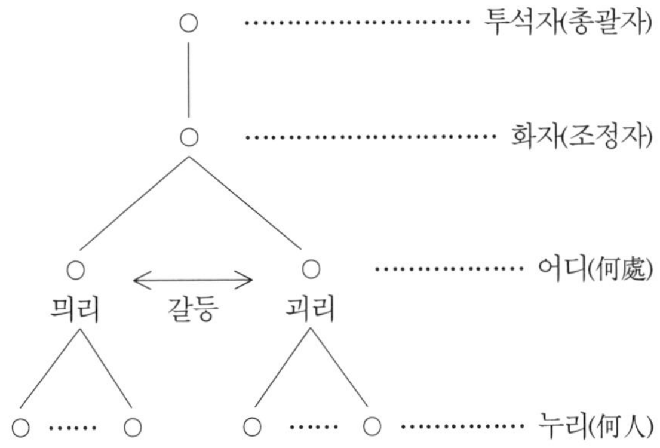

　그런데 이러한 구조의 유형은 인간 사회의 도처에서 만날 수 있는 사례이다. 집안의 가장, 회사의 사장, 국가의 임금을 각각 투석자로 상정할 수 있기 때문이다. 가령 가정에서 자녀들(아들과 딸)이 어떤 문제로 편싸움을 하고 있을 때, 맏이에게 싸움을 말리는 임무가 부여되고 그가 해결하지 못하거나 처신을 잘못하여 사태가 더욱 악화될 경우, 부모가 직접 나서서 맏이를 꾸짖는 사례를 생각해 볼 수가 있다. 그러나 이같이 사건 구조가 비슷하다고 하여 '맏이'를 <청산별곡>의 화자로 볼 수가 있을까? 그럴 수는 없다. 그러한 사건들을 다시 <청산별곡>의 문맥에 환원시켜 타당성 여부를 검증해 보아야 하기 때문이다. 이 같은 방법을 적용할 때, '맏이'가 <청산별곡>의 화자가 될 수 없음은 자명하다. 설령 집안 일로 부모에게 꾸지람을 들었다 하더라도 부모를 원망하며 먼 곳(청산과 바다)으로 떠나겠다고(家出) 공공연하게 떠벌릴 수는 없는 노릇이다. 패륜아의 막된 말이 되기 때문이다. 그렇다면 <청산별곡>의 화자는 어떠한 사람일까?

2. 화자의 정체와 창작 배경

화자, 투석자, 누리·괴리 등이 빚는 갈등 구조를 본문에 환원시켜 그들이 구체적으로 어떠한 인물일까를 밝힐 차례이다. 이 중에서도 핵심이 되는 화자를 구명하여야 작품 해석이 용이할 것이다.

필자는 다음 두 가지 사실을 주목하고, 이를 근거로 화자의 정체를 밝혀 보겠다. 첫째, 투석자로부터 응징당한 화자가 청산과 바다로 옮겨 살겠노라고 토로했다. 둘째, 화자는 투석자에게 억울한 일을 당하고서도 감히 맞서지 못했다. 이로써 투석자가 화자보다 월등하게 높은 지위에 있어 양자가 수직의 관계에 있음을 알 수 있다. 화자가 '잡스와니'라는 표현을 쓴 것도 이와 관련된다.

투석자로부터 응징당한 화자는 현재의 거처를 떠나 청산과 바다로 옮겨 살겠노라고 했다. 그런데 작품에 그려진 청산과 바다는 돌아갈 자연을 제유적으로 표현한 것일 뿐, 화자가 휴식하기 위해서, 혹은 생업을 꾸려가기 위해 선택한 별개의 현실 공간으로 보기는 어렵다. 왜냐하면 작품에서 볼 때 청산에서는 머루와 다래를, 바다에서는 해초와 조개를 힘들이지 않고 채취할 수 있다는 점에서 청산과 바다가 연명이나 하며 살아가는 관념적 공간으로 그려져 있기 때문이다. 따라서 화자가 청산에 돌아가 살다가 견딜 수 없어 다시 다른 곳을 찾아 바다로 떠나는 것으로 볼 필요가 없다.

청산과 바다(곧 자연)는 보통 사람들에게도 안식처가 될 수는 있다. 그러나 고려시대에는 대다수의 백성들이 농민이었을 터인데 농촌에 살던 그들이 과연 자연으로 돌아가겠다는 말을 할 필요가 있을까? 아무래도 어색하게 느껴진다. 그러나 관직을 그만둔 사람이 자연으로 돌아간다는 말은 익숙하게 들어왔다. 고산 윤선도(尹善道)가 사환(仕宦)의 비방으로 궁지에 몰렸을 때 한 말이 그 한 예이다.

동서남북에 갈 데가 없은 즉 河海뿐이요, 山林뿐이로다.……古人이 말한
바, '天下가 混一한 때에 선비의 處身은 朝廷이 아니면 山林이다.'라는 말이
곧 이것이 아니겠는가3)

고인들은 나라에서 부르면 조정에 나아가 (벼슬하여) 정사를 돕다가,
벼슬에서 물러나거나 때를 만나지 못하면 자연(山林)에 돌아와 학문에 정
진하며 성정을 도야하는 것을 선비의 도리로 생각했다. 여기서 조정(벼
슬)과 대응되는 곳이 자연임을 알 수 있는데, 고인은 그것을 산림이라 했
고, 윤선도는 하해와 산림으로 표현했다. 윤선도가 자연이라는 의미로
표현한 하해와 산림이라는 용어가 <청산별곡>의 '청산·바다'와 같은
것이다. 이처럼 자연(청산·바다)은 선비(관료)의 삶의 공간으로 등장하며
고전 작품에서는 거의 관용적 표현으로 쓰이고 있는 실정이다. 이로써
볼 때 <청산별곡>의 화자를 선비(관료)로 추측하는 일은 어렵지 않다.
그런데 화자가 투석자로부터 응징당했음을 고려할 때, 그가 귀양가거나
파직된 것으로 볼 수 있는데, 청산과 바다를 자의로 옮길 수 있었다는
점에서 귀양이 아니라 파직된 것으로 보아야 하겠다. 따라서 <청산별
곡>의 화자를 파직된 관료로 추단할 수 있다.

화자를 파직된 관료로 추정한다면 투석자는 누구로 보아야 할까? 앞
서 투석자가 화자와 수직 관계에 있는 높은 사람임을 밝힌 바 있다. 그
러므로 화자보다 상위의 인물로 보아야 할 터인데, 화자에 대한 응징이
파직이었다는 점을 고려할 때 그는 적어도 파직을 명할 만한 위치에 있
는 인물로 보아야 할 것이다. 더구나 화자는 믜리·괴리 두 집단을 거느

---

3) 尹善道, 『孤山遺稿』 卷四, 「答人書」.

리는 지위에 있었다. 화자가 이처럼 높은 지위에 있으면서도 감히 면전에서 항거할 수 없었던 존재라면, 어느 지방의 관아에서 발생한 일로 볼 수는 없다. 필자는 이 같은 점을 고려하여 화자를 파직 고관으로, 투석자를 지존자인 임금으로 추단하는 바이다. 따라서 갈등하는 두 집단은 당파로, 그 소속원들은 당원으로 보고자 한다. 역사를 살펴 볼 때, 시대에 따라 정도의 차이는 있겠지만 국가에는 이 같은 갈등이 상존하였다고 볼 수 있다.

<청산별곡>이 시상과 표현면에서 도연명의 <귀거래사>와 유사한 점이 있으므로 <청산별곡>의 성격을 이해함에 <귀거래사>를 관련지어 고찰함이 효과적일 것이라는 점을 첨언하고 싶다. 즉 두 작품은 공히 벼슬을 버리고 자연(고향)으로 돌아가는 내용을 담고 있으며, 형식면에서 보더라도 <귀거래사>에서 문장의 머리와 중간에 '歸去來兮(돌아가리로다)'라는 어구를 배치한 것처럼4) <청산별곡>에서는 돌아갈 곳인 자연을 청산과 바다로 제유하여 제1장과 제6장에 나누어 배열하고 있어 형식면에서도 유사점이 발견되기 때문이다. 이처럼 <귀거래사>와 <청산별곡>은 내용과 형식면에서 유사점을 공유할 뿐만 아니라, 고려 후기에 도연명의 <귀거래사>가 고려 문인들 사이에 널리 회자되었다는 사실을 고려할 때, 두 작품의 영향 관계를 충분히 이해할 수 있을 것이다.

위의 논의 내용을 종합하여 앞서 제시한 [표 1]의 인물들을 <청산별곡>의 문맥에 환원시켜 심층 구조를 도시하면 다음과 같다.

---

4) '歸去來兮'라는 말을 文頭와 文中에 배치한 형식은 도연명의 <귀거래사> 이후 지어진 수많은 <和歸去來辭>의 작품에 정형성으로 나타난다.

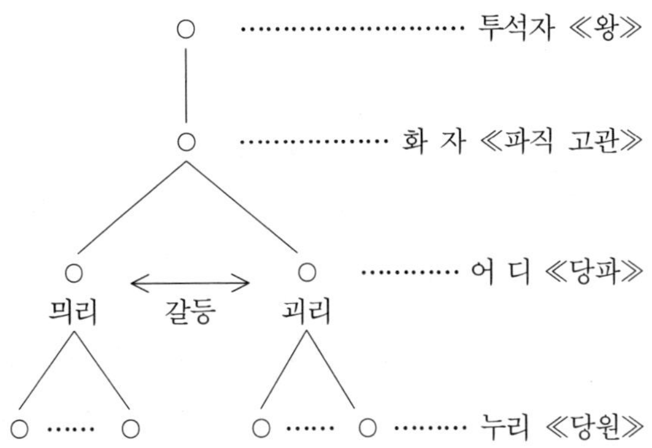

Ⅲ. 작품 해석

임금으로부터 억울하게 파직당한 어느 고관이 자연(고향)으로 돌아가기를 작정하며 지은 작품이 바로 <청산별곡>임을 알았다. 이 같은 사실을 토대로 어휘를 먼저 풀이하고 이어서 통석을 시도해 보겠다.

1. 어휘 풀이

(1) 새(鳥) : 사람

<청산별곡> 제2장에는 '우는 새'가 나오고, 제3장에는 '물 아래로 가던 새'가 등장한다. 그런데 새는 날짐승인 조류 외에 사람의 비유물로 널리 쓰여 왔다. <정과정>의 접동새, <사리화>·<장암>의 참새, <벌곡조>의 비둘기와 뻐꾹새, <만전춘별사>의 오리는 말할 것도 없거니

와, 참새과의 조류인 촉새를 '입이 잰 사람의 비유'(우리말큰사전)로 썼고,
<시집살이요>에서는 가족들을 일일이 새로 비유할 정도이다.

시아버지 호랑새요　　　　시어머니 꾸중새요
동세 하나 할림새요　　　　시누 하나 뾰쪽새요
시아지비 뾰중새요　　　　남편 하나 미련새요
자식 하난 우는 새요　　　　나 하나만 썩는 샐세

이 같은 현상은 중국의 시에서도 마찬가지다. 『중문대사전』의 '조한
(鳥恨)'조에는 '謂鳥猶懷愁恨 乃以鳥擬人 詩中每有類此辭彙'라 하고 장고
(張祜)의 <마외귀시(馬嵬歸詩)>의 '雲愁鳥恨驛坡前 子子龍旗指望賢'을 예로
들었다. 새가 애절하게 우짖는 소리에서 수심 많은 사람의 울음을 연상
하기란 어려운 일이 아니다. <청산별곡>의 제3장에 나오는 새가 바로
그러한 예라 여겨진다. 즉 제3장은 화자가 자신과 마찬가지로 임금의 오
해로 인해 억울하게 파직되어 자연으로 돌아간(물 아래로 떠난 ← 임금이 계
신 궁궐은 상대적으로 높은 곳임) 전임자(들)을 동병상련의 심정으로 회고하
는 내용을 담고 있는 것으로 생각된다. 그렇게 볼 때 제2장에서 울던 새
는 제3장의 새, 곧 파직되어 낙향한 전임고관과 교묘하게 연결된다. 전
임 파직고관과 억울하게 파직된 화자 자신의 한 맺힌 절규를 새의 울음
으로 엮어 낸 작가의 표현력이 새삼 비범하게 느껴지는 대목이다.

(2) 보다(見) : 생각(회고)해 보다

<청산별곡> 중 난해한 것으로 알려진 제3장에는 '본다'가 세 번이나
나온다. '(믈아래) 가던 새 본다'가 반복해 나오기 때문이다. '본다'의 바
로 앞에 '새'가 나오기 때문에 '새를 (눈으로) 본다'로 풀이하려는 유혹

이 따른다. 그러나 새를 수식하는 말 '가던'과 '본다'의 시제가 맞지 않는다. 뿐만 아니라 새를 의인화된 것으로 이해할 경우에는 '본다(見)'가 문맥에 어울리지 않는다. 『중문대사전』에는 '견(見)'자를 '시(視), 오(悟), 목도물(目覩物), 지(知), 문(聞), 사야(思也), 고야(考也)' 등으로 풀었다. 우리말에서도 '보다'는 타동사로서 '눈으로 느끼다' 등 10개 정도의 독립적인 의미를 갖는다. 그리고 '후회해 본 일이 없다'와 같이 보조동사로서 동사의 '-아/어'형 아래에서 앞 말의 행위를 '실제로 한다'는 뜻을 나타내며, 그 밖에 보조형용사 등 그 쓰임이 다양하다. 필자는 제3장의 '본다'를 본동사가 생략된 조동사로 보고자 한다. 본동사는 '생각하다, 회고하다' 정도가 될 것으로 추측한다. 일상어에서는 본동사 없이 조동사만을 독립적으로 쓰지 않지만, 여기서는 시어로서 쓰인 것이며, 게다가 각 행이 3음보이고, 각 음보가 2~4음절을 취하고 있어, '회고해 본다', '생각해 본다'를 쓰면 음절수가 초과되기 때문에 조동사만을 썼을 것이라 생각한다.

(3) 잇(苔) : 녹(綠)

<청산별곡> 제3장에 '잇무든 장글란'이 나온다. 이끼는 고목이나 축축한 땅에서 자라는 민꽃 식물이다. 『중문대사전』에서 찾아보아도 별달리 다른 뜻이 보이지 않는다. 다만 녹태(綠苔)를 '綠色苔也'라 풀었는데 '녹(綠)'을 단순히 푸른 색깔로 볼 것이 아니라, 산화작용으로 말미암아 쇠붙이의 거죽에 생기는 푸른 물질인 '녹(綠)'을 연상할 수는 없을까? 홍세태(洪世泰)의 『유하집(柳下集)』 권6 <고검편(古劍篇)>에는 '고검을 30여 년이나 궤에 감춰 두었더니, 이끼가 먹어 들고(녹이 슬고) 먼지가 묻어 오래도록 빛을 잃었네(邇來閉匣三十霜 苔蝕塵埋久晦藏).'라는 시구가 나온다. 여기

서 보면 칼이 오래 방치되어 녹이 슬어가는 것을 두고 '이끼가 먹어 간다'고 표현했음을 추측할 수 있다. 이로써 '이끼가 묻은 병기'는 '녹이 슨 병기'(녹슨 칼 → 무딘 칼 → 권력의 상실)로 해석하는 길이 열린 것이다.

(4) 돌(石) : 응징(膺懲)

<청산별곡> 제5장에는 누가 화자에게 돌을 던졌으므로 그것에 맞아 운다는 내용이 나온다. '더디던', '마치던'이 의도형의 표현이기 때문에 청산에서 굴러 떨어지는 돌에 우연히 맞고서 우는 것이라고는 볼 수가 없다. 투석자가 어떠한 의도로 화자를 향해 돌을 던진 것으로 보아야 한다. 그렇다면 그가 던진 돌은 어디서나 뒹굴고 있는 흔한 돌맹이를 가리키는 것일까?

『중문대사전』에는 '석(石)'에 대해 '산석(山石), 석경(石磬), 비갈(碑碣), 약석(藥石), 폄(砭), 적(摘)' 등으로 풀이하였다. 그런데 '砭'(돌침 폄)은 다시 석침(石鍼)으로서 '以石刺病'의 의미가 있고, '폄우(砭愚)'라는 말로 쓰일 때에는 '어리석은 사람을 경계하여 고쳐준다'는 뜻의 단어임을 주목할 필요가 있다. 돌이 이처럼 병을 고치는 침으로 쓰이기 때문에 어리석은 사람을 일깨우는 도구라는 의미로도 확대·변용되었던 것이다. 이러한 사실로 미루어 볼 때 제5장에서 투석자의 의도는 무엇인가 잘못을 저지른 상대를 일깨우기 위한 응징, 혹은 교육적 매질의 뜻으로 이해할 수 있을 것이다.

(5) 가다(行) : 살아가다

제7장의 '가다'도 앞의 '보다'와 똑같이 본동사의 행동이나 상태가 진

행됨을 나타내는 조동사로 보려 한다. '가다'에 대응하는 한자로는 '行' 자가 있는데, 그 풀이말이 20여 가지가 넘는다. 그 가운데 우리말에서는 '가다'와 '녀다'가 많이 쓰인다. <정읍사>에는 ①'저재 녀러신고요'와 ②'내 가논 디 졈그롤셰라'가 보이며, <정과정>에는 ③'넉시라도 님은 혼디 녀져라'가, <동동>에는 '몸하 하올로 널셔', '니믈 혼디 녀가져', '니믈 뫼셔 녀곤', '고우닐 스싀옴 널셔'가, 그리고 <서경별곡>에는 '즈 믄 히를 외오곰 녀신돌' 등이 나온다. ①처럼 어떠한 목적지가 있어 '그 곳에 간다'는 본동사로서의 용도가 보통이지만, '님과 함께 간다'든가 '천년을 홀로 간다'는 말은 단순히 '걸어 간다'는 행위보다 '살아 간다' 로 이해하는 편이 문맥상 한결 자연스럽다. 사람의 삶을, 인생의 길을 걸어가는 것으로 비유하여 인생행로(人生行路)라 표현함과 같다. 그러므 로 제7장의 '가다가 가다가'는 '살아가다가 살아가다가'가 되어야 하는 데 음절수의 제한성과 제1장과 제6장에서 본동사인 '살다'가 각각 4회씩 이나 반복적으로 사용된 바 있으므로 조동사만을 써도 의미 파악에 어 려움이 없다고 보아 본동사를 생략한 것으로 생각된다. '살다'라는 용어 가 빈번하게 반복된 제6장의 바로 아래에 제7장의 '가다가'가 잇대어 있 다는 사실이 이를 뒷받침한다.

(6) 누룩(麴) : 술

<청산별곡> 제8장에는 '누로기 미와'가 나온다. '술 밉다(酒釃)'(『사성통 해』 下81)라는 용례가 있는데, '엄(釅)'자가 '물색이나 향내가 짙음(凡物色香 味濃厚者曰釅)'을 뜻하므로 주엄(酒釅)은 '술의 향내가 짙다'로 풀이된다. 그 런데 누룩은 밀기울로 만드므로 거기서 (술의) 향내가 날 리가 없다. 그 래서 누룩에 대응하는 한자 '국(麴)'의 풀이말을 보니 ①주모와 ②주(酒)

가 나와 있다. 그리고 술로 쓰이는 용례가 더욱 많아, ~王(酒神), ~生, ~先生, ~君, ~居士(술의 別稱) 등이 보인다. 우리의 가전(假傳) 작품에서도 「국순전(麴醇傳)」과 「국선생전(麴先生傳)」이 술을 의인화한 작품임은 널리 알려져 있다. 일상어에서도 '술을 못마신다'고 말할 경우, '밀밭 옆만 지나가도(누룩만 보아도) 취한다'고 하는데 이 때 밀과 누룩은 술을 의미한다.

(7) 에정지 : 불편부당하게, 공평무사하게, 정당하게

이 단어는 다른 문헌이나 방언 등에서 조사 보고된 바가 없다. 선학들도 단어의 뜻을 알 수 없어 문맥으로 유추했을 뿐이다. '학교에 가다'에서 '가다' 앞에 흔히 목적지가 오는 것처럼 본문 제7장의 '에정지 가다가 드로라'에서 '가다'를 '行·去'의 의미로 파악하고, 그 앞에 놓인 '에정지'를 가고자 하는 목적지로 보려는 분들이 많았다. 필자는 '가다'를 '살아가다'는 뜻으로 파악하는 입장이므로 '에정지'를 삶의 양태를 나타내는 부사어로 보려는 것이다.[5] 그 이유는 제7장에서 화자가 자신의 떳떳함을 강하게 주장하고 있기 때문이다. 화자는 자신이 믜리도 괴리도 없이 처신하였다고 했다. 그가 두 집단을 불편부당하게, 공정무사하게, 정당하게 대해 왔다는 것을 의미한다. '에정지'가 화자의 삶의 태도를 수식하는 자리에 놓여 있으므로, 그 의미도 '불편부당하게'의 범주에 속하는 것이라 생각한다.

---

5) 서재극 교수가 일찍이 이 같은 입장에서 '해 저물 녁에'로 추정하였다(「麗謠 注釋의 問題點 分析」, 『語文學』 제19호, 한국어문학회, 1968, p.9).

(8) 사스미 짒대예 올아셔 해금(奚琴)을 혀거를 드로라

제7장은 시형이 단순하게 구성되어 있다. 3개의 행이 모두 '듣다(聞)'
라는 동사로 종결한다. 제1·2행은 그 위에 부사어를 두고 있음에 비해
제3행에는 바로 문제의 목적절을 취하고 있다. 필자가 해석한 바에 따라
3행을 정리해 본다.

　　제1행 : 살아가다(가다가) 살아가다가 듣노라
　　제2행 : 공평무사하게 (에정지) 살아가다가 듣노라
　　제3행 : <사스미 짒대예 올아셔 奚琴을 혀거를> 듣노라

　　제1행에 '에정지'를 보충한 것이 제2행이고, 제2행에서 '에정지'를 빼
는 대신 긴 목적절을 취한 것이 3행이다. 그러므로 제7장을 한 문장으로
정리하면 '공평무사하게 (에정지) 살아가다가, '사스미 짒대예 올아셔 奚
琴을 혀거를 듣노라'가 된다. 대부분의 연구자들은 '듣다'의 목적어를
해금의 소리로 한정하여 이해하지만, 공평무사하게 살아왔노라며 파직
의 부당함을 하소연 내지 항변하는 장면에서 화자가 해금의 소리를 들
었다는 말이 돌출하는 것은 아무래도 문맥상 어울리지 않는다. 또 '듣노
라'를 기준으로 생각한다면 굳이 '사스미 짒대예 올아셔'라는 말은 군더
더기가 되는 셈이다. 따라서 목적절의 모든 내용을 듣는 것으로 보아야
할 자리이다. 그런데 목적절의 내용을 주목하면, 그것이 '해금 소리'보다
는 오히려 켜는 동작에 초점이 있음을 알 수 있다. 그렇다면 '듣는다'라
는 표현보다는 차라리 '본다'가 제격일 것이다. 또 내용면에서 보더라도
목적절은 현실 상황으로 인식할 대상이 아니라고 본다. 사슴이 돛대(장
대)에 오를 수도 없거니와, 더구나 해금을 켠다는 것은 터무니없는 일이
다.6) 또한 화자는 불편부당·공평무사했던 자신에게 명한 파직이 전혀

근거 없는(터무니없는) 것이라고 굳게 믿고 있는 터이다. 따라서 '듣다'의 목적어는 실제 해금의 소리로 한정시켜 이해할 것이 아니라, 목적절 전체를 지배하는 것으로 보아야 하며, '듣다'가 있기 때문에 그 내용은 '(~한 말)을 듣는다'식의 포괄적인 구문으로 이해하여야 하겠다. 그렇다고 볼 때, 제3행은 '(공평무사하게 살아가다가 마치) 사슴이 돛대에 올라가 해금을 켠다는 것과 같이 전혀 터무니없는 말(비유어 혹은 속담7))을 듣노라'로 해석할 수 있을 것이다.

2. 작품 해석

이상의 결과를 종합하여 <청산별곡> 전체를 풀이해 보겠다.

　　　제1장
살으리 살으리로다 (파직된 몸으로서)
청산(고향·자연)에 (돌아가) 살으리로다 (봉급도 없는 처지가 되었으니)
머루와 다래 등을 (따)먹고 (소박하게 연명하면서)
청산에 살으리로다

---

6) 김완진 교수는 이 장면을 『고려사』의 기록을 인용하여 사슴으로 분장한 배우의 실제 공연 광경으로 파악한 바 있다(「<靑山別曲>의 "사슴"에 對하여」, 『駱山語文』 1, 서울大學校文理科大學國語國文學研究室, 1966). 설령 그 같은 놀이가 당시에 있었다 하더라도 화자의 정황이나 문맥으로 보아 그것을 직접 구경한 것이라고는 생각되지 않는다.
7) 이는 속담이 보통 4음보 형식의 문장으로 구성된다는 점, 또 문맥상 그 자리에 비유어가 와야 제격일 것이라는 가정에 근거한 것인데, 비록 뒷받침할 만한 논거를 당장 제시할 수는 없지만, 이 같은 가설은 얼마든지 제기될 법하다(「金完鎭 선생과의 對談」, 『國語學의 새로운 認識과 展開』, 민음사, 1991, p.17).

제2장

울어라 울어라 새(鳥)여

자고 일어나 (눈만 뜨면) 울어라 새여 (억울하게 파직당해)

너보다 시름이 많은 나도

자고 일어나 울고 있노라

제3장

(파직되어) 떠나간 전임자,

떠나간 전임자를 생각해 본다 (얼마나 억울했을까)

낮은 지역(자연·고향. 궁궐은 높은 곳)으로 떠나간 전임자를 생각해
본다.

녹슨 병기(칼)를 가지고 (내가 파직되어 권력을 상실한 처지에서)

고향으로 떠난 전임자(의 아픔을 동병상련의 심정으로) 생각해 본다.

제4장

이럭저럭하여(이런 저런 생각을 하는 사이에)

낮은 지내왔구나

(그런데 찾아) 오고 가는 사람도 없어

(걷잡을 수 없이 시름만 쌓여가는 고통의) 밤은 또 어떻게 (견뎌야) 한
단 말인가

(고통의 밤, 그것은 자신이 부당하게 파직당한 연유를 곰곰히 생각할
수 있는 성찰의 시간이기도 하다. 그래서 임금의 오해로 말미암아 무고
(無辜)한 자신이 부당하게 파직당한 사실과 그러한 사건을 야기한 집단의
갈등상을 토로하게 된다.)

제5장

(임금님이시어, 애당초) 어디에(何處, 어느 편) 던지시려 한 돌(石, 응징)입니까? (그 가운데)

누구를(何人) 맞히시려 한(的中) 돌입니까?(응징하려 하셨던 것입니까?)

(저는 어느 편 누구를) 미워하거나 총애함이 없었습니다(그렇게 믿어 왔으므로 임금님이 저를 응징한다는 것은 전혀 생각한 바가 없었는데).

(엉뚱하게도 제가) 맞고서 (응징당하고 보니 너무나 억울해서) 울고 있습니다.

(아무리 자신의 무고함을 호소한들 이제는 모두가 부질없는 일, 남은 것은 파직된 신세가 되어 낙향하는 길밖에 없다.)

제6장

살으리 살으리로다

바다에 살으리로다

해초와 굴조개를 먹고

바다에 살으리로다(고향·자연·시골에 돌아가 소박하게 살아가리로다).

제7장

(귀향을 작정하고 자신을 달래보지만 너무 억울하여 불편한 심기가 좀처럼 가라앉지 않는다. 그래서 임금의 부당한 조처를 비유로 꼬집는다.)

살아가다가 살아가다가(터무니 없는 말을 다) 듣는구나.

(나는 불편부당하게 떳떳이) 살아가다가 듣는구나.

(마치) 사슴이 돛대(장대)에 올라가서 해금을 켠다는 말<비유어 혹은 속담>처럼 터무니없는 소리를 다 듣는구나.

(내가 편파적으로 처신해 왔다고 임금님이 오판하여 파직시키시다니 참으로 어처구니 없는 처사로다.)

제8장

(이같이 억울한 일이 상존하는 조정의 관직 생활을 청산한 마당에, 이젠 자연인으로 귀향하여 술이나 담가 마시며 살아가야지, 그런데 눈 앞에 마침 향기로운 술이 있지 않은가! 술을 대하니 임금에 대한 원망이 다시 솟는다.)

(고향에) 돌아가서는(?) 배부른 독에

설진 강술(소박한 술?)이나 빚어야겠노라(억울한 시름은 술을 마셔 잊는 것이 제일이니까).

조롱박잔의 술이 향기로워 (제가 술잔을) 잡으오니,[8] (임금님이시어!) 저는 어찌하오리까(저의 시름을 맺게 한 분이 임금님 당신이셨으니, 그 한을 풀어 줄 분도 당신이 아니십니까. 정말 너무 억울합니다.)

IV. 결론

필자는 <청산별곡>이 작품의 해석조차 미진한 점이 많다고 보고 본

---

8) 양주동 박사가 '잡스와니'와 관련, 본문을 '누룩이 (나를) 붙잡으니'로 파악했던 오류는 서재극·김완진 교수에 의해 수정되었다. 특히 김완진 교수가 「靑山別曲 結聯에 對한 一考察」(『장암지헌영선생화갑논총』, 간행위원회, 1971, p.459)에서 '문면에 드러나 있지 않은 목적어는 그것이 무엇이든지 간에, 화자인 '나'가 존경할 만한 존재로 판단하고 있는 것이 되지 않으면 안 된다. 자의로 가정컨대 '님'과 같은 어사가 이 위치에 합당한 것이다'라 지적한 것은 탁견이라 생각한다. 김 교수의 학설은 화자가 임금에 대해 하소연하는 장면으로 파악하려는 필자의 견해를 완벽하게 뒷받침해 준다.

논문에서는 작품 연구에 기본이 되는 어석을 중점적으로 살펴보았다. 이를 위해 <청산별곡>의 자료적 특성을 고려하여 개별 단어로부터 전체 문의를 파악해가는 일반적 해석 방법을 지양하고, 제5장이 작품 해결의 열쇠를 쥐고 있는 것으로 보아, 그 의미 구조를 집중 분석하여 얻은 결과를 토대로 작품의 난해어들을 파악하고 이를 종합하는 방법을 취하였다. 이는 현재 간행된 사전류에 힘입어 난해어를 해결하기가 어렵다는 판단에 근거한 것이다.

필자는 제5장을 분석한 결과, <청산별곡>이 임금으로부터 두 당파를 조화롭게 관리토록 위임받은 어느 고관이 직무를 편파적으로 수행했다는 오해로 인해 파직당하고, 자신의 억울한 처지를 귀거래사의 형식으로 노래한 작품임을 밝혔다. 이를 통해 화자의 시적 정황을 구체적으로 설정하고 작품의 난해한 시어들을 그 정황에 비추어 파악하거나 유추하였다. '새·보다·잇·돌·가다·누룩'은 이미 알려진 단어를 화자의 정황과 시적 문맥에 보다 밀착되도록 재해석한 예이며, '에정지·사스미 짒대예 올아서 해금을 혀다'는 지금까지 난해어로 알려진 것을 정황과 문맥으로 유추한 사례이다. 필자는 이같이 단어나 어구를 개별적으로 풀이한 다음 그들이 작품 전체에서 모순되거나 궁색한 부분이 없는지 확인하기 위해 다시 통석을 시도하였다. 어석과 통석의 내용은 본문에서 상세하게 거론하였으므로 번잡을 피하기 위해 이 자리에서는 요약 정리하는 일은 생략한다.

Ⅰ. 서론

이 글은 고려가요인 <동동>의 구조와 성격을 밝히는 데 목적이 있다. <동동>은 서사와 본사 총 13개의 장으로 이루어진 달거리 형식으로 널리 알려져 있다. 열두 달의 특징을 살려 내용이 전개되므로 겉으로 보기에는 질서정연하게 짜여진 것 같지만, 실상 내용을 들여다보면 혼란스럽기 그지없다. 세시풍속과 관련된 것이 있는가 하면 그렇지 않은 것도 있고, 내용이 다양한 데다가 비슷한 내용을 담고 있는 장들이 서로 떨어져 있는 것이 대부분을 차지하고 있기 때문이다. 이처럼 <동동>의 장 배열이 무질서하므로 이런저런 작품을 따다 모아 작품이 만들어졌을 것이라는 소위 편사설의 작품으로 지목받기에 이르렀던 것이다. <동동>의 장들이 그렇듯 아무렇게나 배열된 것일까. 필자는 그렇게 생각하지 않는다. <동동>은 작자가 장 배열의 기준을 세심하게 고려하여 제작한 튼실한 구조의 작품인 것이다.

본 논제를 풀어가기 위해서는 먼저 작품의 내용을 검토하는 것이 순서라 생각한다. 따라서 제Ⅱ장에서는 <동동>을 해석하고, 이를 토대로 각 장의 주요 내용, 즉 소주제가 무엇인가를 밝혀 보기로 한다. 여기서 <동동>의 주요 내용으로 임의 죽음·존재·제사·장수의 약·신세 한 탄 등 다섯 가지의 소주제를 찾아내게 될 것이다. 제Ⅲ장에서는 앞의 다 섯 가지 소주제를 내용으로 담고 있는 장들이 어떠한 방식으로 배치되 어 있는가를 밝히기로 한다. 여기서 수미쌍관의 작법, 소주제의 내용, 민 속절 및 월별 특징 등 네 가지 장 배치의 기준을 적용함으로써 현재 보 는 바 <동동> 특유의 장 배열이 이루어지게 되었음을 알게 될 것이다. 아울러 <동동>이 내용 전개면에서 서사, 본사, 결사로 이루어져 있고, 내용별 장의 수와 배치가 작품성 제고에 어떻게 작용하고 있는가도 살 펴보겠다.

제Ⅳ장에서는 송도와 선어의 해명을 통해 작품의 성격을 살펴보겠다. 『고려사』에 보면 "<동동>에 송도(頌禱)라는 말이 많은데 이는 선어(仙語)를 본받았다."고 했다. 그것이 <동동>의 성격 파악에 중요한 단서가 되므로 『고려사』 악지에 수록된 자료를 통해 그 의미를 파악하고, 작품에서 어느 장과 관련이 있는지 구체적으로 탐색하고 다음 장의 배치 방식과 내용의 집중도를 고려하여 <동동>이 어떠한 성격의 작품인가를 밝혀 보겠다.

II. 〈동동〉의 해석과 내용

1. 작품의 해석

제1장
德으란 곰비예 받줍고
福으란 림비예 받줍고

德이여 福이라 호놀
나ᅀ라 오소이다
아으 動動다리(이하 장에서는 생략함)

제2장
正月ㅅ 나릿 므른
아으 어져 녹져 ᄒ논디
누릿 가온디 나곤
몸하 ᄒ올로 녈셔

제3장
二月ㅅ 보로매
아으 노피 현 燈ㅅ블 다호라
萬人 비취실 즈싀샷다

제4장
三月 나며 開한
아으 滿春 ᄃᆞᆯ욋고지여
ᄂᆞ미 브롤 즈슬 디녀 나샷다

제5장
四月 아니 니저
아으 오실셔 곳고리새여
므슴다 錄事니믄
녯 나ᄅᆞᆯ 닛고신뎌

제6장
五月五日애
아으 수릿날 아춤 藥은
즈믄 힐 長存ᄒᆞ샬
藥이라 받ᄌᆞᆸ노이다

제7장
六月ㅅ 보로매
아으 별해 ᄇᆞ론 빗 다호라
도라보실 니믈
젹곰 좃니노이다

제8장
七月ㅅ 보로매
아으 百種 排ᄒᆞ야 두고
니믈 ᄒᆞᆫ디 녀가져
願을 비ᅀᆞᆸ노이다

제9장
八月ㅅ 보로ᄆᆞᆫ
아으 嘉俳 나리마론
니믈 뫼셔 녀곤
오ᄂᆞᆯ 낤 嘉俳샷다

제10장
九月 九日애
아으 藥이라 먹논
黃花 고지 안해 드니
새셔 가만ᄒᆞ얘라

제11장
十月애
아으 져미연 ᄇᆞ릇 다호라
것거 ᄇᆞ리신 後에
디니실 ᄒᆞᆫ 부니 업스샷다

제12장
十一月ㅅ 봉당자리예
아으 汗衫 두퍼 누워
슬홀 스라온뎌
고우 닐 스싀옴 녈셔

　　　제13장
十二月ㅅ 분디 남ㄱ로 갓곤
아으 나슬 盤잇 져 다호라
니믜 알픠 드러 얼이노니
소니 가재다 므르숩노이다

　덕과 복을 담고 있는 <동동>의 제1장은 서사(序詞)의 기능을 맡고 있는데, 그것의 내용이 무엇인지 쉽게 이해되지 않는다. 그런데 그것이 서사로서 본사 및 결사와 내용적으로 긴밀하게 연결되어 있으므로, 먼저 열두 달의 장을 해석한 다음 서사 장으로 돌아가 그 의미를 밝히는 방식을 취하려 한다.

　[正月] : 정월은 12월에 이어 무척 춥다. 냇물이 꽁꽁 얼기도 하지만 삼한사온으로 풀리기도 한다. 입춘을 지나 마음은 벌써 봄을 맞는 기다림으로 설렌다. 그래서 화자는 정월의 냇물이 얼었다 녹았다 하는 변역의 자연 현상에 주목한다. 그에 촉발되어 자신의 신세를 돌아본다. 세상에 태어나 함께 살다가 안타깝게도 먼저 저 세상으로 떠난 임. 화자는 자연의 고마운 변역 앞에 임도 죽음을 떨치고 부활할 수 있을까 하고 한 줄기 희망을 걸어 본다. 그러나 부활의 소망은 좌절로 돌아올 뿐, 임의 죽음이 새삼 얼음처럼 시리기만 하다. 그 같은 절망감을 동시에 맛보게 하는 것이 정월이다. 화자의 마음을 얼어붙게 만들고 부활의 기대마

저 앗아 간 임, 화자가 그의 죽음을 이토록 안타까워함은 화자에게 있어 임의 존재가 더없이 컸음을 의미한다. 2월과 3월 장에서 임의 존재를 드러내어 송도함은 이 때문이다.

[二月] : 임의 모습을 2월 보름날 연등회에[1] 밝힌 등불로 비유하였다. 연등회에서 비추는 등불, 그것은 부처의 자비로 세상을 변화시키는 의미를 갖는다. 따라서 임을 연등으로 비유하여 만인을 비춘다 함은, 임을 부처처럼 자비롭고 높은 존재로 인식하고 있음을 의미한다. 화자에게 있어 임은 만인을 감화시킬 만큼 고상한 인격의 소유자였다.

[三月] : 임을 꽃으로 비유하였다. 추운 계절을 지나 따뜻한 햇빛을 받으며 핀 꽃이다. 꽃은 아름다움의 표상이다. 임이 꽃처럼 준수한 모습을 타고 나서 남들이 부러워하고 있다고 했다. 2월이 임의 내적 아름다움을 나타낸 것이라면 3월은 외적 아름다움을 나타낸다. 화자에게 있어 임이 절대적 존재였음을 보여 준다.

[四月] : 꾀꼬리가 때를 잊지 않고 찾아 온 4월이다. 암수가 사이 좋기로 유명한 꾀꼬리여서, 그들의 다정한 모습이 임을 생각나게 만든다. 때를 잊지 않고 찾아 온 꾀꼬리를 보면서 임이 어째서 나를 잊고 계신단 말인가 하고 야속한 생각이 든다. 꾀꼬리와 자신의 처지가 너무 대조적이어서 화자의 아픔이 더해진다. 임의 죽음을 다루고 있다는 점에서 4월 장과 정월 장은 긴밀하게 연결된다. 화자에게 있어 임이 더없이 소중한 존재였지만 불행스럽게도 먼저 죽고 말았다.

[五月] : 임의 건강에 대해 화자가 무관심했던 것은 아니다. 5월 장과 9월 장에서 보는 바와 같이 민속절에는 임의 장수를 위해 정성껏 약을

---

1) 『고려사』 권4, 顯宗庚戌 元年 閏二月甲子 復燃燈會.
　按麗史 國俗 本以正月望燃燈 成宗以煩擾罷之 顯宗元年閏二月 復燃燈會 是後例以二月望日行之. 至恭愍王二十三年壬午燃燈 有司以正月望日 公主忌日 諸復用正月.

드린 화자였다. 5월 5일은 단오, 즉 수릿날이다. 이 날 아침에 화자는 임에게 천 년 장수를 빌며 약을 바쳤다. 『동국세시기』에는 단오날 낮 12시에 익모초 등을 채취하여 말려서 약용으로 쓴다고 적고 있다. 5월 장의 약 이름이 무엇인지는 알 수 없지만, 단오에 약을 준비하거나 복용하는 풍속이 전래했음을 알 수 있다. 어느 달에 약을 복용해도 무방하겠지만, 특별히 민속의 전통에 따라 약을 복용하는 것은 장수를 빈다는 점에서 의미가 있다. 병을 치료하기 위해 복용하는 약과는 성격이 다르다. 임의 장수를 위해 미리 약을 챙기는 정성이 깃들여 있기 때문이다.

[六月] : 6월 15일은 유두날이다. 김극기는 경주에서 내려오는 유두날의 풍속을 다음과 같이 전해 주고 있다. "6월 보름에 동류수(東流水)에 머리를 감아 상서롭지 못한 것을 몰아내는 계음(禊飮)으로 삼는데 이것을 유두연(流頭宴)이라 한다."[2] 중국인들이 3월과 7월에 물로 몸을 깨끗이 닦아 나쁜 일을 몰아냈던 계제(禊祭)와 흡사하다. 6월 장에는 유두날 화자가 물에 머리를 감는 풍속이 그려져 있다. 머리를 감고 빗질한 뒤에는 사용한 빗을 버리는 풍속이 있었던 것 같다. 이는 정월 대보름 전 날, 그동안 띄웠던 연을 태우거나 날려 보내어 모든 재앙을 떠나보내던 풍습과 흡사하다. 빗은 사용자에게 가까운 생활용품이다. 수시로 필요할 때마다 머리를 빗질한다. 그토록 가까이 애용하던 빗이건만 유두날이 되면 무정하게 버림을 받는 신세가 되고 만다. 그것이 빗의 운명이다. 임의 죽음으로 인해 버림받은 화자의 신세가 빗과 다름이 없다. 그렇지만 임이 자신을 돌보아 줄 것으로 믿는다. 그래서 화자는 잠시나마 임에 대한 추억에 잠기게 된다.

[七月] : 7월 15일은 백종날이다. 『동국세시기』에는 백종의 행사를 사

---

2) 『東國歲時記』, 按金克己集 東都舊俗 六月望日 浴髮於東流水 祓除不祥 因爲禊飮 謂之流頭宴.

찰의 풍속과 『우란분경』의 기록을 통해 설명하고 있는데, 이 날에 중들이 오미백과(五味百果)를 갖추어 부처께 공양하는 날이라 하였다. 백성들이 달밤에 소과주반(蔬果酒飯)을 준비하여 죽은 이의 혼을 부르는 망혼일(亡魂日)임도 알려 주고 있다. 이 밖에 망자(亡者)를 위해 술과 밥까지 차리는 제사가 있었음을 거기서 확인할 수 있다.

7월 장은, 7월 보름 곧 백종날에 죽은 임의 영혼을 불러 과실 등으로 제사상을 배설하고 소원을 비는 내용이 담겨 있다. 지금은 임과 사별하여 불행하게 살고 있지만, 내세에만은 결코 헤어지지 말자며 소원을 빈다.

[八月] : 8월 보름은 가배 즉, 민족 최대의 명절인 추석이다. 각지에 흩어져 살던 가족이 모이고, 갓 추수한 오곡백과로 제수를 장만하여 제사를 지내는 명절이다. 더도 말고 덜도 말고 추석만 같아라 하는 말이 있는 것처럼 추석은 풍요로움을 떠올리게 한다. 그래서 많은 사람들은 추석을 기쁜 마음으로 맞이한다. 그런데 임을 여읜 화자는 그렇지 못하다. 홀로 지내야 하는 추석, 남들이 기뻐하므로 더욱 슬퍼지는 추석날에, 화자는 임의 제사상을 마련해야 하는 처지이다.

[九月] : 9월 9일은 양이 겹치는 날이라 해서 중양절이라 부른다. 국화를 '중양화'라 부르는 것처럼 국화는 이 때가 절정이다. 『동국세시기』에는 중양절에 황국화를 따서 나미고(糯米餻)를 만드는데 화전(花煎)이라 부른다 했다.3) 그런데 중국의 『서경잡기(西京雜記)』에는 중양절에 새로 담근 국화주가 사람을 장수하게 만든다4)라고 적혀 있다.

9월 장은 가장 난해한 것으로 알려져 있다. 특히 제4행의 "새셔 가만 ᄒ애라"가 그러하다. 이 글에서는 무리하게 해석하는 일은 보류하기로

---

3) 九月九日 採黃菊花 爲糯米餻 與三日鵑花煎同 亦曰花煎.
4) 菊花酒 令人長壽.

한다. 그것을 제외하고서도 9월의 내용을 짐작할 수 있기 때문이다. 황국의 꽃을 원료로 하는 약을 먹는다는 것은 분명한 사실이다. 여기에 『서경잡기』의 내용을 보충한다면 황국은 국화술일 터이요, 그것을 마시게 한 목적은 임의 장수에 있었다. 그렇다면 9월 장의 황국화는 5월 장의 약과 마찬가지로 임의 장수를 위해 복용한 약이라는 점에서 동질성을 갖는다.

[十月] : 10월 장에서 화자는 자신의 처지를 얇게 저민 ㅂ롯5)으로 비유했다. 'ㅂ롯'은 가지에 붙어 있는 열매가 아닌가 생각된다. 그런데 그 가지조차 꺾여 버려진 것으로 그려져 있다. ㅂ롯으로서는 그것이 붙어 있어야 하는 가지가 꺾여진 상태이므로, 화자의 입장에서 보면, 어디에 의지할 곳도 없이 마음이 찢겨져 있음을 의미한다. 볼품 없이 꺾여 버려진 가지, 게다가 만신창이로 버려진 ㅂ롯 열매에 관심을 둘 사람은 아무도 없다. 그처럼 처절하게 버림받은 화자이기에 자신의 처지가 슬프고 임의 죽음이 더욱 원망스럽기만 하다.

[十一月] : 11월은 가장 추운 달이다. 11월 장은 비유를 쓰지 않고 혹독하게 추운 날씨를 배경으로 고된 삶을 직핍하게 그리고 있다. 미망인으로서는 따뜻한 방이라도 춥게 느껴지는 것이 겨울이다. 화자는 불도 땔 수 없는 흙바닥 잠자리, 이부자리도 없어 한삼을 덮고 누워 자야 하는 처지이다. 그러므로 자신이 지긋지긋하게6) 살아왔다고 토설한다.

[十二月] : 12월에는 제삿날의 광경이 담겨 있다. '나슬 盤'은 차려 올리는 제사상을 가리킨다. 거기에 산초나무로 깎아 만든 젓가락이 있고,

---

5) 양주동 박사는 ㅂ롯을 충청도에서 '보리뚱'으로 불리는 열매로 보았다(상게서, p.123). 보리뚱은 추석 즈음에 먹는다는 사실을 고려할 때 10월의 소재로는 어울리지 않는다. 게다가 그 열매가 너무 작아서 칼로 베기도 어렵다.
6) '슬흐다'를 기본형으로 본다. 이는 기혐(忌嫌)·불긍(不肯)의 뜻을 갖는다.

화자는 그것을 들어 임의 혼령 앞에 가지런히 둔다. 제사하는 자리에 제관들이 모이는 것은 자연스러운 현상이다. 제사에는 젓가락과 수저가 쓰인다. 혼령이 제수를 드실 수 있도록 하기 위해 마련된 용품이다. 대개는 놋쇠로 만들어 사용한다. 그런데 12월 장에서는 산초나무를 깎아 만든 젓가락이 등장한다. 왜 제사상에 산초나무 젓가락이 등장하는 것일까. 『중문대사전』에는 「초사·이소」의 "懷椒糈而要之"에 대한 주에서 산초는 향내 나는 물건이어서 신을 내리게 한다[7]고 풀이하고 있다. 이러한 사실에 비추어 12월 장의 산초나무 젓가락을 주목할 필요가 있다.

화자는 임을 위해 정성을 다하여 제수를 장만한다. 특별히 산초나무 젓가락을 마련하여 임의 혼령이 임재하여 제수를 드실 수 있도록 젓가락을 들어 가지런히 놓는다. 그렇게 마련한 제사상인데 엉뚱하게도 다른 손(제관)이 그 젓가락을 도로 물리는(退) 황당한 일이 벌어지고 만다.

서장(序章)은 임에게 제사드림을 고하는 내용이다. 문장의 짜임이나 쓰인 단어가 단순한 편이다. 제1, 2행의 핵심어인 덕(德)과 복(福)을 제3행에서 반복하는 구조이다. 또 '받줍고'와 '나ᅀᆞ라'는 공히 임에게 덕과 복을 바치는 행동을 표시한다. 그러므로 제3, 4행은 앞의 제1, 2행을 거의 반복하고 있다 하겠다. 곰비와 림비는 만족할 만한 해석을 아직 찾지 못하였지만 내용 파악에는 별로 지장이 없다. '받줍고'는 5월 장의 '藥이라 받줍노이다'가 있고, '나ᅀᆞ라'는 12월 장의 '나ᅀᆞᆯ 盤잇'이 있어 의미 파악에 도움이 된다. 덕과 복이 제사와 어떤 관련이 있는가를 밝히면 서장의 내용이 자연스럽게 드러날 것이라 생각한다.

제사는 살아 있는 이들이 제수를 차려 놓고 망자를 추모하기 위해 드리는 의식이다. 제사를 마치면 제관들이 음복을 한다. 망자를 추모한다

---

7) 椒 香物 所以降神也.

함은 그의 덕을 기리는 데 초점이 맞추어져 있다. 실로 <동동>의 2월 장에서는 임의 인격을, 3월 장에서는 임의 면모를 예찬하고 있어, 『고려사』에서 <동동>의 노랫말에 송도하는 말이 많다[8] 함과 서로 부합한다. 화자가 임을 제사하면서 임의 덕을 기리고 있음을 의미한다. 한편 복은 제사에 사용하는 술과 고기 같은 제물을 가리킨다.[9] 제사를 마치고 제관이 제사에 쓰인 음식이나 술을 먹고 마시는 것을 음복(飮福)이라고 일컫는 예에서도 확인할 수 있다. 그러므로 서사는, 임을 제사하는 모두에 화자가 "임의 덕을 추모하고, 제수를 드리려고 왔습니다."라고 고하는 장면을 담고 있다 하겠다.

2. 장의 주요 내용

위에서 <동동> 13개 장의 내용을 살펴보았다. 비슷한 내용이 중복되기도 하고 서로 떨어져 있기도 하다. 게다가 작품이 길어 손쉽게 살피기가 쉽지 않으므로 표로 정리해 보기로 한다.

장의 주요 내용

장	핵심어	주요 내용	민속절
1	德과 福 (盤을) 내다(進)	임의 제사	
2 (正月)	나릿믈 몸하 ᄒᆞ올로 녈셔	임의 죽음	
3 (二月)	노피 현 燈ㅅ블 萬人 비취실 즈ᅀᅵ	임의 존재	연등회

---

8) 動動之戲 其歌詞多有頌禱之詞.
9) 강혜근 외, 『漢字同義語辭典』, 궁미디어, 2011, p.253.

4 (三月)	開호 (돌)욋곳 ᄂ믹 브롤 즈	임의 존재	
5 (四月)	곳고리새, 綠事님 녯 나롤 닛고신뎌	임의 죽음	
6 (五月)	수릿날 아춤 藥 長存ᄒ샬 藥	장수의 약	단오
7 (六月)	ᄇ룐 빗 도라보실 님	신세 한탄	유두
8 (七月)	百種 排ᄒ야 두고 니믈 ᄒ듸 녀가져	임의 제사	백종
9 (八月)	嘉俳 날 니믈 뫼셔	임의 제사	추석
10 (九月)	藥이라 먹논 黃花 곳	장수의 약	중양
11 (十月)	져미연 ᄇ룻 디니실 ᄒ 부니 업스샷다	신세 한탄	
12 (十一月)	슬홀 ᄉ라온뎌 고우닐 스싀옴 녈셔	신세 한탄	
13 (十二月)	나술 盤잇 져 소니 가재다 므르ᅀᆞᆸ노이다	임의 제사	

표에서 주요 내용란을 보면 <동동>의 내용이 무질서하게 배열되어 있다. 같은 내용의 장이 차례로 놓인 것은 임의 존재를 담고 있는 제3장과 제4장뿐이다. 신세 한탄을 담고 있는 제11·12장은 연접되어 있지만 제7장이 떨어져 있어 흩어진 모습이다. 뿐만 아니라 내용별로 장의 수가 일정하지 않다. 내용의 유형에 따라 한 개의 장으로 된 것은 없지만, 두 개 내지 네 개의 장으로 다양하다. 임의 죽음, 임의 존재, 장수의 약은 두 개의 장이지만, 제사를 담고 있는 장은 네 개나 된다. 이처럼 <동동>은 내용별 장의 수도 일정하지 않고 내용에 따른 장의 배열 순서도 일정하지 않아 혼잡스러운 모습을 보이고 있다.

<동동>을 5개의 소주제에 따라 해당되는 장을 정리해 본다.

    (1) 임의 죽음 : 제2장·제5장
    (2) 임의 존재 : 제3장·제4장
    (3) 장수의 약 : 제6장·제10장
    (4) 신세 한탄 : 제7장·제11장·제12장
    (5) 임의 제사 : 제1장·제8장·제9장·제13장

위에 제시한 다섯 개의 주요 내용, 즉 소주제는 장의 개별 내용을 포괄해서 명명한 것이다. 예를 들어 (1)의 '임의 죽음'을 놓고 볼 때, 제2장이 죽은 임에 대해 안타까움을 담고 있음에 비해, 제5장은 죽은 임이 화자를 잊고 있다는 야속함에 초점이 맞추어져 있다. 이같이 화자가 토로한 내용 사이에 약간의 차이를 보이고 있지만, 이것이 임의 죽음으로 인해 야기된 정서라는 점에서 바탕이 되는 '임의 죽음'을 주요 내용의 표제어로 삼은 것이다. 이 같은 방식으로 <동동>의 내용을 파악한 결과 위와 같이 다섯 가지 항목을 얻게 되었다.

이제 다섯 개의 주요 내용이 서로 어떠한 관계에 있는가를 살펴보기로 한다. 화자의 아픔은 '임의 죽음'에서 기인한다. 그것이 화자에게 너무 충격적인 일이므로 쉽사리 받아들여지지 않는다. 그래서 얼고 녹고 하는 시냇물의 반복성이나, 잊지 않고 찾아오는 꾀꼬리의 순환성을 내세워, 일회성으로 표상되는 죽음의 절망감을 대비함으로써 화자의 아픔을 묘미있게 표현했던 것이다.

화자가 임의 죽음에 대해 절절하게 안타까워했다는 것은 임이 그만큼 소중한 존재였음을 의미한다. 화자에게 있어 임이 절대적 존재였음은 제3장의 만인을 비추는 등불과, 제4장의 남들이 부러워하는 꽃이라는 표현에서 분명해진다. 그러한 임이었기에 그의 죽음은 잊혀지지 않고 아픔으로 되살아나는 것이다.

임의 죽음은 화자에게 있어 견디기 힘든 자책으로 이어진다. 그토록 훌륭한 임인데 그와 평생 함께 살지 못하고 먼저 떠나보낸 것이 전적으로 자신의 책임인 듯 다가온다. 그러나 사실은 임의 장수를 위해 계속해서 약을 바쳤던 것이다. 수릿날에는 아침의 약으로, 9월 중양절에는 국화주로 임의 장수를 빌었던 화자였다. 민속절에 임에게 약을 드렸다 함은 평소에도 임의 장수를 위해 정성을 다했다고 보아야 하겠다.

화자의 극진한 정성에도 불구하고 임은 보람도 없이 죽었고, 버려진 화자의 처지는 비참하기만 하다. 그래서 자연스럽게 '신세 한탄'으로 이어진다. 화자는 자신을 물가에 버려진 빗과 같다고도 하고, 꺾여 버려진 가지의 저민 ᄇ롯 같다며 신세를 한탄한다. 뿐만 아니라 한 겨울 아무것도 덮지 못하고 냉방에서 떨며 홀로 지내는 모습을 보여 준다.

비록 강신(降神)의 형식이긴 하지만 죽은 임과 만날 수 있는 한 줄기 소망의 자리가 제사이다. <동동>에는 제사하는 장이 4개나 등장한다. 제사의 장이 많을 뿐만 아니라, 처음과 끝에 제사의 장을 배치하였다. 첫 장에서는 제사의 시작을 알리고, 끝 장에서는 임을 만나려 했던 제사의 소망이 좌절되는 현실적 한계를 보여 준다. <동동>에 제사의 장이 네 개나 등장하고, 처음과 끝 장에 제사를 배치하였다는 것은 <동동>이 제사와 긴밀하게 관련되어 있음을 의미한다.

III. <동동>의 구조

1. 장의 배치 방식

<동동>의 13개 장을 보면, 장의 내용이 무질서하게 배열된 것으로

착각하기 쉽다. 그러나 자세히 보면 그것이 아무렇게나 이루어진 것이 아니라 작자가 세심하게 궁리하여 배치한 결과 <동동> 특유의 달거리 형태가 출현하게 된 것이라 생각한다. <동동>의 장들은 ①수미쌍관식, ②장의 내용, ③민속절, ④월별 특징 등 네 가지 기준을 순차적으로 적용하여 배치가 이루어졌다고 본다. 이를 확인하기 위해 장의 내용과 민속절 등 월별 특징에 따른 해당 장을 표로 작성하기로 한다.

장의 내용과 월별 특징

월별 특징 / 장의 내용	민속절 및 월별 특징			
(1) 임의 죽음	2 물·얼음(부활)	5 꾀꼬리(사랑)		
(2) 임의 존재	3 □연등회□	4 꽃(진달래)		
(3) 장수의 약	6 □단오□	10 □중양□		
(4) 신세 한탄	7 □유두□	11 ㅂ롯	12 혹한	
(5) 임의 제사	1 제사	8 □백종□	9 □추석□	13 제사

(1)에서 (5)까지의 내용은 임의 죽음으로 인해 야기된 소주제로서 순차적 관계로 이루어져 있다. 그 옆 난에는 장에 따른 민속절 및 월별 특징을 적었다. 위 편의 숫자가 장을 가리키는데 제1장과 제13장은 민속절이나 월별 특징이 분명하지 않으므로 장의 내용에 따라 '제사'로 표시하였다. 민속절과 월별 특징을 구별하기 위해, 민속절에는 □ 표시를 하였다.

(1)에서 (3)까지의 내용은 각각 두 개의 장이 있고, (4)는 세 개의 장, (5) 는 네 개의 장이 있어, <동동>에 신세 한탄과 임의 제사 장이 많음을 확인할 수 있다.

위의 표에서 보면 장이 무질서하게 흩어져 있다. 장의 배치에 아무런 기준이 없는 것처럼 보인다. 그런데 그렇지가 않다. 여기서는 앞서 제시 한 네 가지 기준을 차례로 적용하여 배치의 원리를 탐색해 보기로 한다.

첫째 순위 : 글의 성격을 분명히 하기 위해 머리와 끝 장에 제사의 내 용을 배치한다. 제1장과 제13장이 여기에 해당된다.

둘째 순위 : <동동>의 내용 전개에 순차성을 유지하기 위해 내용별로 앞에 있는 장 한 개를 선발한다. 제2, 3, 6, 7, 8장 등 5개 장이 여기에 해 당된다. 이들은 <동동>의 내용 전개면에서 근간이 된다.

셋째 순위 : 민속절의 장을 선발한다. 민속절 가운데 연등회, 단오, 유 두, 백종은 둘째 순위에 들어 있으므로 이들을 제외하면 중양과 추석이 남는다. 곧 제10장과 제9장이 여기에 해당된다.

넷째 순위 : 월별 특징의 장을 선발한다. 앞에서 이미 선발된 것을 제 외하면 5, 4, 11, 12 등 네 장이 남는다. 이들이 네 번째 순위에 해당된다.

위에서 네 단계의 순차에 따라 살핀 결과를 표로 정리하면 다음과 같다.

장 배치의 순차성

장 ＼ 순차	① 수미쌍관	②장의 내용	③민속절	④월별 특징
1	1			
2 3		2 3		
4 5				4 5

6 7 8		6 7 8		
9 10			9 10	
11 12				11 12
13	13			

2. 〈동동〉의 구조

〈동동〉이 어떻게 짜여 있는가를 내용의 소제목과 달의 배치 관계를 통해 살펴보겠다.

〈동동〉은 한 개의 서사와 12개의 본사로 구성되어 있다고 생각하기 쉽다. 본사가 12개의 달로 이루어진 반면 서사는 어느 달에도 포함되어 있지 않기 때문이다. 이는 달에 치우친 형식 논리라 할 수 있다. 내용면에서 볼 때, 〈동동〉은 제1장과 제13장에 제사가 등장하는 수미쌍관의 형태를 취하고 있다. 제1장에서는 제사를 알리는 반면 제13장에서는 제사가 끝났음을 보여 준다. 〈동동〉에 제사의 장이 네 개나 있는 점을 고려할 때, 제사는 〈동동〉의 작품에 있어서 중요한 의미를 갖는다. 〈동동〉의 첫 장과 끝 장에 제사가 배치되어 있으므로 그 내용과 기능면에서 볼 때, 이 작품은 서사와 본사와 결사로 이루어져 있다고 보아야 할 것이다. 그렇게 보아야 제사를 통해 임을 그리워하는 〈동동〉의 취지가 제대로 살아날 수가 있을 것이다. 이와 같은 관점에서 〈동동〉의 구조를 내용면에서 보면 다음과 같이 정리할 수 있다.

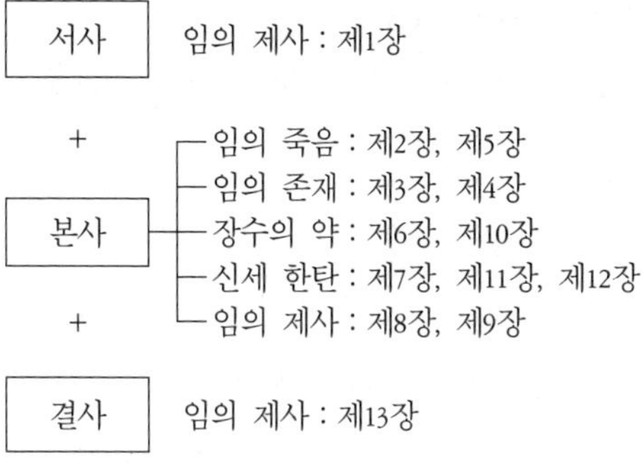

<동동>의 5개 주요 내용이 서로 순차성을 띠고 긴밀하게 연결되어 있음을 앞에서 살핀 바 있다. 여기서는 주요 내용의 항목에 배분된 장의 수와 '임의 죽음' 두 장 사이에 '임의 존재' 두 장이 끼어 들어간 이유에 대해 살펴보려 한다.

임의 죽음, 임의 존재, 장수의 약은 각각 2개의 장으로 되어 있고, 신세 한탄은 3개의 장, 임의 제사는 4개의 장으로 되어 있다. 배분된 장의 수를 보면 2~4로 큰 차이를 보이는 것은 아니지만, 임의 죽음 뒤에 화자가 겪어야 하는 삶의 어려움과, 임에 대한 그리움을 달래기 위한 제사에 비중을 둔 것은 분명해 보인다. 그 가운데 제사의 장이 가장 많다. 그런데 제13장을 보면 임과의 만남이 실패한 것으로 그려져 있다. 만남이 이루어질 수 없는 것이 현실이다. 그렇지만 화자가 현실적 한계에 좌절하지 않고 있음은 <동동>의 순환 구조에서 추측이 가능하다.

이제 범위를 좁혀 '임의 죽음'과 '임의 존재'를 담고 있는 네 개 장의 배치를 통해 <동동>의 구조적 특징을 살펴보기로 한다. '임의 죽음'에는 제2장과 제5장이, '임의 존재'에는 제3장과 제4장이 속해 있다. 장의 배열을 보면 '임의 죽음' 두 개의 장 사이에 '임의 존재' 두 개 장이 나란히 끼어들어 있는 것이다. 왜 임의 죽음 두 개의 장을 나란히 배치하지 않고 이같이 '임의 죽음'과 '임의 존재'를 엮는 방식을 취한 것일까.

먼저 임의 존재면에서 제3장과 제4장을 보기로 한다. 2월에 연등회가 있으므로, 제3장에서 연등을 제재로 썼다. 연등회를 통해 임의 덕화를 높이 달린 등불로 비유한 것이다. 3월은 꽃이 피는 계절이다. 이번에는 남이 부러워하는 임의 모습을 꽃으로 비유하였다. 임의 인품과 풍모가 절륜함을 부각하려면 두 장면을 나란히 두어 상대방에게 각인시키는 것이 효과적이다. 서로 멀리 떼어 놓았다고 상상해 보면 이해가 빠를 것이다. 그러한 점을 고려하여, 작자는 제3장과 제4장 두 장을 연속해 배치한 것이라 생각된다.

한편 '임의 죽음'의 입장에서 생각해 본다. 임의 죽음은 화자에게 엄청난 충격을 안겨준 사건이다. 한 번만으로도 죽음으로 인한 충격의 여파는 오래 지속되기 때문이다. 그러므로 죽음을 연속적으로 토로할 필요가 없다. 차라리 시차를 두고 언급하는 것이 죽음의 아픔을 오래 간직하는데 효과적이다. 제2장은 얼었다 녹았다 자유롭게 변역하는 냇물의 속성을 통해, 삶과 죽음의 벽이 얼마나 완강한가를 대조적으로 보여 준다. 그래서 임의 죽음이 절망적 아픔으로 다가온다. 4월은 꾀꼬리가 등장한다. 꾀꼬리는 암수가 다정하기로 유명한 새이다. 4월이면 으레 꾀꼬리가 찾아온다. 금년에도 잊지 않고 꾀꼬리가 찾아 왔건만, 임은 어찌해서 자신을 잊고 있단 말인가. 암수 꾀꼬리가 희롱하는 광경과 홀로 있는 자신의 처지가 대조적이어서 야속함이 증폭된다.

이처럼 제2장은 임의 죽음에 대한 절망적 아픔을 담고 있음에 비해, 제5장은 다시 오지 못하는 임을 원망하는 내용이다. 따라서 제2장과 제5장은 임의 죽음을 공통 기반으로 삼고 있지만 내용면에서 차이를 보이고 있으므로 두 장을 곧바로 연결하는 것은 자연스럽지 못하다. 그러므로 제2장과 제5장 사이에 임의 존재를 드러내는 제3장과 제4장을 배치한 것이라 생각한다. 그렇게 함으로써 임의 죽음과 임으로부터 잊혀져 가는 안타까움을 고조할 수 있을 뿐만 아니라, 임의 존재를 부각하는데 도 효과를 제고할 수 있는 것으로 판단된다.

IV. 작품의 성격

1. 송도와 선어

『고려사』 악지 속악조에는 고려의 속악 작품으로 <동동>을 비롯하여 총 31편이 수록되어 있다. 이 중에 <무애>·<풍입송>·<야심사>· <한림별곡>·<삼장>·<사룡>·<자하동> 7편을 제외한 24편은 우리 말(俚語) 가사로 되어 있다. 이들 31편 가운데 <동동>과 <무애>는 놀이 를 본문으로 삼고 노랫말(歌詞)은 한 글자 낮추어 해설문의 형식으로 수 록해 놓았다. 본문이 한문이나 한문 위주로 된 작품의 경우에는 작품을 본문으로 삼고, 작품에 대한 해설을 <동동>에서처럼 한 글자 낮추어 해 설문을 수록하였다. <동동>을 제외한 우리말 노래 23편은 『고려사』가 한문 전용의 정사였으므로 사리부재(詞俚不載)의 원칙에 따라 해설문을 본문으로 삼았던 것이다.

<동동>의 해설문에는 다음과 같은 글이 짤막하게 실려 있다.

動動之戱 其歌詞多有頌禱之詞 盖效仙語而爲之 然詞俚不載

<동동>의 가사는 우리말로 되어 있으므로 『고려사』에 수록되지 못하 였다. 그래서 연구자들이 『악학궤범』에 수록된 가사를 사용하고 있음은

주지하는 바이다. 바로 그 작품 <동동>에 송도(頌禱)하는 노랫말이 다수 있는데, 그것이 선어(仙語)를 본받아서 지어진 것이라고 『고려사』 악지 찬술자가 밝혀 놓았다. 송도하는 가사가 많이 있다 함은 <동동>의 성격을 파악하는 데 중요한 단서가 된다. 또 송도하는 가사가 선어를 본받았다 했으니, 선어가 무엇을 가리키는지, 그 의미가 밝게 드러나야 송도의 뜻 역시 분명해서, <동동>의 작품성이 분명하게 밝혀질 것이다.

송도와 선어가 지시하는 의미는 일단 『고려사』 악지 속악조에서 쓰인 용례를 통해 파악하는 것이 바람직하다고 생각한다. 왜냐하면 『고려사』 악지 속악조를 찬술한 사관은 <동동>에서 사용한 용어와 그 밖의 작품에서 사용한 용어를 동일한 의미로 썼을 것이기 때문이다. 그러므로 『고려사』에서 쓰인 두 단어의 용례를 파악하는 일이 필요하다.

먼저 '송도'에 대해 살펴보기로 한다. '송도'라는 용어로 해설한 작품에는 ① <대동강> · ② <장단> · ③ <정산> · ④ <풍입송>과 문제가 되는 <동동>이 있다. 『고려사』의 본문에서 관련되는 부분을 인용해 본다.

① <大同江> : (箕子) 施八條之敎 以興禮俗 朝野無事 人民懽悅 以大同江 比黃河 永明嶺比嵩山 頌禱其君.
② <長湍> : 太祖巡省民風 補助不給 與民同樂 民思其德 久而不忘 後王 遊長湍 工人歌祖聖之德 因以頌禱而規戒之.
③ <定山> : 定山公州屬縣 縣人作是歌 以樛木錯節比之 頌禱福祿也.
④ <風入松> : a. 海東天子當今帝佛……思深遐邇古今稀……祈祝焚香抽 玉穗 惟我聖壽萬歲……爭唱還宮樂詞 爲報聖壽萬歲.
   b. 風入松有頌禱之意 夜深詞言君臣相樂之意 皆於終宴而歌之也.

①에서는 기자(箕子), ②에서는 태조가 각각 선정을 베풀었다는 사실을 들어, 작품이 임금과 임금의 덕을 송도하였다고 하였고, ③은 정산에 사는 사람이 복록(福祿)을 송도하였음을 보여 주었다. ④는 a가 <풍입송>

작품이고 b는 작품에 대한 해설문이다. 임금의 은혜를 기리고 장수를 비는 내용이 들어 있는데 b에는 송도하는 뜻이 있다고 했다. 위에서 보면 ③은 대상이 누구인지 불분명하지만 ①②④는 모두 임금의 덕을 기리는데 '송도'라는 단어가 사용되었음을 알 수 있다.

①②④에서는 임금의 덕을 송축하는 배경이 그려져 있다. 『고려사』의 악지가 풍속을 교화하고 공덕을 나타내는 데 목적이 있었으므로,10) 자연히 임금을 송도하는 노래가 많이 수록되었을 것이다. ③의 송도 대상은 임금이 아닐 개연성이 큰데, 송도라는 단어가 임금에게만 쓰이는 것은 아니다. 인격적으로 기림을 받는 사람에게 써도 무방하다. <동동>의 가사에 송도하는 말이 많다고 해설한 것도 그 한 예이다.

<동동>에 송도하는 가사가 많다 함에 대해 직접 작품을 들어 확인하기로 한다. 주저 없이 임을 등불로 비유하여 만인(萬人)을 비추는 존재로 그린 제3장과, 임을 꽃으로 비유하여 남이 부러워하는 모습을 지녔다 한 제4장 두 개가 일차적으로 떠오른다. 그것이 전부라면 '많다(多有頌禱之詞)'고 표현하지 않았을 터이다. 그래서 제1장 "德이여 福이라 호늘 나ᅀᆞ라 오소이다"를 주목하게 된다. 거기에 죽은 사람의 덕을 기리고(송도) 제수를 바치는 의식이 담겨 있기 때문이다. 제사의 장은 이 밖에도 제8·9·13장이 있지만, 문면에는 송도를 직접적으로 표현한 말이 보이지 않는다. 그렇지만 제사의 바탕에는 제1장에서 보는 바와 같이 망자에 대한 송도의 마음이 전제되어 있음을 간과해서는 안 된다. 제8장에서 "니믈 혼디 녀가져 願을 비ᅀᆞᆸ노이다"라며 소원을 표명하였는데, 이는 표현만 다르지 임에 대한 전적인 존경과 기림이 담겨 있다는 점에서 '송도'와 동질적인 것으로 볼 수 있다. 이와 같이 임의 존재를 나타내는 두 개

---

10) 『고려사』, 「樂志一」, 夫樂者 所以樹風化象功德者也.

의 장과 제사를 담고 있는 네 개의 장 모두를 송도의 뜻이 담겨 있다고 볼 때, 『고려사』에서 언급한 바 '다유송도지사(多有頌禱之詞)'와 부합된다 하겠다.

'선어'는 어떠한가. '송도'가 속악조의 여러 글에 쓰인 것과는 달리, '선어'는 <동동>의 해설문과 <자하동> 해설문 두 곳에서만 보인다. 용례는 많지 않지만 문맥상의 의미 파악이 분명하다는 강점이 있다. <자하동>의 해설문은 아래와 같다.

> ① 侍中蔡洪哲所作也.
> ② 洪哲居紫霞洞 扁其堂曰中和 日邀耆老 極懽乃罷 作此歌 令家婢歌之.
> ③ 詞皆仙語 盖托紫霞之仙 聞耆老會中和堂來 歌此詞也.

①과 ②에서는 작자와 창작 배경을 설명하고 있다. <자하동>은 시중 채홍철이 지었다는 것과, 그가 살던 자하동의 중화당에서 매일 기로들을 맞아 즐기면서 이 노래를 짓고는 집의 계집종에게 노래하게 하였다는 사실을 알 수 있다. 특히 ③에 문제의 '선어'가 나온다. <자하동>의 가사가 모두 선어(신선의 말)라 했다. '선어'라는 단어를 사용한 까닭은 자하의 신선이 기로들이 중화당에 모였다는 말을 듣고 와서 <자하동>을 지어 노래했기 때문이다. 물론 자하동의 신선이란, 채홍철 자신을 빗대 부른 것이다.

고려 후기에는 신선 취향의 풍조가 유행하였다. 채홍철과 마찬가지로 자신들이 참여한 시적 공간을 선계(仙界)로 미화하기도 하고 자신을 신선이나 선녀로 비유한 예들도 있다. <풍입송>에 '仙樂盈庭皆應律'·'笙歌寥亮盡神仙', <야심사>에 '燈殘月落下郡仙'·'羅幃繡幕是仙間', <한림별곡> 제8장의 '蓬萊山 方丈山 瀛州三山 此三山 紅樓閣 婥妁仙子' 등이 그러한 예이다. <자하동>도 그 같은 분위기에서 창작된 작품이라 하겠다.

<자하동>을 채홍철이 지었고, 자신을 신선으로 빗댔다면 작품은 전체가 신선의 말(仙語)이 된다. 이제 해설문으로 돌아가 <동동>이 "선어를 본받아 만들어졌다(效仙語而爲之)"고 한 말이 작품에서 어느 부분을 가리키고 있는지가 궁금해진다. 이를 알아보기 위해 <자하동>의 내용을 검토할 필요가 있다.

<자하동>을 26행으로 볼 때, 작품은 12행까지의 전반부와 13행 이후의 후반부로 나눌 수 있다. 전반부와 후반부는 내용면에서 서로 흡사하다. 전반부는 술을 권하는 내용이 중심을 이루고, 후반부는 그것에 음악이 더해진 모습이다. 먼저 전반부에서 술을 권하는 장면을 인용해 본다.

오늘 기로의 모임 있단 낭보를 듣고	喜聞今日耆老會
수명 잇도록 한 잔 술을 바칩니다.	來獻一杯延壽漿
한 잔에 천 년의 나이를 얻을 수 있나니	一杯可獲千年筭
여러분이여, 한 잔 또 한 잔 드십시오.	願君一杯復一杯

신선이 기로들에게 바친 장(漿)은 술의 뜻도 있지만, 음료나 액즙을 가리키는 글자이다. 12행(手把金觴相勸酒)에 술이 등장하므로 술로 번역하였다. 여기서 신선이 술을 권하면서 한 말을 주목할 필요가 있다. 술이 수명을 연장시키는데 한 잔이면 천 년이나 얻을 수 있다는 것이다. 이러한 이유로 모인 노인들에게 술을 많이 마시도록 권했던 것이다.

후반부의 음악도 비슷한 용도로 이해된다.

여러분을 위하여 정겹게 한 곡을 노래하는	殷勤爲公歌一曲
무슨 곡조인고 하니 '만년환'입니다.	是何曲調萬年懽

노래를 듣는 것만으로도 60세, 70세 기로들의 마음을 기쁘게 만든다.

만년환(萬年懽)이 만년토록 기쁘게 만들어 준다 하는 곡목이니, 기로들에게는 더없이 좋은 선물이 된다. 이처럼 <자하동>은 신선이 술과 노래로 노인의 장수를 비는 내용이 주제가 된다.

그렇다면 <동동>의 어느 부분이 <자하동>에서 신선이 한 말을 본받았다는 것일까. 앞서 살핀 바와 같이 <자하동>은 기로들의 장수를 기원하는 내용이 핵심을 이룬다. 그렇다면 <동동>의 제6장과 제10장이 여기에 해당된다. 제6장에서는 단오날의 아침 약이 등장하고, 제10장에서는 중양절에 약으로 먹는 황화꽃이 나온다. 두 장 모두 약을 제재로 삼고 있기 때문이다. 민속절의 약은 말할 것도 없이 장수하기 위해 복용한다. 제6장에서 "수릿날 아춤 藥은 즈믄 힐 長存ᄒ샬 藥"이라 한 것이 이를 말해 준다. 따라서 <자하동>의 신선이 기로들에게 술과 노래를 바친 것이나, <동동>의 화자가 임에게 약을 드린 것은 장수에 목적을 두고 있다는 점에서 공통점이 있다.

<동동>에는 임의 장수를 위해 약을 바치는 장면이 제6장과 제10장에 나온다. 임의 장수를 빈다는 점에서 <동동>이 선어의 형식으로 창작된 <자하동>과 다름이 없음이 분명해진다. 따라서 <동동>의 해설문에 있는 '송도'와 '선어'는 <동동> 작품 전체가 송도요 선어가 되는 것으로 확대 해석해서는 안 된다. <동동>에는 송도의 장 6개, 선어의 장 두 개가 들어 있는 것이다.

2. 작품의 성격

필자는 <동동>이 죽은 임에 대한 그리움을 주제로 삼은 작품이라고 생각한다. 이를 작품 내용면과 창작 기법면에서 살펴보기로 한다.

<동동>은 내용면에서 볼 때, 임의 죽음과 제사를 중심축으로 삼고 있다. <동동>은 이 밖에도 임의 존재와 장수의 약, 신세 한탄을 내용으로 담고 있다. 임의 죽음은 화자에게 있어 비통이요 안타까움이 아닐 수 없다. 임의 죽음은 그 자체만으로도 비통한 사건이지만, 작품에서는 그것을 증폭시키기 위한 보조물로서 임의 존재와 장수를 위한 약이 등장한다. 죽어서는 안 되는 소중한 임이었기에 남들이 부러워한 임이었다거나, 임의 장수를 위해 정성껏 약을 드렸다는 소재를 활용하였던 것이다. 이들 내용을 각각 두 장씩 등장시킴으로써, 임의 죽음에 대한 안타까움을 고조할 수 있었던 것이라 생각된다.

한편 임의 죽음은 화자의 삶을 무참하게 짓밟는 결과를 가져왔다. 작품에서 신세를 한탄하는 장이 세 개나 등장하는 것은 임의 죽음이 가져온 상처가 그만큼 심각했음을 가리킨다. 임의 죽음으로 인해 버림받은 자신의 신세는 '별해 ᄇ론 빗'이나 '져미연 ᄇ롯'과 다름이 없다. 뿐만 아니라 홀로 살아가는 자신의 딱한 처지를 엄동설한에 대책없이 떨고 지내는 모습으로 표현하였다. 홀로 살아가는 삶이 외롭고 혹독할수록 임에 대한 그리움이 간절해진다. 한 번 죽은 임이 다시 살아날 수 없는 것이 엄연한 현실이다. 그럼에도 화자는 제사를 통해 임과의 만남을 시도한다. 다행스럽게도 백종과 추석의 절기 제사가 있고, 기제사가 있다. 정성스럽게 제수를 차리고, 임의 혼령 앞에서 남에게 내색하지 못한 회포를 풀 수 있는 공간이 바로 제사 자리이다.

<동동>에 네 개의 장이 제사인 점을 주목할 필요가 있다. 장의 수가 네 개나 되어 제사의 비중이 가장 클 뿐만 아니라, 첫 장과 끝 장에 제사를 배치함으로써 표현면에서도 제사의 의미를 크게 부각하고 있는 것이다. 이를 통해 임에 대한 그리움이 얼마나 간절했던가를 공감케 된다. 그런데 제13장에서 보면 임과의 만남이 실패한 것으로 그려져 있다. 제

사에 걸었던 기대가 무너질 수밖에 없다는 현실의 한계를 보여준 셈이다. 그렇다 해서 제사가 허무하게 끝난 것은 아니다. 제사를 방해한 '손'의 정체가 작품 속에 드러난 만큼, 이를 극복하려는 화자의 각오 또한 멈출 수 없는 것이다. <동동>이 해를 거듭하는 순환구조로 되어 있다는 점에서 제사 또한 끊임없이 지속될 것이기 때문이다. 이처럼 <동동>에는 죽은 임이 너무나 그리워서, 제사를 통해서나마 임을 만나 보려는 화자의 간절한 염원이 서려 있다고 생각한다.

V. 결론

지금까지 고려가요의 구조와 성격을 밝히기 위해 본론을 세 개의 장으로 설정하여 고찰하였다. 본론에서 고찰한 내용을 장 단위로 요약하여 글을 맺겠다.

1. <동동>은 작품에 난해한 단어와 구절이 없지 않다. 특히 서사와 9월 장이 그러한데, 서사는 임을 제사하면서 고하는 내용으로, 9월 장은 임의 장수를 빌며 황화주를 드리는 것으로 파악하였다. 13개 장을 해석한 결과, <동동>의 주요 내용은 임의 죽음, 임의 존재, 장수의 약, 신세 한탄, 임의 제사 등 다섯 가지 유형으로 드러났다. 임의 죽음, 임의 존재, 장수의 약은 각각 2개의 장, 신세 한탄 3개 장, 임의 제사 4개 장으로 나타나 임에 대한 제사가 <동동>에서 차지하는 비중이 크다는 사실을 알게 되었다.

2. <동동>의 구조를 장의 배치 방식과 작품의 구조 두 가지 측면에서 살펴보았다. <동동>에서 각 장의 배치는 수미쌍관의 작법, 장의 내용, 민속절, 월별 특징 등 네 가지 요건을 순차적으로 적용하여 얻은 결과물

임을 확인하였다. <동동>의 구조는 형식적인 측면과 내용적인 측면에서 구분하는 것이 바람직하다. 형식면에서는 서사와 12개월의 장이 본사를 이루는 '서사+본사'의 구조로 파악되지만, 내용면에서 보면 임에 대한 제사를 서사와 결사로 삼고, 다섯 가지 내용을 담고 있는 본사로 이루어진 '서사+본사+결사'의 구조이다.

3. <동동>의 성격을 파악하기 위해 송도와 선어가 어떤 의미이며 <동동>의 어느 장을 지칭하는지 살펴 본 다음, 작품의 성격을 고찰하였다. 송도는 상대방을 기리고 비는 의미로서 <동동>의 제3장과 제4장이 여기에 속한다. 범위를 확대한다면 임의 복과 덕을 기리는 네 개의 제사 장도 여기에 포함된다. 선어는 <자하동>에서 쓰인 용례를 통해 '신선의 말'을 가리킨다. <자하동>에서 기로들의 장수를 빌기 위해 술을 권하고 노래를 부른 사실에 유추하여, <동동>에서는 임의 장수를 위해 약을 드린 제6장(수릿날의 아침 약)과 제10장(중구일의 황화 약)이 선어에 해당된다.

<동동>에는 제사의 장이 네 개나 되어 그 비중이 클 뿐만 아니라, 처음과 끝 장에 제사의 장을 배치하여, 제사의 분위기를 짙게 풍기고 있다. 따라서 작품의 성격도 그와 밀착되어 있다. 임의 죽음으로 인해 야기되는 다섯 가지 이야기를 작품에 담고 있지만, 작품의 초점은 임이 그리워 혼령이나마 만나고 싶어하는 화자의 한스러운 비원에 맞추어져 있다고 본다.

I. 서론

이 장에서는 『고려사』의 속악조(俗樂條)에 소개된 속악의 노랫말이 본 래 어떠한 말이나 글로 표기되어 있었으며, 그 가운데 특히 "<동동>과 <서경> 이하의 24편은 모두 이어(俚語)를 썼다(其動動及西京以下二十四篇皆用 俚語)."라고 한 소위 국어체[1] 작품 24편이 구체적으로 무엇을 지목한 것 인가를 밝혀 보려 한다. 이 문제는 이미 몇 분 학자들이 밝힌 바 있다. 속악가사의 표기방식에 대한 연구는 양태순 교수가 한시체·국어체·현 토체설을 주장하여 종래의 한시체와 국어체 양분설을 발전시켰으며,[2] 국어체 작품 24편에 대해서는 박준규 교수의 첫 연구에[3] 최정여[4]·김 학성[5] 교수가 같은 내용으로 이견을 제기하였고, 다시 여기에 양태순

---

1) 이 글에서는 '이어체'를 '국어체'로 바꾸어 쓰기로 한다.
2) 양태순, 『고려가요의 음악적 연구』, 이회, 1977, p.23.
3) 박준규, 「高麗俗樂三十一篇에 대하여」, 『한국언어문학』 제3집, 한국언어문학회, 1965, pp.125-142.
4) 최정여, 「井邑詞再攷」, 『啓明論叢』 제3집, 계명대, 1967, pp.13-15.
5) 김학성, 「고려가요의 작가층과 수용자층」, 『國文學의 探究』, 성균관대학교 출판부,

교수가 다른 견해를 제기함으로써[6] 논의가 다양하게 전개되었다. 그러나 필자는 이 문제가 완전히 해결되었다고는 보지 않는다. 앞의 것은 우선 '현토체'라는 용어가 적합지 않아 시정이 요구되며, 이와 관련하여 속악가사 가운데 국어체와 국한문혼용체의 우리말 가사가 어떻게 전승되었는가를 아울러 고찰할 필요가 있다. 그리고 뒤의 것은 자료의 문맥에 의거하여 논점을 분명히 밝혀 24편이 어느 작품을 지목한 것인가를 작품으로 일목요연하게 제시할 수 있어야 한다.

필자는 평소에 고려가요 연구의 기반을 『고려사』 악지, 특히 속악조에 두어야 한다고 믿어 왔다. 그 까닭은 『고려사』 악지 편찬자들이 음악에 조예가 있던 전문가들이요, 또 그들은 고려조와 가장 근접한 시기에 생존하면서 전래하던 자료를 활용하여 고려의 음악을 체계적으로 정리하였을 것이라는 개연성을 인정하지 않을 수 없기 때문이다. 그러므로 『고려사』 악지에 기록된 내용은 무엇보다 신빙성 높은 자료라고 생각된다. 따라서 연구자들이 『고려사』 악지의 기록 내용을 근거도 없이 자기 편의대로 부정할 것이 아니라 먼저 그것을 토대로 꼼꼼하게 살피는 자세가 필요하다고 생각한다.

II. 고려사 속악조의 이해

『고려사』는 제70·71권이 악지(樂志)이다. 악(樂)은 아악(雅樂)·당악(唐樂)·속악(俗樂)으로 나누는데 권70이 아악이고, 권71에 당악과 속악이 실려 있다. 속악조는 속악의 원자료와 표기에 대한 간략한 설명에 이어 악

1987, pp.20-23.
6) 양태순, 전게서, p.29.

기, 속악정재(俗樂呈才), 고려속악가사(高麗俗樂歌詞), 삼국속악가사(三國俗樂歌詞), 용속악절도(用俗樂節度) 등 5개의 부류로 구성되었다. 설명의 편의를 위해 이들 5개 부류의 세부 내용을 항목으로 구분해서 적어 본다.

A. 고려속악

a. 도론

(1) 高麗俗樂考 諸樂譜載之

(2) 其動動及西京以下二十四篇 皆用俚語

b. 악기

① 玄琴, ② 琵琶, ③ 伽倻琴, ④ 大琴, ⑤ 杖鼓, ⑥ 牙拍,

⑦ 無㝵, ⑧ 舞鼓, ⑨ 嵇琴, ⑩ 觱篥, ⑪ 中琴, ⑫ 小琴, ⑬ 拍

c. 속악정재

㉠ 舞鼓(諸妓歌井邑詞)

㉡ ① 動動(唱動動詞) 動動之戲 其歌詞多有頌禱之詞 盖效仙語而爲之
　　然詞俚不載

㉢ ② 無㝵(妓二人唱無㝵詞) 無㝵之戲 出自西域 其歌詞多用佛家語 且
　　雜以方言難於編錄……

d. 고려속악가사

③ 西京　　④ 大同江

⑤ 五冠山 (1) 五冠山 孝子文忠所作也

　　　　　(2) 忠居五冠山下 事母至孝 其居距京都三十里 爲養祿仕 朝出
　　　　　　　暮歸

　　　　　　　定省不少衰 嘆其母老 作是歌

　　　　　(3) 李齊賢作詩解之曰

　　　　　　　木頭雕作小唐鷄　筋子拈來壁上栖

　　　　　　　此鳥膠膠報時節　慈顏始似日平西

⑥ 楊州　　⑦ 月精花　⑧ 長湍　　⑨ 定山　　⑩ 伐谷鳥　⑪ 元興

⑫ 金剛城　⑬ 長生浦　⑭ 叢石亭　⑮ 居士戀　⑯ 處容　　⑰ 沙里花

⑱ 長巖　　⑲ 濟危寶　⑳ 安東紫靑　㉑ 松山　　㉒ 禮成江(歌有兩篇)

㉓ 冬柏木　㉔ 寒松亭　㉕ 鄭瓜亭　㉖ 風入松　㉗ 夜深詞

㉘ <한림별곡>　㉙ 三藏　㉚ 蛇龍　㉛ 紫霞洞 …… 却是未風流云云俚語

B. 삼국속악
  a. 삼국속악가사
  新羅 百濟 高句麗之樂 高麗並用之 編之樂譜 故附著于此 詞皆俚語
  新羅 6편
  百濟 5편(井邑)
  高句麗 3편
  b. 용속악절도

b는 속악 연주에 사용한 악기들이다. c는 가사창이 수반된 무악(舞樂)의 놀이들인데, 여기서 <무고>와 <무애>가 b와 c에 모두 들어 있는 것으로 보아 이들이 악기 이름이면서 동시에 놀이(呈才)임을 알 수 있다.

c는 본래 항목의 명칭이 없는 것인데 그들의 공통적 속성이 고려의 속악 가사이므로, B에 실린 삼국의 속악과 구분하기 위해 편의상 '고려 속악가사'라 명명하였다. c는 속악조의 중심부로서 여기에 29편의 고려 속악가사가 수록되었다. 그런데 속악가사 중에는 국어체 가사의 작품이 많다. 그래서 한문으로만 기록해야 하는『고려사』에 우리말 가사를 수록할 수가 없으므로 노래 이름에 이어 내용이나 창작 의도 등을 소개하는 길을 택했다.(俗樂則語多鄙俚 其甚者 但記其歌名與作歌之意) ⑤ <오관산(五冠山)>에서 (1)작자명, (2)창작 배경, (3)노래 내용을 설명한 것이 그 한 예이다. 오늘날 가사가 전하지 않는 ⑮ <거사련>, ⑰ <사리화>, ⑱ <장암>, ⑲ <제위보>에 이제현의 번역시를, 그리고 ㉔ <한송정>에 장진공의 번역시를 수록한 것은 가사의 내용을 이해하는데 큰 도움이 된다. 여기서『고려사』악지의 편찬자들이 가급적 가사 내용을 책에 수록하려 했음을 미루어 알 수 있다.

악지 편찬자들은 역사 편술자 답게 사실을 바르게 남기려는 의지를 보이기도 했다. ⑫ <금강성>에서는 창작 배경을 거란 침입 시로 보는 견해와 몽고란으로 보는 이견을 나란히 소개하였고, ㉓ <동백목>에서는 채홍철 창작설 외에 재래 가요 활용설을 함께 소개하는 등 객관적 태도를 보였으며, ㉖ <풍입송>과 ㉗ <야심사>에서는 각각의 내용을 설명한 다음 "어느 때 지었는지 모른다(未知何時所作)."하여 작품의 창작 시기에 대해 관심을 가지고 가능한 사실을 밝히려 하였지만, 밝힐 수 없음을 솔직히 고백하여 기록자로서의 성실성을 보여주었다. 이는 <한림별곡>이 '고려 고종 때에 한림들이 지었다'는 『고려사』의 기록을 신빙성이 없다는 것으로 보고 있는 일부 학자들의 견해에 대한 반론의 근거가 될 수 있다.

B에는 신라·백제·고구려 삼국의 속악가사를 수록했다. 고려의 음악을 다루는 『고려사』 속악조에서 구태여 삼국의 속악을 수록한 까닭은 고려가 삼국의 속악을 사용했을 뿐만 아니라, 그 가사가 악보에 함께 수록되어 있기 때문이라 했다.(新羅百濟高句麗之樂 高麗並用之 編之樂譜 故附著于此) 그리고 여기에 수록된 삼국의 속악가사 14편이 모두 국어체 가사라는 사실도 밝혀 놓았다.(詞皆俚語) c의 ㉠ 무고정재(舞鼓呈才)에서 가창된 <정읍사>가 이곳 백제의 속악으로 소개된 <정읍>과 동일한 작품이며, 그것이 우리말로 된 가사라는 지적은 오늘날 작품을 통해 확인되는 바이다.

B의 b에서는 속악이 어떤 행사, 어떠한 방식으로 사용되는가를 설명하였다.

Ⅲ. 속악가사의 세 가지 표기 방식

일연의 사찬서인 『삼국유사』에서 향가를 적기 위해 향찰을 사용했던 것과는 달리, 정사인 『고려사』는 『삼국사기』와 마찬가지로 한문을 전용하였다. 이 같은 제약으로 인해 『고려사』에는 한문으로 지어진 작품은 수록되었지만 우리말 가사의 작품은 불행히도 실릴 수가 없었다. 그러면 고려의 속악가사가 『고려사』 악지에 어떠한 방식으로 수록되었던가.

고려속악가사는 표기면에서 볼 때 (1)국어체, (2)한문체, (3)국한문혼용체 등 세 종류가 있다. (2)의 한문체 작품이 『고려사』에 고스란히 수록될 수 있음에 반해 (1)의 국어체 작품은 전혀 수록이 불가능했고, (3)의 국한문혼용체 작품은 우리말 부분을 제외한 한문만이 실릴 수 있었다.

(1)국어체 가사로부터 살펴보겠다. 여기서 '이어(俚語)'란 '고상하지 못한 상스러운 말'을 뜻하는 것이 아니라 우리말(국어)을 가리킨다. 『고려사』 본과 『악장가사』 본의 <한림별곡>을 비교하면 그 말의 뜻과 용례를 곧 확인할 수 있다.

<table>
<tr><th>고려사</th><th>악장가사</th></tr>
<tr><td>① 元淳文　仁老詩　公老四六
李正言　陳翰林　雙韻走筆
冲基對策　光鈞經義　良鏡詩賦
偉 試場景何如
琴學士 玉笋門生 云云 俚語
(凡歌詞中 以俚語不載者倣此)</td><td>元淳文　仁老詩　公老四六
李正言　陳翰林　雙韻走筆
冲基對策　光鈞經義　良鏡詩賦
위 試場ㅅ景 긔 엇더ᄒ니잇고
琴學士의 玉笋門生 (반복)
위 날조차 몃부니잇고

(제1장)</td></tr>
<tr><td>② 唐唐唐　唐楸子　皂莢木
云云 (俚語)

削玉纖纖云云(俚語)
偉 携手同遊景何如</td><td>당당당　당츄ᄌ　조협남긔
홍실로 홍글위 ᄆᆡ요이다
혀고시라 밀오시라 뎡쇼년하
위 내 가논 ᄃᆡ ᄂᆞᆷ 갈셰라
샥옥셤셤 솽슈ㅅ길헤 (반복)
위 휴슈동유ㅅ경 긔 엇더ᄒ니잇고
(제8장)</td></tr>
</table>

위에서 비교해 보면『고려사』본에서는 한문으로 쓸 수 있는 것은 모두 한문으로 적고 우리말 가사의 자리에는 '운운이어(云云俚語)'라고 써서 그 곳이 우리말 가사가 오는 자리임을 표시하였으니 그 같은 범례를 ①에서 보는 바와 같이 "노랫말 가운데 우리말로 되어 있어서 (고려사에) 싣지 못할 때에는 이와 같은 방법으로 한다(凡歌詞中 以俚語不載者 倣此)."라고 분명하게 밝혔던 것이다. 그러므로 '이어(俚語)'의 변형으로 쓰인 용어인 '비리(鄙俚)'나 '사리(詞俚)'의 '리(俚)'를 해석할 경우에도 당연히 그것이 '우리말(국어)'을 가리키는 것으로 이해해야 한다. 예컨대 '俗樂則語多鄙俚'는 '속악은 노랫말이 대다수 우리말로 되어 있다'로, 그리고 〈동동〉을 설명하는 글 가운데 나오는 '사리부재(詞俚不載)'는 '가사가 우리말(국어)로 되어 있어 (고려사에) 싣지 못한다'로 풀이해야 정확한 것이 된다.

(2) 한문체는 말 그대로 가사가 한문으로 쓰인 작품이다. 한문으로 쓰였기 때문에 작품이『고려사』에 고스란히 실려 있다.『고려사』에는 속악가사로서 〈풍입송〉, 〈야심사〉, 〈삼장〉, 〈사룡〉 4편이 수록되어 있다.

(3) 국한문혼용체는 한문가사와 우리말 가사가 섞여 쓰인 작품을 말한다. 양주동 박사를 위시하여 종래 학계에서는 속악가사의 표기방식을 국어체와 한문체 두 가지로 보는 경향이 있었다.[7] 양태순 교수가 여기에 현토체를 추가한 것은[8]『고려사』악지의 자료를 제대로 읽어낸 것으로 평가할 만하다. 그러나 '현토(懸吐)'라는 용어가 적합해 보이지 않는다. 현토란 한문의 이해를 돕기 위해 우리말을 보조적으로 사용한 것이므로 기능면에서 볼 때 그것이 없더라도 본문의 존립에는 아무런 지장도 끼치지 않는다. 현토체 작품의 전형이라 할 〈어부장가(漁父長歌)〉에서

---

7) 양주동,『麗謠箋注』, 을유문화사, 1954, p.10.
8) 양태순, 전게서, p.23.

이를 확인할 수 있다. 그러나 <한림별곡>의 가사 곳곳에 보이는 우리말 가사가 과연 현토의 수준인가. 가사의 양에 있어서나 기능면에서 전혀 그렇지가 않다.『고려사』본에서 '이어'라 표시한 부분을『악장가사』본에서 보면 이를 확실히 알 수 있다. <한림별곡> 제8장을 현토체라 부를 수 없음이 자명해진다. 양 교수가 현토체를 제시하면서도 그 존재의 독자성을 인정하지 않고 있음은 그가 향악가사(속악가사)를 국어체·한시체·불찬류·무가류로 분류하고 한시체에 해당하는 작품으로 <자하동>과 <한림별곡>을 포함시킨 사실에서 분명해진다.9) 양 교수는 삼분설(三分說)을 새롭게 주장하였으면서도 실제로는 이분설(二分說)로 후퇴한 셈이다.

<한림별곡>과 마찬가지로 <무애>의 관련 기록도 국한문혼용체의 존재를 알게 하는 좋은 자료이다. 거기에는 "그 가사에 불교어가 많이 쓰였고, 또 우리말도 섞여 있어 (고려사에) 수록하기가 어렵다(其歌詞多用佛家語 且雜以方言 難於編錄)."라고 하여, <무애>에 우리말 가사가 섞여 있음을 증언하고 있는 것이다. 한자어와 우리말의 비중이 어떠했는지는 알 수 없으나 그렇다고 우리말의 비중이 한문보다 작았다고 단정지을 근거도 없다. 만약 원효(元曉)가 이 작품을 지었다든가 혹은 그가 지은 것을 후대에 개찬했다고 본다면 오히려 컸다고 볼 수도 있는 것이다.『삼국유사』「원효불기(元曉不羈)」에서 보면 원효가 촌락을 찾아 돌며 민중 포교를 목적으로 <무애가>를 지었다고 씌어 있기 때문이다. 그리고 악지의 속악가사 기술 방식으로 보더라도 <무애> 가사가 한문이 월등히 우세하고 우리말이 작은 비중으로 쓰여 있었다면 <한림별곡>의 작품 표기 방식과 같이 드문드문이나마 '이어(俚語)'라는 단어를 써서라도 한

---

9) 상게서, p.36.

문으로 된 부분을 『고려사』에 수록할 수도 있었을 터이다. 그럼에도 불구하고 <무애>를 수록하지 않은 까닭은 우리말 가사의 비중이 커서『고려사』에 작품을 수록할 수가 없었기 때문에 '雜於編錄'이라는 말로 그 같은 사정을 실토한 것이 아니었던가 생각된다. <한림별곡>에 우리말 가사가 섞여 있음은 앞에서 살핀 바 있어 생략하거니와, 흔히 한문체로 취급되는 <자하동>을 눈여겨 볼 필요가 있다. <자하동> 가사 맨 끝 구절 '却是未風流' 뒤에 '云云俚語'라는 말이 붙어 있다. 한시가 이어지다가 끝에 '云云俚語'라고 단 한 차례가 쓰여 있기 때문에 이를 소홀히 보아 간과하기 쉽다. 그렇지만 분명한 것은 <자하동>의 한문 가사 끝 부분에 우리말 가사가 이어지고 있음을 분명하게 보여 주고 있는 것이다. 긴 한시의 끝에 붙어 있는 '俚語'가 과연 얼마나 긴 노랫말이었는지는 알 수 없으나 아무튼 이 작품이 국한문혼용체임은 의심의 여지가 없다. 이처럼『고려사』속악가사 가운데 국한문혼용체 작품이 3편이나 있다는 사실을 간과해서는 안 되며 이를 국어체나 한문체와 대등한 존재로 인정하는 것이『고려사』악지 편찬자의 취지일 것이요, 또한 한국 시가사의 바른 이해를 위해서도 마땅한 처사라 생각한다. 그리고 고려의 속악가사 가운데 국어체 가사만 가창된 것이 아니라, 한문체와 국한문혼용체 작품도 향악곡에 맞추어 가창되었음을 알아야 하겠다.

IV. 국어체 작품 24편

『고려사』속악조의 첫 머리에는 "<동동>과 <서경> 이하의 24편은 모두 이어를 썼다(其動動及西京以下二十四篇 皆用俚語)."라는 글귀가 나온다. 이는 (고려의 속악가사 가운데) <동동>과 <서경>을 포함하여 24편이 모두 우리말(국어)로 되어 있음을 가리킨 말이다. 그런데 이와 달리 <동동>과 <서경>을 제외한 나머지 작품이 24편이라 하여 <삼장>과 <사룡>을 국어체 작품으로 본 분들이 있다.[10] 이는 '80점 以上, 90점 以下'의 용례에서 보듯이 '以'자가 제시된 기준물을 포함할 때 쓰이므로 <동동>과 <서경>을 제외하는 것은 '以'자의 어법에 맞지 않는 주장이다. 그리고 여기서 말하는 "모두 이어를 썼다(皆用俚語)."란 속악조에 실린 노랫말들의 표기 방식을 가리킨 것임을 알아야 한다. 여기에 작품의 원초형과 그것의 전승성을 개입시켜 논지의 초점을 흐려서는 안 된다. 『고려사』의 기술 방식 면에서 보더라도 <삼장>과 <사룡>이 본래 국어체였다고 보기는 어렵다. 만약 이 두 작품이 국어체였다면 악지 편찬자들이 <정과정>이나 <한송정>에서처럼 "한시를 지어 우리말 가사를 해석한다(作詩解之)."라는 말을 썼어야 한다. 그렇게 하지 않았다면 <삼장>과 <사룡>이 본디 한시였음을 반증하는 것이다. <삼장>과 <사룡>의 국어체 작품은 한시 작품이 유명해진 후, 어느 시기에 번역된 것으로 보아야 할 것이다.

무고·동동·무애의 세 가지 정재(呈才)에는 각각 <정읍사>·<동동>·<무애>를 노래하였다. 그럼에도 유독 <동동>만을 국어체 24편에 포함시킨 이유가 무엇일까. 우선 여기서 말하는 국어체 작품 24편이 삼국의 속악을 제외한 고려 속악가사의 편수를 지목한 것임을 알아야 한다. 따라서 무고정재(舞鼓呈才)에서 부른 <정읍사>는 삼국 속악조에도 백제의 노래로 소개된 바 있으므로 비록 그것이 국어체 작품이라 하더라도 당연히 고려의 속악가사에서 제외될 수밖에 없다. 그리고 <무애정재(無㝵呈才)>에서 불린 <무애사(無㝵詞)>는 앞서 살핀 바와 같이 순수국어

<hr>

10) 최정여, 전게서, p.241. 김학성 교수도 전게서에서 이 견해를 지지했다.

체 가사가 아닌 국한문혼용이므로 또한 제외되어야 마땅하다. 이처럼 고려 속악조에 실린 가사 31편 가운데 한문체 4편과 국한문혼용체 3편을 제외하면 정확히 24편의 국어체 작품이 남는다. 이들 국어체 24편의 작품 이름을 차례로 열거하면 다음과 같다.[11)

① 動動　② 西京　③ 大同江　④ 五冠山　⑤ 楊州　⑥ 月精花
⑦ 長湍　⑧ 定山　⑨ 伐谷鳥　⑩ 元興　⑪ 金剛城　⑫ 長生浦
⑬ 叢石亭　⑭ 居士戀　⑮ 處容　⑯ 沙里花　⑰ 長巖　⑱ 濟危寶
⑲ 安東紫青　⑳ 松山　㉑ 禮成江　㉒ 冬柏木　㉓ 寒松亭　㉔ 鄭瓜亭

V. 결론

이 글은 『고려사』 악지에 실려 있는 속악가사가 국어체, 한문체, 국한문혼용체 중 어떤 방식으로 표기되어 있으며, 그 가운데 국어체 24편이라 한 것이 구체적으로 어떤 작품을 가리키는지를 밝히는 데 목적을 두었다. 본론에서 밝힌 내용을 요약 정리하여 글을 맺기로 한다.

1. 『고려사』 악지는 전래의 악보를 자료로 삼아 편찬되었다. 그러므로 악지의 내용을 이루고 있는 악기·정재·가사 등이 문헌을 바탕으로 한 기술이요, 게다가 악지의 편찬자들이 역사의 찬술자라는 의식을 견지하고 직필의 태도로 임하였음이 글을 통해 확인되므로 『고려사』 악지의 기록 내용은 신뢰도 높은 자료로 보아야 한다. 따라서 고려 속악가사를

---

11) 여기서 도출한 국어체 작품 24편은 박준규 교수가 제시한 것과 다름이 없다. 그러나 박준규 교수가 표기방식을 국어체와 漢語體로 兩分하여 漢文雜用국어체를 인정하지 않았으므로 <자하동>, <한림별곡>, <무애>를 한어체로 분류하였는데, 이는 필자의 三分說과 다른 점이다.

연구하는 데 있어 『고려사』 악지는 무엇보다 믿음직한 자료로 평가받아 마땅하다.

2. 고려 속악가사의 표기 방식은 국어체·한문체·국한문혼용체 세 종류가 쓰였다. 종래에 학자들은 국한문혼용체의 존재를 알지 못했거나, 알았다 하더라도 독립적 존재로 인정하지 않고 한문체에 귀속시켜 한문체와 국어체 두 종류만 인정하는 경향이었다. 그러나 『고려사』 속악조에서 표기 방식상 이를 독립된 존재로 인정하고 있을 뿐만 아니라, 현재 전하는 조선조 시가 가운데에도 국한문혼용체가 적지 않게 존재하는 사실을 고려할 때, 그것이 장기간 커다란 흐름을 형성하고 있음을 알 수 있다. 따라서 『고려사』 편찬자들의 취지로 보나 시가사의 입장에서 보더라도 국한문혼용체는 독자적인 존재로 인정하는 것이 마땅하다.

3. 속악조에 실린 속악가사의 작품은 모두 31편이다. 이 가운데 한문체가 4편, 국한문혼용체가 3편, 그리고 나머지 24편이 순수 국어체 작품이 된다. 『고려사』 악지 편찬자가 국어체 작품 24편을 정확히 거론했던 것인데, 연구자들이 그 취지를 오해하여 같은 이름으로 전승되는 작품과의 관계를 여기에 개입시킴으로써 국어체 작품 편수 계산에 혼동을 일으켰던 것이다. 국어체 작품 24편은 본문에서 밝힌 바와 같다.

Ⅰ. 서론

박연(1378~1458)은 우리나라의 음악을 향악(鄕樂)이라고 부르는 데 대하여 상스럽다(鄙俚)고 여겨 개칭할 것을 임금에게 요구한 일이 있다. 이는 당악(唐樂)이라는 용어가 중국에서 들어온 역대의 음악을 범칭하는 개념이므로, '화악속부(華樂俗部)'로 고쳐 불러야 한다는 그의 주장과 짝을 이룬다.1) 정확한 명칭 부여에 남달리 관심을 보인 것도 주목되지만, 우리의 노래에 대해 우리 스스로가 향악이라는 비하적 명칭을 사용해서는 안 된다는 자존심이 돋보이는 장면이다. 그러나 『고려사』 악지에서 '당악'과 '속악'이라는 용어를 쓴 사실로 보아 그의 주장은 끝내 받아들여지지 못한 것으로 생각된다.

『고려사』에서 악(樂)을 아악, 당악, 속악으로 부르고 속악의 작품을 속악가사라 부른다. 속악가사는 표기면에서 국어체, 국한문혼용체, 한문체를 포함하며, 양식면에서 국어체 24편과 경기체가인 <한림별곡>도 있

---

1) 『세종실록』 권 47, 12년 2월.

어 그 속성이 복잡하다. 이 글에서 고려가요라 함은 우리말로 되어 있는 국어체 속악가사를 가리킨다. 오늘날까지 전하고 있는 동동, 쌍화점, 서경별곡, 청산별곡, 정석가, 귀호곡(가시리), 사모곡, 상저가, 정과정, 이상곡, 만전춘, 처용가, 유구곡 등으로 보면 이해가 쉬울 것이다. 그런데 이들 속요가 어떠한 전승 과정을 거쳐 현재에 이르렀는가에 대해 상이한 주장이 제기되었다. 구전되다가 훈민정음이 창제된 후 국문자로 정착되었다는 구전설(口傳說)과, 악보에 차자표기(借字表記)인 향찰(鄕札)로 쓰여 있다가 훈민정음이 창제된 후에 국문자로 옮겨 적었다는 향찰설(鄕札說)이 그것이다. 근래에 들어 각종 저서 등에서 향찰설은 보이지 않고 구전설이 압도적으로 우세하여 그것이 통설로 굳혀진 듯한 느낌을 갖게 한다. 그러나 향찰설도 주목할 만한 착상이요, 또 충분한 논거를 갖추어 가고 있으므로 이에 대한 면밀한 검토가 필요하다. 본고는 향찰설을 지지하는 입장에서 그 논거를 보강하여 향찰설의 타당성을 밝히는 데 목적이 있다. 만약 향찰설이 타당한 것으로 인정을 받게 된다면 속요가 구전되는 과정에서 변모되었을 것이라든가, 향찰을 국문으로 옮기는 과정에서 오류가 발생할 수도 있을 것이라는 막연한 가정과 추측을 불식하는 데 도움이 될 것으로 기대한다.

II. 구전설(口傳說)과 향찰설(鄕札說)

구전설은 조윤제의 아래 인용문에 집약되어 있다.

> 고려의 시가로서 오늘에 전하는 것은 동동, 쌍화점, 서경별곡, 청산별곡, 처용가, 만전춘, 이상곡, 정석가, 사모곡, 가시리, 정읍사와 전기 정과정곡이

있다. 이들은 그 작자와 저작 연대가 모두 불명한 것으로, 말하자면 누가 지은 지도 모르고 민간에 구전하여 오다가 후세에 국자가 발명되니 비로소 문자상에 재현된 것이다. 그러니까 그 전함이 원작 그대로인가 아닌가는 극히 의심스럽다.[2]

위의 문의로 보면 속요는 고려 내내 구전되다가 훈민정음 창제 후에야 정착되었으므로 원래의 모습인지 의심스럽다는 것이다. 또 <정읍사>를 고려가요에 포함시키고 있다. 김흥규는 "고려의 건국 이후 한문학이 발달하면서 향가가 쇠퇴하자 국문시가는 다시 구비 전승의 영역으로 돌아갔다."[3]고 하여 구전하게 된 이유를 한문학의 발달로 인한 향찰의 쇠퇴로 보고 이를 구전설의 논거로 삼았다.

향찰설은 김준영이 제기했다. 장황한 감은 있으나 그가 주장한 논거가 향찰설을 이해하는 데 도움이 되므로 인용해 본다.

어떤 이는 고려에 들어서는 기록 문자를 잃음으로써 고유 문학이 쇠퇴했다고 말하지만, 사실 기록 문자를 잃은 것은 아니었다. 물론 한문학에 도취한 일부 학자에 있어서는 이두(吏讀)로써 표기하기를 싫어했고, 또 한문으로써 자유자재로 의사 표시를 할 수 있는 사람들은 이두문의 필요마저도 느끼지 않은 것은 사실이나, 반면에 한문으로 의사 표시를 할 수 없는 보다 더 많은 사람이나, 한문으로 의사 표시를 할 수 있는 사람이라 할지라도 우리말을 기록할 수 있는 유일무이한 향찰식(鄕札式) 기사법(記寫法)은 저대로의 가치를 느꼈던 것인데, 무엇 때문에 그것이 사라질 것인가?

고려 11대 문종(文宗) 때 편찬된 『균여전』에 <보현십원가(普賢十願歌)>를 실어 놓은 것은 일반이 향찰을 알았기 때문이며, 고려 말인 충렬왕 때 일연이 『삼국유사』에 향가를 실어 놓은 것도 자신은 물론 일반인도 알 수 있었기 때문이다. 그리고 경기체가 중 순수한 우리말로 된 부분이나, <도

---

2) 조윤제, 『韓國文學史』, 탐구당, 1963, p.80.
3) 김흥규, 『韓國文學의 理解』, 민음사, 1986, p.41.

이장가(悼二將歌)>를 향찰로 적어 놓은 것도 또한 그렇고, 그밖에 원 가사는 전하지 않지만 개인 창작의 우리 시가 이름이 많이 전하고 있다는 점, 또 훈민정음 창제 이전의 박연(朴堧)의 상소(上疏) 중에 '지금 우리 노래를 적어 둔 사람이 많을 것이니 그 가사를 모으자'고 한 것으로 보아도 당시까지 일반에 향찰식 기사법이 널리 통용(通用)된 것을 알겠다.

그러므로, 고려 시대에도 우리 시가를 향찰로 기록해 가며 지은 것이 이루 헤아릴 수 없이 많았겠지만, 이조 대로 내려오며 한문학이 보다 더 보급되고 따라서 한문학자들의 정신이 우리말로 된 시가를 하찮게 여김으로써 여대의 가요가 기록에 남은 것이 적고, 또 전하던 문헌도 자연 귀중히 여기지 않음으로써 인멸될 수밖에 없었으며, 더욱 훈민정음의 창제로 향찰식 기사법이 단시일 내에 쇠퇴하고 보니 그것을 아는 사람이 적게 되자, 향찰로 기록된 문헌이 후대에 전하지 못할 것은 당연한 일이다.[4]

김준영은 이두(향찰)가 한문과 다른 기능과 가치가 있음을 전제로, 『균여전』·『삼국유사』·경기체가 등의 작품 표기와 또 박연의 상소문을 예로 들어 훈민정음이 창제될 때까지 향찰이 널리 쓰였음을 정황으로 제시하고, 향찰로 표기된 고려의 노래가 조선 시대에 들어 전해지지 못한 이유를 논리적으로 설명하여, 향찰설에 관한 한 가장 선각적인 발언을 하였다.

이어 김동욱과 황패강도 향찰설을 지지하는 입장을 보였다.

이 민요는 각 지방에서 발생하여 헌상악(獻上樂)으로서 궁중에 들어와 악보에 '이두'로 기사되어 이조에 들어와서는 한글 창제와 더불어 성종대의 『악학궤범(樂學軌範)』(1475)과 중종 때(1506~1544) 『악장가사(樂章歌詞)』에 전하는 것만이 고려 가사의 영예를 짊어지게 되는 셈이다. 『고려사』 악지를 보면 현재 전하지 않는 가사가 수십 수 있었던 것 같다.[5]

---

4) 김준영, 『韓國古典文學史』(5판), 형설출판사, 1982, pp.175-176.
5) 김동욱, 『國文學史』, 일신사, 1981, p.81.

『고려사』 악지도 이조 초기까지 악보와 가사가 남아 있었던 다음과 같
은 가사의 창작 동기를 전하고 있다. …… 이『고려사』의 기록에서 악보와
가사가 남아 있었음은 사실이나, 가사 쪽은 '사리부재(詞俚不載)'라 규정하
고 있다.6)

김동욱은 다양한 예를 들어 12세기까지 이두 표기가 일반화하였음을
근거로『고려사』속악의 자료인『악보』도 이두로 쓰여 있었을 것이라고
주장하였다. 같은 맥락에서 황패강은 향찰의 사용 시기를 현존 향가를
하한으로 볼 수 없다며 14세기 후반의 향찰 자료까지 동원하여 악보에
서의 우리말 표기는 향찰에 의존할 수밖에 없다고 보고『고려사』편찬
자가 상고한 전래의 악보 소재 고려 속악은 당초 이어(俚語) 그대로 나타
나 있었던 것으로 추단하여7) 더욱 적극적인 면을 보였다.

구전설과 향찰설의 근거와 쟁점은 무엇인가? 구전설의 논거는 향찰로
쓰인 속요집이 현재 전하지 않으며, 속요가 악보로 집성될 고려 후기 쯤
에는 향찰이 쇠퇴기에 접어들어 우리말 표기의 기능을 상실했을 터이므
로, 속요가 전래할 수 있는 방법은 구비전승의 한 길밖에 없다는 주장이
다. 향찰설의 입장에서도 향찰 표기의 악보를 물증으로 제시할 수는 없
다. 그러므로 고려 후기까지 향찰이 널리 쓰였다는 사실을 밝히는 작업
으로 대응해야 했다. 그래서 김동욱과 황패강은 향찰 존재의 정황과 자
료를 확보하여 논거로 제시했다. 그로써 향찰 표기가 훈민정음 창제 때
까지 쓰였다는 사실을 어느 정도 확인시킨 점은 인정되지만 그것만으로
구전설을 극복할 만한 논거로서는 충분하지 못하다는 점을 인정하지 않
을 수 없다.

---

6) 상게서, p.96.
7) 황패강,『韓國古代歌謠』, 새문사, 1986, p.30.

Ⅲ. 향찰설의 세 가지 논거

구전설은 쉽게 말해서 예컨대 우리말 노래인 <동동>이 고려 시대에 지어져서 노래로 불리어졌는데, 당시에 그것을 기록할 문자가 없었으므로 입에서 입으로 전해지다가, 세종이 훈민정음을 창제하여 국문자가 만들어진 뒤에 그 가사를 한글로 적었다는 주장이다. 한편 향찰설은 향찰이 고려시대부터 훈민정음이 창제될 때까지 쓰였기 때문에, 고려 시대에 이미 <동동>의 가사가 향찰로 쓰여 악부에 기록되어 있었는데 훈민정음이 창제된 뒤에 한글로 옮겨 적었다는 주장이다.

위의 두 학설에서 이견의 핵심은 고려 시대에 과연 향찰이 표기 수단으로 사용되었는가의 여부에 달려 있다 하겠다. 향찰이 우리말 가사 표기에 쓰였다면 현재 왜 그러한 자료가 보이지 않는가 하는 의문이 제기될 수 있다. 그것이 구전설의 논거가 될 수 있다. 그러한 물증이 없다는 것이 초창기 연구자에게 구전설의 빌미를 제공했던 것이 부인할 수 없는 사실이다. 현재에는 앞에서 살핀 바와 같이 향찰의 자료가 다수 확보되었고, 거기에 정황을 보충할 만한 사실이 축적됨으로써, 향찰의 사용 시기를 고려 시대부터 훈민정음 창제 때까지로 확대해 보아야 한다는 주장이 설득력을 얻게 됨에 따라 향찰설이 힘을 얻게 되었다.

필자는 향찰 사용 시기가 확장되었다는 논거와 함께 두 가지 사실, 즉 악장의 가사는 문자로 표기되어야 한다는 당위성과, 세종 13년 10월에 관습도감이 임금에게 세 작품을 사용하자고 요청한 데 대해 임금이 허락한 『조선왕조실록』의 기사 내용을 새롭게 제시하여 향찰설의 논거로 제시하고자 한다.

1. 향찰 사용 시기의 확장

이두(吏讀)와 향찰은 창작문에 쓰이는 차자 표기로서 어순과 독법의 방식에는 차이가 없고 다만 용도에 따라 문예문에서는 향찰, 실용문에서는 이두로 구분된다.8) 그러므로 이두와 향찰이 우리말의 사음적(寫音的) 표기 기능면에서는 차이가 없다. 그러므로 향찰의 활용 상황을 살피는 데는 향찰과 이두 자료가 모두 포함된다. 황패강은 『한국고대가요』 「향찰의 전개」라는 글에서 향찰 자료 10여 개를 거명한 바 있고,9) 이승재는 고려시대의 이두 자료 총 55건을 제시하였다. 이승재가 제시한 자료 중 연대를 알 수 있는 것은 모두 42건이다. 이들 자료를 연대별로 구분하면, 900년대 3건, 1000년대 7건, 1100년대 5건, 1200년대 8건, 1300년대 19건으로 나타난다. 1300년대가 시기적으로 가깝다는 점을 감안한다 하더라도 고려 말의 문건이 상대적으로 월등하게 많게 나타나 있음은 그때까지 향찰이 크게 쇠퇴하지 않았음을 보여 준 증거라 하겠다. 고려말에 한문으로 표기해도 될 실용문조차 향찰로 표기한 사실은, 향찰이 여전히 쓰이고 있었음을 보여 준 셈이다. 이같이 자료가 분명하게 남아 있는데도 고려 시대에 향찰이 쇠퇴하였다거나 멸절되었을 것이라는 가정 하에 우리말 가사를 표기할 방도가 없어 입에서 입으로 전해졌을 것이라고 주장하는 것은 사리에 맞지 않는다. 더욱 주목해야 할 것은 김준영과 김동욱도 지적했듯이 『삼국유사』의 향가 자료이다. 일연이 향찰을 완벽하게 이해하지 못했을 것으로 추측하는 분도 있지만 이는 설득력이 없다. 『삼국유사』의 향찰에 보이는 표기상의 오류는 대부분 후세에 복각하는 과정에 참여한 사람들의 무지나 실수에서 기인된 것이지 일연의

---

8) 이승재, 『高麗時代의 吏讀』, 태학사, 1992, pp.13-14.
9) 황패강, 『한국고대가요』, 새문사, 1986. pp.29-30.

잘못으로 돌려서는 안 된다. 일연이 만약 향찰을 이해하지 못하였다면 자신도 알지 못하는 향가를 무엇 때문에 그토록 심혈을 기울여 저술한 『삼국유사』에 원용했겠는가? 이로 미루어 보아 향찰은 훈민정음이 창제되어 임무를 교대할 때까지 실용문이나 노랫말을 적는 표기 수단으로 널리 활용되었던 것으로 볼 수 있다. 그러면 그때 쓰인 향찰 자료가 그토록 영성하게 전하고 있는 까닭은 무엇일까? 또 고려의 향찰 악보는 왜 전하지 않는 것일까? 이는 향찰의 표기 체계가 불완전한 반면 훈민정음이 완벽한 대체물로 창제된 데서 원인을 찾을 수 있을 것이다. 한자의 음(音)과 훈(訓)을 빌어 적는 차자(借字) 표기 방식은 아무래도 불편할 수밖에 없다. 그에 비해 훈민정음은 뜻을 통달하는 기능은 말할 것도 없거니와 자연물의 소리까지 모두 담아 낼 수 있었던 것이다.[10] 그러므로 환한 전등불을 사용하면 등잔불을 미련없이 버리듯, 훈민정음이라는 완벽한 대체물이 등장함으로써 향찰의 문건들은 필요에 따라 국문으로 옮겨지거나, 그럴 필요도 없는 것은 폐기하였을 터이므로 오늘날 전하는 향찰의 자료가 희귀해진 것으로 추측된다. 또 향찰이 쓸모를 잃게 되자 사람들이 향찰의 표기 방법에 대해 관심이 멀어지고 무지해져서 『삼국유사』의 최고 본으로 알려진 정덕본(正德本, 중종 7년 刊) 소재 향찰처럼 오류를 남기게 되었던 것이라고 생각한다.

2. 악보 가사 표기의 당위성

『고려사』 권25에는 속악(俗樂)이 들어 있다. 『고려사』 찬술자는 속악을 찬술하면서, 그 첫 머리에 "고려 속악은 (전래하는) 여러 악부(보)를 참

---

10) 정인지, 「訓民正音後序」.

고하였다(高麗俗樂 考諸樂譜載志)."[11]고 하였다.『고려사』악지에는 악을 아악·당악·속악으로 나누고 속악에 45편의 작품이 수록되어 있다. 45편은 고려의 작품이 31편, 삼국의 작품이 14편이다. 고려의 작품 31편을 보면 국어체 작품이 24편으로 가장 많다. 24편의 작품은『고려사』편찬자의 찬술관에 따라 풍속을 교화하고 공덕을 기리는 데 도움이 될 만한 정풍(正風) 계열이 주로 선발되었던 것이라 생각한다.[12] 그러므로 그 기준에 부합하지 못하는 것은 제외하였다고 보아야 하겠다.『고려사』악지에 수록된 작품 중에, 오늘날 널리 알려진 <만전춘별사>·<서경별곡>·<이상곡>·<청산별곡> 등이 포함되지 못한 것은 이 때문일 것이다.

『고려사』편찬자들이 활용한 고려의 악보들은 어떠한 모습이었을까? 그것은 국가의 음악 담당 기관에서 편찬한 악보라고 보아야 할 것이다. 시대가 지나면서 악보의 내용에 가감이 있을 수 있어 여러 종류의 악보가 존재하게 되었을 것이다. 지방 정부도 그것을 필요로 하므로 목판으로 여러 권을 출간하여 보급하는 경우가 많았을 것으로 여겨진다.

악보는『시용향악보』에서 보는 바와 같이 거기에 악곡과 가사 등이 수록되어 있었을 것이다.『악장가사』에서 보는 바와 같이 작품 전체를 수록하는 경우가 대부분일 터이고, 가사의 뜻을 정확히 드러내기 위해 한자를 병기하기도 하였을 듯하다. 보다 중요한 것은 국어체 가사를 표기하는 데 향찰을 썼을 것이라는 사실이다. 일연이 우리말 가사를 적기 위해『삼국유사』에서 썼던 바로 그 향찰말이다. 일찍이 퇴계 이황도 이같은 사정을 "만약에 노래를 부르려 한다면 반드시 우리말로 지어야 하나니, 이는 우리나라의 노래가 그렇게 하지 않으면 안 되기 때문이다(如

---

11)『고려사』,「樂志二」.

12)『고려사』,「樂志一」, 樹風化 象功德.

欲歌之 必綴以俚俗之語 蓋國俗音節所不得不然夜)."라고 「도산십이곡발」에서 지적한 바가 있다.

그런데『고려사』가 세종 때에 완성을 보지 못하였으므로 악보를 활용하여 악지를 편찬한 시점을 두고 훈민정음 창제 이후일 수도 있지 않을까 의혹을 가질 수도 있다. 이 같은 의혹이 문제가 되지 않는 것은 세종 13년 10월, 즉 세종이 훈민정음을 창제하기 12년 전에도 향악과 당악을 가르치던 관습도감에서 고려가요가 수록된 악부(보)를 사용하고 있었다는 기록이 분명하게 남아 있다는 사실이다.

3. 세종 13년에도 사용된 고려 악보

관습도감에서 세종께 올린 다음의 계(啓)는 향찰설을 푸는 중요한 자료라 생각한다. 설명의 편의에 따라 본문을 다섯으로 분단하고, 원문을 국문으로 옮겨 보기로 한다.

    (1) 관습도감에서 <원홍곡>과 <안동자청조>를 악가에 다시 사용하기를 청합니다 하고 아뢰었다.
    (2) 원홍은 동북면 화령에 속한 고을로서 큰 바다에 접해 있어 고을 사람이 배를 타고 행상을 나갔다가 돌아오니, 그의 아내가 맞아 기뻐하면서 노래 불렀습니다.
    (3) <자청조>도 부인이 지었는데, 부인이 몸으로써 사람을 섬기다가 한 번 그 몸을 잃으면 남들이 천하고 밉게 여기게 됨을 말하였습니다. 그러므로 실의 홍색, 녹색, 청색, 백색으로 반복해서 비유하였습니다.
    (4) 두 곡이 악부에 실려 있지만 폐하고 쓰지 않은 지가 오래 되었습니다. 노랫말을 보니 <자청조>는 부인이 곧고 스스로 지켜서 남에게 더럽혀지지 않았고, <원홍곡>은 남편이 돌아오는 것을 보고 기뻐하여 노래했으니 참으로 <거사련>과 표리가 됩니다.

(5) 모두 풍속을 교화하는 데 보탬이 될 만하오니 마땅히 관현에 올려서
폐하지 말도록 하옵소서 하니, (왕이) 이를 따랐다.[13]

    여기에 나오는 <원흥곡>, <안동자청조>, <거사련> 세 편은 『고려사』
에서 국문체 속악가사로 수록되어 있는 작품들이다. 당악과 향악을 가
르치는 관습도감에서는 <원흥곡>과 <안동자청>을 지금까지 사용하지
않고 있었다고 하여, 두 작품에 대해 잘 알고 있음을 보여 준다. (2)와 (3)
에서 보면 그들이 두 작품의 내용에 대해서도 환히 알고 있는 것이다.
두 작품이 <거사련>과 마찬가지로 교화에 보탬이 되므로 다시 사용하
자고 임금에게 간곡하게 요청하여 임금이 그 의견에 따랐음을 알 수 있
다. 여기서 (4)의 "두 곡이 악부에 실려 있다(二曲雖載諸樂府)."는 지적에 주
목할 필요가 있다. 그 악부(보)에 <원흥곡>과 <안동자청조>가 수록되
어 있다는 것이다. 그렇다면 여기서 거명한 악부는 고려의 악부로 보아
야 한다. 그 이유는 『세종실록』의 글과 『고려사』 악지의 내용이 거의 다
르지 않기 때문이다. 참고로 <원흥곡>과 <안동자청조>에 대해 언급한
두 자료를 비교해 보면 그 사실이 금방 드러난다.

    <원흥곡>
    元興 在東北面和寧屬郡 濱于大海 郡人隨海船行商而還 其妻迎見 悅而歌
之(『세종실록』)
    元興鎭 東北面和寧府屬邑 濱于大海 邑人船商而還 其妻悅而歌之(『고려사』)
    <안동자청조>
    婦人以身事人 一失其身 人所賤惡 故以絲之紅綠靑白 反覆比之(『세종실록』)
    婦人以身事人 一失其身 人所賤惡 故作此歌 以絲之紅綠靑白 反覆比之 以
致取舍之決焉(『고려사』)

---

13) 『조선왕조실록』 권54, 세종13년 10월 정유.

위에서 보면『세종실록』과『고려사』의 내용이 흡사한 모습을 보이고 있다. 임금께 아뢰고 역사책에 쓰는 용도에 따른 차이일 뿐, 핵심적인 내용은 다르지 않다.

두 자료의 내용이 동일하다면 관습도감에서 임금께 보고하기 위해 사용한 악부(보)와『고려사』의 찬술자가 사용한 악보가 동일한 것이거나 동질적인 것이라고 볼 수밖에 없다. 그렇다면 여기서 주목할 것은『고려사』악지를 편찬한 시점이 언제인가가 문제가 아니라, 고려의 악부(보)를 세종 13년 10월까지도 향악의 교재로 사용하고 있었다는 사실을 확인한 점이다. 그 때까지도 관습도감의 관원들이 악보를 잘 이해하고 있었기 때문에, 그것을 교재로 활용하고 있었다는 증거가 되기 때문이다.

이쯤에서 향찰설로 돌아가 필자의 입장을 정리해 보기로 한다. 세종 13년 10월까지 고려의 악보가 폐지되지 않고 교재로 사용되고 있었음이 분명하다. 세종 13년이라면 훈민정음이 반포되기 12년 전이다. 그렇다면 고려의 악보는 향찰로 표기되어 있는 것이 자명하고, 그것이 그 때까지 관습도감의 관원들에 의해 유용한 학습 자료로 활용되었음이 분명해진다. 따라서 고려가요는 향찰로 악보에 쓰여 있다가 훈민정음이 창제된 후에 국문자로 옮겨 적었다고 보는 향찰설이 논리적으로 타당하다고 인정하지 않을 수 없다.

Ⅳ. 결론

이 글은 국어체 시가 작품이 고려의 악보에 향찰로 기록되어 있다가 훈민정음 창제 후에 국문자로 정착되었다는 소위 향찰설의 타당함을 밝히는 데 목적을 두었다. 구전설을 지지할 경우, 전승되는 과정에서 오류가 발생할 수도 있다는 식의 우려를 불식하기 어렵기 때문에, 어느 학설로 판명되느냐에 따라 고려가요의 연구에 미치는 영향이 적지 않다. 본고에서는 본론을 두 개의 장으로 설정하여, 먼저 향찰설과 구전설 두 주장의 내용과 이견의 핵심이 무엇인가를 살폈고, 다음으로 향찰설에 입각하여 세 가지 논거를 제시하여 향찰설의 타당성을 입증해 보였다. 본문에서 고찰한 내용을 정리하여 글을 맺기로 한다.

1. 구전설은 고려가요 작품이 입으로 전승되다가 훈민정음 창제 후에 국문자로 정착되었다는 주장임에 반해, 향찰설은 이미 향찰로 적혀 있던 것을 훈민정음이 창제된 뒤에 국문자로 옮겨 적었다는 주장이다. 문제의 핵심은 고려 시대 내내 향찰이 표기 수단으로 사용되었는가의 여부에 달려 있다. 다행스럽게도 연구자들이 수고하여 향찰이 고려 시대에 계속 쓰였다는 문헌의 자료와 설득력 있는 정황이 어느 정도 축적되었다. 따라서 향찰이 고려 시대에 쓰이지 못할 정도로 쇠퇴한 것이 아니라, 고려 시대는 물론 훈민정음 창제 때까지 향찰이 사용되었을 것이라는 가능성이 열리게 되었다. 그렇지만 이것만 가지고 향찰설의 충분한 논거로 보기에는 아직 부족하다.

2. 보다 확실한 것은 세종 13년 10월 관습도감에서 세종께 올린 계(啓)이다. 이 글은 『왕조실록』에 수록되어 있는데, 거기에 악보가 등장한다. 관습도감의 관료가 악보를 익숙히 알고 <원흥>과 <안동자청>의 내용을 임금에게 설명하는 장면이 나온다. 그런데 그 내용이 『고려사』에 수록된 두 작품의 해설문과 거의 다름이 없다. 그렇다면 관습도감에서 향악을 교육하는 교재로 사용하고 있던 그 악보가, 『고려사』 악지 편찬 자료로 쓰인 악보와 같거나 동질적인 것으로 볼 수밖에 없다. 그렇다면 고려의 악보가 고려 왕조의 멸망과 함께 멸절된 것이 아니라 세종 13년 때까지 줄곧 교재로 쓰여 왔음이 자명해진다. 이 때는 훈민정음이 창제

되기 12년 전이다. 악보에는 우리말 고려가요의 가사가 수록되어 있어야 마땅한데, 무슨 문자로 표기되어 있을까? 아무리 궁리해 보아도 『삼국유사』에서 향가를 적던 향찰 이외에 다른 표기 수단을 찾아 낼 방도가 없다. 따라서 고려가요의 국어체 작품은 고려 시대의 악보에 향찰로 수록되어 있다가 훈민정음이 창제된 이후에 국문자로 옮겨 적혔다는 이른바 향찰설이 타당한 것으로 인정하지 않을 수 없다. 구전설이 부인되고 향찰설이 인정을 받게 됨으로써, 구전되는 과정에서 노랫말이 변질될 수도 있었을 것이라는 의혹을 불식하게 된 것은 이 논문이 거둔 또 하나의 소득이라 할 수 있겠다.

Ⅰ. 서론

고려가요는 신라의 향가와 조선조의 시가를 잇는 교량 역할을 하여 한국시가사에서 중요한 위치에 있다. 그런데 고려가요의 중심이 되는 속요를 보면 현재 전하고 있는 작품이 희소하고, 그에 관련된 자료가 부족하여 정체 파악에 어려움을 겪고 있다. 이를 보충할 수 있는 귀중한 자료가 바로 『고려사』 악지의 속악편이요, 거기에 실린 속악가사 자료라 할 수 있다.

『고려사』 악지는 역사서의 일부로 번역되기 시작했다. 그러다 보니 원문의 내용 번역이 미진하거나 오역의 사례도 눈에 뜨인다. 연구자들 역시 『고려사』 속악편의 기록 내용 파악에 혼선을 빚고 있는 부면이 없지 않다. 기록문을 꼼꼼히 읽지 못한 데에서 오류를 빚었던 것이다. 따라서 고려가요 연구를 심화하기 위해서는 속악편을 다각적으로 고찰하되 정독하는 자세가 중요하다고 생각한다.

『고려사』 악지는 악(樂)에 대한 짤막한 일반론을 맨 앞에 두고 아악·당악·속악의 3개 편을 차례로 배열하였다. 속악편은 다시 속악 일반론,

악기, 정재(呈才), 고려와 삼국의 속악가사와 용속악절도(用俗樂節度) 등으로 나누어 기술하였다. 본고는 속악편에 수록된 속악가사를 종합적으로 살피는 데 목적을 두고 있다.

속악가사와 속요는 어떠한 관계일까, <쌍화점>이나 <서경별곡>이 속악편에 보이지 않는 이유는 무엇일까, <쌍화점>과 <삼장(三藏)>은 모자(母子) 관계인가, 『고려사』 속악가사 작품들은 어떠한 전승과정을 거쳐 수록된 것일까, 국어체(俚語體) 24편이란 구체적으로 어떤 작품을 가리키는 말일까 등등 학계에서 논란 중인 쟁점이 적지 않다. 이 같은 문제를 해결하려면 속악가사의 수록문헌인 『고려사』 속악편의 성격과 체재부터 고찰하는 것이 필요하다고 보고 제Ⅱ장에서 이 점을 다루려 한다. 사실 기록을 존중하고 그것을 체계적으로 기술하려는 사관(史官) 특유의 성향이 『고려사』 악지에서 감지되므로 이를 토대로 속악편의 특성을 효과적으로 파악할 수 있을 것으로 생각되기 때문이다.

이 글의 제Ⅲ장과 Ⅳ장에서는 논의의 핵심이라 할 속악가사 작품에 대해 그 외면적인 존재 양태와 내면적인 정서를 각각 고찰하겠다. 존재 양태란 작품의 내용을 제외한 부면으로서 속악가사 작품이 어떠한 선발 과정을 거쳤으며, 『고려사』에 수록되어 있는 작품이 어떠한 모습을 보여주고 있는가를 말한다. 따라서 제Ⅲ장에서는 작품의 선발 기준, 선발 작품, 해설문, 국적, 가사의 표기 방식[1] 등에 대해 살필 것이다. 제Ⅳ장에서는 속악가사의 내면 세계를 다루려 한다. 해설문을 통해 주요 작자층이 누구이며 민요적 성향을 띠게 된 이유는 무엇인가, 그리고 작품이 담고 있는 정서의 향방이 어떠한 양상을 보이고 있는가를 밝혀보겠다.

필자는 『고려사』 악지 편찬자들의 예악관(禮樂觀)이 작품 선발과 해설

---

1) 논문에서는 '가사의 표기 방식'을 다루었으나 이 책 제5장과 중복되므로 여기서는 삭제하였다.

과정에서 자의적으로 작용한 사실이 전혀 없었을 것이라고는 생각하지 않는다. 그렇지만 악지 찬술자들이 음악에 조예가 있었고, 전래하던 자료를 널리 구하여 사실에 충실한 찬술 태도를 견지했을 것으로 보아 속악편의 기록 내용이 어느 자료보다 신빙성이 높을 것이라고 믿는다. 그러므로 속악편의 기록 내용을 뒤집을 만큼 결정적인 반론 자료가 출현하지 않는 한에는 속악편의 기록 내용을 부정하지 않는 것이 바람직한 태도라고 본다. 이러한 관점에서 논의를 전개하겠다.

II. 속악편(俗樂篇)의 성격과 신빙성

조선조 태조 때부터 시작된 『고려사』 편찬 작업은 우여곡절 끝에 세종이 기전체(紀傳體)로 방향을 바꾸어 문종 원년(1451)에 완성되었다. 『고려사』 악지는 권 70·71에 실려 있는데, 기(紀)·지(志)·연표(年表)를 노숙동·이석형·김예몽·이예·이기견·윤자운 등이 찬술하고 김종서·정인지·허후·김조·이선제·정창손·신석조가 교정을 맡았다 했으니,[2] 악지는 신중하게 찬술되었다고 판단된다. 악지의 첫머리에는 악(樂)을 "풍화(風化)를 수립하고, 공덕(功德)을 본받게 하는 것"[3]이라고 역사서답게 효용성을 들어 정의하였다.[4] 편찬자들은 악지의 전래 자료가 부족한 여건에서도[5] 이를 확보하기 위해 패관의 잡록과 비부(秘府)의 고장(故藏)을 발굴하는 의욕을 보였던 것이다.[6]

---

2) 『조선왕조실록』 문종 1년 8월 25일 庚寅, 知春秋館事金宗瑞等 進新撰高麗史.

3) 『고려사』, 「樂志一」, 夫樂者 所以樹風化 象功德也.

4) 『조선왕조실록』 문종 1년 8월 25일 경인, 揚明鑑於後人 期不沒善惡之實.

5) 『고려사』, 「樂志一」, 太祖草創大業 而成宗立郊社躬禘祫 自後文物始備 而典籍不存 未有所考也.

악지는 아악(雅樂)·당악(唐樂)·속악(俗樂)의 순으로 배열되어 있다. 고려가 제향이나 연행에서 이들을 함께 썼기 때문이다. 책의 분량으로 보면 아악 59면, 당악 60면, 속악 37면으로 속악이 가장 적다. 속악편의 구성을 보면 도론(導論), 악기(樂器), 정재, 고려속악가사, 삼국속악가사,7) 용속악절도 등 크게 여섯 개의 부문으로 이루어져 있다. 삼국의 속악가사가 『고려사』 악지에 수록된 이유는 고려에서 함께 사용되었기 때문이다.8) 여기서 속악가사 작품을 위시하여 속악편의 내용이 악보 자료를 근거로 쓰여졌다는 점을 주목하지 않을 수 없다. 속악편의 도론(導論)에서 "고려의 속악편에 수록된 내용이 전래하는 여러 악보를 참고한 결과물"임9)을 분명하게 밝히고 있는 것이다. 여러 가지 악보란 『시용향악보』에서 알 수 있는 바와 같이 악곡, 가사, 악기, 연주법 등에 관한 내용이 적혀 있는 자료일 터이므로 속악편이 이들 문헌을 근거로 이루어졌다면 이에 따라 기록 내용도 신빙성이 높다고 인정할 만하다.

속악편의 구성을 보더라도 속악의 총체를 보여주기에 적합한 체계를 갖추고 있다. 도론에서 속악편에 활용된 자료와 국어체 가사 표기 방식을 간단히 언급하고, 이어 속악을 연주하는 데 사용하던 악기 13종을 소개하였다. 다음에 무고, 동동, 무애 정재를 자세히 기록하고 그것에 대한 해설을 달아 이해를 돕고 있다. 여기에 <서경(西京)>을 포함하여 작품 29편의 제목 아래 작품과 해설문이 실려 있다. 『고려사』가 한문을 전용했기 때문에 우리말 가사를 적을 수가 없어 본래 한문으로 쓰인 작품이나

---

6) 『조선왕조실록』 문종 1년 8월 25일 경인, 採稗官之雜錄 發秘府之故藏.

7) 속악편의 내용으로 볼 때, 정재인 <무애>와 <서경> 사이에 '고려속악가사'라는 항목 표시어를 써 넣고, '삼국속악' 대신에 '삼국속악가사'로 고쳐 쓰면 내용 구분이 한결 분명해질 것이라고 생각한다.

8) 『고려사』, 「樂志二」, 新羅百濟高句麗之樂 高麗並用之 編之樂譜 故附着于此

9) 『고려사』, 「樂志二」, 高麗俗樂 考諸樂譜載之.

번역시가 있으면 그것을 싣고 그것이 없을 경우에는 작품의 이해를 돕기 위해 해설문을 붙였던 것이다. 이어서 신라·백제·고구려의 속악가사를 삼국속악이라는 이름으로 소개하였는데, 작품 모두가 국어체로 되어 있으므로 해설문을 붙였다. 끝에는 용속악절도를 두어 속악이 어떤 행사에서 쓰였는가를 설명하였다. 이처럼 속악편은 고려 속악의 전모를 이해할 수 있도록 체계적으로 구성되었음을 알 수 있다.

기록 태도면에서 보더라도 찬술자가 사실을 충실하게 기록하기 위해 노력한 모습이 확인된다. 자료 확보에 최선을 다했음은 앞에서 언급했거니와, 주어진 자료를 활용하여 기술함에 있어서도 자료의 신빙 정도에 따라 신중을 기했음을 알 수 있다. 『고려사』의 기록문을 보면 자료의 신빙 정도에 따라 세 가지 차등 방식을 구사했다. 자료가 확실한 경우의 단정형,10) 미심쩍어 상이한 양론을 제시한 유보형, 아예 모르겠다고 실토한 미지형(未知型)이 그것이다. 유형별 분포를 보면 미지형에 <풍입송>11)·<야심사>·<이견대> 3편, 유보형에 <금강성>12)·<동백목>·<이견대>13) 3편이 각각 있는 정도이고, 나머지는 모두 단정형에 속한다. 단정형이 압도적으로 많다는 점에서 『고려사』가 그만큼 신빙성 있는 자료를 활용했다는 방증이 된다. 아울러 유보형과 미지형에 속하는 자료조차 소홀히 다루지 않고, 그 신빙 정도를 세심하게 저울질하여 찬술에 임했다는 사실도 주목받아 마땅하다.

---

10) 『고려사』, 「樂志二」, 侍中柳濯出鎭全羅 有威惠 軍士愛畏之 及倭寇順川府長生浦 濯赴援 賊望見而懼 卽引去 軍士大說 作是歌.
11) 『고려사』, 「樂志二」, 風入松有頌禱之意 夜深詞言君臣相樂之意 皆於終宴而歌之也 然未知何時所作.
12) 『고려사』, 「樂志二」, 契丹聖宗侵入開京 焚燒宮闕 顯宗收復開京 築羅城 國人喜而歌之 或曰 避蒙兵 入都江華 復還開京 作是歌也 金剛城言其城堅如金之剛也.
13) <이견대>는 미지형과 유보형을 겸하고 있다.

기술의 방식면에서도 찬술자의 세심한 배려가 감지된다. 국어체 작품의 경우에는 해설문을 본문으로 삼은 반면, 한문체는 작품을 본문으로 싣고 뒤에 한 글자를 낮추어 해설문을 붙여 구별하였다. 그리고 <한림별곡>과 같이 국한문 혼용체에서는 한문 가사를 쓰고 나머지 우리말 가사 자리에는 '운운 이어(云云 俚語)'라고 표시하여 본문을 삼고, 끝에 한 글자를 낮추어 해설문을 써서 체재의 일관성을 보여 주었다. 특히 <한림별곡>의 가사 표기가 보여준 인명 주석과 우리말 가사 표시 방법의 범례 제시문에서는 찬술자의 논리적 안목과 가사 전달의 의지를 감지하게 된다.

이와 같이 『고려사』의 찬술자는 전래의 악보 자료를 널리 발굴 수집하여, 속악편의 내용을 구성하되 체계성을 살리고 자료의 신빙 정도에 따라 차등을 두어 사실 존중의 기술 태도를 견지함으로써, 속악편의 기록 내용이 자료로서의 투명성과 신뢰도를 제고할 수 있도록 배려하였던 것이다.

고전시가 전공자의 입장에서 볼 때 속악편의 가장 큰 가치는 그것이 속악가사 45편[14]에 대한 풍부한 자료를 싣고 있다는 점이다. 아쉽게도 한문 전용으로 말미암아 우리말 가사를 수록하지는 못하였다 하더라도, 가사를 온전하게 전하고 있는 고려의 속요 작품이 10여 편에 불과한 현실을 고려할 때 자료의 가치는 마땅히 높게 평가되어야 한다. 그것이 전래의 악보 자료를 활용하여 이룩된 것임을 상기할 때 더욱 그러하다.

옥에도 티가 있다는 말처럼 속악편에도 전혀 흠이 없는 것은 아니다. 작품의 선발과 해설 장면에서 찬술자들의 유교적 예악관이 지나치게 작

---

14) <예성강>을 두 편으로 계산하면 46편이 된다. 그러나 논술 과정에서 편수 산정에 혼동이 일어날 것을 우려하여 제IV장의 '作品의 內面 情緒' 절에서만 논지 전개의 필요성에 따라 46편을 적용하고, 여타 장면에서는 45편으로 통일해서 쓰기로 한다.

용한 것이 아닌가 하는 생각이 든다. 유학에 반하는 불교 계통의 작품과 <쌍화점>처럼 외설적인 작품이 속악편에 수록되지 못한 원인이 이와 무관하지 않을 것으로 추측된다. 순수한 남녀의 사랑을 정절의 여인상으로 노래한 것으로 부각한 <제위보>도 그 같은 분위기를 반영한 사례라 할 수 있다.15)

<방등산>은 기록 내용면에서 모순을 보이고 있다. 신라 말년에 지었다고 해설하면서도 작품의 국적을 백제로 분류하고 있기 때문이다.16) 추측한 바와 같이 유학의 예악관에 따라 거기서 벗어난 작품을 고의로 배제시킨 것이 사실이라면 오늘날의 입장에서 볼 때 이는 속악편의 결정적인 취약점이 되는 것으로 찬술자의 편협한 안목을 탓할 수 있다. 그렇다고 하여 속악편에 기록된 내용의 신빙성을 평가 절하하는 것은 옳지 않다. 예악관에 따라 작품을 선발하는 행위와 자료를 활용하여 기록하는 태도는 전혀 다른 차원의 문제이기 때문이다. 실제로 찬술자가 작품을 의도적으로 왜곡 해석하거나 실수로 오류를 범한 사례가 앞서 거론한 것 이외에는 거의 나타나지 않는다.

---

15) 崔美汀 교수는 「高麗歌謠와 譯解 樂府」(『雨田辛鎬烈先生古稀紀念論叢』, 창작과 비평사, 1983, pp.587-608)에서 <제위보>와 <안동자청>의 한역시가 本歌와 다른 번안이라고 보았으나, 이우성 교수는 「高麗末期의 小樂府」(『韓國漢文學硏究』 1집, 한국한문학연구회, 1976, pp.17-18)에서 儒家의 왜곡설을 제기했다. 필자는 이우성 교수의 주장을 수용하는 입장에서 논지를 전개한다.

16) 『고려사』, 「樂志二」, 方等山在羅州屬縣長城之境 新羅末 盜賊大起 據此山 良家子女多被攜掠 長日縣之女 亦在其中 作此歌 以諷其夫不卽來救也.

Ⅲ. 속악가사의 존재 양태

1. 악보(樂譜)와 속악가사

<만전춘>이나 <청산별곡>은 『악장가사』에 국문으로 정착되기 이전에 어떠한 방식으로 전승되었을까? 국어체인 이들 가사가 입에서 입으로 전승된 것일까, 아니면 문자로 표기되어 전해진 것일까? 이들 작품이 고려의 악장으로서 악보에 실려 있었다면 속악편에 수록되지 못한 이유는 무엇일까. 선발 과정을 거쳐 속악편에 수록된 작품에는 어떠한 것들이 있으며 찬술자는 어떠한 방식으로 작품을 해설하였는가 하는 문제를 이곳에서 살펴보겠다.

속악가사에는 우리말 가사의 작품이 주류를 이루고 있다. 이들 국어체와 국한문혼용체 작품은 『고려사』처럼 한문을 전용한 책에서 가사의 전문을 수록할 수 없었다. 아무리 번역을 잘한다 하더라도 우리말의 어감을 살려 가사 본래의 맛을 느낄 수가 없기 때문이다. 그렇다면 속악편의 찬술자들이 활용했다는 악보는 어떠한 문자로 가사가 표기되었을까. 가사 표기에서 한문이 제외된다면 향찰이거나 국문 가운데 어느 하나를 썼다고 보아야 한다. 그런데 악보가 훈민정음 창제 이전에 제작되었다면 거기에 수록된 가사는 응당 향찰로 표기되었다고 보아야 할 것이다.

세종 13년 관습도감에서 올린 글 중에 바로 이 문제를 풀 수 있는 중요한 내용이 있어 주목된다. 설명의 편의를 위해 『조선왕조실록』의 원문을 분단해서 인용하고, 그것과 비교할 수 있도록 『고려사』 악지의 관련 내용은 ( )안에 옮겨 적는다.

    (1) 관습 도감에서 아뢰기를, "<원흥곡(元興曲)>과 <안동자청조(安東紫

靑調)>를 악가에서 다시 쓰기를 청합니다

(2) 원흥은 동북면에 있는 화영의 속군으로 큰 바닷가에 있는데, 그 고
을 사람이 해선을 따라 행상을 하다가 돌아오니, 그 아내가 맞아 보
고 기뻐하여 노래했으며(元興鎭 東北面和寧府屬邑 濱于大海 邑人船
商而還 其妻悅而歌之)

(3) <자청조>도 또한 부인의 지은 바인데, 부인이 몸으로써 남편을 섬
기다가 한번 그 몸을 더럽히게 되면 남편이 천하게 여기고 미워하는
바이므로, 실의 홍색·녹색·청색·백색으로써 되풀이하면서 이를
비유한 것인데(婦人以身事人 一失其身 人所賤惡 故作此歌 以絲之紅
綠靑白 反覆比之 以致取舍之決焉)

(4) 두 곡조가 비록 모두 악부에 기재되어 있으나 폐지되어 쓰이지 않은
지가 오래 되었습니다. 지금 그 가사를 보니, <자청조>는 부인이 정
숙하여 스스로 지조를 지켜 남에게 더럽히지 않았으며, <원흥곡>은
남편이 돌아온 것을 보고 기뻐하여 이를 노래했으니, 꼭 <거사련>
과 서로 표리가 될 만합니다.(行役者之妻 作是歌 托鵲蟢以冀其歸也
李齊賢作詩解之曰……)

(5) 모두 풍교에 도움이 있을 것이니 진실로 마땅히 관현(管絃)에 올려서
폐지되지 않게 하소서."하니, 그대로 따랐다[17]

위의 글은 조선 초기 각종 연향에 쓰이는 향악과 당악의 교육을 맡은
관습도감에서 임금에게 사정을 알리고 처분을 요청한 내용이다. 글쓴이
는, 악부(보)에 실려 있으나 폐하고 오래도록 쓰지 않던 <원흥곡>과
<안동자청조>의 작품 내용이 풍교에 도움이 될 만큼 훌륭하므로 이들
을 다시 관현에 올려 쓸 것을 요청하고 있다. 윗 글에서, 찬술자는 전문
음악인으로서 <원흥곡>과 <안동자청>이 수록된 악부(보)를 평소 익히

---

17) 『조선왕조실록』 세종 13년 10월 丁酉, 慣習都監啓 元興曲及安東紫靑調 請於樂歌復用
元興 在東北面和寧屬郡 濱于大海 郡人隨海船行商而還 其妻迎見 悅而歌之 紫靑調 亦婦人
所作 言婦人以身事人 一失其身 人所賤惡 故以絲之紅綠靑白 反覆比之 二曲雖載諸樂府 然
廢而不用久矣 今見其詞 紫靑調 婦人有貞靜自守 不爲人所汚 元興曲 見夫之還 喜之歌之
正興居士戀 相爲表裏 皆足以有補於風敎 誠宜被之管絃 俾之勿壞 從之.

알고 있었음이 확실하다. 그렇다면 여기에 등장하는 '악부'와 『고려사』 악지의 자료로 활용했던 '악보'는 어떤 관계에 있는 것일까. (2)와 (3)의 글에서『세종실록』과『고려사』의 내용을 비교할 때 거의 일치한다는 점과, (4)에서 <거사련>과 <원흥곡>의 내용이 '표리' 관계에 있음을 확인할 수 있으므로 이들 두 자료는 동일한 것이거나 이본 관계에 있어 내용이 같은 악보임을 알 수 있다. 이 글이 세종 13년에 쓰였고 그 이전부터 악보가 존재한 사실이 밝혀졌으므로, 『고려사』 속악편의 자료로 활용한 악보의 가사가 향찰로 표기되었음이 확실해진다. 따라서 조선 전기에 제작된『악학궤범』이나『악장가사』 등의 국문가사는 조윤제 박사가 생각했던 것처럼 구비 전승되다가 국문창제 뒤에 기록 정착된 것[18]이 아니라, 악보에 수록된 향찰 가사를 자료로 삼아 국문으로 옮겨 적은 것으로 보아야 한다.[19] 이 같은 주장은 위의 악서 편찬 시기가『고려사』의 완성 시기와 멀지 않고, 음악을 관장하던 전문 부서에서 악보를 필요로 했을 터이므로 국문 악보가 출현하여 그것을 대체하기 전에는 향찰 악보를 파기할 수 없었으리라는 추리에 근거한다.

　속악편에 수록된 국어체 작품 가운데 현재 가사가 온전히 전하는 것은 <동동>과 <정과정> 등 소수에 지나지 않는다.[20] 그런데『악장가사』를 보면 고려의 속요라고 알려진 <정석가>, <청산별곡>, <서경별곡>, <사모곡>, <쌍화점>, <이상곡>, <가시리>, <만전춘별사> 등의 가사

---

18) 조윤제,『韓國文學史』, 탐구당, 1963, p.80.

19) 김선기, 「고려속요의 소위 口傳說에 대한 비판」,『語文研究』 25집, 어문연구학회, 1994.

20) <처용>은 해설문이나 이제현의 역시로 보아 <고려처용가>를 가리키는 것인지 단정하기 어렵고, 예종이 지은 <별곡조>는 <유구곡>으로 보는 견해가 우세하다. 그리고 <한림별곡>은 국한문혼용체로 보아야 하므로 현전하는 국어체 속악가사는 많아야 서너 편을 넘지 않을 것으로 추산된다.

가 국문으로 고스란히 실려 있다. 『고려사』의 속악편과 『악장가사』가
다같이 전래의 악보를 자료로 삼아 작품을 선발하였을 터인데도 취택된
작품은 이처럼 상이한 모습을 보이고 있다. 이러한 현상은 『시용향악보』
도 마찬가지이다. 이같이 상이한 결과가 나타나게 된 까닭은 책의 성격
에 따라 작품 선발 기준이 달랐던 점에 원인이 있을 것이다. 고려에서
삼국의 속악을 썼던 것처럼 조선에서도 고려의 작품을 썼는데, 당시에
가창되던 속악 가사를 도덕적 규범과 관계없이 자유롭게 수록한 것이 『악
장가사』와 『시용향악보』라면, 『고려사』는 고려의 정사(正史)인 만큼 예악
관에 따라 작품을 선발하였던 것으로 추측된다. 역사서는 과거의 사실
을 기록으로 남기는 데 그치지 않고 앞으로 그것을 거울삼도록 하는 것
이 특징이다. 찬술자가 악지의 첫머리에서 음악의 기능을 '수풍화 상공
덕(樹風化 象功德)'이라고 정의했듯이 그들의 예악관은 교화성이 짙었다.
가사의 내용을 정풍(正風)과 변풍(變風)으로 나눈 것도 동궤의 발상이라
할 수 있다. 남녀상열(男女相悅), 음유간특(淫遊姦慝), 영욕무치(逞欲無恥)하여
떳떳지 못한 것을 변풍이라 하고, 군신합도(君臣合道), 부자사심(父子思深),
부부절의(夫婦節義), 형제우애(兄弟友愛), 붕우강신(朋友講信), 빈주동환(賓主同
歡)하여 인륜세교(人倫世敎)에 합당한 것을 정풍이라 했다.21) 『고려사』 악
지 찬술자들이 유교적 예악관에 충실한 인물이었던 만큼 악보에서 작품
을 선발할 경우에 정풍을 선호하고 변풍을 배제하는 입장을 취함은 자
명한 이치이다. 실제로 『고려사』에서 보이지 않고 『악장가사』나 『시용
향악보』에만 수록된 작품 가운데 변풍의 성향을 띤 작품이 많음은 그러
한 사정을 반영한 증거라 생각한다. 이 같은 선발 과정을 거쳐 속악편에

---

21) 『조선왕조실록』 세종 12년 2월 庚寅, 擇其歌曲之詞 其中 君臣道合 父子恩深 夫婦節義
    兄弟友愛 朋友講信 賓主同歡 發於性情之正 有關於人倫世敎者 以爲正風 其男女相悅 淫遊
    姦慝 逞欲無恥 有愧於綱常者 以爲變風.

수록된 작품의 제목을 부문별로 모아 보면 다음과 같다.

    (1) 속악정재
     ① 정읍[22)] ② 동동   ③ 무애
    (2) 고려속악가사
     ④ 서경   ⑤ 대동강 ⑥ 오관산 ⑦ 양주   ⑧ 월정화
     ⑨ 장단   ⑩ 정산   ⑪ 벌곡조 ⑫ 원흥   ⑬ 금강성
     ⑭ 장생포 ⑮ 총석정 ⑯ 거사련 ⑰ 처용   ⑱ 사리화
     ⑲ 장암   ⑳ 제위보 ㉑ 안동자청 ㉒ 송산   ㉓ 예성강(歌有兩篇)
     ㉔ 동백목 ㉕ 한송정 ㉖ 정과정 ㉗ 풍입송 ㉘ 야심사
     ㉙ 한림별곡 ㉚ 삼장   ㉛ 사룡   ㉜ 자하동
    (3) 삼국속악
    가. 신라 : ㉝ 동경(一) ㉞ 동경(二) ㉟ 목주 ㊱ 여나산
               ㊲ 장한성   ㊳ 이견대
    나. 백제 : ㊴ 선운산   ㊵ 무등산 ㊶ 방등산
         ※ 정읍(중복) ㊷ 지리산
    다. 고구려 : ㊸ 내원성 ㊹ 연양   ㊺ 명주

이처럼 속악편에 수록된 속악가사의 작품 수가 모두 45편에 달하는데 이는 다른 악서(樂書)에 비해 월등이 많은 편 수이다. 이것이 속악편의 가장 큰 가치라 할 수 있다.

속악편의 또 다른 장점은 작품에 대해 일일이 해설문을 싣고 있다는 점이다. 『악장가사』나 『시용향악보』 어디서도 해설문을 찾아 볼 수 없는 점과 대조를 이룬다. 가사를 수록할 수 있는 한문체와 국한문혼용체 작품에 대해서조차 해설문을 실었고, 가사를 실을 수 없는 국어체 작품

---

22) 『고려사』의 작명 방식을 따른다면 <정읍사>가 아니라 <정읍>으로 불러야 한다. 백제의 속악란에서도 <정읍>으로 적었고, 속악정재의 기록문을 보더라도 '唱動動詞'에서 <동동>, '唱無㝵詞'에서 <무애>라는 노래 이름을 각각 취한 것처럼 '歌井邑詞'의 문맥 역시 <정읍>을 노래 이름으로 보아야 하기 때문이다.

에 대해서는 가능한 한역시를 수록하는 한편, 작자·내용·창작 배경 등을 해설문에 담아 독자들의 이해를 돕고 나아가 교훈적 감화를 꾀하였던 것으로 생각된다. 출세에 눈이 먼 두영철(杜英哲)의 어리석음을 풍자했다는 <장암(長巖)>의 해설문에서 이를 확인할 수 있다.

> ① 평장사 두영철이 일찍이 장암으로 유배갔는데 어떤 노인과 서로 친했다. 소환될 때 그가 구차스럽게 출세하는 것을 노인이 경계하니 영철이 그 말에 따르겠다고 했다. 후에 영철이 평장사가 되었는데 과연 또 죄에 빠져 귀양가는 길에 그곳을 지나게 되었다.
> ② 노인이 그를 보내면서 이 노래를 지어 나무랐다.
> ③ 이제현(李齊賢)이 한시를 지어 그 노래를 풀이했다. "꽁꽁 묶인 참새야, 너는 어찌하여 / 그물에나 걸리는 새끼 참새가 되었느냐 / 눈구멍은 원래 어디에 두었길래 / 가련쿠나, 그물에 걸린 못난 참새야."[23]

2. 속악가사의 국적과 쟁점

고려 궁중에서 고려의 속악과 삼국의 속악을 함께 썼다. 따라서 속악편의 찬술자는 두 계열의 작품을 구분해서 수록하는 배려를 보였다. 그런데 실제 내용을 들여다보면 작품의 해설에 오류도 보이고 학자들이 기록 문맥을 잘못 파악한 사례도 있어 이를 밝힐 필요를 느낀다.

<방등산>은 백제의 작품으로 분류하고 창작 시기를 신라 말기라고 해설하는 모순을 보였다. 신라 말이 사실이라면 백제가 이미 망한 뒤여서 신라의 작품으로 분류했어야 옳다.

---

23) 『고려사』, 「樂志二」, 平章事杜英哲嘗流長巖 與一老人相善 及召還 老人戒其苟進 英哲諾之 後位至平章事 果又陷罪 貶過之 老人送之 作是歌以譏之 李齊賢作詩解之曰 拘拘有雀爾奚爲 觸著網羅黃口兒 眼孔元來在何許 可憐觸網雀兒癡.

<정읍>을 고려 가요로 보는 견해가 아직도 있다. 그 주장의 바탕에는 <정읍>이 고려시대에 노래 불렸고 그 노랫말이 백제의 것과 달리 크게 개변되었을 것이라는 추측이 깔려 있다. 그러나 가사의 개변은 어디까지나 추측이지 확인된 바 없다. 고려에서 <정읍>이 악장으로 쓰인 바에는 가사가 구비 전승된 것이 아니라 악보에 기록되어 전승되었다고 보아야 한다. 따라서 구전 과정에서 개변되었을 것이라는 추측을 전제로 <정읍>을 고려가요로 보는 것은 타당성이 부족하다.

<무애>는 『삼국유사』[24]나 『파한집』[25]을 근거로 신라의 원효가 지었다고 알려져 있다. 그런데 기록문을 자세히 들여다보면 찬술자의 입장이 그와 다름을 알게 된다. 무애의 놀이를 원효가 창시했다 하지 않고 서역에서 들어온 것으로 해설하였다. 뿐만 아니라 신라의 속악가사란에 <무애>가 빠져 있다. 만약 찬술자가 <무애>를 신라의 작품으로 인식했다면 <정읍>을 백제의 작품으로 분류한 것처럼, 그것을 신라의 속악가사로 소개했어야 한다. 작품 배열면에서 보더라도 백제의 <정읍> 뒤에 고려의 <동동>을 놓고 그 다음에 신라의 <무애>를 두어 무질서하게 기술했을 이유가 없다. 찬술자가 <무애>를 국한문혼용체로 된 고려의 작품으로 인식했기 때문에 <동동>과 <서경> 이하의 24편이 국어체 작품이라는 말도 할 수 있었던 것이다. 이처럼 찬술자는 <무애>를 고려의 작품으로 인식했음이 분명하다. 그렇게 된 원인은 활용한 자료가 부실했거나 찬술자의 배불(排佛) 성향에서 불교의 작품을 소홀히 다룬 데서 기인된 것으로 생각할 수도 있겠지만, 한편 고려 시대에 불교의 노래가 많았을 것으로 본다면 원효의 <무애가>와 다른 고려의 작품 <무애>가

---

24) 일연, 『삼국유사』 권4, 「元曉不羈」, (元曉)偶得優人 舞弄大瓠……命曰無㝵 仍作歌 流于世
25) 이인로, 『파한집』 권하, (元曉)嘗撫玩曲項葫蘆 歌舞於市 名之曰無㝵……乃摘取經論偈頌
  號曰無㝵歌.

별도로 존재했을 개연성도 배제하기는 어렵다. 아무튼『고려사』의 찬술 자가 <무애>를 고려의 작품으로 인식한 것만은 확실하다.

이상의 논의를 거쳐 속악편에 수록된 속악가사의 국적별 작품 편 수 를 알아보면, 고려 31편, 신라 6편, 백제 5편, 고구려 3편 등 모두 45편이 된다.

IV. 속악가사의 내면 세계

1. 속악가사의 민요적 성향

『고려사』찬술자는 악지의 첫머리에서 국어체 속악가사를 어떻게 처 리할 것인가에 대해 "가사에 우리말이 심하게 들어 있는 경우에는 단지 가명과 작가지의를 기록한다(俗樂則語多鄙俚 其甚者 但記其歌名與作歌之意)."고 기술상의 입장을 간명하게 밝혔다. '작가지의'란 작품을 지은 취지를 일 컫는 것으로서 작자, 창작 동기, 작품의 내용 등을 포괄하는 넓은 의미 로 쓰였다. '작가지의'는 해설문의 형식으로 기술되는데 <오관산>에서 이를 확인할 수 있다.

> <오관산>은 효자인 문충(文忠)이 지은 것이다. 충은 오관산 밑에 살면 서 모친을 지극히 효성스럽게 섬겼다. 그의 집은 수도에서 삼십 리가 떨어 져 있었는데 모친을 봉양하기 위해 벼슬살이를 하느라고 아침에 나갔다가 저물어서야 돌아오곤 하였으나 아침 저녁의 보살핌을 조금도 게을리하지 않았다. 자기 모친이 늙은 것을 탄식하여 이 노래를 지었는데 이제현이 그 것을 한시로 풀어 밝혔다.(한시 생략)26)

---

26)『고려사』,「樂志二」, 五冠山孝子文忠所作也 忠居五冠山下 事母至孝 其居距京都三十里

문충이라는 효자가 어머니가 늙어가는 것을 안타깝게 여겨 이 작품을 썼다는 것이다. 작자와 창작 동기는 나와 있지만 노래의 내용은 이제현의 한역시를 인용하는 것으로 대신했다.

작자의 표시 방법이 어떠한가 하는 것은 작품의 성격을 이해하는 데 중요한 시사점이 될 수 있다. 이를 속악가사에 적용해 보려 한다. 속악편 해설문의 작자 표시 방법으로 다음 세 가지 유형이 쓰였다.

    (1) 작자의 이름을 명기한 것.
    (2) 백성 등으로 막연하게 표시한 것.
    (3) 작자에 대한 언급이 없는 것.

(1)에 속하는 작품에는 <오관산>, <벌곡조>, <총석정>, <정과정>, <자하동> 5편만이 분명하고, 옛 것을 개찬한 <동백목>과 '한림제유'라고 밝힌 <한림별곡>, 그리고 단정하기에는 주저되지만 <삼장>과 <사룡>이 있다. (3)에는 <동동>, <무애>, <송산>, <한송정>, <풍입송>, <야심사>, <동경>(二), <내원성> 등 8편이 해당된다. (2)에는 나머지 작품으로 민·처·부(婦)·노인·군사·서생 등 이름 없는 민초들이 작자로 등장한다. (3)의 작품 중에 (2)에 포함시켜도 무방한 것들이 있음을 고려할 때, 속악가사의 주요 작자층이 (2)의 유형임이 확인된다. 따라서 이 같은 현상을 통해 속악가사의 주요 성향을 민요로 파악하려는 시각은 충분히 근거가 있다 하겠다.

『고려사』의 속악가사에 민요성의 작품이 많은 까닭은 무엇일까? 악보에 본래 민요성의 작품이 다수 수록되어 있었고, 이를 대본으로 삼아 속악편을 찬술했기 때문에 그 같은 현상이 나타났던 것으로 추측된다.

爲養祿仕 朝出暮歸 定省不少衰 嘆其母老 作是歌 李齊賢作詩解之曰……(詩略).

사록(司錄)의 활동에서 이를 확인할 수 있다. 예조에서 성종(成宗)에게 건의한 말에 따르면 고려시대에는 제도적으로 지방의 민풍(民風)을 살피기 위해 큰 주(州)와 부(府)에 사록을 두어 민속가요와 수령의 정적(政績)을 기록하게 하는 제도가 있었다고 한다.27) 이처럼 사록들이 나서서 지방의 가요를 수집하여 올리면, 음악을 맡은 관원들이 그것을 고스란히 수용하거나 혹은 부분 수정을 가하여 궁중에서 노래하게 하고, 한편 악보에 올렸을 것이다. 이는, <삼장>과 <사룡>의 해설문을28) 근거로 지방의 관기(官妓)가 궁중에 차출되면서 지방 가요가 궁중에 반입되어 악장으로 편입되었을 것이라는 주장보다 한결 설득력이 있다고 본다. 충렬왕 때에 있었던 관기의 궁중 차출은 일시적이었지만 사록의 제도는 지속적이며 광범하게 시행되었기 때문이다. 또 관기가 지방의 속요를 궁중에 반입시켰을 것이라는 주장도 추측에 지나지 않는다. 이로써 고려 시대의 속악가사는 사록이 수집하여 중앙에 올린 지방의 가요를 악관(樂官)들이 취사·산삭하여 악보에 수록하고, 악지 찬술자가 그 악보를 자료로 삼아 속악편을 찬술하였으므로 거기에 지방 가요가 많이 실리게 되고 그 결과 대다수의 작자가 서민층의 인물로 소개되었던 것이라고 추단한다.

---

27) 『조선왕조실록』 성종 8년 7월 23일 戊子, 禮曹啓 今承傳敎 輪對者有言 國家史記 春秋館 掌之 然外方民俗歌謠 守令政績 無所見聞 不能記焉 此是欠典 前朝之時 每大州府 皆設司錄以記之 今別設司錄爲難則 州府敎授中 每道 擇差數員 兼差司錄 以觀民風 爲便 其詳議以啓 臣等 僉詳高麗史 百官誌 留守府 司錄叅軍二人 大都護府 司錄兼掌書記一人 而不言所任司錄 任其記事 但是傳聞之說 且外方民俗 守令政績 國史 足以記之 別設外史 至爲煩 冗員多則 不能盡擇 所記之事 或出於私 後將有弊 請勿擧行 從之.

28) 『고려사』, 「樂志二」, 右二歌 忠烈王朝所作 王狎群小 好宴樂 倖臣吳祈金元祥 內僚石天補天卿等 務以聲色容悅 以管絃房太樂才人爲不足 遣倖臣諸道 選官妓有姿色伎藝者 又選城中官妓及女巫善歌舞者 籍置宮中 衣羅綺 戴馬鬃笠 別作一隊 稱爲男粧 敎閱此歌 與群小日夜歌舞 褻慢無復君臣之禮 供億賜與之費 不可勝記.

2. 작품의 내면 정서

시가는 희노애락을 담고 있다. 작자가 자신이 처한 상황을 숨김없이 읊기 때문이다. 특히 속악가사는 서민의 작품이 주류를 이루고 있어, 체면을 의식한 꾸밈이나 주저함이 없이 남과의 관계에서 빚어지는 정서를 직서(直敍)함을 특징으로 한다. 속악가사의 해설문에서 아내, 신하, 군사, 서생들이 작자(화자)로 등장하여, 상대방인 남편, 임금, 장수, 처녀 등을 예찬하고, 비판하고, 기뻐하고, 안타까워하거나 혹은 소망을 기원하는 등 다양한 정서를 감지할 수 있음이 그 증거이다. 이 점이 속악가사의 내면 정서를 이해하는 데 요긴한 단서가 될 것으로 보고, 그 같은 특징을 고려하여 정서의 범주를 설정하겠다.

자아와 대상과의 만남에서 촉발되는 정서는 밝은 면(陽)과 어두운 면(陰)이 있게 마련이다. 양과 음 두 면이 자아로 향할 경우 열락(悅樂)과 회한(悔恨)이, 그리고 대상(相對方)에 중심을 둘 때 예찬과 비판의 대극적 정서가 각각 표출된다. 이들 네 가지 정서는 현실을 바탕으로 한다. 그러나 인간은 현실에만 매인 존재가 아니다. 어려움에 처할수록 소망의 염원은 간절해지는 법이다. 그래서 속악가사에는 소망의 정서가 기원의 작품으로 등장한다. 이처럼 인간의 주요 관심사인 현실과 소망, 밝은 면(陽)과 어두운 면(陰), 자아와 대상의 문제에 주목하고, 여기서 빚어지는 다섯 개의 정서 범주를 도출하게 되었다. 이것을 기본 틀로 삼아 정서별 작품 분포와 정서의 내면이 구체적으로 어떤 모습을 보이고 있는가를 살펴보겠다.

정서별 작품 구별은 원칙적으로 해설문의 기록 내용을 쫓기로 하고, 거기에 정서와 관련된 언급이 없을 경우에는 작품의 내용이나 해설문의 분위기 등을 참작하는 방법을 취하겠다.

(1) 송도예찬(頌禱禮讚) : 대상의 인격이나 행실, 혹은 덕화를 기리는 내용으로 나타난다. <동동>은 "그 가사에 송도하는 말이 많다(動動之戲 其歌詞多有頌禱之詞)"고 했다. <서경>은 "서경에 사는 백성들이 예양을 배워 임금을 존경하고 윗사람을 받드는 의리를 알아 이 노래를 지었다(其民習於禮讓 知尊君親上之義 作此歌)."고 했다. 이 밖에 고려의 속악가사 중 <대동강>, <장단>, <정산>, <처용>, <송산>, <풍입송>이 여기에 해당한다. 그리고 삼국의 속악가사 가운데 <동경> 두 편이 여기에 속한다. <동경>의 두 번째 작품에는, "<동경>은 송축하는 노래이다. 혹 신하와 아들이 임금과 아비에게나, 비천한 자와 젊은이가 존귀한 이와 연장자에게나, 아내가 남편에게 대하는 것으로 다 통한다(東京頌禱之歌也 或臣子之於君父 卑少之於尊長 婦之於夫 皆通)."고 하여 찬술자가 쓴 '송도'의 의미가 신분상 아랫 사람이 윗 사람을 기릴 때 두루 쓰였음을 보여 준다. 여기에 해당하는 작품은 모두 10편이다.

(2) 열락환희(悅樂歡喜) : 대체로 대상이 상황으로 제시되며 정서 표출이 기쁨으로 나타난다. <양주>는 "봄날에 남녀들이 함께 즐기며 부른 노래(州人男女 方春好遊相樂 而歌之也)"인데, 양주가 다른 주에 비해 지리적 여건이 좋고, 생산이 풍부하며 번화함을(土地平衍 富庶繁華 非他州比) 구가한 내용을 담고 있다. 이 밖에 <원흥>, <금강성>, <무등산>, <장생포>, <야심사>, <한림별곡>, <자하동>이 이에 해당한다. 기철(奇轍)이 지었다는 <총석정>은 "강릉의 총석정에 올라가 사선의 유적을 구경하고 큰 바다를 가까이 바라보면서 지었다(至江陵 登此亭 覽四仙之迹 臨望大海 作是歌也)."고 하여 정서의 외표를 언급하지 않았지만, 자연의 경관을 보고 느낀 기쁨을 나타냈을 것으로 보인다. 삼국의 속악가사 중 <여나산>은 과시(科試)를 관장한 사람이 기뻐하여 지었고(<書生>後掌試 設宴其昏家 喜而歌之), <장한성>은 고구려에 빼앗긴 성을 회복한 뒤 노래를 지어 공을 기

넘했으며(羅人擧兵復之 作此以紀其功焉), <이견대>는 오랫동안 헤어져 만나지 못했던 신라의 왕과 왕자가 상봉을 기뻐해서 노래를 지었다고 했다(羅王父子 久相失 及得之 築臺相見 極父子之懽 作此歌以歌之). 그 밖에 <내원성>을 더 포함시킬 수가 있어 13편이 여기에 해당된다.

(3) 풍자비판(諷刺批判) : 대상이 본분을 망각하여 부도덕하거나 비정상적일 때 나타나는 음(陰)의 정서로서 풍자나 비판의 행위를 수반하게 된다. <월정화>는 기녀에게 눈 먼 위제만이라는 인물이 아내를 속썩여 죽게 하자, 그 지방 사람들이 이를 풍자해서 지은 작품이다(月精花晋州妓也 司錄魏齊萬惑之 令夫人憂恚而死 邑人哀之 追言 夫人在時不相親愛 以刺其狂惑也). 여기에는 <벌곡조>를 위시하여 <삼장>, 그리고 무거운 세금과 강한 자들의 수탈을 비판한(賦斂繁重 豪强奪攘 民困財傷 作此歌 托黃鳥啄粟以怨之) <사리화>, 출세에 눈이 먼 두영철의 행위를 비판·기롱한(平章事杜英哲嘗流長巖 與一老人相善 及召還 老人戒之苟進 英哲諾之 後位至平章事 果又陷罪貶過之 老人送之 作是歌以譏之) <장암>과 삼국 속악가사로서 도적에게 납치된 어느 부인이 남편이 즉시 와서 구해주지 않음을 풍자했다는(新羅末 盜賊大起 據此山 良家子女多被擄掠 長日縣之女亦在其中 作此歌以諷其夫不卽來救也) <방등산> 등 모두 6편이 해당된다.

(4) 회한탄식(悔恨歎息) : 상대의 잘못을 탓하기보다 자신의 부족함에 비중을 두는 음(陰)의 정서가 회한이나 탄식으로 나타난다. <오관산>은 효자 문충이 어머니가 늙어감을 안타까워 해서 불렀고(文忠居五冠山下 事母至孝……朝出暮歸 定省不少衰 嘆其母老 作是歌), <제위보>는 부역 나간 어느 부인이 사내에게 손을 잡혀 씻을 길이 없음을 한스럽게 여겨 노래를 지어 자신을 원망했다(婦人以罪 徒役濟危寶 恨其手爲人所執 無以雪之 作是歌以自怨)고 한다. 잘못은 남이 범했지만 그를 비판하기보다는 오욕을 씻지 못하는 자신을 원망하는 데에 보다 큰 비중을 두고 있다. 이는 삼국의 속악가사

인 <목주>에서도 그대로 나타난다. 목주의 효녀는 친정 부모를 지극 정성으로 봉양했지만 기뻐하지 않으므로 이 노래를 지어 자신의 부족함을 원망했다(木州孝女所作……奉養備至 父母猶不悅 孝女作是歌以自怨)고 한다. 이 밖에 도박으로 아내를 잃고 부른 회한의 노래(其夫悔恨 作是歌) <예성강> 전편, 그리고 <동백목>도 채홍철이 먼 섬으로 유배되었을 때 충숙왕을 사모해서 지었다고 하니, 회한과 탄식이 주조를 이루었을 것으로 생각된다. 그 밖에 <한송정>까지 포함하면 회한탄식의 작품은 모두 6편이 된다.

(5) 기원각오(祈願覺悟) : 대상이 현실에서 소망한 세계로 전환될 경우, 자아는 그것의 실현을 기원하거나, 그것을 이루기 위해 각오를 다짐하게 된다. <거사련>, <정과정>, <사룡>, <선운산>, <무애>, <명주>, <정읍>은 기원을, <안동자청>, <연양>, <지리산>, <예성강> 후편은 각오의 정서를 각각 담고 있다. 부역을 나간 이의 아내는 <거사련>을 지어 남편이 무사히 돌아오기를 기원했고(行役者之妻 作是歌 托鵲噦以冀其歸也), 정서는 의종이 자신을 불러주기를 바라며 <정과정>을 지었다(今日之行 迫於朝議也 不久當召還 叙在東萊日久 召命不至 乃撫琴而歌之). <연양>은 자신을 믿고 인정해 주는 사람을 위해 火木처럼 몸을 불태워 바치겠다는 각오를 보였고(延陽有爲人所收用者 以死自效 比之於木曰 木之資火 必有戕賊之禍 然深以收用爲幸 雖至於灰燼所不辭也), <예성강> 후편의 여인은 흑심을 품고 덤벼드는 중국 상인 하두강에게 정절을 지키려는 각오로 맞서 하늘의 도움을 받아 무사히 돌아올 수 있었다(婦人去時 粧束甚固 頭綱欲亂之 不得 舟至海中旋回不行 卜之曰 節婦所感 不還其婦 舟必敗 舟人懼 勸頭綱還之 婦人亦作歌 後篇是也). 여기에는 모두 11편이 해당된다.

유형에 따른 해당 작품의 수를 보면 열락환희가 13편으로 가장 많고, 기원각오가 다음으로 11편, 송도예찬이 10편으로 비슷한 분포를 보이고,

나머지 풍자비판과 회한탄식이 각각 6편으로 비교적 적다. 이로써 보면 밝은 정서가 어두운 정서보다 작품의 편 수 면에서 우세함을 알 수 있다. 이 같은 현상은 『고려사』의 찬술자가 바람직한 상황이 구현될 때 나타나는 양의 정서가 그 반대인 음의 정서보다 '수풍화 상공덕(樹風化 象公德)'에 적합하다고 생각하여 모범이 되는 작품을 선호한 데서 연유한 것으로 보인다. 그렇다고 해서 음의 작품이 무익한 것은 아니다. 교화를 위해서는 모범이 되는 작품도 중요하지만 거울삼는 작품도 필요하다. 그것을 통해 부족한 곳을 채우고, 혼란을 정돈할 수 있기 때문이다. 한편 속악가사는 주로 현실의 문제를 표출하면서도 소망을 담는 데 소홀하지 않았음을 기억해야 한다. 해당 작품의 수가 11편이나 되어 적지 않다. 소망이 있으므로 빌기도 하고, 새로운 각오로 임할 수가 있었으며, 또 그것이 지렛대 작용을 하여 탄식이 환희로, 비판이 예찬으로 승화될 수 있었던 것이다.

V. 결론

『고려사』 악지 속악편에는 속악가사와 그에 관한 해설문이 실려 있어 고려가요의 정체성 파악에 소중한 자료가 된다. 그러나 자료의 중요성에 비추어 연구의 성과가 미진했다고 보고 본고에서 자료의 성격과 작품을 포괄적으로 고찰하게 되었다. 본문에서 살핀 내용을 요약 정리하여 글을 마무리 짓겠다.

속악편은 전래의 악보를 자료로 삼아 음악에 조예가 있는 학자들이 신중을 기하여 정사(正史)의 일부로 찬술하였다. 게다가 속악편이 편제, 구성, 기록 태도, 기술 방식면에서 체계성·논리성을 겸비하여 연구 대본으로서의 신빙도를 높게 평가하지 않을 수 없다. 따라서 찬술자들이 예악관에 입각하여 작품 선발 과정에서 이단이나 변풍의 작품을 배제했을 개연성은 어느 정도 인정되지만, 일단 취택된 작품에 대해 사실을 고의로 왜곡시키는 일은 거의 없었다고 사료되므로 연구자들이 속악편의 기록문을 불신하는 태도는 경계해야 할 것이다.

속악편 찬술자가 활용한 악보는 향찰로 기록되어 있었다. 찬술자는 예악관에 따라 수록할 작품을 선발하고, 선발된 작품의 작가지의(作歌之意)를 해설문에 담았으므로 그 내용은 신빙도가 클 것이라 생각한다. 이러한 점을 고려할 때 45편이나 되는 속악가사 작품이 수록되고 그것을 일일이 해설하였다는 점에서 속악편의 가치는 더욱 높이 평가할 만하다. 속악가사를 국적별로 보면 고려 31편, 신라 6편, 백제 5편, 고구려 3편으로 삼국의 작품이 14편이나 수록된 점이 주목된다. <방등산>은 백제의 작품인데 해설문이 잘못된 것이며 논란이 있는 <정읍>과 <무애>는 악지 찬술자의 견해에 따라 각각 백제와 고려의 작품으로 보아야 하겠다.

해설문의 작품을 보면 대부분 작자가 이름 없는 백성들로 나타난다. 이는 사록(司錄)이 지방 노래를 채록하여 중앙에 보고하여 그것이 악보에 채록되고, 찬술자가 그 같은 악보에서 작품을 선발했기 때문에 나타난 결과라고 생각한다. 따라서 속악가사는 민요의 성향을 띠게 되었다. 속악가사의 내면 정서를 송도예찬, 열락환희, 풍자비판, 회한탄식, 기원각오 등 다섯 가지 범주로 파악하고, 여기에 작품을 비추어 본 결과, 열락환희, 기원각오, 송도예찬의 순으로 작품 수가 많아 밝은 정서의 작품이 우세한 것으로 나타났는데, 이는 찬술자의 예악관과 부합하는 현상으로 이해된다.

필자는 이 글에서 속악편에 수록된 속악가사의 관련 기록을 있는 그

대로 이해하려고 힘썼다. 속악편에 기록된 내용이 다른 기록물과 상충
되는 문제는 앞으로 다루어야 할 과제이다. 그리고 여기서 고찰한 내용
을 바탕으로 고려가요(속요) 작품을 새롭게 비추어 보는 작업도 필요하다
고 생각한다.

Ⅰ. 서론

사람은 건강하고 즐겁게 장수하며 살기를 소망한다. 신선은 늙지도 않고 죽지도 않고 우주를 자유롭게 왕래한다 하니 부러운 존재가 아닐 수 없다. 신선을 만났다는 이야기도 있고, 역사적인 인물이 신선이 되었다는 일화도 있다. 신선이 어떠한 모습으로 고려 문학에 비쳐져 있을까 궁금해진다.

고구려에 도교가 들어 왔고,[1] 백제에도 도교의 흔적이 있고,[2] 신라에는 선파(仙派)의 네 신선이 있어 유명한데,[3] 이것을 보면 앞선 삼국시대에도 도교의 영향력이 발휘되었을 것으로 추측된다. 고려에서 보더라도 예종은 도교를 매우 좋아하여 송 휘종이 도사를 보내주었고, 그 때 한반도 최초의 도관인 복원관(福源觀)이 건축되었다.[4] 예종은 도교에 조예가

---

1) 차주환, 『한국도교사상연구』, 서울대출판부, 1983, pp.39-42.
2) 장인성, 「고대 일본에 전파된 백제 도교」, 『한국고대사연구』 55, 한국고대사학회, 2009.9, pp.310-335.
3) 이능화(이종은 역), 『조선도교사』, 보성문화사, 1977, pp.72-74.
4) 차주환, 전게서, pp.49-51.

있는 이자현과 곽여와도 가까운 사이였다. 국가적인 초제(醮祭)가 역대 국왕에 의해 빈번하게 집행되기도 하였다.5)

신선과 관련된 자료 또한 풍부하다. 고려의 궁정에서 쓰던 당악(唐樂)에는 신선이 빈번하게 등장하고,6) 송(宋)에서 발간하여 고려에 수입된 『태평광기』에는 첫 권부터 55권까지 신선 260여 명이 수록되어 있고, 56권부터 70권에는 여선(女仙)이 등장하여,7) 중국의 신선 문화가 고려에 활발히 유입되었음을 짐작할 수 있다. 그러므로 이전부터 기층이 튼실하게 마련된 고려의 신선 문화 위에 중국의 영향이 가해짐으로써 고려에 신선의 자취가 분명하고 풍부해졌을 것이라 추측된다.

이 글은 고려의 사람들이 신선을 어떻게 인식하고 선망했던가를 고려문학을 통해 고찰하는 데 목적이 있다. 이 문제를 해결하기 위해 본문을 두 개의 장으로 구성하기로 한다. <자하동>의 해설문과 작품 내용이 논문 전개에 바탕을 이루므로 이것을 II장에서 살펴보겠다. <자하동>의 구성과 내용을 검토하고 그 바탕 위에서 선어(仙語)의 문맥적 의미를 밝혀보겠다. 이어서 III장에서는 신선이 어떠한 유형성을 보이고 있는지, 그리고 고려 사람들이 신선을 동경하여 어떤 접근 태도를 보이는지 살펴보겠다. 신선은 풍류의 신선과 장수의 신선으로 두 가지 유형성을 보이고, 신선에 대한 관심은 신선의 자취를 탐방하거나 자신들이 이 세상에서 신선적 삶을 실현해 보고자 하는 지향성을 보이고 있는데 이를 밝히려 한다.

이 글은 문학 작품을 중심으로 거기에 나타난 신선을 고찰하기 때문에, 도교의 이론을 깊이 있게 다루지 못하는 한계를 갖는다. 이는 문학

---

5) 상게서, p.47.
6) 상게서, p.46.
7) 李昉 등 편(계명문화사 영인), 『태평광기』, pp.1-439.

작품이 갖는 자료의 특수성에 기인되기도 하지만, 한편 필자가 도교의
이론을 작품 해석에 스며들게 할 만큼 준비가 되어 있지 못한 소치이기
도 하다.

II. 〈자하동〉의 내용과 선어(仙語)

1. 〈자하동〉 해설문의 내용

〈자하동〉은『고려사』악지 속악조의 맨 끝에 수록되어 있다. 〈자하
동〉은 작품이 앞에 나오고 뒤에 해설문이 실려 있다. 작품의 말미에 운
운이어(云云俚語)가 있는 것으로 보아 작품의 끝이 우리말 가사로 되어 있
음을 알 수 있다.

논의의 편의상 해설문을 먼저 살펴보기로 한다. 해설문은 작품보다
한 글자를 낮추어 배열하여 본문과의 구별을 쉽도록 배려하였다. 해설
문은 비록 짧은 글로 되어 있지만, 〈자하동〉의 창작 배경과 노래의 가
창 풍속뿐만 아니라, 학계에서 이론의 여지로 남아 있는 '선어'에 대한
단서를 제공하고 있어 그 자료적 가치가 크다 하겠다. 해설문을 번역해
보면 아래와 같다.

①(〈자하동〉은) 시중 채홍철이 지었다. 홍철이 자하동에 거주하였는데
집을 중화(中和)라 명명하고, 매일 기로(耆老)들을 초대하여 즐거움이 다 해
서야 끝냈다. ②〈자하동〉을 지어 가비(歌婢)를 시켜 노래부르게 했다. ③가
사가 모두 선어인데 이는 자하의 신선이, 기로들이 중화당에 모인다는 말
을 듣고 와서 〈자하동〉을 노래한 것처럼 빗댄 것이다.

①은 <자하동>이 창작된 배경을 담고 있다. 기로들이 매일 중화당에
모여 즐겁게 하루하루를 보냈음을 보여 준다. 작품에는 그 자리가 술이
있고 음악이 있는 풍류의 잔치와 같은 것으로 그려져 있다. 물론 흥취가
넘치는 그 자리는 채홍철이 주선하였던 것이다. 이 때 참여한 기로들은
영평군(永嘉君) 권부(權溥) 이하 국로(國老) 8인이었다고 전한다.[8] 이들 기로
회의 성격은 앞서 최당(崔讜)을 위시한 인물들의 모임과 다르지 않다. 최
당은 벼슬을 그만 둔 뒤 아우 선(詵) 등 9인과 쌍명재(雙明齋)에서 기로회
를 구성하여 소요자적 했는데 당시의 사람들이 그들을 '지상선(地上仙)'
으로 불렀다[9]고 한다. 채홍철을 포함하면 중화당에 모인 기로의 수가 9
명으로 최당의 쌍명재 기로회와 그 인원 수가 같다.[10] 채홍철이 선배들
을 모방해서 기로회를 만들었다는 추측이 가능하다.

최당의 기로회에서 어떠한 노래를 지어 불렀는지는 기록에 보이지 않
는다. 그러나 채홍철은 자신이 손수 <자하동>을 지어 가비에게 노래부
르게 시켰다.『고려사』 열전의 채홍철 조에는 그가 "<자하동> 신곡을
지었는데 현재 악부에 악보가 있다,"고 하였다. 채홍철이 음악에 조예가
있어 <자하동>에 곡을 붙이고, 그것을 가비에게 부르게 했던 사정을 보
여 준다 하겠다.

③은 채홍철이 <자하동>을 지었음을 알려 준다. 중화당에 모인 기로
들의 모임을 운치있게 미화하기 위해, 자신을 자하동의 신선으로 빗대
어 스스로 <자하동>의 노랫말을 지었던 것이다. 따라서 <자하동>은
신선의 말, 곧 선어가 되는 셈이다. 세상 사람들이 최당의 기로회를 일
컬어 '땅 위의 신선(地上仙)'이라 불렀다는 사실과 자하동의 기로회에서

---

8)『고려사』, 열전 권21,「蔡洪哲」.
9)『고려사』, 열전 채홍철조에서는 기로회라 하지 않고 '기영회(耆英會)'라 했다.
10)『고려사』, 열전 권12,「崔惟淸」.

'신선의 말(仙語)'로 <자하동>을 노래하였다는 해설문의 기록은 두 기로
회가 신선 취향의 분위기를 조성하고 있었다는 점에서 다름이 없다. 다
만 최선 등의 기로회는 남들이 '지상의 신선'이라고 일컬은 것이고, 채
홍철 등의 기로회는 스스로 '신선의 말'이라고 표현한 점이 차이를 보일
뿐이다.

2. <자하동>의 작품 내용

<자하동>은 말미에 운운이어(云云俚語)가 있어 우리말 가사가 붙어 있
는데 그 정도는 알 수 없지만 국한문혼용체로 보는 것이 타당할 것이다.
시 전체를 28행으로 볼 때, 시행은 7자가 중심을 이루고 있지만 작게는
4자·5자, 많게는 9자·10자도 있어 다양한 모습을 보이고 있다. 제11·
12·13행과 끝 부분 26·27·28행이 흡사한 모습을 보이는 점으로 미루
어, <자하동>을 두 개의 단락으로 나누어 볼 수 있을 것 같다. 작품이
길어 내용 파악에 지장을 가져오므로 여기서는 전후 두 단락으로 나누
어 살펴보기로 한다.

1. 집은 송산(松山)의 자하동에 있고	家在松山紫霞洞
2. 구름과 연기 중화당에 닿았네	雲烟相接中和堂
3. 오늘 기로의 모임 있단 낭보를 듣고	喜聞今日耆老會
4. 수명 잇도록 한 잔 술을 드립니다	來獻一杯延壽漿
5. 한 잔에 천 년의 나이를 얻을 수 있나니	一杯可獲千年筭
6. 여러분이여, 한 잔 또 한 잔 드시고	願君一杯復一杯
7. 세상의 나이는 전혀 상관 마세요	世上春秋都不管
8. 연못 가 둑에는 봄풀이 돋아나고	池塘生春草
9. 정원의 버들에는 새들 우짖는데	園柳偏鳴禽

10. 삼한의 원로들이 중화당에서 잔치 벌입니다   三韓元老開宴中和堂
11. 백발에 꽃을 얹고   白髮戴花
12. 손에 금 술잔 잡아 서로 술을 권하나니   手把金腸(觴)相勸酒
13. 풍류가 신선보다 낫다 한들 어찌 비난하리오   雖道風流勝神仙亦何傷

　첫 두 행은 중화당의 배경을 묘사하고 있다. 지명이 '자하동'이므로 신선 고을의 안개와 자연스럽게 부합한다. 구름과 연기는 곧 안개의 다른 모습이다. 배경부터가 신선의 등장을 예견케 한다.

　이어서 60·70세의 기로가 등장한다. 기로들이 중화당에서 모임을 갖는다. 관직을 떠나 한유로운 기로들에게 가장 관심사는 나이 들어 쇠약하고 아픈 것이다. 그것을 잊고 즐겁게 지내는 데는 술 만한 것이 없다. 장수를 보장받는 방법이 술을 마시는 일이다. 여기에 한 술을 더 떠 한 잔에 천 살을 얻을 수 있다면서, 한 잔 또 한 잔 술을 권한다. 술을 마시면 자연스럽게 세상의 나이와 상관없이 젊음을 유지할 수 있다는 것이다. 마치 연못 둑에 봄 풀이 돋아나듯 정원의 버들 숲에서 새들이 우짖듯 청신한 젊음을 회복할 수 있다는 발상이다. 꽃처럼 불콰한 얼굴을 하고 서로 술을 권하고 있다. 그러므로 무한한 세월을 산다는 신선의 풍류보다 자신들이 못할 턱이 없다. 신선들이 누리는 풍류보다 자기들의 것이 낫다 한들 누가 비난하겠으며 또 비난받을 일도 아닌 것이다.

14. 월류금으로 태평년을 연주하니   月留琴奏太平年
15. 여러분, 취하기를 사양치 마세요   願公酩酊莫辭醉
16. 인생에는 술동이 앞 같은 곳이 없어   人生無處似尊前
17. 100년을 보내는 데는 술 만한 것이 없나니   斷送百年無過酒
18. 술잔이 손에 이르면 남기지 마세요   杯行到手莫留殘
19. 여러분을 위하여 정겹게 한 곡을 노래하는데 殷勤爲公歌一曲
20. 무슨 곡조인고 하니 만년환입니다   是何曲調萬年懽

21. 다시는 이 세상에서 희황을 만나지 못하리니 此生無復見羲皇
22. 여러분, 매일 매일 마시기를 힘쓰세요 願君努力日日飮
23. 태평스런 신세는 오직 취향(醉鄕) 뿐 太平身世惟醉鄕
24. 자하동 중화당 관현악 소리 가운데 紫霞洞中和堂管絃聲裏
25. 그 자리를 가득 채운 손들은 모두 삼한의 국로(國老)님들

    滿座佳賓皆是三韓國老
26. 백발에 꽃을 얹고 白髮戴花
27. 손에 금술잔 잡아 서로 술을 권하니 手把金觴相勸酒
28. 봉래산의 신선이라도 이 풍류만은 못하다오 蓬萊仙人却是未風流

    云云俚語

후반부에도 술은 여전히 주요 제재로 등장한다. 다만 전반부에 없던 음악이 새롭게 등장하고 있다.

흠뻑 술에 취하기를 권한다. 인생에 술 만한 것이 없으니 하루라도 술을 마시지 않는 것은 인생을 통째로 허송하는 것이라고 했다. 그러니 술 잔이 손에 이르기만 하면 남기지 말아야 한다. 매일 술을 마셔야 하는 이유도 분명하게 밝히고 있다. 다시는 이 세상에 복희씨 시대의 태평세월이 더 이상 존재하지 않는다. 그러므로 이 세상에서 태평을 누리려면 술에 취해서 살아야 한다는 논리이다.

후반부에서도 기로들의 장수를 빌고 있다. 이번에는 술이 아닌 음악의 연주로 대신했다. 월류금(月留琴)·태평년(太平年)·만년환(萬年懽)이 이 같은 제재로 쓰였다. 세월을 머물게 하는 거문고, 태평스런 해(나이), 만년의 기쁨을 나타내는 어휘들이다. "월류금으로 태평년을 연주하고", 기로들의 장수를 기원하며 '만년환' 곡조를 노래하는 것이다. 기로들은 꽃같이 붉은 얼굴로 장수를 비는 현악의 연주를 들으면서 서로 장수를 빌며 술을 권하고 있다. 이러한 기로회의 연회를 채홍철은, 봉래산의 신선이라도 이같이 멋진 풍류만은 누리지 못할 것이라고 했다. 요컨대 <자

하동>은 술과 음악의 풍류를 통해 중화당 기로들의 장수를 기원하는 내
용을 담고 있다 하겠다.

3. 선어(仙語)의 문맥적 의미

『고려사』 악지에는 선어란 말이 <동동>과 <자하동> 두 곳에서 다음
과 같이 사용되었다.

> ◦ 動動之戲　其歌詞多有頌禱之詞　盖效仙語而爲之　然詞俚不載
> ◦ 侍中蔡洪哲所作也……作此歌　令家婢歌之　詞皆仙語　盖托紫霞之仙　聞耆
> 　老會中和堂來　歌此詞也

‘선어’라는 말이『고려사』 악지 두 곳에서 쓰였다는 사실로 볼 때, 편
찬자가 동일한 뜻으로 그것을 사용했음은 의심할 여지가 없겠다. <동
동>과 <자하동>에서 쓰인 단어가 동일한 의미로 적용되어야 함을 의
미한다. 따라서 <동동>이나 <자하동> 두 작품 가운데 어느 하나라도
의미의 적용이 부자연스럽다면 그 해석이 온전하다고 볼 수 없음은 당
연하다.

　앞에서 <자하동>이 ‘선어’로 되어 있음은 번역을 통해 이미 제시한
바이다. 이것을 좀더 자세히 고찰한 다음 <동동>으로 넘어가 살펴보겠
다. <자하동>은 채홍철이 지은 작품이다. 그러므로 작품 자체를 신선이
지었다고 볼 수는 없다. 내용에서도 채홍철이나 모임에 참석한 기로들
을 신선으로 지칭하지 않았다. 다만 전반부의 끝 행에서 “자신들의 풍류
를 신선보다 낫다 한들 어찌 비난하리오.”라 했고, 후반부의 끝 행에서
역시 “봉래산의 선인이라도 이 풍류만은 못하다오.”라 하여 자신들의 연

회를 신선의 연희처럼 만들기 위해 신신적인 분위기를 조성했을 뿐이다. 문제는 『고려사』 악지의 찬술자가 쓴 해설문에서 채홍철의 <자하동> 찬술 방식을 거론하면서, 그가 자신을 신선에 의탁하여 작품을 지었다고 밝히고 있다는 점이다. 물론 자하의 중화당에 모인 기로들도 신선으로 비유되는 셈이다. 신선이 자하동 중화당에 모였으므로 그들에게 술과 음악으로 대접하는 채홍철이 범상한 인간이었다면 격이 맞지 않는다. 자하동 신선 공간에 신선인 기로들이 모였으니 그들을 환대하는 중화당의 주인 역시 신선이 되어야 제격이다. <자하동>이라는 노래를 신선으로 빗댄 채홍철이 지었다면 그 노랫말은 당연히 신선인 채홍철의 말이 되는 것이다. 따라서 <자하동>이 신선의 말, 즉 선어로 되어 있다 함은 문맥상 잘 부합된다 하겠다.

이제 <동동>의 '선어'로 눈을 돌려 본다. 『고려사』의 해설문에는 "<동동>의 놀이에서 부르는 노랫말에는 송도(頌禱)하는 시어가 많이 있는데, 이는 선어(仙語)를 본받아 만들었다. 그렇지만 가사가 우리말로 되어 있으므로 한문을 전용해야 하는 『고려사』에는 작품을 싣지 못했다." 고 기록하고 있다. <동동>의 가사는 오늘날 『악학궤범』에서 보듯 우리말로 되어 있다. 그렇기 때문에 『고려사』에서는 <동동>의 놀이를 싣고 그 아래 난에 앞서 인용한 것처럼 짧은 해설문을 실었던 것이다. 그러므로 『악학궤범』에서 수록되어 있는 <동동>의 가사를 해설문에 비추어 보면서 그 뜻을 파악해야 하겠다.

<동동>은 죽은 임을 제사하면서 부른 노래이다.11) <동동>은 임의

---

11) 최진원은 山川祭의 祭儀歌로 보았고(「動動攷」 Ⅱ, 『國文學과 自然』, 성균관대 출판부, 1981, p.164), 최미정은 이승을 떠나기는 했으나, 아직 저승에 가지 못한 망령을 저승으로 인도하기 위한 굿에서 불린 노래로 보았다(「죽은 님을 위한 노래-<동동>」, 『고려 속요의 전승 연구』, 계명대 출판부, 1999, p.224).

죽음, 임의 존재, 장수의 약, 신세 한탄, 임의 제사 등 다섯 가지의 중심 내용을 두 개 내지 네 개의 장으로 배치하여 이루어진 작품이다.[12] 특히 제3장에서는 임의 덕스러운 인품을 높게 비추고 있는 등불로 비유했고, 제4장에서는 임의 잘 생긴 모습을 진달래꽃으로 비유하여, 임을 송도하고 있음이 분명하다. 그런데 단지 두 개의 장을 두고 '송도하는 가사가 많이 있다'라고 표현한 것은 자연스럽지 못하다. 여기에 제사의 장 네 개를 보충한다면 자연스럽게 부합될 것이다. 제1장은 임에게 제사를 고하는 장면인데, 임에게 덕(德)과 복(福)을 바치려 한다는 말은 임을 송도하는 것과 다르지 않다. 그러므로 제사의 장 네 개를 여기에 포함하게 되면 모두 여섯 개의 장이 되므로 '송도하는 장이 많다'한 해설자의 말과 자연스럽게 부합한다.

이어서 해설자는 송도하는 노랫말이 신선의 말을 본받아서 만들어졌다고 했다. 신선의 말은 <자하동>에만 나왔던 용어이다. 출전이 멀리 떨어져 있었다면 해설자가 그렇게 간명한 투로 언급하지는 않았을 것이다. 필자는 『고려사』 악지 찬술가가 속악조에 함께 수록되어 있는 <동동>과 <자하동>의 친근성을 떠올리면서 해설문을 썼을 것이라 추측한다. 그러므로 <자하동>의 선어를 <동동>에 고스란히 응용하는 것은 전혀 무리가 되지 않는다고 본다. 즉 <자하동>의 화자는 자신을 신선으로 빗대었으므로 신선의 말, 곧 선어가 될 수 있지만, <동동>에서는 송도로 범위를 좁혀 살피는 것이 바람직하다. <자하동>에서 채홍철은 기로들이 장수하기를 송도하였다. 술을 권하거나 노래를 연주하는 목적도 장수를 위한 놀이이다. 60·70세의 노인이기 때문에 그들이 건강하게 장수하도록 빌어 주는 것이야말로 그들이 가장 바라던 바였을 것이다.

---

12) 김선기, 이 책 제4장 「동동의 구조와 성격」 참조.

<동동>에서는 임이 이미 죽은 상태이다. 그러므로 장수를 비는 일은 현실적으로 의미가 없다. 그런데 제6장과 제10장에는 임이 생존했던 시절에 화자가 임의 장수를 위해 약을 준비하여 복용케 했던 사실이 추억으로 소개되어 있다. '수릿날 아침 약'과 '약이라 먹는 황화꽃'이 등장하고 있는 것이다. 단오절에는 천 년 동안 오래 사시라며 임에게 아침 약을 바쳤던 것이다. 그렇다면 술과 노래로 임의 장수를 빌었던 <자하동>의 송도는, <동동>에서 약물로 대체되면서 임의 장수를 빌었던 사실과 공통성을 갖게 된다. 따라서 <자하동>과 <동동>의 내용을 익히 알고 있던 악지 편찬자는 <동동>의 해설문에서 아무 망설임도 없이 선어라는 단어를 손쉽게 쓸 수 있었던 것이라 생각한다.

III. 작품 속의 신선상과 신선 지향

1. 풍류와 장수의 신선상

병을 앓지 않고 행복을 누리며 장수하는 것은 인간 누구나가 바라는 소망이다. 신선이 되면 늙지 않는다 하는 신선사상은 그래서 사람들에게 관심의 대상이 될 수밖에 없다. 갈홍은 내적인 수련과 외적인 약물 복용법 등 내외를 겸비한 이론적인 면 외에도 공덕을 쌓고 적선을 해야 신선이 될 수 있다는 체계적이고 종합적인 신선이론을 정립하였다.[13] 신선이 되고 싶은 사람이라면 기본적으로 이 같은 수련 과정을 거치기 마련이다. 그런데 문학 작품은 전문 도가서가 아니기 때문에 수련의 내

---

13) 김인숙, 『사대부와 술·약 그리고 여자』, 서경문화사, 1998, p.197.

용을 자세하게 언급할 필요가 없다. 다만 삶을 통해 자신이 생각하고 있는 신선상을 보여 주는 것으로 소임을 다 한다.

작품에 등장하는 신선은 대체로 풍류의 신선과 장수의 신선으로 나눌 수 있다. 풍류가 행복을 향유하는 현세적인 요건이라면, 장수는 행복의 토대가 되는 미래 지향적 요건이라 할 수 있다. 작품에서 이들이 어떠한 모습으로 그려져 있는가를 살펴보기로 한다.

(1) 풍류의 신선상

풍류의 신선이라면 먼저 <한림별곡>이 떠오른다. <한림별곡>은 금의의 문생들이 벌이는 연회에서 불린 노래이다. 거기에는 문학·서예·술·기녀·음악·여인이 등장한다. "위진남북조시대 사대부들의 향락적이고 사치스러운 풍조에는 문학·음악·무용·술 그리고 첩이 서로 유기적인 관련을 갖고 있다."14)는 지적과 흡사한 모습이다. 이들 인물은 금의(琴儀)의 문생(門生)으로서 한림의 지위에 있는 문인들이 중심을 이룬다. 좌주와 선배도 상석에 모셨을 것이다. 모임에는 기녀들이 참여한다. 그들과 춤도 추었을 법하다. 함께 술을 권하며 마신다. 흥을 돋우기 위해 음악이 연주된다. 문생들이 누리고 있는 고급하고 풍성한 삶을 과시하기 위해 모임의 격을 높일 필요가 있었을 것이다. 그러므로 술자리의 높은 분을 유령과 도잠으로 내세워 그들을 선옹(仙翁)이라 불렀다. 서책이나 서예도 예사롭지 않다. 가장 고급한 학문이요 예술을 상징하는 제재들이다. 도가의 고전인 『노자』와 『장자』가 거기에 들어 있다. 맨 앞에 신선으로 가득 찬 『태평광기』 신간 서적도 역람한 그들이다. 특별한 술

---

14) 상게서, p.110.

을 고급한 술잔에 따라 서로 권하며 마시고, 그 당시 최고의 악사들이 동원되어 흥을 돋우며 밤 늦도록 연주한다. 이슥해서야 문인들의 모임은 파하고, 꽃처럼 아름다운 여인들과 짝을 이루며 사랑을 나누기 위해 흩어진다. 제7장이 바로 이 장면에 해당한다. 그들이 도착한 곳은 신선의 세계로 미화되어 있다. 함께 한 여인은 봉래·방장·영주 삼신산에 위치한 홍루각의 선녀로 묘사되어 있다. 윤기있는 까만 머리와 흰 이마로, 비단 장막 안, 구슬 주렴을 반쯤 걷고서 오호를 바라보는 광경으로 그려져 있다. 중국 최고의 미녀인 서시를 떠올리게 한다. 두 사람은 한 쌍의 꾀꼬리처럼 다정한 모습으로 행복을 나누고 있다. 이처럼 <한림별곡>은 신선의 연회를 지상에 옮겨 놓은 듯한 느낌을 갖게 한다.

음악이 있는 곳에서도 그것을 선계의 음악으로 미화하는 풍조가 있었다. <풍입송>에는 "신선의 음악이 뜰에 가득차 있는데,……생가(笙歌) 맑고 명랑하여 모두 신선들인데"라 하였고, <야심사>에서도 "상원가절(上元佳節)에 화려한 잔치 차린다. 등불은 꺼져 가고 달은 가라앉는데 신선들 떼지어 내려 온다……집 방작 수막 장은 신선이 거처하는 곳이다."라고 한 표현이 보인다. <풍입송>과 <야심사> 모두 연회를 마치고 노래하는 것이어서 임금과 신하가 함께 즐기는 뜻을 고상하게 미화하기 위해 신선을 등장시켰던 것이라 생각한다.

술이 있는 곳에서는 자연스럽게 흥이 일어 자신들의 흥취를 신선 세계에 빗대는 경향이 있다. <자하동>의 전·후 문단 끝 행에서 이를 확인할 수 있다. "(우리들의) 풍류가 신선보다 낫다 한들 어찌 비난하리오."는 앞 문단을, "봉래산의 신선이라도 (우리들의) 풍류만은 못하다오."는 뒷 문단을 각각 마무리짓고 있다. 술로 유명한 유령과 도잠을 양선옹(兩仙翁)이라 표현했던 <한림별곡> 제4장을 떠올리게 한다. 특히 유령은 신선이 타고 다닌다는 사슴이 끄는 수레를 탔는데, 여기서 그가 신

선을 선망했음을 알 수 있다. 그는 「주덕송」이라는 글에서 "만 년을 순
간으로 여기고 우주를 내 집으로 삼으며 오로지 술을 마시는 데 힘써서
술에 흠뻑 취하면 아무리 큰 소리도 들려오지 않고 큰 산도 보이지 않
는다. 또 추위와 더위도 이기심이나 욕망도 느끼지 못하고, 이 세상을
내려다보면 하찮은 미물들의 다툼 장에 불과하다"고 하였다.[15] 술로 인
간의 벽을 넘어서 신선의 경지에 이르고 싶어하는 의지가 강하게 엿보
인다.

(2) 장수의 신선상

장수는 신선의 필수 요건이 된다. 장수를 빼고는 신선을 이야기할 수
없다. <자하동>에는 기로들에게 장수를 빌면서 술을 권하는 장면을 다
음과 같이 표현했다.

> 수명을 잇도록 한 잔 술을 드립니다.
> 한 잔에 천 년의 나이를 얻을 수 있나니
> 여러분이여, 한 잔 또 한 잔 드시고
> 세상의 나이는 전혀 상관 마세요.

그리고 끝 두 행에서는

> 손에 금술잔 잡아 서로 술을 권하나니
> 풍류가 신선보다 낫다 한들 어찌 비난하리오

라고 했다. 술이 수명을 잇는 약처럼 전제되어 있다. 그것을 숫자로 가

---

15) 『晉書』 권49, 「劉伶傳」, p.1376.

시화하는 방법을 썼다. 한 잔에 천 년의 나이를 얻는다 했다. 그렇다면 많은 술을 마실수록 장수를 확보하는 셈이 된다. 세상 나이는 문제가 되지 못한다. 술로 인해 나이가 무한대로 확대된다면 술 자리의 풍류야말로 신선을 부러워할 까닭이 없다. 그들은 자신들이 신선보다 낫다고 여기는 정도이다.

술 자리에는 흔히 음악이 따르게 된다. <자하동>의 후반 문단에는 음악이 등장한다. 세월을 머물게 만든다는 월류금(月留琴)으로 태평년(太平年)을 연주한다. 태평스런 시절을 향유하고 있음을 시사한다. 다시 한 곡을 노래한다.

> 여러분을 위하여 정겹게 한 곡을 노래하는데
> 무슨 곡조인고 하니 만년환입니다.

곡조가 만 년토록 기쁨을 누린다는 만년환(萬年歡)이다. 술 잔으로 해를 늘리고 음악으로 기쁨을 더하는 연회가 중화당에서 열린 것이다. 모인 이들이 60·70세의 노인들이기 때문에 그들에게는 장수가 무엇보다 큰 선물이 된다. 채홍철은 그러한 사정을 정확히 인지하고 술과 노래를 빌어 장수를 기원했던 것이다.

2. 신선 지향

사람은 누구나 신선이 되고 싶어 한다. 생로병사를 초월하여 이 세상에서 영원히 복락을 누리는 인물이 신선이기 때문이다. 그런데 신선은 아무나 쉽게 되는 것이 아니다. 오히려 만나기조차 힘든 희귀한 존재가 신선이다. 작품에서 신선을 만나 이야기하거나 수련을 거쳐 신선이 되었다는 내용이 드문 이유가 이 때문이다. 대신에 작품에는 신선의 자취를 찾아 가거나 자신들의 삶을 신선에 비유하는 방식으로 신선에 대한 선망의 의지를 보여 주고 있다. 이러한 사실에 의거하여 여기서는 신선의 자취를 탐방하는 것과 신선적인 삶을 추구하는 두 가지 방향에서 살펴보려 한다.

(1) 신선의 자취 탐방

신선을 선망하는 마음이 있는 사람이라야 신선의 자취를 찾아 보고 감흥을 느끼게 된다. 기철(奇轍)이 지은 <총석정>이 그 한 예이다. <총석정>은 고려 속악가사인데, 『고려사』에는 다음과 같이 해설문이 쓰여 있다.

> 철(轍)은 원나라 순제의 중궁의 동생으로 평장 벼슬을 하다가 사명을 받들고 고려로 돌아와 강릉에 가서 이 총석정에 올라 사선(四仙)의 유적을 구경하고 큰 바다를 가까이서 보고 이 노래를 지었다.

의도적으로 신선의 자취를 탐방했던 것은 아니라 하더라도, 총석정에 올라가 사선의 유적을 구경하고 노래를 지은 것은 분명하다. 가사가 전하지 않아 내용을 알 수는 없지만 신선에 대한 선망의 뜻은 분명히 있었을 것이다.

기철은 총석정 한 곳을 찾은 것으로 되어 있는데 비해, 안축(1287~1348)은 충숙왕 때 강원도 존무사로 있다가 돌아오는 길에 관동 지방의 뛰어난 경치와 유적을 두루 구경하고 9장 형태의 경기체가인 <관동별곡>을 지었다. 그러므로 신선의 숨결이 남아 있는 유적 여러 곳이 자연스럽게 등장한다. 지명이나 유적 이름에서 신선의 체취가 느껴지는 것으로 사

선봉·사선정·안상저·선유담·영랑호·강선정 등이 보인다. 총석정·
사선정·한송정 등에서 네 신선이 놀았다는 기록을 『동국여지승람』에서
확인할 수 있다.

- ◦[총석정] : 민간에서 전하기를 "신라 때 술랑, 남랑, 영랑, 안상이 이곳
(총석정)에서 놀며 구경하였기 때문에 이름하여 '사선봉'이
라 한다."하였다. 안축의 기에는 "……옛날 신라시대에 네
신선이 항상 이 정자에서 놀았고, 그 무리가 비석을 세워
이 사실을 기록했는데 돌은 아직 있지만 글자는 떨어져 나
가 알 수 없다."고 하였다.(『동국여지승람』 권45, 통천 누정)
- ◦[삼일포] : 안축의 기에 "옛날 신선이 여기서 놀며 3일간이나 돌아가
지 않았다.……봉우리의 북쪽 벼랑 벽에 붉은 글씨 여섯 자
가 있으니 영랑도남석행(永郎徒南石行)이라 하였다."(『동국
여지승람』 권45, 고성 산천)
- ◦[한송정] : "정자 주변에는 차 샘과 돌 아궁이, 돌 절구가 있는데 곧
술랑 선인들이 놀던 곳이다."라고 하였다.(『동국여지승람』
권44, 강릉 누정)

특히 안축은 영랑호를 두고 시를 지었는데 뒤의 6행을 보면,

연잎은 맑아서 씻은 것 같고	荷葉淨如洗
순채 실은 매끄럽고도 부드럽네	蓴絲滑且柔
저물녘에 배를 돌리려 하니	向晚欲回棹
풍연이 천고의 수심일세	風煙千古愁
옛 신선 다시 볼 수 있다면	古仙若可作
여기서 그를 따라 놀리라	於此從之遊

라고 하였다. 신선의 자취가 짙게 배어 있는 관동 절경을 구경하면서 그
들과 함께 놀고 싶어 하는 시심을 확인할 수 있다.

이인로(1152~1220)가 최당과 함께 청학동을 찾아 나섰다는 일화는 보다 적극적으로 신선의 고장을 탐방하였다는 점에서 주목된다. 이인로는 한때 불교에 몸을 의탁한 바 있었고, 최당은 지상선으로 일컬어진 신선 취향의 인물이었다.

연전에 나는 당형 최상국과 함께 옷을 떨치고 이 속된 세상과는 등지고 싶은 마음이 있어 이곳을 찾아 가기로 했다. 대고리짝에 물건들을 담아 소 두 서너 마리에 싣고 들어가 세상과 담을 쌓기로 했다. 드디어 화엄사를 출발하여 화개현에 이르러 신흥사에 투숙하였는데, 가는 곳마다 모두 선경이었다.
온갖 바위가 다투어 빼어나고 골짜기마다 물이 세차게 흐르며, 대울타리의 초가집들이 복사꽃 살구꽃 사이로 은은하게 비치니 인간 세상이 아닌 듯했다. 그러나 찾아가려 한 청학동은 끝내 찾지 못하고 말았다.[16]

아쉬움을 남기고 돌아올 때 지은 시의 전·결련은 다음과 같다.

누대(樓臺)는 높건만 삼산(三山)은 보이지 않고	樓臺縹緲三山遠
쓰인 네 글자 이끼 속에 희미하네	苔蘚微茫四字題
묻노니 선원(仙源)이 어디메인가	試問仙源何處是
진 꽃잎만이 물 따라 흘러가네	落花流水使人迷

이인로는 뒷 날 도잠의 『오류선생집』에서 「도화원기(桃花源記)」를 보고, 청학동과 비교하면서 다음과 같이 썼다.

후세에 「도화원기」를 그림으로 그리고 노래와 시로 전하여, 도원(桃源)을 선계(仙界)라 하고 장생불사하는 신선이 모여 사는 곳이라고 하였으나,

---

16) 이인로, 『파한집』 상권.

이는 그 글을 잘못 읽었기 때문일 뿐, 실은 청학동과 다름이 없을 것이다. 어떻게 하면 유자기(劉子驥)와 같은 고상한 선비를 만나 그곳을 찾아가 볼 것인가.[17]

이인로는 당시의 사람들이 도원을 신선이 모여 사는 곳으로 인식하고 있는 데 대해 동의하지 않는 입장을 보였다. 이는 도화원을 선계로 인식하는 것 자체를 부인한 것이라기보다 도화원만 선계로 알고 청학동을 모르는 세상 사람들에 대한 일깨움으로 해석된다. 도화원이 실은 청학동과 다름이 없다고 그가 단언하고 있기 때문이다. 이인로가 만약 청학동을 선계로 인식하지 않았다면 지상선으로 알려진 최당을 따라 먼 곳을 가지 않았을 것이고, 아쉽게 돌아서면서 남긴 시구에도 삼산이나 선원이라는 말을 쓸 까닭이 없기 때문이다. 이인로 역시 신선의 자취를 찾아 청학동을 찾아 갔음이 분명해진다.

(2) 신선적 삶의 지향

서긍(徐兢, 1091~1153)이 송 휘종에게 바친 『고려도경』에는 예종 때 그가 목격한 고려의 도교에 대해 다음과 같이 씌어 있다.

> 경인년(1110)에 천자(휘종)가 먼 고장에서 묘도(妙道)에 대해 듣기를 원하는 것을 돌아 보고 사신을 보내고 유류(羽流) 2명을 따라가게 하여 교법(教法)에 통달한 자들을 골라서 지도해 주었다. 왕후(王侯, 예종)는 도교의 신앙이 독실하여 정화 연간에 처음으로 복원관(福源觀)을 세워 거기에 공행(功行)이 높은 도사 10여 명을 두었다. 그러나 낮에는 재궁(齋宮)에서 거처하고 밤에는 사실(私室)로 돌아가곤 했다.……도사의 복장은 우의(羽衣)는

---

17) 상동.

쓰지 않고 백포(白布)로 만든 갓옷에 검정색 두건과 사대(四帶)를 입었는데
일반의 옷에 비하면 다만 소매가 약간 넓을 뿐이다.[18]

송(宋)에서 정식으로 도교가 들어와 고려에 수용되는 면모를 보여 주
고 있다. 도관인 복원관에는 고려에서 선발된 도사 10인을 두었는데, 그
들이 거처하는 방식이 중국과 차이가 있었고, 의복도 동일하지 않았음
을 보여 준다. 도교를 매우 좋아했던 예종을 거쳐 의종 대에 이르러는
자신의 장수와 복을 비는 방향으로 나아 가면서 선풍(仙風)을 준수하도록
명령을 내리기도 하였다.[19] 이후에도 도사가 있었을 터이지만 그들의
생활상을 알 수 있는 기록은 보이지 않는다. 이능화가 『조선도교사』 제
14장에 '고려 선파(仙派)'를 설정하고 "저명한 인사도 있겠으나 문헌이
결핍하여 이를 고구할 수 없으니 애석한 일이다."하고 강감찬, 한유한,
이명, 곽여, 최당을 소개한 것이[20] 이를 말해 준다. 여기서는 한유한과
이명은 자료가 분명치 않으므로 제외하고 이자현·최성지·김이(金怡)를
추가하여 그들의 삶과, 작품으로 <자하동>과 <한림별곡>의 내용을 통
해 그들의 신선 지향적 삶에 대해 살펴보겠다.

강감찬은 탄생과 죽음이 별과 깊이 관련된 인물이다. 송나라의 사신
은 강감찬을 보고서 "중국에 문곡성(文曲星)이 보이지 않은 지가 오래되
는데 이제 이 곳에서 뵙습니다."라고 했다. 별이 도교와 깊이 관련이 있
고, 홍만종의 『해동이적』과 성현의 시에서는 강감찬이 신선이 되어 갔
다[21]고 하여, 그를 신선으로 인식하고 있었음을 보여 준다.

김이(金怡)는 신선 취향의 시구를 충렬왕과 주고 받는 꿈을 꾸고 나중

---

18) 서긍, 『高麗圖經』 권17, 「福源觀」.
19) 차주환, 전게서, pp.51-54.
20) 이능화, 전게서, pp.118-121.
21) 상게서, pp.118-119.

에 높은 벼슬에 올랐던 인물로 소개되어 있다.

김이(金怡)의 자는 열심(悅心)이요 일자(一字)는 은지(隱之)니 복주 춘양
현인이다……충렬왕 14년 이의 나이 24세에 마침 화장사에서 자는데 꿈에
왕이 정전에 거동하여 군신이 옹위하고 상서로운 구름이 가득 덮였는데 왕
이 한 구를 불러 이르기를 "청운(靑雲)에 자기(紫氣)가 있으니 산각(仙閣)인
줄 알겠도다."라고 하거늘 이가 이어 부르기를 "녹발(綠髮)에 청담(淸談)하
니 이는 귀인이로다."하매 왕이 가탄(嘉歎)하고 옷을 벗어 입혀주는 꿈을
꾸었으니 이로써 미리 귀히 현달하게 될 징조를 알았다.22)

곽여(1058~1130)는 예종이 등극하기 전부터 잘 알고 지내던 사이로 임
금의 은혜가 두터웠다.

즉위하자 중사(中使)를 보내어 궁궐의 순복전(純福殿)에 살게 하여 선생
이라 일컫고 오건학창(烏巾鶴氅)으로 항상 좌우에 시종케 하여 조용히 담론
하고 창화하니 그 당시 사람들이 금문우객(金門羽客)이라 하였다.……서책
을 섭렵하여 도(道)·석(釋)·의약(醫藥)·음양(陰陽)의 설까지 보면 곧 외워
잊지 않았고 사(射)·어(御)·금(琴)·기(碁)를 다스리지 못함이 없었다.……
종신토록 장가들지 않았으나 홍주에 있을 때에 한 기생을 사통하였다가 장
차 돌아오게 되매 약을 먹여 신선이 되어 간다고 속여 말하고 가만히 데리
고 서울로 왔다.23)

곽여는 신선이 되기 위해 인생을 바쳤던 것으로 보인다. 결혼도 하지
않았고, 도가의 책에 심취하고 의복도 도사처럼 입었을 뿐만 아니라 거
문고와 바둑도 좋아하는 삶을 보여 준다. 당시에 그를 신선으로 불렀던
이유를 알 만하다. 그가 홍주의 기녀에게 약을 먹여 신선이 되어 간다고

22) 『고려사』, 열전 권21, 「金怡」.
23) 『고려사』, 열전 권10, 「郭尙·郭輿」.

속인 것은 하나의 우스개 말이지만 그 정도로 주변 사람들이 그를 신선
으로 인지하고 있었다는 징표이기도 하다.

이자현(1061~1125) 역시 예종이 아꼈던 사람이다. 일찍 상처하고 세상
의 일에 뜻을 두지 않고 문수원에 거주하며 선설(禪說)을 좋아하였다고
한다. 그러므로 이자현은 도교와 불교에 두루 통했던 것 같다.

> 진락공(眞樂公) 이자현(李資玄)은 재상의 집에서 태어나 비록 벼슬을 하
> 였지만, 항상 자하(紫霞)에 은거할 생각을 가졌다. 젊어 벼슬할 때에 술사
> 은원충(殷元忠)을 만나 은밀하게 숨어 살기에 좋은 곳을 물었더니, 은공이
> "양자강 위로 청산 한 구비가 있어 참으로 세상을 피해 살 만한 곳이다"라
> 고 했다. 이 말을 늘 마음에 간직하였는데, 27세 때 대악서령(大樂署令)으로
> 서 갑자기 아내가 죽자, 벼슬을 버리고 청평산에 들어갔다. 그는 문수원(文
> 殊院)을 수리하고 살면서 더욱 선설(禪說)을 좋아하여 학자가 오면 함께 유
> 실(幽室)에 들어가 종일 단정히 앉아 말이 없다가도, 가끔 고덕(古德)의 종
> 지(宗旨)를 자세하게 토론하니, 이로 말미암아 심법(心法)이 나라에 널리 퍼
> 졌다.……예종이 진풍(眞風)을 몹시 사모하여 여러 차례 조칙을 내어 (이자
> 현을) 불렀지만, 그는 심부름하는 이에게 "내가 도성을 떠날 때에 서울 땅
> 을 다시 밟지 않기로 맹세하였으니, 감히 조칙을 받들 수 없다."라고 하였
> 다.24)

임금의 간곡한 요청조차 사양하며 초지일관 도를 수련하는 모습을 보
이고 있다. 예종이 진풍(眞風)을 사모했던 점으로 보거나, 『고려사』에서
예종이 도복을 하사했다25)는 점으로 보아, 이자현이 신선술에 조예가
깊었던 것이라 생각한다.

음양추보법(陰陽推步法)에 조예가 깊고 원(元)에서 수시역술(授時曆術)을

---

24) 이인로, 『파한집』 중권 8.
25) 『고려사』, 열전 권8, 「李資玄」, 賜茶湯道服 以寵其行.

수입한 최성지(崔誠之)는 충숙왕 11년 벼슬을 그만 두고 집에 성기(聲妓)를 두고 빈객(賓客)을 불러 청담(淸談)과 아소(雅笑)로 세상 일을 묻지 않았다[26]고 했다. 음양·역술·청담 등의 용어에서 도가적인 분위기를 느끼게 한다. 집에 노래하는 기녀가 있고, 빈객을 맞아, 청담으로 즐겼던 일은 흡사 최당 등이 쌍명재에서 모였던 기로회를 연상케 한다. 기로회에 모여 소요자적하는 것을 보고 세상에서 '지상의 신선'이라 했던 사실을 상기한다면 최성지의 삶도 그와 비슷한 성격이었을 것으로 추측된다.

이제 문학 작품으로 넘어가 보기로 한다. 앞서 설명한 채홍철의 기로회는 최당의 기로회와 곧바로 맥이 닿아 있다. 최당의 기로회는 남들이 지상선이라 했지만, 채홍철은 자신을 신선으로 빗대었다. 자신이 신선이라면 함께 모인 사람 모두가 동시에 신선이 되므로 그 모임이 곧 신선의 모임임을 의미한다. 신선은 본디 늙지 않고 건강하게 살아야 한다. 60·70세의 늙은이는 병과 노쇠로 말미암아 현상 유지도 어렵다. 그러므로 젊어져야 한다. 그렇게 하기 위해 채홍철은 술을 권하면서 마실수록 젊어진다는 계산법을 노래로 불렀다. 노래를 들으면 세월이 멈추고 만년토록 즐겁게 산다는 제명의 곡을 연주하기도 했다. 정통적인 도가 수련방식을 지양하고 술과 음악을 통해 장생불사를 도모하는 것이 <자하동>이 담고 있는 신선세계의 지향 방식이다. 근본적으로 문학은 도교서가 될 수 없다. 도교의 이론은 도교서가 맡고, 문학 작품에서는 문학의 특성에 맞추어 신선의 세계를 보여 주기만 하면 된다. 이는 <한림별곡>에서도 마찬가지이다.

<한림별곡>의 화자는 금의의 문생으로서 한림이 중심이 된다. 그들이 좌주인 금의를 모시고 연회를 열어 고급한 장면을 연출한다. 연회의 격을 높이고 흥취를 북돋우기 위해 각종 고급한 제재를 넘치게 열거하

고 신선의 세계로 빗대기도 한다. 특별히 여인을 꽃으로 비유하고, 나아가 선녀로 비유하는 데까지 이른다. 신선과 선녀로 비유된 이들은 삼신산의 홍루각에서 오호를 내려다보는 풍류를 즐긴다. 그들의 풍류는 지상의 것으로 그치지 않는다. 지상선에서 천상의 신선으로 승화하기를 소망하게 된다. 제8장의 그네 놀이는 지상선에서 도약하여 천상선으로 비상하고 있음을 보여 준다. 그네 놀이를 통해 인간의 영원한 소망인 천상의 신선으로 비상해 보려 했다[27)는 점에서 그 문학적 발상이 참신하다 하겠다.

IV. 결론

이 글은 고려의 사람들이 신선을 어떻게 인식하고 선망했던가를 고려 문학을 통해 고찰함에 목적을 두었다. 『고려사』에 수록된 <자하동>의 해설문과 작품이 이 문제의 해결에 관건적인 자료라고 보고 이를 먼저 살펴보았다. 이어서 고려인들의 신선에 대한 인식과 지향을 고찰하였다. 본론에서 밝힌 내용을 요약하여 글을 맺기로 한다.

<자하동>은 채홍철이 자신을 신선에 빗대어 중화당에 모인 기로들의 장수를 비는 내용을 담고 있다. 이는 100여 년 전에 지상선(地上仙)으로 일컬어지던 최당의 기로회를 잇는 역사성을 공유한다. <자하동>에서 채홍철은 기로들에게 술 한 잔에 천 년의 나이를 얻을 수 있다 하여 술을 장수의 묘약으로 미화한다. 음악을 연주할 때, 세월을 멈추고 만 년을 기쁘게 만든다는 식으로 기로들의 장수를 빈다. 이 때 채홍철이 자신

---

27) 우리나라에서 그네 놀이는 반선희(半仙戲) 또는 유선희(遊仙戲) 등으로 불리었다.

을 신선에 빗댐으로써 소원을 비는 자기의 말이 곧 신선의 말(仙語)이 되
고, 참여한 기로들은 신선의 축복을 받으며 그 모임이 자연스럽게 지상
선의 고급한 연회로 상승하는 효과를 얻을 수 있었다.

고려인들의 신선 인식과 지향을 신선상과 신선 지향으로 나누어 살폈
다. 고려인들은 신선을 풍류의 신선과 장수의 신선 두 부류로 생각하고
있었다. 장수의 신선은 인간의 생로병사의 질고를 벗어나겠다는 본원적
인 욕망의 소산이며, 풍류의 신선은 세상을 즐겁게 살고 싶다는 지상선
적 욕망의 투영으로 이해된다. 이들 양자는 외면적 특징으로 구분될 뿐,
내용면에서는 서로 연결 관계에 있으므로 작품에서는 혼효된 모습을 보
이는 경우가 흔히 나타난다.

고려인들은 신선을 선망하고 신선 세계를 동경하였다. 그래서 신선의
자취를 탐방하거나 지상에서 신선적 삶의 세계를 실현해 보려는 노력을
보였다. 신선은 산수가 빼어난 곳에 거처하므로 지리산의 청학동이나
사선의 숨결이 서려 있는 관동지방이 탐방의 장소로 주로 등장하였다.
그렇지만 실제로 신선을 만나지는 못하였다. 또한 신선이 사는 세계에
들어가서 함께 사는 예도 확인되지 않는다. 그러므로 고려인들은 자신
들을 신선으로 미화하는 방법을 선택했다. 오랜 전통을 이어온 기로회
가 그 대표적인 예이다. 그런가 하면 <한림별곡>에서처럼 남녀의 사랑
장면에서도 신선으로의 미화 기법이 활용되었다. 개인적으로 이자현과
최성지 같은 사람은 신선적인 삶을 살았고, 곽여는 결혼도 하지 않고 도
사와 같은 삶을 살았는데, 사통한 기녀를 서울로 데려 오기 위해 약을
먹여 신선이 되어 간다고 속였던 일화를 남기기도 하였다. 그렇지만 어
느 누구도 신선이 되었다거나 신선의 세계에 다녀왔다는 기록은 고려의
작품에서 아직 발견하지 못하였다.

제Ⅱ부

경기체가

Ⅰ. 서론

이 글은 경기체가 총 27개 작품을 대상으로 형식의 변이가 어떠한 모습으로 나타나고 있으며, 그것이 경기체가 자체와 문학사면에서 무슨 의미가 있는가를 밝히는 데 목적이 있다.

경기체가의 시가 양식은 고려 고종 때 한림들이 지었다는 <한림별곡>으로부터 시작되어 권호문(1532~1587)의 <독락팔곡>에 이르러 소멸한 것으로 알려져 있다.[1] <한림별곡>이 고종 7년에서 17년 사이(1220~1230)에 지어졌고,[2] <독락팔곡>이 권호문 50세(1581) 이후 수년 이내에 지어진 것으로 본다면, 경기체가가 한국문학사에서 창작된 기간은 350여 년이 되는 셈이다. 이 동안에 '~경 긔 엇더ᄒ니잇고(景幾何如)'라는 독

---

1) 조선 고종 때 민규가 유영일(1770~1831)을 칭송하기 위해 지었다는 <충효가>는 <독락팔곡>과의 시대적 거리가 300여 년이나 되고, 작품의 형식이 경기체가에서 크게 벗어난 사실로 보아, 한 개인의 호고 취미에 의해 돌출된 예외적인 작품이라는 견해(임기중 외, 『경기체가연구』, 태학사, 1997, p.314)가 설득력이 있다.
2) 김선기, 「<한림별곡>의 작자와 창작 연대에 관한 고찰」, 『어문연구』 12집, 어문연구학회, 1983.

특한 문장을 각 장에 사용하여 창작된 경기체가 작품은 현재까지 총 27편이 학계에 알려져 있다.3) 350여 년의 긴 역사 속에서 경기체가는 그 작품 수가 적지 않게 남아 있을 뿐만 아니라, <한림별곡>과 같은 우수한 작품을 필두로 악장류, 불교류, 유학류, 자술류 등으로 다양하게 활용되었기 때문에 문학사에서 그 존재 가치를 인정하지 않을 수 없었다. 대다수의 국문학개론 교재에서 경기체가를 독립된 장으로 설정하여 다루는 것도 이 때문일 것이다.

국문학개론에서는 으레 장르의 형식을 다루게 된다. 경기체가의 경우에는 대부분 <한림별곡>의 첫장을 인용하여 형식을 설명하고 있다. <한림별곡>을 대상으로 형식을 살핀 결과, 학생들은 경기체가 작품이 정제된 형식을 취하고 있는 것으로 이해하는 데 그치고 만다. 그러므로 경기체가가 다양한 형식의 변이를 나타내고 있는 실정임에도, 문학사와 관련하여 그것이 어떠한 의미가 있는가에 대해서는 생각할 여지조차 갖지 못하는 실정이다. 특히 기본형을 중심으로 다양한 층위를 형성하면서 산출하는 경기체가의 변이는 변이 자체뿐만 아니라, 그것을 통한 작품 상호간의 연관성, 문학사적 의미를 고찰하는 데 적합한 대상이 된다.

이 글에서는 경기체가의 변이를 고찰하기 위해 본문을 네 개의 장으로 구성하려 한다. Ⅱ장에서는 경기체가의 작품을 시대와 유형으로 나누어 소개하고, 변이의 정도를 측정하기 위해 기본 형식을 제시하겠다. Ⅲ장에서는 경기체가 총 27편의 변이 양상을 기본형의 네 가지 기본 요건에 조응시켜 살펴보겠다. 변이를 판별하는 기준으로 장의 6행 전후절 구조, 광경문의 유무, 제5행의 반복 형태, 제1, 2, 3, 5행의 음보와 음수율 등 네 가지 기준을 활용키로 한다. Ⅳ장에서는 Ⅲ장의 분석을 토대로

---

3) 2008년 김영진 교수가 이복로(1469~1533)의 두 작품 <華山別曲>과 <龜嶺別曲>을 신발견 자료로 소개하였다(『한국시가연구』 25집, 한국시가학회, 2008, pp.347-360).

작품별 변이의 정도와 작품 상호간의 관련성을 밝혀보겠다. 마지막 V 장에서는 경기체가 작품의 변이 현상에서 나타나는 특징과 문학사적 의미를 살펴보겠다.

이 글에서는 김창규의 『韓國翰林詩研究』[4]와 임기중 등이 지은 『경기체가연구』[5]를 주로 참고하였다. 김창규의 저서에는 원본이 영인되어 있고, 임기중 등의 책에는 이론과 해설 등이 곁들여 있어 연구에 도움이 된다. 일부 행의 배열과 작품의 창작 시기, 음수율 산정에서는 필자의 견해에 따라 처리한 경우가 있음을 밝힌다.

II. 경기체가의 작품 분포와 기본 형식

1. 작품의 유형과 시대별 분포

경기체가 작품 27편의 면모를 보다 효과적으로 개관하기 위해서는 어떤 기준에 따라 분류해서 살피는 것이 유용하리라 생각한다. 여기서는 용도에 따른 유형과 창작 시기를 엮어 경기체가 작품의 분포를 제시하고자 한다.

경기체가 작품을 용도면에서 보면 국가에서 필요로 하여 지은 악장류, 불교를 홍포하기 위한 불교류, 유학의 학습을 권장한 유교류, 개인의 정서를 담은 자술류로 나눌 수 있다. 작가와 향유층에 초점을 맞추어 사대부의 경기체가, 예조 찬진의 경기체가, 불교계 경기체가로 분류하고, 사대부 경기체가를 다시 왕실과 사대부를 중심으로 향유한 악장과 개인

---

4) 김창규, 『韓國翰林詩研究』, 역락, 2001.
5) 임기중 외 『경기체가연구』, 태학사, 1997.

의 이상과 포부를 담은 사대부 경기체가로 나눈 견해도 있다.[6] 필자가 제시한 자술류는 사대부 경기체가로 보아도 무방하다. 작품의 변이 현상을 통해서 볼 때, 악장은 예조에서 찬진한 작품과 사대부가 찬진한 작품이 거의 차이가 없는 반면에, 주세붕의 네 작품은 그가 사대부이면서도 특이한 변이를 보여 준다. 따라서 경기체가의 변이를 살피는 장면에서는 작자층보다 용도에 초점을 맞추어 유형을 나누는 것이 변별성을 확인하는 데 유용할 것이라 생각한다.

경기체가는 <한림별곡>에서 <독락팔곡>까지만 보더라도 350여 년의 긴 역사를 갖는다. 이후 아직 학계에 보고되지 않은 작품이 있을 것으로 가정하고 1800년 이후에 지어진 <충효가>까지 시대를 연장한다면 그 역사는 더욱 길다 하겠다.

현재 알려진 27편의 경기체가 작품을 악장류, 불교류, 유학류, 자술류로 나누고, 여기에 창작시기를 곁들여[7] 작품의 분포를 표로 정리하면 다음과 같다.

경기체가 작품의 분포

시기＼유형	악 장 류	불 교 류	유 교 류	자 술 류
고려	①한림별곡 (1220~1230)			②관동별곡(1330~) ③죽계별곡(〃)

---

6) 상게서, pp.36-41.
7) 임기중의 상게서에는 창작시기를 고려하여 작품을 배열하였다. 본고에서는 이를 토대로 하되 필자의 견해로 수정한 것도 있고, 신자료인 이복로의 두 작품을 첨가하였다.

조선	④상대별곡 (1392~1409) ⑥화산별곡 (1425) ⑦가성덕(1429) ⑧축성수(1429) ⑨오륜가 (세종 때) ⑩연형제곡 (1432년경) ⑱배천곡(1492)	⑪서방가 · (세종 때1418-1450) ⑫미타찬 (1418~1433) ⑬안양찬(〃) ⑭미타경찬(〃) ⑮기우목동가 (세조 때1455-1468)	㉒태평곡 (중종 때 1541년경) ㉓도동곡(〃)	⑤구월산별곡 (1423) ⑯불우헌곡(1472) ⑰금성별곡(1480) ⑲花山별곡 (1469-1533)[8] ⑳구령별곡 ㉑화전별곡 (중종 때 1519-1531)

| | | | ㉔육현가(〃) | |
| 조선 | | | ㉕엄연곡(〃) | ㉖독락팔곡 (1581년경) ㉗충효가 |

  작품의 창작 연대는 정확한 기록으로 남아 있기도 하지만 작자의 생존 연대나 행적 등을 고려하여 유추한 경우도 있다. <오륜가>를 <연형제곡>의 앞에 둔 것은 창작 주체가 동일할 경우, 오륜의 총론을 바탕으로 형제 우애의 각론을 말하는 것이 순서상 자연스럽겠다는 이해가 작용하였다. 이같이 어느 정도 의구가 있음에도 불구하고 위의 표는 크게 보아 별 문제가 없다고 생각한다.

  작품의 유형별 분포는 악장류 8편, 불교류 5편, 유교류 4편, 자술류 10편으로 나타난다. 악장류는 조선 왕조가 건국하여 제도를 갖추는 초기에 집중적으로 창작되었고, 불교류는 불교를 옹호했던 세종과 세조 시대에 모두 지어졌다. 유교류 4편은 모두 주세붕이 풍기 군수로 있으면서 유학을 위한 사업을 펼치면서 후학을 일깨우기 위해 창작되었다. 자술류의 작자는 <관동별곡>과 같이 관인도 있지만, 조선조에서는 관직에서 물러난 이들이 대부분이며, 권호문처럼 벼슬길에 나가지 않은 사람도 있었다. 자술류의 대다수 작품은 <불우헌곡>으로부터 <독락팔곡>에 이르는 100년 사이에 집중적으로 창작된 모습을 보여 준다.

  이상과 같이 경기체가 양식은 시대의 요구에 따라 유형별로 작품의 출현이 집중성을 보이고 있다. 작자층의 입장에서 볼 때, 불교류를 제외하고 나머지 세 유형의 작자들은 작품을 창작할 당시 관료이거나 관직

---

8) ⑲는 이복로의 작품인데, ⑥과 구분하기 위해 '花山별곡'으로 표기한다.

에서 물러난 인물이 대다수를 차지한다. 이는 작자층의 인물들이 중앙의 관직에 있을 때, 악장으로 쓰이던 경기체가 양식을 접하고 그것을 모범삼아 자신이 창작할 수 있는 식견을 갖추게 되었음을 시사한다.

2. 경기체가의 기본 형식

경기체가의 기본 형식을 말할 때, 대개의 경우 <한림별곡>의 제1장을 예로 든다. <한림별곡>이 경기체가의 효시 작품이며 형식면에서 정형을 보이고 있다고 보기 때문이다. 또 <한림별곡>의 형식이 후대의 작품에 영향을 끼친 점도 간과할 수 없다.

경기체가 작품의 변이를 밝히려면 그 기준이 되는 기본 형식을 먼저 제시해야 한다. 정병욱,9) 이종출,10) 김문기,11) 성호주12) 등의 논의를 거쳐, 현재 교재로 사용되고 있는 국문학개론의 내용을 참고할 때, 경기체가의 기본 형식을 다음과 같이 정리할 수 있다.

① 작품은 대등한 관계로 연장 형태를 이루고, 각 장은 전대절 4행, 후소절 2행 총 6행으로 구성된다.
② 전대절과 후소절의 마지막 행(제4행과 6행)에는 '위~景 긔 엇더ᄒ니잇고'라는 광경문13)이 온다.

---

9) 정병욱, 『국문학산고』, 신구문화사, 1959, pp.149-159.
10) 이종출, 「경기체가의 형태적 고구」『한국언어문학』 12, 한국언어문학회, 1974, pp.106-119.
11) 김문기, 「경기체가의 종합적 고찰」, 『고전시가론』, 새문사, 1984, pp.279-281.
12) 성호주, 「경기체가 및 악장시가 개관」, 『수련어문론집』 13, 부산여대, 1986, pp.51-52.
13) 경기체가의 제4행과 6행에는 광경문이 오는 것이 일반적이지만 <한림별곡> 제1장의 6행 '위 날조차 몃부니잇고', 제8장의 4행 '위 내 가논 듸 눔 갈셰라'처럼 광경문이 아닌 문장이 오기도 한다. 위와 같은 글도 첫머리에 '위'자가 있어 준광경어의 역

③ 제5행은 4·4조의 시어가 반복된다.

④ 제1, 2, 3행은 3음보로서 3·3·4, 3·3·4, 4·4·4의 음수율을, 제5
행은 4음보로서 4·4·4·4의 음수율을 지킨다.

이상 네 가지 기본형식의 요건을 <한림별곡> 제2장을 통해 확인해
보기로 한다.

(1) 唐漢書 莊老子 韓柳文集
(2) 李杜集 蘭臺集 白樂天集
(3) 毛詩尙書 周易春秋 周戴禮記
(4) 위 註조쳐 내외옰景 긔 엇더ᄒ니잇고
(5) 太平廣記 四百餘卷 太平廣記 四百餘卷
(6) 위 歷覽ㅅ景 긔 엇더ᄒ니잇고

먼저, <한림별곡>이 대등한 관계의 장이 연장체를 이루며 전후절 6
행 형식을 갖추고 있는가? <한림별곡>은 대등한 관계의 장 8개가 있어
연장체임이 분명하다. 그런데 경기체가 작품 27편 가운데 8장으로 이루
어진 것은 변계량의 <화산별곡>뿐이고, 나머지 작품들은 아래에서 보
는 바와 같이 짧게는 3장 길게는 12장까지 장의 수가 다양한 모습을 보
여 준다.

3장 : 배천곡
4장 : 구월산별곡
5장 : 죽계별곡, 상대별곡, 연형제곡, 태평곡
6장 : 가성덕, 오륜가, 금성별곡, 花山별곡, 구령별곡, 화전별곡, 육현가,
　　　충효가

할을 하는 것으로 이해된다. 이런 점을 고려하여 이 같은 문장을 '自述文'이라 부르기
로 한다. 먼저 쓴 글에서는 광경투식문과 변형투식문이라는 용어를 사용한 바 있다.

7장 : 불우헌곡, 엄연곡, 독락팔곡
8장 : 한림별곡, 화산별곡
9장 : 관동별곡, 도동곡
10장 : 축성수, 서방가, 미타찬, 안양찬, 미타경찬
12장 : 기우목동가

이처럼 장의 수가 일정하지 않으므로 경기체가에서 장의 수는 형식 요건이 될 수 없고, 연장체의 여부만이 관심의 대상이 된다. 다만 경기체가의 장과 장은 서로 대등한 관계로 열거된다는 점을 주목하지 않을 수 없다. 장은 (1)(2)(3)(4)의 전대절 4행과 (5)(6)의 후소절 2행을 합쳐 총 6행으로 되어 형식 요건에 부합한다.

둘째, 전대절의 끝 행인 제4행과 후소절의 끝 행인 제6행에 '위 ~景 긔 엇더ᄒ니잇고'라는 광경문이 있는가? 위의 작품에서 보면 제4행에는 '위 註조쳐 내외옰景 긔 엇더ᄒ니잇고'가 있고, 제6행에는 '위 歷覽ㅅ景 긔 엇더ᄒ니잇고'가 있어, 제3의 형식 요건도 갖추고 있다.

셋째, 제5행은 4·4 음수의 시어가 반복하는가? 5행을 보면 '太平廣記 四百餘卷'이 반복되어 있다. 4·4 음수의 시어가 반복되어 있으므로 역시 기본형식의 요건에 부합한다.

넷째, 제1, 2, 3행이 각 3음보로서 3·3·4, 3·3·4, 4·4·4의 음수율을, 제5행이 4음보로서 4·4·4·4의 음수율을 취하고 있는가? 위의 작품에서 보면 전대절 3행이 3·3·4, 3·3·4, 4·4·4의 3음보격 음수율을, 제5행이 4·4·4·4의 4음보격 음수율을 각각 보이고 있다. 따라서 위의 작품은 음보와 음수율면에서도 기본 형식의 요건에 부합한다.

위에서 확인한 것처럼 <한림별곡> 제2장은 경기체가의 형식 요건을 충족한 기본형의 전범이라 할 수 있다. 그런데 나머지 모든 장이 이 같은 요건을 구비하고 있는 것은 아니다.

<한림별곡>의 8장 모두는 6행이며 전후절로 되어 있어 첫째 요건의 실현율이 100%가 된다. 둘째 요건인 광경문은 어떠한가? 광경문은 제4행과 6행에 위치하는 것이 원칙이지만, 제1장, 제6장, 제7장[14]에서는 제6행이, 그리고 제8장에서는 제4행이 광경문의 요건에서 벗어나 자술문으로 되어 있다. 총 16개 가운데 4개가 자술문으로 되어 있으므로 <한림별곡>에서 광경문의 실현율은 75%가 된다. 작품에서 보면 광경문이 원칙적으로 각 장의 제4행과 6행에 위치하고 있지만, 그것이 지켜지지 않는 경우도 있는데 이 때에는 둘 가운데 어느 한 곳이 광경문으로 되어 있다. 또 자술문으로 되어 있다 하더라도 문장의 첫 머리에 '위'자를 살려 광경문적인 성격을 유지하고 있다. 그렇게 함으로써 경기체가 양식 특유의 속성을 효과적으로 드러내게 되는 것으로 파악된다.

제5행에서 시어의 반복이 이루어지고 있는가? <한림별곡>은 8장 전체가 반복 형태로 되어 있어 100%의 실현율을 나타낸다. 제2장의 '太平廣記 四百餘卷'처럼 한자어로 된 것 뿐만 아니라, 제5장의 '合竹桃花 고온 두 분', 제6장의 '一枝紅의 빗근 笛吹'처럼 한자어와 우리말로 구성된 시어마저도 4음절어로 된 시어 2음보가 반복하면서 4·4·4·4의 음수율을 실현한다. 제5행의 4·4 음수가 반복 형태로 격식화되면서 의미를 강화하는 기능을 담당하므로 경기체가 형식 요건의 하나로서 중요한 위치를 인정받게 된다.

제1, 2, 3, 5행의 음보와 음수율의 기본형 대비 실현율은 어느 정도일까? 제1, 2, 5행은 3·3·4, 3·3·4, 4·4·4·4의 음수율에서 벗어난 장이 전혀 없다. 다만 제3장과 제4장에서 제3행이 3·3·4, 3·4·4로 되어 있어 3개의 음보만이 기본형에 위배될 뿐이다. 그러므로 제1, 2, 3, 5

---

14) 『고려사』「악지」에는 '偉 嘖黃鶯景何如'로 되어 있다. 『고려사』의 것을 기준으로 본다면 <한림별곡>에서 광경문의 실현율은 81%로 상승된다.

행의 총 음보 수 104개 가운데 3개의 음보가 기준에 벗어나 있으므로 음보는 100%가 기본형과 부합하고, 음수율은 99%의 실현율을 나타내고 있는 셈이다.

경기체가의 기본형 요건으로 장의 6행과 전후절 구성, 광경문의 실현, 제5행에서 4·4 음수의 시어 반복, 제1, 2, 3, 5행의 음보 및 음수율 등 네 가지를 설정하여 그것이 <한림별곡>에서 어느 만큼 실현율을 보이는가를 살펴보았다. 그에 따르면 첫째와 셋째 요건 100%, 둘째 요건 75%, 넷째 요건 99%로 나타났다. 이는 경기체가에서 광경문이 절대적 형식 요건이 아니고 어느 정도 자술문이 허용되고 있음을 시사한다. 반면에 넷째 요건인 음수율이 예상 밖으로 99%의 높은 실현율을 보이고 있어 놀랍다. <한림별곡>의 가사가 한자어 중심이고 고려시대의 창작물임을 고려할 때, 정형의 정도가 후대에 출현한 시조와 가사의 음수율 수준에 뒤지지 않게 높기 때문이다. <한림별곡>을 지은 한림들이 한시에 능숙하여, 한시의 정제된 형식미를 작품에 응용한 결과 그 같은 정형적 음수율을 갖춘 경기체가 양식을 창작할 수 있었던 것으로 추측된다.

III. 작품의 형식적 양태

경기체가는 긴 역사성 위에 전개되면서 다양한 모습을 보여 준다. 어떤 것은 기본형에 가깝고 어떤 것은 기본형과 크게 다르기도 하다. 여기서는 27편을 기본형의 네 가지 요건에 비추어 각각 형식면에서 어떠한 모습을 보이고 있는지 살펴보겠다.

1. 장의 행수와 전후절 구성

(1) 장의 행수

경기체가 작품에서는 각 장의 행수가 일정한 것이 대세를 이루고는 있지만 행의 수가 일정하지 않은 작품도 적지 않다. 또 장의 행수가 일정한 것을 보면 6행이 대세를 이루는 가운데 5행이나 3행으로 된 것도 있고 6행이 아닌 결사(結詞)의 형태로 변형한 것도 있다. 이를 유형화하여 작품을 정리하면 다음과 같다.

> ① 6행으로 이루어진 작품 : 한림별곡, 관동별곡, 죽계별곡, 구월산별곡, 화산별곡, 가성덕, 오륜가, 연형제곡, 서방가, 미타찬, 안양찬, 미타경찬, 배천곡, 花山별곡 (14편)
> ② 6행에 6행이 아닌 결사장이 결합된 작품 : 상대별곡, 불우헌곡, 구령별곡, 화전별곡15) (4편)
> ③ 5행으로 이루어진 작품 : 기우목동가 (1편)
> ④ 3행으로 이루어진 작품 : 축성수 (1편)
> ⑤ 장의 행수가 일정하지 않은 작품 : 금성별곡, 태평곡, 도동곡, 육현가, 엄연곡, 독락팔곡, 충효가 (7편)

6행으로 된 작품이 14편 52%로 반이 넘는다. ②는 6행 형식을 기본으로 마지막 장을 6행이 아닌 결사로 변형하였고, ③은 6행 형태에서 제3행을 삭제한 변형으로 볼 수 있어 이들을 ①의 유형에 포함하면 6행 형태의 작품이 70%나 되어, 6행이 경기체가 형식의 기본 요건임이 자명해진다. ④의 <축성수>는 악장임에도 경기체가의 6행 형식을 벗어나 3행

---

15) <화전별곡>은 제1장에서 제4장까지는 6행이고, 제5장 5행, 제6장으로 되어 있는데, 제5장은 ③과 같은 변형이고 제6장은 결사라 할 수 있다.

으로 되어 있다. 이는 사신을 접대하는 연회에서 황제의 은혜를 기리고 장수를 빌기 위해 제작된 특수한 용도의 작품이므로 상대편에게 익숙한 시 형태를 배려한 결과 그 같은 모습을 취하게 된 것으로 추측된다. ⑤의 첫 작품 <금성별곡>은 6장으로 되어 있는데, 장이 5, 6, 7, 9행의 다양한 형태를 보이고 있다. 그렇게 된 까닭은 문인들이 10명이나 소과에 합격하여 그 감격을 작품에 자유롭게 담아냈기 때문에 나타난 현상이라 생각된다. 유학자인 주세붕과 권호문이 경기체가 형식을 크게 벗어난 작품을 지은 것은, 경기체가 양식의 소멸을 예고하는데, 그 당시 퇴계 이황이 <한림별곡>을 비판했던 문풍과도 무관치 않은 것으로 보인다.

(2) 전후절 구성

6행으로 이루어진 작품의 장은 모두 전후절 형식을 취한다. 제4행의 광경문까지 전대절이 되고 나머지 두 행이 후소절을 이룬다. 그러므로 앞서 제시한 ①, ②, ③의 6행형 경기체가 작품이 여기에 해당된다. 다만 ②의 4편에서 결사가 되는 마지막 장은 전후절 형식을 이루지 못한다. ③의 <기우목동가>는 전대절의 제3행이 생략되어 없지만 전후절 형식은 그대로 유지되고 있다. ①에서 기화(己和)의 작품 <미타찬>, <안양찬>, <미타경찬> 세 편도 광경문이 변형되었지만 전후절 구성 방식은 잘 지켜지고 있다. 그러므로 27편 가운데 20편이 전후절의 구성 요건을 지키고 있어 74%의 실현율을 보여 준다.

2. 광경문의 표기와 활용

(1) 경기체가의 광경문 표기

'경기체가'라는 이름이 광경문에서 연유했다는 사실을 상기하는 것만으로도 그것이 경기체가 양식에서 얼마나 중요한 의미를 갖는지 쉽게 이해할 수 있을 것이다. 광경문을 떠나서 경기체가를 생각할 수 없을 만큼 둘 사이는 밀접한 관계에 있다. 그러므로 경기체가 양식의 특성 또한 광경문과 연결 지어 살필 때 그 실상이 자연스럽게 드러날 것이다.

『악장가사』의 <한림별곡> 대본을 기준으로 생각할 때, 광경문은 '위 ~景 긔 엇더ᄒ니잇고'가 기본이 된다. 이것을 『고려사』 악지에서는 '偉 ~景何如'로 번역해 놓았다. 그리고 '~景'을 보면, '試場ㅅ 景', '딕논 景', '勸上ㅅ 景'처럼 2음절의 광경어가 오기도 하지만, '註조쳐 내 외옺 景', '携手同遊ㅅ 景'처럼 여러 음절로 된 것도 있어 일정하지 않다. 우리말로 된 광경어를 작가의 취향에 따라 변용함으로써 그같이 다양한 모습을 보이게 되었을 것이다.

광경문은 '위(A)+~景(B)+긔 엇더ᄒ니잇고(C)'는 세 개의 요소로 구성되어 있다.

(A)에는 국문 '위'자와 그것의 한자어 '偉'·'爲'자로 표기되어 있다. 어떤 작품에서는 '위'자가 생략되기도 하였다. (B)는 광경어가 놓이는 자리인데 광경어는 음수면에서 어느 정도 융통이 허용된다. 그런데 <서방가>·<불우헌가>·<기우목동가>·<금성별곡>·<배천곡>·<花山별곡>·<구령별곡>에서는 4자로 된 한자어가 다량으로 쓰여 4자성어로 격식화된 모습을 보여 준다. (C)에는 '긔 엇더ᄒ니잇고'의 변이가 다양하게 나타난다. '긔 엇더ᄒ니잇고'의 국문 이체 표기를 비롯하여 그것을

한문으로 번역하는 과정에서 다양한 변모가 나타났다. (A)와 (C)의 조합으로 이루어지는 광경문은 다음과 같이 그 형태가 다양하다.

① 위+긔 엇더ᄒ니잇고 : 한림별곡, 상대별곡, 오륜가, 연형제곡
② 偉+긔 엇더ᄒ닝잇고 : 화전별곡
③ 偉+何如 : 가성덕, 축성수
④ 偉+其何如 : 화산별곡, 구령별곡
⑤ 偉+何/(何如) : 花山별곡
⑥ 偉+幾何如 : 태평곡, 도동곡, 육현가, 엄연곡
⑦ 偉+何叱多 : 불우헌곡
⑧ 爲+긔 엇더ᄒ니닝잇고 : 구월산별곡, 서방가
⑨ 爲+幾何如 : 관동별곡, 죽계별곡, 금성별곡
⑩ 爲+幾何如爲尼伊古 : 기우목동가
⑪ (위)+긔 엇다ᄒ니잇고 : 독락팔곡
⑫ (위)+幾何如 : 배천곡
⑬ (위)+幾如何 : 충효가
⑭ 광경문이 없는 작품 : 미타찬, 안양찬, 미타경찬

위에서 광경문을 보면 ①의 '위~景 긔 엇더ᄒ니잇고'를 비롯하여 ②에서 ⑩까지의 작품이 모두 기본형임을 알 수 있다. ⑪⑫⑬의 작품에는 광경문의 첫 글자인 '위'가 생략되어 있다. 예조에서 찬진한 악장인 <배천곡>에서조차 '위'자가 생략되어 있는데 작품의 용도와 관련된 것으로 보인다.

⑭는 모두 기화(己和)가 지은 작품인데, 장은 6행 형식을 취하고 있어 여느 경기체가 작품과 다름이 없는데, 장마다 넉 자 한자어의 제목을 달고, 제4행과 제6행의 광경문을 다른 형태로 혁신한 점이 특이하다. 세 작품 모두 첫 장의 제4행은 '最希有', 나머지 장들은 '亦希有'[16]라고 썼다. 그리고 세 작품 모두, 제6장에 '方便接引', '隨類攝化'처럼 넉 자의

한자어만으로 광경문을 대신하였다. 필자는 서경성이 짙은 팔경시를 가창용 노랫말인 <한림별곡>으로 변용하면서 팔경시의 제목을 광경어로 전환했을 것이라고 추측한 바 있는데,17) 그러한 입장에서 볼 때, 己和는 넉 자의 제목이 있는 팔경시의 형태로 자신의 경기체가 작품을 회귀시킨 것이라 생각된다.

(2) 광경문의 성격과 활용

광경문은 감탄사인 '위'자로 시작하여, 중간에 광경의 내용을 집약해서 담고, 끝에 그것이 어떠합니까라며 모인 이들에게 묻는 형식으로 되어 있다. <한림별곡>을 생각해 보면 경기체가에서 광경문이 어떠한 성격을 지니고 있는지 이해가 쉬울 것이다. <한림별곡> 제2장을 예로 들어 본다. 전절의 3행에는 다양한 명저들이 열거되어 있다. 제4행은 그같이 고급한 서적을 주까지 모두 외운 내용이다. 그런데 그것은 누구나 할 수 있는 일이 아니어서 더욱 자랑스럽다. 자랑스러움을 한껏 드러내기 위해서는 거기에 합당한 표현 방식이 필요하다. 그래서 감탄사인 '위'자를 첫 머리에 배치했다. 그 같은 분위기를 조성하고 고조시키려면 함께 박수치며 호응해 줄 사람이 필요하다. '긔 엇더ᄒ니잇고'가 바로 그러한 호응을 유도하는 표현이다. 전대절에서는 고전 작품을 읽은 자랑이다. 후소절에서는 송나라에서 갓 들어온 신간, 그것도 분량이 400여 권이나 되는『태평광기』를 내세웠다. 그것을 두루 읽었으니 얼마나 자랑스러운

---

16) 임기중은 전게서(p.162)에서 '最希有'를 '가장 드문 일이로다', '亦希有'를 '또한 드문 일이로다'로 풀이하였다.
17) 김선기, 「한림별곡의 출현에 대한 종합적 고찰」,『어문연구』 33집, 어문연구학회, 2006, p.2.

일인가? 그래서 '태평광기 사백여권'을 두 번이나 반복 강조하여 좌중의 관심을 이끈다. 이어 '위 역람ㅅ경 긔 엇더ㅎ니잇고'라고 외쳐, 그들의 부러움과 호응을 통해 자랑스러움을 고조시킨다. 이처럼 광경문은 감탄어와 설의·권유형의 서술어로 짜여 있어, 자랑스러움을 나타내기에 적합한 구조를 이루고 있다.

　광경문은 제4행과 제6행에 두 차례 쓰이는 것이 기본이지만, 작품에 따라 한 번만 쓰이기도 하고, 전혀 없는 작품도 있다. 이들을 유형화하고 광경문의 기본형 실현율을 살펴보겠다.

> ① 광경문이 두 개인 작품의 기본형 실현율[18]
> 　한림별곡(75%), 관동별곡(61%), 죽계별곡(67%), 상대별곡(88%), 구월산별곡(50%), 화산별곡(81%), 가성덕(100%), 오륜가(100%), 연형제곡(100%), 서방가(95%), 기우목동가(100%), 불우헌곡(93%), 금성별곡(100%), 배천곡(100%), 花山별곡(83%), 구령별곡(51%), 화전별곡(50%)
> ② 광경문이 한 개인 작품
> 　축성수, 태평곡, 도동곡, 육현가, 엄연곡, 독락팔곡, 충효가
> ③ 광경문이 전혀 없는 작품
> 　미타찬, 안양찬, 미타경찬

3. 제5행의 4·4조 시어 반복

　<한림별곡> 제2장을 보면 제5행이 '태평광기 사백여권 태평광기 사백여권'으로 되어 있다. 넉 자로 되어 있는 두 어절 '태평광기 사백여권'이 두 번 고스란히 반복해서 쓰여 있는 것이다. 그런데 <화산별곡>을 보면 '華山漢水 朝鮮王業(再唱)'처럼 앞의 두 어절만 쓰고 그것을 '재창

---

18) 작품이 결락된 부분과 結詞 형태의 장은 제외하고 실현율을 산출하였다.

(반복)'한다는 표시를 한 경우도 있다. 간편하게 '재창'이란 말로 대신한 것이 가장 많이 쓰였고, <기우목동가>처럼 '재운(再云)'이라 표시한 것도 있다. 어떻게 쓰여 있든 제5행이 4·4조의 반복 형태인 것은 분명하므로 이것을 기본형으로 설정한 것이다.

제5행의 기본 형태가 경기체가 작품에서 어느 정도의 실현율을 나타내고 있을까? 경기체가 작품 27편 가운데 제5행이 없는 <축성수>와 <충효가>, <독락팔곡> 세 편은 대상에서 제외될 수밖에 없다. 나머지 24편을 가지고 6행형의 작품과 그 밖의 작품 두 유형으로 나누어 살펴보겠다.

(1) 6행형의 작품 19편

6행형에는 ①6행으로 된 것(14편), ②6행에 결사가 딸린 작품(4편), ③5행으로 이루어진 작품(1편) 등 세 유형이 해당된다. ②는 결사 장을 제외한 나머지 장이 6행으로 되어 있고, ③은 제3행이 생략된 형태이다. 6행형의 19편 가운데 안축의 <관동별곡>과 <죽계별곡>은 4·4 음수를 갖는 두 음보만 있다. 이것이 애초부터 없었던 것인지, 아니면 전사하는 과정에 탈락된 것인지는 알 수 없다. <죽계별곡> 제2장에 두 행이 결락되어 있고, 제4장의 5행이 '天生絶艶 小紅時'로, 제2행이 3·3·3으로 되어 있어[19] 아무래도 전승되는 과정에서 오류가 발생한 것이 아닌가 생각된다. 위의 두 작품과 결사 형태로 마지막 장을 마무리한 네 편의 결사 장을 제외한다면 제5행의 기본형 실현율은 100%가 된다.

---

19) 임기중 외의 상게서(p.90)에서는 '예'와 '애'자를 각각 보충하여 넣었다.

(2) 그 밖의 작품 5편

여기에는 박성건의 <금성별곡>과 주세붕의 <태평곡>, <도동곡>, <육현가>, <엄연곡>이 포함된다. 6장으로 이루어진 <금성별곡>은 행의 수가 5·6·7·9행으로 일정하지 않다. 그럼에도 각 장의 끝 부분 세 행은 '광경문+제5행 형태+광경문'을 유지하여, 여느 6행형 경기체가의 형식과 다르지 않다. 다만 제6장에서 '商山月 巫山月 偏照書窓(再唱)'으로 되어 있어 6·4조로 4·4조를 벗어나 있지만, '재창'은 유지되고 있다. 그러므로 <금성별곡>은 기본형을 거의 지키고 있다 하겠다.

주세붕의 네 작품은 기본적으로 경기체가 후소절의 형태를 차용한 모습이다. 그러므로 기본적으로는 2행 구조라 할 수 있다. 첫 작품인 <太平曲> 제3장을 보면 '內修七敎 外行三至(再唱)'로 6행형의 전형을 보이고 있다. 그런데 주세붕은 대체로 '재창'을 활용하고 있지만, 때로는 <도동곡> 제2행의 '人心惟危 道心惟微 惟精惟一 允執厥中'처럼 다른 시어로 표현하기도 하였다. 그리고 때로는 <엄연곡> 제5장의 '動호디 天을 보오 靜호디 地을 보오'처럼 4·4 음수를 벗어나기도 했다. 여기서는 주세붕의 작품 4편을 4·4 음수 시어가 반복된 것만 가지고 실현율을 살펴보기로 한다.

<태평곡> : 5장 중 2장 (40%)
<도동곡> : 9장 중 3장 (33%)
<육현가> : 6장 중 5장 (83%)
<엄연곡> : 7장 중 4장 (57%)

주세붕이 경기체가의 형식을 제대로 따르지 않고 후소절의 형태로 작품을 지었으면서도, 제5행의 기본형을 소홀히 여기지 않았음을 알 수 있

다. 그는 후학들에게 유학을 가르치기 위해 형식보다는 내용이 소중하다고 보고, 내용 전달에 충실하다 보니 이와 같은 형태의 작품을 창작했던 것으로 추측된다.

4. 제1, 2, 3, 5행의 음보와 음수율

경기체가는 제1, 2, 3행이 3음보로 각각 3·3·4, 3·3·4, 4·4·4의 음수율을, 제5행은 4음보로 4·4·4·4의 음수율을 갖는다. 이것이 경기체가의 음보와 음수율의 기준이 된다. 음보와 음수율은 제1, 2, 3, 5행을 가지고 실현율을 산출해야 하기 때문에 6행의 경기체가 작품 14편과 <상대별곡>과 같은 6행 장에 결사(結詞)가 있는 4편 등 총 18편을 대상으로 살필 수밖에 없다. 결사는 작품의 끝 장에만 오고 행의 수가 일정하지 않으므로 실현율 산출에서 제외하기로 한다. 18편에서 행별로 산출한 음보와 음수율 실현 정도를 표로 보이면 아래와 같다.

실현율 (%)　　행 작품명	제1행	제2행	제3행	제5행
①한림별곡	100	100	88	100
②관동별곡	93	100	37	0
③죽계별곡	87	67	93	0
④구월산별곡	100	100	100	100
⑤화산별곡	100	100	100	100
⑥가성덕	100	100	100	100
⑦오륜가	100	100	100	100
⑧연형제곡	100	100	100	100
⑨서방가	80	97	93	100
⑩미타찬	100	100	100	100

⑪안양찬	100	100	100	100
⑫미타경찬	100	100	100	100
⑬배천곡	78	100	100	100
⑭花山별곡	100	100	100	100
⑮상대별곡	100	100	100	100
⑯불우헌곡	100	100	89	100
⑰구령별곡	100	100	100	100
⑱화전별곡	78	100	100	50

②와 ③의 제5행의 실현율이 0인 이유는 4·4조 시어를 재창하지 않아 2음보로 되어 있기 때문이다. 여타의 작품들에서 제5행의 실현율이 높은 점을 고려할 때, 두 작품이 전승되는 과정에서 '재창'이 누락된 것이 아닌가 하는 생각이 든다. <화전별곡>에서 제5행의 실현율이 저조한 것은, 작품의 현장성을 실감 있게 묘사하기 위해 '何世涓氏 발버훈 風月'이나 '姜允元氏 스르렝딩 소리'처럼 음수율이 벗어나 있기 때문이다. 사적인 술자리에서 흥취를 살리려다 형식의 구속을 벗어났던 것 같다. 사적인 상황과 용도가 경기체가의 형식을 변화시킨 예라 하겠다.

위에서 볼 때, 18편은 음보와 음수율면에서 경기체가의 기본형에 충실했음을 알 수 있다. 이들 작품은 악장이거나 대체로 중앙 관료를 역임한 사대부가 지은 것이어서 형식의 보수성이 유지되었던 것이라 생각된다.

이 외의 작품으로 3행으로 지은 <축성수>는 악장이고, 주세붕의 작품 4편과 권호문의 <독락팔곡>은 사대부가 창작하였지만, 용도나 작자의 세계관, 시대 상황에 따라 기본형과 다른 모습을 보였다. <충효가>는 경기체가의 시대가 종결된 먼 훗날에 창작된 작품이므로 경기체가의 형식과 큰 차이를 보이게 된 것이라 생각한다.

Ⅳ. 작품의 변이 징표와 형식 유형

앞 장에서 경기체가의 형식이 다양한 측면에서 변이가 이루어지고 있음을 확인하였다. 이를 밝히기 위해 경기체가 형식의 기본 요건 네 가지를 기준으로 설정하고 이를 실제 작품에 적용하여 실현율을 산출하였던 것이다. 이제 제 Ⅳ장에서는 경기체가의 변이 징표를 통해 작품의 형식 유형을 이끌어 내려 한다. 종래에 정격형, 변격형, 파격형으로 나누고, 각각에 해당하는 작품을 배열하는 노고가 있었으나,[20] 분류 기준이 명확지 못한 점이 있었다. 여기서는 보다 분명한 근거를 가지고 경기체가 형식의 유형을 분류해 보려 한다. 이를 위해 먼저 네 가지 변이의 징표를 제시하고 그 유무를 기준으로 삼아 분류 작업을 시도하겠다.

1. 네 가지 변이의 징표

경기체가 작품 27편을 기본형의 요건에 비추어 본 결과, <한림별곡> 등 총 8편이 기본형에 해당됨을 확인하였다. 나머지 19편의 작품을 대상으로 변이가 어떠한 부위에서 나타나는가에 관심을 갖고 같은 것끼리 묶어 보니, 대략 네 가지 변이의 징표를 확인할 수 있었다. 광경문의 변이, 제5행의 변이, 결사(結詞) 장의 변용, 후소절의 변용이 그것인데, 앞의 두 가지는 기본형의 요건을 벗어난 변이이고, 뒤의 두 가지는 변이의 결과를 가지고 묶은 작품들의 특징이다. 이들 네 유형을 변이의 징표라는 이름으로 통칭하고 차례로 살펴보겠다.

---

20) 상게서, pp.34-25.

(1) 광경문의 변이

　광경문은 '위+~경+긔 엇더ᄒ니잇고'처럼 세 가지 요소로 구성되어
있다. 여기서는 광경문의 문장 표현이 기준에서 벗어났거나, 그것이 생
략된 경우를 6행형의 작품에서 살펴보겠다. <배천곡>은 광경문의 첫
글자인 '위'자가 탈락되었다. 물론 6행형이 아닌 <독락팔곡> 등에서도
'위'자가 탈락되었으나 변이의 정도가 더욱 심하므로 '후소절의 변용'으
로 넘겨 다루게 된다. <기우목동가>는 5행 형태로서 기본형의 제3행이
생략된 모습을 보이고 있다. 제1,2행이 3음보, 제4행이 4음보로서 기본
형에 부합한다. 그런데 제3행과 5행의 광경문에서 '긔 엇더ᄒ니잇고'에
해당하는 서술어에 변이가 발생한다. 즉 제1장의 제3행에서는 '幾何如爲
尼伊古'라 하여 '幾何如'만 써도 될 자리에 '爲尼伊古'를 첨부하였다. 그
런데 제2장부터 12장에서는 '幾何如' 대신에 '幾何多'로 씌어 있다. 그리
고 제5의 광경문에서는 12장 모두가 '我好下人阿彌陀佛'이라 쓰고, 끝에
'云云'(1,2장) 혹은 '再云'(3장 이하 동일)이라고 작은 글씨로 적혀 있다. 서술
어의 내용이 '긔 엇더ᄒ니잇고'와 전혀 다른데 그것을 반복하도록 표시
하고 있다. 이처럼 <기우목동가>는 광경문을 두 차례나 사용하였지만,
서술문의 표현과 내용이 크게 변이되어 있는 것이다.
　己和가 지은 세 편의 작품은 모두 6행형을 따르면서도 광경문만큼은
혁신적인 면모를 보여 준다. 이해를 돕기 위해 <미타찬>의 제1장을 옮
겨 본다.

　　第一 從眞起化
　　普明空 眞淨界 本無身土
　　爲衆生 興悲願 方有隱現
　　我等衆生 長在迷途 無所依歸

嚴土現形 最希有
是則名爲 幻住莊嚴(再唱)
方便接引

　경기체가에 쓰이지 않는 장의 제목 '從眞起化'가 있어 눈길을 끈다.
제목은 모두 네 글자의 한자어로 되어 있다. 제1,2,3,5행은 경기체가의
형식 요건에 부합한다. 제4행과 6행의 광경문이 크게 변하였다. 광경문
과는 전혀 관계가 없이 제4행은 4자어에 '最希有'를 이어 썼고, 제6행은
'方便接引'처럼 4자어로 되어 있다. 제2장부터 끝 장까지에서는 '最希有'
대신에 '亦希有'로 바꾸었다. 己和의 3편 작품 모두가 이와 똑같다. 따라
서 6행형의 경기체가 작품에서 광경어에 변이를 나타내는 작품으로는
<배천곡>, <기우목동가>, <미타찬>, <안양찬>, <미타경찬> 4편이 있
다.

(2) 제5행의 변이

　제5행은 기본적으로 4·4조의 시어가 반복된 형태를 취하여야 한다.
안축의 두 작품은 6행형이요, 광경문도 제대로 있고, 제1,2,3행의 음보도
규격에 맞는다. 그러나 제5행이 격식에 벗어나 있다. 제1장의 '淸風杜閣
兩國頭御'처럼 4·4음수도 여일하게 유지된다.[21] 다만 그것을 반복하라
는 '재창'이 보이지 않을 뿐이다. 제5행에서 쓰이는 '반복'은 경기체가의
특징을 나타내는 중요한 의미가 있으므로 '반복'이 없는 것은 커다란 변
이라 아니할 수 없다. 6행형의 작품은 물론이거니와 2행형의 <태평곡>

---

[21] 임기중 외 상게서에 수록된 <죽계별곡>은 제2장이 결락되고, 제4장 5행이 '天生絶艶
　　小紅時'로 4·3음수를 보이고 있으나, 김창규의 상게서에 수록된 홍재휴, 김문기, 가
　　람 소장본에는 결락된 부분이 실려 있고, '小紅時'도 '小桃紅時'로 되어 있다.

등에서조차 '재창'을 즐겨 쓴 이유가 바로 이 때문이다.

<금성별곡>은 6장으로 되어 있는데 장이 5,6,7,9행으로 그 수가 일정하지 않다. 행의 수가 다양하므로 광경문을 어디에 두었으며, 4·4조 시어의 반복행을 어느 곳에 배치하였는가가 궁금하다. <금성별곡>을 보면 모든 장이 동일한 방법으로 끝 행과 끝에서 위로 세 번 째 행에 광경문을 위치시키고 있다. 그리고 그들 두 광경문 사이에 문제의 제5행 형태가 자리잡고 있다. 그렇다면 <금성별곡>도 전대절과 후소절이 결합된 작품임이 분명하다. 후소절은 기본형을 고스란히 따랐지만 전대절의 행의 수가 신축성을 보인 것에 지나지 않는다. 따라서 후소절의 첫 행, 즉 기본형의 제5행은 <금성별곡> 매장의 끝에서 두 번째 행이 되는 셈이다. <금성별곡>의 제1장을 보면 제4행에 '千年地勝 民安物阜(再唱)'로 되어 있다. 4·4 음수의 시어가 반복되어 있음을 확인할 수 있다. 제5장까지는 모두 이와 동일한 형태를 취한다. 다만 제6장이 '商月山 巫山月 偏照書窓'으로 변이를 보인다. 4·4 음수가 정형인데 6·4로 두 글자가 늘어난 것이다. 노래할 때에는 두어 글자가 별로 문제가 되지 않을지 모르겠지만, 4·4조의 시어가 이미 정형을 이루고 있는 터여서, <금성별곡>의 제5행을 변이의 작품에 포함시킬 수밖에 없는 것이다. 따라서 제5장이 변이를 보인 것은 안축의 두 작품과 <금성별곡> 등 3편이 된다.

(3) 결사(結詞) 장의 변용

경기체가는 연장 형태를 취하면서 장들이 서로 대등한 관계로 구성되는 것이 특징이다. 예컨대 <한림별곡>의 8개 장이 서로 독자적인 존재로 별개의 장면을 보여 주는 것과 같다.

① 玉笋門生　② 誦讀名著　③ 揮筆書藝　④ 仙翁酒醉　⑤ 花卉間發
⑥ 聽賞演奏　⑦ 登望五湖　⑧ 携手鞦韆[22]

　이것은 각 장의 광경문과 자술문에서 핵심어를 집약하여 4자 한자어로 표현해 본 것이다. 이들 장들이 서로 독립적이요 대등하다 함은 형태면에서 금방 확인된다. 각 장이 똑같은 모습을 보여 주고 있기 때문이다. 즉 8개의 장은 열린 구조의 형태로 되어 있는 것이다. 내용면에서 보더라도 8개 장은 서로 주종이나 인과의 관계를 이루고 있지 않다.

　경기체가에서 이와 달리 마지막 장을 결사의 형태로 마무리한 작품이 4편이나 있어, 이들은 '결사 형태의 장'이라는 면에서 기본형과 다른 것이다. 일반 작품들은 결사로 글을 마무리한다. 결사로 글을 매듭짓는 것이 보편적인 창작 방법이다. 그러한 관점에서 볼 때 경기체가 결사 형태의 장은, 일반 글짓기 방식을 경기체가 작품에 도입한 것이라 할 수 있다.

　작품의 끝 행을 결사 형태로 마무리한 작품으로는 <상대별곡>, <불우헌곡>, <구령별곡>, <화전별곡> 4편이 있다. 먼저 <상대별곡>의 끝 장인 제5장에서 결사를 확인하기로 한다.

　　　楚澤 醒吟이아 녀는 됴ᄒ녀
　　　鹿門長往이아 너는 됴ᄒ녀
　　　明良相遇 河淸盛代예
　　　驄馬會集이아 난 됴하이다

　여타의 4장은 매장 6행으로 된 기본형이다. 제5장에는 광경문이 없어 그 장이 앞의 장들과 대등한 관계에 있지 않음을 명시한 셈이다. 그리고

---

22) 김선기, 「翰林別曲의 解釋的 考察」, 『韓國言語文學』 47집, 한국언어문학회, 2001.12, pp.1-22.

내용면에서도 4장까지에서 제시한 여러 가지 내용을 종합하여, 자신은 은둔자의 삶보다 관직 사회를 좋아한다는 사실을 분명하게 토로하고 있다. 그러므로 형태나 내용의 전개면에서 제5장이 <상대별곡>의 결사 구실을 하고 있음을 확인할 수 있다.

<불우헌곡>은 모두 7장으로 되어 있다. 6장까지는 6행으로 각 장의 제4행과 6행에 광경문이 배치되어 있고, 음보와 음수율까지도 기본형에 충실한 모습이다. 그런데 제7장에 이르러 변이를 일으키며 결사의 형태를 취한다.

> 樂乎伊隱底　不憂軒伊亦
> 樂乎伊隱底　不憂軒伊亦
> 偉　作此好歌　消遣世慮景　何叱多

결사는 3행으로 구성되어 있는데 제1행과 제2행이 반복 형태이고 끝 행은 광경문으로 되어 있다. 광경문의 서술어가 '何叱多'로 되어 있지만 의미상으로 '幾何如'와 비슷하다. 이렇게 볼 때 제7장의 결사는 주세붕의 작품에서 보았던 후절 형태로 보아도 무방할 것이다. 정극인이 경기체가의 기본형에 후절 형식의 결사를 만들어 <불우헌곡>을 창작했던 것이라 하겠다.

이복로(李福老)는 경기체가 작품 <花山별곡>과 <구령별곡> 두 편을 남겼다. <花山별곡>은 기본형을 따랐는데, <구령별곡>은 끝 행을 결사 형태로 만들었다. 두 작품을 연작으로 생각했다면 결사는 <구령별곡> 뿐만 아니라 <花山별곡>까지 연결되어 작용하는 것으로 이해할 수 있을 듯하다.

<구령별곡>은 6장으로 구성되었는데 제5장까지는 6행의 기본형을 따랐지만, 제6장은 다음과 같이 3행의 결사 형태를 취하고 있다.

宦海浮沈(豆) 我(隱) 知(又人)
人間榮辱(豆) 我(隱) 知(又人)
黃冠夜服 忘形魚鳥 江湖散人(伊沙) 我(叱分又多)[23]

앞의 두 행은 대구를 이룬다. 끝 행은 변이된 자술문이라 할 수 있다. 형태면에서 후소절을 변형하여 앞의 장들과 다른 결사를 만든 것이라 생각한다.

<화전별곡>은 6장으로 되어 있다. 4장까지는 6행, 5장은 5행, 6장은 4행으로 되어 있다. 앞의 4장은 전후절, 음보, 음수율, 광경문, 제5행의 4·4조 시어 반복이 거의 잘 지켜져 있어[24] 기본형으로 볼 수 있다. 제5장은 6행형에서 제3행이 생략되어 있을 뿐, 나머지 행들은 기본형의 요건이 잘 지켜져 있다. 제6장은 다음과 같은 모습을 보인다.

京洛繁華ㅣ야 너는 블오냐
朱門酒肉ㅣ야 너는 됴ᄒ냐
石田茅屋 時和歲豊 鄕村會集이야 나는 됴하 ᄒ노라

앞의 두 행이 대구를 이루고 끝 행이 광경문의 형태에서 벗어나 있다. 형태면에서 앞의 장들과 크게 다른 모습을 보이고 있어 결사의 용도로 장을 창작한 것으로 추측된다. <화전별곡>은 <구령별곡>과 마찬가지로 끝 장에 광경문이나 자술문을 사용하지 않았기 때문에 결사의 성격

---

23) 본문에 작은 글씨로 쓰인 것은 ( )로 표시하였다. 김영진은(「龜村 李福老의 경기체가」, 『한국시가연구』 25, 한국시가학회, 2008, p.355) 결사를 "광관야복으로 몸을 잊고 魚鳥와 어울리는 강호산인이사 나뿐이로다"로 풀이하였다.

24) <화전별곡>의 제5행은 반복이 철저하게 지켜지고 있는데, 제2장, 4장, 5장에 제2음보가 4자가 아닌 '발버훈 風月', '스ᄅ렝딩 소리', '過麥田 大醉'로 글자 수가 늘어나 있다.

을 더욱 뚜렷하게 보여주고 있다 하겠다.

(4) 후소절의 변용

기본형에서 보면 후소절은 제5행과 6행이 결합된 모습이다. 따라서 후소절은 제5행의 특징과 제6행의 광경문으로 이루어진다. 즉 앞 행은 4음보, 4·4조의 시어 반복이요, 뒤의 행은 광경문이나 간혹 자술문이 오게 된다. 노래의 성격상 굳이 전대절이 필요하지 않아 그러한 형식을 취하게 된 것이라 생각된다. 그런데 후소절을 변이시켜 만든 작품은 일찍이 1429년(세종11)에 창작된 <축성수>로부터 시작되었지만, 그것이 기본형이 아닌 관계로 잠복 상태로 있다가 주세붕의 네 작품에 이르러 왕성한 출현을 보였고 그 영향이 <독락팔곡>과 <충효가>에까지 미쳤으니, 경기체가 양식의 사적 전개로 보면 말기에 집중적으로 나타난 현상이라 하겠다.

<축성수>는 10장이 모두 2행으로 구성되어 있다. 앞의 행은 4음보인데 3자 시어가 오는 점이 기본형과 다를 뿐, 뒤의 행은 한결같이 '偉 永荷皇恩景 何如'라는 광경문으로 되어 있다. 따라서 <축성수>는 경기체가의 후소절을 변용한 작품이라 하겠다.

주세붕은 <태평곡>(5장), <도동곡>(9장), <육현가>(6장), <엄연곡>(7장)을 지었다. 네 편이 모두 후소절을 변형하여 창작한 점이 특이하다. 주세붕의 작품은 다음과 같이 네 가지 유형으로 장이 구성되어 있다. <도동곡>을 예로 들어 본다.

> A. 伏羲神農 黃帝堯舜 伏羲神農 黃帝堯舜
>   偉 繼天立極景 幾何如 (제1장)

　B. 人心惟危　道心惟微　惟精惟一　允執厥中
　　偉 주거니 받거니 聖人의 心法이 다믄 잇븐니이다 (제2장)
　C. 率ㅎ리 天命之性　養ㅎ리 浩然之氣
　　率ㅎ리 天命之性　養ㅎ리 浩然之氣
　　偉 至誠無識이사 本니이다 (제6장)
　D. 三韓　千萬古애　眞儒롤　느리 오시니
　　小白이 廬山이오　竹溪이 濂水로다
　　興學衛道는 小分네 이리어니와
　　尊禮晦菴이 그 功이 크샷다
　　偉 吾道東來景　幾何如 (제9장)

A는 '복희신농 황제요순' 넉 자 시어를 반복하여 앞 행을 만들고, 광경문으로 뒤 행을 만들어 기본형을 이룬다.

B는 앞의 행은 4자 4음보를 이루고는 있지만, 내용을 보면 두 음보의 시어를 반복한 형태가 아니다. 뒤의 행은 광경문이 아닌 자술문으로 되어 있다.

C는 3행이나 그 이상으로 장이 구성된 작품에서 나타나는 현상인데, 제1행을 제2행에서 반복하는 경우이다. 4·4조 시어를 반복하는 기본형의 특징을 앞, 뒤 두 행의 반복형으로 확대한 것이라 할 수 있다. 끝의 행은 자술문으로 되어 있다.

D는 끝의 행은 광경어로 되어 있으나 앞의 행이 기본형에서 벗어나 있는 경우이다.

경기체가의 후소절 끝 행은 광경문이 오는 경우가 대부분이지만, 자술문이 오는 경우도 적지 않다. <한림별곡>을 보더라도 8장 가운데 제1장, 6장, 7장이 자술문으로 되어 있다. 그러므로 작품의 끝 행에 광경문이 반드시 와야 하는 것은 아니다. 그렇다고 볼 때, 위의 네 유형에서 정작 변별의 기준은 앞의 행에 있다 하겠다. 주세붕의 네 작품 앞 행이 A,

B, C, D에 따라 어떠한 모습을 보이고 있는지 표로 정리하기로 한다.

유형＼작품	태평곡(5장)	도동곡(9장)	육현가(6장)	엄연곡(7장)	실현율%
A	2(3 · 4)	3(1 · 3 · 7)	5(1 · 2 · 3 · 4 · 5)	4(1 · 2 · 6 · 7)	52%
B	1(2)	2(2 · 5)	0	0	11%
C	2(1 · 5)	1(6)	1(6)	2(3 · 5)	22%
D	0	3(4 · 8 · 9)	0	1(4)	15%

실현율은 네 작품의 장의 총 수 27을 분모로 하여 산출한 결과이다. 기본형이 되는 A가 반이 넘는다. B와 C는 음보와 행의 단위는 다르지만 '반복'의 특징을 살피고 있다는 점에서 기본형과 무관한 것은 아니다. 반복에 비중을 두고 B와 C까지를 A의 영역으로 포함한다면 주세붕의 네 편 작품의 기본형 실현율은 85%나 된다. 이는 주세붕이 경기체가의 후소절 형태를 충실히 활용하여 작품을 창작했음을 의미한다. 특히 <육현가>를 보면 6장 가운데 5장이 기본형을 지키고 있고, 제6장도 두 행을 반복하는 기법을 활용함으로써 경기체가 후소절의 특성이 잘 포착되어 있는 것이다.

권호문은 주세붕의 작품에 영향을 받아 경기체가 양식의 <독락팔곡>을 창작했던 것으로 추측된다. 영남의 학통으로나 작품의 형태면에서 영향이 감지된다. 제1장과, 제5장의 1,2행과, 제7장의 광경문을 각각 인용하여 보겠다.

① 太平聖代 田野逸民 太平聖代 田野逸民
  耕雲麓 釣烟江이 이 밧긔 일이 업다

　　　　窮通이 在天ᄒ니 貧賤을 시름ᄒ랴
　　　　玉堂 金馬ᄂ 내의 願이 아니로다
　　　　泉石이 壽域이오 草屋이 春臺라
　　　　於斯臥 於斯眠 俯仰宇宙 流觀品物ᄒ야
　　　　居居然 浩浩然 開襟獨酌 岸幘長嘯景
　　　　긔 엇다ᄒ니잇고
　　② 집은 范萊蕪의 蓬蒿ㅣ오
　　　　길은 蔣元卿의 花竹이로다
　　③ 우읍다 山之南 水之北에 歛藏蹤跡ᄒ야 百年閒老景 긔 엇다ᄒ니잇고

　　①의 제1행은 '태평성대 전야일민'을 반복하여 4음보 4·4·4·4의 음수율로 기본형을 유지하고 있다. <독락팔곡>은 장의 행수가 7행부터 10행이 넘는 것도 있어, 자칫 전절과 후소절이 결합된 것으로 착각하기 쉽다. 그러나 자세히 보면 광경문이 끝 행에 놓여 있고, 첫 행이 4·4조 시어 반복 형태로 되어 있어 후소절의 기본형을 보이고 있는 것이다. 주세붕의 <엄연곡> 4장에서도 후소절을 5행으로 지은 예가 보인다. 그렇다면 권호문이 그러한 사례를 바탕으로 후소절의 두 행 사이에 행의 수를 확대했음이 자명해진다. 그러므로 ①은 후소절의 기본형 두 행 사이에 네 개의 행을 첨입한 것이라 하겠다. 광경문에서도 이 같은 확대 현상이 계속된다. 대개의 광경문은 4음보를 갖는데, <독락팔곡>의 장에서는 ①과 ③에서 보는 바와 같이 광경의 내용을 장황하게 소개한 결과 문장이 길어진다. 제2장과 6장의 경우 어디서부터 광경문으로 보아야 할지 혼란스럽기도 하다. 그리고 광경문의 첫 글자인 '위'가 모든 장에서 생략되어 있다. '위' 자를 생략하는 대신에 그 자리에 '두어라(제5장)', '우읍다(제7장)', '출하리(제6장)'를 사용하여, '위' 자의 감탄·강조의 기능을 다양화한 것이 아닌가 생각된다. ③에서 <독락팔곡>의 광경문이 그처럼 변모한 모습을 확인할 수 있다.

②는 5장의 제1,2행이다. 후소절 앞의 행과 다른 모습이다. 두 행은 반복의 관계가 아니다. 음보도 4음보를 벗어나 있다. 두 행은 정확히 대구를 이루고 있다. 대구는 반복과는 다르지만 의미 전달의 효과면에서는 반복과 흡사하다. <독락팔곡>에는 이것 말고도 글자를 약간 바꾼 ‘入山 恐不深 入林 恐不密’(제4장), ‘君門 深九重ㅎ고 草澤 隔萬里 ㅎ니’(제6장)처럼 반복 대신에 대구로 표현한 장이 세 개나 된다. 권호문이 반복 대신에 대구로 변형시켜 보다 선명한 방법으로 강조의 효과를 얻으려 했던 것이 아닌가 한다.

앞서 안축의 작품 분석에서 사용한 방법을 <독락팔곡>에 적용하면 A. 3장(1·2·7), B. 없음, C. 1(2), D. 3(4·5·6)과 같은 결과가 나타난다. 기본형이 43%이고, 두 행이 반복된 C가 14%, 그리고 두 행이 대구로 된 장이 43%이다. 앞서 언급한 것처럼 D가 모두 대구로 이루어졌다는 사실은, 강조를 위한 효과면에서 ‘반복’의 기능과 흡사하다고 본다. 그러므로 권호문은 후소절의 형태를 수용하되 답습에 그치지 않고, 자신의 문학적 안목과 취향으로 환골탈태함으로써 주제 전달의 효과를 극대화한 것으로 평가할 수 있다.

<충효가>는 <독락팔곡>으로부터 300년 가까이 먼 후대에 창작되었다. 작품을 보면 기본형에서 멀리 벗어나 있다. 6장으로 되어 있고, 행의 수는 3행과 4행으로 되어 있다. 이것을 굳이 경기체가 양식으로 보는 근거는 제1장과 5장의 끝 행에 ‘風景幾何如’의 구절이 있어 그것을 광경문으로 보아 주기 때문이다. 그 밖에는 3음보나 4음보가 주류를 이루고 있는 것도 근거로 추가할 수 있을 것이다. 그렇다면 <충효가>는 전후절 형태의 변이 작품으로 볼 수 있다. 설령 전후절 변이형의 범주에 넣는다 하더라도 첫 행이 기본형에 맞는 것이 하나도 없고, 광경문조차 변형된 모습으로 33%의 실현율을 보여 줄 뿐이다. 따라서 <충효가>는 주세붕

이나 권호문의 작품과는 비교가 되지 못할 정도로 변이가 심한 작품이
라 하겠다.

2. 형식의 유형

경기체가 작품은 형식면에서 다양한 모습을 보이고 있다. 그래서 연
구자들은 변이의 정도에 주목하여 유형을 설정하려고 노력하였다. 김창
규는 율격을 기준으로 정격형, 변용형, 변격형으로 나누었고 임기중의
책에서는 정격형, 변격형, 파격형으로 구분하였다.25) 학자들마다 분류의
기준이 다르고 용어도 일정치 않다. 임기중의 책에서 "각 견해마다 그
기준이 다르거나 혹은 구분의 기준이 명확하지 않은 까닭으로, 이들을
비교해 보면 동일한 작품에 대해서도 구분의 차이가 노출된다"26)라고
하였다. 이어서 형식 분류를 둘러싼 여러 학설의 혼란스런 단면을 "정병
욱은 <죽계별곡>, <상대별곡>, <불우헌곡>을 변격, 이상보는 정격이
라 했으며, 정병욱은 <가성덕>을 파격으로, 이상보는 정격으로 보았다.
김문기는 <축성수>를 한시체 송도시로 보아 <정동방곡>과 마찬가지로
형식상 경기체가에서 제외하고 있다."27)라고 소개하였다. 실제로 김창
규와 임기중의 분류 내용을 비교해 보면 이 같은 내용이 분명하게 드러
난다.

분류 항목의 이름을 김창규는 정격형(正格型), 변용형(變容型), 변격형(變
格型)이라 했고, 임기중은 정격형, 변격형, 파격형이라 하였다. 기본형을

---

25) 김창규, 전게서, 제Ⅱ장 형식론 참조
26) 임기중 외, 전게서, p.34.
27) 상게서, p.35.

중심으로 변이의 폭을 세 단계로 나누었다는 공통점을 갖는다. 그런데 각 유형에 해당 작품을 배치한 내용에는 차이가 적지 않다. 이복로의 두 작품을 제외한 25편을 대상으로 임기중이 분류한 자료를 옮겨 보기로 한다. 김창규는 작품별로만 거론하고, 작품 단위로 종합하지 않았다. 게다가 <불우헌곡>에 대해 "6장까지는 정격형이 되고, 7장만 변격형이 된다."[28]라는 식으로 언급하여, 작품이 어느 유형에 속한다는 것인지 밝히지 않은 경우도 있다. 이 경우에는 변화가 큰 쪽, 즉 <불우헌곡>의 경우 변격형을 취하기로 한다.

    A. 임기중의 분류
    ① 정격형(7편) : 한림별곡, 오륜가, 연형제곡, 구월산별곡, 화산별곡, 가성덕, 서방가
    ② 변격형(10편) : 관동별곡, 죽계별곡, 상대별곡, 미타찬, 안양찬, 미타경찬, 기우목동가, 불우헌곡, 금성별곡, 배천곡
    ③ 파격형(8편) : 화전별곡, 도동곡, 엄연곡, 태평곡, 육현가, 독락팔곡, 충효가, 축성수

    B. 김창규의 분류
    ① 정격형(13편) : 한림별곡, ↓관동별곡, ↓죽계별곡, 구월산별곡, 화산별곡, 가성덕, 오륜가, 연형제곡, ↓미타찬, ↓안양찬, ↓미타경찬, 서방가, ↓배천곡
    ② 변용형(3편) : 기우목동가, 금성별곡, ↓화전별곡
    ③ 변격형(9편) : ↑상대별곡, 축성수, ↑불우헌곡, 도동곡, 육현가, 엄연곡, 태평곡, 독락팔곡, 충효가

임기중과 김창규 두 분의 분류 내용이다. 세 가지 유형에 배당된 작품의 편수가 차이를 보인다. 임기중의 것을 기준으로 김창규의 것이 어떻

---

28) 김창규, 전게서, p.112.

게 다른가를 알아 보기 쉽도록 김창규가 분류한 작품 앞에 '↑, ↓' 표시를 하였다. 해당 작품이 임기중의 분류에서는 바로 위, 혹은 아래에 있음을 가리킨다. 특히 정격형과 변격형에서 차이를 많이 보이고 있는데 분류에 차이를 보이는 작품이 9편이나 된다. 왜 이 같은 차이를 보이게 된 것일까?

김창규는 정격형 요건 여덟 가지, 변용형 요건 여덟 가지, 변격형 요건 일곱 가지를 제시하였고,[29] 임기중은 정격형을 "<한림별곡>과 같은 기본형", 변격형을 "각 행의 음보율이 정격형과 같으면서 1행 가감되었을 경우와 1장이 6행으로 되어 있더라도 2행 이상의 보격이 정격형과 어긋날 경우"라고[30] 기준을 제시했다. 그런데 김창규는 정격형의 요건에 '最希有, 亦希有'를 포함시켰고, 임기중은 파격형의 기준을 행의 수와 음보 수준으로 설정하여 분류 기준에 차이를 보였던 것이다.

필자는 정격형·변격형·파격형으로 나누어 작품 29편을 분류해 보고자 한다. 제3장에서 검토한 바 있는 네 가지 요건, 즉 6행 전후절의 장, 제4,6행의 광경문과 자술문, 제5행의 4·4조 시어의 반복, 제1,2,3,5행의 음보와 음수율이 제대로 갖추어 진 것을 정격형으로 본다. 파격형이란 경기체가의 네 가지 형식 요건의 수준을 넘어 구조적 탈태를 일으킨 작품군을 가리킨다. 그야말로 약간의 변이가 아니라 경기체가 양식의 차원에서 변형을 보인 작품이라 하겠다. 따라서 변격형은 정격형과 파격형의 사이에 놓인 유형으로서 네 가지 형식 요건 중 한 가지 이상을 위배한 것이라 정의할 수 있는데, 실제로 보면 두 번째와 세 번째 요건을 위배한 것으로 나타난다.

앞에서 고찰한 사실을 바탕으로 세 가지 유형에 따라 작품을 배치하

---

29) 상게서, pp.139-145.
30) 임기중 외, 전게서, p.34.

면 다음과 같다.

　　① 정격형(8편) : 한림별곡, 구월산별곡, 화산별곡, 가성덕, 오륜가, 연형
　　　　제곡, 서방가, 花山별곡
　　② 변격형(8편) : 관동별곡, 죽계별곡, 금성별곡, 미타찬, 안양찬, 미타경
　　　　찬, 기우목동가, 배천곡
　　③ 파격형(11편) : 상대별곡, 불우헌곡, 구령별곡, 화전별곡, 축성수, 태평
　　　　곡, 도동곡, 육현가, 엄연곡, 독락팔곡, 충효가

　정격형은 임기중이 분류한 것에 새 자료인 <花山별곡>이 편입된 정도이다. 네 가지 요건을 엄격하게 적용한다면 누가 보더라도 그 결과가 일치하게 될 것이다. 변격형의 8편 가운데 앞의 세 작품은 제5행의 4 · 4조 시어의 반복 요건에 위배되고, 뒤의 다섯 작품은 광경문이 변이되었거나 탈락된 것들이다. 파격형에서 <화전별곡>까지 네 작품은 마지막 장이 결사 형태를 취하였고, 나머지 변격형은 전대절을 버려 경기체가의 형식을 크게 변모시킨 반면, 후소절을 다양한 형태로 변용하여 만든 작품이다.

V. 형식 변이의 시가사적 의미

1. 변이 발생의 동기

　경기체가의 형식은 세 가지의 유형으로 전개되었다. 정격형의 작품은 <한림별곡>에서 16세기 초 <花山별곡>에 이르기까지 300년 가까이 긴 세월에 걸쳐 지속적으로 창작되었다. 그리고 변격형은 안축의 <관동별

곡>과 <죽계별곡>으로부터 시작되어 <배천곡>에 이르기까지 대략 160년 동안, 그리고 파격형은 <상대별곡>으로부터 <독락팔곡>까지 약 180년 동안 창작되었다. 세 유형은 정격형으로 시작하여 변격형으로 끝을 맺고 있지만, 대체로 정격형과 변격형, 변격형과 파격형이 시대적으로 맞물린 상태로 전개되어 왔다. 이는 작자의 신분과 용도, 혹은 시대적 요구에 따라 창작되다 보니 그러한 현상이 나타난 것이라 생각된다.

경기체가 작품은 정격형만 지어진 것이 아니다. 정격의 네 가지 기본 요건에서 하나 이상의 요건을 갖추지 못한 변격형이 출현하였다. 6행 전후절, 광경문이나 자술문, 제5행의 4·4조 시어 반복, 제1,2,3,5행의 음보와 음수율의 요건에서 벗어나기도 했던 것이다. 정격형을 제대로 이해하지 못하여 그러한 작품을 창작한 것은 아니라고 본다. 작품으로 보면 안축은 두 작품에서 제5행을 반복시키지 않았다. 시어의 반복은 강조와 과시의 성격을 유발하는 수사인데, 해동공자의 후손인 안축이 그것을 선호하지 않아 의도적으로 반복하는 것을 피했던 것이 아닌가 생각되기도 한다. 불교계의 <미타찬>, <안양찬>, <미타경찬>은 각 10장, <기우목동가>는 12장으로서 장의 수가 많은 점이 주목된다. 불교의 교리를 널리 알리는 데 목적을 두었으므로 악장의 기본형을 근간으로 용도의 필요에 맞도록 변형을 시켰던 듯하다. 교리를 설명하고 가르치기 위해서는 광경문으로 제시하는 것보다, '가장 드물다(最希有)', '역시 드물다(亦希有)'로 단정해서 표현하는 것이 효과적이라 보고 바꾸었던 것 같다. <기우목동가>는 제3행을 삭제하는 대신 장의 수를 늘려 전하고 싶은 내용을 곡진하게 표현했던 것으로 추측된다. 그리고 <배천곡>은 성종이 성균관에 거동한 것을 기념하기 위해 예조에서 지었는데, 광경문의 첫 글자인 '위(偉)'가 생략되어 있다. 3장 전체에 자술문은 보이지 않고 모두 광경문으로 되어 있음에도 불구하고, 첫 머리의 감탄사를 생략한 것이다. 임금에 대한 예찬과 아름다운 풍속이 작품 속에서 충분하게 드러나므로 감탄사 '위'자가 굳이 필요치 않았던 것으로 추측된다.

파격형은 해당 작품이 11편으로 그 숫자가 가장 많다. 이것은 정격형을 기준으로 볼 때 경기체가 양식에서 가장 멀리 있는 모습이다. 변격형에는 맨 끝 행을 결사로 만든 작품군과 후소절을 변형시켜 만든 작품군 두 계열이 있다.

<상대별곡>, <불우헌곡>, <구령별곡>, <화전별곡>은 앞 장까지 정격형을 유지하다가 끝 행이 결사로 되어 있는 작품들이다. 정격형의 각 장이 대등한 관계로 구성되는 것과는 크게 다른 모습이다. 결사 형태로 장을 마감하는 것은 글을 전개하는 보편적인 기법이다. 그러한 결사의 구성법을 경기체가에 도입한 셈이다. 장들을 동일한 형태로 열거하는 종래의 열린 구조를, 결사 형태를 새롭게 도입하여 폐쇄의 구조로 변용함으로써 정서의 완결성을 이루게 되었다 하겠다.

<축성수>와 주세붕의 작품 4편, 그리고 <독락팔곡>과 <충효가>는 후소절을 변형시켜 만들었다는 공통점이 있다. 후소절의 형태란, 앞 행은 4·4조 시어가 반복을 이루고 뒤의 행은 광경어나 자술어로 되어 있는 것을 말한다. 전절을 버리고 후소절만으로 장을 구성한다는 점에서 큰 변이라 하지 않을 수 없다. 후소절을 변용한 작품이라 하여 모두 두 행으로 이루어진 것은 아니다. 앞 행의 반복을 다른 형태로 바꾸기로 하고 앞 행과 끝 행 사이에 여러 행을 첨입하기도 했다. 그러므로 언뜻 보아서는 후절의 변이 형태로 파악하기가 쉽지 않다. 그러나 자세히 보면 중간에 여러 행이 첨입되어 있다 해도 첫 행에 반복의 징표가 분명하고 끝 행에 광경문이나 자술문이 굳게 자리 잡고 있음을 확인할 수 있는 것이다.

전대절을 버리고 후소절을 변이시켜 새로운 장의 형태를 만든 이유가

무엇일까? 기본형에서 보면 전대절은 제1,2,3행에서 각각 동류의 제재를 열거하는 형태를 취한다. 그리고 광경어로 집약하여 광경문을 통해 상대방에게 과시적으로 묻는 제4행으로 이어진다. 그러므로 상대방이 그 뜻을 이해하고 호응할 수 있는 자리여야 전대절의 맛을 살릴 수 있다. 말을 못 알아 듣는다든가, 묻고 대답하는 측의 관계가 흉금을 터놓고 호응할 수 있는 분위기가 조성되어 있지 않다면 전대절의 기능이 발휘되기 어렵다. <축성수>는 중국의 사신을 영접하거나 송별하는 자리에서 쓰였다. 황제를 칭송하고 성수를 축원하는 내용을 담고 있는데, 노래를 듣고 호응하는 주체가 외국 사신이 되므로, 잡다한 제재와 호응이 요구되는 전대절의 존재가 필요치 않았을 것이라 생각된다.

주세붕의 작품은 유학을 권면하는 내용으로 되어 있다. 노래를 듣고 호응하는 대상은 후학들이다. 가르칠 내용을 요령있고 명료하게 기술하는 일이 중요하지 번잡스럽게 늘어 놓을 필요가 없는 것이다. 또한 후학들에게 호응을 청할 필요도 없다. 유학자로서 의미 전달에 충실한 것이 목적이므로 주세붕이 장황하고 야단스러운 전절의 표현 방식을 피했던 것이 아닌가 생각한다.

권호문은 퇴계 이황의 제자로서 주세붕과도 무관하지 않다. 주세붕의 경기체가 작품을 그가 보았을 개연성은 <독락팔곡>에서도 확인된다. 제1행은 반복 형태로, 끝 행은 7장 모두를 광경문으로 마무리 지었다. 그런데 반복의 형태나 광경문에 변이가 일어났다. 뿐만 아니라 첫 행과 끝 행 사이의 행수가 대폭 확장된 모습을 보이는 것이다. 반복은 2음보 반복, 4음보 반복, 2음보 대구, 첫 머리 두 행 대구로 다양한 변주를 보인다. 광경문은 첫 머리 '위' 대신에 '두어라'(제5장), '출하리'(제6행), '우읍다'(제7행)로 대체하였다. 광경어의 수식어를 보면 1음보로부터 3행이나 되는 긴 것도 있다. 첫 행과 끝 행을 제외한 중간 부분의 행의 수는 4행에서 9행까지 일정하지 않다. 음보나 음수율도 정격형과는 거리가 멀다. 왜 이 같은 현상이 일어난 것일까? 제1장을 자세히 보면 거의 모든 행이 4음보로 이루어져 있고, 내용은 강호 한정의 삶을 담고 있어 여느 강호 가사를 떠올리게 된다. 첫 행과 끝 행을 떼어 내고 전체를 연결시키면 강호가사라 볼 수도 있다. 경기체가 양식의 과시적 기풍을 최소화하기 위해 전대절을 제거하고 후소절을 차용하되 거기에 가사 양식을 도입함으로써 <독락팔곡>의 독특한 형태가 출현할 수 있었던 것이라 추측된다. <충효가>는 마치 큰 홍수로 쓸려 간 징검다리처럼 광경문의 잔해와 몇몇 음보가 듬성듬성 보일 뿐이다. 굳이 계통을 따진다면 <독락팔곡>보다 행의 수가 많지 않다는 점에서 주세붕의 네 작품과 맥이 닿는 것으로 파악할 수 있다.

2. 경기체가의 소멸 이유

향가나 시조·가사처럼 일정 기간 창작, 향유되다가 문학사에서 자취를 감추는 현상은 경기체가도 다름이 없다. <한림별곡>에서 시작해서 <독락팔곡>에 이르기까지 경기체가 양식은 350년 가량 존속했다고 할 수 있다. 고려에서 조선으로 나라가 바뀐 것을 생각하면 경기체가의 생명이 짧다고 말할 수 없다.

경기체가가 꽤 긴 생명력을 유지하다가 <독락팔곡>에 이르러 종말을 고하게 된 이유가 무엇일까? 필자는 그 이유를 문학관의 변화와 새로운 시가 양식의 융성이라는 측면에서 밝혀 보고자 한다. 물론 두 가지는 원인과 결과의 관계로서 별개로 존재하는 것은 아니지만, 설명의 편의를 위해 나누어 살피려는 것이다.

첫째, 문학관의 변모란, 경기체가의 과시적 특성이 온유돈후를 지향하는 유학자의 취향에 맞지 않는다는 점을 의미한다. 학자들이 두루 지적하는 바와 같이 경기체가는 과시성이 강한 특성이 있다. 경기체가의 첫 작품인 <한림별곡>이 그 대표적인 예이다. <한림별곡>은 금의의 문생들이 좌주문생연(座主門生宴)에서 가창하기 위해 창작한 작품이라 생각한다. 작품에 좌주문생연의 광경을 담았기 때문에 내용이 고급스럽다. 한편 자랑스러움을 효과적으로 드러내기 위해 경기체가의 독특한 형식이 필요했을 것이다. 그래서 팔경시의 서경성을 수용하여 광경문으로 변형하고, 거기에 열거, 반복, 설의 등의 수사 방식을 구사하여 독특한 시가 형태를 창안했던 것이라 생각한다.[31] <한림별곡>은 창작 동기부터 남다른 집단의 자긍심이 작품에 배어 있다. 각 장이 담고 있는 장면에서도 그 소재가 보통 사람들이 접할 수 없는 고급한 것들이다. 제1장은 금의에 의해 급제한 문생들이 죽순처럼 즐비했다고 자랑한다. 이어 중국의 고전적 서책들을 외고 읽는 모습, 서예, 술, 기녀, 악사들의 연주, 신선으로 비유된 남녀, 그들의 그네 놀이가 차례로 이어진다. 금의의 문생들이 벌이는 연회의 장면을 8경시처럼 장면으로 보여 주며 과시하고 있음을 알 수 있다. 자신들이 책을 읽고 글씨를 쓰는 장면을 묘사할 때에도 최대한 멋을 부리고 격조를 제고하는 방식을 구사했다. 숱하게 많은 고전을 '註조쳐 내 외옳'이라 했고, 『태평광기』처럼 방대한 신간 서적을 역람하였다고 했다. 붓을 들되 '빗기' 들었고, 술을 따르되 '가득' 부었다. 술에 취한 모습을 '유령도잠'으로 비유하는가 하면, 자기들 남녀를 신선과 선녀로 미화하는 일을 자긍으로 여겼다.

또 경기체가의 형식을 보더라도 그것이 과시성을 드러내기에 적합한

---

31) 김선기, 「한림별곡의 출현에 대한 종합적 고찰」, 『어문연구』 32집, 어문연구학회, 1999. 12, pp.133-166.

구조임을 알 수 있다.32) <한림별곡> 제4장은 다음과 같다.

黃金酒 柏子酒 松酒 醴酒
竹葉酒 梨花酒 五加皮酒
鸚鵡盞 琥珀盃예 ᄀ득 브어
위 勸上ㅅ 景 긔 엇더ᄒ니잇고
劉伶 陶潛 兩仙翁의 劉伶 陶潛 兩仙翁의
위 醉혼 景 긔 엇더ᄒ니잇고

제1, 2행은 술 이름이 열거되어 있다. 7종이나 되는 고급한 술을 6음보에 빼곡하게 담는 방식을 취했다. 서술어를 쓰지 않은 것은 자랑하고 싶은 사물(술)을 많이 보여주려는 의도이다. 고급한 술인 만큼 그것을 부어 마시는 술잔 역시 격에 맞아야 한다. 앵무새 모양으로 만들고, 호박을 재료로 삼은 술잔이라야 격에 어울린다. 술도 찰랑찰랑 잔에 넘치도록 따른다. 전대절은 이처럼 고급한 술을 고급한 잔에 가득 따라 위의 분에게 권하는 장면으로 그려져 있다. 고급하고 풍성하고 멋스러운 분위기를 떠올리게 만든다. 광경문의 첫 글자 '위'는 자랑스러움을 함축하는 감탄사이다. 광경문에서는 윗 분에게 그러한 방식으로 술을 권하는 광경이 어떠한가를 묻고 있다. 앞 행에서 장면의 내용을 충분히 제시한 점을 고려할 때, 광경문의 설의법은 몰라서 묻는 의문문이 아니고, 호응을 유도하여 흥을 돋우는 것이 목적이다. 제6행의 광경문도 마찬가지이다. 술을 먹고 취한 광경을 주선(酒仙)으로 알려진 유령이나 도잠으로 비유하여 모두가 술자리의 격과 멋을 함께 누리는 효과를 거두었다고 생각한다. 제5행에서 유령과 도잠을 '선옹'으로 표현하고 그것을 반복하는

---

32) 김선기, 「한림별곡의 과시성 고찰」,『한국언어문학』 41집, 한국언어문학회, 1998. 12, pp.39-54.

수사법을 구사했다. 제5행은 이처럼 4·4조 시행을 반복하는 구조이다. 반복은 강조하는 기능을 갖는다. 초점을 유령과 도잠에게 맞추어 강조해 두고, 제6행에서 취한 사람의 모습이 바로 유령과 도잠과 같다는 호응을 유도함으로써 자신들의 연회가 마치 선계에서 이루어진 것처럼 자랑하고 있는 것이다.

<한림별곡>의 과시적 특성은 안축의 <관동별곡>과 <죽계별곡>에서 관인의 승경 유람과 고향 자랑으로 이어졌다. 조선에 들어서는 송도와 예찬의 악장으로 활용되었고, 불교 예찬, 유학 선양, 가문·고향·제자·놀이 자랑 등으로 다양하게 활용되었다. 자랑이 도가 넘으면 과시가 된다. <한림별곡>은 악장이나 여타의 작품에 비해 호사스러운 과시성이 지나칠 정도로 강하게 나타난다. 퇴계 이황이 나서서 <한림별곡>을 '긍호방탕'하다고 비판하고 '온유돈후'해야 할 것을 대안으로 제시한 것은 이 때문이다.[33] 과시풍이 더 이상 용인받기 어려운 시기에 이르렀음을 선언한 것이다. 이 때가 <독락팔곡>보다 16년 전, 주세붕의 작품보다 20여 년 뒤였는데, 경기체가 형식이 크게 변모를 겪는 때였다.

둘째, 새로운 시가, 곧 시조와 가사가 조선조에 융성하게 됨으로써 경기체가를 대체할 만한 시점에 이르렀다. 앞서 밝힌 바와 같이 경기체가는 일반 시가의 결구 방식을 빌어 결사 형식을 도입한 바 있고, 전대절을 제거한 채 후소절을 다양하게 변모시키는 등 자체적으로 형식이 변화를 겪었던 것이 사실이다. 그렇지만 자체적으로 탈태할 수 있는 역량이 부족하므로 당대에 유행하던 가사나 시조 양식을 수용하면서 스스로 와해의 과정을 거치는 것은 자연스러운 현상이라 하겠다. 권호문의 <독락팔곡> 가운데 행의 수가 가장 많은 제7장을 인용해 보기로 한다.

---

33) 이황, 『退溪先生文集』 권43, 「陶山十二曲跋」, 吾東方歌曲 大抵多淫哇不足言 如翰林別曲之類 出於文人之口 而矜豪放蕩 兼以褻慢戲狎 尤非君子所宜尙.

① 一屛一榻 左箴右銘 (再唱)
② 神目 如電이라 暗室을 欺心ㅎ며
③ 天聽 如雷라 私語ㄴ들 妄發ㅎ랴
④ 戒愼 恐懼를 隱微間애 닛지 마새
⑤ 坐如尸 儼若思 終日乾乾 夕惕若 ㅎᄂᆞᆫ 뜯든
⑥ 尊事 天君ㅎ고 攘除 外累ㅎ야
⑦ 百體 從令 五常 不斁ㅎ야
⑧ 治平 事業을 다 이루려 ㅎ엿더니
⑨ 時也 命也인디 迄無成功 歲不我與ㅎ니
⑩ 白首 林泉의 ㅎ올 일이 다시 업다
⑪ 우읍다
　　山之南 水之北에 歛藏 蹤跡ㅎ야
⑫ 百年 閒老景 긔 엇다ㅎ니잇고

　①과 ⑫가 경기체가 후소절의 징표이다. ⑫의 광경문을 ⑪까지 확대
해도 무방할 듯하다. 그리고 나머지 ②행에서 ⑩행까지는 4음보 가사체
와 다름이 없다. ⑤행의 제4음보가 7자이지만 가사 작품에서 그 정도는
큰 문제가 아니다. ⑪의 '우읍다'는 기능면에서 광경문의 '위'로 볼 수
있다. 그것을 3음절 '우읍다'로 교체한 것은 시조의 종장 첫 음보나, 가
사의 끝 행 첫 음보의 투식을 수용한 것이라 할 수 있다. <독락팔곡>의
광경문 첫 음보에서 '於斯臥'(제1장), '두어라'(제5장), '츨하리'(제6장)를 쓴
것은 그러한 추측에 신빙도를 더해 준다. 그렇다 하여 제7장을 온전한
가사 형식으로 볼 수는 없다. 경기체가의 후소절이 굳건한 액자로 틀을
형성하고 있을 뿐만 아니라, '우읍다'로 시작되는 ⑪행과 광경문의 핵심
이 되는 ⑫행은 고작 제7장에서 결사의 기능을 맡고 있을 뿐, <독락팔
곡> 전체의 결사는 아니다. 각 장에는 각 장의 결사가 되는 광경문이
있어, 서로 대등한 관계의 장으로서 경기체가의 형식을 유지하고 있는
것이다. 그러므로 <독락팔곡>은 경기체가의 후소절을 틀로 삼고 거기

에 사진처럼 가사체의 여러 시행을 담고 있는 모습을 보여 준다. 그런데 그 틀이 낡아 더 이상 사진을 담고 버티기에는 한계가 있어 새로운 철제 틀로 대체하지 않으면 안 될 시점에 이른 것이다.

퇴계 이황이 <한림별곡>을 비판하고 연시조 형태인 <도산육곡> 두 편을 창작한 것도 같은 맥락에서 이해된다.

> 우리의 가곡은 대체로 심하게 음왜하여 입에 올릴 거리가 못 된다. <한림별곡>류는 문인의 입에서 나왔음에도 긍호방탕하고 설만희압하니 군자가 숭상할 바가 못된다. 근세에 이별이 지은 <육가>가 세상에 널리 전하고 있는데 그것이 <한림별곡>보다는 낫지만 역시 완세부공하는 뜻이 있고 온유돈후한 실이 적으니 안타깝다.

'翰林別曲之類'를 언급한 것으로 보아 퇴계는 고려가요를 잘 알고 있었던 것 같다. 이현보와 가까이 지냈고 그가 개작한 <어부가>에 발문을 썼던 점으로 미루어 어부장가체나 시조 형식도 익숙하게 알았을 것이다. 뿐만 아니라 주세붕이 경기체가의 후소절을 변형시켜 만든 네 편의 작품도 보았을 것이다. 100년 먼저 태어난 정극인(1401~1481)의 가사 작품인 <상춘곡>을 보았는지도 모르겠다. 그러함에도 자신이 후학들에게 학문을 권면하는 작품은 연시조 형식을 빌어 창작하였다. 퇴계가 다른 시가 양식을 버리고 굳이 육가 형태인 연시   조로 <도산십이곡>을 지은 이유가 궁금해진다.

경기체가는 형식 자체에 과시적 속성이 있음을 앞에서 검토한 바 있다. 온유돈후한 문학관을 지향한 퇴계로서는 경기체가 양식을 피하는 것이 당연했을 것이다. 그래서 대체물로 <육가> 형식을 취하였던 것 같다. 이별이 지은 <육가> 역시 '완세불공'한 내용이 담겨 있어 <한림별곡>의 '긍호방탕 설만희압'한 것과 마찬가지로 퇴계에게 있어 불만족스럽기는 마찬가지였다. 퇴계는 그 당시 <육가>가 널리 퍼져 있었다고 했다. 6장으로 구성된 연시조 형태를 사람들이 접하고 있었음을 시사한다. 아직 가사 양식이 보편화되지 않았다면 퇴계가 연시조 형식을 취한 것이 자연스런 현상이라 생각된다. 퇴계가 자신의 작품이 가창되기를 원했고, 노래를 부르려면 우리말 가사로 지어야 한다고 생각하여 <도산육곡> 두 편을 창작하게 되었던 것이다. 설령 가사 양식을 알고 있었다 하더라도 그것을 빌어 작품을 쓰지는 않았을 것이다. 지(志)와 학(學)을 두 편으로 나누고, 각각의 의의와 그것을 구현하기 위한 방법을 시조 작품에 담으려면 마치 경기체가의 각 장이 서로 다른 광경을 담고 있는 것처럼 각 장이 독자적 의미 단위로 엮어져야 가능하다. 그러므로 퇴계가 가사체를 알고 있었다 하더라도 장의 구분이 없는 가사체 양식을 취하여 <도산십이곡>을 짓지는 않았을 것이다. 퇴계는 자신의 작품에 장의 구분이 필요하였지만 긍호방탕한 속성의 경기체가 양식을 받아들일 수는 없었다. 그래서 당시에 보급된 이별의 <육가> 형식, 즉 연장체 시조를 택했을 것이라 추단한다. 이는 퇴계 당대에 연장체 시조가 경기체가의 대체물로 자리잡았음을 의미한다.

VI. 결론

지금까지 경기체가 형식의 변이 현상과 의미를 네 개의 장에서 살펴보았다. 장별로 고찰한 내용을 요약 정리하여 글을 맺기로 한다.

1. 제Ⅱ장에서는 경기체가의 작품 분포와 기본형식을 고찰하였다. 경기체가 작품은 현재 27편이 알려져 있다. 이들 작품을 용도에 따라 악장류(8편), 불교류(5편), 유교류(4편), 자술류(10편)로 나누었다. <한림별곡>의

계통을 이은 악장류는 조선 초기에, 불교류는 세종·세조 때에, 유교류는 중종 때에 집중적으로 출현하고, 자술류는 1330년경의 <관동별곡>으로부터 1581년경 <독락팔곡>에 이르기까지 꾸준히 창작되었다.

경기체가 형식의 기본 요건은 네 가지이다. 첫째, 각 장이 내용 전개 면에서 대등한 관계로 존재하며, 각 장은 전후절로 구성된 6행 형태를 취한다. 둘째, 제4행과 제6행에는 '위~景 긔 엇더ᄒ니잇고'로 표현되는 광경문이 주로 온다. 광경문 대신에 '위'자로 시작되는 자술문이 오기도 한다. 셋째, 제5행은 '태평광기 사백여권'처럼 4·4조의 시어가 반복되는 형식을 취한다. 작품에는 네 음보의 시어를 다 쓴 것은 드물고 대체로 '재창'으로 표시하였다. 넷째, 제1, 2, 3행은 3음보, 제5행은 4음보로서 음수율은 각각 3·3·4, 3·3·4, 4·4·4, 4·4·4·4가 된다.

2. 제Ⅲ장에서는 Ⅱ장에서 제시한 네 가지 형식 요건을 작품에 조응하여, 작품이 형식면에서 어떠한 모습을 보이고 있는가를 실현율로 제시하였다. 첫째(6행 전후절 구조), 장이 6행으로 되어 있는 작품 14편에 끝 장이 결사 형태인 4편을 합치면 6행의 실현율은 67%가 된다. 전후절로 구성된 작품은 위의 18편에 5행 전후절 작품인 <기우목동가>를 추가하여 실현율이 70%가 된다. 둘째(광경문의 표기와 활용), 광경문은 13종이나 될 정도로 표기가 다양하다. 광경문을 보면, 두 행 모두에서 사용한 작품 17편, 한 행에 사용한 것 7편, 전혀 사용하지 않은 것 3편이 있다. 두 행 모두 광경문을 사용한 작품의 실현율은 <가성덕> 등 6편이 100%, <한림별곡>이 75%를 보인다. <한림별곡>이 낮은 이유는 광경문 대신에 자술문을 쓴 장이 있기 때문이다. <화전별곡>이 낮은 이유는 자술문과 결사 형식을 썼기 때문이다. 셋째(제5행의 4·4조 시어 반복), 6행형의 19편은 안축의 두 작품을 제외하면 100%의 실현율을 나타낸다. 6행형이 아닌 <금성별곡>이나 주세붕의 후소절 변용 작품에도 '재창' 표시가 있는

것으로 보아 그것이 경기체가 형식의 중요한 요소임을 알 수 있다. 넷째 (제1, 2, 3, 5행의 음보와 음수율), 6행형 작품 18편에서 행별 음보와 음수율을 보면 안축의 두 작품이 음보율과 음수율이 저조하여 <관동별곡> 58%, <죽계별곡> 62%의 실현율을 보인다. 이는 제5행이 2음보로 되어 있기 때문이다. 다음으로 실현율이 저조한 <화전별곡>이 82%, <서방가> 93%이고, 나머지 작품의 평균 실현율은 99.2%로 높게 나타난다.

3. 제Ⅳ장에서는 경기체가의 형식 유형을 도출하기 위한 판단 근거로서 광경문의 변이, 제5행의 변이, 결사 장의 변용, 후소절의 변용 등 네 가지 징표를 설정하였다. 네 가지 변이 현상을 작품에 적용한 결과, 정격형 <한림별곡> 등 8편, 변격형 <관동별곡> 등 8편, 파격형 <상대별곡> 등 11편으로 나타났다. 변격형이 행 단위의 변이라면, 파격형은 구조 차원의 변이라는 점에서 차별성을 갖는다.

4. 제Ⅴ장에서는 경기체가의 형식 변이가 시가사적으로 어떠한 의미가 있는가를, 변이가 발생한 동기와 경기체가 양식의 소멸 이유 두 가지 측면에서 살펴보았다. 변이 발생의 동기를 경기체가의 과시적 속성이 온유돈후를 지향하는 조선조 유학자들의 문학관과 상치하므로 그 저항을 완화하는 과정에서 변이 현상이 나타난 것으로 파악하였다. 그리고 경기체가 양식 자체의 노화와 맞물려 왕성해진 가사와 시조 양식이 경기체가 형식의 변화를 부추기는 한편 대체물로 떠오르면서 경기체가 양식이 <독락팔곡>에 이르러 종말을 맞게 되었던 것으로 추단하였다.

Ⅰ. 서론

<한림별곡>은 고려 고종 때 금의의 문생들이 좌주문생연에서 가창하기 위해 당시에 유행하던 팔경시의 속성을 받아들여 공동으로 제작한 작품이라고 생각된다.[1] <한림별곡>이 경기체가 최초의 작품으로서 가장 완벽한 형식을 갖추고 있다는 영예를 안고 있으면서도 실상 해독한 자료를 구해보면 마땅한 것이 없는 실정이다. 필자는 논문을 통해 <한림별곡>의 출현 배경을 살피고 이어 작품 해석을 시도하던 가운데, 제8장이 다른 장에 비해 유독 거론할 점이 많다는 사실을 깨닫고 논술의 균형상 먼저 제8장을 독립시켜 고찰할 필요를 느껴 본고를 집필하게 되었다.

<한림별곡>은 모두 여덟 장으로 이루어져 있다. 수미(首尾)를 이루는 제1장과 제8장에만 화자가 일인칭 대명사 '나'로 등장할 뿐, 다른 장에는 화자의 존재가 전혀 드러나 있지 않다. 화자가 제1장에서 스스로를

---

1) 김선기, 「翰林別曲의 出現에 대한 綜合的 考察」, 『語文研究』 33집, 어문연구학회, 2000, pp.153-202.

금의의 문생이라고 밝혔고, 끝장에서도 그 같은 사실을 명시했으므로, 다른 장에서 거듭 화자의 정체를 밝힐 필요가 없어 문면에 화자를 생략하는 방식을 취했던 것이라 생각된다. 따라서 화자의 존재를 살피는 데 있어 제8장의 존재 가치가 어느 장보다 크다 하겠다.

제8장의 노랫말은 다른 장들에 비해 특이한 모습을 보이고 있다. 다른 장들이 명사로 된 한자어의 열거형이 주류를 이루고 있음에 비해 제8장은 순수 우리말 문장 형태로 쓰여 있기 때문이다. 개별 어휘를 보더라도 순수 우리말이 많아 이해에 어려운 점이 거의 없다. 그러나 자세히 들여다보면 어휘 풀이와 문장 해석면에 석연치 못한 점이 드러난다. 예컨대 제8장의 중심 제재라 할 그네만 보더라도, 가래나무의 열매인 '가래'에 그네를 어떻게 맬 수 있다는 것인지 우리를 당황케 한다. 그네를 밀어주는 인물을 왜 하필 '정소년'이라 명명하였는가 등도 의문으로 떠오른다.

이 같은 점에 의문을 품고 숙고한 결과, 제8장이 겉으로는 그네 놀이를 내세우고 있지만 속으로는 남녀의 성적 유희를 담고 있다는 심증을 갖게 되었다.[2] 이를 밝히기 위해 선학들의 업적을 토대로 어휘 주석상의 문제점을 검토한 다음, 제8장이 성적 유희를 담고 있다는 논거를 다음 세 가지 측면에서 중점적으로 살피려 한다.

① 그네가 당추자와 쥐엄나무에 매어 있다는 것은 실제 그네로 이해하기 어려우므로 남녀 교구의 성적 유희를 나타내는 상징적 표현으로 보아야 한다는 점.

---

2) 지헌영 선생이 일찍이 「井邑詞의 硏究」(『亞細亞硏究』 제3권 제1호, 1961)에서 <한림별곡> 제8장을 남녀 성유희의 측면에서 자세히 언급한 바 있다. 그러나 그렇게 볼 수 있는 논거의 핵심이라 할 제1·2행의 어석과 내용 파악에 미진한 점이 있어 이를 보완하고자 한다. 본고에서는 논술의 편의를 위해 『鄕歌麗謠의 諸問題』(태학사, 1991)에 재수록된 글을 인용하기로 한다.

② <한림별곡>의 내용 전개상으로 보아 제8장은 남녀의 성적 유희가 제격이라는 점.

③ 제8장에서 성적 유희를 조장하기 위한 상징적 제재와 성적 묘사가 검출된다는 점.

이 글을 통해 <한림별곡> 제8장의 주제가 남녀의 성적 유희라는 사실이 밝혀진다면, 작품의 성격이나 구조 파악에 도움이 될 뿐만 아니라, 그네를 통한 성적 유희의 표현기법을 수준 높게 구사한 점에서 <한림별곡>의 문학적 성과를 다시 평가하는 작업이 따라야 할 것으로 기대한다.

II. 어휘 풀이

1. 대본 선정

<한림별곡>의 가사를 싣고 있는 대표적인 자료는 『악장가사』와 『고려사』이다. 『고려사』는 한문을 전용한 역사서이므로 가사를 적는데 제약을 받았다. 반면 『악장가사』는 한자어를 한자와 국문으로 병기하고, 토박이말을 국문으로 표기했으므로 전체를 기록할 수 있었다. 그러므로 <한림별곡> 제8장의 어석을 위해 『악장가사』 본을 취하는 것은 당연한 일이다. 특히 제8장은 우리말 가사가 중심을 이루고 있으므로 『고려사』 본의 기록 내용은 빈약하기 짝이 없다. 『고려사』 본과 『악장가사』 본의 가사를 나란히 인용해 보면 그러한 사실을 실감하게 된다.

A. 『고려사』 본
唐唐唐　唐楸子　皂莢木
云云俚語

削玉纖纖　云云俚語

偉携手同遊景何如

B. 『악장가사』 본

唐唐唐　唐楸子　皂莢남긔

紅실로　紅글위　미요이다

혀고시라　밀오시라　鄭少年하

위 내 가논디 눔 갈셰라

圍削玉纖纖　雙手ㅅ길헤　削玉纖纖　雙手ㅅ길헤

위 携手同遊ㅅ景 긔 엇더ᄒ니잇고

　‘남긔’나 ‘긔 엇더ᄒ니잇고’, ‘위’처럼 간단히 한자로 번역 혹은 차음해도 가사 전달에 오해가 없을 경우에는 각각 ‘木’, ‘何如’, 또는 ‘偉’자를 썼다. 그리고 우리말 가사를 번역하기 어려울 경우에는 ‘云云’이라 쓰고 그것이 우리말 가사임을 알게 하기 위해 작은 글씨로 ‘이어(俚語)’라 표시했던 것이다. 한자어로 된 부분을 비교할 때 『고려사』와 『악장가사』 두 본의 가사 사이에 차이가 없음을 확인할 수 있다.[3] 따라서 여기서는 『악장가사』 본의 가사를 고찰의 대본으로 삼겠다.

2. 단어, 문장 풀이

　<한림별곡> 전체 8장을 대상으로 어석 작업을 수행한 분은 예상보다 많지 않다. 양주동 박사[4]를 위시하여, 지헌영,[5] 김형규,[6] 박병채,[7] 임기

---

3) <한림별곡>의 가사에 대한 『악장가사』와 『고려사』 두 본의 차이에 대한 논의는 김선기, 「高麗史의 解說文－此曲高宗時翰林諸儒所作－은 僞作인가」(『語文硏究』 32집, 어문연구학회, 1999, pp.147-156) 참조.

4) 梁柱東, 『麗謠箋注』, 을유문화사, 1947(1955, 訂補版).

중8) 님의 작업이 이어졌다. 여기서는 비교적 최근 연구라 할 박병채의 『고려가요의 어석연구』(1994)와 임기중의 『경기체가 연구』를 중심으로 소개하고, 필요에 따라 다른 분들의 의견을 참고하여 단어와 문장 풀이를 살펴보겠다.

(1) 唐唐唐　唐楸子 皂莢남긔

'당(唐)'자의 반복이 눈길을 끈다. 그것이 반복하면서 '추자(楸子)'를 수식하고 있다. 핵심어는 '추자'와 '조협(皂莢)남긔'가 된다. 이어 붉은 그네를 맸다는 말이 나오는데 그것을 '조협나무'에 맸다는 것인지, '추자'에도 맸다는 것인지, 아니면 '추자'와 '조협나무'에 연결해서 맸다는 것인지가 궁금해진다. 핵심어부터 알아보는 것이 좋을 듯하다.

A. 唐楸子

　　① <박> :「당추자」: 호두나무
　　② <임> :「당추자」: 개오동나무, 노나무

'당추자'는 '당+추자'형 조어로 보인다. '추'는 산유자나무로 나와 있으나, 열매를 고려할 때 가래나무로 보는 것이 타당하다.9) 가래나무에

---

5) 池憲英, 『鄕歌麗謠新釋』, 정음사, 1947.

6) 金亨奎, 『古歌謠註釋』, 일조각, 1965(1982, 重版).

7) 朴炳采, 『高麗歌謠의 語釋研究』, 선명문화사, 1973 ; 『고려가요의 어석연구』, 국학자료원, 1994.

8) 임기중 외, 『경기체가연구』, 태학사, 1997.

9) 『한국민족문화대백과사전』에는 "'楸'자가 개오동나무 또는 예덕나무를 뜻하기도 하므로 주의를 요한다. 강원도에서는 '산추자'라고도 한다"라고 하여 '楸'자가 여러 종류의 나무 명칭으로 쓰였음을 알게 한다.

대해『한국수목도감(韓國樹木圖鑑)』에는 한자어로 추목(楸木), 산핵도(山核桃), 핵도추(核桃楸)라 쓴다 했고,[10] 『한국민족문화대백과사전』에는 추목, 핵도추, 산핵도, 호도추(胡桃楸), 추자(楸子), 추피(楸皮)라고 쓴다 하여 표기가 다양하지만 대체로 '추'자가 '가래나무'를 일컫고 있음을 추단할 수 있다.

『한국수목도감』에 따르면 가래나무는 소백산, 속리산 이북의 표고 100~1,500m 사이의 산록과 계곡에서 자라며 만주, 우수리, 시베리아 등지에서 자라는데 높이는 20m에 달하며 가지가 굵다고 한다. 그런데『한국민족문화대백과사전』에서 가래나무를 '추자'라 한다고 소개하고 있어 혼동을 일으키게 하나 이는 오류가 아닌가 생각된다. 나무에 열리는 열매의 한자어는 나무 이름 뒤에 '자(子)'자나 '실(實)'자를 써서 표시하는 것이 관례이기 때문이다. 송자(松子), 매자(梅子), 도자(桃子), 백자(栢子), 상자(桑子), 율자(栗子), 내자(柰子), 유자(柚子) 등에서 이를 확인할 수 있다. 그렇다고 볼 때 '추자'는 가래나무를 일컫는 것이 아니라 가래나무에 열리는 열매로 보아야 한다. 이는 이희승의『국어대사전』과 한글학회의『우리말큰사전』에도 가래나무의 열매를 '가래'라 하고 한자어로 '추자(楸子)'로 적고 있음에서도 확인된다.

가래(楸子)는 9월에 성숙하며 호두 비슷하나 길이 4~8㎝ 크기의 알 모양인데 내과피(內果皮)는 흑갈색이며, 딱딱하고 능각(稜角)이 있고 그 사이가 우둘투둘하여 두 개를 손바닥에 굴려 지압용 기구로 사용하기도 한다. 박병채 교수는 당추자를 '호두나무'라 했다.『한국민족문화대백과사전』에도 호두나무의 한자어 표시로 '당추자(唐楸子)'라 한다고 적혀 있어 이를 검토할 필요가 있다. 그 책에 보면 호두나무의 원산지는 이란이라 한다. 이것이 중국을 거쳐 우리나라에는 고려말 몽고어를 잘하여 여러

---

10) 산림청임업연구원,『韓國樹木圖鑑』4판, 삼정인쇄공사, 1992, 「주엽나무」조 참조.

차례 원나라에 사신으로 내왕했던 유청신(柳淸臣, ?~1329, 충숙왕 16)이 들여와 천안군 광덕면 광덕사에 파종한 것이 처음이라고 전해지고 있다. 생육은 온도의 영향을 크게 받으며, 재배의 적지로는 대체로 평택, 원주, 강릉을 연결하는 이남의 땅이다. 조선조 『동국여지승람』과 『세종실록』 지리지에 호두의 산지로 옥천, 공주, 전의, 경산, 대구, 현풍, 화양, 예천, 선산, 거창, 광산, 남원, 담양, 구례 등 주로 중남부 이남이 소개된 것은 이를 뒷받침하는 것이다. 호두나무가 고려말에 수입되었다는 시기의 문제와 〈한림별곡〉의 창작 배경이라 할 개성이 북쪽에 있어 그 생장지로 적합치 않다는 사실을 고려할 때 '당추자'를 호두나무로 보기는 어렵다고 본다.

추자를 가래라 할 때 '당'자는 무엇을 뜻하는 것일까. 중국에서 들어온 것에 대해 우리의 것 '향(鄕)'과 구별키 위해 '당시', '당악'처럼 '당'자를 쓰는 것을 고려하여 중국에서 들여온 '가래'로 본 것일까. 가래는 우리나라 소백산, 속리산 이북에 널리 분포해 있으므로 굳이 중국에서 수입할 필요가 없다. 그래서 중국산 가래를 가리키는 용어를 '당추자'라 하지는 않았을 것이다. 혹 '중국산 호두'를 생각할 수도 있겠으나 중국에서 이미 '호도(胡桃)'라는 명칭을 널리 쓰고 있는 터에 굳이 가래를 뜻하는 '추자'라는 말을 빌어 '당추자'라는 용어를 지어낼 필요는 없었을 것이니 그 가능성도 희박하다 하겠다.[11]

자전에서는 '당'자의 뜻을 탕(蕩), 광(廣), 대(大), 탕(宕)으로 설명하고 있다. '크다'는 의미를 갖고 있는 글자인 것이다. 또 '당당'을 '공대지모(호

---

11) 가래나무가 중국에서 들어온 것이 아니라는 입론과는 별도로 '당추자'를 '중국의 남성'으로 볼 수 있는 개연성은 충분히 있다고 본다. 〈한림별곡〉에 과시풍이 짙게 나타나고 화자들이 작품에서 중국의 인물들을 선호한 사실을 고려할 때, 자신을 중국의 호걸이나 신선으로 비유하기 위해 '唐'자를 쓸 수도 있을 것으로 생각되기 때문이다.

大之貌)’라 하여 ‘큰 모양’을 나타내는 형용사로 설명하고 있다.[12] 그렇다고 볼 때, ‘당추자’란 ‘큰 가래’, 즉 가래가 크다는 사실을 나타낸 말로 이해하는 것이 온당하다 하겠다.

B. 唐唐唐

① <양> : 하어(下語) ‘唐楸子’의 두음을 음수율의 멋으로 의미없이 되풀이한 것.
② <박> : 조율음. 다음에 나오는 ‘당추자’의 첫소리 ‘당’을 음률에 맞추어 강조의 뜻으로 되풀이된 것.
③ <임> : 당추자의 첫 음을 이용하여 음수율에 맞게 쓴 것으로 특별한 의미 없이 되풀이한 것임.

<한림별곡> 제1행 첫 음보가 예외 없이 3음절어로 이루어진다는 점에서 3자어가 오는 것은 당연하다고 본다. 그것이 공교롭게도 제2음보의 ‘당추자’의 첫음절을 반복하여 만들어진 것이다. 그런데 그것이 의미 없이 쓰인 것은 아니고 ‘당’자를 반복함으로써 가래가 크다는 사실을 강조한 것으로 이해하는 편이 낫다고 본다. ‘당당’이라는 단어가 『중문대사전』에 보일 뿐만 아니라 또 그것이 문맥면에서도 가래의 형상어로 적합하기 때문이다.

C. 皂莢남긔

『우리말큰사전』에는 ‘쥐엄나무’를 표준어로 삼고 ‘쥐엽나무’, ‘주엽나무’로도 불리고 있음을 소개하고 있어 그것이 조협목에서 나온 것임을 알게 한다. ‘조협남긔’에 대해서는 다음과 같이 풀이했다.

---

12) 『중문대사전』, 中華學術院印行.

① <박> 쥐엄나무에
② <임> 쥐엄나무

　박병채 교수의 '쥐엄나무에'가 적절하다고 본다. 그러면 쥐엄나무란 어떠한 나무인가.『한국수목도감』에 따르면, "쥐엄나무는 우리나라 전역에 고루 분포하며 나무의 높이가 20m, 직경이 70cm에 이른다. 줄기와 가지에 날카로운 가시가 있으며, 10월에 길이 23cm, 넓이 3cm의 비틀어진 큰 꼬투리의 열매를 맺는다. 열매와 가시를 약용으로 쓰며 열매의 껍질은 사포닌을 함유하고 있어 비누 대용으로 쓰이며, 원줄기에 가시가 없는 것을 민주엽나무라 한다"고 설명하고 있다.
　이상 논의를 종합할 때 제1행의 '唐唐唐　唐楸子 皂莢남긔'는 '크고 큰 가래와 쥐엄나무에'로 풀이할 수 있을 것이다.

(2) 紅실로 紅글위 미요이다

A. 紅실로

① <박> 붉은 실로

B. 글위

① <양> 추천(鞦韆). 어원은 '발을 구르다'의 '구르(그우루)'.
② <박> 그네. '글위'는 동사어간 '그울(轉)'의 축약음 '글'에 명사형성 접미사 '위'의 접미로 명사화한 형.
③ <임> 그네. 추천(鞦韆).

C. 미요이다

① <박> 맵니다. 동사어간 '미(繫, 結)'에 어간 첨입모음 '오'와 존칭서

술형어미 '이다'의 연결형.
② <임> 매옵니다.

　학자들 사이에 별 이견을 보이고 있지 않다. 종합하면 "붉은 실로 붉은 그네를 맵니다(매었습니다)"가 될 것이다. 그런데 '紅 그네'란 무엇인지 궁금하다. 실제로는 짚이나 삼 등을 재료로 한 밧줄을 이용하여 그네를 매게 되므로 붉은 실을 이용한 붉은 그네라는 말이 납득되지 않는다. 물론 붉게 물들인 천을 꼬아 만든 밧줄로 그네를 맸다고 생각할 수도 있을 것이다. 또 이색(李穡)의 <추천>이라는 시에 '綵絲飛颺自生風', '紅線鞦韆欲蹴空'이라는 싯구가 있어[13] 당시의 그네 줄이 '채색 실', '붉은 실'이었다고 주장할 수도 있다. 그러나 한시에서는 현상을 재현하는데 그치지 않고 고사 등을 활용하여 격을 높이고 뜻을 심원하게 담기 위해 비유나 과장적 표현 방식을 즐겨 썼던 것이다. 특히 <한림별곡>은 중국의 서적, 서예 등 유명한 제재와 등망오호의 고사를 수용하여 작품의 격을 한층 고양하고 있는 터이다. 그렇다고 볼 때 '紅실', '紅글위'를 중국 측의 시각에서 새롭게 조명할 필요가 있다고 본다.

　'紅실'은 한자어로 '홍사(紅絲)' 또는 '홍선(紅線)'으로 표기된다. 물론 '붉은 실'을 뜻하는 동질의 용어이다. 홍사(홍선)의 풀이를 보면 "세속에 전하기를 남녀의 혼인은 일찍부터 운명적으로 정해진 것인데, 이는 붉은 실 한 올이 일찍이 전세(前世)의 인연을 맺어주고 있기 때문에 연유되었다"는[14] 것이다. [홍사대선(紅絲待選)] 조를 보면 붉은 실이 인연의 상징

---

13) 이색, 『목은집』 권8, 14장. <추천>시는 3수로 되어 있는데, 특히 제3수는 '堂堂楸樹
　　逈臨風 紅線鞦韆欲蹴空 挽去推來少年在 鐵腸搖蕩眼波中'은 <한림별곡> 제8장과 흡사
　　한 분위기를 담고 있어 주목된다.

14) 『중문대사전』, [홍사(紅絲)] : 俗傳男女婚姻 夙由命定 紅絲一縷 早繫前緣也. [紅線] : 俗
　　謂男女婚姻關係之發生 乃有前定 若冥冥中有紅線牽繫者.

물로 등장하게 된 내력을 『개원천보유사(開元天寶遺事)』의 기록을 근거로
설명하고 있다.

> 곽원진이 젊어서 풍모가 잘 나고 재예가 있었다. 재상 장가정이 그를
> 사위삼고 싶어서 다섯 딸에게 각각 실 한 올을 잡게 하고 원진을 장막 앞
> 에 세워 끈을 당기게 해서 선택된 딸을 아내 삼도록 했다. 원진이 붉은 실
> 끈을 잡아당겨 셋째 딸을 얻었는데 매우 아름다왔다.[15]

이 같은 유래를 담아 남녀 사이에 혼인하는 인연이 미리 정해져 있음
을 비유하여 홍승계정[16]이라는 용어도 나타나게 되었던 것이니, <한림
별곡>의 '붉은 그네'도 이와 관련된 것이라 할 수 있다. 남성인 화자가
옥처럼 곱고 부드러운 여인과 손을 잡고 쌍그네 타는 장면을 제8장이
담고 있기 때문이다. 이렇게 볼 때 앞서 인용한 이색의 <추천>시에 등
장하는 '홍선추천'도 단순한 붉은 그네가 아니라, 젊은 시절의 아련한
사랑의 추억을 환기하는 제재로 그것을 원용했을 것으로 보는 것이 옳
을 것이다.

그네(鞦韆) 놀이는 어떠한가? 그네는 본래 북방 산융(山戎)의 놀이인데
중국에 들어와 초(楚)에서는 시구(施鉤)라 불렀고, 당나라 때에는 반선지
희라 했으며,[17] 『훈몽자회(訓蒙字會)』에서는 '글위'의 한자어로서 앞서 말
한 반선희 이외에 유선희라고 불린다고 설명해 놓았다.[18] 중국에서 쓰

---

15) 『중문대사전』, [홍사대선] : 唐宰相張嘉貞三女 與郭元振 以紅絲 定姻緣之故事. [開元天
　　寶遺事] 郭元振 少時美風姿 有才藝 宰相張嘉貞 欲納爲壻 令五女各持一絲 幔前取便牽之
　　得者爲壻 元振牽一紅絲線 得第三女 大有姿色.
16) 『중문대사전』, [홍승계정] 俗謂男女婚姻關係之發生 乃有前定 若冥冥中有紅線牽繫者.
17) 『중문대사전』, [추천]조는 『형초세시기』와 『개원천보유사』를 인용하여 그네에 대해
　　자세히 설명하고 있다. 당나라에 들어 성행했는데, 임금이 그네 놀이를 半仙之戲라
　　명명하여 신선놀이에 비유한 점이 특히 주목된다.

이지 않던 유선희라는 새로운 말이 우리나라에서 쓰였음을 보여주고 있다. 유선이란 마음을 선경에 두고 세속을 초탈함을 나타내는 말이다.[19] 그렇다고 볼 때 <한림별곡> 제8장의 놀이도 신선 취향의 놀이와 관련시켜 생각할 필요가 있다. 제7장에서 이미 삼신산과 선자가 등장하여 그것과 자연스럽게 연결되고 있기 때문이다.

위의 사실을 종합하여 볼 때 제2행은 '붉은 실로 붉은 그네를 맵니다'로 풀이되는데, 이는 화자와 여인이 신선과 선녀처럼 아름다운 사랑을 맺게 되었음을 나타낸 것이라 하겠다.

(3) 혀고시라 밀오시라 鄭少年하

그네를 처음 올라타면 그네 줄이 잘 움직이지 않아 구르기에 힘들다. 이 때 조력자가 뒤에서 그네줄을 잡아 뒤로 힘껏 끌어 당겼다가 앞으로 미는 일을 몇 차례 반복하면 그네를 높게 날릴 수가 있다. 이렇게 당기고 밀어주는 동작은 그네 놀이에서 흔히 볼 수 있는 장면이다. 제3행은 일단 이를 묘사한 것으로 생각된다.

A. 혀고시라

   ① <박> 당기고 있으라.
   ② <임> 당기십시오.

B. 밀오시라

   ① <박> 밀고 있으라.

---

18) 『훈몽자회』 中 : 10, 俗呼鞦韆 又呼半仙戲 · 遊仙戲.
19) 『한어대사전』, [유선] : 古人謂 游心仙境 脫離塵俗.

② <임> 미십시오.

C. 鄭少年하

① <박> 정소년아.
② <임> 정소년이시여.

　그네 놀이는 앞뒤로 높이 나르는 연속 운동이다. 그렇다고 볼 때 당기고 밀어주는 사람은 그네의 움직임을 가속하는 입장에 있으므로 동작을 끊기게 해서는 안된다. 그 점에서 박병채 교수의 '당기고 있으라, 밀고 있으라'라는 풀이는 상황 문맥에 어울리지 않는다. 정소년에게 존칭호격조사 '하'를 쓴 것으로 보아 격(格)의 쓰임을 고려하여 '당겨주시오, 밀어주시오'가 합당하다고 본다.

　옆에서 그네를 밀어주는 사람을 정소년이라 하고 그에게 존칭호격조사인 '하'자를 쓴 것에 대한 의문이 남는다. 먼저 '하'자에 대해 생각해 본다. <정읍사>에서도 '달하'가 보인다. 여기서 달은 남편의 안녕을 돕는 존재로 등장한다. 화자에게 있어서 더없이 고마운 존재이다. <한림별곡>의 정소년도 화자가 그네를 높이 뛸 수 있도록 도와주는 사람으로 등장한다. 화자는 제4행에서 보듯이 남보다 높게 날아야만 할 입장이다. 그래서 정소년의 도움이 절대로 필요한 것이다. 그러므로 <정읍사>에서 '달하'라고 썼던 것처럼 정소년에게 존칭호격조사를 썼던 것이라 생각한다.

　왜 하필이면 정소년인가? 제6장에 등장하는 악사인 김선(金善), 종지(宗智), 설원(薛原) 등을 실제 인물이라고 보는 것처럼 정소년도 정씨 성을 가진 어떤 소년으로 볼 수 없는 바가 아니다. 그러나 그네를 밀어주는 행위는 고맙지만, 그가 유명한 인물이 아닌 한갓 그네 미는 소년인 바에는 유명한 악사들처럼 굳이 성을 밝혀 적어야 할 필요는 없다. 그럼에도 불구하고 정(鄭)자를 썼기 때문에 더욱 눈길을 끈다. 그래서 제8장의 내용을 남녀의 성유희로 보고 정을 중국 춘추시대 위(衛)나라와 더불어 풍기가 문란했던 정나라와 관련지은 주장이 제기되기에 이르렀던 것이다.[20] 주지하는 바와 같이 정나라는 '정위지음(鄭衛之音)'이니 '정위상(鄭衛桑)'이라는 용어로 굳어진 것처럼 음설한 나라의 대표격이요, 그 나라의 노래는 음탕한 노래로 유명했다. 그래서 정이라는 글자는 외설스런 뜻을 갖게 되어 정소년이라 할 때, 외설스런 분위기를 조장하는 인물로 떠오르게 되는 것이다. 이처럼 보조 역할을 담당하는 인물로는 〈쌍화점〉의 삿기광대 등이 있다. 이들은 주역인 화자와 그의 상대자 사이에 개입하여 그들의 관계를 돕거나 혹은 감시하며 사건을 묘미있게 이끌어가는 역할을 맡고 있는 것이다.

(4) 위 내 가논 디 남 갈셰라

제4행은 〈정읍사〉의 '어긔야 내 가논 디 졈그롤셰라'를 연상케 할 만큼 비슷한 모양을 하고 있다. '감탄사+내가논디+의구형어미'를 함께 취하고 있기 때문이다.

그네를 뛸 때는 보다 높게 날기를 원한다. 경쟁자가 있을 경우에는 이러한 심리가 보다 크게 발동된다. 제4행에는 화자인 '나'와 대응되는 '남'이 등장한다. 그가 있기 때문에 화자는 그보다 더 높이 날기를 원한다. 그가 자기보다 높게 날까 크게 조바심하고 있는 것이다. 그네 놀이에서 남보다 높게 날려는 일반적 성향이 여기서는 보다 강하게 나타난점이 주목된다. 제8장의 화자가 남보다 높이 날아야만이 선적(仙的) 취향

---

20) 지헌영, 전게논문, p.361.

을 한껏 살려 선경을 독점할 수 있다는 인식의 발로이다. <한림별곡>
각 장의 화자들이 다른 문생들을 압도하려는 과시적 속성을 강하게 띠
고 있다는 사실을 고려할 때[21] 위의 조바심이 공감될 수 있다.

A. 위

　① <양> 감탄사

B. 내 가논 디

　① <양> 내가 가는 골(곳)에
　② <박> 나의 가는 곳에
　③ <임> 내가 가는 곳에

C. 늠 갈셰라

　① <박> 남이 갈세라. 남이 갈까 두렵구나.
　② <임> 남이 갈까 두려워라.

　제4행의 해석에 별로 이견이 보이지 않는다. 종합해 볼 때, '아, 내가
가는 곳에 남이 갈까 두렵구나'로 풀이하는 것이 좋겠다. 그 속에는 놀
이에 참여한 어느 누구보다도 더 높이 날아 올라가 신선의 홍취를 독점
향유하겠다는 욕망이 들끓고 있다고 생각된다. 그러한 절실한 필요가
있었기에 정소년에게 그네를 힘껏 당기고 밀어 달라며 간곡하게 부탁했
던 것이다.

(5) 削玉纖纖　雙手ㅅ길헤 (반복)

---

21) 김선기, 「翰林別曲의 誇示性 考察」, 『韓國言語文學』 41집, 한국언어문학회, 1998, pp.39
　　-54.

(6) 위 携手同遊ㅅ景 긔 엇더ᄒ니잇고

섬섬옥수(纖纖玉手)란 말이 있다. 가냘프고 고운 여인의 손을 가리키는 말이다. 여인의 손이 옥처럼 부드럽다는 점을 강조하여 쓴 표현이다. 제5행은 고운 여인의 두 손에 초점이 맞추어져 있다. 그네를 타는 장면이기 때문에 그네 줄을 잡고 있는 여인의 고운 두 손을 부각시켰던 것으로 보인다. 그러나 여인이 그네를 뛴다고 해서 유독 손이 눈길을 끌었다고 보기는 어렵다. 오히려 그네 줄에 몸을 싣고 출렁이며 나는 여인의 동적 자태에 넋을 잃었을 법하다. 왜 하필 두 손이 화자의 눈길을 끈 것일까? 의문은 제6행의 휴수동유라는 용어를 통해 해명된다. '휴수동유'란 다른 사람과 손을 잡고 함께 노니는 것을 말한다. 그렇다면 화자는 섬섬옥수의 여인과 손을 잡고 노는 것이 된다. 손을 잡고 여기 저기 돌아다니며 구경한다고 볼 수도 있겠으나, 제8장이 그네 놀이를 주요 제재로 삼고 있음을 고려한다면 휴수동유는 마땅히 '쌍그네 놀이'로 보아야 한다. 이처럼 제5·6행을 쌍그네 놀이로 본다면, 화자가 무엇보다 먼저 그리고 실감으로 상대방 여인의 옥같이 고운 손길에 눈길을 보내는 것은 자연스런 이치이다. 눈빛은 거리를 둔 정감의 교환이지만 남녀가 손을 잡고 쌍그네를 타는 것은 직접 살이 맞닿는 감각적 교감이기 때문이다. 그래서 화자는 여인의 두 손을 제5행의 핵심어로 내세워 '삭옥섬섬쌍수ㅅ길헤'라는 감각적인 시구로 표현한 것이라 생각된다.

제5·6행은 어휘 해석면에서 이론의 여지가 없어 다음과 같이 풀이해 본다. '옥처럼 고운 여인의 두 손을 잡고 함께 쌍그네 타며 노는 광경 그것이 어떠합니까'

Ⅲ. 제8장의 겉 모양과 속 뜻

앞에서 제8장이 쌍그네 놀이의 광경을 담고 있음을 알게 되었다. 고려 고종 때에는 최충헌을 중심으로 사치스런 연회가 자주 열렸으며 그네 놀이도 성행하였다.[22] 그러므로 화자가 당시에 유행하던 그네 놀이를 통해 풍류의 극치를 과시하려 한 것은 자연스런 현상이라 할 수 있다. 특히 그네 놀이는 속세를 잊고 신선의 경지로 나아가게 하는 매력이 있어 반선희 또는 유선희라 불리는 터이다. 그래서 화자는 여인과의 환락을 극대화하기 위해 그네 놀이를 취택했던 것이라 생각된다. 그네 놀이라는 입장에서 제8장 전문을 통석해 본다.

> 크고 큰 가래(가래나무 열매)와 쥐엄나무에
> 붉은 실로 묶어 붉은 그네를 매었습니다.
> (이는 나와 여인의 끈끈한 인연입니다.)
> 정소년이여, 힘껏 잡아 당기시라 힘껏 밀어 올리시라.
> 아, 내가 드높이 올라가야 할 곳에 남이 더 높이 오를까 두려워라.
> 옥을 깎은 듯 고운 여인의 두 손을 (반복)
> 아, 마주 잡고 함께 그네를 뛰며 노는(쌍그네 놀이의) 광경, 그것이 어떠합니까?

참고로 박병채, 임기중 두 분의 통석 내용을 인용해 둔다.

> 당당당 호두나무 쥐엄나무에
> 붉은 실로 붉은 그네를 맵니다
> 당기고 있으라 밀고 있으라 정소년아

---

22) 『高麗史』의 「崔忠獻傳」과 「崔怡傳」 등의 자료를 통해 당시에 그네 놀이가 성행했음을 알 수 있다.

아, 내가 가는 곳에 남이 갈까 두렵구나
옥을 깍은 듯 고운 두 손길에 (반복)
아, 손을 잡고 같이 노는 모습 그것이 어떠합니까?[23]

당당당 당추자 쥐엄나무에
붉은 실로 붉은 그네를 맵니다
당기거라 밀거라 정소년아!
아, 내가 가는 곳에 남이 갈까 두려워!
옥을 깍은 듯 부드러운 두 손길에 (반복)
아, 손잡고 노니는 모습 그 어떠합니까![24]

'호두나무/당추자, 당기고 있으라/당기어라, 고운/부드러운' 정도의 차이를 보일 뿐, 두 분의 풀이는 대동소이한 모습을 나타내고 있다. 필자는 唐자를 '크다', 추자를 '가래'로 달리 풀었고, 휴수동유를 '쌍그네 놀이'로 구체화한 점이 다르다. 뿐만 아니라 그네를 맨 나무를 쥐엄나무에 국한하지 않고, 그네 줄 한 가닥을 '가래'에도 맸다고 보는 견해가 크게 다른 점이다. 그러나 세 견해를 종합할 때 제8장이 그네 놀이를 장면화한 작품이라는 점에는 별로 이의가 없을 듯하다.

그런데 글을 자세히 들여다 볼 때 그네 놀이를 겉에 내세우면서 속으로 또 다른 의미를 감추고 있다는 느낌이 짙게 풍긴다. 제8장의 어휘나 문맥을 볼 때 일반 그네 놀이 이상의 해석을 요구하는 징표가 보이기 때문이다. 무엇보다 제8장의 중심 제재라 할 그네부터 심상치 않다. 홍실이라 한 것은 남녀의 사랑을 비유적으로 표현했다 치더라도, 가래와 쥐엄나무에 연결해서 그네를 맸다는 사실이 납득되지 않는다. 앞의 말 '당추자'가 가래나무가 아닌 거기서 열리는 '가래'라는 열매임을 고려할

<hr>

23) 박병채, 전게서, p.354.
24) 임기중, 전게서, p.55.

때 그것이 그네와 어떻게 연관될 수 있는지 당황스럽기조차 하다. 당추
자에 그네를 맨다는 것이 현실적으로 불가능하기 때문이다. 그렇다고
쥐엄나무에 그네를 맨 주체를 당추자로 보기도 어렵다. 또 달리 생각해
서 당추자에도 그네를 매고, 쥐엄나무에도 그네를 매어 여기 저기에 여
러 개의 그네가 있다고 보기는 더욱 어렵다. 화자와 여인이 그네 놀이를
벌이는 주인공으로 등장하므로 그들이 타고 즐기는 그네 이외의 것으로
초점을 분산시킬 이유가 전혀 없기 때문이다. 그렇다고 한다면 현실적
으로는 공감하기 어렵겠지만 문맥상으로 볼 때, 그들이 타고 있는 그네
는 추자 곧 가래와 쥐엄나무에 한 가닥씩 줄을 매어 만든 것으로 볼 수
밖에 없다. 그런데 그네에서 이처럼 불합리한 점이 드러나므로 그 이면
의 상징성을 생각케 되는 것이다. 앞서 언급한 바와 같이 일찍이 지헌영
선생이 제8장을 남녀의 정욕적 상징으로 파악한 바 있어, 본 연구에 교
시하는 바가 크다. 필자는 <한림별곡> 제8장이 겉으로는 그네 놀이를
표방하면서 그 이면에 남녀의 성유희를 담고 있다고 보고, 그 근거를 그
네의 비현실성, 작품의 내용 전개면, 그리고 노랫말에 쓰인 어휘의 상징
성 등 세 가지 부면으로 나누어 살펴보겠다.

붉은 실의 그네가 가래와 쥐엄나무를 연결하여 매어 있다고 했다. 붉
은 실이란 남녀의 운명적인 인연이요 사랑의 상징이다. 사랑을 이어주
는 끈은 한 편에 남자, 다른 편에 여자가 있어야 제격이다. 그렇다면 '가
래'는 모양이 호두와 비슷하여 사내 아이의 고환을 호두라 부르고 있는
사실로[25] 미루어 가래를 남성의 상징으로 보는 데는 전혀 무리가 없다
고 생각한다. 한편 쥐엄나무에서 여성의 징표를 찾을 수는 없을까? 『한
국수목도감』에 보면 "완전히 익은 열매의 내피 속에는 끈끈한 쨈같은

---

25) 지헌영, 전게논문, p.362.

것이 있어서 먹으면 달콤한 맛이 난다. 이것을 주엽(쥐엄 : 필자)이라고 하기 때문에 나무 이름이 주엽나무이다. 열매의 껍질에는 사포닌이 함유되어 있어 비누 대용으로 쓰이고 한방에서는 열매를 가래 제거, 치질, 토담의 특효약으로 쓰며 가시는 치풍, 살충제 등 귀중한 약재로 쓰고 있다"고[26] 했다. 쥐엄나무가 널리 한약재로 쓰였으므로 사람들에게 유익하고 친숙한 나무였음을 알 수 있다. 그 정도라면 그 나무의 속성에 따라 어떠한 상징적 별명을 얻었을 법하다. 특히 열매 이름으로 인해 수목의 이름이 생겼다 하니 열매의 중요성은 더욱 크다 하겠다. 위에서 보면 쥐엄나무의 열매인 쥐엄의 껍질은 비누처럼 거품을 내는 세제로 쓰고, 속은 쨈 모양으로 달콤한 맛이 난다. 열매의 씨를 중심으로 한 형상이 여성의 음부와 비슷한 점이 있어 예산 지역에서는 쥐엄나무를 '조갑지나무'라 부른다고 한다.[27] 조갑지는 조개를 가리키는 지방말이다. 여성을 조개로 비유함은 널리 알려진 사실이다. 그렇다면 쥐엄나무에서 '여성'을 유추하는 것은 무리가 아니라고 본다. 따라서 본문에서 호두와 대응되는 여성의 상징으로 쥐엄나무를 설정했다는 사실을 추단할 수 있을 것이다. 여기서 제1행과 제2행의 섬세한 표현법에서 새삼 놀라움을 금할 수 없다.

---

26) 『한국수목도감』, p.266.

27) 쥐엄나무를 '조갑지나무'라 부른다는 사실을 김성호씨(대전 중앙고 재직)에게 전해 듣고, 그의 고향인 충남 예산군 응봉면 건지화리에 거주하는 林鳳圭씨(56세)에게 문의하여 그것이 사실임을 확인하였다. 林씨의 집 앞에 직경이 45cm, 높이가 20m 가량 되는 큰 쥐엄나무가 있어 쥐엄 열매를 따먹기도 하고 그네를 맨 적이 있었는데 1960년대에 나무를 베었다고 했다. 林씨는 열매의 속성이 조개(음부)와 비슷하여 조갑지나무라는 명칭이 붙여졌을 것으로 추정하였다.

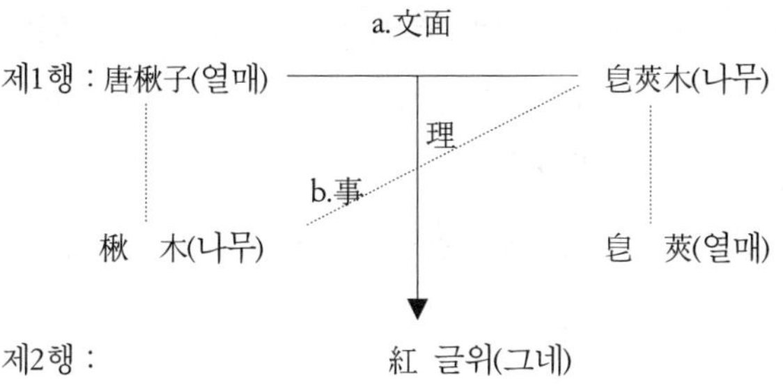

작자가 단순히 그네 놀이를 나타내려 했다면 추목과 조협목을 써서 나무로 대응시키면 그만이다. 한편 당추자와 조협을 써서 두 열매를 엮는다면 성적 유희의 속내가 너무나 쉽게 간파되어 싱겁게 된다. 그래서 작자는 겉으로 그네 놀이를 제시하고, 속으로 성유희를 은근히 담아내는 방식을 고안했던 것 같다. 그 결과 열매인 가래와 나무인 쥐엄나무를 엮어 그네를 매는 표현을 구사하였던 것으로 생각된다. 당대 최고의 문인으로 인정되는 작자들이었기에 겉으로 그네 놀이를 내세우고, 내면에 성유희를 담는 고급한 표현법을 구사할 수 있었다고 생각한다.

작품의 내용 전개면에서 보더라도 제8장에 남녀의 성유희 장면이 나오는 것이 자연스럽다고 생각한다. 필자는 금의의 문생들이 <한림별곡>을 지었다고 생각한다. 제1장의 화자의 입을 통해 스스로 그렇게 밝힌 바가 있고, 전체 8장의 내용을 통해 보더라도 금의의 문생을 화자로 인정하는데 아무런 문제점이 야기되지 않기 때문이다. 금의의 문생들은 자신을 급제자로 뽑아 주고, 정계 진출에 힘이 되어 준 금의에게 감사를 표하기 위해 이른바 좌주문생연을 열었던 것이다.[28] 좌주문생연에는 한시를 읊조리기도 하였겠지만, 거기서 머물지 않고 흥을 돋구기 위해 우리말 노래도 불렀을 것이다. 그래서 자신들이 벌이는 좌주문생연의 호

---

28) 주 1) 참조.

화로운 광경(제4·5·6장)을 중심에 두고, 금의와 문생들이 인연을 맺게 된 배경(제1장)과 문사로서의 고아한 취향(제2·3장)을 앞에 두고, 뒤에는 여흥으로 이어지는 남녀 쌍쌍의 유희 장면을 적절히 배치시켜 <한림별곡>을 지었을 것으로 추단한다. <한림별곡> 전체 8장의 내용은 다음과 같이 4개의 문단으로 구성된다.

제1장 : 과거시장 ― 제1문단
제2장 : 송독명저 ┐
　　　　　　　　├ 제2문단
제3장 : 휘필서예 ┘
제4장 : 권상명주 ┐
제5장 : 화훼간발 ├ 제3문단
제6장 : 청상연주 ┘
제7장 : 등망오호 ┐
　　　　　　　　├ 제4문단
제8장 : 휴수추천 ┘

　　제1문단에서는 화자가 자신을 포함한 금의의 문생들이 과거시험을 통해 등제한 빼어난 인물임을 자랑하였고, 제2문단인 제2·3장에서는 고전적인 명저와 서예에 조예가 있음을 통해 화자가 고상한 문사임을 과시하였다. 제3문단인 제4·5·6장에서는 좌주문생연의 화려한 잔치 모습을 유감없이 보여주었다. 술이 있고, 아름다운 기녀가 있고, 유명한 악사의 연주가 펼쳐지고 있다. 제2문단의 우아한 분위기가 여기에 이르러 질탕한 양상으로 완전히 바뀌었다. 시간은 밤이다. 여기까지가 좌주문생연의 공동 행사이다. 제4문단인 제7장은 공식 일정이 파하고 화자가 선녀처럼 아름다운 여인과 누대에 오르는 장면이 펼쳐진다. 화자는 자신의 상대 여인을 작약선자라 하여 선녀로 미화하였다. 배경도 그에 걸맞도록 삼신산으로 설정하였다. 그 같은 선경에서 꾀꼬리의 축하 노래를 들으며 남녀의 사랑이 시작된다. 이 같은 장면에 이어지는 것이 바로 제8장이다. 화자는 꿈처럼 아름다운 선남선녀(仙男仙女)의 사랑을 깨고 싶지

않았을 것이다. 그것을 유지·발전시킬 수 있는 방도로 반선희, 유선희라 불리는 그네 놀이가 취택되었다고 생각된다. 그 결과 그네 놀이로 표상되는 남녀의 성애 유희를 제8장에 담은 것이라 생각한다. 여기서 <한림별곡>의 장별 내용이 좌주문생연을 중심으로 흐트러짐 없이 긴밀하게 짜여져 있다는 사실을 확인할 수 있다.29) 이로써 <한림별곡>이 문생들의 합작품임을 추측케 한다. 각자 지은 것을 아무런 수정 절차도 없이 무작위로 모은 것이라면 그토록 긴밀한 구성이 불가능하겠기 때문이다. 따라서 <한림별곡>은 문생들이 각각 지은 것을 모아 좌주문생연을 여실히 드러내고 가창하기에 적합하도록 문생들이 함께 조정 과정을 거쳐 만든 합작품으로 보는 것이 합리적이라고 생각한다.

이제 끝으로 제8장을 남녀의 성애 유희의 관점에서 볼 때 이를 상징하는 시어들이 어떻게 사용되었는지 살펴보겠다. 그네를 '당추자'와 '조협남기'에 매었다는 것은 남녀의 교구를 가리킨다. 그것이 우연히 이루어진 것이 아니라 깊은 인연에 의한 것임을 '홍실'로 인해 추측할 수 있다. 그러나 남녀의 성적 교구는 노골적으로 표현하면 속되다. 그래서 신선 놀이로 상징되는 그네에 의탁하여 은밀히 비유하는 길을 택했으리라 추측한다. 그네 놀이에는 밀어주고 당겨주는 사람이 있기 마련이다. 그러한 사람으로 정소년을 등장시켰다. 즉 정나라는 위나라와 더불어 음외(淫猥), 음미(淫靡)한 음악이 판을 친 대표적인 나라이다. 그래서 정소년

---

29) <한림별곡>의 각 장들이 긴밀하게 구성되어 있지 못하고 개별적으로 독립된 것이라는 주장이 현재 학계에 우세한 입장이다. 윤영옥 교수의 글을 참고로 인용해 본다. "<한림별곡>은 모두 8연으로 구성되어 있다. 그러나 8연 전체가 유기적으로 통합되어 하나의 작품을 구성한 것이 아니고, 각 연이 하나의 완결된 작품을 이루고 있는 것 같다. 바꾸어 말하면 8개의 작품이 '한림별곡'이란 題下에 결집된 것 같다.……각 연은 완결된 작품이 되어 <한림별곡>을 "翰林諸儒所作"이라 하였다."(윤영옥, 『韓國의 古詩歌』, 文昌社, 1995, pp.330-340)

에게서는 음탕한 분위기가 감돈다. 작자는 그를 불러 그네를 당기고 밀게 함으로써 남녀가 교구하는 반복적인 동작을 비유한 것이라 할 수 있다. 이 정도로도 제8장을 남녀의 성애 유희로 파악하는데 모자람이 없을 것이다. 여기서 제4행의 '위 내 가논 디 눔 갈세라'를 지헌영 선생의 주장처럼 '내 가논 디'를 여근의 상징어[30]로까지 볼 수 있다면 그 근거는 더욱 풍부해질 것이다. 제4행을 남보다 높이 뛰어 선취를 만끽하려는 그네 놀이 자체로 이해한다 하더라도 제8장을 남녀의 성애 유희로 보는 데는 전혀 장애가 되지 않는다. 왜냐하면 작자가 제5, 6행과 더불어 제4행까지를 그네 놀이로 꾸밈으로써 그만큼 남녀 성유희의 노골성과 비속함을 차단할 수 있도록 은근한 수사 기법을 구사했다고 이해할 수 있기 때문이다. 이는 <만전춘별사> 제5장에서 성애의 노골성을 교묘하게 감추기 위해, 남산, 옥산, 금수산 등의 '산'을 소재로 끌어들인 표현 기법과 동궤의 것이라 할 수 있다.

IV. 결론

<한림별곡> 제8장은 작품의 성격 파악에 있어 중요한 위치에 놓여 있다. 그런데 그보다 앞서 이루어져야 할 작품의 해독 성과를 볼 때 미진한 점이 적지 않다. 필자는 특히 붉은 실 그네를 가래나무 열매와 쥐엄나무에 엮어 맸다는 표현이 현실적으로는 실현 가능성이 없다고 보고 그 이면에 담긴 내용이 무엇일까를 고찰하게 되었다. 그 결과 제8장이 겉으로는 남녀의 그네 놀이를 내세우고 있지만 속내는 남녀의 성적 유

---

30) 지헌영, 전게서, p.363.

희를 담고 있음을 알게 되었다.

제8장을 남녀의 성유희로 파악한 분도 있었지만, 방법면에서 몇몇 어휘를 통한 추측의 수준이었음에 비해, 본고에서는 그네를 맨 방식의 비현실성, 작품 내용의 전개면, 그리고 노랫말에 쓰인 어휘의 상징성 등 세 가지 부면의 논거로써 위의 가설을 보다 확실한 단계로 끌어 올렸다고 생각한다.

<한림별곡> 제8장을 남녀의 성유희라는 관점에서 이해할 때, 전체 8장은 4개의 문단이 긴밀하게 구성되어 있다고 보아지므로 <한림별곡>이 일관성 없는 별개의 장들로 엮여 있을 뿐이라는 주장은 재고할 필요가 있다고 본다. 아울러 <한림별곡>이 금의의 문생들이 각각 지은 장들을 묶은 것이라 하더라도 수정없이 수용하여 엮은 것이 아니라 좌주문생연을 여실히 드러내고 가창하기에 적합하도록 공동의 조정 과정을 거쳐 완성된 작품일 것으로 생각한다.

Ⅰ. 서론

　　<한림별곡>은 고등학교 교재에 단골로 등장할 만큼 유명한 작품이다. <한림별곡>이 경기체가 양식의 최초 작품이요, 가장 완전한 형식을 취하고 있으므로 한국문학사에서 이를 중시하는 것은 당연하다 하겠다. 그 동안 학자들은 <한림별곡>의 중요성에 걸맞게 장르, 형식, 내용, 작자, 창작시기, 연행 등 다양한 부면에서 작품을 고찰하여 괄목할 만한 성과를 거둔 것이 사실이다.

　　그러나 연구의 내용을 주의 깊게 들여다보면 아직도 상이한 주장이 적지 않게 맞서 있는 것 또한 사실이다. 관심을 작품의 해석면에 국한시켜 보더라도, 현재의 작업은 대체로 『악장가사』 본 <한림별곡>을 대본으로 삼아, 어구해석에 머물러 있어, 8장 전체의 문맥이 제대로 해석되었다고 보기 어렵다. 이는 <한림별곡> 작품이 갖고 있는 특성에 기인한다. 즉 8장으로 구성된 <한림별곡>은 각장이 서로 다른 장면으로 엮여져 있을 뿐만 아니라, 장을 구성하고 있는 행들조차 서로 관련이 없어 보이는 사물이 열거된 채, 이를 연결하는 서술어가 과감히 생략되어 있

어 이해에 어려움을 가중시키고 있다. 그러므로 나열된 사물들의 관계를 밝혀주기 위해서는 숨은 서술어를 찾아 보충하는 작업이 요구된다. 따라서 이것이 없이 문면에 드러난 어구를 해석하는 것만으로는 <한림별곡>을 제대로 해석했다고 말할 수 없다 하겠다.

필자는 서로 단절된 듯이 보이는 이들 어구, 행, 그리고 여덟 개의 장을 유기적 생명체로 되살려내기 위해서는 작품의 출현 배경에 대한 폭넓은 이해가 전제되어야 한다고 믿는다. 즉 '누가, 언제, 왜, 어떻게 <한림별곡>을 지었는가'하는 사실을 알아야, 그 바탕 위에서 <한림별곡>의 해석이 가능할 것이기 때문이다. 본고 제Ⅲ장에서 <한림별곡>의 출현 동기를 살피는 이유가 여기에 있다.

<한림별곡>의 노랫말은 『악장가사(樂章歌詞)』와 『고려사(高麗史)』에 수록되어 있다. 그런데 『고려사』에서는 한문을 전용하였으므로 우리말 가사 자리에 '이어(俚語)'라는 표시를 남기고 한자어만을 한문으로 기록할 수밖에 없었다. 그러므로 학계에서는 <한림별곡>을 소개하거나 해석할 경우 대체로 『악장가사』 본을 대본으로 써 왔다. 그런데 『악장가사』 본 가사가 완벽하지 못하다는 데 문제가 있다. 『악장가사』에 수록된 <한림별곡> 가사도 어차피 한 종의 이본인 바에야 『고려사』와의 대교를 통해 오류를 바로 잡아 정본을 마련하고 그것을 해석하는 것이 학계를 위해 도움이 될 것이라 생각한다. 제Ⅱ장에서 이러한 작업을 시도하겠다.

제Ⅳ장에서는 제Ⅲ장에서 살핀 <한림별곡>의 출현 동기를 바탕으로 제Ⅱ장에서 새롭게 도출한 <한림별곡> 정본을 대본으로 삼아 전체 8장을 차례로 해석하고, 제Ⅴ장에서는 제Ⅳ장의 논의를 토대로 작품의 구조를 밝혀 보겠다.

II. 가사 변정(辨正)

　　<한림별곡>을 싣고 있는 대표적인 자료는 『악장가사』와 『고려사』이
다. 『악장가사』는 국문을 사용하여 작품 전체를 수록하고 있는 반면, 『고
려사』는 한문을 전용하고 있으므로 국어 가사를 기록하지 못하므로 우
리말 가사가 오는 자리에 '운운이어(云云俚語)'라 표시하거나, 손쉽게 번
역할 수 있는 것은 한문으로 번역하는 방식을 취하였다. 두 자료의 제8
장을 비교해 보면 이를 잘 알 수 있다.

<table>
<tr><td>

唐唐唐　唐楸子　皂莢남긔
紅실로　紅글위　미요이다
혀고시라　밀오시라　鄭少年하
위 내가논더 눔갈셰라
削玉纖纖 雙手ㅅ길헤 削玉纖纖 雙手ㅅ길헤
위 携手同遊ㅅ景 긔 엇더ᄒ니잇고

</td><td>

唐唐唐　唐楸子　皂莢木
云云　俚語

削玉纖纖　云云　俚語
偉携手同遊景何如

</td></tr>
<tr><td align="center">(『악장가사』 본)</td><td align="center">(『고려사』 본)</td></tr>
</table>

　　'남긔'를 '목(木)'으로, '긔 엇더ᄒ니잇고'를 '何如'로, '위'를 '偉'로 각
각 한역하거나 음이 같은 한자를 빌어 썼고, 제2행 '紅실로' 이하 '눔갈
셰라'와 '길헤' 등 한문으로 번역하기 어려운 우리말의 가사가 놓일 자
리에는 '운운 이어'라고 표기했음을 두 가사 자료의 비교에서 쉽게 확인
할 수 있다. 두 자료에서 『악장가사』의 노랫말이 실제 가창에 쓰였던 가
사임은 두말할 필요가 없다. 그렇다고 해서 『악장가사』 본 가사에 오류
가 전혀 없다고 할 수는 없다. 또 『고려사』 악지가 음악에 조예가 있는
학자들에 의해 찬술된 정사였던 점을 감안할 때, 『고려사』 본 가사를 소
홀히 여길 일도 아니다. 그렇다면 두 자료를 상호 대교하여 정오(正誤)를

가리는 작업이 필요하다.

　필자는 일찍이 두 자료를 비교하는 자리에서 A. 동자이표기형(同字異表記型), B. 정속자표기형(正俗字表記型), C. 정오자표기형(正誤字表記型), D. 상이어구형(相異語句型) 등으로 나누어 살핀 바 있다.[1] 이 가운데 A와 B는 세상에서 바꾸어 쓸 수 있는 것이므로 문제가 되지 않는다. 그러나 C의 정오자표기형은 바르고 틀린 것이 분명하므로 정확히 밝혀 틀린 것을 바로잡지 않으면 안 된다. 이에 해당하는 용례를 뽑아 두 자료에서 비교해보면 다음과 같다.

	[악장가사]			[고려사]	
①	篆籀[2]書	(×)		籀	(○)
②	虞書南書	(×)		世	(○)
③	牧丹	(×)	<제5장>	牡	(○)
④	御柳	(○)	<제5장>	榴	(×)
⑤	稽琴	(×)	<제6장>	嵇	(○)
⑥	瀛洲	(○)	<제7장>	州	(△)
⑦	栽亭畔	(○)	<제7장>	裁	(×)

　①과 ②는 서예에 전문적인 식견이 없으면 정오를 분별하기 어려운 용례이다. '주서(籀書)'는 대전(大篆)을 가리키는 서체를 말한다. '주(籀)'자는 『악장가사』에 쓰인 [추]자와 전혀 뜻이 다른 글자로서 태사(太史)인 사주(史籀)가 지었다 하여 붙여진 서체이다. 이는 글자의 모양이 흡사하여 빚어진 오류라 하겠다. ②는 '우세남서(虞世南書)'라야 맞는 자리이다. 중국에는 우서나 남서라는 서체가 없다. 제1행에서 안진경의 글씨를 '진

---

1) 김선기, 「高麗史의 解說文-此曲(翰林別曲)高宗時翰林諸儒所作-은 僞作인가」, 『語文研究』 32집, 語文研究學會, 1999.12, pp.153-156.
2) 『明文漢韓大字典』에 따르면 이 글자는 籀자와 다른 '빨[추]'자로 되어 있다.

경서'라 했듯이, 당나라의 서예가인 우세남의 글씨를 '우세남서'로 표현한 것으로 추단한다. 이는 '우세남서'가 노랫말에서 '우서남서'와 비슷하고, 바로 앞의 각종 서체가 소개되고 있으므로 '우서'와 '남서'의 서체로 착각하여 발생한 오류로 볼 수 있다.

③, ④, ⑤의 '모란', '어류', '해금'은 각각 모란(牡丹), 어류(御柳), 해금(稽琴)의 표기가 맞다. 다른 표기의 용례가 보이지 않기 때문이다. 그런데 ⑥의 '영주(瀛洲)'는 삼신산으로 널리 알려진 '영주(瀛洲)'가 통용되는 가운데, 『한어대사전(漢語大詞典)』에 '역작영주(亦作瀛州)'가 보이는 것으로 미루어 '영주(瀛州)'로 써도 틀리는 것이 아님을 알 수 있다.3) ⑦의 '재정반(栽亭畔)'의 경우, 『중문대사전(中文大辭典)』과 『한어대사전』을 찾아보아도 정자의 이름으로 '재정(栽亭)' 혹은 '재정(裁亭)'이 나타나지 않는다. 그것이 정자의 이름이 아니라면 '재(栽)'자를 서술어로 보고 문맥에 적합한 것을 고르는 것이 정오를 가리는 방법이 될 것이다. 그런데 '栽(재)'자와 '재(裁)'자는 통용되는 용례가 보이지 않는다. '정자 주변(亭畔)'과 '푸른 버들과 대나무(綠楊綠竹)'를 연결하는 말이라면 '마르다(裁)'류보다는 '심다(栽)'가 제격이라 생각된다. 더구나 '재(栽)'자에 '누각(閣)'이나 '담(築墻長板)'의 뜻이 있어, 어느 면으로 보더라도 그것이 적합함을 부인할 수가 없다.

상이어구형은 제7장 제6행 단 한 곳에 보일 뿐이다. 『악장가사』 본에는 '위 전황앵(囀黃鸎) 반갑두세라'임에 비해 『고려사』 본에는 '위전황앵경하여(偉囀黃鸎景何如)'로 되어 있는 것이다. 음차(音借)와 한역 부분은 문제삼을 것이 못되지만 『고려사』 본에서 '～경(景)'의 표현을 쓴 것은 『악장가사』 본의 것과 크게 다르다 아니할 수 없다. 이 두 가지 시행을 두고 어느 것이 맞는다고 단정짓기는 어렵다. 다만 선호의 차원에 하나를

---

3) 필자는 상게논문, p.155에서 '瀛州'를 틀린 것으로 판단했으나 『한어대사전』을 근거로 통용되는 것으로 보아 이전의 견해를 수정한다.

고르라면 『고려사』 본의 장면화 표현에 호감이 간다. 앞의 정오자표기에서 확인할 수 있듯이 『고려사』 본이 보다 오류가 적을 뿐만 아니라, <한림별곡>의 작품 특성이 '경기체가'라는 양식 이름에서 알 수 있는 바와 같이 서경성이 강하기 때문이다.

이처럼 『악장가사』 본과 『고려사』 본의 노랫말을 대교하여 동자이표기의 경우에는 가급적 정자와 일반적으로 쓰이는 글자를 취하고, 정오자표기의 경우에는 오자를 바로 잡으며, 상이어구의 경우에는 <한림별곡>의 속성과 『고려사』 기록의 신빙성 등을 고려하여 '위 전황앵ㅅ경 긔 엇더ᄒ니잇고'를 취하였다.

그 결과 다음과 같이 <한림별곡>의 교정본을 얻게 되었다.

제1장
元淳文 仁老詩 公老四六
李正言 陳翰林 雙韻走筆
冲基對策 光鈞經義 良鏡詩賦
위 試場ㅅ景 긔 엇더ᄒ니잇고
琴學士의 玉笋門生 琴學士의 玉笋門生
위 날조차 몃부니잇고

제2장
唐漢書 莊老子 韓柳文集
李杜集 蘭臺集 白樂天集
毛詩尙書 周易春秋 周戴禮記
위 註조쳐 내외옰景 긔 엇더ᄒ니잇고
太平廣記 四百餘卷 太平廣記 四百餘卷
위 歷覽ㅅ景 긔 엇더ᄒ니잇고

제3장
眞卿書 飛白書 行書草書

제5장
紅牡丹 白牡丹 丁紅牡丹
紅芍藥 白芍藥 丁紅芍藥
御柳玉梅 黃紫薔薇 芷芝冬柏
위 間發ㅅ景 긔 엇더ᄒ니잇고
合竹桃花 고온두분 合竹桃花 고온두분
위 相映ㅅ景 긔 엇더ᄒ니잇고

제6장
阿陽琴 文卓笛 宗武中琴
帶御香 玉肌香 雙伽耶ㅅ고
金善琵琶 宗智嵆琴 薛原杖鼓
위 過夜ㅅ景 긔 엇더ᄒ니잇고
一枝紅의 빗근笛吹 一枝紅의 빗근笛吹
위 듣고아 줌드러지라

제8장
蓬萊山 方丈山 瀛洲三山

篆籒書　蝌蚪書　虞世南書　　　　此三山　紅樓閣　婥約[4]仙子
羊鬚筆　鼠鬚筆　빗기드러　　　　綠髮額子　錦繡帳裏　珠簾半捲
위 딕논景 긔 엇더ㅎ니잇고　　　위 登望五湖ㅅ景 긔 엇더ㅎ니잇고
吳生劉生 兩先生의 吳生劉生 兩先生의　綠楊綠竹 栽亭畔애 綠楊綠竹 栽亭畔애
위 走筆ㅅ景 긔 엇더ㅎ니잇고　　위 囀黃鶯ㅅ景 긔 엇더ㅎ니잇고

제4장　　　　　　　　　　　　　제8장
黃金酒　柏子酒　松酒醴酒　　　　唐唐唐　唐楸子　皂莢남긔
竹葉酒　梨花酒　五加皮酒　　　　紅실로　紅글위　ᄆ요이다
鸚鵡盞　琥珀杯예　ᄀ득브어　　　혀고시라　밀오시라　鄭少年하
위 勸上ㅅ景 긔 엇더ㅎ니잇고　　위 내가논디 눔갈셰라
劉伶陶潛 兩仙翁의 劉伶陶潛 兩仙翁의　削玉纖纖 雙手ㅅ길헤 削玉纖纖 雙手ㅅ
위 醉혼景 긔 엇더ㅎ니잇고　　　길헤
　　　　　　　　　　　　　　　위 携手同遊ㅅ景 긔 엇더ㅎ니잇고

Ⅲ. 출현 동기

　<한림별곡>은 누가, 언제, 왜, 어떻게 지은 것일까? 이것이 먼저 밝혀
져야 <한림별곡>의 내용과 작품의 특성이 제대로 설명될 수 있을 것이
다. 필자는 이 점에 착안하여 <한림별곡>이 출현하게 된 배경을 육하원
칙의 요건에 따라 살핀 바 있다.[5] 여기서는 그 내용을 근간으로 논지를
전개하되 특히 <한림별곡>의 성격을 이해하는 데 도움이 되는 부면을

---

4)『고려사』 본이나『악장가사』 본에는 모두 '婥妁'으로 쓰여 있으나 이는 '婥約'의 오류
　로 보인다. '妁'자는 '중매인'과 '姓'의 뜻을 갖는 글자일 뿐이다.『中文大辭典』이나『漢
　語大詞典』에도 '婥約'의 설명으로 '姿態柔美貌'가 있을 뿐 '婥妁'은 보이지 않는다. 따
　라서 여기서는 두 대본의 표기가 모두 틀린 것으로 판단하여 '婥約'으로 고쳐 적는다.
5) 김선기,「翰林別曲의　出現에　대한　綜合的　考察」,『語文研究』 33집, 어문연구학회,
　2000.6, pp.153-202.

중심으로 살펴보고자 한다.

<한림별곡>은 『고려사』에 기록된 것처럼 고려 고종 때 한림들이 지었다.[6] 더 구체적으로 말한다면 고종 7년에서 17년 사이, 즉 금의가 벼슬을 그만두고 물러나 있다가 죽은 그 기간 중에[7] 금의의 문생들이 지은 것으로 생각한다.[8] 제1장의 화자가 스스로 금의의 문생임을 밝힌 데다, 제8장에서 화자가 '나'라고 표현하여 수미일관의 수사법을 구사하였을 뿐만 아니라, 나머지 여섯 장에서도 화자가 금의의 문생 범위를 일탈하는 모습을 보이고 있지 않기 때문이다.

그렇다면 금의의 문생들이 <한림별곡>을 지은 까닭은 무엇일까? 필자는 금의의 문생들이 좌주문생연에서 자랑스럽게 가창하기 위해 우리말 노래인[9] <한림별곡>을 지었다고 생각한다. 흥을 돋구기 위해서는 우리말 노래가 제격이기 때문이다. 금의의 문생복은 그 당시 유명했으며,[10] 그가 최충헌의 심복이었으므로 문생들이 누리는 혜택 또한 유별났다.[11] 『파한집』과 『보한집』에는 좌주문생연의 이야기가 여러 차례 등

---

6) 此曲 高宗時翰林諸儒所作.

7) 김선기, 「翰林別曲의 出現에 대한 綜合的 考察」, pp.197-198. 필자가 <한림별곡>의 창작 시기를 고종 7년에서 17년 사이로 추정한 것은, 좌주문생연이 금의의 생존시에 이루어졌고, 그가 죽은 다음 해부터 장 기간 대몽 항쟁으로 노래를 지을 형편이 못되었고, 이제현(1287~1367)이 금의를 부끄럼도 모르고 최충헌에게 아부한 사람이라고 혹평한 사실을 논거로 한 것이다. 또 문생들이 아직 현달하지 못한 상태라면 <한림별곡>처럼 호기에 찬 노래를 짓기가 어려웠을 것이다.

8) 금의의 문생 중에서도 최자가 『보한집』에서 거명한 최린 등 10명이 그 핵심 인물이었을 것으로 추측된다.(김선기, 「翰林別曲의 作者와 創作年代데 關한 考察」, 『語文研究』 12집, 어문연구학회, 1983, pp.302-308 참조.)

9) <한림별곡>의 노랫말에 한자어가 많고 한문식 어구가 있기는 하지만 가사를 한문으로 보아서는 안된다. 가사의 통사 구조로 보나 숱한 '俚語' 표시가 있다는 사실이 이를 증명하고 있다.

10) 이규보, 『東國李相國集』 권36, 「壁上三韓大匡金紫光祿大夫……琴公墓誌銘」, 嘗典司馬試及三掌禮闈 所得皆當世聞人 玉笋之盛 近古未有也.

장하고 있는데, 금의의 문생이기도 한 최자가 『보한집』에서 금의와 그의 문생들이 벌이는 좌주문생연을 두 차례나 장황하게 소개하고 있는 것은 우연한 일이 아니다. 그 중 하나를 소개하면 다음과 같다.

> 두 분(최홍윤과 금의)은 모두 충숙공 문극겸의 문하 장원들이다. 그 뒤 임신년(1212) 봄에 함께 춘관시를 관장했는데 나도 그 문하에서 나왔다. 양공(兩公)이 한 때 재상이 되었는데, 충숙공의 아들 유필이 그 때 또한 재상이 되었다. 그 뒤 영렬공(琴儀)이 벼슬을 그만두고 물러났다. 문생들이 헌수코자 하여 크게 화려한 잔치를 베풀고 여기에 최홍윤·문유필 두 재상을 맞아 잔치자리를 같이 했다. 영렬공이 술이 거나해 말하기를 "한 문하에 두 장원이 종백과 한 때에 평장이 되었다가 물러나 이번 문생들의 축하연에 참석했으니 참으로 천고에 들어보지 못한 일이다. 어찌 실컷 취하여 이 성대한 행사에 보답하지 않을 것인가"했다.
>
> 문생들이 모두 뜰 아래 엎드려 경탄을 이기지 못하였고 혹은 눈물을 씻으며 흐느끼는 사람도 있었다. 동년(同年)인 조분이 시를 지어 가만히 나직한 소리로 말하기를 ……(시 생략) 동년의 시가 비록 얕고 속되나 오늘의 일을 꼭 맞추어 말한 것이다.[12]

문생들이 좌주에게 헌수코자 마련한 자리가 좌주문생연인 것이다. 조분(趙賁)에게서 보듯이 한시(漢詩)로 그날의 기쁨을 담는 것은 상식에 속한다. 그러나 금의(琴儀)가 말한 것처럼 성대한 좌주문생연에서 실컷 취

---

11) 『고려사』, 열전 15, 「금의」, 熙宗四年 以右副承宣 掌試 取皇甫瓘等 瓘等謁忠獻 忠獻贈 隨從坊廂銀甁各一事 怡 亦贈銀甁 又謁王 親賜酒果 仍觀各坊廂歌吹 命瓘等七人 屬內侍 儀爲忠獻所昵 故待以厚禮如此.

12) 최자, 『보한집』 권상, 二公皆文忠肅克謙之門下壯元也 越壬申春 同掌試春官 予出其門下 兩公並時爲相 而忠肅公之嗣惟弼 時亦爲相 及英烈公縣車歸老 門生欲獻壽 大敵華筵 仍邀 崔文二相同燕 英烈公倚酣唱曰 一門下兩龍頭 與宗伯同時爲平章 以至退老 赴此門生之賀 宴 實千古未聞也 胡不爛醉以答盛事 門生皆俯伏階下 不勝慶嘆 至或有拭淚嗚咽者 趙同年 賁作詩 私與同年微聲曰 共登金牓一門下 聯入黃扉數載中 宗伯亦爲一時相 桂堂春宴賀三 公 同年以此詩雖淺俗 言今日事的然.

하도록 술을 마시는 것은 좌주를 위한 대접이요 문생에 대한 보답인 것이다. 술이 있는 자리에 흥을 돋구는 가무가 따르는 것은 자연스런 일이다. 그런데 위의 글에서 보면 술취한 장면은 있되 <한림별곡>이 보여주는 화려함이나 질탕한 분위기는 감지하기 어렵다. 유자(儒者)로 자처한 최자의 기술 태도와 『보한집』이 최이(崔怡)의 부탁으로 『파한집』을 보충한 시화집(詩話集)의 성격을 띠고 있음에 그 원인이 있다. 유자는 방탕을 꺼리고, 『보한집』은 한시를 다루고 있으며, 최이는 문풍의 고양을 기대했기 때문이다. 이규보가 그러한 조건이 없이 자유롭게 지은 한시에서는 좌주문생연의 풍속이 훨씬 사실적으로 그려져 있다. 다음의 시에서이를 확인할 수 있다.

빛나는 이 경사로운 자리,　　　　　　　　　　光華慶席
훌륭한 문생들이 늘어서서 귀빈을 맞는데,　正玉笋參羅迎致嘉客
또 아릿다운 미인이 있어 다가가 꺾고 싶네.
　　　　　　　　　　　　　　　　還有嬌花解語近前堪摘
천금같은 귀한 술을 은근히 기울여라.　　殷勤好倒千金酒
다행한 상봉이라 맘껏 즐겨 어떠하랴.　　幸相逢不妨歡劇
두 늙은이 같이 늙어 문생들의 헌수를 받는 것은,
　　　　　　　　　　　　　　兩翁俱老門生獻壽
예나 지금이나 얻기가 어렵다네.　　古今難得
유락을 즐겨하던 그 옛날을 생각하노니,　念往日貪遊好樂
한이로다. 파리한 이 몸 어느 곳에 술을 들을고
　　　　　　　　　　　　　　恨枯瘦如今何處浮白
기쁨에 넘친 이 자리를 깊숙한 골짝 신선 집에 점쳤거니,
　　　　　　　　　　　　　多喜開筵別占洞天仙宅
춤추는 기생들의 펄럭이는 소매를 멈추게 말라.
　　　　　　　　　　　　　莫敎舞妓停飄袖
돌아보니 해는 이미 서산에 기우누나.　顧看看紅日西側
우습다. 노쇠한 이 늙은이,　　　　笑哉殘叟

어깨를 흔들면서 박수를 치는 꼴이.　　　　搖肩兼將手雙拍[13]

위의 시를 보면 좌주문생연이 눈앞에 펼쳐진 듯 생생하게 떠오른다. 문생들이 귀빈을 맞아들이고 있다. 고급한 술로 좌주께 헌수한다. 아리따운 미인이 있고 소매를 펄럭이며 기생들이 춤을 춘다. 주흥이 감돌자 노소동락 어울려 어깨를 흔들고 박수를 치며 맘껏 즐긴다. 해는 이미 서산에 기울고 있다. <이 날 세 박학사의 화답에 다시 차운한다>라는 제목의 시에서도 "……흥겹게 마셔라. 취담은 한창 높다. 미인들은 창 부르며 앞을 다투어 축수를 드리노니, 맘대로 돌아가질 못하게 한다. …… 날이 저문데도 눌러 앉아 집에 가길 잊었나니, 때로 일어나 보지만 소매를 당기누나. 비틀걸음 허둥지둥 모자가 재켜지네. 우습다. 노쇠한 늙은이, 연달아 기생 불러 단박(檀拍)을 재촉하니."[14]라고 했다. 다른 시 <또 문생들과 작별하면서>에서는 "기생 곁을 떠나려니 향기가 옷 소매에 남아있거니, 돌아갈 때 이 몸 부축해주기 바라노라"[15]라고 읊었다.

기녀가 권하는 술, 그들의 노래와 춤에 흥겨워 몸을 흔들며 시간 가는 것을 잊고 있는 모습이다. 자리를 뜨려해도 소용없다. 잡아 끌며 술을 권하며 함께 놀기를 청하니 옷소매엔 여인의 향내가 배어 감돈다. 이처럼 이규보의 시에서는 <한림별곡> 제4·5·6장이 보이고 있는 좌주문생연의 장면과 흡사함을 알 수 있다. 따라서 『보한집』에 소개된 금의와

---

13) 이규보, 『동국이상국집』 후집 권10, 「丙申年門生及第等 設宴慰宗工朴尙書 予於筵席上 作詞一首 并序」, 五月十七日 丙申年門生及第等 大設華筵 慰座主朴尙書廷揆致政 以予 其年亦預試席 故并邀僉赴 又迎朴樞院椐朴學士仁著朴侍郎暉同宴 予酒酣 卽席作詞一首 奉呈云.

14) 상동, <是日三朴學士見和　復次韻>, ……興飛揚飮酣談劇　紅粧慢唱爭前祝壽　不敎歸得……侵夕將廻更坐忘還家宅　有時謵起遭牽袖　任蹉跎烏帽攲側　笑哉殘叟　連呼倡兒促檀拍.

15) 상동, <又別贈門生>, ……起離妓簇香餘袖　要歸時扶我身側.

그의 문생들의 좌주문생연을 기록된 대로 읽고 말 일이 아니다. 금의와 그의 문생들이 처한 시대 여건을 고려할 때 그들의 좌주문생연이 다른 이들의 것보다 한층 성대했을 것이기에, 그 자리에 고급 술이 있고 흥을 돋구기 위해 당대 최고의 기녀와 악사들이 초청되었다고 보아야 하겠다. 최고의 기녀라 한다면 좌주문생연에서도 당악과 속악을 넘나들며 노래할 수 있었을 것이다. 그런데 술이 거나하여 흥을 푸는 데는 아무래도 우리말 노래가 제격이다.

이쯤에서 필자는 앞서 살핀 좌주문생연의 성격과 금의의 문생들의 심리를 고려하여 <한림별곡>이 창작된 동기를 추측해 본다. 금의의 문생들은 금의의 뒷받침에 힘입어 유별나게 출세의 혜택을 입은 사람들이었다. 그들은 좌주문생연이 거듭되면서 자기들의 자랑스런 모습을 담은 가창용 노래가 필요했다. 좌주문생연에서 흥을 돋구고 문생들의 단결을 도모할 수 있는 <한림별곡>을 창작했던 것으로 생각한다. <한림별곡>에 좌주와 문생의 인연, 고급한 문화 향유, 호사스런 좌주문생연, 미녀와의 사랑 등 당시인들이 부러워할 만한 소재를 골라 담은 이유도 이 때문일 것이다. 그런데 그들은 개인이 아닌 금의의 문생이라는 집단 심리로 개인적 삶과 좌주문생연을 과시하고 싶은 욕구가 강했던 것 같다. 이황이 '긍호방탕(矜豪放蕩)'하다고 적절히 지적한 것처럼 <한림별곡>은 소재, 화자의 태도, 화법면에서 과시풍이 짙게 나타나 있다.16) 나아가 그들은 당시에 유행한 팔경시(八景詩)의 형태를 변용하여 특유의 서경시라 할 경기체가 양식을 창출했던 것이다.17) 즉 팔경시의 제목을 본문에 담되, 그것을 '～경(景)'이라는 장면화의 어구로 처리함으로써 화자가 자랑

---

16) 김선기, 「翰林別曲의 誇示性 考察」, 『韓國言語文學』 41집, 한국언어문학회, 1998, pp.39-54.
17) 김선기, 「翰林別曲의 出現에 대한 綜合的 考察」, pp.180-188.

하고 싶은 내용을 가창의 노랫말을 통해 효과적으로 각인시킬 수 있었던 것이다. 이 같은 형태의 장을 만든 다음, 그것을 기본틀로 삼아 문학에 조예가 있는 문생 8명이 좌주문생연과 관련된 소재를 각각 한 장씩 지어 모은 것이 <한림별곡>이라고 생각한다. 『고려사』에서 <한림별곡>의 작자를 '한림제유(翰林諸儒)'라 함은 이를 지적한 것이라 하겠다.

IV. <한림별곡> 통석

제III장에서 살핀 바 <한림별곡>의 출현 동기를 고려하면서, 제II장에서 변정·도출한 작품을 대본으로 삼아 장 단위로 해석을 시도하겠다. <한림별곡>의 노랫말은 단어, 어구, 행의 사전적인 풀이만으로 해석이 끝나는 것이 아니다. 그것으로는 문맥이 통하지 않는다. 따라서 먼저 각 장이 담고 있는 역사성이나 상징성 등을 고려하여 설명을 한 다음, 이를 토대로 장을 통석하려 한다.

그리고 <한림별곡>의 화자가 '~景 긔 엇더ᄒ니잇고'라며 과시하고 싶은 장면을 자랑스럽게 묻는 말에 대해, 자리를 함께 한 문생들이 호응함으로써 유대를 다지고 노래의 흥도 돋우었을 것이다. 이 때 화자가 기대하는 말이자 동시에 문생들의 호응이라고 예상되는 말을 보충하고, ( )로 묶어 문맥의 이해를 돕기로 한다.

1. 제1장 ; 옥순문생(玉笋門生)

제1장에서는 금의의 문생들이 과거 시험공부를 충실히 한 결과 당당

히 급제하여, 금의와 좌주문생의 관계를 맺게 된 인연과 금의의 이름난 문생들이 번성함을 과시하고 있다. 금의의 문생들이 좌주문생연에서 가창하기 위해 <한림별곡>을 창작했다는 사실을 고려할 때 제1장에 이같은 내용을 담은 것은 지극히 자연스럽다. 제1장을 통해 모임의 성격을 알 수 있고, 문생들의 자긍심을 고취할 수 있기 때문이다.

전절 제1·2·3행에 열거된 사실들은 제4행의 '시장경(試場景)'으로 종합 귀결된다. 즉 제1행에서는 문(文), 시(詩), 사륙(四六)의 세 가지 문체에 능한 유원순(兪元淳), 이인로(李仁老), 이공로(李公老)를, 제2행에서는 속작(速作)의 대가인 이규보(李奎報)와 진화(陳澕)를, 그리고 제3행에서는 고려 의종(毅宗) 이후 시행된 제술업(製述業)의 과목인18) 대책(對策), 경의(經義), 시부(詩賦)와 그것에 장기를 보인 유충기(劉冲基), 민광균(閔光鈞), 김양경(金良鏡)을 열거하였다. 제1행의 문체는 제3행의 과목을 작성하는 데 쓰인다. 즉 대책은 사륙문(四六文)으로 써야 했고 경의는 고문(古文)으로 지어야 했다. 제2행은 시험 답안을 주어진 시간에 작성해야 하므로 수험생들이 평소 속작하는 연습을 해야 했음을 말해 준다. 이렇게 볼 때 전절의 3행은 긴밀히 연관된다. 또 거기에 등장하는 여덟 사람은 금의의 문생이 아니다.19) 문생들이 시험 공부를 할 때 사숙했던 문체, 속작, 제술업 각 방면의 선배 문사들이다. 따라서 제4행은 앞 3행의 준비과정을 거쳐 금의가 주관하는 과거시험에서 당당히 합격했던 사실을 담고 있다 하겠다. 금의가 네 차례나 과거의 고시관을 맡아 200여 명의 문생을 배출하고, 정치적인 배경에 힘입어 문생들의 진출에 적극 나섰으므로 금의의 문생 중에는 출세한 사람이 유별나게 많았다. 그래서 화자는 자신을 포함하여 금의의 문생들을 옥순(玉筍)이라고 자랑스럽게 표현할 수 있었던 것이

---

18) 『고려사』, 「選擧志一」, 毅宗八年五月更定 初場迭試論策 中場試經義 終場試詩賦.
19) 김선기, 「翰林別曲의 作者와 創作年代에 關한 考察」, pp.300-301.

다.20)

이러한 사정을 토대로 제1장을 해석해 본다.

　　　유원순의 문, 이인로의 시, 이공로의 사륙(을 널리 배우고)
　　　쌍운주필(雙韻走筆)의 대가인 정언(正言) 이규보와 한림(翰林) 진화처럼
속작(을 능숙하게 익혀)
　　　유충기의 대책, 민광균의 경의, 김양경의 시부(의 수준으로 두루 시험
준비를 하여)
　　　아, 과거 시험장에 임했던 광경, 그것이 어떠합니까?
　　　(물론 금의가 주관한 과거 시험에서 우리는 당당하게 합격하였지요?)
　　　(우리의) 학사 금의의 많고도 이름난 문생들이 (반복)
　　　아, 나를 포함해서 몇 사람입니까?
　　　(참으로 출세한 문생들이 많기도 하답니다.)

2. 제2장 ; 송독명저(誦讀名著)

　금의의 옥순문생은 학자 관료였다. 그들이 학식이 높고 뜻이 고상한
집단임을 과시하기 위해서는 독서를 화제로 삼는 것이 제격이다. 그리
하여 시문집, 역사서, 제자백가서, 경서, 잡서에 이르기까지 중국의 명저
가 작품에 수용되기에 이른 것이다. 고급한 책들을 널리 읽었다며 과시
하기 위해 한 음보에 두 종류의 서적을 집약적으로 열거하는 방법을 썼
다. 책 내용의 어려움은 그만두고라도 열거한 책의 분량이면 한우충동
이라는 말로는 부족하다.
　전절에서는 그토록 수많은 명저를 본문은 말할 것도 없거니와 주(註)

---

20) 『중문대사전』에서는 옥순을 '謂人才衆多如筍竝立', '宗閔典貢擧 所取多知名士 世謂之玉
　　筍'이라고 설명하고 있다. <한림별곡>의 화자가 금의의 번성한 문생을 '옥순'이라고
　　썼는데 이는 사실과 부합하는 적절한 표현이라고 생각한다.

까지 모두 외었다 했고, 후절에서는 400여 권이나 되는『태평광기』를 두루 읽었다고 토로했다.21) 이는 현실적으로 불가능한 일이다. 아무리 자기들의 독서 기량을 과시하려 했다 하더라도 과장이 지나치다. 퇴계 이황이 <한림별곡>을 '긍호'하다고 깎아 내린 이유가 바로 여기에 있다.

그러나 금의의 옥순문생들은 좌주문생연에서 가창할 노랫말에 자신들의 집단이 남달리 학식이나 뜻이 고상하다는 것을 담아야 한다는 목표가 뚜렷했던 것 같다. 흥을 돋구고 집단의 자긍심을 고양하기 위해서 가창하는 것이라면 노랫말의 내용을 과장해서 표현하는 것이 효과를 배가할 수 있는 것이다. 보통사람으로서는 독파하기도 어려운 중국의 명저, 다양한 분야의 고전, 상상을 초월하는 거대한 분량, 혹은 최신에 수입된『태평광기』, 이러한 책들을 주까지 외거나 두루 읽었다고 자랑하고 있다. 거기에 참여한 옥순문생들이 동질의 집단으로서 함께 박수치며 남다른 자긍심을 느끼면서 흥이 나면 족한 것이다. 그러한 분위기에서 과도한 과시풍의 제2장이 산출되었을 것이다.

> 당서(唐書)와 한서(漢書), 장자(莊子)와 노자(老子), 한유(韓愈)와 유종원(柳宗元)의 문집과
> 이백(李白)과 두보(杜甫)의 시집, 난대집(蘭臺集), 백낙천(白樂天) 문집과
> 모시(毛詩)와 상서(尙書), 주역(周易)과 춘추(春秋), 주대(周戴)와 예기(禮記)를
> 아, (본문을 포함하여) 주까지 모두 암송하는 광경, 그것이 어떠합니까?

---

21)『태평광기』는 목록 10권을 포함해서 모두 510권이나 되는 방대한 분량이다. 그렇다면 작품에 400여 권이라 한 것이 문제가 있어 보인다. 작품의 과장풍을 미루어 보더라도 500여 권이 어울리는데, 오히려 권수를 400여 권으로 축소했기 때문이다. 그렇다면 작품상의 400여 권은『태평광기』의 권수가 아니라, 거기에 원전으로 인용된 475종의 서책을 가리킨 것이 아닌지 모르겠다. 만약 그렇다면 화자는『태평광기』본문뿐만 아니라 거기서 원전으로 인용한 책들마저 읽었다는 뜻으로 확대 해석이 가능하다.

(참으로 대단한 독서 역량, 독서 분량입니다.)
태평광기 400여 권을 (반복)
아, 두루 살펴보는 광경, 그것이 어떠합니까?
(최신 수입 서적에서 새로운 사실을 많이도 아셨겠습니다.)

3. 제3장 ; 휘필서예(揮筆書藝)

제3장은 예술을 노래하였다. 중국의 유명한 서예가, 다양한 서체, 호사스런 붓, 멋스러운 휘필 태도 등이 직조되어 있다. 서예는 문인학자들이 고급하게 여기는 예술이다. 일찍이 이인로와 이규보가 동국의 서예가를 자랑스럽게 거론했던 것과는 판이하게 중국의 서예에 경도되어 있다. 이것 역시 옥순문생들의 집단 과시 욕구에서 유발된 현상이라 할 수 있다.

안진경과 우세남은 당나라의 유명한 서예가요, 행서(行書), 초서(草書), 전주서(篆籒書), 과두서(蝌蚪書), 비백서(飛白書)는 서체이다. 화자는 중국의 서예에 밝았을 뿐만 아니라 서수필(鼠鬚筆)을 비스듬히 잡고 휘필을 하였다. 서수필은 왕희지가 썼다는 고사로 유명한 붓이다. 그러한 붓을 비스듬히 잡아 중국의 서체를 자유자재로 구사하는 장면을 전절에서 보여주고 있다. 한편 후절에서는 오·유 두 선생을 내세워 그들이 막힘없이 붓을 휘두르는 장면을 보여주었다.

제3장은 앞의 장에 비해 한층 부드러운 분위기를 조성하고 있다. 본래 학문에 비해 예술이 그러한 속성을 지니고 있는 것이긴 하지만 실제 소재와 표현에서 이를 감지할 수 있다. 즉 서체면에서는 정자인 해서(楷書)를 제외시키고 흘림체인 행서와 초서가 등장하며, 글씨 쓰는 태도를 비스듬히 붓을 잡고 휘갈겨 쓰는 모습으로 묘사하였다. 이는 제4장의 술

자리 장면으로 넘어가는 전단계로서 분위기의 연결면에서 상당히 배려
한 결과라고 생각된다.

> 안진경의 글씨, 비백서, 행서, 초서의 서체와
> 전주서, 과두서의 서체와 우세남의 글씨 등을
> 양수필(羊鬚筆)과 서수필을 비스듬히 들어
> 아, 글씨 쓰는 광경, 그것이 어떠합니까?
> (서체도 다양하고 글씨 솜씨 또한 명필이요, 쓰는 자세도 멋집니다.)
> 오생유생 두 분 선생이 (반복)
> 아, 붓을 내달려 빨리 쓰는 광경, 그것이 어떠합니까?
> (참으로 대단한 솜씨입니다.)

4. 제4장 ; 선옹주취(仙翁酒醉)

이제 술이 나온다. 금의의 옥순문생들이 마련한 잔치답게 고급한 술
자리였다. 술의 종류도 다양하고 고급스럽다. 앵무새 모양의 잔과 호박
으로 만든 잔도 호사스럽다. 술을 가득 따르는 모습도 풍요롭고 호기롭
다. 먼저 좌주께 헌수의 잔을 드린다. 초대된 분에게도 술을 권한다. 몇
차례 술잔이 돌고 이야기에 젖는 사이, 분위기는 주흥에 젖는다. 도도한
흥취에 세속을 잊어간다.

문생들은 주연(酒宴)의 장면에 어떤 의미를 부여하고 싶었다. 그런데
좌주문생연의 주빈인 좌주, 그와 어울린 손님의 취흥이 신선처럼 고상
해 보인다. 그 두 분을 유령(劉伶)과 도잠(陶潛)으로 비유하면 주연이 최상
으로 격상될 수 있을 것이다. 두 사람은 중국을 대표하는 주선(酒仙)들이
아닌가? 劉伶은 죽림칠현의 한 사람으로 저 유명한 「주덕송(酒德頌)」의
저자요, 도연명(陶淵明)은 오두미(五斗米)의 벼슬을 미련없이 버리고 시주

(詩酒)로 삶을 즐긴 고상한 선비이기 때문이다.

　요컨대 제4장은 호사스런 주연의 풍경 가운데 좌주의 취흥에 초점을
맞추어, 그를 유령과 도잠에 비유함으로써 좌주문생연의 격조 상승 효
과를 거둘 수 있었던 것이다.

> 황금주(黃金酒), 백자주(柏子酒), 송주(松酒)와 예주(醴酒), 그리고
> 죽엽주(竹葉酒), 이화주(梨花酒), 오가피주(五伽皮酒)를
> 앵무잔(鸚鵡盞)과 호박배(琥珀杯)에 가득 부어
> 아, 윗 분(좌주)께 권하는 광경, 그것이 어떠합니까?
> (다양하고 고급한 술을 호사스런 잔에 부어 권하는 광경이 보기에 좋습
> 니다.)
> 유령과 도잠 두 신선이 (반복)
> 아, 취한 광경, 그것이 어떠합니까?
> (전례없이 고상한 취흥(醉興)입니다.)

5. 제5장 ; 화훼간발(花卉間發)

　호사스런 주연에 기녀들이 등장하는 것은 자연스런 현상이다. 제5장
에 나오는 홍모란 등의 꽃은 바로 기녀를 상징한다. 당 현종이 양귀비를
'해어화(解語花)'라 부른 것은 너무나 유명하며, 우리 문학사에서도 꽃을
의인화한 '화왕류(花王類)'의 작품이 있고, <서경별곡>의 '꽃'도 예외가
아니다.22) 모란과 작약조차 꽃피는 시기가 같지 않으므로 전절에 등장
하는 꽃들이 사이사이에 섞여 피어 있다고 볼 수는 없다. 따라서 전절
제4행의 '간발'은 문생들 사이에 꽃처럼 아름다운 기녀들이 섞여 있음을
보여준 것이라 하겠다. 여인을 꽃으로 비유한 바에야 그의 상대가 되는

---

22) 김선기, 「翰林別曲의 誇示性 考察」, pp.44-45.

남성도 같은 부류로 표현하는 것이 자연스럽다. 후절 '합죽도화(合竹桃花) 고온 두 분'의 '합죽'이 그렇게 해서 등장했던 것이다. 이렇듯 여인을 꽃으로, 남성을 합죽으로 비유함으로써 남녀의 난잡한 현장을 오히려 아름다운 풍경으로 미화하는 효과를 거둘 수 있었다고 생각한다.

> 홍모란 백모란 정홍(丁紅)모란
> 홍작약(紅芍藥) 백작약 정홍작약
> 어류옥매(御柳玉梅) 황자장미(黃紫薔薇) 지지동백(芷芝冬柏)처럼 아름다
> 운 기녀들이
> 아, (문생들) 사이에 섞여 있는 광경, 그것이 어떠합니까?
> (아름답고, 참으로 잘 어울립니다.)
> 합죽과 도화 고운 두 분이 (반복)
> 아, 마주 비추고(보고) 있는 광경, 그것이 어떠합니까?
> (아름답고, 참으로 잘 어울립니다.)

6. 제6장 ; 청상연주(聽賞演奏)

한편 당대의 남녀 악사들이 대거 참여하여 밤늦도록 연주로 흥을 돋군다. 거문고, 피리, 가야금, 해금, 장고에 최고의 기량을 갖춘 악사들이 연주를 맡았다. 아직도 일지홍(一枝紅)의 피리 연주가 남아있을 정도로 연주의 종류와 곡목이 풍부하다. 남녀들이 쌍쌍이 무리지어 나와 음악에 맞추어 춤을 추고 노래를 부를 수 있는 기회이다. 좌주문생의 잔치는 여기서 절정을 이루며 공식적인 행사를 마치게 된다.

> 아양(阿陽)의 금(琴), 문탁(文卓)의 저(笛), 종무(宗武)의 중금(中琴),
> 대어향(帶御香)과 옥기향(玉肌香)의 쌍가야금(雙伽耶琴),
> 김선(金善)의 비파(琵琶), 종지(宗智)의 해금(稽琴), 설원(薛原)의 장고(杖

鼓)(연주를 들으며)
　　아, 밤을 지새는 광경, 그것이 어떠합니까?
　　(대단히 흥겹고 즐겁겠습니다.)
　　일지홍의 비스듬히 부는 피리소리를 (반복)
　　아, 듣고서야 잠들고 싶습니다.

7. 제7장 ; 등망오호(登望五湖)

잔치가 파하면 그것으로 모든 것이 끝나 뿔뿔이 흩어져 돌아가는 것이 아니다. 좌주문생의 집단적 유흥을 개인의 것으로 전환하면서 선취(仙趣) 감도는 남녀의 사랑 놀이로 이어진다. 즉, 지금까지 짝을 이루며 노래하고 춤춘 옥순문생과 기녀는 경치좋은 곳, 호사스런 집으로 장소를 옮겨 눈 아래 펼쳐진 아름다운 자연 경관을 즐긴다. 마치 범여와 서시가 오호에서 경관을 만끽했다는 고사처럼. 정자 가장자리의 버들·대나무 숲에서는 노란 꾀꼬리가 축가를 불러주고 있다.

제7장의 공간은 삼신산인 선계로 그려져 있다. 기녀는 선녀로(婥約仙子) 미화했다. 범여와 서시의 고사를 끌여들여 격조 상승을 꾀했다. 기녀의 아름다움을 제고하기 위해 여백과 상상의 표현 기법을 구사하였다. 홍루각(紅樓閣)에 자리잡은 여인은 비단 장막과 구슬 발로 거듭 가리운 사이로 윤기있는 까만 머리칼과 하얀 이마만을 살포시 내보이고 있을 뿐이다. 선남선녀인 두 사람의 화락한 기쁨은 암수 꾀꼬리의 즐거운 지저귐과 자연스러운 호응을 이룬다.

　　봉래, 방장, 영주의 삼신산,
　　이 세 산의 홍루각에 있는 아름다운 선녀가
　　윤기있는 까만 머리와 흰 이마로, 비단 장막 안, 구슬 주렴을 반쯤 걷고서

아, 오호를 바라보는 광경, 그것이 어떠합니까?

(속세를 초탈한 신선·선녀처럼 고상합니다.)

정자를 둘러 싼 푸른 버들과 대나무 숲에서

아, 지저귀는 꾀꼬리의 광경, 그것이 어떠합니까?

(한 쌍의 꾀꼬리처럼 속삭이는 두 분의 다정한 모습, 참으로 행복해 보입니다.)

8. 第8장 ; 휴수추천(携手鞦韆)

마지막 장에서는 두 사람의 쌍그네 타는 장면이 벌어진다. 화자는 남보다 높이 날고 싶어 소년에게 더 힘껏 밀라고 한다. 그네 뛰는 곳에서 흔히 볼 수 있는 장면이다. 그런데 문면을 곰곰이 살펴보면 겉에 그네 놀이로 장막을 치고 안에서는 남녀가 성애를 즐기고 있음을 눈치 챌 수 있을 것이다.

그네(鞦韆)놀이를 반선희(半仙戲) 또는 유선희(遊仙戲)라 부르는 것을 보더라도 그것이 신선과 긴밀한 관계가 있음을 알 수 있다.[23] 땅을 박차고 하늘 높이 나르는 그네의 속성에서 탈속의 신선을 유추했을 듯하다. 제7장의 삼신산과 선자(仙子)로 비유된 선계의 분위기가 제8장의 그네 놀이로 이어지는 것도 이 때문일 것이다.

그런데 그네가 매어진 실상이나 홍실로 맨 그네줄의 상징성, 그리고 소년의 성을 정(鄭)이라 한 것 등을 미루어 볼 때, <한림별곡> 제8장의 그네는 현실의 그네 자체로 보기가 어렵다.[24] 먼저 조협나무에 그네 줄

---

23) 그네(鞦韆)놀이를 당나라에서는 '반선희'라 했고, 『훈몽자회(訓蒙字會)』에서는 '유선희'로 설명하였다. 그네가 신선 취향의 놀이임을 보여주는 증거이다.

24) 이러한 내용을 필자가 「翰林別曲 제8장의 解釋的 考察」(『인문학연구』 27권 1호, 충남대학교 인문과학연구소, 2000.6, pp.31-53)에서 밝힌 바 있다. 여기서는 논문 서술의 균형상 그 요지만을 취하고, 자세한 것은 그 논문으로 돌린다.

의 한 끝을 매고, 다른 편에는 당추자(唐楸子) 즉 '가래'라는 열매에 줄을 매는 그네란 현실적으로 있을 수 없다. '가래'가 호두 비슷하여 남자의 고환을, 그리고 '조협나무'를 '조갑지나무'로 부르며 열매가 여성의 음부와 비슷하다는 사실을 연관지어 볼 때, 그네가 남녀의 교구(交媾)를 상징하는 것으로 추단할 수 있다. 그네를 동아줄로 매지 않고 '홍(紅)실'이라 한 점도 주목할 필요가 있다. 당나라의 곽원진(郭元振)이 재상인 장가정(張嘉貞)의 셋째 딸을 아내로 간택할 때 붉은 실 끈을 잡아당겼다는 고사에서 '홍사대선(紅絲待選)'이라는 말이 생겨났고, 이후 남녀 사이에 혼인하는 인연이 미리 정해져 있음을 비유하여 '홍승계정(紅繩繫定)'이라는 용어도 나타났던 것이니, <한림별곡>의 '붉은 그네'도 두 사람의 인연을 미화한 것이라 할 수 있다. 그리고 그네를 밀어주는 사람의 성을 굳이 '정'으로 밝힌 점도 간과해서는 안 된다. 중국의 정과 위(衛)는 남녀의 풍기가 문란했던 대표적인 나라이다. '정위지음(鄭衛之音)'이니 '정위상(鄭衛桑)'이라는 말이 음탕한 노래를 일컫는 이유가 그 때문이다. 따라서 '정소년'은 단순히 정씨 성을 가진 소년이라는 뜻을 넘어 외설스런 분위기를 조장하는 인물로 보아야 하겠다.

이 정도로도 제8장을 남녀의 성애 유희로 파악하는 데 모자람이 없다. 여기에 제4행의 '위 나가논딕'를 지헌영(池憲英) 선생의 주장처럼 여근(女根)의 상징어25)로 볼 수 있다면 그 근거는 더욱 풍부해질 것이다. 제4행을 남보다 높이 뛰어 선취를 만끽하려는 그네 놀이 자체로 이해한다 하더라도 제8장을 남녀의 성적 유희의 장면으로 보는 데는 장애가 되지 않는다. 왜냐하면 작자가 제5, 6행과 더불어 제4행까지를 그네 놀이로 고상하게 유지하려는 표현 기법으로 이해할 수 있기 때문이다. 이는

---

25) 池憲英, 『鄕歌麗謠의 諸問題』, 태학사, 1991, p.363.

<만전춘별사> 제5장에서 '산'을 소재로 끌어들인 수법과 동궤의 것이라 할 수 있다.

최충헌 시대에 성행했던 그네 놀이 풍속,[26] 속세를 초탈하여 선계를 동경하는 선취의 속성, 제8장은 바로 그러한 그네 놀이를 앞에 내세움으로써 여인과의 성애 유희의 광경을 속되지 않게 효과적으로 그릴 수 있었다고 본다.

> 크고 큰 가래(가래나무 열매)와 쥐엄나무에
> 붉은 실로 묶어 그네를 매었습니다.
> (이는 나와 여인의 끈끈한 인연입니다.)
> 정소년이여, 힘껏 잡아 당기시라, 힘껏 밀어 올리시라.
> 아, 내가 드높이 올라가야 할 곳에 남이 더 높이 오를까 두려워라.
> 옥으로 다듬은 듯 고운 여인의 두 손을 (반복)
> 아, 마주잡고 함께 그네를 뛰며 노는 (쌍그네 놀이의) 광경, 그것이 어떠
> 합니까?
> (선계에서 노니는 신선과 선녀처럼)

V. 작품 구조

<한림별곡>의 여덟 장은 서로 다른 광경을 보여주고 있다. 그러므로 각 장의 광경에 국한하여 논할 경우, 전체를 일관하는 통일성이 없는 것처럼 보이기 쉽다. 그러나 모자이크 작품이 상이한 파편들의 집합체이지만, 그것으로 머물지 않고 아름다운 형상을 만들어 내는 것처럼, <한림별곡>도 각각 다른 장들이 금의와 그의 문생들의 잔치 풍경을 여실히

---

26) 『高麗史』의 「崔忠獻傳」과 「崔怡傳」 등을 통해 당시에 그네 놀이가 성행했음을 알 수 있다.

담고 있는 작품이라고 생각한다.

　앞서 언급한 바와 같이 <한림별곡>은 금의의 옥순문생들이 좌주문생 잔치에서 가창하기 위해 만든 작품이다. 금의의 문생들은 유별나게 다른 문생들보다 출세한 사람이 많아 남들의 부러움을 샀다. 그들 자신도 그것을 과시하고 싶었다. 그래서 당대 최고의 문인 관료들답게 당시에 유행하는 팔경시의 서경적 속성을 살려 자신들의 고급한 생활상을 <한림별곡>에 담았던 것이다.

　<한림별곡>에는 그들의 고급한 생활상을 집약하는 좌주문생연이 중심을 이룬다. 그 중에서도 성대한 잔치의 장면이 핵심이다. 그러나 그것만으로는 좌주문생연의 호사스러움이나 자신들의 고급한 생활상을 보여주기 어렵다. 그래서 맨 처음 장에서 자신들이 금의와 좌주문생의 인연을 맺게 된 사실을 내세웠고, 제2장과 제3장에서는 문인 학자의 긍지인 학문과 예술에 대한 조예, 그것도 중국 중심의 소재를 내세워 그들의 고급한 취향을 한껏 과시하였다. 이제 술이 들어오고 몇 순배 잔이 오고 가며 주흥이 오르고, 초대된 기녀들이 문생들 사이에 꽃처럼 아름다운 자태를 뽐내며 더불어 춤추고 노래를 부른다. 또한 당대 최고의 악사들이 다양한 악기를 연주한다. 이렇게 좌주문생의 잔치는 밤늦도록 계속되다가 이슥해서 공식 집회의 잔치가 끝이 난다. 그래서 잔치에 참여한 문생과 기녀가 짝을 이루어 질탕한 사랑놀이를 벌이는 것으로 절정을 이루게 하였을 것이다. 그러나 최고 지성들의 풍류인 만큼 그들의 격에 어울리는 미화법이 필요했다. 그 같은 요구에 따라 제7장에서 자신과 기녀를 신선계의 신선과 선녀로 미화하고, 제8장에서 겉으로 신선 취향의 그네 놀이를 내세워 남녀의 성애 유희를 묘미있게 그리게 되었던 것이다.[27]

　이상의 논의를 통하여 <한림별곡> 전체 8장의 구조를 정리하면 다음

과 같다.

장	광경	문단	장소	내용	
1	옥순문생	1	좌주문생연	좌주문생의 인연, 금의의 번성한 문생	
2	송독명저	2		학문	문생들의 고급한 생활상
3	휘필서예			예술(서예)	
4	선옹주취	3		술	호사스런 좌주문생의 잔치
5	화훼간발			기녀	
6	청상연주			연주	
7	등망오호	4	홍루각	경치구경	문생과 기녀의 동유(同遊)·교구
8	휴수추천			(그네 놀이)/ 성유회	

VI. 결론

<한림별곡>은 그 유명세에 비해 실제 연구 성과는 만족스럽지 못한 상태이다. 가장 기초라 할 작품 해석에 있어서도 시원스런 통석을 구경하기 어렵다. 그러한 이유는 <한림별곡>의 창작 배경에 대한 인식 부족에 기인된 것으로 보인다. 게다가 <한림별곡>의 양대 자료라 할 『고려사』본과 『악장가사』본을 대교·변정하여 교정본을 만들고 그것을 연구의 대본으로 삼는 길을 버리고, 일반적으로 손쉽게 『악장가사』본을 자료로 활용함으로써, 원천적으로 자료상의 오류를 벗어날 수 없는 한계가 있었다.

---

27) 이 책 제9장에서는 제8장을 신선 놀이의 측면에서 고찰하였다.

필자는 이 두 가지 점을 반성하면서 <한림별곡> 작품을 해석하고, 가사 구조를 살펴보았다. 본문 해석은 그 내용이 지나치게 번다하므로 거듭 언급하는 것을 피하고, 작품의 변정·출현 동기·구조 등 세 가지 면에서 고찰한 내용을 요약하여 결론을 삼고자 한다.

1. 『고려사』 본과 『악장가사』 본 모두 적지 않은 오류가 발견되었다. 두 자료를 비교해 보면 『고려사』 본이 오류가 적은 편이다. 그런데 두 자료 모두 '작작(婥妁)'(仙子)으로 쓰여 있었으나 사전에 보면 '작약(婥約)' 이 맞고, '작(妁)'자는 없었다. 이처럼 두 자료에 같은 글자로 쓰였다 하더라도 범연히 넘길 것이 아니라 보다 주의깊게 살펴야 한다는 사실을 깨닫게 된다. 제7장 제6행의 상이어구는 <한림별곡>의 서경적 특성으로 보나 『고려사』의 신빙성을 고려하여 '囀黃鶯景'으로 보는 것이 타당하다고 생각한다. 『악장가사』 본의 '우서남서'는 『고려사』 본의 '우세남서'의 오기이다. 당나라의 서예가 '우세남의 글씨'를 말하고 있는 자리인데, 『악장가사』 본의 가사에 따라 서체에도 없는 '우서·남서'를 해석이라 고집한들 <한림별곡>의 이해에는 아무런 도움이 되지 못한다. 그 점에서 필자가 본문에서 제시한 대교본은 <한림별곡>의 연구 자료로 가치가 있다고 생각한다.

2. <한림별곡>은 금의의 문생들이 좌주문생연에서 가창하기 위해 창작한 작품이라고 믿는다. 문생들 스스로 옥순문생이라고 과시하고 있듯이 금의의 문생들은 다른 문생들보다 번성하다는 정평이 있었다. 그들은 좌주문생연을 중심으로 펼쳐지는 고급스럽고, 호사스런 장면을 선택하되, 당시에 유행하던 팔경시의 서경적 속성과 8장 형식을 이용하여 특유한 형태의 <한림별곡>을 창작하였던 것이다. 따라서 금의와 그의 문생 관계, 금의의 문생들이 누린 혜택, 그 당시 좌주문생연의 성격과 풍속을 알지 못하고는, <한림별곡>의 내용을 제대로 해석하기 어렵다는

것이 필자의 생각이다.

  3. <한림별곡>은 좌주문생연의 관점에서 볼 때, 네 개의 문단으로 구성된 훌륭한 작품이다. 개별 장면의 내용이나 표현이 문인 관료의 격에 잘 어울릴 뿐 아니라, 여덟 개의 장면이 좌주문생의 인연으로부터 시작하여 문생들의 고급한 생활상, 호사스런 좌주문생의 잔치, 문생과 기녀의 유락(遊樂)으로 연결되어 있어, 시상 전개면에서 고도한 문학적 식견이 감지되기 때문이다. 특히 좌주문생의 잔치가 끝나는 것으로 작품을 종결짓지 않고, 잔치의 흥을 남녀의 성적 유희로 이끌어 간 것은 설령 그것이 당시대의 일반적인 풍습이라 하더라도 옥순문생들의 풍류를 유감없이 보여준 기발한 착상이요, 훌륭한 구성기법이라고 생각한다. 게다가 선남선녀의 그네 놀이를 내세워 속된 느낌을 살폿 가리는 멋스러움까지 보탬으로써 <한림별곡>의 문학적 완결성이 한층 고양되는 효과를 거둘 수 있었다고 생각한다.

제 *12*장 | 한림별곡의 형성과 팔경시

I. 서론

이 글은 <한림별곡>의 형성에 끼친 팔경시의 영향을 밝히는 데 목적
이 있다. <한림별곡>은 소위 경기체가라는 새로운 장르의 출현을 알리
는 최초의 작품이라는 사실만으로도 한국 시가문학사에서 매우 중요한
의미가 있다 하겠다. 그러나 <한림별곡>은 그 이전의 향가문학에 비하
여 형식과 성격면에서 차이가 있으므로 고전시가의 계보에서 소속 불명
의 양식으로 취급되기도 하였다. 그 후 <한림별곡>을 둘러싼 다각적 연
구가 있었는데 그럼에도 불구하고 작품의 성격을 밝히는데 있어서 중요
한 단서가 될 형성 과정에 대하여는 충분한 논의가 이루어지지 못했다
고 생각된다.[1]

   <한림별곡>의 출현에는 여러 가지 요인이 복합적으로 작용하였을 것

---

[1] <한림별곡>(景幾體歌)의 형성 과정에 대해서는 李明九 박사가 본격적으로 문제를 제
기하였다. 그는 「高麗歌謠의 硏究」(新雅社, 1973, pp.12-58)에서 선행 제설을 검토한 다
음 <한림별곡>이 宋詞의 영향 하에 형성된 것이라는 견해를 제시하였다. 그러나 구체
적인 검증 과정을 보여주지 못하여 아쉽다.

이지만, 본고에서는 문단의 여건과 작품의 성격과 형태면에서 팔경시의 영향이 컸을 것으로 보고 이를 중점적으로 고찰하려 한다.

팔경시가 <한림별곡>의 형성에 영향을 끼쳤다는 명제가 성립하려면 아래 네 가지의 물음에 합당한 대답이 있어야 할 것이라 생각된다.

첫째, 팔경시가 <한림별곡>의 형성에 영향을 끼칠 만큼 고려 시단에 충분히 알려져 있었는가?

둘째, <한림별곡>과 팔경시 사이에 속성면에서 동질성이 확인되는가?

셋째, 팔경시로 만족하지 못하고 새롭게 <한림별곡>을 지어야 했던 이유가 무엇인가?

넷째, <한림별곡>과 팔경시가 형태면에서 유사한 점이 있는가?

여기서는 위의 네 가지 물음에 차례로 답을 찾아 나가는 방법으로 <한림별곡>의 형성에 끼친 팔경시의 영향을 밝혀 보겠다.

II. 팔경시의 수용과 유통

팔경시란 여덟 곳의 특징적인 풍광을 4자의 제목으로 내세우고 8수의 7언 절구 형태로 지은 한시를 말한다. 팔경시가 이 땅에 유입된 연원은 분명하지 않으나 고려 시대에 와서 소식(蘇軾)의 팔경시가 들어오면서 본격적으로 유포된 것으로 추측된다. 고려 시인들이 소동파에 완전히 경도되어 있었던 사실을 감안하여 볼 때, 그의 시를 배우려는 숱한 고려의 시인들이 그러한 새로운 시에 대하여 간과했을 리 만무하다. 실제로『동파집(東坡集)』에는 <봉상팔관(鳳翔八觀)>,2) <건주팔경도팔수(虔州八景圖八首)>3) 등의 팔경시와 그러한 시의 성격을 보여주는 「팔경도후서(八景圖後

序)」4)가 보인다.

실제로 이규보(李奎報)의 다음과 같은 증언은 팔경시가 고려 시인들 사이에서 애용되고 또 널리 유포되어 있음을 알게 한다.

> 상국 합하가 진양공의 문객이 지은 <건주팔경시>에 화답한 것을 나에게 보이면서 "자네가 일찍이 팔경시를 지어 보았는가." 하고 묻기에, 내가 대답하기를 "고금에 걸쳐 시인들이 지어 놓은 것이 많기도 하지만, 우뢰를 버티고 달을 찌르는 듯이 모두가 힘차고 기발한 문구가 아닌 것이 없으므로, 나는 거기에 미치지 못할까 두려워서 하지 못합니다. 하지만 공께서 굳이 지으라고 독촉하신다면 즉시 차운하여 각기 두 수씩을 지어 올리겠습니다. 그러나 다만 제현이 지어 놓은 것을 보지 못하였으니 운이 틀리지 않으리라고 어떻게 다짐하겠습니까? 이것만이 염려될 뿐입니다." 하였다.5)

진양공 최우의 문객이라면 당대 최고의 문인이라고 보아야 한다. 그가 <건주팔경시>를 지었고, 그것을 보고 상국이 화답하는 시를 지었다. 상국은 다시 자기가 지은 시를 이규보에게 보이면서 차운을 요청한 내용이다. 그 당시 최우를 중심으로 형성된 시단에서 팔경시가 어느 정도로 애용되고 유행하였는지를 보여 주는 대목이다. 이규보 스스로 고금에 걸쳐 시인들이 지은 팔경시가 많다고 했다. 그는 그 때까지는 팔경시를 짓지 않았던 것 같다. 자기가 본 시들이 우레를 버티고 달을 찌르는 것처럼 힘차고 기발한 데에 미치지 못할까 두려워서 짓지 못했다고 겸손한 모습을 보였다. 새로운 시상과 표현이 아니면 시를 짓지 않겠다던

---

2) 『東坡七集』 卷1, 臺灣 中華書局印行.

3) 상게서 卷9.

4) 상게서, 東坡續集 卷8.

5) 이규보, 『東國李相國後集』 卷6, 伏蒙相國閤下 和晋陽公門客所賦虔州八景詩 示予曰 子嘗
著此八景詩耶 予曰 古今詩人賦者多矣 未嘗不撑雷裂月 爭相爲警策者 予懼不及 故不敢爾
公固督予賦之 卽次韻各成二首奉寄 但未覩諸賢所賦 焉知不有犯韻者耶 此獨所恐耳.

이규보다운 고백일 수도 있겠으나, 더 이상 사양하지 않고 주필의 명수답게 두 수를 지어 바쳤던 것이다. 『동국이상국집』에 보면 상국에게 준 시는 3회가 더 있고, 英上人의 시를 차운한 팔경시도 보이므로, 이규보가 팔경시를 좋아했고, 한편 당시의 식자들이 팔경시를 즐겨 지었음을 알 수 있다.

소식의 팔경시에 못지 않게 크게 유행했던 것으로 <소상팔경시(瀟湘八景詩)>가 있다. 이 작품은 송나라 화가 송적(宋迪)이 그린 「소상팔경도」를 보고 읊은 여덟 수의 서경시(敍景詩)이다. 이것이 소상팔경도와 함께 고려에 수입되어 커다란 영향을 끼쳤던 것으로 보인다. 제19대 임금인 명종은 그것을 지나치게 좋아한 나머지 정사를 소홀히 할 정도였다.

> 문신에게 명하여 <소상팔경시>를 짓게 하고 왕이 그 시의 내용대로 모사해서 그림을 만들었다. 왕이 그림에 익숙하여 화공 고유방·이광필 등과 더불어 물상을 그려 종일토록 피로함을 잊었으며, 더욱 산수를 잘 그려 군국의 정무를 마음에 두지 않았으니 근신이 왕의 뜻에 맞추어 정무를 아뢸 때에는 간략하게 하기에만 위주하였다.6)

임금이 앞장 서서 문신들에게 <소상팔경시>를 지어 올리도록 명령하였다는 사실이 주목된다. 그것을 보고 임금은 손수 화공들과 함께 산수를 그림으로 그렸다고 했다. 막중한 국사를 젖혀 두고 그림에 열중한 임금, 그 임금이 그림의 대본으로 문신들이 지은 <소상팔경도시>를 활용했다는 사실을 고려할 때, 고려 시인들 사이에 팔경시가 널리 유행되었다고 보는 것은 의심의 여지가 없겠다.

---

6) 『高麗史節要』 卷13, 「明宗光孝大王 十五年」, 命文臣 製瀟湘八景詩 倣其詩意 摹寫爲圖 王精於圖畵 與畵工高惟訪 李光弼等 繪畵物像 終日忘倦 尤工山水 軍國萬機 不以介懷 近臣希旨 凡奏事 以簡爲尙.

　　유감스럽게도 그 당시의 팔경시가 남아 있지 않아 실상을 알 수가 없
다. 그 다음 세대의 시인이요, <한림별곡> 제1장에 등장하는 이인로, 이
규보, 진화의 작품이 다행히 전하고 있어 팔경시가 시단에 전개된 단면
을 보여 준다.

　　① 이인로
　　a. <宋迪八景圖> (『동문선』 권20)
　　　平沙落鴈,　遠浦歸帆,　江天暮雪,　山市晴嵐,
　　　洞庭秋月,　瀟湘夜雨,　烟寺晩鐘,　漁村落照
　　② 이규보
　　a. <次韻李平章仁植虔州八景詩>各二首 (『동국이상국후집』 卷6)
　　　江,　遠,　瀟,　平,　烟,　山,　漁,　洞[7]
　　<次韻李相國復和虔州八景詩來贈> (상게서)
　　　　　　상 동
　　<次韻復和李相國八景詩各一首> (상게서)
　　　　　　상 동
　　<相國嘗和示一首　予每複以二首　未知鈞鑑何如　惶恐惶恐>(상게서)
　　　江, 遠, 蕭, 平, 山, 漁, 煙, 洞[8]
　　<次韻英上人見和>　(상게서)
　　　　　　상 동
　　b. <次韻惠文長老水多寺八詠> (『동국이상국집』 권2)
　　　柏軒,　竹閣,　石井,　荷池,　盆池, 松徑,　南澗,　西臺
　　c. <奇尙書退食齋八詠> (상게서)
　　　退食齋,　靈泉洞,　滌署亭,　獨樂園,　燕默堂,　漣漪池,　綠筠軒, 大湖石
　　③ 진화
　　a. <宋迪八景圖> (『동문선』 권6)
　　　平,　遠,　漁,　山,　洞,　瀟,　烟,　江

---

7) 이것은 <소상팔경시>의 장제(章題)의 첫 자를 따서 쓴 것인데, 아래에 이와 같이 써
　 놓은 것은 장의 배열 순서를 알아보기 위한 것이다.
8) '煙'이 뒤에서 두 번째 자리로 바뀌어 있다.

④ 이제현

a. <和朴石齋尹樗軒用銀臺集瀟湘八景韻> (『익재난고』 권3)

　平, 　遠, 　瀟, 　洞, 　山, 　漁, 　江, 　烟

b. <億松都八詠> (상게서)

　鵠嶺春晴, 龍山秋晚, 紫洞尋僧, 靑郊送客,

　熊川禊飮 龍野尋春, 南浦烟蓑, 西江月艇

이인로, 이규보, 진화는 거의 동 시대의 인물이다. 이제현은 이들의 후배이다. 이제현 시대의 팔경시가 어떠한 모습인가를 알아보기 위해 여기에 인용해 보았다.

작자별 작품 수는 이규보가 월등하게 많다. 이인로와 진화가 각 1편, 이제현 2편이고, 이규보는 7편이나 된다. 이인로와 진화는 <송적팔경도> 시로 작품의 제목이 동일하다. 이규보는 <건주팔경> 시가 5편이고, 나머지 두 편을 팔영(八詠)시이다. 팔영시는 엄격하게 보면 팔경시와는 다르나 8장 형태와 성격면에서 공통점이 있으므로 팔경시에 포함시켰다. 이제현은 소상팔경시가 1편, 송도팔영시가 1편이다. 이규보와 이제현이 팔영시를 남기고 있는데, 이규보의 팔영시는 제재를 제목으로 삼았는 데 비해, 이제현은 팔경시 장의 제목을 팔영시에서 사용한 점이 다르다.

고려의 팔경시는 크게 두 갈래로 구분할 수 있다. 중국의 소상팔경이나 건주팔경을 소재로 한 a계열과, 고려의 풍토를 제재로 한 b계열이 그것이다. 앞에서 제시한 작품에서 보면 이인로, 진화는 a계열의 작품을 남겼고, 이규보와 이제현은 a, b 두 계열의 작품을 모두 남겼다. 설령 a계열의 작품이라 하더라도 고려의 시인이 중국에 직접 가서 소상팔경이나 건주팔경을 보고 지은 것은 아니다. 그림이나 시를 보고 자신의 상상력으로 창작한 것이라는 점에서 작품의 이름을 가지고 국경을 따질 문제는 아니라고 본다.

a계열은 <소상팔경시>와 <건주팔경시>가 양대 산맥을 이룬다. 고려 시단에 끼친 영향력으로 보면 <소상팔경시>가 앞 선다 하겠다. 이규보는 <건주팔경시> 여러 편을 지었다. 소동파의 <건주팔경도시>에는 본래 편의 제목만 있고 장의 제목이 없다. 이규보는 <건주팔경시>에 <소상팔경시>의 장의 제목을 차용하였다. 편명은 <건주팔경시>이지만 장의 이름을 <소상팔경시>에서 빌림으로써 내용을 소상팔경으로 채운 셈이다. 이로써도 <소상팔경시>의 영향이 컸음을 알 수 있다.

b계열은 그것이 고려의 풍광을 제재로 삼고 있다는 점에 특색이 있다. 중국의 팔경시가 큰 공간을 배경으로 삼고 있음에 비해, 이규보의 '水多寺'나 '退食齋'는 그 범위가 좁은 편이다. 이규보는 절과 재실을 제재로 하여 주변의 특색있는 사물이나 지소 여덟 개를 선정하여 장의 제목을 삼았던 것이다. 그러므로 장의 제목은 연꽃이 피어 있는 연못(荷池)이나 더위를 씻어 주는 정자(滌暑亭)가 된다. 이제현은 개성의 여덟 지역을 시에 담았다. 고려의 수도인 송도를 제재로 삼아 공간을 확대하였다. 공간이 확대됨으로써 제재의 규모도 넓은 지역성을 갖게 된다. 그리고 장의 제목은 팔경시처럼 지명과 그 특징을 살려 4자로 맞추었다. '용산의 가을 빛(龍山秋色)', '자하동을 찾아 가는 중(紫霞尋僧)'과 같은 방법이다. 용산과 자하는 지명이고, 추색과 심승은 그곳의 특징을 나타낸다. a계열이 상상에 의존하고 있음에 비해, b계열은 실경을 보고 지은 작품이라는 점에서 차이를 갖는다.

이제 실제 작품에서 a계열과 b계열의 작품을 살펴보기로 한다.

<송적팔경도>
① 평사낙안(平沙落鴈)

水遠天長日脚斜 隨陽征鴈下汀沙 行行點破秋空碧 底拂黃蘆動雪花

② 원포귀범(遠浦歸帆)

渡頭烟樹碧童童 十幅編蒲萬里風 玉膾銀蓴秋正美 故牽歸興向江東

③ 강천모설(江天暮雪)

雪意嬌多着水遲 千林遠影已離離 蓑翁未識天將暮 誤道東風柳絮時

④ 산시청람(山市靑嵐)

朝日微昇疊嶂寒 浮嵐細細引輕紈 林間出沒幾多屋 天際有無何處山

⑤ 동정추월(洞庭秋月)

雲端瀲瀲黃金餠 霜後溶溶碧玉濤 欲識夜深風露重 倚船漁夫一肩高

⑥ 소상야우(瀟湘夜雨)

一帶滄波兩岸秋 風吹細雨洒歸舟 夜來泊近江邊竹 葉葉寒聲摠是愁

⑦ 연사만종(烟寺晩鐘)

千回石徑白雲封 巖樹蒼蒼晩色濃 知有蓮坊藏翠壁 好風吹落一聲鍾

⑧ 어촌낙조(漁村落照)

草屋半依垂柳岸 板橋橫斷白蘋汀 日斜愈覺江山勝 萬頃紅浮數點靑

위의 <송적팔경도>시에서 보면 a계열 시의 특징을 알 수 있다. 팔경시는 한 편이 8개의 장으로 이루어져 있다. 그리고 각 장에는 4자로 이루어진 제목이 붙어 있다. 장의 제목은 고정된 모습을 보이고 있지만, 장의 배열 순서는 고정되어 있지 않다. 또 각 장은 대체로 7언 절구 형태를 취하고 있다. 소식의 <건주팔경도>를 비롯하여 이인로의 <송적팔경도>와 이규보, 이제현의 팔경시가 모두 7언 절구의 형식을 취하고 있지만, 진화의 <송적팔경도>시는 7언 8행의 고시 형태로 되어 있다. 한편 장의 배열을 보면, <소상팔경도>시에서는 평사낙안, 원포귀범, 강천모설, 산시청람, 동정추월, 소상야우, 연사만종, 어촌낙조의 순서로 되어 있지만, 이규보, 진화, 이제현의 시는 이인로의 것과도 다르고 또 세 사람의 시 사이에서도 각각 다르다. 이로써 보면 장의 제목을 배열하는 데에는 일정한 순서가 없다고 볼 수 있다. 아마도 처음 단계에서는 소상팔경도를 보고 차례로 시를 지었을 터이므로 그림의 장면에 따라 장 제목의 순서가 정해져 있었을 터이지만, 굳이 그림에 의존하지 않고 시인의 상상력이 작용하는 다음 단계에서는 시인의 미적 취향에 따라 장 제목의 배열을 자유롭게 바꾸어 나갔던 것이라 추측할 수 있다. 그러므로 a계열의 작품에서조차 시인의 주관에 따라 장의 순서를 자유롭게 배열했음을 확인할 수 있다.

b계열은 어떠한 모습을 보이고 있는지 이규보의 <기상서퇴식재팔영(奇尙書退食齋八詠)>시를 예로 들어 살펴보겠다.

<기상서퇴식재팔영>
① 퇴식재(退食齋)
酷着林泉妨廟算 久纏簿領損天和 惟公別占風流地 朝退時時載酒過
② 영천동(靈泉洞)
靈派來從右竇深 一條落井碎球琳 愛泉眞趣那輕說 賭得餘淸更洗心
③ 척서정(滌暑亭)
傍簷凉竹綠陰稠 繞座寒泉爽氣浮 每到三庚金伏日 此亭淸冷恰如秋
④ 독락원(獨樂園)
一泉寒水呼隣吸 滿榻淸風共客分 惟有名園靜中樂 不曾容易使人聞
⑤ 연묵당(燕默堂)
一堂虛白映山明 隱几冥觀滌世情 谷鳥那能啼破寂 心空萬物本無聲
⑥ 연의지(漣漪池)
碧水無端滿曲池 新荷數朶漾蓮漪 憑公莫憶江湖景 看取鴛鴦得意時
⑦ 녹균헌(綠筠軒)
萬樹前頭似一般 誰知歲暮獨凌寒 請公用意勤封植 莫作花前舊眼看
⑧ 대호석(大湖石)
揚歷駕行四十年 有時淸夢繞雲烟 從今莫起靑山想 天遺莉廬落眼前

위의 시가 a계열과 크게 젊은 시의 제재가 소상팔경에서 퇴식재로 바뀌었기 때문에 장의 제목이 완전히 달라졌다는 사실이다. a계열은 「소상팔경도」의 화제(畵題)를 사용한 평사낙안, 원포귀범, 강천모설 등의 장 제목이 미리 주어졌으므로 시인은 그에 따라 시를 지어야 했지만 b계열은 그러한 구속성을 벗어나 시인이 자유롭게 소재를 선정하여 장의 제목을 정하고 팔경시의 형식에 따라 지으면 된다. 그렇지만 팔영시에서도 앞의 이제현의 <송도팔영>시에서 보는 바와 같이 간혹 팔경시의 4자 제목을 써서 장의 제목을 삼는 경우도 있다. 그렇다 하더라도 장의 배열 순서는 고정된 것이 없고, 완전히 시인의 자유에 맡겨져 있다.

b계열에서 특히 주목되는 것은 시의 소재가 중국의 팔경이 아니라 고려의 명소로 바뀌어져 있다는 점이다. 형식은 팔경시라 하더라도 그 속에 담긴 내용은 고려의 명소인 것이다. 그러므로 장의 제목은 팔경시의 것과 달리 실경 제재 중심으로 명명하고 있다. 그러므로 제영시로 되어 있는 b계열은 팔경시의 속성을 유지하되 형식면에서는 그것으로부터 상당히 멀어진 모습을 보인다 하겠다.

지금까지 송나라에서 들어 온 팔경시가 고려 시단에서 사랑받으며 창작·유포되면서 팔경시와 팔영시 두 계열로 활발히 전개된 사실을 확인하였다. 중국의 팔경을 팔경시에 담는 것으로 만족할 수 없던 고려의 시인들은 자신의 나라, 주위의 명승을 팔영시에 담았던 것이라 하겠다. 팔영시는 본래 제영시로 독립해 있던 양식이나 팔경시가 유행하게 됨으로써 그것과 습합하여 팔영시가 출현한 것으로 보인다. 이제현의 <송도팔영>시가 이를 말해 준다. 이제현이 송도의 여덟 개 명소를 선택하고 팔경시의 장 제목을 취하여 <송도팔영>시를 창작했던 것이다. 실제로 한국의 문집에서 제영시와 팔경시가 습합된 작품을 흔히 볼 수 있다.

Ⅲ. 팔경시와 〈한림별곡〉의 공통적 속성

시는 아름다움을 추구한다. 특히 〈팔경시〉는 아름다운 경치를 소재로 삼고 있다. 소상이나 건주 지방에서도 특별히 아름다운 여덟 곳을 선발하고 '어촌의 낙조(漁村落照)'처럼 거기에 가장 잘 어울리는 형상을 부여하는 방식으로 장의 제목을 삼고 있다. 그러므로 서경시 가운데 가장 아름다움을 생명으로 하는 것을 팔경시라 할 수 있다.

여기서 잠시 앞서 제시한 명종의 일화를 생각해 본다. 명종이 문신들에게 소상팔경도를 펼쳐 보이면서 시를 지으라고 명령한 이유가 무엇이었을까. 아마도 명종은 소상팔경의 그림을 보고 문신들이 모사하기를 기대하지 않았을 것이다. 그림을 보고 문신들은 자신의 미적 감수성이나 취향으로 자기가 생각하는 이상향을 시 속에 불어 넣었을 것이다. 명종은 그러한 시를 보면서 소상팔경도의 아름다움을 넘어서게 하는 시인의 예술론을 통해 자신의 미술혼을 일깨우려 했던 것이 아니었을까 하는 생각이 든다. 미술과 시는 예술의 표현 매재는 다르지만 그것을 하나로 여기는 예술론이 있어 왔다. 그림은 소리 없는 시요, 시는 운율이 있는 그림이라는 말에서 이를 알 수 있다. 그러므로 시인이나 화가는 아름다움을 추구한다는 점에서 같은 길을 가는 예술가이다. 그렇지만 시는 상상력을 발휘한다는 점에서 미술보다 자유롭게 즐기는 묘미가 있다. 이인로는 "두보의 〈음중팔선가(飮中八仙歌)〉시를 읽고 당나라 천보 시대에 살아 여덟 선녀와 팔을 잡고 함께 노니는 것처럼 즐거워하였다."9)고 했다. 시에는 아름다움을 추구하되 시공을 넘나들며 자신의 꿈을 펼칠 수 있는 특성이 있는 것이다. 팔경시가 유별나게 미의식을 지향하는 속

---

9) 『동문선』 권102, 伏嘗讀杜子美飮中八仙歌 怳然若生於天寶間 得與八仙交臂而同遊焉.

성을 지니고 있기 때문에, 대체로 초세속적인 느낌을 갖게 한다.

한편 <한림별곡>은 고급하고 풍요로운 삶의 현실을 담고 있다. 일찍이 지헌영 선생은 <한림별곡>을 8폭 병풍으로 꾸민 한림들의 생활 풍속도라고 지적하신 바 있다.10) 제2장 역람경(歷覽景)을 통하여 그들의 생활 풍속이 어떻게 그려져 있는지 살펴보기로 한다.

唐漢書　莊老子　韓柳文集
李杜集　蘭臺集　白樂天集
毛詩尙書　周易春秋　周戴禮記
위 註조쳐 내외온ㅅ景 긔 엇더ᄒ니잇고
(葉) 太平廣記 四百餘卷 太平廣記 四百餘卷
위 歷覽ㅅ景 긔 엇더ᄒ니잇고

전대절 3행에는 사서, 제자백가서, 개인 문집, 시집, 경서 등의 풍물소(風物素)들이 16종이나 열거되어 있다. 3행에 걸쳐 서술어조차 배제해 가면서 열거한 많은 고전들이 마치 책방을 연상케 할 정도로 한우충동이다. 그것을 주까지 외웠다며 자신이 박학함을 과시적으로 보여준다.

후소절에서는 『태평광기』 사백여 권을 두루 읽었다고 반복해서 강조한다. 우선 분량이 엄청날 뿐만 아니라 시대적으로 볼 때, 최근에 송나라에서 수입된 책이다. 누구나 들으면 부러워할 내용들이다. 이처럼 <한림별곡> 제2장은 책을 많이 읽고 외웠음을 자랑하는 장면이다.

제2장에 쓰인 표현법을 보더라도 화자가 얼마나 자신을 드러내 보이려 하는지 짐작할 수 있다. 자랑거리로 고전의 책을 수 없이 열거하고, 자기가 읽은 사실을 상대방에게 주지시키기 위해 묻는 방식을 취하였

---

10) 池憲英, 「井邑詞의 研究」, 『亞細亞研究』 통권 제7호, 고려대 아세아문화연구소 ,1961, p.166.

고, 또한 반복법을 통해 똑똑히 기억해 주기를 강요하고 있는 모습을 보이고 있다.

<한림별곡> 8장의 내용을 보더라도 그것이 보통 사람들이 누릴 수 없는 고급한 것임을 알 수 있다. 과거 시험, 고전 읽기, 서예, 고급한 술, 기녀, 음악, 기녀와의 회동, 그네 놀이(성 유희)로 이어지는 좌주문생의 잔치가 호화롭기 만하다. 이 때문에 퇴계 이황 선생이 <한림별곡>에 대해 난잡하고 긍호방탕하다고 비판을 받게 되었다. 방탕하게 보일 정도로 호사스럽고 풍요로운 삶이 <한림별곡>에 그려져 있다. 심지어 제7장·8장에 이르면 자신의 생활 공간을 신선의 세계로 격상시켜 지상에서 다하지 못하는 아쉬움을 달래는 모습을 보여 준다.

그렇다면 팔경시와 <한림별곡>은 어떤 점에서 교감의 통로가 놓일 수 있을까? 팔경시와 <한림별곡>은 각각 아름다운 세계와 고급한 삶을 담고 있다는 점에서 서로 통할 수 있는 교차점을 갖고 있다. 팔경시가 아름다운 풍광을 통해 이상 세계를 추구한다면, <한림별곡>은 인간의 삶에서 가장 아름다운 세계를 추구하고 있는 것이다. 서로 대하고 있는 공간은 다르다 해도 그들이 추구하는 세계는 동질적이라 할 수 있다.

Ⅳ. 〈한림별곡〉 출현의 필요성

<한림별곡>은 가창용의 노래이다. 필자는 금의의 문생들이 좌주문생 연에서 노래로 부르기 위해 <한림별곡>을 지었을 것이라고 추측한다.

고려 시대에는 특히 과거 시험을 관장하던 고시관(학사)과 그에 의해 선발된 급제자(문생)의 관계가 긴밀했다. 좌주와 문생은 아버지와 아들의 관계를 유지하고, 급제자들끼리는 동방이라 하여 형제의 관계를 유지한

다. 그러므로 좌주는 문생의 진출에도 영향력을 갖는다. <한림별곡> 제 1장에 등장하는 금의는 특히 최충헌의 심복으로서 문생의 진출에 남다른 능력이 있어 그를 문생복이 있는 사람으로 부를 정도였다.

금의는 최충헌의 비호 아래 승승장구하여 희종 4년에는 동지공거가 되어, 황보관 등 41명의 문생을 배출하고, 강종 원년에 동지공거, 고종 원년에 지공거로 고시관이 되었던 것이다.[11] 금의가 최충헌에 대한 충성과[12] 반대급부(反對給付)로 얻은 후의(厚誼)로 인하여 금의의 첫 번째 문생이 입은 혜택은 족히 타의 부러움을 살 만하였다.

> 황보관 등 33명과 명경 6명, 은사 2명에게 급제를 주었다. 새로 급제한 사람들이 충헌을 사제에서 뵈니 충헌이 수종하는 방·상에게 은병을 각각 하나씩 주고, 그 아들 우가 역시 은병을 주었다. 5월에 급제들이 이판궁에 나아가니 왕이 바깥 누각에 나와서 술과 과실을 내려주고 곧 여러 방·상 이 노래 부르고 관악기 부는 것을 구경하며, 황보관 등 7명에게 명하여 내시에 소속시켰다. 당시 사람들이 말하기를, 금의는 충헌이 친애하는 사람이므로 이같이 후한 예로 대접하는 것이다." 하였다.[13]

좌주로부터 은혜를 입은 문생들이 좋은 계절이나 의미있는 날에 잔치를 열어 좌주의 은혜에 감사하는 것은 당연할 것이다. 정계에 진출해서 요직에 있는 문생이 많을 경우에 좌주문생의 잔치는 호화로웠을 것이다. 거기에는 <한림별곡>에서 보이고 있는 바 술과 기생과 음악 등이

---

11) 『고려사』, 「選擧志一」.

12) 『고려사』, 列傳 叛逆三 「崔忠獻」; 琴儀立語馬前 人譏其謟諛.

13) 『高麗史節要』 권14, 熙宗成孝大王 四年, 賜皇甫瓘等三十三人 明經六 人恩賜二人 及第新 及第等 謁忠獻于私第 忠獻贈隨從坊廂 銀瓶各一事 其子瑀 亦贈銀瓶 五月詣梨坂宮 王出於 外樓 賜酒果 仍觀各坊廂歌吹 皇甫瓘 等 七人 命屬內侍 時人謂同知貢擧琴儀 乃忠獻所昵 故 待以厚禮如此

따르게 된다. 그 자리에서 함께 부를 노래가 필요했을 것이다.

주지하는 바와 같이 한시는 본래 음영하는 데 쓰이고 가창하기에는 적합지 않다. 가창하려면 우리말로 노래 가사를 지어야 한다. 더구나 여러 사람(한림제유)이 합창을 하려면 함께 부르기 좋도록 형식을 갖추는 것이 좋다. 그들은 이미 회문시처럼 까다로운 시 창작에도 주저하지 않는 실력 있는 문인이었다. 그러한 필요와 여건에서 최초의 경기체가 작품이 출현했던 것이라 할 수 있다. 금의의 문생들은 좌주문생연에서 좌주를 기쁘게 하고, 자신들이 향유하고 있는 고급스러운 생활상을 함께 노래함으로써, 자기 집단의 응집력도 과시하고 잔치의 흥을 돋우는 효과를 거두었을 것으로 생각한다.

V. 〈한림별곡〉과 팔경시의 형태

〈한림별곡〉이 팔경시의 영향을 받아 형성되었다면 형태면에서도 유사성이 확인되어야 할 것이다. 어떤 점이 같고 다른지 따져 보아야 한다. 팔경시는 형태면에서 다음과 같은 특징을 지닌다.

① 1편이 8장으로 되어 있다.

② 각 장에는 제목이 있다.

③ 1장은 대체로 7언 4행이다.

팔경시의 이와 같은 형태적 특징이 〈한림별곡〉과 어떻게 관련되는가를 알아볼 차례이다. 〈한림별곡〉의 형태를 다음과 같이 도시할 수 있다.

장	절	행	시행의 음보와 음절수				고정성 여부
총8장	전대절	1	3	3	4		고 정
		2	3	3	4		고 정
		3	4	4	4		제3장(3·3·4), 제4장(3·3·4)
		4	위	A 景	긔	엇더ᄒ니잇고	제8장(위 내가논ᄃᆡ 놈갈셰라)
	후소절		葉				
		5	4a	4b	4a	4b	고 정
		6	위	B 景	긔	엇더ᄒ니잇고	※제1장(위 날조차 몃부니잇고) 제6장(위 듣고아 좀드러지라) ※제7장(위 囀黃鶯 반갑두셰라)

위의 사실에서 드러난 〈한림별곡〉의 형태적 특징은 다음과 같다.

① 〈한림별곡〉는 총 8장으로 구성되어 있다.

② 각 장에는 제목이 없다.

③ 한 장은 전대절 4행, 후소절 2행, 합하여 6행으로 되어 있다.

④ 광경문 '위 ○景 긔 엇더ᄒ니잇고'는 반드시 전절과 후절의 끝에 놓인다.

⑤ 제4행과 제6행의 광경문은 대체로 4음보로 파악한다. 그리고 A·B 경은 '시장경', '역람경', '주필경'처럼 3음절어로 되어 있는 것이 보통이나 경치의 성격에 따라 '등망오호경'이나 '註조쳐 내외온人景'처럼 다음 절어(多音節語)로 되는 융통성을 보인다.

여기서는 팔경시가 형태면에서 〈한림별곡〉에 영향을 끼쳤을 개연성을 아래 세 가지 측면에서 살펴보겠다. 첫째, 팔경시와 〈한림별곡〉이 8장으로 구성된 것은 우연의 일치가 아니다. 둘째, 팔경시 장의 제목이

<한림별곡>에서는 광경문으로 변용되었다. 셋째, 팔경시의 4행이 <한림별곡>에서는 제1, 2, 3, 5행으로 변용되었다. 이들 세 가지 측면을 차례로 알아보기로 한다.

첫째, <한림별곡>이 8장으로 구성된 것은 우연일까? 경기체가 작품 27편 가운데 8장으로 되어 있는 것은 <화산별곡> 한 편뿐이다. 가장 장수가 적은 <배천곡>은 3장이고, 가장 많은 것은 <기우목동가>로 12장이나 된다. 이것을 보면 경기체가에 있어서 장의 수는 고정되지 않고 지극히 자연스러운 모습을 보이고 있다. 그렇다고 해서 <한림별곡>의 8장 형태도 우연히 그렇게 만들어졌다고 보아야 할까? 필자는 그렇게 생각하지 않는다. <한림별곡>은 경기체가 최초의 작품이다. 그러므로 그 이후에 지어진 작품들과 반드시 연계시켜 생각할 필요는 없다고 본다. 필요에 따라 <한림별곡>이 8장 형태를 이루게 되었지만, 이후에 굳이 그렇게 할 필요가 없어진다면 그것을 고집할 필요가 없기 때문이다.

좌주문생연에서 자랑스럽게 가창하기 위해 <한림별곡>을 창작하였다면 왜 하필 8개의 장으로 장의 수를 한정하였을까. 얼마든지 장의 수를 늘릴 수도 있었을 터이다. 여기에는 창작에 참여한 작자들의 공통된 인식과 심미안이 작용하였을 것이다. 개인이 아니고 공동이 지혜를 모으는 자리라면 시대의 정신이 작용하였을 것이다. 필자는 당시에 유행하던 팔경시의 8장 형태가 여기에 영향을 끼쳤을 것이라고 생각한다. 소상팔경이나 건주팔경처럼 아름다움을 추구하는 시에서 8이라는 숫자는 이미 자연 수의 범위를 벗어나 시인들의 뇌리에 아름다움을 상징하는 숫자로 입력이 되었다고 볼 수 있다. 더도 말고 덜도 마는 경지의 완전한 숫자 8이, 금의의 문생들에게도 의미있게 다가 왔을 것이다. 그들은 좌주문생연에서 지극히 고급하고 풍요로운 삶의 장면을 효과적으로 과시하고 싶어 했던 인물들이다. 또한 그들에게 있어서 팔경시는 이미 익숙한 시로 자리 잡고 있었다. 그러므로 자연스럽게 <한림별곡>을 8장 형태로 만들게 되었을 것이라 생각한다.

둘째, 팔경시 장의 제목이 <한림별곡>의 광경문으로 변용되었다. 팔경시에는 장마다 4자의 제목이 있다. 반면에 <한림별곡>은 장의 제목이 없다. 그대로 놓고 보면 큰 차이점으로 인식된다. 그러나 그것을 변용의 측면에서 보면 두 작품 사이에 친연성이 감지된다. 주지하는 바와 같이 팔경시와 <한림별곡>은 대표적인 서경시이다. 팔경시는 제목에 그 경치가 4자로 집약되어 있다. 그런데 가창을 하려면 제목은 가사가 아니므로 가창에서 제외되기 마련이다. 눈으로 읽을 때에는 자연히 제목부터 읽게 된다. 그런데 <한림별곡>은 가창용으로 창작되었으므로 장의 제목이 필요치 않다. 그런데 제목이 없다면 그 장이 무엇을 노래하는지 의미 전달이 분명치 않게 된다. 제목을 노래로 부르게 하려면 노랫말에 끼워 넣는 수밖에 없다. 그래서 묵독용의 팔경시 장의 제목은 여전히 남아 있지만, 가창용 <한림별곡>에서는 장의 제목을 제4행과 제6행에 광경문으로 변용하였던 것이라 생각한다. '위 ○경 긔 엇더ᄒ니잇고'로 표현되는 광경문에서 '○경'이 바로 그 장의 제목 역할을 맡게 된다. 팔경시에는 장의 제목이 하나뿐이다. 그러나 <한림별곡>에는 제4행과 6행 구 곳에 대체로 광경문이 놓여 있다. 제4행과 6행의 광경은 완전히 다른 것이 아니라 장의 내용면에서 서로 연관을 맺고 있다. 이처럼 두 번이나 광경문을 둔 것은 장의 의미를 강조하기 위한 조처로 보인다. 광경문을 두 곳에 배치함으로써 장의 의미를 반복하여 강조하는 효과를 얻게 된다.

셋째, 팔경시의 4행이 <한림별곡>에서는 제1, 2, 3, 5행으로 변형되었다. 팔경시는 7언 4행으로 되어 있고, <한림별곡>은 6행 형태를 취하고 있어, 행의 수 면에서 큰 차이를 보이고 있다. 그런데 <한림별곡>을 보면, 제1, 2, 3행은 개별 사물이 독자적으로 열거된 모습을 보여 준다. 제4행이 이들 3행의 사물을 광경으로 종합하는 역할을 한다. 앞서 밝힌 바와 같이 제4행은 장의 제목과 같은 역할을 하여 제1, 2, 3행과는 역할면에서 층위를 달리한다. 제6행의 광경문 역시 제4행과 마찬가지로 장의 제목과 같은 역할을 하기 때문에 제5행과는 구별된다. 따라서 <한림별곡>이 보기에는 6행 형태이지만, 장의 제목이라 할 광경어가 소속된 제4행과 6행을 제외하면 실제로 시로서의 의미를 갖는 행은 제1, 2, 3, 5행이 남게 된다. 따라서 <한림별곡>의 실사 네 행은 팔경시의 4행과 같다 하겠다. 겉으로 달라 보이는 시 행조차도 변용의 측면에서 보면 이처럼 동질성을 확인할 수 있는 것이다.

지금까지 <한림별곡>의 형성에 있어 팔경시가 형태면에서 영향을 끼쳤을 개연성에 대해 살펴보았다. 여기에 고려 시단에 팔경시가 널리 유통된 사실을 보태고, 그 위에 다시 팔경시와 <한림별곡>의 속성에 공통점이 있다는 논거까지 보탠다면, <한림별곡>의 형성에 팔경시가 영향을 끼쳤을 것이라는 필자의 주장이 공소하지는 않을 것이다.

VI. 결론

지금까지 <한림별곡>의 형성에 송나라에서 수입된 팔경시가 영향을 끼쳤음을 팔경시의 수용과 유통, 속성의 동질성, 음영용과 가창용, 형태의 수용과 변용 등 네 가지 측면에서 고찰하였다. 이를 차례로 약술함으로써 글을 맺기로 한다.

1. 송나라의 팔경시는 늦어도 19대 명종 때에는 고려 시단에 널리 보급되어 있었다. 그러나 당시에 창작된 작품은 전하지 않고, 다음 세대인

이인로, 이규보, 진화의 작품이 전하고 있다. 특히 이규보는 다른 사람과 팔경시를 주고받으며 7편이나 남기고 있어 팔경시가 고려 시단에서 애용되면서 널리 유통되었음을 짐작게 한다. 이규보의 시대에 이미 팔경시를 제영시에 응용하여 팔영시를 짓기도 했으며, 팔경시에서도 장의 배열 순서를 자유롭게 변형할 정도로 팔경시가 고려 시단의 필요성에 따라 토착화하면서 변용되었던 것이다. 따라서 이규보의 후배가 되는 <한림별곡>의 작자들은 팔경시에 대해 익숙히 알고 있어서, 그것을 변용할 만큼 여건이 충분히 성숙되었던 것으로 파악하였다.

2. 팔경시는 아름다운 경치를 소재로 하여 시인의 고도한 심미안이 응축되어 있는 특징이 있다. <한림별곡>은 금의의 문생들이 고급한 소재를 활용하여 자신들의 호사스러운 삶을 과시적으로 표현한 작품이다. 팔경시와 <한림별곡>이 각각 아름다운 산수와 고급한 삶을 그리고 있다는 점에서 그 대상에는 차이가 있지만, 이상적인 세계를 동경하고 있다는 점에서 공통점을 갖는다. <한림별곡> 제7장과 제8장에서 신선 세계를 제시한 것이 그 증거이다. 따라서 <한림별곡>의 작자들은 팔경시가 추구하는 아름다운 세계를 자신들의 작품에 활용했을 개연성이 충분한 것으로 추단하였다.

3. 팔경시는 고려의 독자들이 눈으로 읽거나 읊조리는 용도로 존재한다. <한림별곡>은 좌주문생연에서 문생들이 함께 노래 부르기 위해 창작되었다. <한림별곡>의 작자들은 한시를 자유롭게 창작할 수 있는 문인이었다. 그들은 여러 사람이 한 장씩 짓는 방식으로 <한림별곡>을 지었다. 자신들의 자랑스러운 모습을 드러내기 위해서는 장면화하는 방식이 효과적이고, 그 적합한 모범을 팔경시에서 발견했던 것이라 생각한다. 그러나 팔경시처럼 한시로 짓게 되면 가창할 수가 없어, 팔경시를 변용하여 가창용으로 <한림별곡>을 지었을 것으로 파악하였다.

4. 팔경시와 <한림별곡>은 8장으로 이루어진 것 외에는 형태적으로 공통점이 보이지 않는다. <한림별곡>의 과시성을 고려할 때, 그것이 8장인 것도 우연이 아니라, 과시를 효과적으로 드러내기 위해 팔경시의 8장 형태를 수용한 것이라 생각한다. 팔경시에는 4자로 된 제목이 있으나 <한림별곡>에는 그것이 없다. 대신에 제4행과 제6행에 광경문이 있고, 그 안에 장의 제목이라 할 수 있는 광경어가 들어 있다. 그러므로 팔경시 장의 제목은 <한림별곡>에서 광경문으로 변용된 것으로 파악한다. 또 하나 팔경시는 4행으로 이루어져 있고 <한림별곡>은 6행시 형태이다. 4행과 6행이 서로 무관한 것처럼 보인다. 그러나 실은 그렇지 않다. <한림별곡>의 장을 보면 제4행과 제6행이 광경문으로서 장의 제목 역할을 맡고 있어, 여타의 네 개 행이 실제 내용을 구성하고 있는 것과는 존재감이 다르다. 따라서 <한림별곡>에서 제4행과 제6행 두 개의 행을 제외한 나머지 네 개의 행이 실사 구실을 하므로, 팔경시의 네 개 행과 동질성을 갖는다고 파악하였다.

요컨대 송나라에서 들어 온 팔경시가 고려의 시단에 널리 유통됨으로써, <한림별곡>의 작자들이 그 심미성을 받아 들여 좌주문생의 잔치에서 가창할 수 있도록 변용한 결과, 최초의 경기체가 작품인 <한림별곡>이 출현하게 되었다고 추단하였다.

Ⅰ. 서론

경기체가는 국문학의 다른 어느 장르보다 일찍부터 연구의 대상이 되어 왔으므로 비교적 알찬 연구성과를 거둔 것으로 평가된다. 그리하여 새로운 자료가 발견되지 않는 한 연구가 거의 끝나가는 것으로 진단하기에 이르렀다.[1] 그럼에도 불구하고 경기체가 최초의 작품이자 완성형이라 할 <한림별곡>조차 그 가의(歌意)가 충분히 해명된 것으로는 보이지 않는다. <한림별곡>에 특별히 난해한 단어나 구절은 없다. 그런데도 작품의 통석에 곤란을 겪게 되는 까닭은 무엇일까? 그것은 이 노래를 창작·가창했던 작자와 그들이 조성하고 있던 상황에 대한 인식 부족에서 기인된 것으로 보인다.

주지하는 바와 같이 <한림별곡>은 개인의 서정시가 아니요, 좌주문생연(座主門生宴)에서 문생들이 당시에 향유하고 있던 포만감을 과시풍으로 가창한 서사(敍事)·서경적(敍景的) 성격의 가사(歌詞)이다. 이러한 특성

---

1) 金學成, 「景幾體歌」, 『韓國文學硏究入門』, 知識産業社, 1981, p.372.

을 감안할 때 <한림별곡>의 연구는 작자와 창작 연대를 둘러싼 배경탐색이 우선 이루어져야만 그 성과에 따라 작품 해석도 충실해질 것으로 본다.

<한림별곡>의 작자와 창작 연대는 『악장가사』와 『고려사』 악지(樂志)에 밝혀 있으므로 초기의 연구자들은 이 증언에 만족했던 듯하다. 그러나 이렇듯 막연한 기록으로는 실제 작품을 이해하는 데 도움이 되지 못하였으므로 그 후 이 문제에 대한 중요성이 점차 인식되면서 연구가 본격화 되었던 것이다. 그 간의 연구내용을 결과와 관계없이 개관해 보면 김동욱 교수처럼 실증적 방법을 취한 분도 있으나[2] 논자들은 대부분 구체적인 자료를 증거로 삼지 않았기 때문에 논의의 과정에서 심한 비약이 나타나지 않았나 생각된다. <한림별곡>에 관한 한 논의의 비약을 어느 정도 막을 수 있는 당대의 자료를 가지고 있음은 참으로 다행한 일이다.

이 글은 저러한 자료상의 이점을 살려, 실증적 방법으로 작자와 창작 연대를 밝힘으로써 <한림별곡>의 완벽한 해석과 문학적 특성을 구명함에 조금이나마 보탬이 되고자 한다.

II. 작자의 추정

1. 제기된 문제

<한림별곡>의 작자를 추정함에 있어서 현재 학계에 드러난 의견은 다음과 같다.

---

2) 金東旭, 「翰林別曲의 成立 年代」, 『延世大學校八十周年紀念論文集』, 연세대학교, 1965.

① 금의(琴儀) 원작 문생 완성설[3]
② 최충헌(崔忠獻)의 문객(門客) 창작설[4]
③ 금의 문생 창작설[5]

①에 대하여 금기창 교수는 다음과 같이 말하였다.

필자의 견해로는 예술적 견지에서 볼 때 <한림별곡>이 경기체가로서
는 최초인 작품인 동시에 최대의 걸작이며, 경기체가의 완성된 형태를 보
여준 작품이라고 생각된다. 그런 고로 현존하는 완성된 <한림별곡> 이전
에 반드시 이 작품에 선행된 형성 과정에 놓여 있는 경기체가가 있었으리
라고 믿어진다. 따라서 금의 원작의 <한림별곡>이 금의의 문생들에 의해
서 손질되어 현존하는 것과 같은 경기체가로서 완성된 <한림별곡>의 출현
을 보게 된 것이라고 생각된다.[6]

금 교수는 현존하는 <한림별곡>은 금의의 문생들이 손질하여 완성시
켰다 하였으므로, 이 부분은 금의 문생 창작설에 포함시켜 뒤에 가서 거
론할 것이나 여기서는 다만 금 교수가 금의 원작설의 논거로 제시한 내
용이 극히 추상적임을 지적하고자 한다. 금 교수는 <한림별곡>이 경기
체가의 최초의 작품이면서도 완성형을 취하고 있는 사실에 착안하여 금
의 원작설을 주장하였는데, 당시 문인들의 수준을 감안하면 굳이 그렇
게 생각할 필요는 없다고 본다. <한림별곡>의 가사를 그 당시 유행하던
한시체(漢詩體)와 비교해 보면 그것보다 훨씬 단순한 구조임이 쉽게 판별
된다. 더구나 그때의 문인들은 창운주필(唱韻走筆)·쌍운주필(雙韻走筆)·급

---

3) 琴基昌, 「翰林別曲에 關한 研究」, 『又村姜馥樹博士回甲紀念論文集』, 간행위원회, 1976.
4) 金東旭, 전게논문.
5) 李明九, 『高麗歌謠의 研究』, 新雅社, 1973.
6) 琴基昌, 전게논문, p.335.

작(急作)·촉각시(刻燭詩)·집구(集句)·회문시(回文詩) 등 까다로운 각종 시체를 구사할 정도의 높은 수준에 있었으므로 단순한 구조로 되어 있는 <한림별곡> 가사는 그들에게 있어서 희필(戱筆)·농필(弄筆)이었을 것이니 그 이상으로 평가할 필요가 없겠기 때문이다.

②에 대하여 김동욱 교수는

'琴學士의 玉笋門生 위 날조차 몃부니잇고'에서 보듯이 초련(初聯)의 작자는 금의가 거자(擧子)한 신진인사라고 생각된다.

금의는 희종(熙宗) 4년 윤사월(閏四月)에 황보관(皇甫瓘) 등 33인을 뽑고, 강종(康宗) 원년 6월에 전경성(田慶成) 등 29인을 뽑고, 고종(高宗) 원년 5월에 김신정(金莘鼎) 등 22인의 진사를 뽑고 있다. 그러니 옥순문생(玉笋門生)이 거의 100명이 되는 셈이다.

그러면 이들은 과거에 입격된 지 얼마 안 되는 유식계급(遊食階級)이 아니면, 임관이 되었다 하더라도 미관말직에 있는 자가 지은 것이라 믿어진다. 그렇지 않으면 최충헌의 문객(門客) 중에서 지은 것이 아닌가 한다. 당시 현관(顯官)에서 미관말직에 이르기까지 대부분 최 씨의 문객이었으니, 이 거자(擧子)들이 최충헌의 추천회연(鞦韆戱宴)에 참가할 공산은 크다. 특히 최충헌은 이의민(李義旼) 등과 달라 문필지사(文筆之士)를 대우하여 전기(前記) 이규보(李奎報)와 같은 이는 말직으로서 연석에 참가하여 주필(走筆)로써 최씨 부자의 권우(眷遇)를 받고 관운의 실마리도 여기에서 비롯하였으니, 여기에서 <한림별곡>의 창자는 제2, 제3의 이규보를 꿈꾸는 자들이 아니었을까?[7]

라고 언급하였다. 김 교수는 고증을 바탕으로 한 위의 글에서 '初聯의 작자는 琴儀가 擧子한 新進人士'라 하여 금의 문생 창작설을 내세우고, 이어 최충헌 문객 창작설을 제시함으로써 문맥 파악에 혼선을 빚게 한다. 첫 연을 다른 연과 분리시켜 작자를 추정한 것은 아닐 것으로 보이

---

7) 金東旭, 전게논문, p.58.

나 최충헌 문객이라 한 것도 최충헌의 문객 가운데 금의가 거자(擧子)한 문생들이 지었다는 것인지, 아니면 금의의 문생이 포함될지도 모르지만 아무튼 그것과는 무관하게 최충헌의 문객이 지었다는 말인지 불분명하다. 전자의 뜻이라면 금의의 문생 창작설에 편입시켜서 논의해야 할 것이지만 논문의 문맥상 작자들의 관심이 오로지 최충헌에 경도되어 있는 것으로 보아 후자의 것으로 이해하고 별항 ②를 설정하였다.

김 교수는 <한림별곡>의 창작 연대를 고종 3년 5월로 비정함으로써 당시에 갓 진사에 급제한 문인들이 최충헌이 벌인 추천희연(鞦韆戱宴)에 참여하여 제2, 제3의 이규보를 꿈꾸며 최충헌·최이 부자에게 아첨하기 위하여 지은 것으로 보고, <한림별곡>에 담겨져 있는 내용이 한림 자신의 것이 아니라, 최씨 부자와 왕궁의 생활상으로 파악하였다.

위와 같은 김 교수의 주장에 두 가지 의문점이 생긴다.

첫째, <한림별곡>은 금의와 그의 문생들이 좌주문생연에서 가창한 노래이므로 논의의 초점이 금의와 그의 문생에게 맞추어져야 함에도 불구하고 최충헌 부자에게 돌아간 점과 둘째, 갓 급제한 신진사인들이 백정동궁(栢井洞宮)의 추천희연에 참여했을 것으로 본 견해가 그것이다. 두 번째의 것은 <한림별곡>의 창작 연대를 고찰할 때에 다루기로 하고 여기서는 첫째의 것만 살펴보기로 한다.

김 교수는 첫 연은 금의가 거자한 문생이 지은 것이라고 하면서도 실제 내용을 논의하는 장면에서는 그들을 최충헌의 문객으로 보고 금의와 그의 문생들이 벌였던 좌주문생연을 소홀히 넘김으로써 <한림별곡> 제1장에 이른바 '琴學士의 玉笋門生'의 의미를 간과하여 최충헌 부자에게 초점을 맞추었던 것으로 이해된다. 물론 금의와 그의 문생들이 최충헌 부자의 비호 아래 승승장구한 것은 사실이지만 본 가사 내용을 무시하면서까지 문면에도 없는 최씨 부자를 부각시킬 필요가 있을까? 이것은 김 교수가 <한림별곡>의 서경적(敍景的) 가의(歌意)를 고종 3년 최충헌이 백정동궁에서 벌인 추천희연과 관련지어 창작 연대를 고종 3년으로 추정한 나머지 그 때는 작자들이 아직 유식계급이거나 미관말직이었을 터이므로 <한림별곡>이 풍기고 있는 호화로운 생활상을 누릴 수 없는 처지였을 것으로 추단하고, <한림별곡>이 지닌 포만감을 최충헌 부자의 왕궁 생활상으로 돌린 데서 기인한 주장이 아닐까 한다. 요컨대 <한림별곡>의 작자 논의는 가사 내용 중에 '琴學士의 玉笋門生'이 분명히 있으므로 금의와 그의 문생이 벌인 좌주문생연을 벗어날 수 없다고 생각한다. 따라서 <한림별곡>이 담고 있는 호화로운 생활상도 금의와 그의 문생들이 실제로 향유한 것이거나 혹은 소망하고 있던 것이지 최충헌 부자나 왕궁의 생활상으로 볼 까닭이 없는 것이다. 이 점은 금의가 점하고 있던 위치와 그 당시에 세력 집단으로 형성된 좌주와 문생의 풍속이 구명됨으로써 온당하게 해명될 것으로 본다.

①·②가 있기 전, 학계의 통설로 인정되었던 ③에 대하여 이명구 교수는 다음과 같이 언급하였다.

> 여사(麗史) 악지(樂志)에는 그저 고종조 한림제유의 작이라 하였지 그 연대는 밝히지를 않았다.……그런데 그 제1장에서는 '琴學士의 玉笋門生 위 날조차 몃부니잇고'라는 구절이 나와 있다. 그러면 여기 금학사의 문생이란 도시(都是) 어떠한 인물들이었을까? 물론 오늘날 그 성명을 밝힐 수는 없는 듯하다. 그러나 금의가 누전공거(屢典貢擧)하여 소선다명사(所選多名士)라 하였으니, 이른바 금의가 집행한 과거에서 선출된 명사들임에는 틀림이 없을 것이고, 또 그들 명사가 여사에 이른바 고종시 한림제유일 것이다.[8]

---

8) 李明九, 전게서, p.110.

③에서 이 교수가 주장한 금의의 문생 창작설에 필자도 동의한다. 『고려사』에서 <한림별곡>의 작자로 본 '高宗時翰林諸儒'를 전절(前節)에 등장한 8인 문사와 관계없이 금의가 공거한 문생으로 파악한 점은 훌륭하다 하겠다. 그러나 금의의 문생이 도시 어떠한 인물인지 모르는 상태에서 『고려사』의 기록 그대로 <한림별곡>의 작자를 한림제유로 추단한 것은 납득이 가지 않는다. 그리고 금의의 문생이 누구인지 좀 더 구체적으로 탐색하지 않은 점이 아쉽게 느껴진다.

지금까지 <한림별곡>의 작자에 대한 세 분 선학의 의견을 중심으로 살펴보고 필자는 제3의 주장, 곧 고종 때 금의의 문생인 한림제유가 지은 것으로 일단 방향을 정하였다. 그러나 이것으로써 문제가 해결된 것은 아니다. 금의의 문생이 구체적으로 누구인지 다시 물어야 할 것이다. 그 질문에 대하여는 전절에 등장한 인물들과 관련하여 두 가지 상이한 의견이 나와 있다.

> ㄱ. (구체적인 성명을 밝힐 수는 없으나) 금의가 과거시험에서 선발한 신진인사로서 전절에 나와 있는 인물들의 후배일 것이다.9)
> ㄴ. 전절에 등장한 8명의 문사들이 모두 금의의 문생이므로 그들이 현존하는 <한림별곡>의 작자일 것이다.10)

ㄱ은 『고려사』와 『악장가사』, 그리고 <한림별곡>의 가사 내용에 나타난 기록들을 종합한 주장으로서 금의의 문생이 구체적으로 누구인지 전혀 언급이 없으므로 이 점은 보완되어야 할 것이다. 그리고 ㄴ은 <한림별곡> 전절의 등장인물을 금의의 문생으로 추정하였으므로 결과의

---

9) 상게서, p.110.
10) 琴基昌, 註 6).

진위를 떠나서 볼 때 ㄱ보다 적극성을 띤 연구라 생각된다. 더구나 ㄱ이 나온 뒤에 발표된 논문이므로 학계의 평가를 기다리는 새로운 학설로 보아야 할 것이다. ㄴ의 진위 여부는 <한림별곡> 제1장이 과거시험 장·좌주문생연으로 파악되므로 사서나 기타 문집류의 고증을 거치면 자연히 해명될 것으로 본다.

　이러한 논의는 <한림별곡> 제1장의 분석을 토대로 이루어져야 할 것 으로 본다. 제1장은 그 시대 문단의 단면이요, 과거시험장의 풍경이며, 또 좌주와 문생의 풍속도로서 <한림별곡>의 여러 가지 비밀을 함축하 고 있으므로 작자를 구명함에 있어도 소중한 자료가 되기 때문이다.

2. <한림별곡> 제1장의 분석

前 節	제1행	元淳文　仁老詩　公老四六
	제2행	李正言　陳翰林　雙韻走筆
	제3행	冲基對策　光鈞經義　良鏡詩賦
	제4행	위 試場ㅅ景 긔 엇더ᄒ니잇고
後 節	제5행	琴學士의 玉笋門生 琴學士의 玉笋門生
	제6행	위 날조차 몃부니잇고[11]

　<한림별곡> 제1장의 전절은 문단사(文壇史) 내지 과거사(科擧史)의 단면 을, 그리고 후절은 좌주문생연의 풍속을 보여주고 있다. 전절의 1·2·3 행에는 유승단의 문, 이인로의 시, 이공로의 사륙, 이규보와 진화의 쌍운 주필, 유충기의 대책, 민광균의 경의와 김양경의 시부가 열거되었는데

---

11) 이해의 편의상 『악장가사』 본 가사에서 한자 표기를 취하였고, 행 및 어절 구분은 학계
　　의 통설을 따르되 4음보로 파악되는 제4행과 6행의 어절 구분은 필자의 뜻에 따랐다.

그들이 어떠한 인물들이기에 <한림별곡>의 수장(首章)에 등장하는 영광을 얻게 되었을까? 또 그것이 제4행의 시장경(試場景)과 어떠한 관련이 있는지, 그리고 나아가 전절이 후절에 이른바 '琴學士의 玉笋門生'과 어떻게 관계되어 있는지 살펴보아야 할 것이다.

전절에 등장한 문사들의 후배로서 그들과 교유했던 최자는 고려 역대의 유명한 문인들을 언급하는 장면에서 이인로, 유승단, 김인경, 이규보, 이공로, 진화와 유충기를 들고 있다.[12] 이것으로 보아 <한림별곡>에 등장한 문사들이 당시에 문명을 떨치고 있던 인물들이었음을 알 수가 있다. 거기에 유독 민광균이 빠져 있는 이유는 제3행에 기록된 바와 같이 그가 시문보다는 경의에 밝았음을 드러낸 것으로 보아야 할 것이다. 또 최자는 시인의 평을 빌어 그들의 작품적 특색을 다음과 같이 말하고 있다.

지금의 시인들이 평하기를 문안공 유승단은 말이 굳세고 뜻이 순박하며 고사를 인용하는 것이 정밀하고 간결하다. 정숙공 김인경은 무릇 글자를 놓을 때는 반드시 맑고 새롭게 하고자 하기 때문에 시 한 편이 나올 때마다 사람들을 경동시킨다. 문순공 이규보는 기운이 장하고 말이 웅대하여 창의가 신기롭다. 학사 이인로는 말이 모두 격이 높고 고사를 인용 구사하는 것이 귀신 같다. 비록 옛 사람의 수법을 도습한 데가 있으나 쪼고 다듬는 기교는 그 전 사람보다 낫다. 승제 이공로는 말이 굳세고 아름다우며 포고문을 짓고 사륙문을 짓는 데 더욱 장기가 있다.……보궐 진화는 맑고 웅장하고 화려하고 예쁘며, 변화하는 형태가 백 가지로 나온다. 이들은 모두 한 때의 종장들이다.[13]

---

12) 崔滋,「補閑集序」, 李學士仁老 兪文安公升旦 金貞肅公仁鏡 李文順奎報 李承制公老 金翰林克己 金諫議君綏 李史舘允甫 陳補闕澕 劉冲基 李百順 兩司成 咸淳 林椿 尹于一 孫得之 安淳之 金石間作 星月交輝 漢文唐詩於斯爲盛.

13) 상게서 卷中, 今之詩人評曰 兪文安公升旦 語勁意淳 用事精簡 金貞肅公仁鏡 凡使字必欲淸新 故每出一篇 驚動時俗 李文順奎報 氣壯辭雄 創意新奇 李學士仁老 言皆格勝 使事如神 雖有蹈古人畦畛處 琢鍊之巧靑於藍也 李承制公老 辭語遒麗 尤長於演誥對偶之文……

위의 평은 그 당시 문인들 사이에 공인된 사실로 보아진다. 『보한집』
은 시를 주로 다루고 있으므로[14) 그 밖의 문체에 대하여 소략한 감이 있
으나, 시인과 시 작품에 대한 평가가 활발했던 당시의 문단적 상황을 감
안할 때, 다른 문체에 대해서도 그와 유사한 평이 있었을 것으로 보인다.
그리하여 훌륭하다고 평가된 작품들은 글공부하는 후진들에게 교재로
활용되기도 했을 것이다. 최자의 글에서 그러한 사정을 확인할 수 있다.

> 나는 젊었을 때에 일찍이 정숙공이 과장에서 지은 부를 칭송하여 한번
> 흉내내기를 원하였고 과거에 급제한 뒤에도 임종비와 정지상의 사륙문을
> 흠모하여 속으로 호랑이를 그리려고 하였으나 이제 종전에 지은 것을 돌이
> 켜 보니 모두 생삽하고 허황하여 드디어 개를 닮아버렸다. 한스러운 것은
> 당시에 삼현 및 문렬공의 고니를 그리지 않은 것이다. 비록 진실을 얻지는
> 못하였을지라도 거의 따오기와는 방불했을 것이다.[15)

<한림별곡> 제3행의 '양경시부(良鏡詩賦)'는 최자가 급제하기 전에 이
미 정평이 있었음을 보여 주고 있다. 이로 미루어 볼 때 과거에 뜻을 두
고 있는 이들이 정평이 나 있는 선배의 작품을 전범삼아 글공부를 하였
을 것으로 생각된다. 당시에 시행된 과거과목의 성격상 제1·2행의 문
체를 충분히 익혀야만 좋은 성적을 거둘 수 있기 때문이다. 문체별 특장
을 숭상하는 풍조가 번지면서 문학수업인들이 문체 전반에 대한 관심보
다는 과장에 관련된 특정 문체에만 편중하는 경향을 띠었던 모양이다.

陳補闕澕淸雄華靡 變態百出 此皆一時宗匠也.

14) 상게서 卷中, 欲觀其下手之妙 必於巨構 其短章絶句不足爲大手之工拙也 然此書止數卷 所
載要略 故唯載其絶句詩不多首 標諸家各體而已 況其長篇巨韻各載於其本 此不收錄.

15) 상게서 卷下, 子少時嘗頌貞肅公場屋賦 願一效嚬 及登第後 慕林宗庇鄭知常之爲四六 欲畵
虎焉 遒今反視從前所作 皆生澁荒虛 反類狗也 恨不當時畵鵠於三賢及文烈公 雖未得寫眞
庶可彷佛於鶩也

최자는 그러한 풍조를 못마땅하게 생각하여 문체 전반을 골고루 익혀야
할 것을 주장할 정도였다.

> 세상에서는 사륙문과 시와 문을 따로 구별하여 혹 아무개는 시를 잘한
> 다. 혹 아무개는 문을 잘하고 혹 아무개는 사륙을 잘한다 하여 겸해서 잘하
> 기는 불가한 것으로 여긴다. 이것은 아직 문장이라는 방에 들어가 보지 못
> 한 사람이 각기 그 문호에 따라 한 편만 엿본 말일 따름이다. 큰 솜씨라면
> 어디에다 행하여도 불가한 곳이 없는데 어찌 따로 잘하고 못하는 것이 있
> 겠는가.16)

과거과목의 성격으로 말미암아 생긴 문인의 문체별 특장(特長)을 부각하
는 풍조가 드디어 <한림별곡> 제1·2장의 풍경을 연출하게 되었던 것으
로 본다.

제3행은 유충기의 대책, 민광균의 경의, 김양경의 시부를 노래하였는
데 이것은 문체를 나타낸 것이 아니고 당시에 시행하던 과거의 제술업
(製述業) 과목을 표현한 것이다. 참고로 『고려사』 선거지(選擧志)에서 관련
사실을 적기(摘記)해 보면 다음과 같다.

> ① 仁宗十七年十月禮部貢院奏……我朝製述業於第三決場迭試策論之無著
>   韻偶對者 因此詩賦學漸爲衰廢 今後初場試經義 二場論策相遞 三場詩
>   賦 永爲格式17)
> ② 毅宗八年五月更定 初場迭試策 中場試經義 終場試詩賦18)

---

16) 상게서 卷下, 世以四六詩文爲別 或云某工詩 某工文 某工四六 而不可兼得 是未入文章之
　　室者 各從門戶窺一班之說耳 大手之下無施不可 豈別有工拙哉
17) 『고려사』, 「選擧志一」.
18) 上同.

인종대(仁宗代)까지 시장(試場)에서 시부를 소홀히 다루었기 때문에 그
것이 점차 쇠퇴되었으며, 개선책으로서 가장 비중이 무거운 제3장에 시
부과목을 시험보이도록 예부공원에서 주청하여 그대로 시행되다가 의
종 8년에 다시 개정하여 초장에서는 논과 책을 바꾸어 가며 시험하고
중장에서는 경의를, 그리고 종장에서는 시부를 시험하게 하였던 것이다.
당시에 실시한 과장(科場)의 순서가 곧바로 <한림별곡>의 제3행에 순서
마저 똑같이 반영된 점으로 보아 <한림별곡>이 시대상을 충실히 그려
낸 작품임을 알 수 있다.

이상에서 제1·2행은 문체별 특장의 문사를, 그리고 제3행은 과목별
특장의 문사를 나타낸 것임을 확인하였다. 그러므로 전절 3행은 대등의
관계로 볼 수 없을 것이니 제1·2행은 제3행을 목표로 삼아 그것을 달
성하기 위한 전 단계의 연습장으로 보아야 할 것이다. 따라서 제4행의
'시장경'도 제3행과 밀접한 것으로 파악해야 하겠다.

후절인 제5·6행은 금의의 문생 가운데 어느 누가 자기의 은문(恩門)인
금의의 문생복(門生福)을, 혹은 자신들의 좌주복(座主福)을 큰 소리로 자랑
하고 있는 풍경이다. 따라서 후절은 좌주와 문생이 핵을 이루고 있으므
로 그것에 대한 이해가 우선적으로 요구된다.

좌주와 문생의 의미와 그들의 관계를 알아보면, "나라 풍속에 과시를
관장하는 자를 학사라 부르는데 문생들은 그를 은문이라고 칭한다. 문
생과 좌주의 복이 심히 무겁다(國俗掌試者 謂之學士 門生稱之曰恩門 門生座主之
福甚重)."19)이라 하였으니 학사는 벼슬의 명칭이 아니요, 과거를 맡은 시
관을 말하며 그때 뽑힌 사람을 문생이라 하였으므로 학사와 문생은 어
디까지나 과거시험장에 관련된 용어임을 알 수 있다. 그리고 일단 좌주

---

19) 상게서, 「選擧志二」.

와 문생의 관계가 맺어지면 엄격히 부자의 예절을 지켰던 것이다.[20]

좌주와 문생의 관계는 무신정권기에 들어와 씨족 중심의 문벌이 약화되는 과정에서 집단의식으로 성장했던 것으로 보이는데[21] 이러한 풍속은 당나라의 것을 본받은 것이면서도 그에 지나칠 정도였다.[22]

명종대(明宗代)에는 문생이 다시 자기의 문생을 거느리고 좌주를 찾는 풍습까지 생겼다.[23] 『파한집』과 『보한집』에는 좌주와 그의 문생에 관한 내용이 많이 소개되어 있는데 그 가운데 이자연(李子淵), 최충(崔沖), 최유청(崔惟淸), 한언국(韓彦國), 임유(任濡), 백광신(白光臣), 금의 등이 훌륭한 문생을 둔 좌주로서 유명하였다. 한 예를 들어 좌주문생연의 성격을 알아본다.

> 白學士光臣 掌貢籍 及解鑣 新勝諸生 共設齊筵 祝壽祺 便謁學士於玉筍亭 設小飮 以一絶示之[24]

백광신이 신종(神宗) 3년에 동지공거(同知貢擧)가 되어 조문발(趙文拔) 등을 뽑았을 때, 새로 급제한 문생들이 제정(齊筵)을 베풀어 좌주의 수복(壽福)을 축원하고 뒤이어 옥순정으로 나아가 소연을 베푸니 학사가 시 한 수를 지어 보였다는 것이다. 이것은 좌주와 문생의 첫 대면연(對面宴)인 듯한데 그것으로 끝나지 않고 그 뒤에도 계속하여 부자의 관계를 유지하면서 이러한 자리를 마련하였을 것으로 본다.

---

20) 李仁老, 전게서 卷上, 門生之於宗伯也 以文章被鑑識 特達於靑雲 古人所謂期牙相遇 是以位雖至鈞衡 猶居姪行 不敢與之抗禮.

21) 許興植, 『高麗科擧制度史硏究』, 일조각, 1981, p.55.

22) 李齊賢, 『櫟翁稗說』 後集二, 盖用揚(嗣復) 裴(皥)故事 而禮文過之.

23) 李仁老, 『破閑集』 卷上, 本朝光王時 始以詩賦取士 然未嘗有宗伯 得見門生掌選者 至明王初學士韓彦國 率門生謁崔相國惟淸.

24) 상게서 卷下.

같은 해에 급제한 동년(同年)들은 상호 유대감이 긴밀했던 듯하다. 동년끼리 주고받은 시문이 상당수 전하고 있을 뿐만 아니라, 불우한 동년을 등용시켜 주도록 고관에게 글을 올리기도 하고,[25] 또 자기의 동년이 다수 고관으로 출세한 사실을 자랑스럽게 기록해 놓기도 했다.[26]

<한림별곡>의 후절은 저러한 좌주와 문생의 풍속을 반영한 것으로서 당시에 가장 역량이 있는 좌주 금의와 그의 뛰어난 문생들이 형성하고 있던 득의한 현실상이라 할 것이다.

전절과 후절의 의미 맥락을 살펴 제1장의 성격을 종합해 보고 다시 원점으로 돌아가 작자(琴學士의 玉筍門生) 논의를 계속하도록 하겠다.

전절의 제1·2·3행은 금의의 문생들이 과거에 급제하기 전, 고시 공부를 할 때 전범으로 삼았던 작가와 작품을 나타낸 것으로 본다. 그러나 제1·2행은 문체의 특장을, 그리고 제3행은 과거의 고시과목을 나타낸 것이다. 그러므로 과목을 통과하기 위하여 문체의 수련을 쌓아야 했으므로 제3행은 목표의 성격을, 그리고 제1·2행은 수단의 성격을 띠고 있음이 다르다. 제4행은 제1·2·3행의 등장인물이 벌이는 시장(試場) 경치가 아니다. 그것은 바로 금의의 문생들이 겪은 시장경(市場景)이다. 말하자면 제1·2행에 열거한 5인의 선배들에 뒤지지 않을 만큼 충실히 문체 수련을 함으로써 제3행의 과목에서 두각을 나타낸 3인의 선배들처럼 자신만만하게 급제할 수 있었던 사실을 스스로 과시하고 있는 장면이 바로 전절의 내용이라 하겠다. 그렇다면 현재 자신들이 누리고 있는 생활상이 순전히 자신의 힘만으로 이룩된 것일까? 그들은 과거를 통해서 발

---

25) 李奎報, 『東國李相國集』 卷27, 爲同年薦人崔相國書.

26) ① 상게서 卷25, 「同年宰相書名記」.

   ② 崔滋, 전게서 卷上, 任良淑公濡 門下四牓 文正公 文安公……亦多韻人 今詩參知政事 崔璘 知門下省事洪鈞……皆英烈公門生 時論推盛.

판을 마련한 셈이니, 자신을 뽑아준 분에게 고마움을 돌렸을 것이다. 여기서 당시의 좌주와 문생의 풍속을 상기해 보면 이해에 도움이 될 것으로 본다. 더구나 좌주가 최충헌의 비호 아래 권력의 중심부를 누비고 있었고, 자신들도 좌주의 영향으로 승승장구 출세할 수 있었던 특혜를 받고 있었음을 생각해 볼 때, 금의의 문생들이 <한림별곡>의 수장(首章)에서 거듭 좌주를 드러내어 찬양한 것은 지극히 자연스러운 발상이라 하겠다.

작자 문제로 다시 돌아와 전절에 등장한 문사들의 등제 연대를 알아봄으로써 그들이 과연 금의의 문생인지 아닌지를 확인해 보겠다.

한림별곡 관련자들의 예부시(禮部試) 등과표(登科表)

	年代	知貢擧	同知貢擧	壯元	비 고
①	明宗 10년 6월	閔令謨	尹宗誠	李得玉	※ 改名 仁老
②	14년 9월	文克謙	朴民庇	琴克儀	※ 改名 儀
③	20년 5월	李知命	任 濡	皇甫緯	俞升旦, 劉冲基, 李奎報
④	24년 4월	崔瑜賈	崔 詵	金君綏	金良鏡
⑤	神宗 3년	任 濡	白光臣	趙文拔	陳澕(國子監試)
⑥	熙宗 1년 7월	李桂長	崔洪胤	馬仲奇	閔仁鈞
⑦	4년 閏4월	李桂長	琴 儀	皇甫瓘	金孝印
⑧	康宗 1년 6월	崔洪胤	琴 儀	田慶成	崔滋
⑨	高宗 1년 5월	琴 儀	蔡 靖	金莘鼎	
⑩	9년 4월	崔甫淳	金良鏡		※ 右承宣 金良鏡
⑪	13년 4월	崔正份	俞升旦		
⑫	15년 3월	崔甫淳	李奎報		
⑬	17년 3월	俞升旦	劉冲奇(基)		
⑭	19년 5월	金仁鏡	金台瑞		※ 翰林 學士承旨 金仁鏡
⑮	21년 5월	李奎報	李百順	金鍊成	※ 金鍊成 父仁鏡, 妻父 閔光鈞

금의가 예부시에 장원급제한 것은 ②에서 알 수 있는 바와 같이 명종

14년 9월이었다. 이보다 4년 앞서 이인로가 장원급제했음을 ①이 보여 준다. 그리고 유승단,[27] 유충기,[28] 이규보는 ③에 나타난 바와 같이 명종 20년 5월에 급제하였다.[29] 김량경은『고려사』열전에 '明宗時中乙科 第二人'이라고만 기록되어 있는데『동인시화(東人詩話)』에 김군수(金君綏) 와 동년으로 나와 있으므로[30] 그것에 따른다면 ④에 나타난 바와 같이 명종 24년 4월 급제했을 것이다. 그는 이규보와 동갑인 점으로 보아[31] 『동인시화』의 기록이 크게 틀리지 않을 것으로 본다.[32] 그리고『고려사』 열전에 '金仁鏡初名良鏡'이라 하였는데 위의 표 ⑩과 ⑭를 비교하면 초 명을 인경으로 바꾼 연대를 짐작할 수 있으리라고 본다. 즉 승선(承宣)으 로 있을 때에는 아직 초명을 쓴 듯하다. <次韻金承宣良鏡和陳按廉湜>[33] 과 <甲午(高宗 21) 正月日夜直內省作明日呈金相國仁鏡>[34]이 그러한 사정 을 나타내 준다. 그러나 이규보가 고종 23년에 쓴「양지공거표(讓知貢擧 表)」[35]에도 양경이라 한 점으로 보아 초명이 그 이후에도 쓰인 듯하다.

---

27) 『고려사』, 列傳에는 '兪升旦初名元淳'이라 하여 '元淳'을 初名이라 하였으나『新增東國 興地勝覽』卷27 '仁同縣'조에는 '元淳名犯我本朝御諱以字代'라 하여 兪升旦의 字로 보 았다.『동국이상국집』등 고려시대의 문헌에 '元淳'이 보이지 않고 '升旦'만 쓰인 점 으로 보아 후자의 기록이 확실한 것으로 보인다. 그렇다면 <한림별곡>의 가사가 조 선조에 들어와 변개된 한 예가 될 것이다. 이와 관련하여,『고려사』열전 등 사서에 차용된 <한림별곡>의 가사내용을 <한림별곡>의 연구자료로서 그대로 믿고 활용하 였을 경우, 자료의 혼효성(混淆性)으로 말미암아 실상 구명에 장애가 될 것이므로 우 선 자료의 신빙도를 충분히 고려해야 할 것으로 본다.

28) 『東國李相國集』에는 '基' 대신 '禛'字로 썼으며 위의 표⑬에서는 '奇'字를 쓰기도 했다.

29) 李奎報의 연보와 그의 시 <同劉兪同年訪文長老用溫飛卿詩韻各賦> 등 참조.

30) 徐居正,『東人詩話』卷下, 高麗明王時 仁鏡以詞賦自負常擬龍頭 金諫議君綏擢壯元 貞肅 居亞元 位至卿相尙怏怏.

31) 李奎報, 전게서 卷18, <癸巳八月十八日始直樞密院寄內省金相國仁鏡四首>, 拾遺當日得 同榮及到鈞階莫趁行 同甲猶爲雌戊子 應緣一月後公生.

32) 『高麗列朝登科錄』에는 明宗 27년으로 나와 있다.

33) 李奎報, 전게서 卷15.

34) 상게서 卷18.

진화가 국자감시(國子監試)에 합격한 것은 신종 3년 윤2월이었다.36) 몇 해 지나지 않아 예부시에 급제했다 하니37) 신종 3년에서 멀지 않은 때일 것으로 본다. 이공노의 등제 연대는 정확히 알 수가 없으나, 김양경의 뒤를 이어 승선을 맡은 사실로 보아38) 『고려사』의 증언처럼 명종대임은 분명할 것이다.39) 민광균의 등제 연대도 분명하지 않다. 다만 그의 바로 아래 동생이 민인균인데,40) 인균이 등제한 때가 ⑥에 보인 바와 같이 희종 원년 7월이므로 그로부터 멀지 않은 시기일 것으로 추측할 뿐이다.41) 금의가 명종 14년 예부시에 장원급제하고 우부승선(右副承宣)으로서 동지공거가 된 때는 ⑦에서 알 수 있는 바와 같이 희종 4년이었다. 그가 예부시 시관으로 있을 때에는 전절의 인물들이 이미 등제한 뒤의 일이었다. 그리고 국자감시를 보더라도 금의는 신종 5년에 좌간의대부(左諫議大夫)였으므로 그때 곧바로 시관이 되었다 치더라도 8인 가운데 나이가 가장 어릴 것으로 보이는 진화조차 이미 2년 전에 합격되었던 것이니 국자감시로 보나 예부시로 보나 전절의 문인들은 금의의 문생이 될 수 없음이 분명해졌다. 더구나 금의의 문생인 최자가 유승단, 이규보, 유충기를 양숙공(良淑公) 임유의 문생이라고 밝히고 있음에랴.42)

---

35) 상게서 卷31.

36) 『高麗史』, 「選擧志二」, (神宗)三年閏二月禮賓卿高瑩中取詩賦陳澕等二十二人 十韻詩魯元規等七十三人 明經七人.

37) 『高麗名賢集』 2, 「梅湖集序」, 成均館大學校 大東文化研究院, 1973, p.203.

38) 崔滋, 전게서 卷中, 貞肅公以左承宣 出爲東北面兵馬使 聞李齊酒公老代爲喉舌任 以詩寄之

39) 『高麗史』 卷102, 列傳, 李公老字去華 丹山縣人 文章富瞻 尤工四六 明宗朝登第 調安邊判官.

40) 『竹溪誌』 卷1, 李穡, 「賀竹溪安氏三子登科序」, 平章閔公珪有子五人登第 曰康鈞 迪鈞 光鈞 仁鈞 良鈞 是也.

41) 『東文選』 卷15에 閔光鈞의 詩 <登第>가 1首가 있으나 이것만으로는 연대를 추정하기가 어려울 것 같다. 四子同遊翰墨中 爭先高折桂林叢 二兄早得成龍器 一第曾收中鵠功.

42) 崔滋, 전게서 卷上, 任良淑公濡 門下四牓 文正公 文安公 文順公 韓陳兩樞密 劉司成沖基 尹亞卿于一 皆同年.

지금까지 분석을 통하여 제1장의 가의가 과거시장·좌주문생경이라
는 사실과 그와 관련하여 제1장에 등장한 8명의 문사들이 금의의 문생
이 될 수 없음을 알게 되었다. 이것으로 전절에 등장한 인물이 금의의
문생이며 그들에 의하여 다듬어져 현재의 <한림별곡>으로 완성되었다
는 금 교수의 주장은 옳지 않은 견해라는 사실을 입증한 셈이다.

3. 금의와 옥순문생(玉笋門生)

이규보는 금의의 묘지명(墓誌銘)에서 다음과 같이 적고 있다.

譽典司馬試及三掌禮闈所得 皆當世聞人 玉笋之盛 近古未有也[43]

이로 보아 금의의 문생복은 당시에 이미 정평이 나 있었음을 알 수
있다. 이러한 처지에 있었으므로 금의의 옥순문생들은 '琴學士의 玉笋門
生 琴學士의 玉笋門生 위 날조차 몃부니잇고'라며 과시풍의 노래를 마음
껏 외쳤을 것으로 보아진다. 그러면 금의의 문생은 누구일까? 공거(貢擧)
사실을 통하여 알아보겠다.

① 연대 미상 사마시 시관이 되었다.
② 희종 4년 윤4월 우부승선으로서 동지공거가 되어 황보관 등 33인과
　명경(明經) 6인, 은사(恩賜) 2인에게 급제를 주었다.
③ 강종 원년 6월 지주사(知奏事)로서 동지공거가 되어 전경성 등 29인
　과 명경 6인에게 급제를 주었다.
④ 고종 원년 5월 첨서추밀원사(簽書樞密院事)로서 지공거가 되어 김신

---

43) 李奎報, 전게서 卷36, 「壁上三韓大匡金紫光祿大夫守大保門下侍郞同中書門下平章事修文
　殿大學士判吏部事致仕琴公墓誌銘」.

정 등 22인과 명경 5인, 은사 3인에게 급제를 주었다.

금의가 사마시 시관이었을 때로 보이는 신종 말기의 중거자(中擧者)는 1회에 90 내지 100여 명씩 배출되었다. 여기에 3차에 걸친 예부시 급제자를 합하면 금의의 문생은 200여 명에 이른 것으로 추산된다. 그러나 이들이 모두 문생은 될지언정 <한림별곡>에 이른바 '玉笋門生'이라 할 수는 없을 것이다. <한림별곡>의 가의로 보아 작자는 금의의 문생 가운데 현달한 자로서 좌주문생연에 참여한 사람에 한정될 것이기 때문이다.

당시에 문생의 숫자로 보아서 금의와 대등한 사람들도 있었다. 신종 원년부터 고종 6년까지의 예부시 전거(全擧) 사실을 보면 김평(金平) 3회, 이계장(李桂長) 4회, 최홍윤(崔洪胤) 4회, 금의가 3회 각각 공거(貢擧)했음을 알 수 있다. 그 가운데 유독 금의의 문생이 두드러지게 현달할 수 있었던 까닭은 여러 가지 이유가 있겠으나 좌주인 금의의 역량이 크게 작용했을 것으로 보아진다. 좌주와 문생은 각별한 예로써 부자의 관계를 맺었다는 당시의 풍습으로 미루어 볼 때 보호자로서의 좌주는 문생의 출세에 상당한 영향을 끼쳤을 것으로 보인다.

당시는 최충헌 부자가 전횡하던 때였으므로 금의가 그들과 어떠한 관계를 맺고 있었는지 주목된다.

崔忠獻擅廢立 常居府中 與其僚佐 私取政案 注擬陰授 授其黨與爲承宣者
入白于王 王不獲已從之 忠獻之子怡孫沆沆之子誼四世秉政 習以爲常……若琴
平章儀金首相敞朴尙書暄諸名士 皆由是以進 當世榮之 莫知其爲可 羞也[44]

---

44) 李齊賢, 『櫟翁稗說』前集一.

금의는 이종규(李宗揆)의 천거를 받아 최충헌을 섬겼는데 그 정도가 지나쳤으므로 빈축의 대상이 되기도 했고[45] 또 온갖 화요직(華要職)을 거치면서 권력을 쓰는 바람에 관직을 쉬도록 요청하는 문생도 나타났는데, 사실을 최충헌에게 고하여 그 문생을 섬으로 귀양보냄으로써 사람들로부터 야박하다는 말을 듣고 했다.[46] 이렇듯 금의에 대한 부정적인 평가는 최충헌을 『고려사』 반역전(叛逆傳)에 편입시킨 조선조의 사관(史觀)과도 관련된 것이지만 아무튼 최충헌과 금의의 관계가 어느 정도 밀착되었는지를 충분히 알게 해 준다.

금의가 희종 4년에 처음으로 예부시 시관이 되어 황보관 등을 선발했을 때 그 당시 문생이 입은 혜택은 족히 타 문생의 부러움을 살 만하였다.

황보관 등 33명과 명경 6명, 은사 2명에게 급제를 주었다. 새로 급제한 사람들이 충헌을 사제에서 뵈니 충헌이 수종하는 방·상에게 은병을 각각 하나씩 주고, 그 아들 우가 역시 은병을 주었다. 5월에 급제들이 이판궁에 나아가니 왕이 바깥 누각에 나와서 술과 과실을 내려주고 곧 여러 방·상이 노래 부르고 관악기 부는 것을 구경하며, 황보관 등 7명에게 명하여 내시에 소속시켰다. 당시 사람들이 말하기를, 금의는 충헌이 친애하는 사람이므로 이같이 후한 예로 대접하는 것이다." 하였다[47]

튼튼한 좌주와 그를 비호하는 최충헌을 배경으로 금의의 문생들이 전

---

45) 『高麗史節要』 卷14, 高宗 2년, 崔忠獻移入別第 劍戟兵衛 彌滿數里 朝士追隨者甚衆 前此無宰相從之者 至是簽書樞密院事琴儀 樞密院副使鄭邦輔 始從之 時人鄙之.

46) 상게서 卷16, 高宗 17년, 崔忠獻當國 求文士 有李宗揆者 薦儀 遂詣事忠獻 歷華要 頗用事 門生皇甫瓘夜詣儀直盧 作詩 諷以休官 儀以告忠獻 流瓘于島 時議簿之.

47) 상게서 卷14, 熙宗 4년 閏4월, 賜皇甫瓘等三十三人 明經六人 恩賜二人 及第 新及第等 謁忠獻于私第 忠獻 贈隨從坊廂 銀瓶各一事 其子瑀 亦贈銀瓶 五月詣梨坂宮 王出於外樓 賜酒果 仍觀各坊廂歌吹 皇甫瓘等七人 命屬內侍 時人 謂同知貢擧琴儀 乃忠獻所昵 故待以厚禮如此

례 없는 특혜를 누린 사실로 보아, 그 후에도 최씨정권이 유지되는 동안 그들은 순탄하게 벼슬살이를 했을 것으로 생각된다.

그러면 20여 명에 이르는 수많은 문생 가운데 <한림별곡>에 보이는 바 '옥순문생(玉笋門生)'은 누구일까? 그들은 아무래도 <한림별곡>이 창작·가창되었을 것으로 추정되는 좌주문생연 주변에서 찾아야 할 것이다.

좌주문생연이 어느 정도 빈번하게 마련되었는지는 알 수가 없지만, 이러한 자리가 금의의 문생이기도 한 최자의 『보한집』에는 두 차례나 소개되어 있다.

필자는 <한림별곡>이 가의로 보아 금의가 치사한 뒤의 작품이라는 견해를 가지고 있으므로 최자가 보여준 이 자료는 상당히 중요한 것으로 평가한다.

① 영렬공이 후설을 관장하고 삼대부와 양학사를 겸했으며 뒤에 정승이 되어서는 오랫동안 균형을 잡았는데 이에 시를 지어 이르길 "황비와 청쇄 달을 드나들다가 지금까지 스물 네 해 되었다. 닭이 울고 누수 다해도 그래도 다니는 길 모래 틈 향해가다가 야금 범할까 두려웠네." 했다. 그리하여 그는 병을 칭탁하고 돌아가 늙었다. 두 공(최홍윤·금의)은 모두 충숙공 문극겸의 문하 장원들이다. 그 뒤 임신년(강종 원년) 봄에 함께 춘관시를 관장했는데 나(최자)도 그 문하에서 나왔다. 양공이 한 때 정승이 되었는데 충숙공의 아들 유필이 그때 또한 재상이 되었다. 그 뒤 영렬공이 벼슬을 그만두고 돌아와 늙었다. 문생들이 헌수코자 하여 크게 화려한 잔치를 베풀고 이에 최, 문 두 재상을 맞아 잔치자리를 같이 했다. 영렬공이 술이 거나해 말하길 "한 문하에 두 장원이 종백과 한 때에 평장이 되었다가 물러나서 늙어가다가 이번 문생들의 축하연에 참석했으니 참으로 천고에 들어보지 못한 일이다. 어찌 실컷 취하여 이 성대한 행사에 보답하지 않을 것인가." 했다. 문생들이 모두 계하에 엎드려 경탄을 이기지 못하였고 혹은 눈물을 씻으며 흐느끼는 사람도 있었다. 동년인 조분이 시를 지어 가만히 동년과 나직한 소리로 말하길 "금방에 함께 올라 한 문하더니 나란히 황비에

들어간 몇 해 동안에 종백(방언에 좌주의 계승자를 이름) 또한 한 때 정승이 되었더니 계당의 봄 잔치로 삼공을 축하하네.” 했다. 동년의 이 시가 비록 옅고 속되나 오늘의 일을 꼭 맞춰 말한 것이다.[48]

　　② 경문공(최홍윤)과 영렬공(금의)이 함께 정승 자리를 물러나 집으로 돌아와 늙어갈 때 임금은 동궁 책봉으로 인하여 별전에 나와 경로하기 위하여 큰 잔치를 베풀었다. 이 때 두 공도 모두 들어와 잔치에 참여하였다. 여러 문생이 붙들어 모시고 대궐로 들어가는데 거리를 메우고 골목이 넘치므로 보는 이들은 감탄치 않는 사람이 없었다. 잔치를 파하고 집으로 돌아간 뒤에 영렬공은 여러 아들들에게 “나는 장원으로 정승이 되었다가 물러나 늙어가는데 하사한 잔치에 참여하게 되매 문생들이 붙들고 모시는 것이 매우 성대했는데 그들은 모두 당대의 영재들이었다. 이 경쾌함을 어찌 다 감당하랴. 마땅히 문화공(최유선)이 여러 문생들과 잔치한 고사를 본받았으면 좋겠다.”고 말했다. 이에 사년방을 불러 모아 크게 잔치를 베풀고 여러 자손들을 불러 내어 앉히려 할 때 공은 “한 문하의 자제들은 정분이 골육과 같은 것이니 내 여러 자손도 또한 자네들과 같은 형제다.” 하고 이에 나이 차례로 앉히었다. 술이 거나해 기쁨이 한창일 때 문생들을 명하여 서로 시를 지어 주고받게 하니 진년 장원 황보관이 부르기를 “동년이 선후로 형제가 되네.” 하니 공은 바로 거기에 응답해서 “만좌의 영웅 속에 자손이 끼어 있네.” 했다. 다음 날 여러 동년들이 각기 시를 지어 사례했다. 나는 공이 지은 한 연구 7자로 운을 달아 시와 인을 지어 사례했는데 공이 보고 좋다고 했다.[49]

---

48) 崔滋, 전게서 卷上, 英烈公掌喉舌 兼三大夫雙學士 及爲相久柄鈞衡 乃作詩云 出入黃扉靑瑣闥 于今二十四年臨 鷄鳴漏盡猶行路 恐向沙堤犯夜禁 於是稱病歸老 二公 皆文忠肅克謙之門下壯元也 越壬申 春 同掌試春官 予出其門下 兩公並時爲相 而忠肅公之嗣惟弼 時亦爲相 及英烈公縣車歸老 門生欲獻壽大敝華筵仍激 崔文二相同燕 英烈公倚酣唱曰一門下兩龍頭 與宗伯同時爲平章 以至退老 赴此門生之賀宴 實千古未聞也 胡不爛醉以答盛事 門生皆俯伏階下 不勝慶嘆 至或有拭淚鳴咽者 趙同年賁作詩 私與同年微聲曰 共登金牓一門下 聯入黃扉數載中 宗伯(方言座主之嗣) 亦爲一時相 桂堂春宴賀三公 同年以此詩雖淺俗 言今日事的然.

49) 상동, 景文公 英烈公 俱解相印 歸老于第 上因冊東朝臨幹 敬老勅賜大酺兩公皆入赴宴 諸門生 扶侍上闕 塡街溢巷 觀者莫不嗟嘆 及罷宴歸第 英烈公謂諸子曰 吾以龍頭爲相以至退老得參賜設 而門生扶侍甚盛 皆當代英材 勝慶快 宜效文和公宴諸門生故事 於是召集四年牓大開燕飮 呼出諸子孫欲命坐 公曰 一門子弟情同骨肉 吾諸子孫亦爾等兄弟也 乃以齒坐

그리고 이 날의 흐뭇한 광경을 읊어 금의에게 바친 최자의 <사연시
(謝宴詩)>는 다음과 같다.

③ 功名德業與仕宦 終始如公今古罕 四提衡鏡分月桂 桃李門前春色滿 早
嫌衣上紅塵 浣笑解金章遊祿野 靑山弄影墮晴窓 夕月朝嵐來侍座 畫堂分掛千
佛名 先後同年爲弟兄 不才隨列上華筵瓴甋 翻慙照玉英 酸寒不識綺羅叢 悅驚
雙眼搖春紅 呼出諸郎命四座 金蘭玉樹爭淸雄 興酣更敎琴瑟間 山水聲聲耳會
慣 吾聞仁裕上吹臺日與門弟相遊宴 又聞楊公之父子 詩酒同歡兩牓士 二老遺
芳誰復繼 風流相國駕仙鯉 乘酣一唾聯七言 箇箇明珠萬口喧 吾將漁目編作十
四貫 却把纍纍傳子孫[50]

위의 인용문에서 좌주문생연의 성격을 살펴 <한림별곡>의 창작 배경
을 추론해 보려 한다. ①②를 보면 공히 금의가 치사한 뒤에 벌인 좌주
문생연이라는 사실이 주목된다. 그리고 이 자리에는 사마시를 포함하여
네 번의 전거를 통하여 뽑힌 문생들 가운데 그 당시 현달한 사람들이
집단으로 참여했으며, 이러한 모임은 가끔 있었던 것으로 추측된다. 호
화로운 연석(宴席)에는 문생들이 치사한 은문께 헌수(獻壽)도 하고 자신의
박람강기(博覽强記)함을 과시도 하며 시회도 벌였을 것이니 거기에 술과
음악과 미인이 곁들이다 보면 창운주필(唱韻走筆)을 할 수도 있을 것이
다.[51] 거나하게 취할수록 자신들이 누리고 있는 고급한 문화의식과 자
아실현의 포만감을 구가하고 싶은 욕망이 일어, 읊조리는 시만으로는
만족할 수가 없었으므로 취락장(醉樂場)에 적합한 가창형의 새로운 가사

之 及酒酣懽甚 命門生相唱和 辰年狀頭皇甫瓘唱云 同年先後爲兄弟公卽應聲對曰 滿座英
雄間子孫 明日諸同年各作詩謝之 僕以公之一聯七字 分爲韻作詩幷引以謝 公覽而肯之.
50) 『東文選』 卷6, <上恩門琴太尉謝宴詩>.
51) 李奎報, 전게서 卷22, 「論走筆事略言」, (唱韻走筆)朋伴間使酒時 狂無所 遂託於詩 以激昂
其氣 供一時之快笑耳.

를 필요로 했을 것이다. 그리하여 격조상승욕을 표출하기에 적합한 팔경시를 주필체(走筆體) 우리말 가사로 변개시켜 <한림별곡>을 형성해낸 것으로 보인다.52) 평소 가운주필(歌韻走筆)에 훈련된 그들이고 보면 음악에 조예가 있는 사람이 제1장의 형태를 갖추어 선창하면 다음 장은 그 체재에 맞추어 한 장씩 불러갔을 것으로 생각된다. 이러한 배경에서 <한림별곡>은 창작되었을 것이니 현실적으로 향유하고 있는 포만감에 취흥이 감돌아 과시풍의 방일로 내달리다 보니 그들이 가창한 <한림별곡>의 가의는 시장문생(試場門生)·권상주취(勸上酒醉)·휴수동유(攜手同遊)의 점층적 유락경(遊樂景)을 연출해 내었던 것으로 보인다.

<한림별곡>은 그들의 이상을 그린 노래가 아니요, 자신이 누리던 현실상이었다. 그래서 과시에 효과적인 어사 'ㅇ景 긔 엇더 ㅎ니잇고'를 매 장마다 거듭해서 외칠 수 있었던 것이 아니었던가 한다.

<한림별곡>의 작자는, 이 노래가 팔경시처럼 분제연장체(分題聯章形)라는 점과 창작된 배경이 좌주와 문생이 회동한 집단적 성격의 연회였다는 사실을 감안할 때『고려사』악지과『악장가사』에 기록된 것처럼 다수인으로 보아야 할 것이다.53)

저러한 조건을 구비한 금의의 문생은 과연 누구일까? 금의의 문생연을 소개한 바 있는 최자는, 자신을 포함하여 10인이 금의의 문생임을 밝혀주고 있다.

---

52) 김선기,「翰林別曲의 形成過程에 대하여」,『論文集』제21호, 충남대학교 인문과학연구소, 1982.
53) 趙潤濟,『韓國文學史』개정판, 探究堂, 1968, p.91. "翰林別曲은 高宗朝諸儒의 作이고, 전체가 8장으로 되어 있는데 그 1장은 諸儒의 作이라 할 만큼 반드시 各人 各章으로 되었으리라 믿는다."

今時

① 참지정사(參知政事) 최린(崔璘)

② 지문하성사(知門下省事) 홍균(洪鈞)

③ 수사공좌복야(守司空左僕射) 손변(孫抃)

④ 추밀원사(樞密院使) 조수(趙脩)

⑤ 우복야한림학사(右僕射翰林學士) 이순목(李淳牧)

⑥ 우승선한림학사(右承宣翰林學士) 윤유공(尹有功)

⑦ 형부상서학사(刑部尙書學士) 송국첨(宋國瞻)

⑧ 병부상서학사(兵部尙書學士) 김효인(金孝印)

⑨ 좌간의대부위위경(左諫議大夫衛尉卿) 하천단(河千旦)

⑩ 나(予, 최자) 皆英烈公門生 時論推盛[54]

이 밖에도 금의의 문생은 『고려사』 선거지에서 황보관, 전경성, 김신
정등 장원급제자 3인과 『보한집』에서 조분을 추가할 수가 있다.

최자가 열거한 10인이 <한림별곡>의 작자라고 단정할 수는 없겠으
나, 그들이 고관직에 있던 사람이요, 좌주문생연의 참가자이며, 당시 사
람들이 '훌륭한 문생'이라고 입을 모았던 인물이고 보면 적어도 '琴學士
의 玉笋門生'임에는 틀림없을 것으로 본다.

이들이 과연 『고려사』 악지에 보이는 바 <한림별곡>의 작자 한림제
유일까? 이것은 본문의 '금시(今時)'와 관련된 문제이다. 최린의 역관(歷官)
사실에 비추어 보면, 고종 20년 사간, 28년 추밀원사, 30년 추밀원부사,
41년 참지정사, 42년 평장사라 하였으니, '금시'는 최린이 참지정사로 있
던 고종 41년, 곧 최자가 수태위(守太尉)로서 「보한집서(補閑集序)」를 쓴 바
로 그 해가 된다. 그러므로 인용문의 관명은 현직이며 손변처럼 이전에
졸한 사람은 최종 직관을 표시한 것임을 알 수 있다. 문생 10인의 관직
을 보면 고종 41년을 하한으로 이미 한림학사를 재임했거나 현재 역임

---

54) 崔滋, 전게서 卷上.

중임을 알 수가 있다. 그러므로『고려사』에서 <한림별곡>의 작자를 '한림제유'로 본 것은 근거있는 주장으로 보아야 할 것이다. 다만『고려사』에서 한림제유라 한 것은 <한림별곡> 창작 당시의 관직명이 아니라, 고종 41년을 하한으로 한 관직명임을 기억해야 할 것이다. 그러므로『고려사』의 '翰林諸儒所作'은 <한림별곡>을 사실화(史實化)하려는 사관(史官)의 생리에 의해『악장가사』의 '諸儒所作'보다 구체성을 띠고 그 곳에 첨보기재(添補記載)된 것으로 볼 수 있을 것이다.

위에 보인 금의의 문생들이 어떠한 인물인지『고려사』를 중심으로 간략히 살펴보겠다.

① 최린은 고조(高祖) 석(奭, 守太保門下侍郎 同中書門下平章事 判使禮部事), 증조(曾祖) 유청(惟淸, 守司空 集賢殿大學士 判禮部事), 조(祖) 당(讜, 守太尉門下侍郎 同中書門下平章事), 부(父) 신윤(臣胤, 尙書)으로 명문의 후예로서 고종 27년에 우승선으로 동지공거, 동 33년 추밀원부사로 지공거를 역임하였다.

② 홍균은 고종 21년 병부시랑, 30년 간의(諫議), 그리고 35년 추밀원사로 지공거를 역임하였다.

③ 손변은 수주인(樹州人)으로 등제하여 천안부판관, 공역서승(供驛署丞), 예부시랑, 경상도안찰부사를 거쳐 고종 35년에 추밀원부사, 38년에 수사공상서좌복야를 역임하였다. 그는 처가 파계(派系)가 국서(國庶)에 관련되므로 대성정조(臺省政曹) 학사전고(學士典誥)에 제배되지를 못했다.

④ 조수는 고종 27년 우간의, 37년 판비서성사로 국자감시관, 41년 지추밀원사로 지공거, 그리고 42년에 정당문학으로 치사했다.

⑤ 이순목은 협주(陝州)의 이속(吏屬)으로 주필에 능하였다. 등제하여 금성관기(錦城管記), 직한림, 첨사부주부를 거쳐 고종 34년 보문각대제, 38년 판비서성사로 국자감시관을 역임하였으며 문묵기예(文墨技藝)로써 성달(省闥)을 떠나지 않고 항상 제고(制誥)를 맡았다. 최항(崔沆)이 소시에 스승으

로 섬기더니 집정(執政)함에 특별한 예로써 대우하여 상서좌복야에 발탁
하였는데 제배하기 전에 졸하였다.

⑥ 윤유공은 우승선한림학사를 역임한 사실 외에 그가 어떠한 인물인
지 알 수가 없다.

⑦ 송국첨은 진주인(鎭州人)으로서 등제하여 직사관(直史官), 고종 13년
감찰어사(監察御史), 정언을 거쳐 18년경 내시랑중, 27년 판비서성사로 국
자감시관, 30년경 대사성, 형부상서, 37년 지서북면병마사(知西北面兵馬事)
를 역임하였다.

⑧ 김효인은 고종 18년 전중시어사, 37년 상서좌승으로 동지공거를
역임하고, 40년 병부상서한림학사로 졸하였다.

⑨ 하천단은 이안현인(利安縣人)으로 문장을 잘하여서 한 때의 표전(表
箋)이 다 그의 손에서 나왔다. 고종 41년 비서감으로 국자감시관을 역임
하였다.

⑩ 최자는 문헌공(文憲公) 충(冲)의 후손으로 『보한집』의 저자이다. 강종
조에 등제하여 10여 년 동안 외직을 맡다가 고종 때에 정언, 전중소감
보문각대제, 34년 대복경(大僕卿)으로 국자감시관, 상서우복야 한림학사
승지, 39년 추밀원부사, 45년 평장사로서 각각 지공거를 역임하였다.

이 노래의 본래 명칭도 <한림별곡>은 아니었을 것이다.55) 그리고
<한림별곡>이라는 명칭은 제1장의 문사들 때문에 생긴 것이 아니라,
금의의 문생들의 관직에서 연유한 것으로 보아야 할 것이다. 그렇다면
이 노래의 명칭은 고종 41년경 이후에 생긴 것이 아닌가 한다.

<한림별곡>의 내용적 특성을 작자와 관련지어 고찰함으로써 금의와
그의 문생들에 대한 논의를 마무리 짓겠다.

---

55) 金東旭, 전게논문, p.51.

<한림별곡>의 내용을 현실 도피, 퇴폐 등으로 본 견해가 있었다.[56] 이것은 작자를 무인집권기에 정치권 외로 밀려난 사람으로 상정하고, 창작 연대를 몽병(蒙兵)에 피침되어 강화로 천도한 시기로 추정함으로써 <한림별곡>에 나타난 그들의 호화로운 생활상이 반시대적이었다는 점에 근거를 둔 견해였다. 그러나 이러한 주장은 작자와 창작 연대를 '高宗時翰林諸儒'로 막연하게 파악함으로써 생긴 결과라 하겠다. 금의의 문생은 현실을 도피한 사람들이 아니었으며 작품이 창작된 연대도 강화 천도로 위축된 때가 아니었다.[57]

위의 견해에 대하여 수정을 주장한 분들은 <한림별곡>이 '신진사인들이 사회적 진출의 기백을 자랑한 시',[58] 혹은 '신진사대부들의 발랄하고 희망적이고 득의에 넘친 생활의 시'[59]로 보고 <한림별곡>이 저러한 기풍을 띠게 된 이유를 귀족질서의 재편성과 관련짓고 있다. 즉, 구귀족(舊貴族)의 문벌체제가 붕괴되고 지방 출신의 신진사인들이 중앙 무대에 진출할 수 있는 문호가 개방되어 금의의 문생들이 그러한 혜택을 누림으로써 저렇듯 득의에 찬 내용의 <한림별곡>을 지었다는 것이다.

지방 출신의 신진사인들의 사회적 진출에 따른 발랄한 기백이 <한림별곡>의 성격 형성에 영향을 끼친 것은 부인할 수 없겠으나 더 직접적인 요인은 그 당시 좌주와 문생의 풍속에서 찾아야 될 것으로 본다. 금의의 문생 대에는 지방사인들의 중앙 진출이 웬만큼 정착된 때였으므로[60] 그러한 문호 개방 정책으로 인하여 득의한 태도를 강하게 보이지

---

56) ① 趙潤濟, 전게서, p.91.

　② 梁柱東, 『麗謠箋注』, 乙酉文化社, 1947, p.230.

57) 강화에 천도한 것은 금의가 죽은 2년 후인 고종 19년의 일이었다.

58) 李佑成, 「高麗中期의 民族敍事詩」, 『성균관대학논문집』 7집, 성균관대학교, 1962, p.111.

59) 李明九, 전게서, p.112.

는 않았을 것이다. 설령 중앙 진출의 문호가 열려 있다 하더라도 과거에 뽑혀 좋은 자리에 발탁·승진되지 못하면 무슨 소용이 있겠는가? 중앙 무대에 뿌리가 없는 그들로서는 좌주의 주위를 맴돌아야만 했을 것이다. 또 좌주는 훌륭한 문생을 얻음으로써 자신의 세력을 구축할 수도 있을 것이다. 그리하여 무인집권기에는 혈통 중심적 문벌체제의 기능이 좌주 중심의 문생 체제로 변화해 간 것이 아닌가 한다.

따라서 <한림별곡>의 내용적 특성이 득의에 넘치고 발랄하게 나타난 것은 중앙 무대의 개방정책으로 말미암은 것이라기보다는 금의의 문생인 자신들이 좌주의 보호 아래 입신출세하여 현실로 누리고 있던 포만적 생활상을 표출하였기 때문에 빚어진 결과라고 생각한다.

III. 창작 연대

1. 제기된 문제

<한림별곡>의 창작 연대에 대한 종래의 견해는 다음과 같다.

    ① 고종 3년 5월 창작설[61]
    ② 고종 3년~8년 사이 원본 창작설[62]
    ③ 고종 7년~17년 사이 창작설[63]

---

60) 진화의 조부인 준(俊)은 여양현인(呂陽縣人)으로서 참지정사판병부사를 지냈고, 민광균의 조부 영모(令謨)는 황려현인(黃驪縣人)으로서 문하시랑평장사를 지낸 것으로 보아 그들의 조부대에 이미 중앙 진출이 이루어졌음을 알 수 있다.

61) 金東旭, 전게논문.

62) 琴基昌, 전게서, p.249.

63) 李明九, 전게서, p.112.

김동욱 교수는 고종 3년 5월 백정동궁에서 최충헌이 벌인 추천희연과
<한림별곡>의 사실이 부합됨을 밝혀, 금의가 거자(擧子)한 신진 인사들
이 이 자리에 참가하여 제2, 제3의 이규보를 꿈꾸며 <한림별곡>을 창작
한 것으로 보아 고종 3년 5월 창작설을 주장했다. 근거로서 ㄱ. <한림별
곡> 제8장이 '추천희'이기 때문에 백정동궁 추천희와 결정적으로 같으
며 ㄴ. 그 당시 이규보가 정언, 진화가 직한림, 금의가 한림승지에 있었
으므로 제1장의 관직명과 부합되고, ㄷ. 김인경은 고종 초년인 '양경'으
로 호명되었고 ㄹ. 고종 3년 5월에 과거가 곁들여 <한림별곡>의 취의(趣
意)와 상부함을 들어 말하였다.

갓 급제한 문인들이 최충헌이 벌인 추천희연에 참가하여 <한림별곡>
을 지었을 것이라는 추측은 재고해 볼 필요가 있다고 본다. 『고려사』에
'(高宗)三年端午崔忠獻設鞦韆戲于柏井洞宮 宴文武四品以上三日 忠獻時有
出入重房 將軍房 必結綵棚以迎 大設宴會 其還亦如之'[64]라 하여 참석자가
문무 4품 이상으로 기록되어 있을 뿐만 아니라, 최이가 강종 2년에 벌인
야연(夜宴)에도 고관을 불러모았다고 하였다.[65] 최충헌 부자가 문필지사
(文筆之士)를 대우한 것은 사실이나, 갓 급제했거나 미관인 사람에게는 문
필희(文筆戲) 자격으로나마 참가시키지 않았을 것으로 보인다. 이들을 특
례자라 할 이규보와 비교하는 것은 무리라고 생각된다. 이규보는 예부
시에 급제한 뒤 비록 등용되지는 못하였으나 그의 탁월한 재능을 인정
받아 재상들이 연명차자(聯名箚子)하여 추천한 바 있고, 최충헌도 그의 시
재를 아껴 등용할 마음을 이미 가지고 있었으며, 해마다 사관(史館), 한원
(翰院), 국학(國學) 등에서 유신(儒臣)들이 인물을 추천할 때면 그를 우두머

---

64) 『高麗史』 卷129, 「判逆3」.
65) 李奎報, 전게서 年譜, <癸酉>, '普康侯嗣子相國 大設夜宴 召縉紳貴介赴座 公獨以八品微
　　官 蒙召預焉'

리로 삼을 정도였다. 46세에 8품 미관의 신분으로서 홀로 야연에 초대받은 사실을 미루어 보면 알 것이다.66) 설령 그들이 말석에 참가하였다 하더라도 최충헌이 마련한 자리에서 그를 빼놓고 자신들의 좌주인 금의를 드러내며 노래를 불렀을까 의문이 생긴다.

앞에서 말한 바와 같이 <한림별곡>은 금의와 그의 문생이 벌인 좌주문생연에서 창작된 것이기 때문에 최충헌의 백정동궁연과 관련시킬 필요가 없다고 본다. ㄱ의 제8장의 그네 놀이도 최충헌의 백정동궁 추천희로만 볼 필요가 없다. 그 뒤에도 남녀가 휴수동유(攜手同遊)하는 풍습이 유행하였으므로 나라에서 금한 일조차 있었던 사실로 보아,67) 금의 문생들이 스스로 연출한 놀이로 보아야 할 것이다. ㄴ은 앞의 제1장의 분석을 통하여 살펴 본 바와 같이 금의의 문생들이 급제하기 전 선망의 대상이었던 문체별 특장의 문사를 나타낸 것이므로 창작 당시의 풍경이 아니요, 창작 당시까지 아직도 기억에 생생하게 남아 있던 과거의 사실이라고 본다. 그리고 김인경의 초명인 '양경'이 고종 23년까지 여전히 사용되었음은 앞에서 언급한 바 있다. 따라서 <한림별곡>의 제1장이 보이는 시장경(試場景)은 금의가 전거할 당시에 작자 자신들이 겪은 시장이지, 채정(蔡靖)과 임영령(任永齡)이 시관으로 있었던 고종 3년 5월의 과거와는 관련이 없는 것으로 본다.

금기창 교수는 금의가 득의에 차 있던 시절인 고종 3년에서 고종 8년 사이에 원(原) <한림별곡>이 창작되고, 금학사의 옥순문생에 의해 다듬어진 현재 <한림별곡>는 충렬왕대 이혼(李混)에 의해 궁중 아악(雅樂)으로 편입되었거나, 아니면 금의가 인년(引年) 걸퇴(乞退)한 때 『악장가사』로 채택되었을 것으로 추정하였다.68) 금 교수가 구체적인 근거를 제시하지

---

66) 상게서, 年譜 참조.
67) 『高麗史節要』 卷16, 高宗 33년, 禁端午 男女鞦韆 鼓吹之戲.

않았으므로 언급할 바는 아니나, 원 <한림별곡>의 가사가 문생들에 의해 어느 정도 다듬어진 것인지 먼저 밝혔어야 옳았을 것으로 생각된다.

이명구 교수는 가의로 보아 창작 연대를 고종 7년부터 17년 사이로 보고, 그 점에 대해 금의와 문생을 관련지어 다음과 같이 말하고 있다.

> 금의가 고종 7년, 그의 나이 68세일 때 인년 걸퇴하고 그 후 10년을 금(琴)과 기(棋)로 자오(自娛)하다가 고종 17년, 나이 78로 졸하였으니, 이 10년은 금의로서는 그야말로 공성명수(攻城名遂)하여 유유히 여생을 한가 속에 즐기던 때인지라, 그야말로 때로는 문생들의 심방도 받고 때로는 그들과 시주(詩酒)로 흥을 나눌 수도 있었을 것이고, 그야말로 천하는 태평인 때인지라, 당시 문인들은 그들의 두령격인 노 금의 아래에 모이어 스스로의 영욕영화를 찬양할 수도 있었으리라 생각한다.[69]

필자도 이 교수의 주장과 견해를 같이 한다. 그러나 이 교수의 주장은 구체적인 증거를 제시하지 못하고 있다. 이 점을 보충해 보려 한다.

2. 창작 연대의 추정

<한림별곡>의 득의연한 성격은 국태안민(國泰安民)의 구가, 지방 출신 신진사인들의 중앙진출의 기백, 좌주의 비호를 받고 출세한 금의 문생들의 포만감 등으로 인해 형성된 것으로 보인다. 그 가운데 마지막 것이 가장 중요한 영향소(影響素)로 보아진다. 그렇다면 <한림별곡>는 작자인 자신들이 어느 정도 위치를 확보하고 있을 때에 구가한 것이지, 갓 급제하여 미관의 직에 있거나 유식자(遊食者)일 때의 노래는 아닐 것이다. 그

---

68) 琴基昌, 전게서, pp.249-251.
69) 李明九, 전게서, pp.111-112.

래야만 좌주문생연도 <한림별곡>에 나타난 풍경처럼 풍요롭게 벌일 수가 있을 것이다. 또 좌주가 국정에 분망(奔忙)하다면 가의가 저렇듯 유연성을 띠기가 힘들었을 것이다. 치사한 뒤에 취미를 즐기며 여생을 보낼 때의 좌주문생연이라야 여유롭고 성대한 자리가 되었던 모양이니, 앞에서 열거한 금의의 문생연도 그렇고 『동국이상국집』에 보인 이규보의 문생연도 또한 마찬가지였다. 그러나 이러한 견해는 확실한 것일 수가 없다. 직접 작품의 분석을 통해 확인할 수만 있다면 그보다 더 좋은 방법은 없을 것이다.

제1장은 문생들이 자아실현을 했을 때의 풍경일 것으로는 보이지만, 그것만 가지고 금의가 치사한 후의 작품으로 단정할 수는 없다. 그런데 제7장의 전절 내용을 분석해 보면 해결의 실마리를 찾게 된다. '등망오호경(登望五湖景)', 특히 '오호'가 그것이다.

蓬萊山 方丈山 瀛洲三山
此三山 紅樓閣 婥約仙子
綠髮額子 錦繡帳裏 珠簾半捲
위 登望五湖ㅅ景 긔 엇더ᄒ니잇고

위의 가의를 사전식으로 이해하면 무의미한 것이 되고 말 것이다. 그 속뜻을 살펴 본다.

봉래산, 방장산, 영주 삼산은 삼신산을 나타낸 것이 아니다. 또 개경 부근의 산 이름이나 호화로운 정원의 형상을 상징적으로 표현한 것도 아니다. 그것은 기생을 삼산의 선아(仙娥)로 꾸며 좌주에게 하례하게 하던 놀이에 등장한 아름다운 여인을 나타낸 것이다.

유희를 좋아했던 최충헌은 고종 3년에 그러한 놀이를 즐긴 바 있었다.

令群妓 作蓬萊仙娥 來賀之狀 忠獻樂甚 賞以銀瓶紬布[70]

　이러한 선녀(仙女)놀이가 유행하여 금의의 문생연에도 도입된 듯하다. 그러므로 제2행의 작약선자(綽約仙子)가 그 당시 놀이에 등장한 삼산선아(三山仙娥), 바로 그녀일 것임은 선아(仙娥)와 선자(仙子)가 명칭까지 유사한 점으로 보아 의심할 여지가 없을 것으로 생각한다.

　제4행의 '오호'는 범려(范蠡)의 고사를 나타낸 것으로 그가 오나라를 멸하여 뜻을 이룬 뒤 서시(西施)와 함께 자취를 감춘 곳을 말함이니, 곧 벼슬을 그만 두고 물러나는 것을 의미한 것이다. 당시의 문인들은 서시와 범려의 사실을 시에 많이 담고 있었다.

子房封留 與赤松遊 陶朱越相 泛五湖舟[71]
憶昔西施醉頰丹 吳王殿裏倚紅欄 似聞隨得鴟夷去 何事今於鳳闕看[72]
范蠡乘舟問幾春 五湖烟月正愁人 洛濱坐待神仙客 自笑西施誤一身[73]

　그리고 '오호'가 빌미가 되어 죽음을 당하는 사태까지 벌어졌음을 아래 글에서 알 수가 있다.

柳思菴淑乞骸歸老瑞城 樵隱李侍中仁復送詩云 人間膏火日相煎 明哲如公史可傳 己向危時安社稷 更從平地作神仙五湖夢斷烟波綠 三逕秋深野菊鮮 愧我未能投紱去 邇來雙鬢雪飄然時推爲傑作 然未幾思菴死於逆之手 論者以謂未必樵隱之詩爲祟 蓋明哲之語非時君所樂聞五湖二字適犯其怒 嗚呼 先生之詩實思菴實錄 而反爲讒賊所搆 詩可易言哉 思菴忤逆旽乞退有句云 不是忠衰誠

---

70)『高麗史節要』卷14, 高宗 3년.
71)『東文選』卷50, 李仁老, <太尉公騎牛圖賛>.
72) 李奎報, 전게서 後集 卷3, <次韻李平章復和牧丹詩見寄四首>.
73) 安軸,『謹齋集』卷二,「西施」.

意溥 大名之下久居亂 讒者何盹意搆曰 盛名久居 本范蠡辭越王語也 淑以范自
比句踐比王 且瑞州近海 必效范蠡所爲 不如早除 愬于盹 盹白王害之74)

위에서 '오호'가 치사를 나타내는 단어로 쓰였음을 확인하였다. 그렇
다면 제4행은 문생들이 금의에게 치사한 후 어떻게 지내고 있는지 안부
를 묻고 있는 장면이라 하겠다. 또 제4행의 범려 사실을 통하여 서시를
연상하게 되는데 전절 3행에 등장한 작약선자는 서시로 비의될 수 있을
것이다. 이규보의 다음 시는 전절 3행의 내용과 흡사하므로 흥미를 끈다.

　　　白玉床頭錦幄開　　伴窺西子倚歌臺
　　　豈期海外重相見　　應逐鴟夷一舸來75)

위의 사실을 종합해 볼 때, 금의는 범려로, 여인은 서시로 비유된 것임
을 알 수 있을 것이다. 그렇게 비유함으로써 자신들이 벌이고 있는 좌주
문생연은 더욱 아취있는 격조 상승 효과를 얻을 수 있으리라 짐작된다.
　이상에서 <한림별곡>는 금의가 치사한 고종 7년 이후에 창작된 것으
로 고증하였다. 최자는 『보한집』에서 두 차례 금의와 그의 문생들이 벌
인 연회를 소개하고 있지만 그 가운데 어느 자리에서 <한림별곡>이 창
작된 것인지 말하고 있지 않다. 좌주문생연에 동참했던 최자가 그때에
벌였던 연회를 성대한 것으로 보고 자랑스럽게 『보한집』에 기록한 사실
을 감안할 때, 이들 연회장에서 창작된 것으로 추정할 수 있겠으나, 현
재로서는 그 이상의 단정은 보류해야 하겠다.

---

74) 徐居正, 『東人詩話』 卷上.
75) 李奎報, 전게서 卷18, <次韻金侍郎敞和朴拾遺文秀諸公所蓄畫牡丹>.

IV. 결론

필자는 <한림별곡>이 가의조차 아직 해명되지 못한 것으로 보고, 그러한 원인을 작자와 창작 연대에 대한 이해 부족에서 기인된 것으로 파악하였다. 그리하여 본고에서는 작자와 창작 연대를 나누어 살펴보았는데 거기서 밝힌 내용을 정리하여 글을 맺겠다.

1. <한림별곡>의 작자를 둘러싸고 학계에 제기된 견해는 금의 원작 문생 완성설, 최충헌의 문객 창작설, 금의의 문생 창작설이었다. 필자는 앞의 두 견해의 부당성을 지적하고 금의의 문생 창작설이 타당한 것임을 밝혔다.

2. 작자 추정에 있어 제1장의 중요성을 감안하여 분석한 결과 그것이 금의의 문생들이 몸소 겪은 시장(試場)의 풍경임을 알게 되었다.

3. 금의의 문생인 최자는 자신의 저서인 『보한집』에 금의의 문생 10인을 수록해 놓았다. 필자는 이들 대부분이 좌주문생연에 참석하여 <한림별곡>을 지어 불렀을 것으로 추측하였다. 그리고 <한림별곡>이 득의에 차고 호사스러운 성격을 띠게 된 것은 금의와 그의 옥순문생이 현실적으로 누리고 있던 생활상을 작품에 담았기 때문에 가능했던 것으로 파악하였다.

4. 창작 연대에 대해 ① 고종 3년 5월설, ② 고종 3년~8년 사이 원본 창작설, ③ 고종 7년~17년 사이 창작설이 있는데, 필자는 <한림별곡>이 금의가 치사하여 죽을 때까지 여유있게 인생을 즐기던 기간에 좌주문생연(座主門生宴)에서 지어진 것으로 보고, ③의 견해가 타당하다는 입장을 취하였다.

5. <한림별곡> 제7장에 나오는 단어 '등망오호'와 『동문선』에 수록된 사암 유숙의 일화를 비교하여 그것이 '벼슬을 버리고 돌아 간다.'는 의

미의 단어로 쓰였다는 것을 근거로, 금의가 치사한 뒤에 <한림별곡>이
창작되었을 것이라는 논거로 삼았다. 그러나 창작 시기가 구체적으로
언제인가는 밝히지 못하였다.

Ⅰ. 서론

<한림별곡>은 『고려사』에 "고종 때에 '한림제유(翰林諸儒)'가 지었다"
(『악장가사』에는 '한림'이라는 말만 없음)는 기록을 토대로 최초의 경기체가 작
품으로 공인되어 왔다. 경기체가 '최초'의 작품이라는 영예와 더불어 형
식면에서도 각 장이 정연성을 이루어 경기체가의 양식적 규범을 이루고
있다는 사실로 인해 경기체가의 대표작으로 거론되었고, 그 비중만큼이
나 학자들의 관심도 커서 다양한 시각으로 접근하여 고찰한 것이 사실
이다. 그러나 연구 내용을 들여다보면 가장 기본이라 할 작품의 기풍에
대해서조차도 이론이 분분한 상태이다. 조윤제 교수가 <한림별곡>을
"한학자들이 정치권외에서 산수를 자오(自娛)하면서 희락하는 가운데 생
겨난 퇴폐적 문학"[1]이라고 주장한 뒤 이명구 교수가 이우성 교수의 연
구[2]에 힘입어 <한림별곡>이 "득의에 찬 신흥 관료, 신진사대부의 화려

---

1) 조윤제, 『韓國文學史』, 탐구당, 1988(3판), p.95.
2) 이우성, 「高麗後期의 新興官僚」, 『東亞大學校新聞』 1959년 8월 15일자, 상게서, p.98.
   재인용.

한 생활과 그 전망을 소리 높이 구가한 것"3)이라고 반론을 제기함으로써 현재 학계에서는 <한림별곡>이 '퇴폐적인 노래'가 아니라 '득의에 찬 노래'라는 학설이 지배적이었다. 그렇지만 작자가 신흥 관료, 신흥사대부였기 때문에 <한림별곡>이 '득의·참신·발랄한 삶과 전망'을 나타내게 된 것인가는 아직도 풀리지 않은 문제로 남아 있다. 박경주 교수가 국사학계의 연구에 힘입어4) 이규보와 같이 무신정권기에 나타난 신흥사대부가 일정한 힘을 지닌 세력으로 성장했다기보다는 개개인의 특수한 경우로 보아야 한다고5) 주장한 것이 그 한 예이다. 필자도 <한림별곡>의 득의에 찬 기상이 지방 출신의 신진사인들의 관계 진출에 따른 기풍에서 연유한 것이라기보다는 금의의 문생인 작자들이 현실로 누리고 있던 생활상의 일면을 좌주 문생의 잔치에서 과시풍으로 지어부름으로써 나타난 현상으로 파악한 바 있다.6) 이처럼 <한림별곡>의 득의에 찬 기상과 과시풍이 어디서 나온 것인가에 대해서는 이론이 있지만 작품에 득의의 과시성이 담겨 있다는 점에서는 의견의 일치를 보인 셈이다. 필자는 과시성을 <한림별곡>의 문학적 특징으로 보고, 그것이 나타나게 된 요인과 실제로 작품에 구현된 실상, 그리고 그것이 경기체가 양식의 성쇠에 어떠한 영향을 끼쳤는가 등 세 가지 점을 본고에서 살펴보려 한다.

---

3) 이명구, 『高麗歌謠의 硏究』, 신아사, 1973, p.110.

4) 민현구, 「고려후기의 권문세족」, 『한국사』 8, 국사편찬위원회, 탐구당, 1981.

5) 박경주, 「한림별곡의 연행방식과 향유층」, 『한국고전시가작품론』 1, 집문당, 1992, p.38.

6) 김선기, 「翰林別曲의 作者와 創作年代에 關한 考察」, 『語文硏究』 12, 語文硏究學會, 1983.

II. 과시성의 생성 요인

　<한림별곡>에는 득의에 찬 기상이 넘쳐 흐른다. 그것이 지나치다 해서 퇴계 이황이 '긍호방탕'하다고 비판할 정도였다. 작품의 내용면뿐만 아니라 표현면에서도 그러하니 작자들이 그들의 득의한 생활상을 의도적으로 그린 작품이라면 소기의 목표를 성공적으로 이룬 걸작이라 평가할 만하다. 그러면 이 같은 과시성이 어디에서 나온 것일까? 이것은 <한림별곡>을 지은 사람이 누구이며, 그들이 어떠한 상황에서 작품을 지었는가 하는 문제와 직결된다. 따라서 <한림별곡>의 과시성이 배태된 요인을 구명하려면 작자와 창작 배경에 논의의 초점이 모아져야 할 것이다. 그런데 작자가 누구인가에 대해 학자들 사이에 주장이 구구하다. 먼저 작자가 밝혀져야 이를 토대로 창작 배경도 밝혀질 것이므로 본 장에서는 작자가 금의의 문생이라는 점을 구명하는 일에 목표를 둔다. 이 가설이 설득력을 얻는다면 과거시험장의 광경 회상으로부터 쌍그네 놀이로 이어지는 일련의 <한림별곡>의 풍류놀이는 따라서 금의와 그의 문생들이 벌인 '좌주문생연'의 풍경으로 보는 것이 자연스럽다. 이러한 사정을 고려하여 여기서는 금의의 문생 창작설을 중점 고찰하고 좌주문생연에 대해서는 필자의 앞선 논문으로 대신하기로 한다.7)

　<한림별곡>의 작자는 누구일까? <한림별곡>이 수록되어 있는『고려사』와『악장가사』에는 고종 때 한림들이 지었다고 분명히 적혀 있다. 그리고 <한림별곡> 제1장 후절에서 '금학사의 옥순문생 위 날조차 몃부니잇고'라는 구절이 있어 화자가 스스로 금의의 문생임을 밝히고 있다. 이 두 가지 사실은 <한림별곡>의 작자를 밝히는 데 무엇보다 소중한

---

7) 금의의 문생과 좌주문생연에 대해서는 상게논문, pp.298-305 참조.

증거가 된다. 정사인『고려사』「악지」편찬자는 <한림별곡> 등 속악 작품을 수록하면서 "여러 악보를 참고하여 실었다"고 분명히 밝힌 바 있다. 이는 <한림별곡>의 작자에 대한『고려사』의 기록이 막연한 추측의 산물이 아님을 증명하고 있는 셈이다. 그들은 사실의 기록을 생명으로 하는 역사가였음을 간과해서는 안된다. 고려 고종 때에 한림들이 지었다는『고려사』의 기록 내용이 작품상에 모순이나 괴리가 나타난다면 마땅히 시정이 필요하겠지만, 작품의 내용에 부합하는 것이라면 '고종 때의 한림들', 더 구체적으로 '금의의 문생 창작설'을 부정할 이유가 없다는 것이 필자의 기본입장이다.

지금까지 제기된 <한림별곡>의 작자에 대한 주장들을 한 자리에 모아 각각의 논거와 문제점을 살펴보겠다.

[A] ① 작품에 등장하는 유원순 등 8인
[A]·[B] ② 금의의 문생과 작품의 등장인물들[8]
[B] ③ 금의[9]
　　　④ 금의의 문생들
　　　ⓐ 문생들이 실제로 누리는 삶의 세계[10]
　　　ⓑ 문생들이 미리 체험하는 선험적 세계[11]
[C] ⑤ 최충헌 문객[12]
[D] ⑥ 13·14세기의 후대인[13]

<한림별곡> 제1장 후절에서 화자가 '금학사의 옥순 문생'이라고 자

8) 조동일,『한국문학통사』 2, 지식산업사, 1996, p.195.

9) 금기창,「翰林別曲에 關한 研究」,『우촌 강복수 박사 화갑기념 논문집』, 1976.

10) 김선기, 전게논문 참조.

11) 박노준,「翰林別曲의 先驗的 世界」,『高麗歌謠의 研究』, 새문사, 1990, pp.34-61.

12) 김동욱,「翰林別曲의 成立年代」,『연세대학교 80주년 기념 논문집』, 1965.

13) 성호경,「翰林別曲의 創作時期 論辯」,『韓國學報』 56, 一志社, 1989, pp.56-78.

신을 스스로 밝히고 있어, 자신들이 금의가 고시관으로 있을 때 급제한 사람들이어야 할 터이므로 ①과 ③은 일차로 논의에서 배제된다. ①의 유원순 등 8인 모두는 금의가 고시관을 맡기 이전에 급제하였으므로 <한림별곡>의 작자가 될 수 없음이 분명하다. ②의 조동일 교수는 <한림별곡>의 작자를 "급제자들이 유원순 이하 문인들과 더불어 재능을 자랑하며 함께 놀며, 그 가운데 한 사람이 한 장씩 더 보태서 8장이 되었을 것"이라 추측한 결과 나온 주장이다. 그러나 <한림별곡>의 창작 배경을 집약한 것으로 생각되는 제1장을 보면 그 자리는 과거시험을 통해 인연을 맺은 고시관 금의와 그에 의해 급제한 문생들의 모임인 것이다. 이인로는 금의보다 4년이나 앞서 과거에 급제한 선배였다. 그가 금의와 그의 문생 잔치에 들러리서는 처신을 했을 것 같지 않다. 그리고 <한림별곡>의 각 장을 보면 분위기가 동질적이어서 대선배들이 참여하여 함께 지은 듯한 느낌을 전혀 감지할 수가 없어 공동작이라는 주장이 설득력을 갖기 어렵다고 본다. 『보한집』의 좌주문생연 풍속을 보더라도 좌주와 문생이 주인공으로 등장할 뿐이다. ⑤의 김동욱 교수의 주장도 '금의의 문생'을 떠난 주장이므로 재론하지 않겠다.

④의 금의의 문생설은 다시 ⓐ와 ⓑ로 나뉜다. ⓐ를 주장한 필자의 견해에 대해 박노준 교수가 ⓑ를 제기했다. 박노준 교수는 김동욱 교수가 논거로 제시한 이규보와 진화가 그 무렵의 관직이 제1장의 관직명과 부합한다는 점을 높게 평가하여 그의 고종 3년 창작설을 받아들였다. 그리고 여기에 다시 금의의 문생 창작설을 가미함으로써 <한림별곡>이 보이고 있는 사치를 극한 생활상에 대해 작자들이 실제로 향유한 것이 아니라, 장차 찾아올 자기들 시대의 화려한 생활상을 미리 체험한 선험적 세계라고 추단하였다. 이는 그들이 갓 급제하여 사회적 지위나 생활이 대단치 않았으리라는 추측에 뿌리를 둔 주장이다. 금의의 문생인 최자

의 『보한집』에 좌주문생연의 풍속이 세 차례나 소개되어 있고, 금의와
의 좌주문생연도 자랑스럽게 두 차례 소개되어 있어 그러한 자리가 수
시로 있었음을 알 수 있다. 게다가 금의는 세상에서 드문 문생복을 누렸
다는 기록이 있는 것으로 보아[14] 막강한 권력의 금의와 그의 비호 아래
진출한 문생들이 벌인 잔치는 예사롭지 않게 성대하고 또 자주 열렸을
것으로 짐작된다. 따라서 <한림별곡> 제1장 전절의 '과거시험장', 후절
의 '학사·문생'이라는 용어의 문맥으로 볼 때, 필자는 <한림별곡>이
좌주문생연을 배경으로 지어졌다고 보는 것이 온당하다고 생각한다. 김
동욱 교수가 논거로 삼은 이정언, 진한림의 문제도 <한림별곡>의 창작
시기로 보기보다는 금의가 50여 자의 운자를 내고 이규보가 주필로 응
하여 최충헌을 눈물 흘리게 했던 감격과(1213) 이로 인해 이규보가 우정
언 지제고로 승진했던(1215, 고종2) 뜻깊은 사실을[15] 이끌어 이규보가 진
화와 마찬가지로 주필의 대가였음을 보다 생생하게 나타내기 위해, '정
언'이라는 사건 당시의 직명을 썼다고 보아야 할 것이다. 또한 작품에서
과시하는 장면이나 글의 표현면으로 보더라도 직접 향유하는 이들이 아
니면 표출할 수 없는 생생한 현장감·포만감이 여실히 넘치고 있어 선
망하는 이들이 상상으로 지어낸 작품이라고는 생각되지 않는다.

⑥의 성호경 교수는 <한림별곡>이 13·14세기에 지어졌다고 보고 종
래의 고종 시대 창작설을 부정하였다. 그러나 그들이 누구인가는 언급
하지 않았다. <한림별곡>의 작자에 대한 연구 가운데 최근의 것으로서

---

14) 이규보, 『東國李相國集』 卷36. 「壁上三韓大匡金紫光祿大夫……琴公墓誌銘」, (琴儀)嘗典
　　司馬試及三掌禮闈 所得皆當世聞人 玉笋之盛 近古未有也.
15) 상게서 卷17, 돈유, <次韻和西伯寺住老敎師見寄>, 後數日 爲淸河相國所薦(崔怡) 乃入晋
　　康公邸 公先密使相國修文殿大學士 琴公抄韻 五十餘字 召公於座前 仍命寮屬諸卿 分奉筆
　　硯 公自占庭中所養孔雀爲題 使學士連聲唱韻 屢督促之 公旁若無人 傲然嘯詠 卽下筆如迅
　　雷奔電 不容一瞥 晋康公嘆息垂涕 因奏于上 超資授六品 未幾遷右正言知制誥.

기존의 학설을 구체적 논거로써 비판하고 새롭게 제기한 주장이기에 논거를 하나하나 검토할 필요가 있다. 성교수가 제시한 논거는 ⓐ 고종 때 또는 직후의 문헌에서 <한림별곡>에 관한 논급이 전혀 없는 점, ⓑ 제5연에 나오는 '해금'이 몽고란 이후에 수입된 점, ⓒ 제8연의 동성애(남색)가 몽고의 풍속인 점, ⓓ 제3연의 오생유생이 13~14세기의 인물인 오동과 유도권일 것이라는 점, ⓔ <한림별곡>이 원 산곡의 영향을 받았다는 점 등 5개 항목이다. 이에 대한 필자의 소견을 피력해 보겠다.

ⓐ 작품에 대한 창작 당시의 관련 기록이 전하지 않는 경우는 <한림별곡>에만 해당되는 것이 아니다. 문헌이 비교적 풍부하게 전하는 조선 중기의 <성산별곡>도 창작(1585~1589) 후 98년이나 지난 뒤 김수항의 <행적기략(行蹟紀略)>에 처음 보이는[16] 정도이다. 관련문헌이 유실될 수도 있고 오랜 세월이 흐른 뒤에 기록될 수도 있기 때문이다. 전하는 다른 자료가 없다는 것을 근거로, 정사인 『고려사』의 기록을 착오라고 주장할 수는 없다. <한림별곡>이 속해 있는 「악지」 속악편의 편찬자는 '여러 악보를 참고하여 실었다(高麗俗樂 考諸樂譜載之)'[17]고 분명히 밝히고 있다. 그러므로 『고려사』에서 <한림별곡>의 작자를 '고종 때 한림들'이라고 기록한 내용은 악지 편찬자들이 임의로 지어낸 말이 아니라 기초자료에 의거한 신빙성 있는 기록으로 보아야 마땅하다. 현재 전하는 문헌자료가 없어 고종대 창작설을 못 믿겠다는 입장은 성 교수가 ⓑ와 ⓓ에서도 똑같이 적용하는 논리이다.

ⓑ처럼 '해금'의 수입 시기를 몽고란 이후로 보아야 할까. 해금은 수·당시대 중국 북부에 살았던 '해족(奚族)'이 사용한 현악기다.[18] 그런

---

16) 김선기, 「성산별곡의 세 가지 쟁점에 대하여」, 『南耕 朴焌圭博士 停年紀念論叢』, 간행위원회, 1998, p.97.
17) 『高麗史』, 「樂志二」.

데 '해족'은 7세기 반 이전부터 당에 복속되고, 10세기에는 거란에 의해 정복 흡수되었다 하니[19] 몽고와의 교류가 있기 전에 고려가 당이나 거란을 통해 '해족의 해금'을 받아들였는지도 모를 일이다. 송나라에서 온 사신이 남긴 『고려도경』에 그것이 보이지 않는다는 점을 근거로 그 이전에 해금이 없었다고 추단하는 것은 지나치게 문헌에 의존하는 연구 태도이다. 중국과의 문물 교류, 고려 음악의 수준, 전란 등으로 인한 문헌의 산일, 문헌 기록의 누락 및 후대 정착의 사례 등 제반 사정들을 고려할 필요가 있다. 그리고 앞의『중국음악사전』두 번째 설명에 '조선족이 타는 악기(朝鮮族拉弦樂器)'라고 설명한 점으로 보아 고려의 해금이 일찍부터 중국에 널리 알려진 것이 아닐까 하는 생각도 든다. 만약 그렇다면 해금이 몽고 침입 이전에 고려에 전해졌다는 사실이 중국측의 문헌을 통해 밝혀질지도 모를 일이다.

ⓒ <한림별곡>을 동성애로 보려는 견해에 대해 살펴보겠다. 성 교수는 제8장에 등장하는 '정소년'이 남자요, 화자들 또한 남자들이기 때문에 이같이 생각한 것 같다. 그러나 '정소년'은 방자와 같이 보조적 인물일 뿐, 연회나 그네 놀이를 즐기는 주인공이 아니다. 주인공은 화자인 남자들과 모임에 참여한 여자들로 보아야 한다. <한림별곡>에는 남자와 여자가 어우러진 장면이 제5, 6, 7장에 보인다. 제6장에 등장하는 남녀 악사들은 그들이 주인공이 아니므로 제외시킨다 하더라도, 제5장은 꽃으로 비유된 여인들이 남자들 사이에 섞여 있는 광경(間發景)이요, 제7장에 '녹발액자(綠髮額子)'의 미인(綽妁仙子)이 등장하는 것으로 보아 남녀의 놀이가 분명하다. 특히 제5장은 많은 꽃들이 섞여 피어있는 모습으로 그려져 있다. 꽃을 여인으로 비유하는 것은 상식에 속한다. 당 현종이

<hr>

18)『中國音樂詞典』, 단정도서유한공사, 대북, p.548.
19)『アジア 歷史事典』卷3, 平凡社, 1960, p.91.

양귀비에 대해 말을 할 줄 아는 꽃이라 하여 '해어화'라 부른 것은 너무나 유명한 일이며 우리 문학에서도 '화왕류'의 작품이 많이 있고, <서경별곡>의 '꽃'도 예외가 아니다. 그렇다고 볼 때 제7장에서 미인이 등장하였다면 제8장의 그네를 타는 사람도 자연히 남자와 여인으로 보아야 하며 그래야만이 '옥처럼 부드러운 손길(削玉纖纖)'이라는 본문의 용어와도 자연스럽게 연결된다. 그러므로 <한림별곡>과 동성애는 전혀 관련이 없다 하겠다.

ⓓ 제3연에 등장하는 두 명필 '오생유생'이 누구인지는 알려져 있지 않다. 제3장을 사이에 두고 제2장과 제4장의 후절에 『태평광기』와 '유령·도잠'이 중국의 소재라는 점에서 '오생'과 '유생'이 혹시 중국의 명필이 아닐까도 생각해 볼 문제이다. 아니라면 현재 알려지지 않은 고려의 어느 명필로 보는 수밖에 없다. 물론 이규보가 열거한 18인의 명필에 그 두 사람이 보이지 않는다. 그렇다고 해서 성이 같은 사람을 찾아 100여 년이나 후대인인 오동과 유도권이 바로 '오생·유생'일 것이라고 추단하는 것은 무리라 생각한다. 그러한 추정이 『고려사』의 고종대 창작설을 부정할 만큼 설득력을 얻기는 어렵다고 본다.

이제 끝으로 ⓔ <한림별곡>이 원 산곡의 영향을 받았다는 주장인데, 양태순 교수는 그것이 의종 때 지어진 <정과정>으로부터 파생된 것이라 하여 외래기원설을 비판하였고,[20] 박경주 교수 등은 송사악곡(宋詞樂曲)의 영향설을 내세우고 있어[21] 아직도 의견이 구구한 상태이므로 창작 시기를 추정하는 논거로 활용하기에는 적합하지 않다고 생각된다.

이상에서 살핀 바와 같이 <한림별곡>의 창작 시기를 13·14세기로

---

20) 양태순, 「翰林別曲의 起源 再攷」, 『벽사이우성선생정년퇴직기념 國語國文學論叢』, 여강출판사, 1990, pp.297-309.
21) 朴京珠, 『景幾體歌研究』, 이회, 1996, p.47.

내려보아야 할 이유가 전혀 없다. 이제 필자는 ① 고종 때 한림제유가 지었다는『고려사』의 기록, ② <한림별곡> 제1장의 노랫말에서 화자가 스스로 금의의 문생임을 밝힌 점, ③ <한림별곡>이 담고 있는 잔치의 성격이나 거기서 벌어지는 내용이 금의의 문생인 최자가『보한집』에서 소개한 좌주문생연의 풍속과 부합된다는 점, ④ 제7장 '등망오호'라는 용어가 금의의 치사를 의미한다는 점[22] 등을 근거로 하여, <한림별곡> 이 고종 7년에서 17년 사이에 금의와 그의 문생들이 벌인 '좌주문생연' 에서 과시풍으로 읊어 출현한 작품이라고 주장하는 바이다. 이 같은 상황에서 창작된 노래이기에 <한림별곡>이 과시성을 띠게 된 것이라 생각한다.

III. 작품에 나타난 과시성

<한림별곡>은 금의의 문생 여러 사람이 모여 자신이 누리고 있던 득의한 삶을 과시풍으로 노래한 작품이다. 이는 작품의 표현면과 소재·내용면, 화자의 진술과 태도면에서 확인된다. 위의 세 가지 방향에서 <한림별곡>에 나타난 과시성을 살펴보겠다.

1. 표현면

<한림별곡>에는 상대방에게 자신의 뜻을 강하게 심어주는 데 적합한 수사법이 효과적으로 쓰였다. 넘쳐서 감추기 어려운 기쁨, 자신들의 득

---

22) 김선기, 전게논문, pp.311-313 참조.

의한 모습을 남들에게 과시하여 호응받기 위해서는 열거, 반복, 설의의
수사방식이 제격인데 <한림별곡>에서는 이를 적절히 활용하였다.
　『악장가사』본 <한림별곡> 제1장을 옮겨 본다.

元淳文　　　仁老詩　　　公老四六
李正言　　　陳翰林　　　雙韻走筆
冲基對策　　光鈞經義　　良鏡詩賦
위　試場ㅅ景　긔 엇더ᄒ니잇고
琴學士의　玉笋門生　琴學士의　玉笋門生
위　날조차　몃부니잇고
※(위 歷覽ㅅ景 긔 엇더ᄒ니잇고 <제2장>)

(1) 열거법

　열거법이야말로 <한림별곡>의 가장 큰 특징이다. 특히 체언에 조사
를 배제한 채 명사들로 연결된 전절은 그 대표적인 예라 하겠다. 이것은
자랑거리가 많은 사람이 설명을 빼고 물명만 열거하는 것과 비슷한 속
성이다. 그러나 열거만 계속하면 단조로워 듣는 사람에게 강한 인상을
심기가 어렵다. 그래서 그들을 하나로 집약하여 풍경(장면)으로 제시하는
방식을 보탰던 것이다. 가진 것을 자랑하기 위해 사물의 이름을 열거하
는 것은 가장 기본적이고 보편적인 수사법이다. 그러나 <한림별곡>에
열거된 소재들이 일상적인 것이 아니라는 점에서 그것이 당시 한시의
창작 이론이나 비평론에서 유행한 '용사론(用事論)'을 차용한 것으로 생
각된다. 그런데 용사론은 꼭 고사이어야 할 필요가 없다. 최자의 『보한
집』에는 '옛사람의 이름(古人名), 거짓 이름(假名), 고인의 관직(古人官), 벼슬
이름(官名), 고인의 말(古人語), 옛사람의 일(古人事)' 등을 인용하는 것을 두

루 용사로 인정했다.[23) 그렇다면 당시 문인들이 즐겨 사용한 용사법을 속악 가사에 활용하여 열거의 수사 기법으로 응용·구사한 결과, 전에 볼 수 없던 <한림별곡> 특유의 시형이 새롭게 나타난 것이라 추측된다. 금의의 문생인 문사들이 용사론을 차용하여 각종 고급한 사물을 최대한 열거 제시함으로써 자신의 지식이나 특기·소유 등을 호기있게 과시하는 데 효과를 거둘 수 있었다고 생각한다.

(2) 반복법

<한림별곡> 후절 첫 행은 예외없이 모두 반복법을 구사하였다. 반복은 의미를 가장 확실하게 강조하는 기법으로 청자를 흡인하는 강한 힘이 있다. 그것이 바로 다음의 의문문 '위 날조차 몃부니잇고'에 이어짐으로써 강조의 효과가 더욱 배가될 수 있었다. <한림별곡>의 화자는 반복의 기법으로 청자를 자기편으로 끌어 들인 다음, 상대방에게 다시 묻는 형식을 취함으로써 자신이 자랑하고자 하는 내용을 보다 효과적으로 각인·인지·호응하게 할 수 있었을 것이다.

(3) 설의법

<한림별곡>에는 제4행과 끝 행에서 설의법을 구사하였다. 제4행에서는 앞에 열거한 사실을 집약하여 '○景'으로 묶고 그것들이 어떠한가를 상대방에게 묻고 있으며, 제6행에서는 제5행과의 의미 연장에서 그 광경이 어떠한가를 묻고 있어 한 장에서 두 차례나 '○景'의 설의법을 구

---

23) 최자, 『보한집』 卷下.

사하였다. 익히 아는 사실에 대해 이처럼 두 번씩이나 설의법을 구사한 까닭은 상대방에게 답을 꼭 듣기 위한 것이 아니라 자기가 자랑하려는 판에 상대를 적극적으로 끌어들이기 위한 방편으로 보아야 한다. 상대편이 적극적인 관심을 보이며 호응할 때 자기의 과시성이 최대의 효과를 거둘 수 있기 때문이다. 조용히 독백체의 평서문으로 자기의 뜻만 개진한 글과 비교해서 훨씬 생동감 넘치는 분위기를 조성할 것은 자명한 이치이다.

여기서 <한림별곡>이 8장으로 되어 있고 'ㅇ景'을 취하고 있는 설의문이라는 사실에 주목하려 한다. 앞에 열거한 사물들을 집약한 'ㅇ景'을 장면으로 제시한 것을 보면, <한림별곡>이 서경시의 속성이 강한 작품임을 알 수 있다. 그런데 <한림별곡>이 창작되기 전에 송나라에서 '팔경시'가 들어온 사실이 흥미롭다. 우리 시단에 큰 영향을 끼친 소동파가 <봉상팔관(鳳翔八觀)>시와[24] <건주팔경도(虔州八景圖)>시를[25] 남겼고, 고종 때 막강한 권력으로 문인을 후원했던 최우도 팔경시에 관심을 가졌다.[26] 그 결과 내로라하는 시인들이 팔경시를 지었으니 이인로의 <송적팔경도(宋迪八景圖)>시,[27] 이규보의 <건주팔경>시 5편,[28] 그리고 진화의 <송적팔경도>시[29] 등 팔경시가 유행했던 것이다. 이보다 앞서 명종은 송적의 '소상팔경도'를 보고 문신들에게 <소상팔경시>를 짓도록 하고 그것을 보고 손수 화공들과 소상팔경도를 그릴 만큼 <소상팔경시>에

---

24) 『東坡七集』 권1.

25) 상게서 권9.

26) 『동국이상국후집』 권6. 伏蒙相國閣下 和晋陽公門客所賦虔州八景詩 示予曰 子嘗著此八
    景詩耶 予曰 古今詩人賦者多矣……公固督予賦之 卽次韻 各成二首 奉寄.

27) 『동문선』 권20.

28) 『동국이상국후집』 권6.

29) 『동문선』 권6.

관심이 컸다.30) 팔경시란 송적이 그린 여덟 폭의 경치를 8장으로 읊은 연장체 서경시이다. 그림이 모델이 되었으므로 8장의 제목은 평사낙안(平沙落鴈)・원포귀범(遠浦歸帆)・강천모설(江天暮雪)・산시청람(山市晴嵐)・동정추월(洞庭秋月)・소상야우(瀟湘夜雨)・연사만종(烟寺晩鍾)・어촌낙조(漁村落照)식으로 사물과 그 특징을 4자어로 표현했다. <송적팔경(도)시>를 보면 위에 장의 제목을 표시하고 그 아래에 대체로 7언절구의 본문이 놓인다. 아름다운 경치 여덟 곳을 특별히 선정하여 서경시로 읊었다는 사실이 팔경시의 특징이라 할 수 있다. 그런데 <한림별곡>은 화자들이 관심을 갖고 있는 여덟 장면의 소재를 선택하고 그것을 광경으로 제시한다는 점에서 팔경시와 공통적 속성을 띠고 있다. 단 팔경시에서는 광경을 장의 제목으로 집약하지만, <한림별곡>에서는 본문 제4행과 제6행에서 집약적 광경어(~景)로 변용한 점이 다르다. 이 같은 차이는 <한림별곡>이 가창용 가사였기 때문에 나타난 현상으로 보인다. 팔경시와 <한림별곡>의 과시성은 어떻게 관련되는가. 주지하는 바와 같이 팔경은 속세의 재현이 아니라 작자의 고도한 심미안이 발휘된 이상향의 지향시이다. 명종이 팔경시를 그림으로 그렸던 것도 그 같은 매력 때문이었다. 관동팔경, 단양팔경 등 한국의 명승지 도처에 설정된 팔경도 마찬가지 발상이다. <한림별곡>의 작자들은 자신이 누리고 있는 생활상이 보통 사람들의 것과 구별된다고 생각했거나 그렇게 되기를 바랐다. 금의의 문생으로서 자신들이 누리고 있는 득의함, 발랄함, 포만감 등을 노래로 과시하기 위해서는 기존의 것과 다른 새로운 시가 형태가 필요했을 것이다. 그래서 그들이 익히 알고 있었던 팔경시가 자신들의 과시와 격조 상승의 욕구에 부합한다고 보고 팔경시의 8장 형태와 서경성을 살

---

30) 『고려사절요』 권12, 明宗光孝大王 15년, 命文臣 製瀟湘八景詩 倣其詩意 摹寫爲圖 王精
於圖畵 與畵工高惟訪李光弼等 繪畵物像 終日忘倦.

려 특이한 경기체가 양식으로 변용한 결과 <한림별곡>을 창출했을 것
이라 생각한다.

2. 소재・내용면

소재면에서 볼 때 <한림별곡>에는 평민들이 일상생활에서 접하는 소
재가 거의 없다. 작자들이 보통 사람이 아닌 특수 집단이었기 때문에 소
재도 달랐다. 작자들은 제1장에서 명시하고 있는 바와 같이 과거시험에
합격했으므로 우선 보통 사람과 구별된다. 과거에 합격했다 하더라도
다시 금의라는 막강한 학사의 문생이요, 게다가 그 가운데서도 옥순문
생의 반열에 드는 소수의 선택받은 인물들이다. 이처럼 특수한 위치에
있었던 작자들이었던 만큼 그들의 자세나 생활도 보통 사람들의 것과는
달랐거나, 적어도 그들 스스로 다르다고 자부했을 듯하다. 예컨대 제2장
의 서책 가운데에는 식자들조차 들어보지 못한 책들이 등장한다. 고전
을 비롯하여 최근의 신간인『태평광기』까지 골고루 거명하여 그것을 읽
었노라 했다. 제3장 이하 서예・술・음악 등도 모두 이와 같다. 남들이
들어보지도 구경하지도 못한 것들을 자신들만이 누리고 있다는 점을 과
장해서 자랑한 것이다.

3. 화자의 진술과 태도면

화자들의 진술이나 태도를 통해서도 <한림별곡>의 과시풍을 감지할
수 있다.

① 註조쳐　내외온ㅅ景(제2장)
② (太平廣記) 歷覽ㅅ景(제2장)
③ (羊鬚筆・鼠鬚筆)빗기드러(제3장)
④ (…五加皮酒…琥珀盃예)ㄱ득브어(제4장)
⑤ 劉伶陶潛　兩仙翁의　위　醉호景(제4장)

　①과 ②의 내용에서 이 점이 확인된다. 역사서, 개인문집, 시집, 경서
는 말할 것도 없고 생소한 『난대집』을 그것도 주(註)까지, 게다가 내쳐
외운다고 공언했으니 이는 현실적으로 불가능한 사실을 애써 과시했음
이 분명하다. 『태평광기』는 송나라에서 출판되자 그 허랑방탕한 내용이
문제가 되어 곧 금서로 배포가 중지된 510권의 방대한 분량의 책이다.
시기적으로 보아 고종 초라면 『태평광기』가 중국에서 수입된 신간 서적
인 셈이다. 그러므로 ②는 방대한 외국의 신간을 누구보다 먼저 읽었음
을 과시한 장면으로 이해된다. ③은 좋은 붓을 잡고 글씨를 쓰는 태도를
‘빗기드러’로 표현했다. 원칙적으로 서예를 할 때에는 붓을 곧게 잡아야
중봉의 바람직한 자세가 된다. 그러나 화자는 붓을 비스듬히 잡고 온갖
서체를 능수능란하게 휘갈겨 쓴다 했으니, 자신은 바른 자세로 글씨를
쓰는 보통사람들과 다르다. 자신의 흥취를 마음껏 실어 글씨를 쓴다는
점을 자랑하기 위해 ‘빗기드러’라는 멋스런 표현을 썼던 것이라 할 수
있다. ④는 각종 고급한 술을 멋진 잔에 따르는 장면이다. 조심스럽게
여지를 남기는 법이 없이 찰랑거리거나 넘치게 따른다. 복에 겨운 기쁨
이 마치 술잔에 차고 넘치는 술과 같아 절제와 긴장이 전혀 보이지 않
는다. ⑤는 자신들이 술을 마시고 취했건만 그 모습은 보통 사람과 다르
다. 자신들을 「주덕송」의 작자인 유령이나 관직을 미련 없이 버리고 고
향에 돌아와 술을 즐겼던 도연명으로 비유해야 직성이 풀렸다. 그래서
좌주문생연의 격조를 상승시켰으니, 이 모든 것들은 과시풍의 장면이라

하겠다.

IV. 과시성과 경기체가의 성쇠

지금까지 <한림별곡>이 어떠한 동기에서 과시성을 띠게 되었고 그것이 작품에 어떠한 모습으로 나타났는가를 알아보았다. 이제 <한림별곡>의 특질이라 할 과시성이 이후 경기체가 양식의 전개와 변모에 어떠한 영향을 끼쳤는가를 살펴보겠다.

경기체가의 작품은 현재 25편[31]이 알려져 있는데, 1860년에 지어진 민규(閔圭)의 <충효가>가 너무나 시기적으로 동떨어져 논외로 한다면 나머지 24편은 권호문(1532~1587)의 <독락팔곡(獨樂八曲)>이 마지막 작품이 되므로 경기체가 양식은 임진왜란 이전에 쇠망하였음을 알 수 있다. 경기체가는 고려조에 안축의 두 작품으로 맥을 잇다가 조선조에 들어와 성종 때까지 무려 15편이나 집중적으로 지어졌고 특히 권근의 <상대별곡(霜臺別曲)>과 같은 악장이 여러 편 등장하면서 난숙기를 맞았다. 이처럼 경기체가 작품이 조선초에 집중적으로 창작되다가 임란 전에 소멸하게 된 이유가 무엇인지 의문으로 떠오른다. 필자는 그러한 현상의 한 요인이 경기체가의 과시성과 관련된 것으로 보고 이 점을 살펴보려 한다.

실상보다 지나치게 자랑삼아 나타내 보인다는 의미의 '과시'는 화자의 입장에서 자신을 자랑해 드러내거나 혹은 상대방을 정도에 넘게 예찬 추앙할 때 나타나는 행위이다. <한림별곡>은 자기 과시의 경우이고, 악장에 쓰인 경기체가는 대부분 상대 예찬이라 할 수 있다.

---

31) 이후 이복로의 <화산별곡>과 <구령별곡>이 추가로 발견되었다.(이 책 제9장 「경기체가 형식의 변이 현상과 의의」 참조)

<한림별곡>의 뒤를 이어 나타난 안축의 <관동별곡>과 <죽계별곡>에는 자연을 예찬하며 '왕화중흥(王化中興)', '중흥성대(中興聖代)'를 희원하는 내용으로 되어 있어 <한림별곡>에 비해 자기 과시 정도가 약화되어 있다.

조선초 악장용으로 왕조의 창업을 기리고 임금의 만수를 기원한 경기체가는 전형적인 상대 예찬가라 할 수 있다. 변계량의 <화산별곡>은 조선 창업을 이룬 역대 제왕의 치적을 예찬했고, 예조에서 지은 <가송덕(歌頌德)>과 <축성수(祝聖壽)>는 중국 황제의 덕과 장수를 예찬·기원한 노래이다. 불교 노래인 <미타찬>·<안양찬>·<미타경찬> 등도 모두 예찬을 담고 있다. 불교계에서 불교가 지향하는 세계에 이르는 길을 <기우목동가>로 제시했듯이 유학계에서는 유학이 지향하는 세계에 이르는 길을 <오륜가>와 <연형제곡>으로 제시했다. 그것이 가치있는 일이기 때문에 <기우목동가>에서는 '아, 부처님의 가르침을 받는 광경, 나는 좋아라(제6장)'하며 기쁨으로 예찬했던 것이다. 그러나 같은 악장이면서도 <상대별곡>은 사헌부 관원으로서의 당당함이 두드러져 자기 과시성이 짙다. 그리고 박성건은 자신이 가르친 제자 10명이 한꺼번에 과거에 급제한 감격을 <금성별곡>으로 썼지만 자기 과시성은 약하다. 김구가 남해 유배지에서 향촌의 풍류 모임을 자랑하며 '風流酒色 一時人傑(再唱) 偉 날조차 몃분이신고(제1장)'라며 <한림별곡>을 연상할 만큼 자기 과시성이 강한 작품을 썼는데 이는 오히려 희귀한 예이다. 그만큼 조선초의 경기체가가 자기 과시성보다 상대 예찬의 작품이 월등히 많음을 알 수 있다. 주세붕의 도덕가류 경기체가는 도학자의 행적을 찬양하는 것으로 일관하였으니 상대 예찬의 노래라 하겠다. 도덕가나 종교가나 악장은 각각 목적성을 지향하고 있기 때문에 상대 예찬성이 강할 수밖에 없었을 것이다. 벼슬을 버리고 고향에 와 있던 정극인은 성종이 삼품

교관의 벼슬을 내리자 감격하여 <불우헌곡>에서 '아, 성은이 깊고도 무거운 광경 어떠합니까(偉聖恩深重景何叱多)'라고 읊었다. 자기의 감격과 자랑보다 임금의 은혜를 앞세웠던 조선조 학자들의 의식과 태도를 단적으로 드러낸 작품이라 생각된다. 그리고 조선조의 경기체가에는 <한림별곡>에서 보이는 열거·반복·설의의 기법이 현저히 줄고, 'O景'이라는 장면화의 용어 사용도 줄었다. 그만큼 과시성이 약화되었음을 알 수 있다.

경기체가의 잔영이라 할 <충효가>를 젖혀놓고 볼 때, 경기체가의 대미를 장식한 권호문(1532~1587)의 <독락팔곡>은 경기체가의 쇠퇴 원인을 찾는데 시사하는 바가 적지 않다.

士何事오 尙志而已(再唱)
科名 損志ᄒ고 利達 害德이라
모르미 黃卷中 聖賢을 뫼압고
言語 精神 日夜애 頤養ᄒ야
一身이 正ᄒ면 어디러로 못가리오
俯仰 恢恢ᄒ고 往來 平平ᄒ니
갈 길롤 알오 立志를 아니ᄒ랴
壁立 萬仞 磊落 不變ᄒ야
嗲嗲然 尙友千古景 긔엇다 ᄒ니잇고 <제3장>

형태면에서 볼 때 <독락팔곡>은 모두 7장이어서 <한림별곡>의 8장 형을 벗어났다. 그리고 <독락팔곡>의 제3장을 9행으로 배열하고 보면, 각 행이 4음보가 되어 <한림별곡>의 각장 6행, 각행 3·4음보 형식과 달리 조선조에 유행한 가사나 시조의 행형식을 취하고 있다. 표현방식에서도 자랑거리를 숨가쁘게 열거하지 않았고 과시형의 어투인 'O景'을 살린 설의의 기법도 끝에 한 번만 사용하여 과시의 기풍을 거의 감지할 수 없다.

내용면에서 보더라도 화려하거나 남에게 과시할 만한 거리가 눈에 뜨이지 않는다. 선비로서 성현의 경서를 익히며 수양할 것을 담담하게 토로하여 퇴계 이황이 <도산십이곡>의 창작 정신으로 말한 '지학(志學)'이 연상될 따름이다. 자신을 과시했다기보다 오히려 성현을 간접 예찬한 셈이다. 그러므로 <독락팔곡>은 형식면이나 내용면에서 <한림별곡>과는 판이하여 거기서 경기체가의 속성과 양식이 거의 쇠망하였음을 느끼게 된다. 그렇게 변화되는 상황을 권호문의 스승이었던 이퇴계의「도산십이곡발」에서 실감할 수 있다.

> 우리의 가곡은 대체로 심하게 음왜하여 입에 올릴 거리가 못된다. <한림별곡>류는 문인의 입에서 나왔음에도 긍호방탕하고 설만희압하니 군자가 숭상할 바가 아니다. 근세에 이별(李鼈)이 지은 <육가(六歌)>가 세상에 널리 전하고 있는데 그것이 <한림별곡>보다는 낫지만 역시 완세불공하는 뜻이 있고 온유돈후한 실이 적으니 안타깝다.[32]

이퇴계는 <한림별곡>을 포함한 경기체가류의 작품들이 남녀가 음탕하게 어울리고 허풍떨며 과시하는 내용이어서 군자가 마땅히 지향해야 할 온유돈후한 작품이 못된다고 혹평했다. 이는 이퇴계 개인의 의견이라기보다 이전부터 문인 학자들이 품고 있던 생각을 대변한 것으로 생각된다. 조선초의 경기체가 작품 가운데 자기 과시의 작품이 희소한 반면 상대예찬의 것이 월등하게 많다는 사실에서 이미 <한림별곡>과 같은 자기 과시성이 강한 작품을 기피하는 풍조가 있었음을 감지할 수 있

----

32) 이황,『退溪先生文集』卷43,「陶山十二曲跋」, 吾東方歌曲 大抵多淫哇 不足言 如翰林別曲之類 出於文人之口 而矜豪放蕩 兼以褻慢戲狎 尤非君子所宜尙 惟近世有李鼈六歌者 世所盛傳 猶爲彼善於此 亦惜乎其玩世不恭之意 而少溫柔敦厚之實也.

다. 이러한 현상은 조선조의 학자문인들이 성리학을 숭상하고 온유돈후의 문학관을 지향한 데서 나타난 결과라 생각한다. 그러한 상황에서 이퇴계와 같이 영향력이 있는 대학자가 <한림별곡>을 혹평함으로써 경기체가의 쇠망 시기를 앞당기게 되었을 것이다. 이퇴계가 1565년(명종 20)에 「도산십이곡발」을 썼고, 그의 제자인 권호문이 16년 뒤인 1581년에 경기체가 양식을 빌어 지은 <독락팔곡>이 형태면이나 내용면에서 <한림별곡>과 판이하다는 사실이 이를 뒷받침하고 있다.

V. 결론

필자는 <한림별곡>의 특징을 과시성으로 보고, 그것이 생성하게 된 동기, 작품상의 구현상, 그리고 경기체가 양식의 성쇠에 끼친 영향에 대하여 살펴보았다. 이를 요약 정리하면 다음과 같다.

1. <한림별곡> 특유의 과시성이 작자들이 처한 상황에서 조성된 것으로 보고, 제 학설을 검토하여 그들이 누구며 이 노래를 부른 동기가 무엇인가를 살펴보았다. 좌주문생연에 참석한 금의의 문생들이 자신이 실제로 누리고 있는 호사롭고 고급한 혜택을 과장적으로 <한림별곡>에 담게 됨으로써 과시성이 심하게 드러나게 된 것으로 파악하였다.

2. 과시성이 작품상에 어떻게 반영되었는가를 표현, 소재·내용, 진술·태도의 세 가지 방향에서 살폈다. 표현면에서는 열거·반복·설의의 기법이 작가들의 득의한 분위기를 효과적으로 표출하였음을 알았다. 그리고 과거시험·서책·명필·음악·술 등 보통 사람이 근접할 수 없는 고급한 소재를 들어 자신들만이 누릴 수 있는 혜택을 자랑삼아 강조했고, 글씨를 쓰거나 술을 따르는 자세도 '비스듬히', '가득부어' 식으로

거들먹거리고 흥청대는 모습으로 묘사하여 과시성을 부각할 수 있도록 작품화하였음을 확인하였다.

3. 과시성을 자기 과시와 상대 예찬으로 나누어 볼 때, <한림별곡>은 자기 과시성이 강한 작품이다. 반면에 조선조에 지어진 악장계의 경기체가 작품들은 대부분 상대 예찬성이 짙다. 상대를 지나치게 예찬하는 것도 꺼리는 경향이 나타나는 형편에 자기 과시성의 작품은 더욱 설 자리를 잃게 되었다. 이처럼 경기체가 작품에서 자기 과시성이 약화된 이유는 유교를 숭상하여 자기 과시성을 비판하고 온유돈후를 지향하는 문학관에서 찾을 수 있는데, 그러한 추세와 더불어 퇴계 같은 대학자가 <한림별곡>의 음란성과 과시성을 비판함으로써 경기체가 양식은 쇠망의 시기를 앞당겼던 것으로 생각된다.

Ⅰ. 서론

『고려사』 악지 <한림별곡>조를 보면 가사가 앞에 있고 이어 한 글자 내려서 "이 작품은 고종 때에 한림들이 지었다(此曲 高宗時翰林諸儒所作)."는 글이 쓰여 있다. 그리고 노랫말 전체가 고스란히 실린 『악장가사』에도 제목 바로 아래에 작은 글씨 두 줄로 "고종 때에 여러 선비가 지었다(高宗時諸儒所作)."라는 기록이 있다. 『고려사』가 정사(正史)인데다 두 자료의 기록 내용이 거의 같은 점을 근거로 종래의 학자들은 <한림별곡>의 작자와 창작 연대를 '고려 고종 때 한림들이 지었다'는 데에 거의 이의가 없었다.

그러던 가운데 성호주 교수가 <한림별곡>의 창작 시기와 작자에 대해 의문을 제기했고, 이어 성호경 교수가 이를 심화하였다. 성호주 교수는 작품의 형식 구조, 내용 풍격면에서 <한림별곡>이 원(元)나라에서 유행하던 산곡(散曲)의 영향을 받아 형성되었다고 하였다.[1] 그는 경기체가

---

1) 成鎬周, 『景幾體歌의 形成研究』, 第一文化社, 1988.

양식이 출현할 수 있는 여건이 조성되기 위해서는 몽고 복속 이후 두 나라의 관계가 밀접한 뒤여야 가능하다고 보아 고종 초년 창작설에 대해 의문을 제기하였던 것이다. 그러나 창작 시기에 대한 구체적인 언급은 없었다. 이에 비해 성호경 교수는 다섯 가지 근거를 들어 <한림별곡>이 14세기 중엽에서 말엽 사이에 지어졌을 것으로 추정하였다.2) 성 교수의 논문이 구체적인 근거를 바탕으로 한 만큼 이에 대해 심도 있는 고찰이 요구되는 터이다. 이는 성 교수가 지적한 바와 같이 <한림별곡>이 경기체가 양식으로 된 최초의 작품이라는 점에서 그의 주장은 충격이 아닐 수 없다. 창작 시기가 달라지면 작자도 달라져야 하고, 작품의 성격도 선망의 노래로 바뀌게 되므로 시가사면에서도 부분 수정이 불가피하기 때문이다. 그럼에도 불구하고 성 교수의 고종대 창작설 부정론이 제기된 지 10여 년이 경과하도록 이에 대한 본격적인 논의가 없었음은 의아롭기까지 하다.

필자는 성 교수의 주장에 앞서 고종 7년에서 17년 사이에 금의의 문생들이 <한림별곡>을 지었을 것이라고 추정한 일이 있었다.3) 그래서 성 교수의 주장에 대해 관심을 갖고 그가 제시한 다섯 개의 항목에 대해 필자의 소견을 간략히 밝힌 바 있다.4) 그러나 <한림별곡>의 작자와 창작 연대를 본격적으로 살피는 자리가 아니었으므로 정작 해설문이 담고 있는 기록 내용과 그것을 수록하고 있는 『고려사』의 자료적 신빙성에 대해서는 언급하지 못한 아쉬움이 있었다. 본고에서는 이를 보충하는 작업으로 『고려사』 해설문의 진위(眞僞) 여부에 초점을 맞추어 살펴보

---

2) 成昊慶, 「翰林別曲의 創作時期 論辨」, 『韓國學報』 56집, 일지사, 1989, p.71.
3) 김선기, 「翰林別曲의 作者와 創作年代에 關한 考察」, 『語文研究』 12집, 語文研究學會, 1983, pp.291-314.
4) 김선기, 「翰林別曲의 誇示性 考察」, 『韓國言語文學』 41집, 韓國言語文學會, 1998, pp.39-54.

려 한다.

‘此曲高宗時翰林諸儒所作’이라는 『고려사』 악지의 해설문을 애당초 쓴 사람은 누구일까? <한림별곡> 창작 당시의 인물일까, 후대의 인물일까? 해설문의 본래 출처는 무엇일까? 『고려사』 악지의 자료로 활용했다는 ‘제악보(諸樂譜)’인가, 아니면 『고려사』 찬술자가 지어 넣은 것인가? 위의 여러 가지 물음 가운데 어느 것도 일방적 단정을 허락지 않는다. ‘제악보’조차 현재 전하는 것이 없으니 해설문의 출처를 확인할 길이 막혀 있다. 분명한 것은 현재 『고려사』 악지에 해설문이 실려 있다는 사실뿐이다. 그러므로 해설문의 내용이 진실인가 아닌가를 살피는 일은 그것을 수록하고 있는 『고려사』 악지의 내용을 사실로 믿느냐 거짓으로 보느냐와 통하는 문제이다. 즉 『고려사』가 확실한 사료를 바탕으로 직필(直筆)한 역사서라는 사실이 확인될 수만 있다면 해설문의 내용도 따라서 사실을 담고 있는 글로 보아야 한다는 논리이다. 이 같은 관점에서 해설문의 신빙성에 관심을 모아 살펴보겠다.

제2장에서는 『고려사』 속악편이 신빙도 높은 역사서인가를 자료 활용과 찬술 태도, 그리고 <한림별곡> 가사의 표기와 내용면에서 확인하겠다. 제3장에서는 해설문이 신빙성 있는 자료인가를, 해설문의 출처와 <한림별곡> 작품 내용상의 문맥적 호응면에서 검토하겠다. 글의 체계상 해설문이 위작이라는 주장에 대해 항목별로 검토하는 일이 필요하겠지만 앞서 밝힌 바와 같이 다른 글에서 다룬 일이 있으므로 여기서는 중복을 피해 언급하지 않기로 한다.

II. 『고려사』 속악편의 신빙성

1. 속악편의 체재와 가사 취급면

『고려사』의 악지는 아악·당악·속악 3편으로 나뉘는데, 권71에 당악과 속악이 실려 있다. 이 가운데 속악편은 내용에 따라 A. 도론(導論), B. 악기(樂器), C. 속악정재(俗樂呈才), D. 고려속악가사(高麗俗樂歌詞), E. 삼국속악(三國俗樂), F. 용속악절도(用俗樂節度) 등 6개의 부류로 구분할 수 있다. 6개 부류의 체계성과 기록문에 담긴 내용의 확실성을 통해『고려사』의 신빙성이 확인될 수 있을 것으로 기대한다.

먼저 속악편의 글이 어떠한 체제로 구성되었는가를 알아보기 위해 개략을 제시해 본다.

   A. 고려속악
    a. 도 론
     ㉠ 高麗俗樂　考諸樂譜載之
     ㉡ 其動動及西京以下二十四篇　皆用俚語
    b. 악기
     ㉠ 玄琴,　㉡ 琵琶,　㉢ 伽倻琴,　㉣ 大琴, ㉤ 杖鼓,　㉥ 牙拍,
     ㉦ 無㝵,　㉧ 舞鼓,　㉨ 嵇琴,　㉩ 觱篥,　㉪ 中琴,　㉫ 小琴,　㉬ 拍
    c. 속악정재
     ㉠ 舞鼓(諸妓歌井邑詞)
     ㉡ ① 動動(唱動動詞)；動動之戲　其歌詞多有頌禱之詞　盖效仙語而爲
       之　然詞俚不載
     ㉢ ② 無㝵(妓二人唱無㝵詞)；無㝵之戲　出自西域　其歌詞多用佛家語
       且雜以方言　難於編錄……
    d. 고려속악가사
     ③ 西京　④ 大同江　⑤ 五冠山　⑥ 楊州　⑦ 月精花　⑧ 長湍

⑨ 定山 ⑩ 伐谷鳥 ⑪ 元興 ⑫ 金剛城 ⑬ 長生浦 ⑭ 叢石亭

⑮ 居士戀 ⑯ 處容 ⑰ 沙里花 ⑱ 長嚴 ⑲ 濟危寶

⑳ 安東紫青 ㉑ 松山 ㉒ 禮成江(歌有兩篇) ㉓ 冬柏木

㉔ 寒松亭 ㉕ 鄭瓜亭

㉖ 風入松 } 한문 ; 風入松有頌禱之意 夜深詞言君臣相樂之意
㉗ 夜深詞　　　　　　皆於終宴而歌之也 然未知何時所作

㉘ 翰林別曲(凡歌詞中 以俚語不載者 倣此)

　　　　　　국한문혼용체 ; 此曲高宗時翰林諸儒所作也

㉙ 三藏 } 한문 ; 右二歌忠烈王朝所作……
㉚ 蛇龍

㉛ 紫霞洞 云云俚語 국한문혼용체 ; 侍中蔡洪哲所作也……

  B. 삼국속악

    e. 삼국속악가사

      ㋀ 新羅 百濟 高句麗之樂 高麗並用之 編之樂譜 故附著于此 詞皆俚語

      ㋁ 작품 新羅 6편, 百濟 5편(井邑), 高句麗 3편

    f. 용속악절도

위에서 보는 바와 같이 속악편은 a의 도론을 위시하여 f의 용속악절도에 이르기까지 총 6개의 부류로 구성되어 있다. 『고려사』 찬술자는 고려 속악편의 범주를 악기, 정재, 가사, 용절도로 나누고 그 가운데 가사에 가장 많은 지면을 쓰고 있다. 가사는 다시 고려의 것과 삼국의 것으로 나누었다. 고려에서 삼국의 속악을 썼기 때문이라고 B의 ㋀에서 밝혔다.

다시 6개의 부류별 내면을 알아볼 필요가 있다. a는 속악편을 이끄는 말로서 참으로 소중한 증언을 담고 있다. 즉, 속악편 b~f의 내용들이 전래하던 여러 악보를 참고하여 실은 것이며, 그 가운데 <동동>을 위시하여 <서경> 이하의 24편의 가사가 우리말로 되어 있다는 것이다. 이로 미루어 보아 속악편의 기록 내용은 『고려사』의 찬술자가 임의로 지어 만든 것이 아님을 알 수 있다. 이 같은 원칙적 사실조차 부정하면서 기록 내용을 불신하는 것은 억지라 생각된다.

찬술자는 속악편의 내용을 분류하고 배열하는 데도 소홀하지 않았다. 먼저 악기를 제시하고 이어 정재를 그 뒤에 두었다. 그리고 속악가사를 소개하는데 고려와 삼국의 것을 구분하고, 고려의 것은 다시 우리말 가사를 앞에 두고 ㉖번 이하 ㉛번에 걸쳐 한문체와 국한문혼용체를 배열하였다. <동동>을 c에 배치한 것은 노랫말보다 동동지희(動動之戱), 즉 정재에 초점을 두었기 때문이다. 이는 <정읍사>와 <무애>가 속악가사이면서 정재에서 불렸으므로 c에 배치한 것과 같은 이치이다. 그리고 이같은 속악을 어떤 행사에, 어떠한 방식으로 사용하였는가를 끝에 둔 것도 체계성을 고려한 결과라 생각된다.

도언에서 찬술자는 고려의 속악가사 가운데 24편이 우리말로 된 국어체가사라 했다. 여기서『고려사』찬술자가 가사의 표기면에 어느 정도로 관심을 보였던가를 알 수 있다. 고려 속악가사의 노랫말은 우리말로 되었는가, 한문으로 되었는가에 따라 국어체, 한문체, 국한문혼용체로 나뉜다. 이 가운데 국어체 작품은『고려사』에 노랫말을 수록할 수가 없었다.『고려사』는 정사로서 한문 표기만을 썼기 때문이다. 그래서『고려사』의 악지에는 한문체와 국한문혼용체 일부만 싣고 국어체 작품은 '작가지의(作歌之意)'5)만을 기록할 수밖에 없었다. ㉡ <동동>의 '사리부재(詞俚不載)', ㉢ <무애>의 '此雜以方言 難於編錄', ㉘의 '凡歌詞中 以俚語不載者 倣此', ㉛ <자하동>의 '云云俚語' 등이 그 같은 사실을 입증하고 있다. 그런데 편찬자가 국어체 24편이라 지목한 작품이란 어떤 것들인가? 학자들 사이에 상이한 주장들이 있으나,6) 이는 악지 찬술자의 발언

---

5)『고려사』,「樂志一」, 俗樂則語多鄙俚 其甚者 但記其歌名與作歌之意.
6) 박준규 교수의「高麗俗樂三十一篇에 대하여」(『韓國言語文學』 3집, 韓國言語文學會, 1965)가 발표된 뒤, 최정여 교수가 새로이 <삼장>과 <사룡>을 국어체 작품으로 보

이 불명확한 데서 기인한 것이 아니다. 그의 속악편의 기술 체계와 문장은 명료하다. 고려 속악가사 31편 가운데, 순전히 한문으로 쓰인 4편(㉖ 풍입송, ㉗ 야심사, ㉙ 삼장, ㉛ 자하동)과 국한문혼용체 3편(② 무애, ㉘ 한림별곡, ㉛ 자하동)을 제하면 24편이 남는다. 이는 산술적으로 계산한 결과만이 아니라, '其動動及西京以下二十四篇皆用俚語'의 문맥과도 부합되는 내용이다. ① <동동>과 ③ <서경>을 포함하여 ㉕ <정과정>까지의 작품이 모두 24편이 되기 때문이다.[7] 여기서 ② <무애>가 제외된 것은 '雜以方言'에서 알 수 있듯이 그것이 국한문혼용체였기 때문이다. 아울러 ㉠의 무고정재에서 불린 <정읍(사)>의 처리를 보더라도 찬술자의 일관된 태도를 짐작할 수 있다. e의 백제 노래로 <정읍(사)>를 포함시켰다. 그리고 찬술자는 삼국속악 작품을 '사개이어(詞皆俚語)'라 소개했다. 그런데 오늘날 확인되는 바와 같이 <정읍사>의 노랫말은 분명히 국어체로 되어 있다. 그럼에도 고려의 국어체 가사 24편에서 제외한 까닭은 그것이 고려의 것이 아니고 삼국 시대의 작품이라는 일관된 논리였다. 이처럼 『고려사』의 속악편은 체계나 기술 방식이나 가사 처리면에서 부실한 틈이 발견되지 않는다.

았는데(「井邑詞再攷」, 『啓明論叢』 2집, 계명대, 1966), 김학성 교수도 이에 지지를 보냈다(「고려가요의 작가층과 수용자층」, 『國文學의 探究』, 성균관대학교 출판부, 1987). 필자는 24편의 선정만은 박준규 교수의 주장이 옳다고 본다. 다만 박 교수가 표기방식을 국어체와 한문체로 구분한 데 비해 필자는 '국한문혼용체'를 추가하여 삼분설(三分說)로 보아야 옳다고 생각한다.

7) 김선기, 「高麗史 俗樂歌詞의 表記方式과 국어체 作品 24篇에 대하여」, 『語文研究』 30집, 語文研究學會, 1998.

2. 자료 활용과 찬술 태도면

(1) 자료 활용

역사가는 있는 자료를 사실대로 적는 것을 생명으로 한다. 자의적 해석을 최소화하기 때문에 역사를 '작'하지 않고 '술'하는 것이라 말해 왔다. 그러한 인식이 널리 보편화됨으로써 정사에 쓰인 글, 특히 기사문의 내용을 불신하려면 그 이상의 확실한 근거의 확보가 요구된다. 그러므로 단편적인 틈새나 심증으로 자료를 불신하기에 앞서 그 자료를 대하는 신중한 사려가 요구된다 하겠다.

<한림별곡> 해설문의 원 자료라 할『악보』는 현재 전하고 있지 않다. 그러므로 해설문의 신빙성을 물증으로 밝히기는 불가능하다. 그렇지만 『고려사』 악지 편찬자들이 자료를 신중하게 다룬 일련의 태도를 통해 신빙도를 방증할 수는 있다. 속악편의 기록문에서 그러한 사례를 확인하기로 한다.

『고려사』 속악가사의 기록문을 보면 찬술자가 기사에 신중을 기했다는 느낌을 갖게 한다. 찬술자는 언급하려는 대상 작품에 대한 자료가 믿음직한 것인가 아닌가를 우선 고려했고, 이를 서술할 때에는 단정, 단정 유보, 양론 제시, 미지형 등으로 차등화하는 신중한 태도를 보였다.

사관은 사료의 중요도와 신빙도 등을 중시한다. 신빙도를 제고하기 위해서는 사료 자체의 충실도를 점검하는 일이 필요하다. 그것이 충실하고 믿음직한 것일 때에는 그것만으로 충분하겠으나 부실할 경우에는 보완이 필요하다.『고려사』 악지의 속악가사 기록문(作歌之意)을 보면 대부분 전래하던 악보의 자료를 활용하였으므로 그 신뢰도를 존중하여 서술자의 주관적 개입이 나타나지 않는다.

<오관산>은 효자인 문충이 지은 것이다. 문충은 오관산 밑에 살면서 모친을 지극히 효성스럽게 섬겼다. 그의 집은 서울에서 30리가 떨어져 있었는데 모친을 봉양하기 위해 벼슬살이를 하느라고 아침에 나갔다가 저물어서야 돌아오곤 하였으나 아침 저녁의 보살핌을 조금도 게을리하지 않았다. 자기 모친이 늙은 것을 개탄하여 이 노래를 지었는데 이제현이 그것을 한시로 풀어 밝혔다.(한시 생략)8)

문충은 『고려사』 열전 효우(孝友)편에 등장하지만 세계(世系)가 자세하지 않은 인물이다.9) 생존 시기도 명시되어 있지 않다. 열전의 인물 배열이 시대순으로 된 점을 고려하면 문종 이전에 생존했던 것으로 보인다.10) 위의 기록이 자세하지 못한 느낌은 들지만, 그렇다고 해서 문충을 허구적 가공 인물로 생각해서는 안 된다. 열전 효우편의 찬술자는 서문에서 "고려 500년 간에 효우로써 역사책에 기록되고 정표(旌表)에 나타난 자가 10여 인이므로 효우전(孝友傳)을 짓는다."11)고 하여, 역사책이나 정표에서 자료를 취했음을 밝히고 있기 때문이다. 그는 문충의 효행에 초점을 맞추면서도 그의 <오관산곡>이 악보에 전하고 있다는 사실을 다음과 같이 명기해 놓고 있어 더욱 주목된다.

문충은 세계가 미상하나 어머니를 섬김에 지극히 효성스러웠다. 오관산 영통사의 마을에서 사니 서울에서 30리나 떨어졌는데 봉양을 위해 봉록을 받고 벼슬하매 아침에 출근하고 저녁에 돌아오면 나아가 인사드리고 잠자리를 살핌에 소홀함이 없었다. 어머니가 늙음을 탄식하여 <목계가>를 지어 이름을 <오관산곡>이라 하였는데 그것이 악보에 전한다.12)

---

8) 五冠山孝子文忠所作也 忠居五冠山下 事母至孝 其居距京都三十里 爲養祿仕 朝出暮歸 定省不少衰 嘆其母老 作是歌 李齊賢作詩解之曰.
9) 『고려사』, 열전 34, 「文忠」, 文忠未詳世系.
10) 다음에 등장하는 석주(釋珠)는 문종 때 사람으로 기록되어 있다.
11) 『고려사』, 열전 34, 高麗五百年間 以孝友書於史冊 見於旌表者 十餘人 作孝友傳.

악지와 열전의 내용이 흡사하다. 동일한 사람이 찬술한 것이어서 그러한지, 아니면 같은 자료를 활용한 때문인지는 단정할 수 없다. 그런데 열전의 기록으로 보아서는 악보에 작품과 관련된 산문기록이 모두 실려 있었는지는 알 수가 없다. 만약 그렇지 않다면 편찬자는 『악보』에서 가사를, 그 밖의 문헌에서 산문 기록을 각각 취하여 활용한 것으로 추측된다. <장생포>도 마찬가지 예가 되겠지만 유명한 <정과정>의 기록문을 통해 이를 좀더 자세하게 살펴볼 필요가 있다.

> <정과정>은 내시랑중 정서가 지은 것이다. 서는 과정이라 호를 지었고 외척과 혼인을 맺어 인종의 총애를 받았다. 의종이 즉위하게 되자 그의 고향인 동래로 돌려보내면서 "오늘 가게 된 것은 조정의 의론에 몰려서입니다. 오래지 않아 소환하게 될 것입니다." 했다. 서가 동래에서 오래 머물러 있었으나 소환의 명령이 오지 않았다. 그래서 거문고를 잡고 이 노래를 불렀는데 가사가 극히 애처로웠다. 이제현이 그 내용을 풀어 한시에 담았다. (한시 생략)[13]

악보에는 틀림없이 노랫말(가사)이 실려 있었을 것이다. 그러나 악보에 관련 기록문이 있었는지는 알 수 없다. 그런데 악보에 가사가 실려 있으므로 악지 편찬자가 그 내용을 파악하기는 어렵지 않다. 그러나 작자가 어떠한 동기에서 작품을 지었는가는 문헌의 자료나 누군가의 제보가 있지 않으면 알 수가 없다. 가사 기록문의 내용이 난해하거나 구조가 복잡하지는 않지만, 그렇다 하더라도 정확한 정보를 생명으로 하는 역사가

---

12) 『고려사』, 열전 34, 文忠未詳世系 事母至孝 居五冠山靈通寺之洞 去京都三十里 爲養祿仕 朝出夕返 告面定省 不少衰 嘆其母老 作木鷄歌 名曰 五冠山曲 傳于樂譜.

13) 鄭瓜亭內侍郎中鄭叙所作也 叙自號瓜亭 聯婚外戚 有寵於仁宗 及毅宗卽位 放歸其鄉東萊 曰今日之行 迫於朝議也 不久當召還 叙在東萊日久 召命不至 乃撫琴而歌之 詞極悽惋 李齊賢作詩解之曰.

로서 자료가 없이 기억나는 대로 적을 수는 없는 노릇이다. 그런데 위의 내용을 보면 정서가 <정과정곡>을 창작한 동기가 자세하게 그려져 있다. 정서와 인종과의 관계, 귀양 동기, <정과정곡>이 이제현에 의해 한역된 사실과 한시 작품 등이 언급되어 있다. 이러한 다량의 정보는 찬술자의 평소 기억만 가지고는 서술하기가 어렵다. 어떠한 자료를 참고해야만 그같이 잡다한 정보를 글에 담을 수 있기 때문이다. 문헌 등을 토대로 속악가사의 기록문을 작성하였기 때문에 작가, 창작 연대, 창작 동기 등 작품의 관련 정보가 구체적으로 언급될 수 있었다고 믿는다. 따라서 도론에서 "여러 악보를 참고하여 속악편을 찬술했다"는 언급은 그가 참고한 악보들의 문헌에 가사뿐만 아니라 그와 관련된 산문 기록이 있었음을 증언한 것이라 생각한다. 그러므로 『고려사』 속악가사의 기술문에서 찬술자의 의견이 개입되지 않은 사실 위주의 기술 방식이 가장 많이 활용될 수 있었던 것으로 이해된다. 그러한 계열의 작품 가운데 <제위보>는 특이한 존재에 속한다. 이제현의 번역시에 보면, 여성 화자가 손 끝에 남아 있는 님의 향내조차 애틋하게 사랑하는 것으로 그려져 있다. 그러나 속악가사의 기록문에는 화자가 남에게 손을 잡힌 것이 너무나 치욕스러워 그것을 씻을 길이 없어 원망하며 이 작품을 지었다고 하여 정반대의 상황으로 창작 동기를 설명했다.14) 이것은 아마도 악지 찬술자가 활용한 자료의 기록 자체가 그렇게 되어 있었거나 아니면 그가 음악의 본질이 풍속을 교화하는데 있다15)고 보아 그 공효성을 지나치게 의식한 나머지 윤색한 것이 아닐까 생각된다. 만약 후자의 해석이 맞다면 역사의 진실을 기록해야 한다는 기록성보다 거울삼는다는 교육적 도

---

14) 『고려사』, 「樂志二」, 婦人以罪徒役濟危寶 恨其手爲人所執 無以雪之 作是歌以自怨 李齊賢 作詩解之曰 浣沙溪上傍垂楊 執手論心白馬郎 縱有連簷三月雨 指頭何忍洗餘香.

15) 『고려사』, 「樂志一」, 夫樂者 所以樹風化 象功德者也.

덕성이 보다 강조된 예라 하겠다. 그렇지만 이러한 변개의 용례는 지극히 희귀하다.

한편 『고려사』 찬술자는 자료가 부실하거나 이견이 있을 경우, 세전(世傳), 혹왈(或曰) 등의 표현을 빌어 자료의 미비점을 보완하는 방식을 취하기도 하였다. 찬술자가 직접 개입하여 자료의 충실을 도모한 사례라 하겠다.

> ⓐ 옛날에 중국 상인인 하두강(賀頭綱)이란 자가 있었는데 바둑을 잘 두었다. 그가 한 번은 예성강에 갔다가 아름다운 부인을 보고서 그녀를 바둑 내기에 걸어 빼앗으려고 그녀의 남편과 바둑을 두어 거짓으로 져주고 물건을 갑절로 치르었다. 그녀의 남편은 탐을 내어 아내를 걸었다. 두강은 단번에 이겨 그녀를 빼앗아 배에 싣고 가버렸다. 그 남편은 한에 차서 이 노래를 지었다.
> ⓑ 세상에 전하기로는(世傳) 부인이 떠나갈 때에 몸을 꼭 조여매서 두강이 건드리려고 했으나 할 수 없었다. 배가 바다 가운데 이르러 뱅뱅 돌고 나가지 않자 점을 쳤더니 "절부에 감동되었음이니 그를 돌려보내지 않으면 배가 반드시 파손하리라."하므로 뱃사람들이 두려워 두강에게 권하여 돌려보냈다 한다.
> ⓒ 그 부인 역시 노래를 지었다. 후편이 그것이다.[16]

ⓐ와 ⓒ는 각기 다른 사실을 주관적 개입이 없이 기술한 글이다. 그런데 ⓑ는 ⓐ의 정보만으로는 절부의 행실이 제대로 드러나지 않는다고 보고, 세전(世傳)이라는 말을 빌어 내용을 보충하였다. 그래서 그녀가 보통 부인과 달리 하늘이 낸 절부여서 되돌려 보내지 않을 수 없었던 사

---

16) 『고려사』, 「樂志二」, 昔有唐商賀頭綱善棋 嘗至禮成江 見一美婦人 欲以棋賭之 與其夫棋 佯不勝 輸物倍 其夫利之 以妻注 頭綱一擧賭之 載舟而去 其夫悔恨作是歌 世傳 婦人去時 粧束甚固 頭綱欲亂之 不得 舟至海中 旋回不行 卜之 曰節婦所感 不還其婦 舟必敗 舟人懼 勸頭綱還之 婦人亦作歌 後篇是也.

연을 적은 것이라 하겠다. 이처럼 세전(世傳)으로 시작되는 말은 논지를 보완하는 기능을 맡는다. 그렇지만 발언의 주체가 누구인지 밝혀 있지 않아 내용의 신빙성에 흠으로 작용하기도 한다. 그것이 사람에게서 들은 정보인지, 글에서 읽은 정보인지도 불분명하다. 그러나 설령 그러한 취약점이 있다 하더라도 그것이 찬술자 자신이 자의적으로 지어 넣은 것이 아니라, 불특정 다수인들에 의해 검증된 사실이라는 점을 나타내기 위해 세전이라는 말을 사용하고 자신의 자의성을 배제함으로써 보다 신빙도가 높은 사실성을 인정받을 수 있었던 것으로 본다. 그러므로『고려사』속악편의 찬술문에 보이는 세전형의 글들은 그 내용이 믿음직하다는 사실을 보증하는 하나의 징표가 될 수 있으리라 생각한다. 세전이라는 용어가 고려의 속악가사 기록문에서 2회 등장하는 것에 비해 삼국의 속악가사 기록문에 5회로17) 작품수의 비율면에서 월등히 빈도가 높게 나타난다. 그만큼 시대가 가까운 고려의 신빙성 있는 자료가 신라의 것에 비해 많이 전하고 있어 그것을 활용할 수 있었음을 방증하는 셈이다. 따라서 고려 속악가사의 기록문에는 굳이 세전하는 자료를 인용할 필요가 적었던 것이라 본다. 반면 시대가 멀어 자료가 부실하다고 생각되는 삼국의 속악가사 기술에서는 세전하는 자료라도 원용하여 사실을 보완하는 일이 신빙성 제고를 위해 필요하다고 생각했기 때문이다. 이 밖에 속악가사를 번역한 한시를 원용하여『고려사』에 수록할 수 없는 국어체 가사의 내용을 짐작할 수 있도록 배려하기도 하였다. 그만큼 찬술자가 신빙성 있는 자료 확보에 정성을 쏟았음을 알 수 있다.

---

17) 고려 속악가사 총 31편 가운데 <예성강>과 <한송정>에, 삼국의 속악가사 총 14편 가운데 <동경>, <여나산>, <이견대>, <정읍>, <명주>에서 '世傳'의 용례가 보인다.

(2) 찬술 태도

『고려사』 찬술자가 아무리 확실한 자료를 확보했다 하더라도 그것을 직필(直筆)하는 자세가 확고하지 않다면 결과적으로 바른 글이 될 수 없다. 앞에서는 자료면을 중심으로 그것이 신빙성이 있는 것인가를 알아보았다. 이제 여기서는 그것을 기술하는 찬술자의 태도면에 초점을 맞추어 고찰하려 한다. 『고려사』의 속악가사 찬술자는 자료의 신빙 정도를 정확하게 저울질하였는가, 또 그것의 경중에 따라 차별성을 두고 섬세하게 기술하였는가를 『고려사』 속악가사의 기록문을 통해 신빙성의 정도를 가늠해 보겠다.

『고려사』 속악가사 기록문을 보면 자료의 신빙도에 따라 세 가지 방식을 구사하여 차등적으로 찬술했음이 확인되는데, 첫째 사실을 단정적으로 쓴 단정형, 둘째 미심쩍어 상이한 양론을 제시한 유보형, 셋째 아예 모르겠다고 실토한 미지형이 그것이다. 유형별 분포를 보면 미지형으로 <풍입송>과 <야심사> 그리고 <이견대> 3편, 유보형으로 <금강성>, <동백목>, <이견대>[18] 3편이 있고 나머지는 모두 단정형에 속한다. 단정형이 다른 두 유형에 비하여 월등히 많다는 것은 『고려사』 편찬에 그만큼 신빙성 있는 자료를 많이 활용하였다는 방증이 된다.

단정형의 사례로 먼저 <장생포>를 알아보겠다.

> 시중 유탁(柳濯)이 전라도에서 진수할 때 위엄과 은혜가 겸비하여 군사들이 그를 아끼고 두려워했다. 왜적이 순천부의 장생포를 침범하자 탁이 구원하러 갔더니 왜적이 그를 바라보고는 두려워하여 곧 철수해 돌아가버렸다. 군사들이 대단히 기뻐하며 이 노래를 지었다.[19]

---

18) <이견대>는 유보형과 미지형을 공유하고 있다. 이는 뒤에서 실제 문장을 통하여 살펴 보겠다.

위의 사실은 유탁(1311~1371)이 공민왕 초년 전라도 만호로 있을 때 일 어난 일이다. 유탁은 『고려사』 권111에도 등장하는 인물로 시중을 지냈 다. 시기적으로도 『고려사』 편찬과 멀지 않아 <장생포>에 관련된 충실 한 자료가 그 당시 악보 등을 통해 전하고 있었으므로 기록문에서 보는 바와 같이 유탁의 인물됨과 창작 배경 등을 여실하게 서술할 수 있었던 것이다.

유보형은 주어진 정보가 두 가지 이상의 견해 차이를 보여, 찬술자가 그 진위를 판별하지 못하고 이론을 대등한 관계로 제시하는 방식이다. 여기에는 <금강성>과 <동백목>, 그리고 <이견대>가 해당되는데 <이 견대>는 미지형에도 포함된다.

거란의 성종이 개성에 침입해서 궁궐을 불태웠다. (고려의) 현종이 개성 을 수복하고 나성을 쌓자 나라 사람들이 기뻐서 이 노래를 불렀다. 어떤 사 람은 말하기를 몽고병을 피해 강화로 천도했다가 다시 개성으로 돌아와서 노래를 지었다고도 한다. 금강성이라고 한 것은 그 성의 견고하기가 쇠같 이 굳음을 말한 것이다.[20]

<금강성>은 개경의 나성이 금강석처럼 견고하다 하여 붙여진 이름이 다. 그런데 찬술자는 그것의 창작 배경에 대해 두 가지의 서로 다른 자 료를 갖고 있다. 하나는 거란의 침입과 관련된 자료이고, 다른 하나는 몽고의 침입과 연관된 것이었다. 그러나 찬술자로서는 어느 것이 맞다 는 확신을 가지고 있지 못하다. 그러므로 두 가지 견해를 대등하게 소개

---

19) 『고려사』, 「樂志二」, 侍中柳濯出鎭全羅 有威惠 軍士愛畏之 及倭寇順川府長生浦 濯赴援
　　賊望見而懼 卽引去 軍士大悅 作是歌.
20) 『고려사』, 「樂志二」, 契丹聖宗侵入開京 焚燒宮闕 顯宗收復開京 築羅城 國人喜而歌之 或
　　曰 避蒙兵 入都江華 復還開京 作是歌也 金剛城言其城堅如金之剛也.

하는 것으로 멈추고 자신의 견해로 단정짓지 않는 신중성을 보였다.

<동백목>도 같은 부류의 예이다.

> 충숙왕 시대에 채홍철이 죄로 먼 섬에 유배되어 갔는데 덕릉(충선왕)을
> 사모하여 이 노래를 지었다. 왕이 그 이야기를 듣고 그날로 소환했다. 어떤
> 사람은 말하기를 옛날부터 이 노래가 있었는데 홍철이 그 노래를 고쳐서
> 자기 뜻을 기탁했다고도 한다.[21]

<동백목>의 작자가 채홍철이라는 주장과 옛날부터 있던 것을 채홍철이 개작했다는 다른 주장을 논평없이 나란히 실었다. 찬술자가 어느 것이 진실이라고 확신할 수 없기 때문이다. 이처럼『고려사』속악가사의 찬술자는 사실의 기록에 신중을 기했다 하겠다.

미지형은 자료가 없어 알 수 없다고 실토하는 방식을 말한다. 이것은 희귀하여 <풍입송>과 <야심사>를 종합한 글과 앞서 미루어 놓은 <이견대>에서 보일 뿐이다.

> <풍입송>은 송축하는 뜻이 있고 <야심사>는 군신이 서로 즐기는 뜻이
> 있는데 모두 연희를 끝내는 자리에서 노래부른다. 그러나 어느 때에 지어
> 졌는지를 알지 못한다.[22]

언제 지었는가를 모른다 했으니 누가 지었는지도 모른다고 보아야 한다. 다행히 본래의 노랫말이 한문으로 되어 있어 작품이『고려사』에 수록될 수 있었다. 창작 시기가 해설문의 구성 요건이 된다고 보았기 때문

---

21)『고려사』,「樂志二」, 忠肅王朝 蔡洪切以罪流遠島 思德陵 作此歌 王聞之 卽日召還 或曰 古有此歌 洪哲就加正焉 以寓己意.

22)『고려사』,「樂志二」, 風入松有頌禱之意 夜深詞言君臣相樂之意 皆於終宴而歌之也 然未知 何時所作.

에 찬술자는 그것을 명기하려 했으나 믿음직한 자료가 없어 미지형으로
처리했던 것이다.

> 세상에 전하기로는 신라왕의 부자가 오랫동안 서로 잃고 만나지 못하
> 다가 찾게 되자 대를 구축하고 거기서 부자 상봉의 기쁨을 노래로 지어 부
> 르니 그 대의 이름을 이견이라 하였다. 이것은 대체로 주역의 이견대인(利
> 見大人)의 뜻을 취한 것이다. 왕의 부자가 서로 잃고 만나지 못할 까닭이
> 없다. 혹은 이웃 나라에 나가서 회동을 했었는지도 모르겠고 혹은 인질이
> 되었는지도 모르겠다.[23]

신라의 노래였기 때문에 사료가 부실하여 세상에 전하는(世傳) 자료를
원용하여 글을 썼다. 그러나 글의 내용에 쉽게 납득되지 않는 점이 있
다. 어찌 한 나라의 임금으로서 아들을 잃어버리는 일이 있을 수 있겠느
냐는 것이 찬술자의 의문점이다. 그래서 이것을 합리적으로 해명해 보
려 모색한다. 그래서 외국에 나갔다가 거기서 만났다고 보아야 할 지,
아니면 인질로 잡혀 있다가 돌아 온 것이라고 풀이해야 할 지 궁리한다.
그러나 끝내 어느 것이라고 단정할 수 없어 드디어 알 수 없다고 토로
했던 것이다. 여기 <이견대>의 속악가사 기록문을 통해 찬술자가 얼마
나 세심하게 자료를 다루었던가를 분명하게 확인할 수 있다. 즉 부실한
자료를 보완하기 위해 1차로 세전(世傳)의 자료를 원용하고, 그것이 부실
하다고 생각될 경우, 2차로 그것을 합리적으로 설명하는 길을 강구하며,
그것도 미심쩍다고 판단되면 서슴없이 '알 수 없다'고 분명히 밝혔던 것
이다. 이로써 『고려사』 속악가사 기록문은 자료면에서 충실할 뿐만 아
니라 기록 태도면에서 신중을 기했다. 따라서 거기에 실린 기사 내용도

---

23) 『고려사』, 「樂志二」, 世傳羅王父子久相失 及得之 築臺相見 極父子之懽 作此歌以歌之 號
    其臺曰利見 盖取易利見大人之意也 王父子無相失之理 或出會隣國 或爲質子 未可知也.

신빙도가 높을 것으로 보아야 할 것이다.

3. 〈한림별곡〉 가사의 수록과 표기

(1) 가사의 수록 방식

〈한림별곡〉 가사를 수록한 대표적인 자료에는 『고려사』의 자료로 쓰인 『악보』들(A), 그것을 수록한 『고려사』(B), 그리고 가사 전체를 수록한 『악장가사』(C)의 세 종류가 있다. (A)는 현재 전하고 있지는 않지만 향찰로 가사 전체가 수록되었을 것으로 추측된다. (B)는 (A)를 대본으로 삼되 한문 표기의 제약으로 인해 작품을 온전히 수록하고 있지 못하다. 반면에 (C)는 가사 전체를 수록하고 있어 현재 학계에서 연구 대본으로 널리 활용되고 있다. 그런데 이들 세 자료가 서로 어떠한 관계에 있는지 궁금하다. 이들의 전승 관계를 다음과 같이 세 가지 방면으로 추측해 볼 수 있다.

    ① (A) → (B) → (C)
    ② (A) → (C) → (B)
    ③ (A) ⌐ (B)
            └→ (C)

『고려사』에 수록된 〈한림별곡〉 가사가 『악보』를 참고했음이 분명하므로 '(A)→(B)'의 관계는 당연하지만, 불완전한 자료인 (B)를 통해 (C)의 가사가 재구되었다는 '(B)→(C)'의 관계는 납득할 수 없다. 따라서 ①은 전혀 타당성이 없다. 『악보』에서 『악장가사』가 나왔다는 '(A)→(C)'의 관계는 설득력을 갖는다. (A)와 (C) 모두 〈한림별곡〉의 가사 전체를 싣고 있다는 사실이 이를 뒷받침한다. (C)에 가사 전체가 실릴 수 있다는 것은 그 대본이 되는 (A)에 이미 가사 전체가 실렸음을 뜻하기 때문이다. 그러나 '(C)→(B)'의 관계는 어색하다. 시대적으로 보아 『고려사』가 『악장가사』보다 먼저 편찬되었기 때문이다. 또 『고려사』는 『악보』를 참고했음이 분명하기 때문이다. 따라서 ②의 가정도 있을 수 없다.

  (B)와 (C)를 (A)의 전승물로 보는 데에는 동의하지만 그것이 단일 선상의 전승물이 아니라 서로 다른 노선으로 전승되었다고 보는 것이 바로 ③의 입장이다. 즉 『고려사』와 『악장가사』 사이에는 아무런 관계가 없고, 『고려사』와 『악장가사』가 각각 필요에 따라 『악보』들에서 <한림별곡>의 가사를 취해 수록했다고 보려는 것이다. 그렇다면 (A)가 현재 전하고 있지 않은 상황에서 (B)와 (C)는 서로 상보적 관계에 있으며, 더욱이 (B)가 가사 전체를 싣고 있지 못한 불완전한 것임을 고려할 때 (C)의 존재는 막중하다 하겠다. 그렇다고 해서 (B)의 존재를 가볍게 여길 수만은 없다. (A)가 전하지 않는 상태에서 우리말로 불린 가사 부분은 어차피 (C)에서 보충받아야 하겠지만 (B)의 한자로 쓰인 가사에는 역사서로서의 신빙성이 돋보이는 부면이 있기 때문이다.

  『고려사』의 <한림별곡> 가사는 그것을 표기하는 방식과 가사의 내용을 통해 신빙성을 검증할 수 있다. 이를 위해서는 비교 대상이 필요하고, 그 가장 적합한 자료로 『악장가사』가 떠오른다.

  『고려사』 본과 전체 가사를 싣고 있는 『악장가사』 본 제1장을 예로 들어 표기 방식면에서 『고려사』 본의 신빙성 문제를 살펴보겠다.

[고려사 본]
① 元淳文俞元淳 仁老詩李仁老 公老四六李公老
② 李正言李奎報 陳翰林陳澕 雙韻走筆
③ 冲基對策劉冲基 光鈞經義閔光鈞 良鏡詩賦金良鏡

④ 偉試場景何如
⑤ 琴學士琴儀 玉笋門生云云俚語 凡歌詞中 以俚語不載者 倣此

[악장가사 본]
① 元淳文 仁老詩 公老四六
② 李正言 陳翰林 雙韻走筆
③ 冲基對策 光鈞經義 良鏡詩賦
④ 위 試場ㅅ景 긔 엇더ᄒ니잇고
⑤ 琴學士의 玉笋門生 琴學士의 玉笋門生
⑥ 위 날조차 몃부니잇고

『고려사』본에는 가사 표기가 한문으로 되어 있다. 그러나『악장가사』본에는 가사가 한자어인 경우에는 오른 쪽에 한자, 왼편에 한글로 쓰고, 순수 우리말일 경우에는 한글로만 쓰여 있다.

두 자료의 가사를 비교할 때 가장 두드러진 특징은『악장가사』가 우리말 가사 전체를 싣고 있음에 비해『고려사』는 한자어로 표기할 수 있는 것만 싣고 있다는 점이다. 이는『고려사』를 순한문으로 쓴다는 원칙에 따라 불가피하게 나타난 결과이다.

우리말 가사를『고려사』에 싣기 위해서는 세 가지 방식이 강구되었다. 첫째로 가장 많이 나타난 현상이 우리말 가사를 적을 수 없어 운운 이어(云云 俚語)로 표기하는 방식이다. 그 자리에 우리말 가사가 있다는 위치 표시어라 할 수 있다. 위에서 보면『악장가사』본에서 '위 날조차 몃부니잇고'로 되어 있는 곳을『고려사』본에서 '운운 이어'라 표시한 것이 그 한 예이다. 두 번째는 우리말을 음차하여 한자로 적는 방식이다. 뜻과 관계없이 '위'를 위(偉)자로 적은 것이[24] 유일한 예이다. 감탄사

---

24) 안축의 <관동별곡>과 <죽계별곡>에서는 '爲'자로 쓰였다.

이고 또한 단음절이기 때문에 의미의 의도적 오류에 대한 부담없이 한 자인 위(偉)를 차용했던 것이라 생각된다. 이 같은 음차의 활용 사례는 비록 하나에 지나지 않지만 각 장에서 거의 한두 번씩 사용되기 때문에 잦은 빈도로 출현하고 있음이 특징이다. 다음 세 번째가 가사를 한문으로 번역하는 경우이다. 번역이라고는 하지만 아주 단순한 구절에 지나지 않는다. 그 대표적인 것으로 경기체가의 독특한 투식어인 '(긔)엇더ᄒ니잇고'를 '하여(何如)'로 번역한 예를 들 수 있다. 이것도 앞의 위(偉)에 못지 않게 출현 빈도가 높다. 이 밖에 '가야(伽耶)ㅅ고'를 가야금(伽耶琴)으로, '조협(皂莢)남긔'를 조협목(皂莢木)으로 번역한 예가 보일 뿐이다. 여기서 알 수 있는 바와 같이 번역의 예문들은 지극히 단순한 것들이어서 번역문으로 명명하기조차 주저된다. 악지 편찬자가 번역으로 야기될지 모를 본문에서의 일탈을 최소화하기 위해 번역의 방식을 자제했음을 알 수 있다. 그만큼 『고려사』 속악편 찬술자가 원 가사의 전달에 충실을 기했다는 증거이다.

　속악편 찬술자가 과연 『악보』의 내용을 성실히 옮겨 적었던 것일까? 찬술자가 『악보』의 가사를 성실하게 전달하고자 했음은 제1장의 등장인물 9인에 대해 작은 글씨로 성명을 명기한 사실로도 짐작이 된다. 그러나 더욱 분명한 자료는 "가사 가운데 우리말로 되어 있어 싣지 못하는 것은 이같이 한다(凡歌詞中以俚語不載者倣此)."라는 우리말 가사 처리 방식을 천명한 글귀라 생각된다. 찬술자는 『악보』에 수록된 <한림별곡> 가사를 최대한 『고려사』에 옮겨 적고 싶었다. 그래서 일단 한자어는 한문으로 적고, 우리말 가사 가운데 음차할 수 있거나 간단히 번역할 수 있는 것은 한문으로 적는 방식을 동원하였다. 그러나 음차나 번역이 불가능한 우리말 가사는 수록할 방도가 없었다. 그래서 우리말 가사가 오는 자리에 운운(云云)이라 쓰고 이어(俚語)라[25] 표시했던 것이다. 여기서 주목되는 것은 찬술자가 그냥 이어(俚語)로 표시하는 데 그치지 않고 <한림별곡>의 가사 가운데 우리말 가사를 싣지 못한다는 사정과 그것을 표시하는 방식을 범례로 보이고 있다는 점이다. 이는 찬술자가 가사 표기에 성실히 임했음을 극명하게 보여준 증거라 하겠다. 그러면 이어라 표시한 『고려사』본의 부위가 『악장가사』본에서 과연 우리말 가사로 되어 있는가가 관심의 대상으로 떠오른다. 『고려사』본과 『악장가사』본이 모두 『악보』들에 뿌리를 두고 있어 두 가사의 부합 여부를 통해 『고려사』본의 신빙 정도를 가늠할 수 있기 때문이다.

　『고려사』본과 『악장가사』본 가사를 나란히 배열하여 『고려사』본 '이어' 표시어의 자리에 『악장가사』본의 가사가 과연 우리말로 되어있는가를 확인해 보겠다.

[표 1] 두 대본의 한림별곡 가사 비교

장	대본	高麗史本	『악장가사』本
	제목	翰林別曲	翰林別曲 高宗時諸儒所作
I		元淳文俞元淳　仁老詩李仁老　公老四六李公老 李正言李奎報　陳翰林陳澕　雙韻走筆 冲基對策劉冲基　光鈞經義閔光鈞　良鏡詩賦金良鏡 偉試場景何如 琴學士琴儀　玉笋門生云云俚語　凡歌詞中以俚語不載者　倣此	元淳文　仁老詩　公老四六 李正言　陳翰林　雙韻走筆 冲基對策　光鈞經義　良鏡詩賦 위 試場ㅅ景 긔 엇더ᄒ니잇고 琴學士의 玉笋門生 琴學士의 玉笋門生 위 날조차 몃부니잇고
II		唐漢書　莊老子　韓柳文集 李杜集　蘭臺集　白樂天集 毛詩尚書　周易春秋　周戴禮記 云云俚語 ①太平廣記 四百餘卷 偉歷覽景何如	唐漢書　莊老子　韓柳文集 李杜集　蘭臺集　白樂天集 毛詩尚書　周易春秋　周戴禮記 위 註조쳐 내외옩景 긔 엇더ᄒ니잇고 大平廣記 四百餘卷 大平廣記 四百餘卷 위 歷覽ㅅ景 긔 엇더ᄒ니잇고

---

25) 제4장 후소절에 '俚謂'로 씌어 있으나, 이는 '俚語'의 오기로 보아야 하겠다.

Ⅲ	眞卿書　飛白書　行書草書 篆②籀書　蝌蚪書　虞③世南書 羊鬚筆　鼠鬚筆 云云俚語 吳生劉生　兩先生 偉走筆景何如	眞卿書　飛白書　行書草書 篆籀書　蝌蚪書　虞書南書 羊鬚筆　鼠鬚筆　빗기드러 위 딕논景 긔 엇더ᄒ니잇고 吳生劉生　兩先生의　吳生劉生　兩先生의 위 走筆ㅅ景 긔 엇더ᄒ니잇고
Ⅳ	黃金酒　④柏子酒　松酒醴酒 竹葉酒　梨花酒　五加皮酒 鸚鵡盞　琥珀⑤杯 云云俚語 劉伶陶潛　兩仙翁 云云俚語	黃金酒　栢子酒　松酒醴酒 竹葉酒　梨花酒　五加皮酒 鸚鵡盞　琥珀盃예　ᄀ득브어 위 勸上ㅅ景　긔 엇더ᄒ니잇고 劉伶陶潛　兩仙翁의　劉伶陶潛　兩仙翁의 위 醉흥景 긔 엇더ᄒ니잇고
Ⅴ	紅⑥牡丹　白牡丹　丁紅牡丹 紅芍藥　白芍藥　丁紅芍藥 御⑦榴玉梅　黃紫薔薇　芷芝冬柏 偉⑧間發景何如 合竹桃花　云云俚語 偉相⑨映景何如	紅牧丹　白牧丹　丁紅牧丹 紅芍藥　白芍藥　丁紅芍藥 御柳玉梅　黃紫薔薇　芷芝冬栢 위 間發ㅅ景 긔 엇더ᄒ니잇고 合竹桃花　고온두분　合竹桃花　고온두분 위 相暎ㅅ景 긔 엇더ᄒ니잇고
Ⅵ	阿陽琴　文卓笛　宗武中琴 帶御香　玉肌香　雙伽耶琴 金善琵琶　宗智⑩嵇琴　薛原杖鼓 偉過夜景何如 一枝紅 云云俚語	阿陽琴　文卓笛　宗武中琴 帶御香　玉肌香　雙伽耶ㅅ고 金善琵琶　宗智稽琴　薛原杖鼓 위 過夜ㅅ景 긔 엇더ᄒ니잇고 一枝紅의　빗근笛吹　一枝紅의　빗근笛吹 위 듣고아 좀드러지라
Ⅶ	蓬萊山　方丈山　瀛⑪州三山 此三山　紅樓閣　婥妁仙子 綠髮額子　錦繡帳裏　珠簾半捲 偉登望五湖景何如 綠楊綠竹⑫栽亭畔 偉囀黃⑬鶯⑭景何如	蓬萊山　方丈山　瀛洲三山 此三山　紅樓閣　婥妁仙子 綠髮額子　錦繡帳裏　珠簾半捲 위 登望五湖ㅅ景 긔 엇더ᄒ니잇고 綠楊綠竹　栽亭畔애　綠楊綠竹　栽亭畔애 위 囀黃鶯 반갑두셰라
Ⅷ	唐唐唐　唐楸子　皂莢木 云云俚語 削玉纖纖 云云俚語 偉携手同遊景何如 　此曲高宗時翰林諸儒所作	唐唐唐　唐楸子　皂莢남긔 紅실로　紅글위　ᄆ요이다 혀고시라　밀오시라　鄭少年하 위 내가논ᄃ 님갈셰라 削玉纖纖　雙手ㅅ길혜　削玉纖纖　雙手ㅅ길혜 위 携手同遊ㅅ景 긔 엇더ᄒ니잇고

『고려사』 본의 '俚語'를『악장가사』 본의 시행에 대비하면 다음과 같다.

<pre>
        고려사 본   악장가사 본
        ① 제1장   위 날조차 멋부니잇고(제6행)
        ② 제2장   위 註조쳐 내외옰景 긔 엇더ᄒ니잇고(제4행)
        ③ 제3장   빗기드러(제3행)
                            위 딕논景 긔 엇더ᄒ니잇고(제4행)
        ④ 제4장   ㉠ ᄀ득부어(제3행)
                            ㉡ 위 醉ᄒ옰景 긔 엇더ᄒ니잇고(제6행)
        ⑤ 제5장   고온두분
        ⑥ 제6장   뒤 들고아 좀드러지라(제6행)
        ⑦ 제8장   ㉠ 紅실로 紅글위 미요이다(제2행)
                            혀고시라 밀오시라 鄭少年하(제3행)
                            위 내가논ᄃ 눔갈셰라(제4행)
                            ㉡ 雙手ㅅ길헤(제5행)
</pre>

위에서 볼 때『고려사』 본에서 이어로 쓰인 가사의 부위가『악장가사』 본에서 예외 없이 우리말 가사임이 확인된다. 그렇다면『악보』들을 대본으로『악장가사』 본과『고려사』 본이 산출되었을 것이라는 앞서의 주장을 주저 없이 사실로 받아들여도 좋을 것 같다. 아울러 속악편 찬술자가 기록한 이어 표시의 범례가 사실로 확인됨에 따라,『고려사』 본의 가사는『악보』를 대본으로 전사한 신뢰성 높은 가사로 추단해도 무방할 것이다.

(2) 가사의 표기 유형

『고려사』 본과『악장가사』 본의 가사에서 이어를 제외하고 비교할 때 내용면에서 너무나 흡사함을 느끼게 된다. 전 8장 48행이 동일하며, 행 단위의 크기로 차이를 보이는 사례가 단 하나도 보이지 않는다는 것이 그 이유이다. 그만큼 『고려사』와 『악장가사』가 거의 같은 『악보』를 자료로 활용했다는 증거이다. 그러나 두 가사를 자세히 들여다 보면 미세한 차이가 없는 것이 아니다. 두 가사를 비교하는 과정에서 『고려사』 속악편의 찬술자가 얼마나 가사 표기에 신중하였는가를 알게 될 것이다.

[표 1]의 『고려사』 본으로 돌아가 보자. 『고려사』 본과 『악장가사』 본의 가사 내용이 다를 경우, 『고려사』 본 가사의 해당 부위에 아라비아 숫자를 적었다. 거기서 보면 모두 14개소가 달리 적혀 있다. 이들을 성격에 따라 A. 동자이표기형(同字異表記型), B. 정속자표기형(正俗字表記型), C. 정오자표기형(正誤字表記型), D. 상이어구형(相異語句型)으로 나누고 유형별 사례를 살펴보겠다.

A. 동자이표기형

같은 대상을 표시하는 한자가 두 가지 이상 있어 어느 것을 사용해도 무방할 경우에 동자이표기형에 해당한다. 예컨대 '꾀꼬리'를 나타내는 [앵]자는 '鶯'자를 써도 좋고 '鸎'자를 써도 무방하다. ⑬번이 그러한 예에 속한다. 송나라에서 들어온 『태평광기』는 책 이름이 본래 『太平廣記』이므로 '太'자를 써야 옳다. 그런데 『악장가사』에서는 '大'자를 쓰고 앞에서는 [태]로, 뒤에서는 [대]로 각각 음을 달리 달았다. 경서에서도 '大'자를 [태]로 읽는 관습이 있기 때문에 그렇게 한 것처럼 생각된다. 그러나 『태평광기』가 엄연히 책 이름으로 고유명사인 바에는 그렇게 표기한 『고려사』가 보다 정확성을 기한 것으로 생각된다. 이 유형의 사례는 희소한 편이다.

B. 정속자표기형

정자(正字)가 따로 있음에도 세간에 두루 쓰이나 자획이 바르지 않은 한자가 바로 속자이다. 정자인 '恥'를 '耻'로 쓰는 것이 속자의 예이다.
<한림별곡> 가사에도 두 자료 사이에 정자와 속자의 쓰임이 구별된
다.26) 『고려사』 본에서는 정자가 쓰인 반면, 『악장가사』 본에서는 속자
가 나타난다. ④柏(栢), ⑤杯(盃), ⑧閒(間), ⑨映(暎) 등이 그 예이다. ④와
⑤는 통용자(通用字)로 쓰인 자전이 있을 정도로 일상에서 널리 섞여 쓰
인다. 그런데 ⑧은 오늘날 '사이'의 훈을 가진 글자로는 '間'자가 더 일
반화되어 오히려 '閒'자가 정자라는 사실이 생소하게 받아들여진다. 당
시에도 '間'자가 일반적으로 쓰였음에도 굳이 정자인 '閒'자를 찾아 쓴
점이 주목된다. 그만큼 『고려사』가 글자의 쓰임에 이르기까지 세심한
배려를 했음을 알 수 있다.

C. 정오자표기형

가사의 한자어 표기에서 틀린 글자가 발견된다. 여기에는 『고려사』
본이 맞고 『악장가사』 본이 틀린 예가 4개, 그 반대의 예가 3개 보인다.

정자	오자	
② 篆籒書	籕[류]	
③ 虞世南書	書	
⑥ 紅牡丹	牧	
⑩ 嵆琴	稽	(이상 고려사본)
⑦ 御柳	榴	
⑪ 瀛洲	州	
⑫ 栽亭畔	裁	(이상 악장가사본)

모란(牡丹), 해금(嵆琴), 영주(瀛洲)는 자주 쓰는 단어이므로 틀리는 것이

---

26) 正字와 俗字의 구분은 『中文大辭典』(中華學術院 간행)에 따랐다.

오히려 이상할 정도이다. 어류(御柳)는 식물명이므로 자주 쓰이는 것이 아니어서 사전류를 찾아 보아야 정오를 알 수 있다. 여기까지는『고려사』와『악장가사』의 정오(正誤) 수가 비슷하다. 그러나 ②와 ③은 서예에 전문적인 식견을 갖추고 있지 않으면 오류를 발견하기 어려운 용례이다. 주서(籀書)는 서체로서 대전(大篆)을 가리킨다. '籀'자는『악장가사』에서 쓰인 籜(류)자와 모양이 비슷하지만 전혀 다른 글자이다. 태사(太史)인 사주(史籀)가 지었다 하여 붙은 이름이다. 그리고 ③은 우세남(虞世南)이 맞고, 우서남서(虞書南書)는 오기이다. 앞에 각종 서체가 있어 우서(虞書)·남서(南書)로 착각하기 쉬우나 중국측의 서예 문헌에서 그러한 서체를 찾을 수 없다. 당나라의 유명한 서예가 우세남(虞世南)의 글씨가 들어가야 맞는다. 이는 안진경의 글씨를 '眞卿書'라 썼던 것과 같은 용례이다. '우세남서'가 소리로 들을 때 '우서남서'와 비슷하므로 노래 불리는 과정에서 와전되다가『악장가사』에 그렇게 적히게 된 것이 아닌가 추측된다. ⑫는 문맥으로 옳고 그름을 판별해야 할 것 같다. 일반적인 해석에 따라 '푸른 버들과 대나무가 심겨진 정자의 가에서(지저귀는 꾀꼬리)'로 본다면『악장가사』의 '裁'자가 옳지 않을까 한다. '裁'자가 문맥상 어색하기 때문이다. 여기서 볼 때 숫자상으로 보거나 서예처럼 전문적인 식견을 요하는 단어면에서 볼 때『고려사』본이『악장가사』본에 비해 보다 정확을 기했음을 알 수 있다.

D. 상이어구형

두 자료의 가사에서 크게 다른 것은 나타나지 않는다. 가장 큰 단위로 차이를 보이는 것이 어구 정도이다. 제7장 제6행이『악장가사』본에는 '(위 嘲黃鸎) 반갑두셰라'가『고려사』본에서는 '(偉嘲黃鶯) 景何如'로 달리 쓰였다. '반갑두셰라'와 '景何如'의 차이이다. 이것은 어느 것이 맞고 틀리다고 단정해 말하기가 어렵다. 경기체가의 속성으로 본다면『고려사』본이 더 충실한 것이 아닐까 추측해 보는 정도이다. 그러나 앞의 세 가지 항목에서 대비한 결과에 의하면『고려사』본이『악장가사』본에 비해 어휘 표기면에서 보다 신중했던 사실로 미루어 볼 때『고려사』본의 '景何如'가 보다 신빙성 있는 가사가 아닐까 생각한다.

요컨대 가사의 내용면에서 볼 때『고려사』본과『악장가사』본은 흡사하여 차이가 크게 나타나지 않는다. 두 자료 모두『악보』를 대본으로 한 것임을 알 수 있다. 그러나 단어의 글자 표기와 어구에서 약간의 차이가 보이는 것으로 미루어 동일한『악보』를 대본으로 전사한 것이라고 보기는 어렵다. 따라서『악장가사』는『고려사』가 활용한『악보』와 약간 다른 이본을 활용했던 것으로 추측된다.27) 그렇지만 양본의 가사 모두에 오류가 발견되는 점으로 미루어 볼 때, 전사자의 실수도 있었겠지만,『악보』에도 본래 오자가 있었지 않았나 추측된다. 그러나『악장가사』와『고려사』에 수록된 가사를 놓고 신빙 정도를 가린다면『고려사』에 손을 들어주는 것이 옳다고 본다.

---

27) <한림별곡> 가사에도『고려사』본과『악장가사』본 사이에 약간의 차이를 보이고 있고, <처용가>의 해설문에도 다음과 같이 차이를 보이고 있는 것으로 미루어 보아 그들이 대본으로 활용한『악보』는 동일한 것이 아니었을 것으로 추측된다.
　　[고려사 본] : 自號處容 每月夜歌舞於市 竟不知其所在 時以爲神人 後人異之作是歌.
　　[악장가사 본] : 自號處容 每日歌舞於市 竟不知其所在 後人異之作詩.

Ⅲ. 〈한림별곡〉 해설문의 신빙성

1. 해설문의 성격과 출처

『고려사』에 수록된 〈한림별곡〉의 기록문은

    A. 제 목 : 翰林別曲
    B. 본문(가사) : 元淳文 仁老詩 公老四六……偉携手同遊景何如
    C. 해설문 : 此曲高宗時翰林諸儒所作

등 세 부분으로 구성되어 있다.『고려사』속악편을 보면 찬술자가 해설문을 배치하는데 있어 원칙을 따르고 있음이 발견된다. 즉, 〈한림별곡〉처럼 국한문혼용체 작품이나 〈풍입송〉처럼 한문체 작품은『고려사』에 노랫말의 일부 혹은 전체를 수록할 수 있으므로 그것을 본문으로 삼고 그에 대한 설명을 적은 해설문은 본문보다 한 글자 내려 기술하고 있다는 점이다. 그러나 국어체 작품은『고려사』에 수록할 수 없으므로 해설문을 본문으로 삼고 있다. A. 국한문혼용체인 〈자하동〉, B. 한문체인 〈풍입송〉·〈야심사〉의 해설문과 C. 국어체인 〈장암〉의 본문을 인용해 차이를 확인해 본다.

    A. 〈자하동〉
    ① 시중 채홍철이 지은 것이다.
    ② 홍철은 자하동에 살면서 자기의 당을 중화라 하고 매일같이 기로(耆老)들을 모아 극도로 즐기고서야 끝내곤 했다. 이 노래를 지어 가비(家婢)를 시켜 노래하게 했다.
    ③ 가사가 모두 신선의 말(仙語)인데, 이는 자하의 신선이, 기로들이 중화당에 모인다는 말을 듣고 와서 이 가사를 노래한 것처럼 빗댄 것이다(侍

中蔡洪哲所作也 洪哲居紫霞洞 扁其堂曰中和 日邀耆老極懽乃罷 作此歌令家
婢歌之 詞盖仙語 盖托紫霞之仙 聞耆老會中和堂來 歌此詞也).

B. <풍입송>·<야심사>

① <풍입송>은 송도하는 뜻이 있고, <야심사>는 임금과 신하가 서로
즐거워하는 뜻을 말했다.

② 모두 종연(終宴)에서 노래부른다.

③ 그러나 어느 때 지은 것인지 알지 못하겠다(風入松 有頌禱之意 夜深
詞 言君臣相樂之意 皆於終宴而歌之也 然未知何時所作).

C. <장암>

① 평장사 두영철(杜英哲)이 일찍이 장암으로 유배갔는데 어떤 노인과
서로 친했다. 소환될 때 그가 구차스럽게 출세하는 것을 노인이 경계하니
영철이 그 말에 따르겠다고 했다. 후에 영철이 평장사가 되었는데 과연 또
죄에 빠져 귀양가며 그 곳을 지나게 되었다.

② 노인이 그를 보내면서 이 노래를 지어 나무랬다.

③ 이제현이 한시를 지어 그 노래를 풀이했다. '꽁꽁 묶인 참새야, 너는
어찌하여 / 그물에나 걸리는 새끼 참새가 되었느냐 / 눈구멍은 원래 어디에
두었길래 / 가련쿠나, 그물에 걸린 못난 참새야'(平章事杜英哲嘗遊長巖 與一
老人相善 及召還 老人戒其苟進 英哲諾之 後位至平章事 果又陷罪 貶過之 老
人送之 作是歌以譏之 李齊賢作詩解之曰 拘拘有雀爾奚爲 觸著網羅黃口兒 眼
孔元來在何許 可憐觸網雀兒癡).

A와 B처럼 해설문으로 처리했든, C처럼 본문으로 처리했든 글의 성
격면에서는 차이가 없다. 이들은 모두 작자와 작품 내용과 창작 배경을
근간으로 삼고 있다. 작자가 누구인가가 확인되면 창작 연대를 따라서
알게 된다. 찬술자는 <자하동>이 언제 지어진 것인지 알 수 없다 하여
작자도 알 수 없음을 보여 주었다. 따라서 창작 배경도 알지 못하게 된
다. 이 같은 허점을 보완이라도 하려는 듯 작품의 내용과 노래의 용도까
지 밝혀주는 친절을 베풀었다. <자하동>과 <장암>에서는 작자, 작품

내용, 창작 배경 등이 갖추어져 있다. <장암>은 국어체 가사이므로 이제현의 번역시를 수록하여 내용을 보완하기도 했다. 위의 세 인용문을 통해서 볼 때 속악가사의 기록문에서 본문과 해설문은 가사의 언어적 특성을 고려한 찬술 방식상의 차이만 있을 뿐, 글의 성격이 다른 것이 아님을 확인할 수 있다. 따라서 작품이 본문으로 수록된 경우에는 해설문에 작품의 내용을 굳이 언급할 필요가 없었던 것이다.

<삼장>과 <사룡>의 해설문이 그 한 예이다.

> 오른편의 두 노래는 충렬왕 때에 지은 것이다. 왕이 군소배를 가까이 하고 연악을 좋아했다. 행신 오기(吳祈)와 김원상(金元祥), 내료 석천보(石天補) 석천경(石天卿) 등이 성색(聲色)으로 왕을 기쁘게 해주기에 힘썼다. 관현방의 태악 재인으로도 부족하다고 여겨 여러 도에 행신을 보내서 관기로 자색과 기예가 있는 자를 고르고 또 성중에 있는 관비와 무당으로 가무를 잘하는 자를 선발하여 궁중에 등록해 두고, 비단옷을 입히고 말총갓을 씌워 따로 한 대를 만들어 남장이라 불렀다. 그들에게 이 노래를 가르쳐서 군소배들과 밤낮으로 가무를 하고 난잡하게 굴어 임금과 신하 사이에 예가 전혀 없었다. 뒤를 대고 하사하는 비용이 이루 기록할 수 없을 정도로 많았다(右二歌 忠烈王朝所作 王狎群小 好宴樂 倖臣吳祈金元祥 內僚石天補天卿 等 務以聲色容悅 以管絃房太樂才人爲不足 遣倖臣諸道 選官妓有姿色伎藝者 又選城中官妓及女巫善歌舞者 籍置宮中 衣羅綺 戴馬鬉笠 別作一隊 稱爲男粧 敎閱此歌 與群小日夜歌舞 褻慢無復君臣之禮 供億賜與之費 不可勝記).

충렬왕 때에 지은 것이라며 창작 연대를 먼저 기록했다. 작자를 누구라고 지적하지는 않았으나 오기(吳祈) 등으로 짐작할 수 있다. 노래 내용은 작품이 본문으로 제시되었으므로 따로 언급하지 않았다. 반면에 이 노래가 남장 별대에 의해 성황리에 불려지던 당시의 상황을 크게 부각시켜 놓았다. 여기서도 작품의 창작 연대와 작자에 대한 언급이 있었다. 그렇다면 고려 속악가사의 기록문, 즉 본문이나 해설문에서 작자와 창작 연대, 작품 내용과 창작 동기 등은 글의 공통적 요소이며, 가사의 유무와 필요성에 따라 출입을 달리했음을 확인하였다.

이제 문제의 <한림별곡>의 해설문에 초점을 맞추어 본다.

이 (한림별)곡은 고종 때에 한림제유가 지은 것이다(此曲高宗時翰林諸儒所作).

위의 글을 보면 속악가사 기록문의 구성 요건을 잘 갖추고 있음을 알 수 있다. 비록 간단히 쓰인 글이긴 하지만 거기에는 분명히 작품의 작자와 창작 연대가 밝혀져 있다. 노래 내용은 본문에 밝혀져 있으므로 필수 요건이 될 수 없다. 창작 배경도 제1장의 '금학사의 옥순문생', '시장경', 그 밖에 8장에 그려진 장면을 통해 유추가 가능하다. 그러므로 찬술자가 그것을 생략했던 것으로 생각된다. 속악편의 찬술자가 <한림별곡>의 해설문을 적되 가사가 있으므로 내용과 창작 배경을 생략하고 작자와 창작 연대만을 간략히 적은 것이 우리가 문제삼고 있는 위의 인용문이다. 속악편의 찬술자는 <한림별곡>에 유독 관심을 가지고 그것에만 의의를 부여하여 해설문을 썼던 것이 아니다. 그러므로 우리는 <한림별곡>의 해설문이 다른 속악가사의 기록문 가운데 하나 정도로 보아 거기에 작품의 창작 배경이나 내용이 자세히 쓰여 있지 않음을 탓할 이유가 전혀 없는 것이다.

<한림별곡> 해설문의 출처 혹은 전승 경로를 어떻게 보아야 할까? 여기서 가장 중시해야 할 것은 속악편의 찬술자가 도언(導言)에서 "고려 속악은 여러 악보를 참고하여 실었다(高麗俗樂考諸樂譜載之)."고 밝히고 있다는 사실이다. 그것을 더 정확히 말한다면 『고려사』의 찬술자가 전래하는 여러 악보들을 참고하여 속악편을 구성하고 있는 악기, 정재, 고려

속악가사, 삼국속악(가사), 용속악절도 등을 찬술했다고 보아야 한다는 점이다. 따라서 여러 악보들(諸樂譜) 중에는 악곡이나 노랫말만이 실려 있는 것이 아니라 악기를 위시하여, 정재의 의궤, 속악의 사용 제도 등이 폭넓게 수록되었던 것으로 보아야 한다. 그리고 또 하나 간과할 수 없는 것은 찬술자가 그러한 자료를 가져다가 고스란히 옮겨 베낀 것이 아니라, 참고하여 실었다는 점이다. 악보들의 자료 내용을 가져다 참고하되 『고려사』의 용도에 맞추어 체계적으로 찬술했던 것이니 이는 앞서 노랫말의 표기 방식을 살피는 과정에서 확인한 바 있다. 따라서 『고려사』 속악편에 기록된 내용 자체는 악보에 수록된 것으로 보아야 하며, 그것을 찬술자가 임의로 지어낸 것으로 볼 수 없다는 것이 필자의 기본 입장이다. 이러한 관점에서 볼 때 <한림별곡>의 해설문도 악보에 실린 것을 근거로 『고려사』 찬술자가 기록했다고 보는 것이 온당하다. 그렇다면 그 악보가 언제 쓰여진 것인지를 살피는 일이 자료의 신빙성 판단에 도움이 될 것이다.

　『고려사』 속악편에 거론된 고려 왕조의 기사 내용을 보면 분포가 다양하다. 광종(한송정), 예종(벌곡조), 의종(정과정), 충렬왕(삼장, 사룡), 충숙왕(동백목, 자하동) 등이 등장한다. 용속악절도에는 공민왕 21년 정월의 기사도 보인다. 여러 악보를 참고했다 했으므로 당시에 전래하던 악보의 종류가 여러 개 있었음을 알 수 있다. 그러므로 악보들은 성격도 다양하고 제작 연대도 일정하지 않았을 것이라 생각된다. 그렇지만 『고려사』 속악편에 쓰인 자료들은 개인용 사찬 가집이 아니고 고려 왕실에서 의식용으로 사용했던 악보였다. 그러므로 그것이 언제 편찬된 것인가는 크게 문제될 것이 없다. 일단 전문 악관들에 의해 검증을 거쳐 악보가 제작되면 그것이 일정 기간 쓰이다가 다시 악보를 제작할 필요가 발생하게 되면 기존의 것을 토대로 새로운 악보를 찬술하게 되므로 편찬자가 종래에 없던 내용을 지어 넣거나 임의로 변조하는 일은 발생하기 어렵다고 보아야 한다. 이처럼 해설문의 성격이나 악보의 전승성을 고려할 때, <한림별곡> 해설문이 『고려사』 찬술자에 의해 허위로 작성되었을 것이라는 주장은 사실과 거리가 멀다 하지 않을 수 없다.

2. 작품과 문맥의 호응

<한림별곡>의 해설문에는 작품의 내용 설명이나 창작 동기가 나타나 있지 않다. 찬술자가 가사를 수록하였기 때문에 굳이 내용 설명이 필요 없다고 생각했던 것 같다. 그리고 창작 동기도 작품을 통해 넉넉히 감지할 수 있다고 보아 생략했던 것으로 이해할 수 있다. 찬술자가 그렇게 생각하고 있었기 때문에 작자와 창작 연대만을 해설문에 담았던 것이라 생각된다. 작자를 한 사람이 아닌 여러 사람으로 보아 '한림제유'로 본 것도 주목된다. 분명한 사실이 아니라면 그런 식으로 적을 수가 없겠기 때문이다. <한림별곡>이 8장으로 구성된 연장체요, 각 장의 제재가 서로 다른 장면으로 그려져 있다는 점이 작자를 '한림제유'라 하여 복수 인물로 본 해설문의 증언을 부정하기 어렵게 만든다.

<한림별곡>의 성격, 더 구체적으로 화자(작자)들이 누구인가를 가장 투명하게 보이고 있는 것이 제1장이다.

> 元淳文 仁老詩 公老四六
> 李正言 陳翰林 雙韻走筆
> 冲基對策 光鈞經義 良鏡詩賦
> 위 試場ㅅ景 긔 엇더ᄒ니잇고
> 琴學士의 玉笋門生 琴學士의 玉笋門生
> 위 날조차 몃부니잇고

학사는 과거 시험의 고시관이요, 문생은 그가 뽑은 급제자를 말한다. 제1장의 화자는 자신을 '금학사의 옥순문생'이라고 분명히 밝혔다. 그러므로 화자는 금의에 의해 과거 시험에 선발된 인물로 보아야 한다. 그런데 그가 '위 날조차 멋부니잇고'라 하여 금의의 문생이 자기만이 아니라 여러 사람이 있음을 알려준다. 이는 옥순(玉笋)이라는 단어가 '죽순이 임립(林立)한 듯이 인재가 많을 때 쓰는 용어'라는 점에서 서로 호응한다. 실로 금의(琴儀)는 문생복이 많은 인물이었다. 금의의 공거(貢擧) 사실을 『고려사』에서 알아본다.

> ① 연대 미상, 사마시 시관이 되었다.
> ② 희종 4년 윤4월 우부승선으로서 동지공거가 되어 황보관(皇甫瓘) 등 33인과 명경 6인, 은사 2인에게 급제를 주었다.
> ③ 강종 원년 6월 지주사로서 동지공거가 되어 전경성(田慶成) 등 29인과 명경 6인에게 급제를 주었다.
> ④ 고종 원년 5월 첨서추밀원사로서 지공거가 되어 김신정(金莘鼎) 등 22인과 명경 5인, 은사 3인에게 급제를 주었다.

금의가 사마시 시관이었을 때로 보이는 신종 말기의 과거 합격자는 1회에 90 내지 100여 명씩 배출되었다. 여기에 3차에 걸친 예부시 급제자를 합하면 금의의 문생은 200여 명이 될 것으로 추산된다. 이규보가 금의의 묘지명에서 당대의 이름난 사람들로서 출중한 인재의 성함(玉笋之盛)이 근고에 일찍이 없었다고 언급한 것이[28] 과장이 아님을 알 수 있다. 그 당시 학사와 문생의 관계는 부자의 예로 맺어졌다. 따라서 최충헌의

---

28) 『東文選』 권122, 이규보, 「壁上三韓大匡金紫光祿大夫守太保門下侍郞同中書門下平章事 修文殿大學士判吏部事致仕琴公墓誌銘」, 嘗典司馬試及三掌禮闈 所得皆當世聞人 玉笋之 盛 近古未有也.

절대적 신임을 받고 있던 금의는 자기의 문생들이 진출하는 데 큰 영향력을 발휘했다. 『고려사』의 다음 기록이 이를 말해준다.

> 희종 4년에 우부승선으로 시험관을 맡아 황보관 등을 선발하였다. 관등이 충헌(忠獻)을 알현하니 충헌이 수종자에게 방상의 은병 각 한 벌씩을 주고 이(怡)도 또한 은병을 주었다. 또 왕을 알현하니 친히 주과를 주고 인하여 각 방상의 가취를 관람시키고 관 등 7인을 명하여 내시에 속하게 하니 의(儀)가 충헌의 친근이므로 후한 예로써 대우함이 이와 같았다.[29]

학사에 의해 과거에 뽑히고, 그를 배경으로 출세한 문생들이 고마움의 표시로 잔치 자리를 마련하는 일은 『파한집』이나 『보한집』에서 찾아볼 수 있다. 필자는 이를 좌주문생연(座主門生宴)으로 명명한 바 있다.[30] 출세한 이들의 모임이므로 화려하고 과시성이 넘쳐날 수 있었던 것이다. 자랑하고 싶은 내용이 많았을 터이므로 각각 한 장씩 나누어 노래를 지어 불렀을 법하다. 금의의 문생인 최자(崔滋)가 『보한집』에서 금의를 모시고 벌였던 좌주문생연의 두 가지 예를 여기에 소개해 본다.

> ㉠ 그 뒤 영렬공(금의)이 벼슬을 그만두니 문생들이 헌수코자 크게 화려한 잔치를 베풀고 이에 최홍윤(崔洪胤), 문유필(文惟弼) 두 재상을 맞아 자리를 같이 했다. 영렬공이 술이 거나해 말하기를 "한 문하에 두 장원이 종백과 한 때에 평장이 되었다가 물러나서 늙어가다가 이번 문생들의 축하연에 참석했으니 참으로 천고에 들어보지 못한 일이다. 어찌 실컷 취하여 이 성대한 행사에 보답하지 않을 것인가." 했다. 문생들이 모두 뜰 아래 엎드

---

29) 『고려사』, 열전15, 熙宗四年 以右副承宣掌試 取皇甫瓘等 瓘等謁忠獻 忠獻贈隨從坊廂銀瓶各一事 怡亦贈銀瓶 又謁王 親賜酒果 仍觀各坊廂歌吹 命瓘等七人 屬內侍 儀爲忠獻所昵 故待以厚禮如此

30) 김선기, 「翰林別曲의 作者와 創作年代에 關한 考察」, 『語文硏究』 12집, 語文硏究學會, 1983, p.293.

려 경탄을 이기지 못하였고 혹은 눈물을 씻으며 흐느끼는 사람도 있었
다.31)

　ⓛ 잔치를 파하고 집으로 돌아간 뒤에 영렬공이 여러 아들에게 "나는
장원으로 정승이 되었다가 물러나 늙어가는데 하사한 잔치에 참여하게 되
매 문생들이 붙들고 모시는 것이 매우 성대했는데 그들은 모두 당대의 영
재들이었다. 이 기쁨을 어찌 다 감당하랴. 마땅히 문화공(文和公, 崔惟善)이
여러 문생들과 잔치한 고사를 본받았으면 좋겠다."고 말했다. 이에 사년방
(四年牓)을 불러 모아 크게 잔치를 베풀고 여러 자손들을 불러 앉히려 할
때, 공은 "한 문하의 자제들은 정분이 골육과 같은 것이니 나의 여러 자손
도 또한 자네들과 같은 형제이다." 하고 이에 나이 차례로 앉혔다. 술이 거
나해 기쁨이 한창일 때 문생들을 명하여 서로 시를 주고 받게 하니 진년(辰
年) 장원 황보관이 부르기를 '동년이 선후로 형제가 되네.' 하니 공은 바로
거기에 응답해서 '만좌의 영웅 속에 자손이 끼어 있네'라 했다. 다음날 여
러 동년들이 각기 시를 지어 사례했다. 나는 공이 지은 한 연구(聯句)에 운
을 달아 시와 인(引)을 지어 사례했는데 공이 보시고 좋다고 했다.32)

　좌주와 문생이 함께 즐기는 좌주문생연의 풍속을 보았다. 좌주에 대
한 감사의 정이 넘친다. 술이 있고 시가 있는 잔치였다. 그것이 <한림별
곡>의 풍경과 부합한다고 단정할 수는 없다. 좌주를 모신 자리가 난잡
에 흐르지는 않았을 것이기 때문이다. 그러나 술이 있고 노래가 있고 흥
을 돋구는 여인과 풍악이 있는 자리였다. 적절한 때에 좌주가 먼저 자리

---

31) 최자, 『보한집』 권상, 及英烈公縣車歸老 門生欲獻壽 大敞華筵 仍邀崔文二相同燕 英烈公
　　倚酣唱曰 一門下兩龍頭 與宗伯同時爲平章 以至退老 赴此門生之賀宴 實千古未聞也 胡不
　　爛醉以答盛事 門生皆俯伏階下 不勝慶嘆 至或有拭淚嗚咽者.

32) 상게서, 及罷宴歸第 英烈公謂諸子曰 吾以龍頭爲相 以至退老 得參賜設 而門生扶侍甚盛
　　皆當代英材 曷勝慶快 宜效文和公宴諸門生故事 於是召集四年牓 大開宴飲 呼出諸子孫欲
　　命坐 公曰一門子弟情同骨肉 吾諸子孫亦爾等兄弟也 乃以齒坐之 及酒酣懽甚 命門生相唱
　　和 辰年狀頭皇甫瓘唱云 同年先後爲兄弟 公卽應聲對曰 滿座英雄間子孫 明日諸同年各作
　　詩謝之 僕以公之一聯七字 分爲韻 作詩幷引 以謝 公覽而肯之.

를 뜨고 문생들이 질탕한 풍류를 즐겼다고 생각할 수 있다. 그러므로 <한림별곡> 8장의 풍경은 상상의 소산이 아니고, 금의의 문생들이 실제로 벌인 풍류상을 과장적으로 그린 작품이라고 생각한다.

고종(1214~1259)은 재위 기간이 46년이나 된다. 금의가 마지막 고시관을 역임한 것이 고종 원년인 점으로 보아 그의 문생들이 고종 재위 기간에 <한림별곡>을 지을 수 있는 개연성은 충분하다. 게다가 한림제유(翰林諸儒)라 했으므로 작자를 여러 문생들로 본 것은 '금학사의 옥순문생 위 날조차 몃부니잇고'라 한 작품의 내용과 부합한다. <한림별곡>이 독립성 짙은 8장으로 구성된 형태상의 특성과 작품이 담고 있는 과시풍의 내용을 보더라도 '此曲高宗時翰林諸儒所作'이라는 『고려사』 해설문을 가볍게 보고 위작으로 추단해서는 안 된다고 생각한다.

IV. 결론

고종 때 한림들이 <한림별곡>을 지었다는 것이 종래 학계의 통설이었다. 이에 대해 14세기 창작설이 대두된 지 10여 년이 지났다. 그 문제의 파문이 한국시가사에 던진 충격이 컸음에도 불구하고 이에 대한 구체적인 논급이 없었다. 필자는 사안의 중대성에 비추어 개별 항목에 대한 대응적 반론보다는 『고려사』가 신빙성 있는 자료라는 보다 근본적인 검토가 문제 해결에 효과적일 것으로 생각하였다. 따라서 <한림별곡>의 작자와 창작 시기를 언급한 해설문과 그것을 둘러싸고 있는 『고려사』 속악편이 신빙성 있는 자료인가를 살피는 일에 초점을 맞추어 논지를 전개하였다. 앞에서 살핀 내용을 요약하여 결론을 삼는다.

1. 속악편은 도론, 악기, 정재, 고려속악, 삼국속악, 용속악 절도 등 6

개의 항목으로 구성되어 있다. 가장 많은 지면을 차지하고 있는 고려속
악은 국어체를 앞에 두고 한문체(국한문혼용체 포함)를 뒤에 배열하였으며,
도언에서 밝힌 국어체 24편은 고려속악으로 열거한 작품과 부합하며,
<정읍사>를 백제의 작품으로 귀속하는 문제도 정재와 삼국속악 항에서
혼동이 없이 일관성을 보였다. 뿐만 아니라 『고려사』는 속악편의 편술
체재가 완벽하고, 가사의 기록문 기술 방식과 언어 표기 처리면에서 엄
격한 기준이 준용되었음을 확인하였다.

　2. 속악편은 도언에서 밝힌 바와 같이 여러 악보 자료를 참고하여 찬
술되었다. 그러므로 속악편을 이루고 있는 악기, 정재, 가사, 용도 등도
기존의 자료에 의거하여 찬술되었다고 보아야 한다. 국어체 가사를 번
역한 한시를 인용하였고, 세상에 전하는 그 밖의 것들도 세전(世傳)이라
하여 인용하였다. 여기서 찬술자가 사실을 충실하게 기록하기 위해 노
력했음을 알 수 있다.

　3. 찬술자는 기록문을 작성하면서 확보된 자료가 확실하다고 판단될
경우 단정형을 써서 기술하였다. 그러나 자료가 부실할 경우에는 성급
히 단정하지 않고 유보하는 신중성을 보였다. 심지어는 알 수 없다며 미
지형(未知型)을 쓰기도 했다. 특히 작자, 내용, 창작 배경, 창작 시기 등을
요건으로 삼는 가사의 기술문에서 이러한 신중한 찬술 태도가 두드러지
게 나타났다.

　4. 한문만으로 쓰인 『고려사』에 우리말 가사를 실을 수가 없어, 우리
말 가사 자리에 운운 이어(云云 俚語)라고 표시하는 방식을 취했다. 그러
한 원칙을 '凡歌詞中 以俚語不載者 倣此'라 밝힌 바 있는데, 『고려사』 본
과 『악장가사』 본 <한림별곡>을 비교한 결과, 그 원칙이 틀림없이 지켜
졌음을 확인하였다. 따라서 속악편의 찬술자가 악보를 참고했다는 발언
도 신빙성이 높다는 것이 증명되었다. 그렇지만 『악장가사』 본과 『고려

사』 본의 <한림별곡>을 비교한 결과 약간의 차이가 나타났다. 단어와 어구의 글자 표기에서 약간의 차이를 보였는데,『고려사』 본이『악장가사』 본에 비해 근소하나마 오류가 적게 나타났으므로『고려사』의 신빙성을 확인할 수 있었다.

5. <한림별곡>의 해설문은 그것이 비록 짧게 쓰인 글이긴 하지만, 해설문의 요건을 충실히 갖추고 있어 다른 가사 기록의 본문과 대등한 성격을 갖는다.『고려사』 속악편 찬술자가 악보를 참고하였다고 스스로 밝히고 있는 바에는 해설문도 전래의 자료에 의거해 썼다고 보아야 한다. 이들 악보가 궁중에서 의식용으로 쓰였던 사실을 고려할 때, 거기에 수록된 내용은『고려사』 속악편 찬술자가 임의로 변조하거나 지어 넣었다고 볼 수 없기 때문이다.

6. <한림별곡>을 고종 때 한림제유가 지었다는 해설문의 기록은 <한림별곡>의 가사 내용과도 부합한다. '금학사의 옥순문생'은 금의가 훌륭한 문생을 많이 배출한 사실과 일치한다. 8장으로 구성된 <한림별곡>의 형태는 문생들이 한 장씩 지었다고 보는데 '한림제유소작(翰林諸儒所作)'의 근거가 될지언정 장애가 되지 않는다. 그리고 작품에 담긴 고급한 제재들은 문생들이 향유한 실제 삶의 단면으로 이해할 수 있다.

위에서 밝힌 사실들을 종합할 때,『고려사』 속악편의 내용은 직필을 생명으로 하는 사관이 악보 등의 자료를 활용하여 찬술했으므로 사실로 받아들이는 것이 온당하다. 따라서 새로운 자료에 의해 결정적인 하자가 발견되지 않는 한, <한림별곡>의 해설문을 위작(僞作)이라고 주장하는 것은 무리라고 생각한다.

Ⅰ. 서론

<한림별곡>은 경기체가 장르를 출현시킨 최초의 작품이요, 또 가장 완벽한 형식을 갖추고 있음으로써 한국시가사적 의의가 큰 작품으로 주목받기 시작했다. 그러므로 학자들 사이에서 <한림별곡>의 출현·구조·장르적 성격 등에 대한 다각적인 연구가 있었다. 그 가운데 출현면을 보더라도 1) 작자와 창작 시기를 위시하여, 2) 타 장르와의 영향 관계, 3) 직접적인 창작 배경과 동기 등에 대한 심도 있는 고찰이 축적되었다.

작자와 창작 시기에 대해서는 『고려사』에 이미 이 작품이 고종 때에 한림들이 지었다고 밝힌 바 있고, <한림별곡>의 가사가 온전히 수록된 『악장가사』에서도 제유(諸儒)라고 표시한 정도의 차이만 보일 뿐 흡사한 내용을 담고 있어, <한림별곡>이 고종 때 한림들에 의해 지어졌음을 거의 기정사실로 받아들이게 되었다. 그런데 『고려사』에 기록된 작자와 창작 시기를 작품의 내용과 보충 자료를 통해 보다 구체적으로 밝히려는 노력이 있었다. 즉 작자를 최충헌의 문객, 고종 7년부터 17년 사이, 고종 14년 부분 창작설 등이 제기되었다. 뿐만 아니라 『고려사』의 기록

과 전혀 달리 14세기 중엽에서 말엽 사이에 지어졌을 것이라는 학설도 등장하여 복잡한 양상을 띠게 되었다.

<한림별곡>의 독특한 형식이 어떻게 나타나게 된 것인가에 대해서도 주목한 분들이 많았다. 전절과 후절이 사뇌가에서 나왔다는 국내 시가 기원설을 위시하여 중국의 송사(宋詞), 원곡(元曲), 혹은 팔경시와 관련지어 해명하려는 외래 영향설이 등장하였다. 또한 악곡 방면에 눈을 돌려 <정과정가>와 곡이 같으므로 그것에 연원한 것이라는 주장도 제기되었다.1) <한림별곡>이 경기체가라는 새로운 장르의 첫 작품인 만큼 기존의 어느 작품 형식과도 쉽사리 흡사한 면을 찾기 어렵다는 점에서 탐색상의 난점이 있으므로, 특정 작품과의 단선적인 대응 방식을 벗고 복합적 시각으로의 전환이 요구된다 하겠다.

<한림별곡>의 창작 동기는 무엇일까? 즉 <한림별곡>이 담고 있는 화려한 장면은 어떤 성격의 자리였으며, 작자들이 작품을 지은 직접적인 동기는 무엇일까? 최충헌이 벌인 궁정동 놀이에 참여한 문객들이 그를 예찬하기 위해 지었을 것, 금의의 문생들이 좌주문생연에서 자신이 누리고 있는 생활상을 그린 것, 금의의 문생들이 상상적으로 그려낸 선망의 세계라는 주장들이 상이하게 제기되었다.

이와 같이 <한림별곡>의 출현을 둘러싼 학자들의 주장은 다른 점이 많이 제기되어 이들을 종합 고찰할 시점에 이르렀다고 생각한다. 필자는 <한림별곡>의 출현 문제를 육하원칙의 요건에 따라 유기적으로 살펴보는 것이 유용하다고 보고, 논술의 편의상 '누가, 왜, 어디서, 어떻게, 언제 <한림별곡>을 지었는가를 종합적으로 고찰해 보려 한다.

필자는 몇 편의 글을 통해 <한림별곡>의 출현 문제를 살핀 바 있다.

---

1) 관련 논문은 본론에서 구체적으로 거론하겠다.

그 내용을 종합해 보면, '① 금의의 문생들이, ② 자신들이 누린 특혜를 자랑스럽게 노래 불러 흥을 돋구기 위해, ③ 좌주문생연에서, 거기서 펼쳐진 장면을 제재로 삼고, ④ 당시에 유행하던 팔경시의 형식과 서경적 속성을 취하여, ⑤ 고려 고종 7년부터 17년 사이에 새로운 시가 양식인 〈한림별곡〉을 창작하게 되었다.'라고 요약할 수 있다. 본고에서는 위의 다섯 개 항목을 본론의 장으로 설정하여 구체적으로 살피고자 한다.

II. 작자 추정

1. 쟁점과 방안 모색

『고려사』에는 '한림제유'가 〈한림별곡〉을 지었다고 적고 있다. 그리고 『악장가사』에는 '제유'가 지었다고 했다. '제유'가 함께 쓰인 점이나 『고려사』가 먼저 찬술된 정사인 점으로 미루어 『악장가사』는 『고려사』의 '한림제유'를 줄여 쓴 것으로 생각된다. 그렇다면 〈한림별곡〉의 작자는 한림원의 직책을 맡았던 선비들이 지었다 하겠다. 그런데 그렇게 추정하는 정도로는 너무 막연하여 작품을 이해하는데 별로 도움이 되지 않는다. 더구나 제1장의 후절에 '琴學士의 玉笋門生 위 날조차 몃부니잇고'라는 구절이 있어, 작자를 보다 좁혀 추리할 수 있는 단서를 제공하고 있다. 이 같은 필요성과 자료를 토대로 〈한림별곡〉의 작자를 구체적으로 밝히려는 연구가 대략 다음과 같이 진행되었다.

> A. 최충헌의 문객들[2]
> B. 금의와 전절의 인물들[3]
> C. 금의의 문생과 전절의 인물[4]

D. 후대인들[5]
E. 금의와 그의 문생들[6]
F. 금의의 문생들[7]

　이처럼 <한림별곡>의 작자 추정에 다양한 주장이 제기되었는데, 모두 공동 창작설을 내세워 일단 '제유'의 요건에는 부합하고 있다. 그러나 실제 내용을 보면 금의의 문생설로부터 후대인설에 이르기까지 차이가 크다. 이들 제학설은 제1장 후절에서 자신을 금의의 문생이라고 밝힌 화자를 작자로 인정하는가 아닌가를 양대 축으로 삼고, 여기에 금의나 전절의 인물들을 공동 참여자로 등장시켜 얻은 주장들이다. 그러므로 논의의 초점은 제1장에서 화자로 등장한 금의의 문생들이 <한림별곡> 8장에 이르기까지 일관되게 작용하는가를 밝히는 일로 모아져야 한다. 그럼에도 지금까지 작자 추정에 혼미가 계속된 까닭은, 제2장부터 7장의 문면에서 화자가 전혀 정체를 드러내지 않은데다가, 각 장의 장면 내용, 혹은 같은 장 안에서 전절과 후절의 장면 내용이 달라 통일된 시상을 간취하기에 어려움이 있었기 때문이다. 그러나 자세히 보면 제1장과 제8장에서 화자는 분명히 일인칭을 써서 자신을 '나'라고 밝혔다. 반복을 피해 수미(首尾)에서만 자신을 노출시킨 것으로 볼 수 있다. 작자를 '제유'라고 한 만큼 <한림별곡>은 서로를 잘 아는 동질적인 사람들이

---

2) 김동욱, 「翰林別曲의 成立 年代」, 『延世大學校八十周年紀念論文集』, 연세대출판사, 1965.

3) 최철, 「景幾體歌」, 『국문학개론』, 한국방송대학교출판부, 1996, p.72.

4) 조동일, 『한국문학통사』 2, 지식산업사, 1996, p.195.

5) 성호경, 「翰林別曲의 創作時期 論辨」, 『韓國學報』 56, 일지사, 1989.

6) 금기창, 「翰林別曲에 關한 硏究」, 『韓國詩歌의 硏究』, 형설출판사, pp.245-249.

7) 이명구 교수는 <한림별곡>의 작자를 "금의가 집행한 과거에서 선출된 名士"라고 추정하였다(『高麗歌謠의 硏究』, 신아사, 1973, p.110). 필자가 이를 보다 구체적으로 살핀 바 있다(「翰林別曲의 作者와 創作年代에 關한 考察」, 『語文硏究』 12집, 어문연구학회, 1983).

같은 자리에서 한 장씩 지어 완성된 것이라 할 수 있다. 그렇다면 작품의 화자는 한결같이 일인칭 '나'로 표현하게 된다. 그러나 따지고 보면 각 장의 화자는 각각 다른 사람인 것이다. 작품에 성명을 써서 화자의 정체를 밝힐 수 없는 바에야, '나'라는 막연한 대명사를 쓰는 것은 무의미하다. 시적으로 변별력을 찾지 못하는 일인칭 대명사를 반복할 필요가 없다. 그러므로 머리가 되는 제1장에서 자신들이 금의의 문생이라는 사실을 화자의 정체로 내세우고 마무리하는 제8장에서는 다시금 확인하듯이 '나'라는 대명사를 써서 수미일관의 경제적 표현 효과를 꾀했던 것으로 생각한다. <한림별곡>은 제1장에서 화자의 신분을 밝혔기 때문에 뒤의 장에서 화자를 생략해도 무리가 없다. 이 같은 조처가 없이 서로 다른 화자들을 생략하는 것은 있을 수 없다. 작품 이해가 불가능하기 때문이다. 따라서 <한림별곡> 제1장 후절의 화자는 스스로 밝힌 바와 같이 금의의 문생이며, 그가 바로 전절의 화자가 되어야 한다고 본다. 이와 같이 제2장 이하 8장의 화자도 금의의 문생들이며, 이들이 바로 <한림별곡>의 작자라 추정한다.

  아울러 작자 추정에 있어 '琴學士의 玉笋門生'이라는 어구를 정확히 이해할 필요가 있다. 『고려사』에서도 분명히 밝히고 있듯이 '학사'란 과거를 관장한 고시관이요, '문생'이란 그가 선발한 급제자를 말한다.8) 스승과 제자를 가리키는 말이 결코 아니다. 그러므로 그들의 관계는 과거 시험장을 통해 시작된다. 그렇다면 전절에 등장하는 여덟 사람이 금의의 문생인지 아닌지는 가려낼 수 있다. 그들은 금의의 문생이 아니고, 이인로 같은 사람은 오히려 금의보다 앞서 과거에 합격하였다.9) 따라서 금의의 문생 창작설에서 볼 때, 작품에 등장하는 금의나 전절의 인물들

---

8) 『고려사』, 「選擧志二」, 國俗掌試者 謂之學士 門生稱之曰恩門 門生座主之禮深重.
9) 김선기, 전게논문, pp.299-302.

을 포함하여 그 밖의 최충헌 문객이나 후대인 창작설은 설득력이 미약하다. 그렇지만 보는 관점에 따라 고려할 점도 있으므로 논의를 진행하는 과정에서 필요에 따라 다시 언급하기로 하겠다.

금의 문생 창작설은 일단 『고려사』의 '한림제유소작'이라는 공동창작설과 어긋나지 않는다. 그러나 이러한 가설은 작품을 통해 보다 설득력 있는 검증이 요구된다. 즉 각 장의 화자가 금의의 문생들로서 일인칭 대명사 '나'가 생략되었음으로 확인해야 한다. 그리고 <한림별곡>의 작자를 금의의 문생으로 추정하는 데 머물지 않고, '한림제유'의 '한림'을 주목하면서 『보한집』의 기록을 토대로 작자를 보다 구체적으로 상정해 보겠다.

2. 일관된 화자, 금의의 옥순문생

<한림별곡>의 제1연은 작품 이해에 중요한 의의를 갖는다. 화자가 금의의 문생임을 스스로 말하고 있고, 그것이 과거 시험장의 인연으로 맺어진 사실을 구체적으로 보여주고 있기 때문이다. 만약 제1연이 없었다면 <한림별곡>의 문맥 파악은 훨씬 어려웠을 것이다. 이어지는 제2연 이하의 연들에 화자가 드러나 있지도 않고 의미적으로 거의 독립적인 장면을 연출하고 있기 때문이다. 그렇다고 볼 때 제1연이야말로 <한림별곡>을 이해하는 관건이라 하지 않을 수 없다.

문제의 제1연은 다음과 같다.

전절
① 元淳文　仁老詩　公老四六
② 李正言　陳翰林　雙韻走筆
③ 冲基對策　光鈞經義　良鏡詩賦
④ 위 試場ㅅ景 긔 엇더ᄒ니잇고

후절 ┌ ⑤ 琴學士의 玉笋門生 琴學士의 玉笋門生
     └ ⑥ 위 날조차 몃부니잇고

　화자는 후절에서 자신이 금의의 문생임을 밝히고 있다. 금의에 의해 과거시험에 선발되었다는 말이다. 금의는 네 차례나 고시관을 역임하여 200여 명의 문생을 배출하였으므로 죽순처럼 많은 문생(玉笋門生)[10]이라는 표현이 틀린 말이 아니다. 따라서 화자는 그 가운데 한 사람임이 자명해진다. 그런데 전절 ④의 광경투식문인[11] '위 試場ㅅ景 긔 엇더ᄒ니잇고'의 화자를 후절의 화자와 동일시할 수 있는가의 여부가 문제로 떠오른다.

　광경투식문에 대해서 잠시 살펴 볼 필요가 있다. 광경투식문은 매장 제4행과 제6행에 등장한다. 제4행의 광경투식문은 '위 試場ㅅ景 긔 엇더ᄒ니잇고'처럼 화자가 거의 생략된 모습인데(제1·2·3·4·5·6·7장), 제8장의 유일한 변형투식문인 '위 내가논ᄃᆡ 눔갈셰라'에서 일인칭 화자 '나'가 등장하는 것이 눈길을 끈다. 후절의 광경투식문도 거의 화자가 보이지 않는다.(제2·3·4·5·8장) 변형투식문인 제6·7장도 마찬가지인데, 단 제1장 '위 날조차 몃부니잇고'에서 역시 일인칭 화자 '나'가 문면에 노출되어 있어, 화자는 일인칭 대명사 '나'로 나타나며, 위치와 투식

---

10) 玉笋은 '謂人材衆多如笋竝立', '宗閔典貢擧 所取多知名士 世謂之玉笋'의 용례에서 보는 바와 같이(『中文大辭典』 참조) 인재나 명사가 많은 경우에 쓰이므로 금의의 문생을 人材나 名士로 보아도 무방할 것이다.

11) 경기체가에는 대체로 제4행과 제6행에 '위, ○景 긔 엇더ᄒ니잇고'라는 영탄·설의문이 온다. 이것은 특수한 광경을 감격적으로 물어 참석자의 공감을 유도하는 기능을 한다. 이것이 경기체가 양식의 투식을 이루고 있으므로 편의상 '광경투식문'이라 칭한다. 그리고 '試場ㅅ景', '歷覽ㅅ景'은 '光景語'로, '위 날조차 몃부니잇고', '위 듣고아 즘드러지라'처럼 광경어가 없는 것은 '변형투식문'이라 부르기로 한다. 『악장가사』 본 <한림별곡>에는 12개의 광경투식문과 4개의 변형투식문이 있다. 광경투식문과 변형투식문을 이 책 제9장에서는 각각 광경문과 자술문이라는 용어로 바꾸어 썼다.

문의 성격면에서 볼 때, 제1장과 8장 작품의 수미(首尾)에서, 전절과 후절에서, 변형투식문에서만 나타나고 있다는 사실을 알게 된다.

광경투식문은 '위(감탄어)＋○景(광경어)＋긔 엇더ᄒ니잇고(설의어)' 3개 요소로 구성된다. 묻는 것으로 보아 그것을 들어주고 호응하는 상대 청취자가 있음을 전제한다. 감탄어 '위'가 있으니 감격적인 분위기가 감지된다. 이는 핵심이 되는 자랑스런 광경에서 기인된다. 광경어의 주체는 전절에서는 일절 나타나지 않고, 후절에서는 오생유생(제3장), 유령도잠(제4장), 합죽도화(제5장) 세 개가 보일 뿐이다. 그런데 이들 주체는 화자와 엄연히 구분된다. "吳生劉生 兩先生의 (반복) 走筆ㅅ景 긔 엇더ᄒ니잇고"에서 주필의 주체는 오생유생이지만, 그들이 주필하는 행위를 장면화하여 '긔 엇더ᄒ니잇고'라고 묻는 이는 별도로 존재하기 때문이다. 이처럼 <한림별곡>은 수미 장을 제외한 나머지 장 모두는 화자를 생략하고 있는 것이다. <한림별곡>이 상이한 장면을 담고 있으면서도 시상 전개의 난시 현상을 최소화하며 일관성을 유지할 수 있는 까닭은 수미에 화자가 밝혀져 있고 전절의 광경 내용과 후절의 것이 긴밀한 관계를 형성하고 있으며, '긔 엇더ᄒ니잇고'라는 설의어가 반복되면서 동일한 형식과 비슷한 분위기로 이탈 현상을 막고 있기 때문이다. 더구나 동질 집단의 구성원들이 모여 한 사람씩 지어 부른 노래라면 각 장마다 전절과 후절에서 반복되는 광경투식문에 '나'라는 일인칭 대명사를 써서 화자를 나타낼 필요는 없었을 것이다. 이 같은 생략은 제1장 후절에서 참여자를 금의의 문생들이라고 밝혔기 때문에 가능한 것이다. 만약 금의의 문생이 아닌 사람이 작자로 참여했다면 자신을 그들과 변별해야 하므로 화자를 밝혀야 문맥이 분명해진다. 이는 오늘날에도 여전히 통하는 기본 문법에 속한다.

위의 논의를 통해 광경투식문이나 변형투식문의 화자가 금의의 문생이며, 화자 표시의 단적인 예가 <한림별곡> 수미 장에 보이는 '나'임을 살폈다. 이제 화자 '나'를 작품 전체에 대입하여 모순이 나타나지 않는지 점검할 차례이다.

　제1장 : 위 試場ㅅ景 긔 엇더ᄒ니잇고

　'試場ㅅ景'은 과거시험장의 광경이다. 전절에 등장하는 여덟 사람은 과거 시험을 통해 출세한 인물들이다. 그들에 대해 각각 특기를 열거한 것이 주목된다. 제1행에서는 문, 시, 사륙의 문체를, 제2행에서는 빨리 글을 짓는 주필을, 그리고 제3행에서는 대책, 경의, 시부의 제술업 과목을 각각 열거했다. 그런데 자세히 보면 이들은 과거시험과 밀접한 관계가 있다. 제1행의 문, 시, 사륙은 제술업 과목인 경의, 시부, 대책을 작성하는 문체요, 제2행은 제한 시간에 답안을 작성키 위해 수험생이 연수하는 방법이다. 세 가지 문체와 주필 능력을 배양해야 제3행의 세 가지 고시 관문을 통과할 수 있다. 그렇다면 제4행의 '시장'은 누가 겪은 것일까? 그들 8인의 것일까, 아니면 금의의 문생들이 겪은 시험장일까. 금의의 문생보다 적어도 8년이나 먼저 급제한 선배들이다.[12] 그리고 그들의 특기 한 가지만을 적고 있다. 과거에 급제하려면 골고루 갖추어야 한다. 그렇다면 금의의 문생들이 과거 시험 준비를 위해 각종 문체와 속작과 과목을 두루 준비했음을 앞 3행에서 열거하고, 제4행에서 '試場ㅅ景'이라는 광경어로 이를 종합한 것이라 생각한다. 후절에서 화자가 스스로 금의의 문생임을 밝혔고, 거기서 감지되는 능력있는 옥순문생으로서의 자랑스러움이 좋은 성적으로 합격했음을 추측케 하는 전절의 내용과도

---

12) 김선기, 전게논문, pp.300-301.

부합된다. 백보 양보하여 8인을 시장의 주체로 본다 하더라도 그것을 '試場ㅅ景'으로 장면화하여 '긔 엇더ㅎ니잇고'라고 묻는 화자를 금의 문생 밖에서 찾기란 불가능하다. 따라서 시장의 주체는 금의의 문생이며, 과거시험에서 금의에 의해 뽑힌 체험을 공유한 문생들의 모임에서 이같은 광경투식문이 불려야 제격이라고 생각한다.

제2장 : ① 위 註조쳐 내 외옰경 긔 엇더ㅎ니잇고
         ② 위 歷覽ㅅ景 긔 엇더ㅎ니잇고

전후절 내용이 서적 독서 장면으로 긴밀하게 엮여 있다. ① ② 모두에 화자가 생략되어 있다. 같은 화자가 전후절 광경투식문의 주체임을 시사하고 있다. 금의의 문생이 현학적이며, 과시적으로 토로한 것으로 생각한다.

제3장 : ① 위 딕논景 긔 엇더ㅎ니잇고
         ② (吳生劉生 兩先生의) 위 走筆ㅅ景 긔 엇더ㅎ니잇고
제4장 : ③ 위 勸上ㅅ景 긔 엇더ㅎ니잇고
         ④ (劉伶陶潛 兩仙翁의) 위 醉흣景 긔 엇더ㅎ니잇고
제5장 : ⑤ 위 間發ㅅ景 긔 엇더ㅎ니잇고
         ⑥ (合竹桃花 고온두분) 위 相暎ㅅ景 긔 엇더ㅎ니잇고

제3·4·5장의 후절 광경투식문은 주체가 등장한다는 점에서 동일하므로 함께 묶었다. 후절의 광경투식문의 주체가 복수로 등장하는 점이 특이하다. 주체의 면모를 보면 ④ 유령도잠만이 역사적 인물이며, ②의 오생유생은 알 수 없고, ⑥은 합죽도화로 그려져 있다. 이들은 전절의 광경을 보다 아취있게 조성하려는 방편적 성격을 띠고 있으므로 실존성보다 비유적 의미를 갖는다 하겠다. 예컨대 제4장의 전절은 화자가 실제의 술자리에서 고급한 술을 아름다운 잔에 가득 부어 윗분께 권하는 장면을 중국에서 「주덕송(酒德頌)」과 <귀거래사(歸去來辭)>로 유명한 유령과 도잠의 취한 광경으로 비유하여 격조 상승의 효과를 꾀했다고 생각한다. 취한 주체는 유령과 도잠이지만, 그것을 장면화하여 묻는 사람은 전절의 '권상경'을 묻는 사람과 마찬가지로 금의의 문생으로 보는 것이 타당하다. 3장도 마찬가지이다.

⑤에서는 '간발'의 주체를 잠시 살펴볼 필요가 있다. 앞 3행에 다양한 꽃들이 등장하고, 사이에 피어 있다는 말 '간발'이 이어 있으므로 간발의 주체는 꽃들로 보아야 하겠다. 그러나 이 경우의 간발은 열거한 꽃들이 서로 섞여 피어 있다는 것이 아니라, 꽃들이 화자를 포함한 금의의 문생들 사이에 피어 있다고 보아야 한다. 물론 여기서의 꽃은 여인을 비유하고 있다.13) 꽃들끼리만 피어 있다면 혼발(混發)이 제격이다. 간발은 뽕밭에 보리를 심을 때 간작(間作)이라 쓰는 것처럼 기준이 되는 존재가 먼저 자리잡고 있는 상태에서 그들 사이에 피어 있음을 뜻한다. 그러므로 '間發ㅅ景'은 금의의 문생들이 모인 자리의 사이 사이에 여인들이 섞여 있는 모습을 가리킨 것이라 하겠다. 그것을 부분 확대한 것이 후절의 '합죽도화'이다. 남자인 합죽과 여인인 도화가 '고온두분'이 되어 서로 마주 보고 있는 장면을 '相暎ㅅ景'이라 하여, 전후절의 문맥이 자연스럽게 연결된다. 물론 '오생유생'을 '선생', '류령도잠'을 윗분(上), '합죽도화'를 '고온두분'으로 칭한 점으로 보아 그들은 금의의 문생들이 존경하

---

13) <한림별곡>의 꽃을 여인으로 보아야 한다는 주장은 김선기, 「翰林別曲의 誇示性 考察」(『韓國言語文學』 41집, 한국언어문학회, 1998.12, pp.44-45) 참조. 꽃으로 비유된 여인들은 제7장의 등망오호, 제8장의 휴수동유에서 파트너로 등장한다.

는 금의나 그 같은 비중의 인물로 보이나[14] 그들은 장면화된 광경의 주
체일 뿐, 광경투식문의 화자는 역시 금의의 문생을 벗어나지 못한다.

　　제6장 : ① 위 過夜ㅅ景 긔 엇더ᄒ니잇고
　　　　　　② 위 듣고아 줌드러지라

'밤을 지내(過夜)'는 주체는 음악을 연주하는 악사들로 볼 수도 있다.
그러나 그보다는 그들의 연주를 들으며 밤을 지내는 화자의 모습을 장
면화한 것이라야 더 어울린다. 후절에서 화자는 '일지홍의 멋스럽게 부
는 젓대 소리를 듣고서야 잠들고 싶다'고 직핍하게 토로하였다. 전후절
의 화자를 금의의 문생으로 추정할 때 전혀 어려움이 없다.

　　제7장 : ① 위 登望五湖ㅅ景 긔 엇더ᄒ니잇고
　　　　　　② 위 囀黃鸎 반갑두셰라
　　　　　　偉 囀黃鸎景何如 (『고려사』 본)

　제2행을 보면 호사스런 공간에 아름다운 미인(婥妁仙子)이 등장한다. 따
라서 삼신산의 누다락에 올라가 오호를 바라보는 주체를 그녀로 보는
것은 당연하다. 그런데 여인 혼자서 오호를 바라보는 것일까? 화자가 함
께 동행하여 구경하는 것으로 보고 싶다. 전후절이 의미면에서 밀접한
관계에 있음을 고려할 때, 후절의 '지저귀는 꾀꼬리(囀黃鸎)'가 이를 뒷받
침하고 있다고 생각되기 때문이다. 고구려의 <황조가(黃鳥歌)>에서 보는

---

14) 합죽도화의 도화는 놀이에 참여한 기녀로서 신분이 낮았을 터이지만, 그와 짝을 이룬
　　'합죽'의 위상이 높고, 또 놀이판의 흥을 돋구기 위해 따로 차별하지 않고 두 사람을
　　한데 묶어 '고온두분'으로 불렀던 것으로 보인다.

바와 같이 꾀꼬리는 사랑의 새요, 암수가 늘 함께 노니는 속성을 지니고 있어 시에서 관습적 제재로 널리 쓰인다. 화자가 미녀와 함께 오호를 즐길 수 있는 행복한 상황이었기에, 정자 곁 숲에서 지저귀는 한 쌍의 꾀꼬리를 보고 저절로 '반갑두셰라'라는 말이 터져나왔던 것이라 생각된다. 그러므로 화자는 '등망오호'의 주체이며, 문맥면에서 금의의 문생을 화자로 추정하는 것이 타당하다고 본다.[15]

제8장 : ① 위 내 가논더 눔 갈셰라
   ② 위 携手同遊ㅅ景 긔 엇더ᄒ니잇고

화자는 ①에서 '나'와 '눔'을 대비하여 자신의 위상을 분명하게 밝혔다. "제2장부터 화자의 존재를 철저히 생략함으로써 야기될지 모를 의미 맥락 파악의 혼미를 일거에 차단하는 강력한 효과를 갖는다. 그 같은 효력은 후절 휴수동유의 한 쪽 주체가 같은 화자임을 추측케 한다. 물론 상대는 부드럽고 아름다운 여인이다.[16] 따라서 제8장의 화자는 제1장에서 스스로 밝힌 금의의 문생임이 자명해진다.

지금까지 <한림별곡> 전체 8장의 전후절에 위치한 광경투식문과 변형투식문의 화자가 누구인가를 살폈다. 그 결과 투식문의 화자는 예외 없이 금의의 문생이라는 동질 집단의 구성원들임을 확인하였다. 그렇다면 『고려사』에서 <한림별곡>의 작자를 '금의의 문생들'이라 하지 않고 '한림제유'라고 기록한 까닭이 궁금해진다. 금의의 문생 수는 200여 명

---

15) 김선기는 전게논문(1983, pp.311-313)에서 '등망오호'의 주체를 금의로 보았으나, 이 글을 통해 금의의 문생으로 수정하는 바이다. 그리고 <한림별곡>의 전체 내용 문맥은 제4장 <한림별곡>의 장면과 좌주문생연에서 살펴 보겠다.
16) 『중문대사전』에는 섬섬(纖纖)을 부드러운 여인의 손(狀女手柔細也) 또는 옥처럼 깨끗하고 흰 손(手潔白如玉也)이라고 설명했다.

에 이른다. 작자를 금의의 문생이라 한다면 이들 모두를 떠올리게 되므로 작자 표시어로는 적합하지 않다. 역사서인 만큼 보다 구체적으로 밝힐 필요가 있었을 것이다. 그렇다고 해서 여덟 사람의 성명을 모두 적을 수도 없는 노릇이다.『고려사』속악가사 작자 표기에 그러한 용례가 보이지 않는다. 그리하여 '금학사의 옥순문생'의 취지를 살려 작자를 표시하되, 금의의 문생이라는 사실은 작품에 분명히 밝혀져 있으므로 중복을 피해 생략하고, '옥순'과 '시장'의 취지를 살리며 그들이 한림원을 거친 문사들이라는 사실을 부각시켜 '한림제유'라는 작자 표시어를 얻은 것이라 추단한다. 그렇다면 <한림별곡>의 작자는 금의의 문생 가운데 한림원의 직책을 역임한 사람들로 추정 범위를 좁힐 수가 있다. 한림원에서 지었다고 보기는 힘들다. 한림원의 전임 직원 수는 의원 2인을 제외하고 학사승지 1인, 학사 2인, 시독학사 1인, 시강학사 1인, 직원 4인으로 총 9명인데, 그들 모두가 금의의 문생으로 충원되기 어렵고, 그렇다면 금의의 문생이 아닌 사람들이 함께 모인 자리에서 '금의의 옥순문생' 운운하는 가사를 노래부른다는 것이 어색하기 때문이다. 한림원의 관원은 풍부한 학식과 뛰어난 문장력을 갖춘 전도 유망한 인사들로 구성되었다. 그러므로 한림원은 사관(史館), 비서성(秘書省), 보문각(寶文閣) 등 여타 문한직 가운데 으뜸을 차지했다. 그런 영예로운 관서였기에 작자의 앞에 '한림'을 내세웠던 것이라 생각된다.

3. 작자, 한림제유는 누구일까

<한림별곡>의 작자가 누구일까를 탐색한 결과, 금의의 옥순문생을 거쳐 한림제유까지 추정 범위를 좁혀 놓았다. 이제 금의의 문생 가운데

한림직을 역임한 사람들을 찾아 작자의 개연성을 모색하는 일이 남아
있다.

『보한집』의 저자인 최자는 금의가 세 번째 고시관을 맡았던 강종 원
년 6월의 급제생이다. 그는 이규보가 자기의 동년들이 재상에 올랐던 사
실을 자랑삼아 「동년재상서명기(同年宰相書名記)」를 썼던 것처럼[17] 금의의
문생으로서 출세한 이들 10명을 한 자리에 소개하여 <한림별곡> 작자
추정에 소중한 자료를 제공하였다. 이 밖에 『고려사』 선거지에서 황보
관(皇甫瓘), 전경성(田慶成), 김신정(金莘鼎) 등 장원급제자 세 사람과 『보한
집』에서 조분(趙賁)을 추가할 수 있으나, 그들의 활동상은 『고려사』에 별
로 나타나지 않는다. 그러므로 최자의 기록문은 더욱 소중하다. 알아보
기 편하도록 정리하면 다음과 같다.

지금(今時)
① 참지정사(參知政事) 최린(崔璘)
② 지문하성사(知門下省事) 홍균(洪鈞)
③ 수사공좌복야(守司空左僕射) 손변(孫抃)
④ 추밀원사(樞密院使) 조수(趙脩)
⑤ 우복야한림학사(右僕射翰林學士) 이순목(李淳牧)
⑥ 우승선한림학사(右承宣翰林學士) 윤유공(尹有功)
⑦ 형부상서학사(刑部尙書學士) 송국첨(宋國瞻)
⑧ 병부상서학사(兵部尙書學士) 김효인(金孝印)
⑨ 좌간의대부위위경(左諫議大夫衛尉卿) 하천단(河千旦)과(及)
⑩ 나는(予, 守大尉 崔滋) 모두 영렬공(금의)의 문생인데 당시의 사람들
　　은 번성한 문생들이라고 평했다(皆英烈公門生 時論推盛).[18]

---

17) 이규보, 『동국이상국집』 권25.
18) 최자, 『보한집』 권상.

최자가 이 글을 쓴 시기는 고종 39년 이후 2, 3년 사이가 될 것이다.[19] 이 때를 기준으로 보면, 이순목과 윤유공은 한림학사, 송국첨과 김효인은 한림원 학사를[20] 역임했고, 열전에 따르면 최자가 상서우복야한림학사승지를 지냈다. 나머지 다섯 사람 가운데, 하천단 국자감시관, 조수 국자감과 예부시 지공거, 홍균 지공거, 최린 동지공거와 지공거를 각각 역임했다. 한림원이 과거시험을 관장했던 기관임을 고려할 때 이들을 한림제유에 포함시켜도 무방하리라 본다. 나머지 한 사람인 손변은 처가가 국서(國壻)에 관련되어 학사전고(學士典誥)는 되지 못했다 하더라도 문장력을 인정받아 고시관으로 나가는 추밀원부사요 수사공상서좌복야를 역임한 것으로 보아 한림원을 거쳤을 것으로 추측된다. 그렇다면 위의 10명은 당시의 사람들이 번성하다고 부러워한 금의의 문생들로서 한림원의 직책을 역임한 인사들이라 하겠다. 이제 이들이 <한림별곡>의 작자라 할 한림제유와는 어떠한 관계가 있는 것일까?

필자는 일찍이 위에서 인용한『보한집』의 기록문을 통해 여기서 열거된 10인의 문사들이 <한림별곡>의 작자의 범주로 고려될 수 있다는 견해를 밝힌 바 있고,[21] 여운필 교수가 보다 적극적으로 이들이 비교적 작자로서의 가능성이 클 것이라고 주장하였다.[22] 현재 가지고 있는 자료

---

19)『보한집』은 이인로의『파한집』을 보충해 보라는 최이의 요청으로 착수되었다. 최이는 고종 36년 11월에 죽고, 출판을 위해 최자가 서문을 쓴 것은 고종 41년(1249)이다. 그러므로 위의 글을 쓴 해가 언제쯤인지는 알기 어렵다. 그런데『고려사』세가를 보면 조수가 38년에 추밀원부사(정3품)를 역임했고 본문의 추밀원사는 종2품 바로 위 직급이므로 고종 39년 이후가 될 것이다. 또 김효인이 고종 40년 11월에 병부상서한림학사로 세상을 떠났고, 최린이 고종 41년에 참지정사인 점으로 고려할 때, 위의 기록문이 쓰인 것은 고종 39년 이후일 것으로 추측된다.

20)『고려사』세가 고종 40년 11월 기록에 따르면 김효인이 병부상서 한림학사로 세상을 떴다는 기록이 보인다. 이로써 볼 때 송국첨과 김효인은 각각 형부상서와 병부상서(정3품)에 한림원 학사(종4품)를 겸했던 것으로 생각된다.

21) 김선기, 전게논문, 1983, pp.302-308.

만으로 그들을 <한림별곡>의 작자로 단정하기는 불가능하다. 다만 위의 자료를 중심으로 그 가능성을 확대하는 일이 필요하다고 보고 이를 살펴보겠다.

화자가 금의의 옥순문생이라고 밝혔다. 대략 200여 명으로 추산되는 문생 가운데 좌주문생연에[23] 참석할 수 있고, 게다가 노래를 지을 수 있는 사람은 그 중 선발된 인사로 보아야 할 것이다. 그러기 위해서는 문생 가운데 글도 잘 짓고, 직급이나 직책도 앞선 선진 문생이 주도적 위치에 있었으리라 생각된다. <한림별곡>의 옥순문생이 이들 선진 문생일 것이며, 이를 보다 구체화하여 실명으로 집약한 글이 『보한집』에서 인용한 10인일 것으로 추측된다. 최자는 바로 금의의 문생이다. 자신을 옥순문생에 포함시켜 기록한 것이라면 여기에 뽑힌 이들은 금의의 문생 가운데 정예라 할 수 있다. 게다가 이들은 거의 한림원의 직책을 역임한 사실이 분명하므로 문학적 수준이 높다고 인정해야 마땅하다. 또『보한집』은 『파한집』처럼 좌주문생 관계와 좌주문생연에 관한 기록이 자주 보인다. 금의의 좌주문생연 장면도 『보한집』에 두 차례나 소개된 것으로 보아 빈번히 열렸을 것으로 보인다. 이 같은 좌주문생연은 먼저 진출하여 현달한 선진 문생이 주도하는 것이 당연하다. 주흥이 무르익으면 우리말 노래를 부르고 필요에 따라 문학적 재능을 발휘하여 지어 부를 수도 있을 것이다. 그들의 실력이라면 시를 창화하듯 어떤 사람이 노래 한 장을 선창하면, 뒤를 이어 다른 사람이 그 형식에 따라 화창하는 것이 그다지 어렵지는 않았을 것이다. 곡은 기존의 <정과정가>를 활용하

---

22) 여운필, 「翰林別曲의 創作時期 再論」, 『睡蓮語文論集』 23집, 수련어문학회, 1997.2. p.41. 여운필 교수는 그 근거로 이들이 금의의 옥순문생임이 분명하고 문학적 재능이 뛰어남을 들었다.

23) 좌주문생연에 대해서는 제4장에서 자세히 다룰 것이다.

였다. 그러나『보한집』에는 한시를 지은 것만 기록되고 우리말 노래를 지어 불렀다는 내용은 없다. 시화집이기 때문에 기록하지 않았다고 생각된다. 이와 같은 사정을 두루 고려할 때 그 가운데 누구인지 실제 성명을 지목할 수는 없다 하더라도, <한림별곡>의 작자로 앞에 열거한 10명의 문사를 떠올리는 것은 무리가 아니라고 생각한다.

Ⅲ. <한림별곡>의 창작 동기

<한림별곡>이 창작된 동기는 문헌에 전하는 바가 없다. 그러므로 그것이 왜 지어졌을까 하는 문제는 방증 자료를 통해 추리하는 길밖에 없다.

필자는 <한림별곡>의 두드러진 특성을 과시성으로 보고, 그것이 금의의 비호를 받고 승승장구하던 문생들이 자신이 누리던 감격을 노래함으로써 나타난 결과라 생각하며, 이 같은 시각에서 <한림별곡>의 창작 동기가 밝혀질 수 있다고 믿는다. 이를 살피기 위해 먼저 작품의 과시성을 검토한 뒤, 작자들이 과시성을 담지 않을 수 없었던 배경을 알아보겠다.

1. 작품의 과시성

일찍이 퇴계 이황은 <한림별곡>이 "문인의 입에서 나왔음에도 긍호 방탕하고 설만희압하다."[24]고 지적한 바 있다. 이는 <한림별곡>의 과시

---

24) 이황, 「陶山十二曲跋」, 『退溪先生文集』 권43, p.52.

적이고 음탕하고 진중치 못함을 지적한 것이라 생각된다. 문학의 본령을 온유돈후(溫柔敦厚)로 생각했던 퇴계가 음왜(淫哇)하기까지 한 <한림별곡>을 좋게 여길 수는 없었을 것이다. 퇴계는 <한림별곡>에 대해 '긍호방탕'하고 '설만희압'하다고 두 단어로 표현했지만, 긍호방탕을 앞에 둔 것이나, 또 작품을 실제 대하더라도 '긍호방탕'이 보다 적실한 표현이라 여겨진다. 필자는 긍호방탕을 '과시풍'이라 달리 표현하고 그것이 <한림별곡>의 소재 내용면, 진술 태도면, 가사 표현면에서 어떻게 구현되었는가를 살펴본 바 있다.25)

(1) 소재 내용면

소재면에서 볼 때 <한림별곡>에는 평민들이 일상생활에서 접하는 소재가 거의 없다. 작자들이 보통사람이 아닌 특수 집단이었기 때문에 소재도 달랐다. 작자들은 제1장에서 명시하고 있는 바와 같이 과거시험에 합격했으므로 우선 보통사람과 구별된다. 과거에 합격했다 하더라도 다시 금의라는 막강한 학사의 문생이 되는 복을 누렸고, 게다가 그 가운데서도 옥순문생의 반열에 드는 소수의 선택받은 인물들이다. 이처럼 특수한 위치에 있었던 작자들이었던 만큼 그들의 자세나 생활도 보통 사람들의 것과는 달랐거나, 적어도 그들 스스로 다르다고 자부했음 직하다. 예컨대 제2장의 서책 가운데에는 식자들조차 들어보지 못한 책들이 등장한다. 고전을 비롯하여 최근의 신간인 『태평광기』까지 골고루 거명하여 그것을 읽고 외웠노라 했다. 제3장 이하 서예・술・음악 등도 모두 이와 같다. 남들이 들어보지도 구경하지도 못한 것들을 자신들만이 누

---

25) 김선기, 전게논문, 1998, pp.46-50. 본고의 논지 전개상의 필요에 따라 순서와 내용
    약간을 수정하여 전재 활용키로 한다.

리고 있다는 점을 과장풍으로 자랑한 것이다.

(2) 화자의 진술 태도면

화자들의 진술이나 태도를 통해서도 <한림별곡>의 과시풍을 감지할
수 있다.

> ① 註조쳐 내외온人景(제2장)
> ② (太平廣記) 歷覽人景(제2장)
> ③ (羊鬚筆·鼠鬚筆) 빗기드러(제3장)
> ④ (……五加皮酒……琥珀盃예) ᄀ득브어(제4장)
> ⑤ 劉伶陶潛 兩仙翁의 위 醉흥景(제4장)

①과 ②의 내용에서 이 점이 확인된다. 역사서, 개인문집, 시집, 경서
는 말할 것도 없고 생소한 『난대집(蘭臺集)』을 그것도 주(註)까지, 게다가
내쳐 외운다고 공언했으니 이는 현실적으로 불가능한 사실을 애써 과시
했음이 분명하다. 『태평광기』는 송나라에서조차 그 허랑방탕한 내용이
문제가 되어 곧 금서로 배포가 중지된 510권의 방대한 분량의 책이다.
시기적으로 보아 고종 초라면 『태평광기』가 중국에서 수입된 신간 서적
인 셈이다. 그러므로 ②는 방대한 외국의 신간을 누구보다 먼저 읽었음
을 과시한 장면으로 이해된다. ③은 좋은 붓을 잡고 글씨를 쓰는 태도를
'빗기드러'로 표현했다. 원칙적으로 서예를 할 때에는 붓을 곧게 잡아야
중봉의 바람직한 자세가 된다. 그러나 화자는 붓을 비스듬히 잡고 온갖
서체를 능수능란하게 휘갈겨 쓴다 했으니, 자신은 바른 자세로 글씨를
쓰는 보통사람들과 다르다. 자신의 흥취를 마음껏 실어 글씨를 쓴다는
점을 자랑하기 위해 '빗기드러'라는 멋스런 표현을 썼던 것이라 할 수

있다. ④는 각종 고급한 술을 멋진 잔에 따르는 장면이다. 조심스럽게
여지를 남기는 법이 없이 찰랑거리거나 넘치게 따른다. 복에 겨운 기쁨
이 마치 술잔에 차고 넘치는 술과 같아 절제와 긴장이 전혀 보이지 않
는다. ⑤는 술을 마시고 취했건만 그 모습은 보통 사람과 다르다. 자신
들을 「주덕송(酒德頌)」의 작자인 유령이나 관직을 미련없이 버리고 고향
에 돌아와 술을 즐겼던 도연명으로 비유해야 직성이 풀렸다. 그래서 좌
주문생연의 격조를 한껏 상승시켰으니, 이 모든 것들은 과시풍의 장면
이라 하겠다.

(3) 가사 표현면

<한림별곡>에는 상대방에게 자신의 뜻을 강하게 심어주는 데 적합한
수사법이 효과적으로 쓰였다. 넘쳐서 감추기 어려운 기쁨, 자신들의 득
의한 모습을 남들에게 과시하여 호응받기 위해서는 열거, 반복, 설의의
수사방식이 제격인데 <한림별곡>에서는 이를 적절히 활용하였다.
『악장가사』 본 <한림별곡> 제1장을 옮겨 본다.

元淳文　　　仁老詩　　　公老四六
李正言　　　陳翰林　　　雙韻走筆
沖基對策　　光鈞經義　　良鏡詩賦
위　試場ㅅ景　긔 엇더ㅎ니잇고
琴學士의　玉笋門生　琴學士의　玉笋門生
위　날조차　몃부니잇고
※(위 歷覽ㅅ景 긔 엇더ㅎ니잇고 <제2장>)

열거법이야말로 <한림별곡>의 가장 큰 특징이다. 특히 체언에 조사

를 배제한 채 명사들로 연결된 전절은 그 대표적인 예라 하겠다. 이것은 자랑거리가 많은 사람이 설명을 빼고 물명(物名)만 열거하는 것과 비슷한 속성이다. 그러나 열거만 계속하면 단조로와 듣는 사람에게 강한 인상을 심기가 어렵다. 그래서 그들을 하나로 통합하여 광경으로 제시하는 방식을 보탰던 것이다. 가진 것을 자랑하기 위해 사물의 이름을 열거하는 것은 가장 기본적이고 보편적인 수사법이다.

<한림별곡> 후절 첫 행은 예외없이 모두 반복법을 구사하였다. 반복은 의미를 가장 확실하게 강조하는 기법으로 청자를 흡인하는 강한 힘이 있다. 그것이 바로 다음의 의문문 '위 날조차 멋부니잇고'에 이어짐으로써 강조의 효과가 더욱 배가될 수 있었다. <한림별곡>의 화자는 반복의 기법으로 청자를 자기 편으로 끌어 들인 다음, 상대방에게 다시 묻는 형식을 취함으로써 자신이 자랑하고자 하는 내용을 보다 효과적으로 각인·인지·호응하게 할 수 있었던 것이다.

<한림별곡>에는 제4행과 끝행에서 설의법을 구사하였다. 제4행에서는 앞에 열거한 사실을 통합하여 'O景'으로 묶고 그것들이 어떠한가를 상대방에게 묻고 있으며, 제6행에서는 제5행과의 의미 연장에서 그 광경이 어떠한가를 묻고 있어 한 장에서 두 차례나 'O景'의 설의법을 구사하였다. 익히 아는 사실에 대해 이처럼 두 번씩이나 설의법을 구사한 까닭은 상대방에게 답을 꼭 듣기 위한 것이 아니라 자기가 자랑하려는 판에 상대를 적극적으로 끌어들이기 위한 방편으로 보아야 한다. 상대편이 적극적인 관심을 보이며 호응할 때 자기의 과시성이 최대의 효과를 거둘 수 있기 때문이다. 조용히 독백체의 평서문으로 자기의 뜻만 개진한 글과 비교할 때 훨씬 생동감 넘치는 분위기를 조성할 것은 자명한 이치이다.

2. 문생들의 특혜와 창작 동기

앞에서 <한림별곡>이 과시성을 강하게 담고 있는 작품임을 확인하였
다. <한림별곡>이 이처럼 과시성을 띠게 된 까닭이 무엇일까? 이는
<한림별곡>이 금의의 문생들이 지은 것이요, 좌주문생연의 광경을 제
재로 한 작품이라는 사실을 고려할 때, 금의와 그의 문생들의 관계를 살
피는 일이 문제 해결에 긴요하다고 본다. 그들이 노래를 지어부르지 않
을 수 없는 감격과 필요성을 발견하는 것이 곧 작품 출현의 동인이 되
기 때문이다.

금의는 명종 14년 괴과에 합격하였다.『고려사절요』에서는 그가 젊어
서 열심히 공부하여 글을 잘 지었다 하고, 사람됨에 대해 시원스러우며
웅위하였다고 평하였다. 청도의 감무로 부임해서는 강직하여 흔들리지
않았으므로 철태수(鐵太守)로 불렸다 했다.26) 최충헌이 권력을 잡고 문사
를 구할 때, 이종규(李宗揆)가 추천하여 최충헌과 인연을 맺게 되었다. 그
는 철태수답게 우직스럽게 최충헌을 섬겨 신임을 받았던 것으로 보인
다. 당시 최충헌의 권력이 어느 정도로 막강했으며 금의가 그와 어느 정
도로 가까웠는가를 다음 글에서 짐작할 수 있다.

> 최충헌은 임금을 세우고 폐하는 것을 제 마음대로 하고 항상 부중에 있
> 으면서 그 요좌(僚佐)들과 함께 제멋대로 정안을 가져다가 벼슬에 제수할
> 후보자를 주의하여, 자기의 무리인 승선에게 주어 그 승선으로 하여금 왕에
> 게 아뢰게 하면, 왕은 부득이 이를 따를 수밖에 없었다. 충헌의 아들 이와
> 손자 항, 항의 아들 의 4대가 정권을 잡아 이런 관습이 당연한 것처럼 되어
> 버렸다.

---

26)『고려사절요』권16, 고종 17년 정월, 儀 爲人 體貌奇爽 器度雄偉 少力學善屬文 嘗監淸
道務 剛直不撓 民目爲鐵太守.

인사 사무에 관한 승선을 정색승선이라 하고, 요좌로서 이 일을 맡은 3
품인 자를 정색상서, 4품 이하를 정색소경이라 하며, 필기구를 가지고 그
밑에서 종사하는 자를 정색서제라 한다. 그리고 그들이 모이는 것을 정방
이라 이르니, 이는 곧 부중의 사칭인 것이다.
　　평장사 금의·수상 김창·상서 박훤 등 여러 명사들이 모두 이로 말미
암아 진출하였는데, 당세에서는 이를 영광으로 여기고 부끄러워할 줄을 알
지 못하였다.[27]

『고려사절요』에서도 비슷한 내용이 실려 있다. 고종 2년의 기사에는
조신(朝臣)들이 최충헌에게 아첨하기 위해 별제(別第)로 따라가는 풍조를
소개했다. 종래에는 재상이 별제로 찾아가는 사람이 없었는데 금의와 정
방보가 처음으로 따라갔다 하여 당시 사람들이 비루하게 여겼다 했다.

　　최충헌이 거창스럽게 별제에 들어가니 검극과 병위가 수리에 가득차고
조신들이 뒤따라 가는 사람이 매우 많았다. 이전에는 재상이 따라가는 사
람이 없었는데, 이 때에 이르러 첨서추밀원사 금의와 추밀원부사 정방보가
처음으로 따라가니 그때 사람들이 이를 비루하게 여겼다.[28]

금의와 최충헌과의 친밀한 관계를 보여주는 단적인 예를 다음 글에서
확인할 수 있다. 금의의 지나친 행위를 우려하여 문생인 황보관이 나서
는 정도였다.

---

27) 이제현, 『역옹패설』 전집1, 崔忠獻擅廢立 常居府中 與其僚佐 私取政案 注擬除授 授其黨
　　與爲承宣者 入白于王 王不劃已從之 忠獻之子怡孫沆沆之子誼 四世秉政 習以爲常 其承宣
　　謂之政色承宣 僚佐之任此者 三品謂之政色尙書 四品以下謂之政色少卿 持筆橐從事於其下
　　者謂之政色書題 而其所會謂之政房 斯乃府中之私稱也 若琴平章儀 金首相敞 朴尙書暄諸
　　名士 皆由是以進 當世榮之 莫知其爲可羞也.
28) 『고려사절요』 권14, 고종 2년 5월, 崔忠獻 移入別第 劍戟兵衛 彌滿數里 朝士追隨者甚衆
　　前此 無宰相從之者 至是 簽書樞密院事琴儀 樞密院副使鄭邦輔 始從之 時人 鄙之.

의가 오래 기요를 맡아 주대를 뜻에 맞도록 하매 왕이 의지하여 중하게
여기니 의가 자못 세를 믿고 교만 방자하거늘 관이 의의 숙직하는 곳으로
나아가 시를 지어 벼슬 쉬기를 풍자하여 권했더니, 의가 이 연유를 충헌에
게 고하여 관을 섬에 유배하니 시론이 이를 박하게 여겼다.29)

글 잘하고 최충헌의 든든한 배경까지 갖춘 금의가 과거의 고시관을
맡은 것은 당연하다 하겠다. 한 차례 사마시를 위시하여, 희종 4년과 강
종 원년에는 동지공거, 고종 2년에는 지공거를 각각 맡아, 이규보로부터
문생이 근고에 없이 성하다는 호평을 받기에 이르렀다.30) 고려시대에는
좌주와 문생이 부자의 관계로 인식되었다. 따라서 좌주의 능력 여하에
따라 문생들의 출세에 끼친 영향이 지대했다. 그 가운데 금의와 그의 문
생 관계는 타의 추종을 불허할 정도로 유명하였다. 금의가 희종 4년 고
시관으로 급제생을 뽑았을 때의 일이 『고려사』에 다음과 같이 기록되어
있다.

　　희종 4년에 우부승선으로 시험관을 맡아 황보관 등을 뽑은지라 관 등이
충헌을 알현하니 충헌이 수종에게 방상의 은병을 한 벌씩 주고 이도 또한
은병을 주었다. 또 왕을 알현하니 친히 주과를 내리고 인하여 각 방상의 가
취를 관람시키고 관 등 7인을 명하여 내시에 속하게 하니 의가 충헌의 친
근이므로 후한 예로써 대우함이 이와 같았다.31)

---

29)『고려사』, 열전 권15, 「금의」, 儀 久典機要 奏對稱旨 王倚以爲重 儀 頗恃勢驕恣 瓘 詣儀
　　直廬 作詩諷休官 儀 以告忠獻 流瓘于島 時議薄之.
30) 이규보,『동국이상국집』권36,「壁上三韓大匡金紫光祿大夫……琴公墓地銘」, 嘗典司馬
　　試及三掌禮闈 所得皆當世聞人 玉笋之盛 近古未有也.
31)『고려사』, 열전 15, 「금의」, 熙宗四年 以右副承宣 掌試 取皇甫瓘等 瓘等謁忠獻 忠獻贈
　　隨從坊廂銀瓶各一事 怡 亦贈銀瓶 又謁王 親賜酒果 仍觀各坊廂歌吹 命瓘等七人 屬內侍
　　儀爲忠獻所昵 故待以厚禮如此

금의의 문생들은 최충헌 부자의 배려와 임금의 호의로 다른 문생들이 부러워할 정도로 축하를 받았다. 더구나 급제자 가운데 7명이나 내시에 발령을 받았다는 것은 출세를 목표로 하는 그들로서는 전례없는 특혜라 아니할 수 없다. 당시의 사람들이 이를 두고 '금의가 충헌의 친근이므로 후한 예로 대우함이 이와 같았다'고 한 것은 부러움의 표현이요, 금의의 문생들이 누린 특혜가 남달랐음을 단적으로 보여준 예이다. 금의는 이 뒤에도 두 차례나 고시관을 역임했고, 그의 위세는 여전했다. 그렇다면 거기서 급제한 문생들이 누린 혜택도 계속되었을 것으로 추측된다. 첫 발령을 내시라 했으므로 그들은 임금과 최충헌 부자와 금의의 지원을 받아가며 순탄하게 출세의 길을 달렸을 것으로 추측된다. 따라서 <한림별곡> 제1장에서 금의의 문생 가운데 출세한 이들이 많았음을 두고 마치 죽순처럼 즐비하다(玉笋門生)함은 적절한 표현이라 생각한다.

그러므로 <한림별곡>의 발랄하고 과시적인 성향은 신흥사대부로서의 시대적 기풍에도 관련이 전혀 없는 것은 아니겠으나, 보다 직접적인 원인은 작자들이 금의의 문생으로 누렸던 남다른 특혜를 자랑스럽게 여겨 가창용으로 작품화한 데서 찾아야 옳다고 본다.

IV. <한림별곡>과 좌주문생연

1. 좌주문생연의 풍속과 면모

좌주와 문생의 관계는 과거시험장을 통해 맺어지므로, 고려의 좌주문생연도 광종 이후 일찍부터 마련되었을 터이나 확인할 수가 없고,『파한집』에 보면 백광신(白光臣)의 좌주문생연이 처음으로 등장한다. 좌주가 퇴직하고 물러나 있을 때 문생들이 수와 복을 축원하는 자리를 마련했다는 내용이다.32) 좌주와 문생의 유대는 부자의 관계로 인식했다. 문생이 고시관이 되어 문생을 얻게 되면 좌주를 찾아가 인사를 드리는 일도 나타났다. 『파한집』에는 한언국(韓彦國)이 새로 얻은 문생을 이끌고 자기의 좌주인 최유청(崔惟淸)을 찾아뵈었던 고사를 소개하면서 "문생은 벼슬이 비록 재상의 지위에 있을지라도 좌주에 대해서는 아들이나 조카의 관계와 같아 감히 항례할 수가 없다."고 했다.33) 한편 문생들은 형제의 의리를 지켰다. 특히 같은 해에 급제한 이들을 동년이라 불렀는데, 그들의 우의는 아주 깊었다. 이규보가 최충헌에게 동년을 추천하는 글에서 이를 확인할 수 있다.34) 동년들의 출세를 자기의 것처럼 기뻐하고 영광으로 여겼다. 이규보가 「동년재상서명기」를 쓴 것도 이 때문이다. 그는 자기의 동년에서 재상 5인, 3~4품 11인, 그 이하 직급 6인이 배출된 사실을 들어 으뜸이라고 자랑했다. 직급뿐만 아니라 문장으로 세상을 울리는 자도 거기서 많이 나왔으므로, 이 때 지공거와 동지공거를 맡았던 이지명(李知命)과 임유(任濡)의 안목을 세상 사람들이 감복한다고 했다. 문생들끼리는 형제처럼 정의가 두터웠고, 좌주와 문생의 관계는 아버지와 아들처럼 가까운 것이 당시의 풍속이었다.

그들이 모여 기쁨을 나누는 자리, 즉 좌주문생연의 광경은 어떠했던가? 좌주문생연의 성격을 이해하는 데 적절한 예가 『동국이상국집』에 실려 있어 여기에 소개해 본다. 제목을 <丙申年門生及第等 設宴慰宗工 朴尙書 予於筵上 作詞一首>라 했으니, 병신년은 이규보가 참지정사로

---

32) 이인로, 『파한집』 권하, 白學士光臣 嘗貢籍 及解鎪 新牓諸生共設齋筵 祝壽祺 便謁學士 於玉筝亭設小飮 以一絶示之.

33) 상게서 권상.

34) 이규보, 전게서 권27, 「爲同年薦人崔相國書」, 某等聞古之人 以階一名者爲同年友 然則顧 同出一門 義等兄弟矣.

지공거를, 박정규(朴廷揆)가 판례부사로 동지공거를 맡았던 5월에 시행한 과시를 말한다. 이규보는 그 자리에 참석하여 사 한 수를 짓고 병서를 남겼을 뿐 아니라, 그 날 그 자리에 참석한 것을 계기로 <是日三朴學士 見知復次韻>과 <又別贈門生> 두 수를 지어 좌주문생연의 성격과 광경을 추측할 수 있는 자료를 제공하였다. 먼저 서문을 옮겨 본다.

> 5월 17일 병신년의 문생 급제 등이 크게 화연(華筵)을 열어 좌주 박상서(정규)의 치정(致政)을 위로하는데 내가 그 해에 또한 시석(試席)에 참여하였기 때문에 함께 초대를 받아 참석하게 되었다. 또 박추원(거)과 박학사(인저)와 박시랑(暉)도 연회에 함께 참석하였다. 내가 술에 취해 즉석에서 사 한 수를 지어 주었다.[35]

문생들이 좌주의 치정(致政)을 위로해서 마련한 자리였다. 거기에는 당사자인 박정규뿐만 아니라 함께 고시관이었던 이규보와 그 밖의 인물들도 초대받고 참석했다. 좌주의 영광스런 퇴직을 기념하기 위해 마련한 잔치였으므로 참석자들이 술에 취하기도 하며 감회를 시로 남길 만큼 뜻깊은 자리였음을 추측할 수 있다. 그러나 그 잔치에서 벌어졌던 보다 구체적인 장면은 시를 보아야 알게 된다.

桂枝香慢

빛나는 이 경사로운 자리,	光華慶席
훌륭한 문생들이 늘어서서 귀빈을 맞는데,	正玉筍參羅迎致嘉客
또 아리따운 미인이 있어 다가가 꺾고 싶네.	還有嬌花解語近前堪摘
천금 같은 귀한 술을 은근히 기울여라.	殷勤好倒千金酒

---

35) 상게서 권10, 「丙申年門生及第 設宴宗工朴尙書 予於宴席上作詞一首幷序」, 五月十七日 丙申年門生及第等 大設華筵 慰座主朴尙書廷揆致政 以予其年亦預試席 故幷邀叅赴 又迎 朴樞院据朴學士仁著朴侍郞暉同宴 予酒酣 卽席作詞一首奉呈云.

다행한 상봉이라 맘껏 즐긴들 어떠하랴.　　　　宰相逢不妨歡劇
두 늙은이 함께 늙어 문생들의 헌수를 받는 것은,
　　　　　　　　　　　　　　　　　兩翁俱老門生獻壽

예나 지금이나 얻기가 어렵다네.　　　　古今難得
유락을 즐겨하던 그 옛날을 생각하노니,　　　念往日貪遊好樂
한이로다. 파리한 이 몸 어느 곳에 술을 들을고
　　　　　　　　　　　　　　　　恨枯瘦如今何處浮白

기쁨에 넘친 이 자리를 깊숙한 골짝 신선 집에 점쳤거니,
　　　　　　　　　　　　　　　多喜開筵別占洞天仙宅

춤추는 기생들의 펄럭이는 소매를 멈추게 말라.
　　　　　　　　　　　　　　　莫敎舞妓停飄袖

돌아보니 해는 이미 서산에 기우누나.　　顧看看紅日西側
우습다. 노쇠한 이 늙은이,　　　　　　笑哉殘叟
어깨를 흔들면서 박수를 치는 꼴이.　　搖肩兼將手雙拍

　이 때 이규보는 69세 고령이었다. 문생들이 그를 맞이하는 광경이 앞에 나와 있다. 문생들이 헌수하고 아름다운 기생이 소매를 펄럭이며 계속 춤을 춘다. 신선들이나 살아야 어울릴 듯한 깊은 계곡에 있는 집에서 펼쳐지는 잔치여서 기쁨이 더욱 넘친다. 이규보는 노쇠한 몸을 잊고 흥에 겨워 어깨를 흔들며 박수를 친다. 해는 벌써 서산에 기울었다. <이날 세 박 학사의 시에 화답하다>는 제목의 시에서도 "……흥겹게 마셔라. 취담은 한창 높다. 미인들은 창 부르며 앞을 다투어 축수를 드리노니, 맘대로 돌아가질 못하게 하라……날이 저문데도 눌러 앉아 집에 가길 잊었나니, 때로 일어나곤 하지만 소매를 당기누나. 비틀걸음 허둥지둥 모자가 재켜지네. 우습다. 노쇠한 늙은이, 연달아 기생 불러 단박(檀拍)을 재촉한다."고 했다. 흥겹게 술을 마신다. 취중의 이야기는 시끌 덤벙하다. 기녀들은 노래하며 술을 권한다. 자리를 뜨려 해도 소매를 끌며 청하고 권하니 어쩔 수 없다. 집에 돌아가는 것을 잊고, 기생에게 박을 치

기를 재촉한다. 취흥에 겨워 비틀걸음에 모자도 재켜진 상태이다. 이러한 정황을 이규보는 <또 문생들과 작별하면서>라는 제목의 시에서 "늙은 좌주는 취흥에 겨워 쾌락하여라."라고 상황을 적절히 표현했다. 그 시의 맨 끝에는 "기생 곁을 떠나려니 향기가 옷소매에 남았거니 돌아갈 때 이 몸 부축해 주길 바라노라."라고 읊었다. 나이를 잊고 시간을 잊으며 문생들의 헌수와 기녀들의 춤과 노래와 권하는 술에 흥이 도도했음을 알게 한다. 좌주문생연은 대체로 이와 같은 광경을 연출했을 것으로 추측된다.

금의의 문생들이 벌인 좌주문생연은 어떠한가? 금의의 문생인 최자는 『보한집』에서 문생들이 마련한 좌주문생연과 좌주인 금의가 마련한 좌주문생연을 각각 기록해 놓았다.

두 분(최홍윤과 금의)은 모두 충숙공 문극겸의 문하 장원들이다. 그 뒤 임신년(1212) 봄에 함께 춘관시를 관장했는데 나도 그 문하에서 나왔다. 양공이 한 때 재상이 되었는데, 충숙공의 아들 유필이 그때 또한 재상이 되었다. 그 뒤 영렬공(금의)이 벼슬을 그만두고 물러났다. 문생들이 헌수코자 하여 크게 화려한 잔치를 베풀고 여기에 최홍윤·문유필 두 재상을 맞아 잔치자리를 같이 했다. 영렬공이 술이 거나해 말하기를 "한 문하에 두 장원이 종백과 한 때에 평장이 되었다가 물러나 이번 문생들의 축하연에 참석했으니 참으로 천고에 들어보지 못한 일이다. 어찌 실컷 취하여 이 성대한 행사에 보답하지 않을 것인가." 했다.

문생들이 모두 뜰 아래 엎드려 경탄을 이기지 못하였고 혹은 눈물을 씻으며 흐느끼는 사람도 있었다. 동년인 조분이 시를 지어 가만히 나직한 소리로 말하기를 ……(시 생략) 동년의 기가 비록 얕고 속되나 오늘의 일을 꼭 맞추어 말한 것이다.[36]

---

36) 최자, 전게서 권상, 二公皆文忠肅克謙之門下壯元也 越壬申春 同掌試春官 予出其門下 兩公並時爲相 而忠肅公之嗣惟弼 時亦爲相 及英烈公縣車歸老 門生欲獻壽 大敞華筵 仍邀崔文二相同燕 英烈公倚酣唱曰 一門下兩龍頭 與宗伯同時爲平章 以至退老 赴此門生之賀宴

경문공(최홍윤)과 영렬공(금의)이 함께 정승 자리를 물러나 있을 때 임금은 동궁 책봉으로 별전에 나와 경로의 큰 잔치를 베풀었다. 이 때 두 분도 모두 잔치에 참여했다. 여러 문생들이 붙들어 모시고 대궐로 들어가는데 거리를 메우고 골목이 넘치므로 보는 이들은 감탄치 않는 사람이 없었다. 잔치를 파하고 집으로 돌아간 뒤에 영렬공은 여러 아들들에게 "나는 장원으로 정승이 되었다가 물러났음에도 하사한 잔치에 참여하게 되매 문생들이 붙들고 모시는 것이 매우 성대했는데 그들은 모두 당대의 영재들이다. 이 경사스러움을 어찌 다 감당하랴. 마땅히 문화공(최유청)이 여러 문생들과 잔치한 고사를 본받았으면 좋겠다."고 말했다. 그리하여 사년방을 불러 모아 크게 잔치를 베풀고 여러 자손들을 불러내어 앉히려 할 때 공은 "한 문하의 자제들은 정분이 골육과 같은 것이니, 내 여러 자손도 또한 자네들과 같은 형제다." 하고 나이 차례로 앉게 했다. 술이 거나해 기쁨이 한창일 때 문생들을 명하여 서로 시를 지어 주고 받게 했는데, 진년 장원인 황보관이 부르기를 "동년이 선후로 형제가 되네." 하니, 공이 곧 거기에 응답해서 "만좌의 영웅 속에 자손이 끼어 있네." 했다. 다음날 여러 동년들이 각기 시를 지어 사례했다. 나(최자)는 공이 지은 시구 7자로 운을 달아 시와 인을 지어 사례했는데 공이 보고 좋다고 했다.[37]

위의 좌주문생연은 모두 금의가 은퇴한 뒤에 이루어졌다. 앞의 이규보의 예도 마찬가지이다. 이처럼 인상깊게 큰 규모로 이루어지는 좌주문생연은 대개 은퇴 후에 행해진 것 같다. 금의의 좌주문생연에는 술에

實千古未聞也 胡不爛醉以答盛事 門生皆俯伏階下 不勝慶嘆 至或有拭淚嗚咽者 趙同年賁作詩 私與同年微聲曰 共登金牓一門下 聯入黃扉數載中 宗伯亦爲一時相 桂堂春宴賀三公同年以此詩雖淺俗 言今日事的然.

37) 상게서 권상, 景文公英烈公 俱解相印 歸老于第 上因冊東朝臨軒 敬老勅賜大酺 兩公皆入赴宴 諸門生扶侍上闕 塡街溢巷 觀者莫不嗟嘆 及罷宴歸第 英烈公謂諸子曰 吾以龍頭爲相 以至退老 得叅賜設 而門生扶侍甚盛 皆當代英材 曷勝慶快 宜效文和公宴諸門生故事 於是召集四年牓 大開宴飮 呼出諸子孫欲命坐 公曰一門子弟情同骨肉 吾諸子孫亦爾等兄弟也 乃以齒坐之 及酒酣懽甚 命門生相唱和 辰年狀頭皇甫瓘唱云 同年先後爲兄弟 公卽應聲對曰 滿座英雄間子孫 明日諸同年各作詩謝之 僕以公之一聯七字 分爲韻 作詩并引 以謝 公覽而肯之.

취하는 장면은 있되 <한림별곡>이 보여주는 화려한 장면과 질탕함은 감지하기 어렵다. 그러나 이는 본래의 잔치 자리가 그러한 것이 아니라, 기록자인 최자의 태도에서 기인된 것으로 보인다. 한시의 논평을 주요 관심사로 했던 『보한집』의 속성과 유자(儒者)를 선망하던 당시 식자들의 취향을 고려할 때, 『보한집』에 수록된 좌주문생연에서 기생의 가무 장면 기록을 기대하는 것은 무리일 듯하다. 따라서 거기서 불렸던 우리말 노래는 언급하지 않고 주고받은 한시를 부각시켜 기록했던 것으로 생각된다. 금의가 성사(盛事)라고 부른 좌주문생연에 가무가 따르지 않을 수 없기 때문이다. 그러므로 『보한집』에 보이는 좌주문생연에서 <한림별곡>의 장면을 감지할 수 없는 것을 이상하게 생각할 일이 아니다. 이는 이규보가 자유롭게 쓴 글을 『동국이상국집』에 수록한 것과 크게 다르다. 더구나 『보한집』은 『파한집』을 보충하라는 최이의 기대를 벗어날 수 없었던 터였다. 그러한 제약이 있었음에도 두 차례의 좌주문생연에 등장한 금의는 한결같이 술이 거나하게 취한 모습으로 그려져 있다. "어찌 실컷 취하여 이 성대한 행사에 보답하지 않겠는가?"라며 흥겨워했다. 이로써 글로 담아내지 못한 좌주문생연의 질탕한 분위기를 상상할 필요가 있다. 요컨대 금의의 좌주문생연의 장면이 앞서 이규보가 묘사한 좌주문생연과 크게 다를 바가 없이, 술과 기녀의 가무가 동반된 것으로 보는 것이 타당하리라 생각된다.

2. <한림별곡>에 비친 좌주문생연

<한림별곡>은 여덟 개의 서로 다른 장면으로 이루어져 있다. 이들 장면은 대개 전대절 제4행과, 후소절 제2행의 독특한 투식어인 '○景'을

통해 제시된다. 그러한 방식으로 이루어진 전체 장면을 차례로 적어 보
면 다음과 같다.

제1장 : 과거시장	제5장 : 화훼간발
제2장 : 명저송독	제6장 : 연주과야
제3장 : 서예휘필	제7장 : 등망오호
제4장 : 명주권상	제8장 : 휴수동유

과거시장의 주체요 화자가 금의의 문생인 것처럼, 화훼간발에 숨겨진
주체나 화자 역시 금의의 문생으로 보아야 함은 앞 장에서 살핀 바 있
다. 이처럼 <한림별곡>은 제1장부터 8장의 휴수동유의 장면에 이르기
까지 금의의 문생들이 펼치는 놀이 광경을 일관성 있게 담고 있다 하겠
다. 작품을 보면 과거 시험장을 비롯하여, 책과 서예를 즐기는 문사의
아취(1~3장)와, 술·여인·음악의 취락(4~6장)과, 미녀와 동행·유희하는
장면(7장·8장) 등 4개 단락이 순차적으로 구성되어 있다. 화자 자신의 신
분을 먼저 밝힌 다음, 맑은 정신에 서책과 글씨를 논하다가 술잔이 돌면
서 기생과 음악이 흥을 돋우더니 남녀의 성애유희로 자연스럽게 진전되
는 광경이다. 그러므로 놀이의 장면으로 볼 때 문사들의 잔치 자리를 작
품의 주요 배경으로 삼았던 것으로 추측된다. 다만 그것이 어떤 사람들
에 의해 배설된 잔치인가를 구체적으로 밝히는 일이 문제로 남는다. 제1
연은 이를 파악하는 데 결정적인 단서를 제공한다. 화자가 누구이며, 그
들이 어떠한 속성의 인물들인가를 밝혀주고 있기 때문이다. 즉 그들은
금의가 과거를 관장할 때 응시하여 자랑스럽게 합격한 사람들이었다.
이처럼 급제자들이 자기를 뽑아 준 고시관을 모시고 사례하며 즐기는
잔치의 사례가 『파한집』이나 『동국이상국집』, 『보한집』 등에 소개되어
있다.38) 필자는 이를 좌주와 문생이 모인 잔치 자리라는 뜻으로 '좌주문

생연'이라 명명한 바 있다. <한림별곡> 첫 장에 '과거 시험장'의 장면이 나오고, '금의의 문생'이 화자로 등장하며, 작품의 배경이 문인들의 잔치인 점 등을 고려할 때, 이 작품이 좌주문생연을 주요 소재로 창작되었다고 추단하는 것이 타당하리라 생각된다.

V. 팔경시와 〈한림별곡〉의 형태 구조

1. 쟁점과 해법 모색

<한림별곡>은 경기체가의 최초의 작품이다. 이전의 향가나 속요와 다르기 때문에 새로운 양식인 경기체가라 부르는 것이다. 그렇다면 <한림별곡>의 출현과 관련하여 향가나 속요에서 시원을 찾기란 애당초 불가능하다. 그렇지만 현재 전하는 작품을 놓고 볼 때 사뇌가의 전후절 분단성과 여요의 연장형이나 음보율 등을 부분적으로 영향 받았음을 인정하지 않을 수 없다. 한편 시대적 여건이나 형태의 유사성에 착안하여, 송(宋)의 사(詞)나 원(元)의 산곡(散曲)에 영향을 받아 <한림별곡>이 출현했다는 주장도 제기되었다. 그런데 사 가운데 <한림별곡>과 흡사한 작품이 보이지 않으며, 산곡의 유입 이전인 고종대에 <한림별곡>이 이미 창작되었다는 출현시기의 문제점을 안고 있다. 그리고 음악과 관련하여 <한림별곡>이 <정과정가>를 활용하였고, 가사면에서도 '아으'와 '위'의 대응, 부엽의 노랫말들이 의문문인 점, 그리고 3음보격인 점이 <정과정가>와 유사함을 들어 영향관계를 논한 주장에도 일리가 있다고 본

---

38) 김선기, 전게논문, 1998, 참조.

다.39) 이처럼 <한림별곡>이 어떤 양식에 영향을 받고 출현했는가에 대한 학설이 다기함에도 불구하고 해명의 성과에는 미진한 점이 적지 않다.40) 어차피 <한림별곡>이 특정한 양식의 전폭적인 영향으로 지어진 것이 아닌 것이라면 당대 문단의 상황과 작품의 형태 비교를 통해 영향 관계의 투명도를 높여 나가는 방향 모색이 필요하다고 생각된다.

주지하는 바와 같이 <한림별곡>은 모두 8장으로 구성되어 있다. 그리고 대개 제4행과 제6행에 'O景 긔 엇더ᄒ니잇고'라는 어구가 있어 <한림별곡>이 서경성 짙은 작품임을 보여 준다. 8장 형태가 우연히 이루어진 것일까? 고종 이전에 이미 문인들 사이에 팔경시가 크게 유행된 점을 고려할 때 이는 우연히 이룩된 것이 아니라고 본다. 더구나 'O景'의 서경적 투식어가 팔경시의 서경적 속성을 집약하고 있어, 이들 사이에 친연성이 있음을 감지할 수 있다. 이처럼 <한림별곡>의 8장 형태와 서경성의 두 가지 특징은 작품 양식의 출현을 밝히는데 있어 소중한 징표라 생각되므로 팔경시에서 그 같은 속성을 밝혀 영향 관계의 개연성을 밝혀보려 한다. 이를 위해 팔경시가 <한림별곡>의 출현에 영향을 끼칠 만큼 문인들 사이에 널리 알려져 있었는가, 작자들이 서경성이 강한 팔경시를 빌어 <한림별곡>을 서경화했던 동기가 무엇일까? 그리고 구체적으로 <한림별곡>에 투영된 팔경시의 흔적이 무엇인가 등을 밝히는 일이 과제로 남는다.

---

39) 양태순, 「翰林別曲의 起源 再考」, 『고려가요의 음악적 연구』, 이회, 1997, pp.185-198.
40) 경기체가의 출현에 대한 논자들의 국내기원설과 국외기원설을 가장 폭넓게 검토한 것으로는 성호주 교수의 『景幾體歌의 形成研究』(제일문화사, 1988, pp.30-106)를 손꼽을 수 있다.

2. 팔경시의 유행상

고려에서는 송적(宋迪)의 소상팔경도(瀟湘八景圖) 8폭을 시제(詩題)로 한 <소상팔경시>와 고려 시단에 크게 영향을 끼친 소식(蘇軾)의 <건주팔경도시(虔州八境圖詩)>를 모방한 팔경시가 문인들 사이에 유행하였다. 특히 팔경시를 대표하는 <소상팔경시>가 유행하는 데에는 명종(明宗)이 그것을 좋아한 것과 무관치 않다. 명종은 <소상팔경시>를 지나치게 좋아한 나머지 국정을 소홀히 할 정도라 했다.

> 문신에게 명하여 <소상팔경시>를 짓게 하고 왕이 그 시의 내용대로 모사하여 작품을 만들었다. 왕이 그림에 익숙하여 화공 고유방·이광필 등과 더불어 물상을 그리매 종일토록 피로함도 잊었다. 더욱 산수를 잘 그려 군국의 정무를 마음에 두지 않았으니 근신들이 왕의 뜻을 맞추느라 정무를 아뢸 때에는 간략하게 하기에만 힘썼다.[41]

문신들에게 <소상팔경시>를 짓도록 임금이 명함으로써 그것이 널리 유행되었음은 의심의 여지가 없다. 그러한 기풍의 일단을 이규보의 증언을 통해 들어보기로 한다.

> 상국합하가 진양공의 문객이 지은 <건주팔경시>에 화답한 것을 나에게 보이면서 "자네도 일찍이 팔경시를 지어 보았는가?" 하고 묻기에 내가 대답하기를 "고금에 걸쳐 시인들이 지어 놓은 것이 많기도 하지만, 우레를

---

41) 『고려사절요』 권13, 명종 15년, 命文臣 製瀟湘八景詩 倣其詩意 摹寫爲圖 王 精於圖畵 與畵工高惟方·李光弼等 繪畵物像 終日忘倦 尤工山水 軍國萬機 不以介懷 近臣希旨 凡奏事 以簡爲尙. 이 같은 내용이 『고려사』, 열전, 李寧 조에도 실려 있다. 『고려사』, 열전 권35, 方技 「李寧」조, 子光弼 亦以畵見寵於明王 王命文臣賦瀟湘八景 仍寫爲圖 王精於圖畵 尤工山水 與光弼高惟訪等 繪畵物像 終日忘倦 軍國事慢 不加意. 近臣希旨 凡奏事 以簡爲尙.

버티고 달을 찢는 듯이 모두가 힘차고 기발한 문구 아닌 것이 없으므로, 나
는 거기에 미치지 못할까 두려워서 하지 못했습니다. 하지만 공께서 굳이
지으라고 독촉하신다면 즉시 차운하여 각기 두 수씩을 지어 올리겠습니다.
그러나 다만 제현들이 지어 놓은 것을 보지 못하였으니 운이 틀리지 않으
리라고 어떻게 다짐하겠습니까? 이것만이 염려될 뿐입니다.” 했다.[42]

　당시의 최고 권력자요 문인을 후원했던 최이가 문객의 <건주팔경시>
를 화운했다. 그는 이규보에게 이것을 지어보았느냐고 물었다. 이규보는
자기가 지어본 적은 없지만 그것을 지은 시인들이 많이 있다고 답했다.
그리고는 곧바로 두 편을 지었다. 또 다른 자리에서 이인식의 <건주팔
경시>를 두 편이나 차운하여[43] <건주팔경시>를 모두 4편이나 남겼다.
<건주팔경시>는 아마도 소식의 <건주팔경도팔수(虔州八境圖八首)> 시를
모방하려 했던 것 같다. 그런데 『동파집』을 보면 거기에는 ‘八景’이 아
닌 ‘八境’으로 되어 있을 뿐만 아니라, 소제목도 없다.[44] 소상팔경의 소
제목을 고스란히 빌려 쓴 사실로 미루어 보아 <건주팔경시>의 제목만
차용하고 실제로는 <소상팔경시>의 형식을 빌어했던 것이라 본다. 그
렇다면 <소상팔경시>가 팔경시의 전범이었음을 짐작할 수 있다. 그 밖
의 시인 가운데 이인로는 <송적팔경도시(宋迪八景圖詩)>를 남겼고,[45] 진
화도 <송적팔경도시>를 지었음이 확인된다.[46] 여기서 고려시대에 임금
을 위시하여 문인들에게 막강한 영향력이 있던 최이, 그리고 유명한 시

---

42) 이규보, 전게서 권6, 「次韻李平章仁植虔州八景詩幷序」, 伏蒙相國閤下 和晉陽公門客所賦
　　虔州八景詩 示予曰 子嘗著此八景詩耶 予曰 古今詩人賦者多矣 未嘗不撑雷裂月 爭相爲警
　　策者 予懼不及 故不敢尒 公固督予賦之 卽次韻各成二首奉寄 但未覩諸賢所賦 焉知不有犯
　　韻者耶 此獨所恐耳.
43) 상게서 권6, <次韻復和李相國八景詩各一首>.
44) 소식, 『東坡七集』 권9, <虔州八境圖八首>, 대만중화서국.
45) 『동문선』 권20.
46) 상게서 권6.

인들이 팔경시, 특히 <소상팔경시> 형태를 즐겨 지었다는 사실을 알게
되었다.

3. 팔경시와 〈한림별곡〉의 친연성

최이가 좋아했고 이규보나 이인식이 지었다는 팔경시는 <건주팔경
시>로서 이는 소식의 <건주팔경도팔수>에서 영향을 받은 것으로 생각
된다. 그런데 제목에서 보면 '경(境)'을 '경(景)'자로 바꾸었을 뿐만 아니
라, 그것을 차운하지도 않았으며, 더구나 소식의 시에 없던 소제목을
<소상팔경도>의 화제에서 빌어 씀으로써 본래의 시와 크게 다른 모습
을 보여 준다. 당시 문인들에게 소식의 영향이 컸던 만큼 제목은 소식의
<건주팔경도시>를 차용하되, 실제 시의 형태는 명종 이후 유행하던
<소상팔경시>를 본받았던 것이다. 따라서 여기서는 <소상팔경시>와의
친연성을 살피게 된다.
송나라의 화가인 송적이 그렸다는 8폭의 소상풍경도에는 다음과 같은
순서로 4자의 화제가 붙어 있다 한다.[47)

① 평사낙안(平沙雁落)　② 원포범귀(遠浦帆歸)
③ 산시청람(山市晴嵐)　④ 강천모설(江天暮雪)
⑤ 동정추월(洞庭秋月)　⑥ 소상야우(瀟湘夜雨)
⑦ 연사만종(煙寺晩鐘)　⑧ 어촌낙조(漁村落照)

고종 이전에 팔경시를 남긴 시인이 많았을 것으로 보이나 현재 작품
을 전하는 이는 이인로, 이규보, 진화를 들 수 있다. 이인로는 7언절구 1

---

47) 『중문대사전』, 중화학술원.

수, 이규보는 7언절구 2편 4수, 진화는 7언율시 1수를 각각 지었다. 소제목을 보면, 세 사람 모두 '평사안낙'을 '평사낙안', '원포범귀'를 '원포귀범'으로 고쳐 놓고 있으며, 이규보와 진화가 '연사만종'을 '연사모종'으로 바꾸어, 고려 시인들이 본래의 소제목을 고스란히 답습하지 않았음을 알 수 있다. 더욱 흥미로운 것은 소제목의 순서를 다음과 같이 적잖게 바꾸고 있다는 사실이다.

> A. 송　적 : ① ② ③ ④ ⑤ ⑥ ⑦ ⑧
> B. 이인로 : ① ② ④ ③ ⑤ ⑥ ⑦ ⑧
> C. 진　화 : ① ② ⑧ ③ ⑤ ⑥ ⑦ ④
> D. 이규보 : 가) ④ ② ⑥ ① ⑦ ③ ⑧ ⑤
> 　　　　　　 나) ④ ② ⑥ ① ③ ⑧ ⑦ ⑤

　명종 때처럼 그림을 앞에 놓고 시를 지을 때에는 순서 유지가 요구되었을 것이지만, 그 이후 고종 때에는 그렇게 할 필요가 없이 자신의 흥취를 살려 작품을 구상하기만 하면 되었다. 그러므로 이인로처럼 원본에 비교적 충실하게 할 수도 있고, 이규보처럼 자신의 두 편마저 순서를 달리할 수가 있었을 것이다. 그렇지만 8개의 화제를 줄이거나 보태지는 않았다. 그만큼 8폭 그림은 8장의 시형을 낳게 되고 팔경시의 특징적 형태로 굳어졌던 것이다. 이는 소상의 풍경 가운데 특히 평원산수(平遠山水)를 잘 그렸던 송적이 많은 작품 가운데 득의한 대표작을 8폭으로 고정시켰고, 고려의 팔경시가 그것을 모델로 삼은 데서 그같은 특성이 나타나게 된 것이라 하겠다. <한림별곡>이 8장형이라는 사실도 이와 관련된 것이라 본다. 앞 절에서 살핀 바와 같이 <한림별곡>이 창작된 고종 이전에 팔경시가 널리 유행하여 식자들에게 이미 익숙한 상태였다. <한림별곡>의 작자들이 자신을 과시할 목적으로 눈에 보이듯이 드러낼 수

있는 서경적 작품을 지으려 할 경우, 팔경시를 떠올리며 8장형을 취하는
것은 자연스런 현상이라 하겠다. <한림별곡>의 작자는 문학에 조예가
있는 식자였고, 한 사람이 아닌 여러 사람들이 공동으로 참여하여 지었
다는 점에서 더욱 그들이 팔경시에서 8장형을 취할 개연성은 충분하다
고 본다.

네 글자로 된 화제는 서경성 짙은 구조로 되어 있다. '연사만종'이나
'소상야우'에서 보는 바와 같이 대체로 앞 두 자에는 사물이나 지소(地所)
가 나오고 뒤에는 그의 형상어가 연결된다. 전후의 단어를 떼어 놓고 보
면 평범하여 경물에 대한 흥취를 돋우지 못한다. 그러나 두 단어가 결합
하게 되면 뜻밖에 새로운 풍경을 조성하여 미감을 고조시킨다. '안개 싸
인 절에서 들려오는 저녁 쇠북 소리'는 시공(時空)의 절묘한 배합에 은은
히 들리는 청각의 묘미까지 담았다. 그런가 하면 '소상야우'의 소상은
舜(순)의 비(妃)인 아황(娥皇)과 여영(女英)의 눈물이 죽반(斑竹)으로 남았다는
유서 깊은 명소이다. 거기에 밤비가 내리는 것으로 형상하였다. 소상과
야우의 관계는 이후백(李後白)의 시조에서 적절히 그려진 바와 같이[48] 요
임금의 넋이 빗물이 되어 두 비의 눈물을 씻어주는 의미를 갖는다. 그러
므로 이같이 아름다운 사랑의 고사를 배경으로 한 '소상야우'는 풍경미
이상의 정취를 자아내게 된다. 나머지 6경의 제목을 보더라도 제재와 상
황 설정이 교묘하게 배합되어 서경성을 극대화했음을 알게 된다.

    ① 평사낙안 : 모래톱에 내려 앉는 기러기
    ② 원포귀범 : 먼 포구로 돌아가는 돛단배
    ③ 산시청람 : 산 저자의 갠 아지랑이

---

48) 蒼梧山 聖帝魂이 구름조추 瀟湘에 느려 / 夜牛에 흘너들어 竹間雨 되온 뜻은 / 二妃의
千年淚痕을 못늬 씨셔 홈이라 (심재완, 『교본역대시조전서』 No.2731)

④ 강천모설 : 강 하늘에 내리는 저녁 눈
⑤ 어촌낙조 : 어촌의 저녁 노을
⑥ 동정추월 : 동정호의 가을 달

  위의 제목을 대하노라면 곧바로 풍경이 떠오른다. 본래 미술 작품에 붙인 제목이기 때문에 나타난 현상이긴 하지만, 이것이 시의 제목으로 쓰일 경우 작품의 성향이 서경적으로 기울 것은 당연하다. 이인로의 <송적팔경도시>의 <어촌낙조>[49]를 본다.

草屋半依垂柳岸　수양버들 언덕으로 초가집들 반쯤 숨고,
板橋橫斷白蘋汀　흰 마름 꽃 위로는 나무 다리 놓여 있네.
日斜愈覺江山勝　해 기울자 강산의 아름다움 더욱 느끼노니,
萬頃紅浮數點靑　일 만 이랑 붉은 물결 속에 두어 점이 푸르구나.

  이인로는 해 기운 뒤의 강산이 더욱 아름답다 하여 송적이 쓴 '어촌낙조'라는 제목이 범상치 않음을 실토했다. 수양버들과 흰 마름 꽃, 낙조가 빚는 색채의 조화를 통해 어촌의 해저물녁 풍경을 묘미있게 그렸다. 서거정이 이 작품에 대해 산뜻하고 고우며 묘사를 썩 잘했다고 평가한 것도[50] 확대 해석하면 팔경시가 본질적으로 서경적 속성이 강함을 지적한 것으로 볼 수 있다.
  이제 팔경시의 서경적 속성을 집약하고 있는 소제목이 <한림별곡>에서 어떠한 모습으로 변용되었는가를 살펴 볼 차례이다.

　眞卿書　飛白書　行書草書

---

49) 『동문선』 권20.
50) 서거정, 『동인시화』 상권, 李大諫仁老 瀟湘八景絶句 淸新富麗 工於摸寫.

篆榴書　蝌蚪書　虞世南書
羊鬚筆　鼠鬚筆　빗기드러
위 딕논景 긔 엇더ᄒ니잇고
吳生劉生 兩先生의 吳生劉生 兩先生의
위 走筆ㅅ景 긔 엇더ᄒ니잇고　　　　　　　　　　　（제3장）

위에서 보면 제4행에 '딕논景', 제6행에 '走筆ㅅ景'이 있다. 이처럼 <한림별곡>에는 대체로 제4행과 제6행에 광경·장면을 표시하는 투식어가 나와 소위 '경기체가'라는 새로운 양식을 낳게 했다. 이들 투식어는 내용면에서 보더라도 각 장의 핵심을 이룬다. 특히 제4행에 등장하는 투식어의 경우 앞 3행에 열거된 개별 사물이나 동작이 여기에 이르러 종합되어 의미의 완결을 이루게 된다. 게다가 그들의 관계를 종합하여 광경화·장면화 기법으로 처리한 점이 주목된다. 앞 2행은 유명한 서예가와 서체들이 자유롭게 나열되어 있다. 제3행은 양수필과 서수필을 비스듬히 든 모양이다. 이것들이 제4행에 이르러 붓을 들어 다양한 서체를 휘필하는 광경으로 완성되는 것이다. 제6행의 투식어는 제5행에 열거된 사물이 없으므로 종합하는 기능이 필요 없고 거기에 등장하는 오생과 유생이 거침없이 글씨 쓰는 동작을 '走筆ㅅ景'으로 광경화하는 것으로 끝냈다. 그런데 2개의 투식어는 내용면에서 밀접하게 연결되어 있다. 전대절에서는 다양한 서체를 멋부리며 쓰는 자세에 초점을 맞추었다면, 후소절에서는 오생과 유생이 거침없이 휘필하는 역동성을 부각했지만, 결국 '서예하는 장면'을 보여주고 있는 점에서는 서로 같다. 그러므로 제3장을 '서예휘필경'이라 불러도 좋을 것이다. 나머지 장들도 이와 마찬가지이다.

그러면 팔경시의 소제목과 <한림별곡>의 투식어는 어떤 관계에 있는 것일까? 필자는 팔경시의 소제목이 <한림별곡>의 투식어로 변용된 것이라 생각한다. 팔경시의 소제목이 화제로서 경관을 집약한 서경어임은 앞에서 확인하였다. 그런데 <한림별곡>에서는 한결 명증하게 'ㅇ景'의 투식어를 써서 서경화를 꾀했다. 그것도 한 장에 두 번이나 활용하는 집착을 보였다. 그만큼 자랑스런 장면을 과시하려는 욕망이 컸다고 생각된다. 이처럼 장면화의 투식어가 '긔 엇더ㅎ니잇고'라는 상대 동조의 어구와 연결되면서 과시성은 배가의 효과를 얻을 수 있었다. 그렇다면 팔경시의 소제목이 <한림별곡> 장의 제목으로 쓰이지 않고 본문으로 변용된 이유는 무엇일까? 이는 팔경시가 눈으로 읽는 시임에 비해 <한림별곡>이 가창된 노래였다는 차이에서 기인된 것으로 생각된다. 한시에서는 팔경시, 구곡시(九曲詩), 사계시(四季詩)처럼 각 장의 내용이 다른 경우에는 개별 작품마다 소제목이 붙게 마련이다. 그러나 <한림별곡>처럼 여러 장을 이어 가창할 경우에는 아무리 훌륭한 소제목이라 하더라도 가사에 그것을 담지 않고서는 소제목의 정취를 살려낼 수가 없게 된다. 이 같은 사정에 따라 <한림별곡>의 각 장에 소제목을 내세울 수 없어 장의 일정 부위에 장면화의 투식어를 거듭 구사함으로써 작자들의 과시욕을 효과적으로 나타낼 수 있었던 것으로 추단한다.

이를 다시 금의의 문생들의 입장에서 정리해 본다. <한림별곡>의 작자인 금의의 문생들은 좌주인 금의의 도움으로 출세하였다. 어느 날 좌주께 고마움을 표하기 위해 좌주문생연을 마련하고, 거기서 펼쳐지는 인상깊은 장면을 자랑스럽게 노래할 가사가 필요했다. 그래서 당시에 유행하던 서경성 짙은 팔경시가 적합할 것으로 보고, 좌주문생연과 관련된 여덟 장면을 선정한 다음 그것을 장면화의 투식어로 변용하여 가창용 <한림별곡>을 창작했을 것으로 본다. 물론 8장형이 경기체가 양식의 필수 조건은 아니다. 고려 때 안축이 지은 <관동별곡>과 <죽계별곡>조차 각각 9장과 5장으로 장의 수가 다르고, 조선조의 작품에서도 권근의 <화산별곡>만이 8장으로 되어 있는 정도로 그 규제력이 강하지 못하다. 그렇지만 <한림별곡>이 경기체가 양식의 최초의 작품인 만큼 팔경시의 8장의 수를 취하여 그 독특한 홍취를 만끽하고는, 그 이후 굳이 8장형을 취할 필요가 없자 상황에 맞도록 장의 수를 자유롭게 가감했던 것이라 생각된다. 따라서 <한림별곡> 8장 형식은 우연히 된 것이라 보기 어렵다. 그리고 보다 주목할 사실은 팔경시가 유행하던 당대의 문학적 배경과 금의의 문생들의 표현 욕구가 팔경시를 필요로 했고, 실제 양자 사이에 서경적 속성이 부합한다는 사실을 과소평가할 수 없다는 점이다.

VI. 창작 시기

1. 쟁점 논변

<한림별곡>은 언제 창작되었을까? 『고려사』속악조에는 '此曲(翰林別曲)高宗時翰林諸儒所作'이라고 기록되어 있어 그것이 고려 고종 때 지어졌음을 밝히고 있다. <한림별곡>의 가사를 고스란히 싣고 있는 『악장가사』에도 '高宗時諸儒所作'이라 하여 역시 고종 때 창작되었음을 보여 주고 있다. 이러한 자료를 토대로 <한림별곡>의 고종시 창작설은 학계의 정설처럼 받아들여졌다. 그런데 고종이 46년이나 재위했으므로 창작 시기를 보다 구체적으로 밝혀 보려는 연구가 있었다. 그런가 하면 고종 때에 지어진 것이 아니라, 후대인 13~14세기에 창작되었을 것이라는 새로운 주장도 제기되었다. <한림별곡>의 창작 시기에 대한 제설을 유형화하고 각각의 논거를 살펴 필자의 입장을 밝혀 보겠다.

　　A. 고종 때 창작설 부정
　　　　㉮ 13～14세기 창작설[51]
　　B. 고종 때 창작설 인정
　　　　㉯ 고종 3년 창작설[52]
　　　　㉰ 고종 14년 창작설[53]
　　　　㉱ 고종 7년에서 17년 사이 창작설[54]

　창작 시기에 대한 주장은 대체로 네 가지가 제기되었다. 논술의 편의를 위해 논문 발표 시기의 선후와 관계없이 배열하였다. 위에서부터 주장의 내용을 살펴 보겠다.

　<한림별곡>이 13세기로부터 14세기 사이에 창작되었다는 ㉮의 주장은 충격적이라 할 만하다. 국문학자들이 고종 때 창작설을 거의 의심치 않고 있는 상태에서 제기되었기 때문이다. 과연 그 주장이 『고려사』의 기록을 부정할 만큼 믿음직한 논거를 갖추고 있는가가 궁금하다.

　성호주 교수는 경기체가가 중국 시가의 영향으로 이루어졌을 것이라는 선학들의 갖가지 견해를 폭넓게 점검하는 일로부터 살폈다. 그는 경기체가의 형식적 특징을 ① 연장체와 전후절, ② 3·3·4조의 율격, ③ ○景 긔 엇더하니잇고의 투어적 후렴 등 세 가지로 보고, 유사성을 중국의 송사, 민가, 원의 산곡 등의 작품에서 찾아내는 작업을 시도하여 동질적 요소가 상당히 발견된다고 하여 중국 시가의 영향이 지대했다고 결론지었다. 그리고는 장을 달리하여 산곡(散曲)의 영향성을 갈래의 상응성, 형식 구조, 내용 풍격의 세 가지 측면에서 고찰하였다. 그 결과 "새

---

51) 成鎬周, 전게서, 1988, p.105 ; 成昊慶, 전게논문, 1989.9.
52) 金東旭, 전게논문, 1965 ; 朴魯埻, 「翰林別曲의 先驗的 世界」, 『高麗歌謠의 研究』, 새문사, 1990, pp.34-61.
53) 呂運弼, 전게논문, 1997.2.
54) 李明九, 전게논문, 1974, pp.111-112 ; 김선기, 전게논문, 1983.

로운 이념으로 관계에 진출한 신흥사대부들은 그들의 가창욕구를 충족하기 위하여 이제 막 유행하기 시작한 새로운 시가(詩歌), 즉 산곡을 모방 수용하여 우리식 '별곡(別曲)'을 고안한 것이라 추단하여"55) <한림별곡>이 산곡의 영향으로 출현한 것으로 파악하였다. 그렇지만 예로 든 작품이 부분적으로 유사한 점이 있음을 인정은 하겠으나, 인용한 작품을 실제 놓고 볼 때 <한림별곡>과 흡사하다는 느낌을 갖기 어렵다. 이는 비교 항목을 잘게 세분하여 유사성을 개별로 추출한 다음 유사성이라는 이름으로 총합하는 방식에 따른 결과로 보인다. 더욱 문제가 되는 것은 후대에 지어진 작품을 비교의 대상으로 삼았다는 점이다. 이에 대해 성 교수도 "경기체가의 형식을 원곡(元曲)의 영향이라고 볼 때, 가장 큰 문제가 될 수 있는 것은 최초의 작품이라고 전하는 <한림별곡>의 소작연대(所作年代)가 원곡의 성기(盛期)에 앞선다는 점이다."56)라며 문제점을 인식하고 있었다. 후대에 들어온 산곡이 앞서 창작된 <한림별곡>에 영향을 끼칠 수는 없는 노릇이다. 그래서 "<한림별곡>이 고종대에 되었다는 것은 여러 가지 정황으로 미루어 수긍이 가지 않는다."(p.103)고 하고, 이어서 "경기체가는 13·4세기의 교체기에 원에 유학하여 과거에 오르고 사환(仕宦)도 했던 고려의 신흥사대부들이 그 곳에서 익히 듣고 보아 온 산곡을 변용하여 고안해 낸 새로운 시가양식일 것으로 추단하였다.(p.105)"라 하였다. 성호경 교수는 성호주 교수의 주장을 계승하되 한층 구체적인 논거를 마련했다. 그는 <한림별곡>이 고종 때가 아닌 13·4세기에 창작되었을 것이라는 논거로 ① 고종 때 또는 직후의 문헌에서 <한림별곡>에 관한 논급이 전혀 없는 점, ② 제5연에 나오는 '혜금(稽琴)'이 몽고란 이후에 수입된 점, ③ 제8연의 동성애(男色)가 몽고의 풍속

---

55) 성호주, 전게서, p.99.
56) 상게서.

인 점, ④ 제3연의 '오생'과 '유생'이 13·4세기 인물인 오동(吳소)과 유도권(劉道權)일 것이라는 점, ⑤ <한림별곡>이 원 산곡의 영향을 받았다는 점 등 5개 항목을 제시했다. 이 가운데 ⑤는 성호경 교수가 성호주 교수의 13·4세기 창작설을 수용하였음을 단적으로 보여 주는데, 고종대 창작설을 지지하는 입장에서 볼 때, 이 논거는 주객이 전도되었다는 역공의 소지를 내포하고 있다. ③에서 제8연을 동성애의 장면으로 파악한 것은 남자인 화자와 정소년을 휴수동유의 주체로 인식한 결과인 듯하다. 그러나 이는 화자가 제5장의 꽃, 제7장의 선자로 등장하는 여인처럼 어느 여인과의 놀이로 보아야 한다. '삭옥섬섬'으로 표현한 용어를 고려할 필요가 있다. 여기 등장하는 '정소년'은 남녀의 쌍그네 놀이를 돕는 조력자일 뿐이다. 따라서 <한림별곡>의 제8장은 동성애의 놀이가 아니고 몽고의 풍속과 아무런 관계도 없다 하겠다. 그리고 문헌 기록에 의거해 제기한 ①, ②, ④도 그 오류가 지적되었다. ②의 혜금 문제는 그것이 몽고란 이후에 수입된 것이 아니라, 예종 9년의 일이며 ④의 오생유생 문제는 그들이 13·4세기의 인물인 오동과 유도권으로 추단할 수 없음이 밝혀졌다.57) 그리고 고종 때 지어진 <한림별곡>이 당대 또는 그 이후의 고려 문헌에서 언급이 전무하다는 ①의 주장은 지나치게 문헌 기록에 집착한 듯하다. 근본적으로 각 시대의 모든 사실을 기록으로 남기는 일은 불가능하다. 게다가 기록된 문헌마저도 미증유의 반문화적 몽고란, 왕조 교체로 인해 소각·유실되어 보전이 지극히 어려웠을 것으로 추측된다. 한시를 주로 언급했던 고려의 시화서나 시문집 등에서 가창용 <한림별곡>이 꼭 거론되어야 할 이유는 없다. 고려에 비해 문헌이 비교

---

57) 여운필, 전게논문, 1997. 2. 필자는 여운필 교수의 글을 보지 못한 상태에서 1998년 6월 한국언어문학회 제39회 발표대회에서 「翰林別曲의 誇示性 考察」이라는 논문을 발표하면서 이 문제를 거론하였다. 여운필 교수의 반론 가운데 특히 ④가 눈길을 끈다.

적 풍부하게 전하는 조선 중기의 <성산별곡>도 창작 후 근 100년이 지
난 뒤에야 김수항의 <행적기략(行蹟紀略)>에 처음 보이는 정도이다.58) 성
호경 교수가 제기한 다섯 가지 논거들이 <한림별곡>의 13·4세기 창작
설을 결정적으로 뒷받침할 만한 것이 되기 어렵다는 것을 알았다. 여기
서 <한림별곡>이 고종 때에 지어졌다고 밝힌『고려사』속악편의 신빙
성에 대해 잠시 생각해 볼 필요가 있다. 정사인『고려사』는 역사가들에
의해 찬술되었다. 속악편을 두고 보더라도 속악편은 전래하던『악보』
등의 신빙성 있는 자료를 활용했다. 찬술자들은 미심쩍은 경우에는 '알
수 없다'고 분명한 찬술 태도를 보였다. 확보된 자료가 확실하다고 판단
될 경우에만 단정형을 써서 기록했다. 그렇게 직필을 생명으로 한 사관
들이 '고종 때 한림 제유가 <한림별곡>을 지었다'는 기록문의 내용은
<한림별곡>의 가사 내용과도 어긋나지 않는다. 따라서 특별한 자료에
의해 결정적인 모순이 발견되지 않는 한 고종대 창작설을 부인하는 것
은 무리라고 생각한다.59)

고종 3년 창작설은 김동욱 박사가 주장한 것으로서, 이규보가 고종 2
년에 우정언 지제고(右正言 知制誥)로 승진한 바 있고, 고종 3년에 최충헌
이 주최한 백정동궁(柏井洞宮)의 추천희(鞦韆戲)가 <한림별곡> 제8장의 내
용과 부합함을 주요 근거로 삼았다.60) <한림별곡>을 추천희와 관련지
어 실제 상황을 그린 작품으로 보는 데에는 문제가 있다. <한림별곡>의
작자를 금의가 뽑은 신진인사로 본다면, 그들은 아직 4품이 못되므로 추
천희연에 참석할 수가 없었을 것이며, 막강한 최충헌이 벌인 연회 석상

---

58) 김선기, 「성산별곡의 세 가지 쟁점에 대하여」,『南耕 朴焌圭博士 停年紀念論叢』, 간행
   위원회, 1998, p.97.
59) 김선기, 「高麗史의 解說文 - 此曲(翰林別曲)高宗時翰林諸儒所作-은 僞作인가」,『語文研
   究』32집, 어문연구학회, 1999.2. 참조.
60) 『高麗史』 권129, 判逆3 「崔忠獻」, 崔忠獻設鞦韆戲于柏井洞宮 宴文武四品以上三日.

에서 금의를 주인공으로 내세운 노래를 지어부른다는 것이 어울리지 않기 때문이다. 또 '이정언'이라 하여 이규보를 정언으로 소개한 것도 창작 당시의 관직으로 볼 일이 아니다. 금의가 50여 자의 운자를 내고 이규보가 주필로 응하여 최충헌을 눈물 흘리게 했던 감격과(1213), 이로 인해 이규보가 우정언 지제고로 승진했던(1215, 고종2) 뜻 깊은 사실을[61] 상기시켜, 그가 주필의 대가였음을 생생하게 그려내기 위해 사건 당시의 직명인 '정언'을 썼다고 보아야 한다.[62] 이렇게 볼 때 김동욱 박사의 고종 3년 창작설은 받아들이기 어렵다.

박노준 교수는 금의의 문생을 작자로 보고, 고종 3년경에 <한림별곡>이 지어졌을 것으로 추정했다. 그러므로 작품의 내면상을 두 개의 충절로 나누어 제2·3장은 현실 세계, 나머지 장들은 선험의 세계로 보아, 제1장의 투식어 풀이를 '(試場의 광경이 펼쳐진다면, 그것이 과연) 어떠하겠습니까?(참 좋을 것입니다)'로 파악하였다. 이처럼 <한림별곡>을 선험적 세계로 본 근거로 '작품에 나타나는 수다한 사물과 사실, 사치를 극한 생활상은 <한림별곡>을 지을 당시 작자층이 누린 현실과는 무관한 것'임을 들었다.[63] 그러나 고종 7년 이후 17년 사이에 창작된 것으로 보고, <한림별곡>이 과시성 짙은 작품이라는 점을 고려한다면, 작품에 나타난 사치스러운 광경을 작자들이 누리고 있는 현실상으로 이해하는데 지장이 없을 것으로 생각한다. 따라서 제1장 후절에서 화자(작자)

---

61)『東國李相國集』권17, 돈유, <次韻和西伯寺住老敦師見寄>, 後數日 爲淸河相國所薦(崔怡) 乃入晉康公邸 公先密使相國修文殿大學士 琴公抄韻 五十餘字 召公於座前 仍命寮屬諸卿 分奉筆硯 公自占庭中所養孔雀爲題 使學士連聲唱韻 屢督促之 公旁若無人 傲然嘯詠 卽下筆如迅雷奔電 不容一瞥 晉康公嘆息垂涕 因奏于上 超資授六品 未幾遷右正言知制誥.

62) 김선기, 전게논문, 1983, pp.309-310.

63) 박노준, 전게논문, 1990, pp.34-61.
   이 같은 주장은 박 교수의「翰林別曲과 關東別曲, 竹溪別曲의 거리」,『高麗歌謠의 現況과 展望』,(성균관대학교 인문과학연구소편, 집문당, 1996, p.212)에도 계속된다.

가 '나'라는 일인칭 대명사를 썼고, 그가 금의의 옥순문생 가운데 한 사람임을 밝혔으며, 맨 끝 제8장에도 '나'를 써서 수미일관된 표현으로 화자를 내세운 바에는 나머지 장들의 전절 제4행의 주체도 금의의 문생으로 보는 것이 당연하다. 화자가 금의의 문생이 아닐 경우에는 제3장의 '오생유생'에서 보는 바와 같이 구체적으로 별도의 인물을 주체로 내세웠던 사실로도 명백해진다. 금의의 문생들이 요직에 진출하여 자랑스럽게 좌주문생연을 마련할 수 있는 여건이 충분히 조성되어 있고, 작품상에서 보더라도 8장 공히 금의의 문생을 화자로 보아야 하므로 고종 3년경 창작설도 근거가 약하다 하겠다.

2. 창작 시기

금의가 치사한 고종 7년 이후부터 사망했던 17년 사이에 <한림별곡>이 창작되었을 것이라는 주장을 살필 차례이다. 이명구 교수는 작품의 내용이 사치스런 점에 주목하고, 이를 창작 시기를 추정하는 근거로 삼아 "금의가 고종 7년, 그의 나이 68세일 때 인년 걸퇴(引年 乞退)하고 그 후 10년을 금(琴)과 기(棋)로 자오(自娛)하다가 고종 17년, 나이 78세로 졸(卒)하였으니, 이 10년은 금의로서는 그야말로 공성명수(功成名遂)하여 유유히 여생을 한가 속에 즐기던 때인지라, 그야말로 때로는 문생들의 심방(尋訪)도 받고 때로는 그들과 시주(詩酒)로 흥을 나눌 수도 있었을 것이고, 그야말로 천하는 태평인 때인지라, 당시 문인들은 그들의 두령격인 노(老) 금의 아래에 모이어 스스로의 영달영화를 찬양할 수도 있었으리라."고 논급하였다.64) 가의를 금의의 생애와 결부시켜 논한 점은 높게

64) 이명구, 전게서, pp.111-112.

평가해야 마땅하다. 그러나 구체성이 결여된 아쉬움을 남겼다. 필자는 이를 보충하는 글을 통해, 작품의 내용으로 보아 그것이 금의와 그의 문생들의 모임인 좌주문생연을 제재로 삼았으며 제7장에 등장하는 '오호'라는 단어가 범려(范蠡)의 고사와 유숙(柳淑)의 사실에 비추어 볼 때 치사(致仕)를 의미하는 것으로 파악하여[65] <한림별곡>의 창작 시기를 금의의 치사 이후로 추단하였다. 이후 여운필 교수도 좌주문생연과 관련하여 금의가 치사한 뒤에 <한림별곡>이 창작되었을 것이라는 주장을 다음과 같이 폈다.

> 금의와 그 문생들의 관계가 분명히 언급되어 있고, 응거자 내지 급제자로서의 역량을 뽐내고 있으며, 문사들의 연회 분위기가 다양하게 나타나 있는 등 좌주문생연과 연관된 요소가 매우 많다. 따라서 이 노래는 금의와 그의 문생들이 가졌던 좌주문생연을 기점으로 하여 불리게 되었을 것으로 보인다. 특히 제1연을 통해 금의의 공거 행위가 종료되고 난 뒤에 시간이 어느 정도 흘렀고, 유원순 등이 문한관으로 크게 명성을 얻었으며, 금의의 문생이 관직에 대거 진출하였다는 점을 확인할 수 있으므로, 이 노래는 금의의 치사 후에 벌어진 대규모 집회가 계기가 되어 지어졌을 것으로 보인다. 이런 점에서 필자는 태자부를 세운 데 말미암아 금의가 열었던 연회가 이 노래와 직결된다고 본다.[66]

좌주문생연 가운데 금의가 4년방을 불러 개최한 고종 14년(1220)의 연회가 <한림별곡>의 창작과 직결된다는 견해가 주목된다. 그리고 <한림별곡>이 한꺼번에 지어진 것이 아니라, 시대가 지나면서 형식이 정제되

---

65) 필자는 전게논문, 1983, p.312에서 '등망오호'의 주체를 금의로 보고, 문생들이 금의에게 치사 후 어떻게 지내고 있는지 안부를 묻고 있는 장면으로 이해하였다. 그러나 다른 장들과 마찬가지로 제4행의 주체가 문생(작자)인 점을 고려할 때, 이곳의 주체도 금의가 아닌 문생(작자)으로 보아, 이전의 주장을 수정한다.

66) 여운필, 전게논문, pp.390-392.

고 8장이 완성되었을 것이라고 보았다.

<한림별곡>은 특이한 형태를 지닌 새로운 갈래의 효시작임에도 불구하고, 형식적으로 잘 가다듬어져 있을 뿐만 아니라 내용적으로도 다양하고 깊은 지식과 정서를 담고 있다. 전편이 8연에 이르는 이런 긴 노래가 1인에 의하여 즉흥적으로 지어질 수는 없었을 것이다. 그리고 특정 악곡에 얹어서 가창되었던 이런 노래를 좌주문생연과 같은 어수선한 자리에서 취흥에 겨워 불쑥 지어 부를 수도 없는 일일 것이다. 따라서 그 자리에서는 제1·2·3연과 같이 그들의 관계나 처지와 직결된 일부 내용이 가다듬어지지 않은 상태로 불리었을 것으로 보이며, 현전과 같은 가사와 악곡으로 확정된 시기는 그보다 훨씬 나중일 것이다.……필자는 이 노래의 첫연 또는 1·2·3연 정도의 내용이 고종 14년의 좌주문생연에서 불리기 시작하자 이 모임의 성대함과 어울려 휜전되고, 그것이 사대부 내지 문신 사회에서 점차 확산되는 가운데 악곡과 가사가 모두 가다듬어졌을 것으로 본다. 이때 가사의 일차적 정제는 금의의 문생에 의하여 이루어졌을 가능성이 크다. 그리고 가사에 국한할 경우 그런 정제는 대체로 13세기 말까지는 이미 이루어졌을 것이며, 이 노래가 고려의 궁중악곡으로 채택된 시기도 이와 비슷한 시기였을 것이다.[67]

이와 같이 창작 시기와 경위를 보다 구체적으로 밝혀보려는 노력은 높이 평가해 마땅하다. 그렇지만 납득할 만한 논거가 결여되어 추측에 머물 경우, 또 하나의 가설만 제공하는 결과에 그칠 우려가 있음도 경계해야 하겠다.

먼저 여운필 교수가 <한림별곡>의 첫연 혹은 1·2·3연이 불리기 시작했을 것이라고 추측한 고종 14년의 좌주문생연의 기록을 보면,[68] 금의가 4년방 문생을 불러 베푼 좌주문생연이니 그 성대함을 상상할 만하

---

67) 여운필, 전게논문, pp.392-393.
68) 앞의 주 37)번 참조.

다. 그러나 잔치의 장면은 자세히 알 수 없다. 술이 거나해서 시를 주고
받은 것만 기록되어 있을 뿐, <한림별곡>이 보여주고 있는 화려한 장면
은 보이지 않는다. 시화서인『파한집』을 보충하기 위해『보한집』이 편
찬되었기 때문에, 거기서 가화(歌話)를 기대하기는 무리라 생각한다. 그
러나 좌주문생연에는 술이 있고 감사가 있고 감격이 있었다.69) 앞의 좌
주문생연에서 최자가 지었다는 <上恩門琴太尉謝宴詩>70)에는 "흥이 무
르익어 다시 거문고와 비파 울리게 하니, 산수의 소리마다 일찍이 귀에
익은 것일세(興酣更教琴瑟聞 山水聲聲耳曾慣)."라는 구절이 보인다. 거기서 금
의를 '풍류상국'이라 불렀다. 이는『고려사』열전에서 금의가 벼슬을 물
러난 뒤 거문고와 바둑을 즐겼다는 기록과도 부합하는 내용이다. 이규
보의 시에도 "춤추는 기녀의 펄럭이는 소매를 멈추게 하지 말라(莫教舞妓
停瓢袖)."라는 구절이 보인다.71) 좌주문생연에 무기(舞妓)가 있었음을 알
수 있다. 금의가 거문고를 즐긴 풍류호걸이요, 당시에 형세가 막강했다
는 사실을 고려한다면, 뜻깊게 마련된 좌주문생연에 술만 마시며 한시
나 짓고 말 수는 없다고 본다. 거기에는 술이 있고, 음악이 있고, 춤이
있고, 시도 있고, 흥을 이기지 못해 노래도 불렀을 것이라 생각된다. 남
의 노래를 부르다 보니 자신들의 모임을 자랑하고 싶어 좌주문생연을
제재로 한 가사를 짓게 된 것이라 생각된다. 그러므로 <한림별곡>의 내
용은 이 같은 좌주문생연을 여러 차례 겪은 뒤에 그 경험을 근간으로
하되, 모임의 성격과 잔치 장면과 유락의 소망 등을 총체적으로 담아,
송적이 소상팔경도를 그렸듯이, 금의의 좌주문생연을 8장으로 장면화해
서 만들어낸 작품이라 하겠다. 즉, (A) 제1장에서는 잔치의 주체자들이

---

69) 앞의 주 36)번 참조.
70)『동문선』권6, 칠언고시.
71) 이규보, 전게서 후집 권10, 「丙申年門生及第 設宴宗工朴尙書 予於宴席上 作詞一首幷序」.

과거를 통해 금의와 좌주 문생의 관계를 맺게 된 인연과 문생들의 번성함을, (B) 제2·3장에서는 문생들의 학식과 예능이 뛰어남을, (C) 제4·5·6장에서는 술과 여인과 음악이 어울어진 잔치의 홍겨움을, (D) 제7·8장은 공동의 잔치가 파하고 남녀가 짝을 이루어 유락하는 모습을 그렸다고 본다. 그러므로 <한림별곡>은 어느 특정한 좌주문생연을 작품화한 것이라고 보기는 어렵다. 그리고 앞서 밝힌 바와 같이 <한림별곡>이 과장이 심한 것은 사실이지만, 작품상의 내용이 상상의 소산이라 할 수는 없다. 예컨대 제7장의 '삼신산'조차도 문생이 미인과 함께 오른 어느 동산을 비유한 것으로 보인다. 자신의 풍류를 한껏 멋스럽게 표현하기 위해 과시풍을 구사했음은 다른 장에서도 충분히 확인된다. 따라서 제7장에 등장하는 '삼신산'과 '선자'들의 용어는 최충헌이 선녀 놀이를 즐겼던 사실로 보아 당시의 도가 취향의 풍조를 원용한 것이라 하겠다.

　<한림별곡>이 금의와 그의 문생들이 벌인 좌주문생연을 제재로 삼고, 팔경시의 형태와 서경성을 살려 창작되었다고 전제할 때, 창작의 과정은 길지 않았을 것으로 생각된다. 그들은 차운시 창작에 익숙한 문인이었다. 먼저 어떤 사람이 한 장을 지으면 그 뒤는 그것을 반복하면 된다. 그리고 <한림별곡>의 곡은 그들이 익히 알고 있었을 <정과정가>의 것을 응용했음이 밝혀졌으니,72) 그들이 <한림별곡>의 가사를 짓고 노래부르는 일은 크게 어려움이 없었을 것으로 보여, 긴 기간 보태고 정제하는 과정을 거칠 필요가 없었을 것이다. 여기에 팔경시의 영향을 고려한다면, 더욱 그러하다. <한림별곡>이 8장 모듬형인 팔경시의 영향으로 출현했다고 보면 한꺼번에 8장형이 이루어질 터이요, 시차를 두고 지어 보태나갔다고 보기가 어렵기 때문이다. 시대적으로 보더라도 금의가

---

72) 양태순, 전게서, pp.185-198.

세상을 떠난 뒤에는 금의를 주인공으로 삼은 호사스런 잔치 광경의 노래가 지어지기는 어렵다고 본다. 이듬해에 몽고의 침입이 있어, 그의 문생들은 대몽항쟁에 나서야 했을 것이다. 그런 급박한 상황에서 <한림별곡> 같은 여유로운 작품이 나올 수 있었을까? 그러한 상황이라면 금의를 추모하는 노래가 제격일 것이다. 시대를 더 늦추어 보더라도 마찬가지이다. 유학계에 큰 영향을 끼친 이제현(1287~1367)은 금의를 최충헌에게 아부한 부끄럼도 모르는 사람이라고 혹평하였다.73) 이제현 이후 그의 영향을 입은 유학자들이 많이 배출되고 유학이 새로운 이념으로 등장하여 금의를 부정적인 인물로 낙인찍은 상황에서 그의 문생임을 자처한 <한림별곡>의 작품에 설만희압하고 긍호방탕한 가사를 보태어 <한림별곡>을 완성시켰을 것으로 보기는 어렵다. 오히려 당대에 지어 불린 <한림별곡>이 내우외환으로 가창할 수 있는 여건이 불비하고, 한편 새로 등장하는 신유학자들에 의해 부정됨으로써74) 전파력이 위축되어 기록상의 공백기를 낳게 된 것으로 추측된다.

VII. 결론

『고려사』 악지에 <한림별곡>의 작자와 창작 연대에 대해 '此曲高宗時翰林諸儒所作'이라고 명기되어 있음에도 불구하고, 학자들은 그것만으로는 작품 이해에 부족하다고 보고, 작자와 창작 시기를 보다 구체화하려는 노력을 비롯하여, 창작 동기 및 출현에 영향을 끼친 선행 양식과

---

73) 주 28)번 참조.
74) 퇴계 이황이 「도산십이곡발」에서 이를 비판한 것은 종래 유학자들의 입장을 집약 대변한 것으로 생각된다.

의 관계, 그리고 일시 창작품이냐 점진 완성품이냐 등 다양한 학설을 제기하였다. 이러한 관심은 <한림별곡>의 이해에 직접 관련될 뿐만 아니라, 경기체가 양식의 성격 파악에도 도움이 되고, 아울러 현재까지 학계에 제기된 학설이 축적된 상태이므로 이를 종합 고찰할 필요를 느끼게 되었다. 그래서 필자는 '누가, 언제, 어디서, 왜, 어떻게 <한림별곡>을 지었을까?'라는 계기적 질문 방식을 써서 문제를 풀어나갔다. 이를 통해, 금의의 문생들이, 고종 7년부터 17년 사이에 가졌던, 좌주문생연에서, 놀이의 흥을 돋구고 자신들이 누린 특혜를 구가하기 위한 가창용 노래가 필요했으므로, 좌주문생연의 장면을 주요 제재로 삼고 팔경시의 형태와 속성을 빌어, 과장성 짙은 <한림별곡>을 출현시켰던 것으로 추단하게 되었다. 이에 대한 내용을 요약 정리하여 결론을 삼고자 한다.

1. <한림별곡>은 금의의 문생들이 지었다. 제1장에서 금의의 문생이 화자로 등장하여 '나'라는 표현을 썼고, 제8장에서도 '나'로 표현하여 일인칭 화자가 수미장에 등장하여, 전체 장에 일관되게 적용됨을 시사한 것으로 추측되며, 한편 작품의 내용면에서 보더라도 제4행의 광경 투식어의 발화자가 금의의 문생으로 파악되기 때문이다.『고려사』악지에서 작자를 금의의 문생들이라고 밝히지 않은 이유도 제1장에서 이미 화자가 금의의 문생임을 밝히고 있는데다가 여러 사람이 공동으로 지었으므로 그들의 성명을 일일이 적을 수가 없어 이들을 뭉뚱그려 '제유'라 하고, 금의의 문생 가운데 문한직의 으뜸인 한림원을 거친 사람이 많았으므로 작자를 '한림제유'라 했다고 생각된다. 나아가 <한림별곡>의 작자를 좀더 좁혀 본다면 당시 사람들이 번성한 문생으로 지목했다며 최자가『보한집』에서 소개한 10명을 우선 떠올릴 수 있을 것이다.

2. <한림별곡>은 화려하고 과시성이 짙다. 작품의 과시성은 소재·내용면, 열거·반복·설의를 활용한 표현면, 흥에 넘치는 화자의 태도면을

통해 여실히 감지된다. 이는 작자들이 금의의 문생으로서 누렸던 특혜를 작품에 반영함으로써 나타난 현상으로 본다. 그들은 금의를 기리는 잔치에서 한시처럼 읊조리는 정도로는 벅찬 감격을 표출할 수 없다고 보고, 가창하기에 적합하고 자신들의 좌주문생연을 제재로 삼은 새로운 노래를 창작할 필요가 있어 <한림별곡>을 창작했던 것으로 생각한다.

3. <한림별곡>은 형식면에서 8장으로 되어 있고, 광경의 투식어를 갖추고 있어 종래의 우리 시가와 다른 모습을 보이고 있다. 이러한 독특한 형태는 어떤 시가에 영향을 받아 이루어졌을까? <한림별곡> 출현 이전에 우리 시단에 팔경시가 유행하였고, 실제 작품을 보더라도 8장으로 되어 있고, 그것이 서경성이 짙게 나타나므로 둘의 관계가 밀접했을 것으로 추측된다. 작자는 8경의 경치를 함축하고 있는 팔경시 소제목의 존재를 가창용 <한림별곡>에서 살려내기 위해 광경의 투식어로 변용하는 지혜를 발휘했다고 본다. 따라서 <한림별곡>의 8장형과 서경성은 팔경시의 영향으로 이룩되었다고 생각한다.

4. <한림별곡>은 금의가 벼슬을 물러나 세상을 떠날 때까지 그 어느 기간에 지어졌다고 본다. 작품을 지은 이들이 금의의 문생이요, 작품의 주인공을 금의로 볼 때, 작품의 내면상이 금의의 삶과 시대상에 맞다고 보기 때문이다. 고종 초년에는 금의의 문생들의 여건상 호화로운 좌주문생연을 개최하기가 어려웠을 것이고, 그가 죽은 후라면 유락의 장면이 어울리지 않는다. 금의의 문생인 최자가 소개한 성대한 좌주문생연이 모두 이 시기에 이루어졌으므로 하나의 방증이 된다. 그리고 작자들이 문학에 뛰어난 인물들이며, <정과정가>의 곡을 빌려 썼고, 팔경시의 형식을 본받았다는 점을 고려할 때, 그것이 오랜 기간을 두고 창작 · 정제된 것이 아니라, 즉흥적으로 혹은 단기간에 지어진 것이라고 생각한다.

참고문헌

◉ 자료

『高麗列朝登科錄』, 서울대학교 규장각.
『孟子』, 成均館大學校 大東文化研究院, 1965.
『高麗史』, 아세아출판사, 1972.
李穡, 『牧隱集』, 민족문화추진회, 1990.
『樂章歌詞』, 『原本韓國古典叢書』 Ⅱ, 大提閣, 1973.
『樂學軌範』, 대제각, 1974.
『우리말큰사전』, 어문각, 1992.
『月印釋譜』, 대제각, 1973.
劉昌惇, 『李朝語辭典』, 연세대 출판부, 1979.
『조선말대사전』, 사회과학출판사, 1992.
『조선말사전』, 과학원출판사, 1990.
『朝鮮王朝實錄』, 국사편찬위원회 영인, 1986.
『中國音樂詞典』, 단청도서유한공사, 대북.
『中文大辭典』, 中華學術院.
『한국민족문화대백과사전』, 한국정신문화연구원, 1995.
『韓國佛敎大辭典』, 寶蓮閣, 1982.
金宗瑞, 『高麗史節要』, 民族文化推進會, 1976.
徐居正, 『東文選』, 民族文化推進會, 1976.
徐居正, 『東人詩話』, 『徐四佳全集』, 昕晟社, 1980.
徐兢, 『高麗圖經』, 아세아문화사, 1972.
蘇　軾, 『東坡七集』, 臺灣中華書局.
李　滉, 『退溪書』, 『韓國文集叢刊』29・30・31, 民族文化推進委員會.
李奎報, 『東國李相國集』, 『高麗名賢集』1, 成均館大學校 大東文化研究院, 1973.
李仁老, 『破閑集』, 『高麗名賢集』2, 成均館大學校 大東文化研究院, 1973.
李齊賢, 『益齋亂藁』, 『高麗名賢集』2, 成均館大學校 大東文化研究院, 1973..
『新增東國輿地勝覽』, 民族文化推進委員會, 1970.
鄭麟趾, 『高麗史』, 延世大學校 東方學研究所, 1972.

陳澕, 『梅湖遺稿』, 『高麗名賢集』2, 成均館大學校 大東文化研究院, 1973.
崔　滋, 『補閑集』, 『高麗名賢集』2, 成均館大學校 大東文化研究院, 1973.
震檀學會, 『韓國史』, 乙酉文化社, 1976.

◉ 저서

琴基昌, 『韓國詩歌의 研究』, 螢雪出版社, 1982.
金亨奎, 『古歌註釋』, 일조각, 1967.
金俊榮, 『韓國古詩歌研究』, 螢雪出版社, 1990.
김동욱, 『고려후기 사대부문학의 연구』, 상명여대출판부, 1991.
김창규, 『韓國翰林詩研究』, 역락, 2001.
金學成, 『韓國古典詩歌의 研究』, 圓光大學校出版局, 1980.
_____, 『國文學의 探究』, 성균관대학교 출판부, 1987.
_____, 『한국고시가의 거시적 탐구』, 집문당, 1997.
박경주, 『景幾體歌研究』, 이회, 1996.
박노준, 『高麗歌謠의 研究』, 새문사, 1990.
박병채, 『高麗歌謠의 語釋研究』, 宣明文化社, 1973.
_____, 『고려가요의 어석연구』, 국학자료원, 1994.
成均館大學校 人文科學研究所編, 『高麗歌謠研究의 現況과 展望』, 集文堂,
　　　　　1996.
성호경, 『한국시가의 유형과 양식 연구』, 영남대학교 출판부, 1995.
_____, 『고려시대 시가 연구』, 태학사, 2006.
성호주, 『景幾體歌의 形成 研究』, 제일문화사, 1988.
辛恩卿, 『古典詩 다시 읽기』, 보고사, 1997.
양주동, 『麗謠箋注』, 을유문화사, 1963.
양태순, 『고려가요의 음악적 연구』, 이회, 1997.
윤영옥, 『高麗詩歌의 研究』, 영남대출판부, 1991.
_____, 『韓國의 古詩歌』, 文昌社, 1995.
이명구, 『고려가요의 연구』, 신아사, 1973.
李壬壽, 『麗歌研究』, 螢雪出版社, 1988.
임기중, 『경기체가 연구』, 태학사, 1997.

鄭琦鎬,『高麗時代 詩歌의 硏究』, 仁荷大學校出版部, 1986.

鄭炳昱,『한국고전시가론』, 新丘文化社, 1977.

______,『韓國詩歌文學』 上＜韓國文化史大系＞Ⅴ, 高麗大學校民族文化硏究所, 1967.

조동일,『한국문학통사』, 지식산업사, 1996.

趙潤濟,『韓國歌謠의 硏究續』, 三友社, 1975.

______,『국문학사』, 탐구당, 1988(3판).

池憲英,『鄕歌麗謠新釋』, 정음사, 1947.

______,『鄕歌麗謠의 諸問題』, 태학사, 1991.

崔龍洙,『高麗歌謠硏究』, 계명문화사, 1996.

최재남,『사림의 향촌생활과 시가문학』, 국학자료원, 1997.

최정여,『韓國古詩歌硏究』, 계명대학교 출판부, 1989.

崔珍源,『國文學과 自然』, 成均館大學校出版部, 1981.

許南春,『古典詩歌와 歌樂의 傳統』, 月印, 1999.

○ 논문

강헌규,「청산별곡의 新釋」,『논문집』26집, 공주사범대학, 1988.

금기창,「翰林別曲에 關한 硏究」,『우촌강복수박사화갑기념논문집』, 간행위원회, 1976.

김동욱,「翰林別曲의 成立年代」,『연세대학교 80주년 기념 논문집』, 1965.

김명호,「고려가요의 전반적 성격」,『韓國詩歌文學硏究』, 新丘文化社, 1983.

김상억,「청산별곡 연구」,『국어국문학』30호, 국어국문학회, 1965.

金善祺,「高麗史 俗樂歌詞의 表記方式과 국어체 作品 24篇에 대하여」,『어문연구』30집, 어문연구학회, 1998.12.

______,「고려속요의 소위 口傳說에 대한 비판」,『어문연구』25집, 어문연구학회, 1994.11.

______,「高麗史의 解說文－此曲(翰林別曲)高宗時翰林諸儒所作－은 僞作인가」,『어문연구』32집, 어문연구학회, 1999.

______,「翰林別曲 제8장의 解釋的 考察」,『인문학연구』27권 1호, 충남대학교 인문과학연구소, 2000.6.(崔台鎬박사 화갑기념 논총에 약간 수정하

여 재수록함. 2000.10.)

______, 「翰林別曲 出現에 대한 綜合的 考察」, 『어문연구』 33집, 어문연구학회, 2000.6.

______, 「翰林別曲의 誇示性 考察」, 『한국언어문학』 41집, 한국언어문학회, 1998.

______, 「翰林別曲의 작자와 창작 연대에 관한 고찰」, 『어문연구』 12집, 어문연구학회, 1983.

______, 「靑山別曲의 作者(話者) 摸索」, 『어문연구』 13집, 어문연구학회, 1984.

______, 「靑山別曲의 解釋的 考察」, 『慕山學報』 7집, 모산학술연구소, 1995.

______, 「한림별곡의 해석적 고찰」, 『한국언어문학』 47집, 한국언어문학회, 1998.

김시업, 「고려후기 사대부 문학의 성격」, 성균관대 박사논문, 1989.

김완진, 「文學作品의 解釋과 文法」, 『文學과 言語』, 塔出版社, 1982.

______, 「靑山別曲 結聯에 對한 一考察」, 『장암지헌영선생화갑기념논총』, 1971.

______, 「靑山別曲의 사슴에 對하여」, 『駱山語文』 1집, 서울大學校文理科大學國語國文學硏究室, 1966.

김형기, 「청산별곡의 '살어리랏다'에 대하여」, 『語文硏究』 7집, 어문연구학회, 1971.

______, 「청산별곡의 성격에 대하여」, 『語文硏究』 8집, 어문연구학회, 1972.

박경주, 「고려시대 향가 전승과 소멸 양상에 관한 고찰」, 『韓國詩歌硏究』 4집, 韓國詩歌學會, 1998.12.

______, 「한림별곡의 연행방식과 향유층」, 『한국고전시가작품론』 1, 집문당, 1992.

박노준, 「청산별곡의 재조명」, 『한국학논집』 7집, 한양대, 1985.

______, 「翰林別曲과 關東別曲, 竹溪別曲의 거리」, 『高麗歌謠의 現況과 展望』, 성균관대학교 인문과학연구소 편, 집문당, 1996.

박일용, 「경기체가의 장르적 성격과 그 변화」, 『韓國學報』 46집, 일지사, 1987.

서대석, 「高麗處容歌의 巫歌的 檢討」, 『한국고전시가작품론』 1, 집문당, 1992.

서수생, 「청산별곡소고」, 『교육연구지』 1집, 경북사대, 1963.

서재극, 「麗謠注釋의 問題點 分析」, 『語文學』 19집, 한국어문학회, 1968.

성현경, 「靑山別曲 考」, 『국어국문학』 58~60호, 국어국문학회, 1972.

성호경, 「翰林別曲의 創作時期 論辯」, 『韓國學報』 56집, 일지사, 1989.

송정헌, 「청산별곡연구」, 『논문집』 15집, 충북대, 1977.

신동욱, 「청산별곡과 평민적 삶의식」, 『고려시대의 가요문학』, 새문사, 1982.

安東柱, 「百濟 詞不傳 歌謠 研究」, 『古詩歌研究』 5집, 韓國古詩歌文學會, 1998.

양태순, 「鄭瓜亭의 綜合的 考察」, 『한국고전시가작품론』 1, 집문당, 1992.

______, 「翰林別曲의 起源 再攷」, 『벽사이우성선생정년퇴직기념 國語國文學論叢』, 간행위원회, 1990.

여운필, 「翰林別曲의 創作背景 연구」, 『睡蓮語文論集』 19집, 수련어문학회, 1992.

______, 「翰林別曲의 創作時期 再論」, 『睡蓮語文論集』 23집, 수련어문학회, 1997.

우응순, 「주세붕의 백운동서원 창설과 국문시가에 대한 방향 모색」, 『어문논집』 35집, 고려대국어국문학연구회, 1997.

윤석현, 「景幾體歌의 소멸동인 소고」, 『숭실어문』 11집, 숭실대 숭실어문연구회, 1994.

이승명, 「청산별곡 연구」, 『高麗時代의 言語와 文學』, 형설출판사, 1975.

李佑成, 「高麗末期의 小樂府」, 『韓國漢文學研究』 1집, 한국한문학연구회, 1976.

정병욱, 「靑山別曲의 一考察」, 『도남 조윤제박사 회갑기념논문집』, 1965.

鄭雲采, 「雙花店과 雙花曲의 偏向과 江湖歌道의 論議 再考」, 『高麗歌謠의 現況과 展望』, 집문당, 1996.

조규익, 「韓國古典詩歌史 서술 방안(2)」, 『韓國詩歌研究』 창간호, 韓國詩歌學會, 1997.5.

趙鍾業, 「詞·曲과 別曲의 關係」, 『春岡柳在泳博士華甲紀念論叢』, 以會文化社, 1992.

崔東元, 「高麗歌謠의 享有階層과 그 性格」, 『高麗時代의 가요문학』, 새문社, 1982.

崔美汀, 「高麗歌謠와 解釋樂府」, 『雨田辛鎬烈先生古稀紀念論叢』, 創作과 批評社, 1983.

한창순, 「경기체가의 형성과 변모를 파악하는 하나의 시각」, 『白鹿語文』 14
집, 백록어문학회, 1998.

● 출처

제 I 부 속요

▶ 고려가요 난해어의 풀이
여요 난해어의 해석 방법과 실제, 어문연구 26집, 어문연구학회, 1995.5, pp.217-283.

▶ 청산별곡의 화자 모색
청산별곡의 작자 모색, 어문연구 13집, 어문연구학회, 1984.12, pp.77-89.

▶ 청산별곡의 통석
청산별곡의 해석적 고찰, 모산학보 7집, 모산학술연구소, 1995.6, pp.87-107.

▶ 동동의 구조와 성격
새 논문

▶ 속악가사의 표기 방식과 국어체 작품 24편
고려사 속악가사의 표기방식과 이어체 작품 24편에 대하여, 어문연구 30집, 어문연구학회, 1998.12, pp.73-83.

▶ 고려가요의 구비전승설 비판
고려속요의 소위 구전설에 대한 비판, 어문연구 25집, 어문연구학회, 1994.11, pp.143-150.

▶ 속악가사의 종합적 고찰
고려사 악지의 속악가사에 관한 종합적 고찰, 한국시가연구 8집, 한국시가학회, 2000.8, pp.33-58.

▶ 고려 문학에 비친 신선 취향
새 논문

제 II 부 경기체가

▶ 경기체가 형식의 변이 현상과 의의
새 논문

▶ 한림별곡 제8장의 해석
한림별곡 제8장의 해석적 고찰, 인문학연구 27-1, 충남대인문과학연구소, 2000.6, pp.31-53.

▸한림별곡의 통석
한림별곡의 해석적 고찰, 한국언어문학 47집, 한국언어문학회, 2001.12, pp.1-22.

▸한림별곡의 형성과 팔경시
한림별곡의 형성과정에 대하여, 충남대인문과학논문집 9-2, 충남대인문과학연구소, 1982.12. pp.171-187.

▸한림별곡의 작자와 창작 연대
한림별곡의 작자와 창작 연대에 관한 고찰, 어문연구 12집, 어문연구학회, 1983.12, pp.291-314.

▸한림별곡의 과시성
한림별곡의 과시성 고찰, 한국언어문학 41집, 한국언어문학회, 1998.12, pp.39-54.

▸한림별곡 해설문의 신빙성
고려사의 해설문-此曲(한림별곡)高宗時翰林諸儒所作-은 僞作인가, 어문연구 32집, 어문연구학회, 1999.12, pp.133-166.

▸한림별곡 출현의 종합적 고찰
한림별곡의 출현에 대한 종합적 고찰, 어문연구 33집, 어문연구학회, 2000.6, pp.153-202.